MICHEL BUSSI

Das
KIND
in den
WELLEN

rütten & loening

Michel Bussi

Das KIND in den WELLEN

• THRILLER •

*Aus dem Französischen
von Eliane Hagedorn und Barbara Reitz*

rütten & loening

Die Originalausgabe unter dem Titel
Rien ne t'efface
erschien 2021 bei Presses de la Cité, Paris.

ISBN 978-3-352-00979-2

Rütten & Loening ist eine Marke
der Aufbau Verlage GmbH & Co. KG

1. Auflage 2023
© Aufbau Verlage GmbH & Co. KG, Berlin 2023
© Michel Bussi et Presses de la Cité,
un département de Place des Editeurs, 2021
Satz Greiner & Reichel, Köln
Druck und Binden CPI books GmbH, Leck, Germany
Printed in Germany

www.aufbau-verlage.de

*Für Isabelle und Marie-Claude
in Erinnerung an die Auvergne*

Wenn ich seine Flügel gestutzt hätte,
wäre er ganz mein gewesen
wäre niemals davongeflogen.
Ja, aber dann ...
Wäre er kein Vogel gewesen,
Und ich,
ich habe ihn doch geliebt, den Vogel.

TXORIA TXORI VON JOXEAN ARTZE,
Aus dem Baskischen von Michel Bussi ins Französische übersetzt

Professor Ian Stevenson von der University of St Andrews hat Tausende Berichte von Kindern aus aller Welt ausgewertet, die behaupten, sich an ihre Reinkarnation zu erinnern. Dank diesen Studien spricht man heute vom »Stevenson-Modell«, denn die untersuchten Fälle weisen erstaunliche Übereinstimmungen auf: Mit einer Rate von fünf Prozent ist eine Änderung des Geschlechts eher selten; das Kind beginnt mit etwa zwei Jahren, sich über sein früheres Leben zu äußern. Für gewöhnlich hört das mit dem zehnten Lebensjahr auf; das vorherige Leben endete meist gewaltsam und frühzeitig; körperliche, somatische und psychische Anomalien wie Narben, Geburtsmale, Phobien oder unerklärliche Begabungen treten daher gehäuft auf.

»Und ist dieser Professor Stevenson ein ernstzunehmender Forscher? Ich meine, ist er Wissenschaftler? Arbeitet er an einem Institut? Also ist das alles Humbug oder kann man ihm Glauben schenken?«

»Was meinst du mit ›Kann man ihm Glauben schenken‹?«

»Naja, seinen Behauptungen. Entsprechen sie der Wahrheit oder nicht?«

»Wie soll man deiner Meinung nach bestimmen, ob etwas der Wahrheit entspricht oder nicht?«

»Ich … ich weiß nicht … Ich denke, wenn die Mehrheit der Menschen etwas für wahr hält, dann muss es doch wohl eher richtig als falsch sein.«

»Also, wenn man die Hindus, die Buddhisten, aber auch ein Viertel der Europäer und fast ein Drittel der Amerikaner zusammenzählt, so glaubt eine Mehrheit der Weltbevölkerung an die Reinkarnation, und somit daran, dass unser Körper nur ein Kleidungsstück ist …, welches unsere Seele überdauert.«

»Und dass die Seele es austauscht, wenn es zu abgenutzt ist, ja? Ist das Reinkarnation? Die Seele ist wie ein Floh, der von einem Menschen zum anderen hüpft oder von einem Menschen zu einem Hund, von einem Hund auf eine Katze und dann von einer Katze auf eine Ratte – so einfach ist das?«

»Nein, so einfach ist das nicht. Im Gegenteil, es ist eine lange Reise. Eine Reise, an die wir im Allgemeinen keine Erinnerung haben. Es sei denn, sie schlägt fehl ...«

»Was soll das heißen, sie schlägt fehl?«

DAS ERSTE LEBEN

DIE KINDLICHE SEELE

Lass es mich dir erklären, Maddi. Das ist gar nicht so kompliziert.
Die kindlichen Seelen sind diejenigen Seelen, die ihre Reise beginnen.
Sie entdecken das Leben und den Tod. In diesem Stadium ist es
ihr einziges Ziel, zu lernen, wie man überlebt.

I
DAS VERSCHWINDEN

Esteban

• 1 •

Ich bin sehr rational. Aus tiefster Überzeugung unabhängig. Absolut frei. Relativ wohlhabend.

So, hoffe ich, sieht mich Esteban mit seinen zehn Jahren. Dieses Bild, so glaube ich zumindest, vermittle ich auch meinen Patienten. *Doktor Maddi Libéri, Allgemeinmedizinerin, 29 Boulevard Thiers in Saint-Jean-de-Luz.* Vertrauenswürdig, stark, ehrlich. Niemand soll meine Schwächen, meine Zweifel, mein tiefstes Inneres kennen. Vor allem nicht mein Sohn.

Meine Wohnung im dritten Stock in der Rue Etchegaray bietet einen der schönsten Blicke auf den großen Strand, die Grande Plage, etwa hundertfünfzig Steinwälzer-Flugmeter – das ist der typische Vogel der baskischen Küste – entfernt oder einen fünfundvierzig Sekunden-Sprint meines kleinen Sohnes.

Das lassen wir uns nicht nehmen. Es ist unser – Esteban und mein – morgendliches Ritual, vor meiner ersten Sprechstunde und seinem Aufbruch zur Schule, sogar vor unserem gemeinsamen Frühstück: Wir ziehen an, was wir vor unserem Bett auf dem Boden finden, und laufen zum Strand hinunter. Und sobald im Frühling das Wasser wärmer als siebzehn Grad ist, gehen wir auch schwimmen. Alle Straßen von Saint-Jean-de-Luz führen zum Meer, als wäre die Stadt von Anfang an so konzipiert worden, dass man von jedem Balkon aus einen Zipfel des Atlantiks sehen kann.

Es ist kurz vor acht Uhr. Der Strand ist noch fast menschenleer. Ich zähle etwa zwanzig Touristen auf dem langgezogenen Abschnitt zwischen dem Damm von Chevaux und dem Hafendamm. Wir haben uns gegenüber der Terrasse des Toki Goxoa, dem Panorama-Restaurant mit den bunten Kacheln, niedergelassen. Nun ja, *niedergelassen* ist ein großes Wort. Esteban hat sein rotes Strandtuch, das er à la Superman um den Hals trug, in den Sand fallen lassen, seinen Sweater von Biarritz Olympique über den Kopf gezogen und die grünen Leinenschuhe abgestreift.

»Gehen wir schwimmen, Maman?«

»Eine Sekunde, mein Großer.«

Berufsbedingter Reflex. Ich prüfe erst alles mit wachsamem Blick. Zunächst Esteban: sein magerer Körper, seine vorstehenden Knochen, seine Schienbeine, die aus einer übergroßen indigoblauen Badehose ragen – dieselbe Farbe wie der baskische Himmel an diesem Morgen – und geschmückt von einem weißen Wal, der auf das linke Bein gedruckt ist. Esteban liegt, was Größe und Körpergewicht angeht, genau im Durchschnitt für sein Alter. Jeden Samstag nach meiner letzten Sprechstunde wird er gemessen und gewogen. Ein weiteres unserer Rituale. Den wöchentlichen Kebab-Teller gibt es nur, wenn die rote Filzstiftkurve nicht von der Norm abweicht.

»Also gehen wir jetzt endlich, Maman?«

Esteban wartet ungeduldig, dass ich mich ausziehe. Vor Verlassen der Wohnung habe ich eine einfache Häkeltunika übergestreift. Damit man auch die Farbe meines Bikinis sieht. Ich liebe diesen leichten, netzartigen Stoff auf meiner Haut, der meinen Bauch und die Hälfte der Oberschenkel bedeckt. Ich liebe es, mich mit fast vierzig Jahren noch begehrenswert zu fühlen und das nicht nur in den Augen der Rentner, die ihre Pudel auf dem Quai de l'Infante Gassi führen.

Dann suche ich den Horizont ab. In der Ferne, Richtung Hendaye und der Plage de Socoa, kämpfen Surfer in ihren schwarzen Neoprenanzügen, aufgereiht wie Kolonien von Ameisen, mit den hohen Wellen. Hinter uns lässt der Wind des Atlantiks die Ikurriñas, die baskischen Flaggen, am Rand der Mole, geräuschvoll flattern.

»Nein, heute nicht, mein Großer. Die Brandung ist zu stark!«

»Wie bitte?«

Esteban starrt ungläubig aufs Meer. Die Wellen sind mehrere Meter hoch. Er ist nicht blöd. Er weiß, dass Schwimmen unter diesen Umständen unmöglich ist. Trotzdem insistiert er, wohl mehr der Form halber.

»Maman, heut' ist mein Geburtstag!«

»Ich weiß. Und? Was ändert das? Wir wollen doch nicht ertrinken, weil heute der Tag deiner Geburt ist!«

Esteban lächelt mich an – dieses unwiderstehliche Petit-Prince-Lächeln, das jede Mutter schwach werden lässt. In seinen hellen Augen blitzt ein Hauch von Traurigkeit auf, wie ein Kratzer auf seinem Herzen. Ich fahre mit der Hand durch sein blondes Haar, um ihn zu trösten, aber auch um es ein wenig zu zerzausen. Ich mag ihn so, meinen kleinen Prinzen. Halb Träumer, halb Rebell. Und jeden Abend auf meinem Balkon, wenn Esteban wie ein Baby schläft, danke ich dem Planeten, von dem er gefallen ist.

»Wir schwimmen morgen, mein Großer! Oder noch heute Abend, wenn ich früh genug fertig bin ...«

Er tut so, als würde er mir glauben.

»Okay, Maman.«

Er weiß genau, dass es nicht meine Art ist, meine Patienten rasch abzufertigen. Wir beide verstehen uns, ohne uns ausdrücklich erklären zu müssen. Es reicht ein Blick, Vertrauen, Einverständnis. Kein Mann könnte sich jemals zwischen uns stellen! Ich muss einen leeren Platz neben mir im Bett behalten, für Esteban, wenn er im Morgengrauen zu mir kommt. Niemals könnte ein Liebhaber mich morgens mit einem so kristallklaren *Ich hab dich lieb* wecken.

Ich krame rasch in meiner Tasche und reiche Esteban eine Ein-Euro-Münze.

»Du holst uns trotzdem ein Baguette?«

Noch eines von unseren Ritualen, eingeführt als Esteban in die fünfte Grundschulklasse kam, zu den Großen! Nach unserem morgendlichen Bad trocknet er sich ab, zieht seinen Pulli über und rennt los, zum Bäcker. Allein! Eine Minute und fünfunddreißig Sekunden im vollen Galopp. So hat er sogar noch genügend Zeit, den Frühstückstisch zu decken, während ich dusche: Schwarzkirschmarmelade, Schafsmilchjoghurt, Fruchtsaft tags zuvor gepresst. Wir frühstücken zusammen, er duscht, während ich mich schminke, und wir machen uns beide, Hand in Hand auf den Weg – ich in meine Praxis, er zur Schule.

Esteban schließt die Hand zur Faust um die Geldmünze.

Warum habe ich es an diesem Morgen so eilig, nach Hause zu kommen?

Ohne das Schwimmen haben wir alle Zeit der Welt.

Warum habe ich mich damit begnügt, ein paar Sandkörner von seiner Schulter abzuwischen, meinen Blick bis zum oberen Saum seiner Badehose gleiten zu lassen, reflexartig die Entwicklung seines Angioms an seiner Leiste zu kontrollieren, bevor ich ihn habe loslaufen lassen?

Warum habe ich mich nicht umgedreht? Warum habe ich mich nicht vergewissert, dass er sein Strandtuch aufhebt? Dass er seinen Pulli überzieht? Dass er zum Bäcker über die Rue de la Corderie läuft?

Weil man Rituale dafür erfindet? Um sich sicher zu fühlen? Um alles zu kontrollieren? Um sich einzureden, dass nichts passieren kann? Weil man sich in Sicherheit wähnt, wenn man immer dieselbe Routine hat?

In Wirklichkeit ist man nur weniger wachsam. Aus Faulheit lässt man es an Vorsicht mangeln. Und an Verantwortung.

• • •

»Esteban?«

Ich strecke nur den Kopf aus der Dusche und lasse das heiße Wasser dabei weiter über meine Haut laufen. Die Wand des Badezimmers, die sich auf einige türkisfarbene marokkanische Kacheln rund um einen zwei auf drei Meter großen Spiegel beschränkt, wirft mir das Bild meines nach den ersten Frühlingsausflügen gebräunten Körpers zurück – der Aufstieg zu La Rhune, die Wildwassertour auf dem Fluss Nive, die ersten ungeschickten Stand-up-Paddling-Versuche auf dem Lac de Saint-Pée, das Surfen südlich von Guéthary, das baskische Pelota-Spiel in Arcangues. Wir haben noch das ganze Leben vor uns, um Champions zu werden, Esteban.

»Esteban?«

Meine Hand tastet nach dem Hahn, mir gelingt es ihn zuzudrehen, ohne alles nass zu spritzen. Ich wickele mich in ein Badetuch. Den Spiegel im Rücken. Die Inspektion meiner Mängel kann warten.

»Esteban, bist du zurück?«

Nur Patrick Cohen antwortet mir, es ist 8:30 Uhr auf France Inter, und der Journalist beginnt seine Sendung mit der Mitteilung, dass die französische Fußballmannschaft sich in Südafrika geweigert hat, den Bus zum Training zu verlassen. Passiert nichts Wichtigeres auf den fünf Kontinenten? Und übrigens, was hat Patrick Cohen in meinem Wohnzimmer zu suchen?

»Esteban?«

Morgens, wenn er vom Bäcker zurückkommt, und ich unter der Dusche stehe, nutzt er die Gelegenheit, um den Sender zu wechseln, Fun, Sky, NRJ, oder, öfter noch, schaltet er sogar das Radio aus, um ein paar Gitarrenakkorde zu improvisieren. Bisweilen kritzelt er etwas in den Partituren seiner eigenen Kompositionen herum. Esteban ist begabt, ich bin sicher, dass sein Gehör perfekt ist, auch wenn ich mir nie die Zeit genommen habe, ihn testen zu lassen.

Ich trete aus dem Badezimmer. Meine nackten Füße hinterlassen Pfützen auf dem Parkett aus Pappelholz, dieses Holz, das man nicht nass wischen und schon gar nicht befeuchten darf. Der kleinste Tropfen bildet für immer einen Wasserfleck ... Soll mir egal sein! Eine dumpfe Angst packt mich. Ich mache einen Schritt in Richtung offen stehender Küche, bevor ich wie versteinert stehen bleibe.

Die Abdrücke meiner Füße werden für immer auf dem Rohholz zu sehen sein. Ich bin außerstande mich zu bewegen. Außerstande, auf etwas anderes zu starren als auf den leeren Küchentisch. Auf die Gitarre, die brav auf ihrem Ständer steht.
Esteban ist nicht nach Hause zurückgekommen.
Ich unterdrücke einen Schrei. Ich versuche mir einzureden, dass er sich vielleicht einen Scherz mit mir erlaubt. Ich öffne die Türen unserer Zimmer, unserer Wandschränke, der Toilette, ich schaue unter die Betten, ich klettere auf einen Hocker, um oben auf dem Schrank nachzusehen, wäre dabei beinahe umgekippt, ist mir doch egal, ich öffne erneut die Türen aller Möbel, des Kühlschranks, des Backofens, mein Herz ist kurz davor zu explodieren, ich erkenne inzwischen sehr gut die Anfänge einer Angstattacke.
Wo kann Esteban nur sein? Heute! Am Tag seines Geb...
Plötzlich kommt mir eine Idee!

Ich stürze ins Bad. Ich weiß nicht, wie er's gemacht haben könnte, aber Esteban ist gewieft; er hat gewartet, bis ich unter der Dusche stand, um sich zu verstecken. Oder genauer gesagt, um zu suchen, was ich dort versteckt haben könnte! Ich kauere mich nieder, halte den Atem an und öffne den Schrank unter dem Waschbecken.
Es ist da ...
Sein Geburtstagsgeschenk! Eine Lyra-Gitarre, ein seltenes Instrument, bei dessen Anblick Esteban jedes Mal vor dem Schaufenster von Atlantic Guitar ins Träumen gerät: Sie hat den Sound einer elektrischen Rockgitarre und die Form eines antiken Instruments. Esteban hätte sich nie vorstellen können, dass seine Maman ihm ...
Ich kappe den Strom meiner Gedanken.
Esteban ist nicht da!
Esteban hat nicht versucht, sein Geschenk zu finden. Esteban ist nirgendwo in der Wohnung. Esteban ist nicht nach Hause gekommen.
Das ist noch nie passiert!
Mit verschwommenem Blick und zitterndem Handgelenk schaue ich auf meine Uhr. Ich habe ihn vor etwa fünfundzwanzig Minuten

losgeschickt. Er braucht höchstens drei, um zur Bäckerei zu laufen, zu bezahlen und zurückzukommen …

Mein Badetuch gleitet zu Boden, ohne dass ich den Knoten lösen muss. Ich ziehe das nächste herumliegende Kleidungsstück über, ein langes T-Shirt, und laufe die Treppe hinunter. Ich überquere die Rue Etchegaray, dann die Rue Saint-Jacques. Die meisten Läden sind geschlossen, nur ein paar Achtzigjährige schlendern durch die Fußgängerzone. Sie kommen mir entgegen, ohne Zeit zu haben, sich umzudrehen, und die Form meines Hinterns unter dem zu kurzen T-Shirt zu begutachten und sich zu fragen, ob sie richtig gesehen haben.

Mit vollem Schwung stoße ich die Glastür des Fournil de Lamia auf und halte sie gerade noch fest, ehe sie in tausend Stücke zerspringt.

»Haben Sie meinen Sohn gesehen?«

Ich nehme mir nicht die Zeit, um mich zu vergewissern, ob noch andere Kunden im Laden sind. Die Bäckersfrau starrt mein leichenblasses Gesicht an.

»Nein … Nein, nicht heute Morgen, Madame Libéri. Aber …«

Ich bin schon wieder draußen. Der Strand ist nur eine Minute entfernt. Ein Dauerlauf von vierzig Sekunden, selbst in meinem Zustand. Vor mir bindet eine Großmutter ihren Hund fest, ein Opa verstaut seinen Stock. Außer Atem komme ich am Toki Goxoa an. Touristen nehmen auf der großen hölzernen Terrasse mit Blick aufs Meer ihr Frühstück ein. Ich laufe weiter, visiere einen kleinen roten Punkt gerade vor mir.

Mein Ziel. Meine Hoffnung.

Bei jedem Schritt meines verrückten Laufs wirbele ich Sandwolken auf, die den wenigen Touristen auf meinem Weg kurz die Sicht versperren.

Schließlich bleibe ich stehen.

Das Superman-Strandtuch liegt vor mir im Sand, genauso zerknüllt, wie er es vor knapp einer halben Stunde hingeworfen hat. Der Sweater von Biarritz Olympique daneben. Esteban hat ihn nicht übergezogen.

Mein Blick sucht den ganzen Strand ab, das Meer von der Digue aux Chevaux bis zum Fort de Socoa und bleibt dann vor mir im Sand haften: sind das eventuell Spuren? Oder nur kleine Hügel, die der Wind schon hundertmal verschoben hat.

Keine Spur von Esteban!

Die gewaltigen Brandungswellen des entfesselten Meeres tosen vor mir und beißen sich am Strand fest. Ich will nicht daran glauben, ich will sie nicht sehen, ich will mich den weißen Fassaden zuwenden, den malerischen baskischen Häusern mit ihrem bunten Fachwerk, den Blumenkästen vor den Fenstern, den Läden mit Spezialitäten, den gutbetuchten Touristen, einem Hund, mit dem Esteban gern gespielt hätte, einem Mädchen oder Jungen seines Alters, der kleinsten Sandburg oder Boje, doch meine Augen können sich nicht vom Meer lösen.

Die Wellen sind jetzt höher als drei Meter.

Ich höre meine mahnenden Worte:

»*Nein, heute nicht, mein Großer. Die Brandung ist zu stark!*«

Ich werde sie mein Leben lang hören.

Niemals! Niemals wäre Esteban ungehorsam gewesen.

· 2 ·

»Ihr Sohn trägt also Badeshorts? Stimmt das so?«

Die beiden Polizeibeamten sitzen vor mir. Der erste fixiert mich ungerührt mit seinen wie auf Glas gemalten, sepiabraunen Augen. Sie blinzeln nur in unregelmäßigen Abständen nach einem langen, starren Blick. Die Farbe der Augen des zweiten erkenne ich nicht, er hat sie seit meinem Eintreten nicht gehoben, zu sehr damit beschäftigt, mit der Geschwindigkeit einer Maschinenpistole Notizen auf seinem Computer zu machen, sobald ich den Mund öffne.

»Ja. Nur seine Badehose. Sein Pullover und sein Badetuch lagen noch am Strand.«

Der Blick des Lieutenants bleibt ausdruckslos. Die Finger des Protokollanten huschen weiter über die Tastatur.

»Blaue Badeshorts also?«, fährt der Lieutenant fort und fixiert mich weiter mit seinen sepiabraunen Augen.

Ich versuche, mich möglichst kurz, möglichst präzise auszudrücken. Ich weiß, dass genau in diesem Moment die Feuerwehrleute den Strand absuchen, und dass Lieutenant Lazarbal die Wasserwacht eingeschaltet hat. Drei Zodiac-Schlauchboote fahren trotz Sturms und starker Brandung die Küste auf und ab.

»Eher indigoblau.«

»Indigo?«

Das Klappern der Tastatur verstummt augenblicklich. Ich vermute, dass der Protokollant im Internet nach der Farbe Indigo sucht. Was für eine Zeitverschwendung. Ich habe bereits mit mindestens fünf verschiedenen uniformierten Typen über die Farbe dieser Badehose gesprochen. Ich schreie fast.

»Ja, indigo! Das ist keine Wissenschaft. Ein Blau, das leicht ins Violette übergeht!«

Lazarbal blinzelt dreimal mit den Augen – sicher ein Zeichen von großer Anspannung, bevor er den Blick erneut auf mich heftet.

»Okay, Madame Libéri. Eine indigoblaue Badehose. Gibt es neben der Farbe noch ein anderes Detail, das uns weiterhelfen könnte?«

Ich muss Ruhe bewahren. Das habe ich mir fest vorgenommen. Mehr als zwanzig Retter sind auf der Suche nach Esteban. Diese Männer tun ihre Arbeit, so gut sie können, das darf ich nicht vergessen. Ich muss mit ihnen kooperieren. Auf ihre Fragen antworten. Immer wieder. Und hoffen.

»Auf dem linken Hosenbein seiner Badeshorts ist ein kleiner weißer Wal gedruckt.«

Die Tastatur des Protokollanten beginnt wieder zu klappern. Die Augen von Lazarbal scheinen sich zum ersten Mal zu beleben, was sich in schnellen und langsamen Bewegungen seiner Lider äußert. Vielleicht sind das Morsezeichen und Hilferufe? Oder sie übermitteln mir ganz im Gegenteil eine unterschwellige beruhigende Botschaft.

»Machen Sie sich keine Sorgen, Madame Libéri. Unsere Leute verfügen über ein Foto ihres Sohnes. Sie kennen ihren Job. Versuchen wir, noch einmal alles in Ruhe zu überdenken. Ihr Sohn ist ... zehn Jahre alt?«

»Ja ... Heute ist sein Geburtstag ...«

Die Augen von Lazarbal nehmen wieder den starren Kameramodus an.

»Also genau zehn Jahre?«

Mir missfällt die Art, wie er sein »genau« so gedehnt ausspricht. Was will er damit andeuten? Dass ihn der Zufall überrascht? Welchen Zusammenhang kann es zwischen Estebans Verschwinden und seinem Geburtstag geben?

»Zehn Jahre«, wiederholt er. »Entschuldigen Sie, Madame Libéri, aber ist das nicht ein wenig zu jung, um ihn allein am Strand zu lassen?«

Ich belle mehr als dass ich antworte, um den Tango der Finger des Protokollanten zu übertönen.

»Ich wohne in der Rue Etchegaray, hundert Meter vom Strand entfernt. Alle Straßen sind Fußgängerzone. Esteban kennt sich aus. Er ist reif für sein Alter. Ausgeglichen. Verantwortungsvoll.«

Der Blick von Lazarbal ist leer. Hat er mir überhaupt zugehört? Ist er da, um mir zu helfen? Oder hat er schon begonnen, mir den Prozess zu machen?

»Ist Ihr Sohn ein guter Schwimmer?«

Ich sehe, worauf der kleine Mistkerl hinauswill! Ich werde nicht auf sein Spiel eingehen. Der Protokollant kann alles mitschreiben – in Großbuchstaben und Fettschrift.

»ESTEBAN IST NICHT SCHWIMMEN GEGANGEN.
ICH HABE ES IHM VERBOTEN!
MEIN SOHN IST NICHT ERTRUNKEN.
ER WURDE ... ER WURDE ENTFÜHRT!«

Die toten Augen von Lazarbal widersprechen mir nicht. Ein Punkt für ihn.

»Das Ertrinken Ihres Sohnes ist nur eine Hypothese, Madame Libéri. Man muss vorerst alle Möglichkeiten in Betracht ziehen. Selbst wenn ...«

»Selbst wenn was?«, brüllt eine Stimme in meinem Kopf.

»Selbst wenn der Strand heute Morgen weiß Gott nicht leer war. Wir haben mehr als dreißig potenzielle Zeugen gezählt. Ganz abgesehen von den Touristen, die auf der Terrasse des Toki Goxoa ihr Frühstück eingenommen haben. Sie, Madame Libéri, haben mir bestätigt, dass Ihr Sohn intelligent und gehorsam ist. Er wäre keinem Fremden gefolgt, ohne sich zu wehren, und wenn er sich gewehrt hätte, so hätte ihn jemand gesehen oder gehört.«

»So hätte ihn jemand gesehen ... oder gehört«, ich begnüge mich damit, die unwiderlegbaren Argumente von Lieutenant Lazarbal in meinem Kopf zu wiederholen. Mein Schädel scheint ebenso leer wie sein glasiger Blick.

»Jeder Tourist am Strand wurde verhört«, insistiert der Kommissar. »Niemand hat Ihren Sohn den Strand verlassen oder einem Fremden folgen sehen.«

»Und niemand hat gesehen, dass er schwimmen gegangen ist!«

Lazarbal hat reagiert. Drei kurze Wimpernschläge, zwei etwas längere. Seine Augen wagen eine Bewegung zum Bildschirm des Protokollanten, bevor sie erneut erstarren.

»Sie haben recht. Die ersten Zeugen waren mehr als hundert Meter entfernt und hatten nicht den geringsten Anlass, Ihren Sohn weiter zu beobachten. Tatsächlich erinnert sich niemand an irgendetwas, nicht einmal an seine Anwesenheit am Strand. Wir verlassen uns einzig und allein auf Ihre Zeugenaussage.«

Volltrottel!

»Und sein Badetuch? Sein Sweatshirt?«

Lazarbal hebt beschwichtigend die Hand, wie ein Polizist am Straßenrand, der einem allzu nervösen Autofahrer bedeutet, sich zu beruhigen.

»Niemand bezweifelt Ihre Aussage, Madame Libéri. Ganz im Gegenteil. Tatsächlich haben wir sein Strandtuch und seinen Pullover genau an der Stelle gefunden, wo Sie ihn allein gelassen haben. Alles scheint also darauf hinzudeuten, dass er …« Lazarbals Augen verraten schließlich ein Beben der Sorge, ein unkontrollierbares Zucken. »Dass er Ihnen nicht gehorcht hat. Dass … Dass er, sobald Sie ihm den Rücken gekehrt haben, zum Meer gerannt ist.«

NEIN!

Großbuchstaben, lieber Protokollant! Fett gedruckt und unterstrichen!

Ich wiederhole noch lauter:

»**NEIN**, das hat er sicher **NICHT** getan! Ich kenne Esteban. Heute ist sein Geburtstag. Er war ungeduldig, nach Hause zu kommen, sein Geschenk in Empfang zu nehmen. Er wäre niemals ungehorsam gewesen, heute schon gar nicht. Es muss etwas anderes passiert sein!«

Der starre Blick von Lazarbal macht mich rasend. In einem flüchtigen und albernen beruflichen Reflex sage ich mir, dass er vielleicht am Tunnelblick leidet, einem Augenleiden, das eine Einengung des Gesichtsfelds nach sich zieht, was erklären würde, warum er in einem Büro eingesperrt ist, statt wie die anderen Polizisten, meinen Sohn zu suchen.

»Wenn ich Ihrem Gedankengang folge, Madame Libéri, wenn wir der Hypothese nachgehen, dass Ihr Sohn entführt wurde, so hat er seinen Entführer zwangsläufig gekannt, er ist ihm vertrauensvoll gefolgt. Haben Sie eine Vermutung? Ein Nahestehender? Ein Verwandter? Sein ... Sein Vater?«

»Esteban hat keinen Vater! Ich bin alleinerziehend. Und wenn Sie es genau wissen wollen, es war kein Unfall – ich habe mich bewusst dafür entschieden.«

Seine mit Scheuklappen versehenen Augen urteilen nicht über mich. Das ist schon mal was. Oder es ist ihm einfach nur egal. Seine Hand tastet nach einem Stapel Blätter, ohne dass sein Blick ihnen folgt. Vielleicht verfügt er über ein hyperentwickeltes peripheres Sehen. Wie alle Raubtiere ...

»Wer dann?«, fragt Lazarbal.

»Ich weiß es nicht.«

Er breitet etliche Fotos vor mir aus.

»Wir werden es prüfen. Wir suchen. Wir haben schon ein Dutzend Aufnahmen bekommen. Vor allem von Kunden des Toki Goxoa. Sie, Madame Libéry, sind oft drauf zu sehen. Die meisten wurden aufgenommen, als Sie zurückkamen, um Ihren Sohn zu suchen.«

Mein Blick gleitet über die Bilder, mein zu kurzes T-Shirt, meine nackten Schenkel. Schielt er auch mit seinem Wanderfalken-Blick nach meinem Hintern? Soll er seinen Spaß haben! Soll er die dreckigen Fotos dieser am Tisch sitzenden Voyeure auslegen, wenn man nur meinen Sohn findet. Der weniger diskrete Protokollant kann es sich nicht verkneifen, den Kopf zu drehen, aber Lazarbal sammelt die Fotos gleich wieder ein.

»Wir werden Vergrößerungen anfertigen lassen«, erklärt Lazarbal,

»und Sie bitten, sie alle genau zu studieren, für den Fall, dass Sie jemanden erkennen. Wir haben ebenfalls Fotos vom Strand erhalten, kurz bevor Sie zurückgekommen sind, doch Esteban ist auf keinem zu sehen. Auch auf den Straßen von Saint-Jean-de-Luz ist er niemandem aufgefallen. In Ermangelung anderer Hinweise bleibt die Hypothese, die sich aufdrängt ...«

Du kannst die Tastatur deines Computers zerhämmern, Protokollant.

»ESTEBAN IST NICHT ERTRUNKEN! Wie oft muss ich das noch wiederholen? Prüfen Sie Ihre vergrößerten Fotos, und Sie sehen, dass Esteban sein Badetuch, seinen Pullover und die Espadrilles zurückgelassen hat. Wo sind übrigens seine Schuhe? Esteban ist sicher nicht mit ihnen schwimmen gegangen!«

Ich will mich an diese Hoffnung klammern, an jede mögliche Hoffnung – alles, außer mir vorzustellen, dass der Körper meines Sohnes vom Meer davongetragen wurde.

»Es tut mir leid, Madame Libéri, ich muss Ihnen wie ein Monster erscheinen, wenn ich die schlimmste aller Möglichkeiten in den Raum stelle, nämlich die, dass Ihr Sohn mit seinen Espadrilles bis zum Wasser gelaufen ist, sie dann abgestreift hat und die Wellen sie ins Meer gespült haben. Oder dass jemand sie einfach mitgenommen hat ...«

»Und warum nicht gleich auch Pulli und Badetuch?«

»Das ist möglich. Sie können auch irgendwo im Sand vergraben sein. Wir werden danach suchen.«

Der Protokollant hat schon länger mit seinem Geklapper aufgehört, als würden ihn meine Argumente nicht interessieren, als hätte er schon alle Antworten getippt, die Lazarbal ihm suggeriert hat. Trotzdem bleibt mir ein letztes Argument.

»Der Pullover von Biarritz Olympique hat keine Tasche.«
»Wie?«
»Seine Badeshorts haben auch keine Tasche.«

Zum ersten Mal sind die Augen von Lazarbal hellwach. Die Lider beginnen zu flattern wie aufgeregte Bienen.

»Ja und?«

»Ich habe Esteban, wie jeden Morgen, eine Ein-Euro-Münze gegeben, damit er zur Bäckerei Fournil de Lamia läuft. Wenn er schwimmen gegangen wäre, hätte er sie zwangsläufig am Strand zurückgelassen. Man schwimmt nicht mit einer Geldmünze in der Hand!«

»Wir werden suchen, Madame Libéri. Wir werden den gesamten Strand nach ihr absuchen, das verspreche ich Ihnen.«

»Ich habe schon damit begonnen, Lieutenant. Und ich werde weitersuchen.«

Und ich bete und flehe zu Gott, sie nicht zu finden.

Wenn ich sie nicht finde, heißt das, dass Esteban nicht schwimmen gegangen ist. Dass er diese Ein-Euro-Münze irgendwo noch immer in seiner Hand hält.

Diese Münze zu finden, bedeutet ihn aufzugeben; sie zu suchen bedeutet … hoffen.

• • •

Ich habe sie all die Jahre über gesucht.
Ich habe all die Jahre gehofft.
Ich habe sie nicht gefunden.
Weder die Münze.
Noch Esteban.

ZEHN JAHRE SPÄTER

• 3 •

Der Sand am Strand von Saint-Jean-de-Luz, von der Sonne fast weiß geblichen, rieselt durch meine Zehen. Nach einem Schritt bleibe ich stehen und blicke mich um. Ich versuche, einen Orientierungspunkt zu finden, etwa die Digue aux Chevaux, das Restaurant Toki Goxoa, und grabe dabei meinen Fuß so tief wie möglich in den Sand, bevor ich ihn hochziehe und damit eine winzige Kaskade feiner Körner hervorrufe. Ein weiterer Schritt, ich fange von vorne an.
Wonach suche ich?
Was erhoffe ich mir?
Esteban ist schon so lange verschwunden. Seit genau zehn Jahren.
»Lass gut sein«, höre ich hinter mir die Stimme von Gabriel.
Ich mache mir nicht die Mühe, mich umzudrehen, ihm zuzulächeln.
Esteban wäre heute zwanzig geworden.
»Sieh nur«, fährt Gabriel fort. »Wir sind gerade erst gekommen, und der Wind löscht schon die Spuren unserer Schritte aus.«
Er hat recht, wie immer. Nichts hat sich in den letzten zehn Jahren verändert. Derselbe Wind fegt über den Strand von Saint-Jean-de-Luz, dieselben Ikurriñas flattern über der Mole, dieselben Surfer kämpfen mit denselben Brandungswellen, dieselben Kellner arbeiten in denselben Cafés, dieselben Touristen, wenige zwar, teilen sich den Strand. Und doch ist kein Detail identisch, keine Welle

ist haargenau wie die vorherige, keine Wolke hält inne, keiner der Komparsen dieser Szenerie hört auf zu altern.

Gabriel kommt näher, legt die Arme um meine Taille und drückt mir einen Kuss auf die Wange. Ich betrachte unser beider Schatten, die sich auf dem Sand ausdehnen, dicht beieinander, wie die umschlungenen Paare in alten Schwarz-Weiß-Filmen.

Ein idyllisches Bild.

Doch ich mache mich frei.

Tut mir leid, Gabriel. Ich verspreche dir, es wird andere, noch magischere Morgen geben.

Esteban wäre heute zwanzig geworden.

Esteban wäre ein brillanter Student gewesen. Esteban hätte sein Abitur mit Auszeichnung bestanden, was wir in einem noblen Restaurant an der baskischen Küste, im Jardins de Bakea vielleicht, gefeiert hätten. Esteban wäre Spitzensportler im Schwimmen gewesen, mit den Jahren wäre sein Körper der eines Athleten geworden, Esteban hätte weiter Gitarre gespielt, Esteban hätte sicher seine blonden Haare wachsen lassen, Esteban hätte mich an seinem Geburtstag an diesem Strand bei der Hand genommen, und ich wäre so unendlich stolz auf ihn gewesen.

Du nimmst meine Hand, Gabriel. Ich lasse sie nicht los.

Es ist das erste Mal, dass ich an die Grande Plage zurückkehre.

Ich musste einfach fort von hier, vor zehn Jahren, als die Polizei einen Monat nach Estebans Verschwinden die Suche einstellte. Weit, sehr weit weg. Ich eröffnete eine Praxis an einem anderen Meer, das kälter, aber weniger wild ist, im Norden, in Etretat, zwischen zwei Kreidefelsen. Ich musste alles neu aufbauen. Und dann kam Gabriel in mein Leben.

Doch ich musste einfach nach zehn Jahren zurückkommen.

Gabriels Hand ist warm, kräftig ... und leer. Sie umschließt nur einen toten Zweig. Fünf hölzerne Finger.

Ich erinnere mich an jeden meiner Gedanken, an diesem 21. Juni 2010, als ich Esteban allein am Strand zurückgelassen habe.

Kein Mann könnte sich jemals zwischen uns stellen! Ich muss einen leeren Platz neben mir im Bett behalten, für Esteban, wenn er im Morgengrauen zu mir kommt. Niemals könnte ein Liebhaber mich morgens mit einem so kristallklaren Ich hab dich lieb wecken.

Nie wieder wird Esteban im Morgengrauen zu mir kommen. Es ist Gabriel, der fortan den leeren Platz neben mir im Bett einnimmt, aber keines seiner *Ich liebe dich* beim Aufwachen wird jemals die Kraft von Estebans *Ich hab dich lieb* haben.

Gabriel küsst mich erneut.

Und auch keiner seiner Küsse wird diese Kraft haben, selbst wenn sie mir heute Morgen so guttun.

Ich habe Gabriel vorgeschlagen, für eine Woche mit mir nach Saint-Jean-de-Luz zu kommen, ohne ihm den Grund der Reise zu verheimlichen. Er war sofort einverstanden. Ich habe ein Zimmer im Hotel La Caravelle gebucht, ganz in der Nähe meiner damaligen Wohnung. Das schönste, mit den Ausmaßen einer Suite, um Gabriel eine Freude zu machen. Ich verfüge über die Mittel, verdiene recht gut in der neuen Praxis, habe aber fast keine kostspieligen Bedürfnisse.

Ich lasse meine Füße weiter durch den Sand schleifen, durchwühle ihn mit den Zehen, so als wollte ich nach zehn Jahren eine Ein-Euro-Münze darin entdecken. Jene, die Esteban zurückgelassen hätte, bevor er zum Meer gelaufen wäre, um darin zu ertrinken. So als würde ich hoffen, dass endlich Schluss mit dem Geheimnis wäre. Mit den Tausenden von Fragen ohne Antwort. Gleichungen mit Unbekannten, die niemals gelöst wurden.

Was ist an diesem Strand damals am 21. Juni 2010 passiert?

Gabriel lässt meine Hand los und legt seinen Arm erneut um meine Taille. So laufen wir Seite an Seite, eng umschlungen.

Der Strand ist lang, mehr als einen Kilometer, und wir kommen nur langsam voran. Gabriel hält oft an, um mich zu küssen. Ich füge mich einfach, um nicht zu distanziert zu wirken, und zwinge mich, seinen verführerisch finsteren Blick zu bewundern, sein dunkles Haar, seine Haut, die selbst im normannischen Winter gebräunt bleibt.

Kein Mann könnte sich jemals zwischen uns stellen!

Niemals hätte ich geglaubt, dass jemand Esteban ersetzen könnte. Im Übrigen ersetzt Gabriel ihn nicht! Er begnügt sich damit, den leeren Platz zu füllen. Von Anfang an kennt er meinen Schmerz, meine Stimmungsschwankungen, meine Tränen, meine Ängste, dass ich nie Freunde treffe, außer einem Psychiater, mein Schweigen, meine Therapiesitzungen. Er hat mich davor bewahrt, verrückt zu werden. Ohne sich zu beklagen, ohne Fragen zu stellen, er hat sich damit begnügt, ein wenig Aufmerksamkeit zu verlangen, ein paar Zärtlichkeiten. Wie ein freundliches, hübsches Haustier.

Tut mir leid, Gabriel, ich kann so grausam sein.

Wir laufen aufs Geratewohl. Am Ende der Bucht erkenne ich die Mauern vom Fort de Socoa, den runden Turm, der es überragt, die bunten Boote, die davor in den Wellen schaukeln. Aus der Ferne betrachtet, hält man es eher für ein Lego-Schloss als für eine einst uneinnehmbare Festung.

Die wenigen Leute, die uns, Gaby und mich, kennen, glauben, ich sei die Stärkere. Bin ich nicht Frau Doktor Maddi Libéri? Die Bewunderung verdient. Der es gelungen ist, sich ihr Leben neu aufzubauen, während Gabriel das Bild eines verträumten Poeten abgibt.

Dabei ist genau das Gegenteil der Fall. Die Leute haben keine Ahnung. Seit all diesen Jahren ist es Gabriel, der mich stützt.

• • •

Ich sehe ihn zuerst nur aus der Ferne.

Ich erkenne nur einen Farbfleck, ganz vage, auf dem schon sonnenüberfluteten Strand. So früh am Morgen sind erst wenige Touristen unterwegs: ein paar Jogger, ein paar Hundehalter, ein paar Familien, ein paar Verliebte.

Gabriel im Schlepptau steuere ich auf diesen Fleck zu. Meter für Meter wird er schärfer umrissen, die Farbe deutlicher.

Indigoblaue Badeshorts.

Ich empfinde zunächst nur ein Prickeln. Jedes Mal, wenn ich den Fuß auf einen Sand- oder Kiesstrand setze, wenn ich am Boden ausgebreitete Badetücher sehe, einem geworfenen Ball ausweiche, das Lachen von Kindern höre, die zum Schwimmen ins Wasser laufen, schnürt sich mir das Herz mit demselben Schmerz zusammen. Und das seit zehn Jahren. Ich kann es nicht lassen, den Gestalten zehnjähriger Jungen mit den Blicken zu folgen, die zu mager sind in ihren weiten Badeshorts, noch meinem Herzen verbieten, höher zu schlagen, wenn ich sehe, dass einer von ihnen eine blaue Badehose trägt. An den Stränden von Etretat, Deauville, Cabourg oder Honfleur bin ich zehnmal, hundertmal in diese Situation gekommen.

Ich lasse Gabriels Hand los.

Ich nähere mich dem Hafendeich. Eine Gruppe junger Leute spielt Beachvolleyball. Die Knaben sind muskulös, die Mädchen schlank, der Ball berührt nie den Boden.

Gabriel ist stehen geblieben, um ihnen zuzuschauen, ich laufe weiter.

Dieses Prickeln entwickelt sich zu giftigen Insektenstichen.

Ich sehe den Jungen mit der blauen Badehose jetzt ganz deutlich vor mir, auch wenn er mir den Rücken zukehrt.

Er muss zehn Jahre alt sein. Er hat sein Strandtuch neben das seiner Mutter gelegt, eine Blondine von etwa dreißig Jahren, sehr schlank, ohne Hinterteil und Brüste.

Meine Gedanken überschlagen sich, aber ich versuche, mich zur Vernunft zu bringen.

Zehnjährigen in indigoblauen Badeshorts bin ich natürlich schon häufig begegnet und werde es noch öfter tun. Eine skeptische Stimme in meinem Kopf ist jedoch nicht zufrieden.

Zugegebenermaßen verkauft so gut wie jede Boutique Badehosen in dieser Farbe, aber einem Jungen heute zu begegnen, am Tag, an dem …

Ich unterdrücke einen Schrei.

Der Junge sitzt auf seinem Strandtuch, ich kann sein Gesicht noch immer nicht sehen, dafür aber seine angewinkelten Beine, die Badeshorts, die über seine Oberschenkel fallen …

Und das Motiv …

Gedruckt auf dem indigoblauen Stoff seines linken Beins.

Ein kleiner weißer Wal.
Die Stachel in meinem Herzen werden zu Dolchen.
Die Badeshorts, die dieser Junge trägt, sind die gleichen wie die von Esteban vor zehn Jahren.
Wie groß ist die Wahrscheinlichkeit, dass ein solcher Zufall sich heute hier ereignet? Ich versuche, rational zu denken, um nicht in dem Abgrund zu versinken, der sich vor mir auftut. Sicher werden Hunderte, nein, Tausende völlig identische Badehosen von Hunderten, Tausenden Jungen getragen.
Aber hier? Ausgerechnet heute?
Gabriel ist mir nicht gefolgt. Er ist zurückgeblieben, die Volleyball-Spielerinnen, nach denen er schielt, scheinen wichtiger zu sein. Soll er machen, was er will; ich werde nicht eifersüchtig sein auf Mädchen, die dreißig Jahre jünger sind als ich.
Um ehrlich zu sein, bin ich froh, dass er nicht dabei ist. Dass ich ihm nicht erklären muss, warum ich mich weiter diesem Jungen und seiner Mutter nähern will, auch wenn meine Beine nachzugeben drohen.
Ich will nicht, dass er sieht, wie meine Hände sich verkrampfen. Ich will nicht, dass er sieht, wie hypnotisiert ich bin vom blonden zerzausten Haar des Jungen auf seinem Badetuch, von seinen mageren Beinen.
Inzwischen habe ich mich nahe genug herangepirscht, auf etwa zehn Meter, um ihn mit seiner Mutter reden hören zu können.
»Gehen wir schwimmen, Maman?«
Seine Mutter antwortet ihm nicht. Sie begnügt sich damit, eine Zeitschrift aufzuschlagen.
Was dann folgt, spielt sich in Zeitlupe ab. Der Junge dreht ganz langsam den Kopf und sieht seine Mutter flehentlich an.
Er nimmt mich nicht wahr. Ich existiere nicht für ihn.
Und ich sehe nur noch ihn.
Ich erkenne jede Nuance seines Gesichts wieder, jede Falte seines Lächelns, jeden blauen Stern seiner Iris, jede Wölbung von seiner Stirn bis zum Kinn, jedes Grübchen, jede Wimper, jeden Gesichtsausdruck.

Das ist er!
Es ist nicht ein Kind, das ihm ähnelt, es ist kein Doppelgänger.
Das ist mein kleiner Prinz!
Esteban.
Egal, ob er heute zwanzig Jahre alt geworden wäre, ob es überhaupt keinen Sinn macht, ob es reiner Wahnsinn ist, es zu glauben.
Ich weiß, dass er es ist.

• • •

Der Junge mit der indigoblauen Badehose geht jeden Morgen zum Strand von Saint-Jean-de-Luz. Zwischen der Mole und der Terrasse des Toki Goxoa. Immer genau an derselben Stelle. Immer mit seiner Mutter.
Ich sitze acht Meter hinter ihm. Ich nähere mich ihm nach und nach, Meter für Meter, mit jener Geduld, die es braucht, wenn man einen Vogel zähmen will.
Weder er noch seine Mutter haben mich bemerkt. Seine Mutter ist ständig in die Lektüre eines Buches oder einer Zeitschrift vertieft, und der Blick des Jungen, wenn er auf mich trifft, durchdringt mich, als wäre ich durchsichtig oder aus Staub. Als wäre die Sanduhr meines Lebens umgedreht worden, als wäre mein kleiner Prinz lebendig und ich das Phantom.
Ich bin kein Phantom! Ich bin ein Wesen aus Fleisch und Blut, ich weiß es, ich fühle es, und jeder seiner gleichgültigen Blicke zerreißt mich, als würde ein Schwert mich durchbohren.

Ich habe Gabriel nichts gesagt.
Wie könnte er mir glauben?
Er wartet im Bett unseres Hotelzimmers auf mich. Er sieht gerne abends lange fern und steht dann am nächsten Tag spät auf. Und er hasst es, morgens schwimmen zu gehen.
Ehrlich gesagt, bin ich ihm dafür dankbar.
Seitdem wir hier sind, konnte ich diesen Jungen und seine Mutter heimlich ausspionieren, ohne mich erklären zu müssen. Nur

eine Stunde, dann verlassen sie den Strand, und ich kehre zu Gabriel ins Hotel zurück.

Der Junge heißt Tom.

Er ist eher ruhig und gehorsam. Manchmal kommt er mir ein wenig traurig vor. Ich glaube, er langweilt sich. Er geht oft schwimmen. Er ist ein sehr guter Schwimmer, so wie Esteban. Seine Mutter geht nicht ins Wasser. Sie passt auch kaum auf ihn auf. Sie ermahnt ihn nur kurz, ohne die Augen von ihren Büchern zu heben. *Lauf nicht zu weit weg, trockne dich ab, zieh dir was über.* Regelmäßig bittet Tom seine Mutter, mit ihm zu spielen. Dann widmet sie sich ihm für ein paar Minuten und überlässt ihn wieder sich selbst. Und seiner Langeweile.

Tom hat nicht ganz dieselbe Stimme wie Esteban. Und seine Haut ist etwas heller. Aber diese beiden winzigen Unterschiede sind nichts im Vergleich zu ihrer unglaublichen Ähnlichkeit. Würden Tom und Esteban nebeneinander stehen, wäre es unmöglich zu sagen, wer wer ist.

Perfekte Zwillinge.

Seit drei Tagen versuche ich, mich zur Vernunft zu bringen. Ich bin Wissenschaftlerin, habe Medizin studiert, ich glaube weder an einen Gott noch an irgendein Paradies, Esteban wäre heute zwanzig geworden, Tom ist erst zehn, auch wenn Tom so lächelt wie Esteban, lacht wie Esteban, schwimmt wie Esteban, die gleichen Badeshorts trägt ...

Tom kann nicht Esteban sein.

Daraufhin habe ich mich an einen Beweis geklammert, den einzigen, der mich noch überzeugen könnte, nicht in einem endlos tiefen Brunnen von Vermutungen zu versinken und mich so einer absurden Illusion hinzugeben.

Das Angiom von Esteban. Sein Geburtsmal, gut sichtbar, an der Leiste über dem Rand seiner Badehose.

Jedes Mal, wenn Tom aufstand, sich auszog, sich wieder anzog, habe ich heimlich danach Ausschau gehalten. Und auch jedes seltene Mal, wenn seine Mutter ein paar Sandkörner von seiner Schulter strich. Hin- und hergerissen zwischen zwei widersprüchlichen Gefühlen, habe ich den Jungen angestarrt. Auf der einen Seite war da die Vernunft, die Hoffnung, diesen dunklen Fleck nicht zu entdecken, um der übertriebenen Obsession ein Ende zu bereiten. Und auf der anderen war da mein Herz und die Hoffnung, das Geburtsmal auf seiner rechten Leiste auszumachen. Denn das wäre der Beweis dafür, dass hier Esteban lebendig vor mir stand.

Auch wenn er innerhalb von zehn Jahren nicht um einen Tag gealtert ist! Auch wenn er sich nicht an mich erinnert, einen anderen Namen trägt und eine andere Mutter hat. Egal, wohin er verschwunden ist, und was er erlebt hat während all dieser Jahre.

Er ist zurückgekehrt.

Trotz all meiner Bemühungen ist es mir nicht gelungen. Ich habe nie einen Blick auf den unbekleideten Tom werfen können. Schamhaft wickelt er sich in sein Strandtuch, sobald er die Badehose auszieht. Ich habe auch nichts sehen können, wenn er aus dem Meer kam, und seine vom Wasser schwereren Shorts ein wenig tiefer rutschten. Ich habe seine Mutter verflucht, die es innerhalb von drei Tagen nicht einmal für nötig befunden hat, eine Tube Sonnencreme aus der Badetasche zu holen. Toms helle Haut ist seit dem ersten Morgen gerötet. Er beklagt sich kein einziges Mal, aber der Sonnenbrand macht es für mich noch schwerer, eine dunklere Stelle auf seiner Haut zu entdecken.

So als hätte seine Mutter sie verbergen wollen, indem sie den Jungen von der Sonne verbrennen lässt.

»Maman, kommst du?«

Tom ist schon im Wasser, das ihm bis zur Taille reicht, doch wenige Meter weiter draußen sind die Brandungswellen bereits richtig stark. Jede höhere Welle könnte ihn umwerfen. Ich widerstehe dem Drang, laut zu schreien, ihm zu befehlen, aus dem Wasser zu kommen, seine Mutter zu beschimpfen. Widerwillig hebt sie die Augen von ihrem Buch.

»Kommst du, Maman?«, beharrt Tom. »Nicht zum Schwimmen. Du sollst nur ein Foto von mir machen. Schau!«

Mit aller Kraft springt er hoch, ehe eine Welle ihn im Rücken trifft, fällt in den Schaum, spuckt Salzwasser aus, lacht, versucht, sein Gleichgewicht wiederzufinden, bevor ihn die nächste Welle erwischt.

Esteban hat auch gerne so getobt. Aber ich war bei ihm.

»Maman!«

Wider Erwarten steht seine Mutter diesmal auf. Sie greift nach ihrem Handy und läuft zum Meer.

Ich bin höchstens sieben Meter von ihrem Platz entfernt. Jetzt oder nie!

Ich lasse die Dreißigjährige nicht aus den Augen. Das Handy in Augenhöhe, läuft sie zum Meer.

Eine bessere Gelegenheit wird sich niemals bieten.

In der Nähe ist niemand außer einem älteren schlafenden Paar und ihren Enkelkindern, die eifrig an einer Sandburg bauen.

Ich robbe langsam vorwärts. Mit einer gezielten Bewegung greife ich nach der Strandtasche von Toms Mutter. Zwischen Büchern, Stiften, Schlüsseln und verschiedenen undefinierbaren Flakons entdecke ich ihr Portemonnaie.

Ein schneller Blick zum Wasser hin – Toms Mutter kehrt mir noch immer den Rücken zu.

Meine Finger umschließen das Portemonnaie, und ich klappe es so schnell wie möglich auf. Die Selbstvorwürfe verschiebe ich auf später: Ich bin verrückt, ich wühle in den privaten Sachen einer Unbekannten herum, wenn ich erwischt werde, wenn ...

Ich ziehe einen Personalausweis heraus. Ich muss mir die Daten so schnell wie möglich einprägen, ich habe nur eine Sekunde Zeit, dann muss ich alles wieder einräumen, mich entfernen, unsichtbar werden.

Meine Finger zittern, die Kunststoffkarte entgleitet ihnen, fällt in den Sand.

Verdammt!

Ein flehender Blick Richtung Meer. Tom ist immer noch im Wasser. Seine Mutter steht mit ihrem Smartphone in der Hand da und wartet, bis er mit seinem Delphinspiel fertig ist.

Ich greife nach dem Ausweis, wische den Sand mit dem kleinen Finger weg und lese.

Amandine Fontaine
La Souille
Hameau de Froidefond
63790 Murol

· 4 ·

Die Ausstattung des Sprechzimmers von Doktor Wayan Balik Kuning ist eine Mischung aus nüchterner Sachlichkeit – der Beweis seiner Seriosität für seine exklusive Klientel – und einem Hauch Exotik, der für eine entspannte, ruhige Atmosphäre und Vertrauen sorgt. Alles ist in harmonischen Gelbtönen gehalten: safrangelbe Wandbespannung, topasfarbener Teppich, Sessel und Sofa in maisgelbem Leder, das Mobiliar ist aus Rohholz. Dazu ein minimalistisches Interieur in Kupfertönen – eine Wanduhr, zwei Lampen, ein paar Skulpturen balinesischer Gottheiten.

Wayan Balik Kuning zündet ein Räucherstäbchen mit Sandelholzduft an, während ich mich auf der Couch ausstrecke. Dann schaltet er bedächtig das Diktiergerät ein und nimmt in dem Sessel aus Heveaholz Platz.

Mir gegenüber.

Es ist mir lieber so.

Bei unseren ersten Sitzungen saß er hinter mir. Aber mir war es unangenehm, ihn nicht sehen zu können, den Eindruck zu haben, mit einer Wand zu sprechen, nicht kontrollieren zu können, ob er nicht vielleicht eingeschlafen war oder auf seinem Samsung Candy Crush spielte. Noch dazu ist Wayan Balik Kuning nicht gerade unattraktiv. Er ist das erlesene Ergebnis seiner balinesisch-französischen Vorfahren. Karamellfarbener Teint, pechschwarzes Haar mit silbrigen Strähnen, Dackelblick, aber die Schulterbreite eines

Rugbyspielers. Der Psychiater Doktor Kuning, Absolvent der Medizinischen Fakultät Paris-Descartes, hat nichts mit jenen Scharlatanen gemein, die ihre Praxen mit den Statuen von Wischnu, Shiva oder Brahma dekorieren.

»Maddi, Sie sagen also, dass dieser Junge, Tom Fontaine, Esteban ähnelt?«

»Nein, Wayan, das habe ich nicht gesagt. Seien wir genauer, ›ähneln‹ ist zu wenig. Ich habe Ihnen gesagt ... Das war er!«

Wayan sinkt immer tiefer in seinen Sessel und klammert sich an die geschnitzten Armlehnen. Er bereitet sich auf eine schwierige Sitzung vor. Er ahnt noch nicht, wie schwierig ...

»Maddi, Sie wissen genau, das ist unmöglich. Esteban wäre mittlerweile zwanzig Jahre alt. Schon diese einfache Feststellung schließt jede andere Debatte, jede Illusion eines Identitätsdiebstahls aus. Tom ist nicht Esteban.«

Ich will widersprechen, doch Wayan hebt die Hand, um mir zu bedeuten, dass ich ihn nicht unterbrechen soll.

»Wir müssen das Problem also anders betrachten und uns eine andere Frage stellen. Warum sind Sie überzeugt, dass dieser Junge, von dem Sie rein gar nichts wissen, derart Ihrem Sohn ähnelt? Wir erhalten keine Antwort, ohne Ihnen weitere, noch unangenehmere Fragen zu stellen. Zunächst einmal: Warum hatten Sie das Bedürfnis zehn Jahre nach dem Verschwinden Ihres Sohnes nach Saint-Jean-de-Luz zurückzukehren? Verstehen Sie mich bitte richtig, Maddi, was zählt, ist nicht, was Sie an diesem Strand gefunden, sondern wonach Sie dort gesucht haben.«

Ich zwinge mich, auf der maisgelben ledernen Couch ausgestreckt liegen zu bleiben. Ich kontrolliere meinen Atem, um mich so ruhig wie möglich ausdrücken zu können.

»Nicht dieses Mal, Wayan! Okay, die anderen Male, als ich Esteban in Cabourg, in Deauville oder in Honfleur wiedererkannt zu haben glaubte, war es mein Gehirn, das sich weigerte, meine Wunden heilen zu lassen. Es handelte sich zugegebenermaßen nur um Ähnlichkeiten, davon haben Sie mich überzeugt. Aber dieses Mal ist es anders. Diesmal ... ist er es wirklich!«

Wayan drückt sich noch ruhiger aus als ich. Sein Tonfall gibt mir zu verstehen, dass er in seiner Therapie jede irrationelle Erklärung ausschalten will.

»Gut. Wir haben viel Arbeit vor uns, Maddi, sind Sie sich dessen bewusst?«

»Ja, natürlich. Aber ... wir müssen die Sitzungen beenden.«

Ich habe mich leicht aufgesetzt, um seine Reaktion beobachten zu können. Das attraktive Gesicht von Wayan ist erstarrt.

»Wie bitte? Sagen Sie mir bitte, Maddi, dass ich Sie falsch verstanden habe?«

Ich zwinge mich zu einem Lächeln. Lange betrachte ich die Plakate von Angkor, von Borobudor und von Wat Saket an den Wänden, das Poster vom Mount Batur und den Reisfeldern.

»Ich werde Sie vermissen, Wayan. Sie haben mir in all den Jahren wirklich sehr geholfen. Ich würde meine Therapie gerne fortsetzen, aber ...«

Wayan Balik Kuning, der Kaiser der Selbstkontrolle, vermag seine Panik kaum zu verbergen.

»Sind Sie enttäuscht von mir? War ich ungeschickt? Sollte es eine Frage des Geldes sein, dann könnte ich ...«

»Nein, ganz und gar nicht. Die Sache ist nur ... Ich werde umziehen!«

Es herrscht Stille. Die Sandelholzwolke verteilt sich langsam im Raum. Der Rüssel eines in Lavagestein gehauenen Ganesha scheint sich ein Niesen zu verkneifen.

»Wa... Warum ... Wo ... wohin wollen Sie umziehen?«

»In die Auvergne. Sie suchen dort in einer kleinen Gemeinde mit fünfhundert Einwohnern einen Allgemeinmediziner – und das schon seit fast drei Jahren. Sie werden mich dort mit mehr Ehrfurcht empfangen, als wenn ich die größte Heilerin des hinduistischen Pantheons wäre.«

Seitdem ich Wayan kenne, habe ich noch nie einen solchen Ausdruck in seinem Gesicht gesehen. Ich finde ihn unwiderstehlich, mit seinen feuchten Augen. Wie viele seiner Patientinnen haben sich wohl in ihn verliebt?

»Und in diesem Ort wohnt Tom Fontaine, nicht wahr?«
Unwiderstehlich und noch dazu intelligent.
»Ja. Es tut mir sehr leid, Wayan. Aber ... ich muss der Sache nachgehen.«
»Was wollen Sie überprüfen? Sein Geburtsmal, ist es das? Das Angiom von Esteban. Und dann? Sie freunden sich mit der Mutter von Tom Fontaine an? Sie mischen sich in die Angelegenheiten der Familie ein, natürlich ohne von Ihrer Vergangenheit zu sprechen. Sie werden die Mutter ersetzen? Nur weil dieser Junge dem Sohn ähnelt, den Sie verloren haben?«
»Ich habe ihn nicht verloren! Man hat ihn mir gestohlen!«
Kurz verliere ich die Kontrolle über meine Stimme, aber es gelingt mir, sie erneut zu mäßigen. Ich möchte unbedingt vermeiden, dass meine letzte Sitzung in einer Konfrontation endet.
»Es ... es tut mir leid, Wayan. Ich muss einfach dorthin. Meine Entscheidung ist gefallen. Ich habe meine Praxis in Etretat gekündigt. Sie erwarten mich schon in Murol.«
Wayan steht auf, was während einer Sitzung noch nie vorgekommen ist.
»Darf ich rauchen?«
Ich lächle.
»Sicher – es ist schließlich Ihre Praxis.«
Er öffnet eine Schublade und zündet sich eine lange, dünne Zigarette an. Der Duft vom Sandelholz überdeckt den des Zigarettenrauchs für die nächsten Patienten.
»Sie haben hier wieder zu sich gefunden, Maddi. Sie leben nicht allein.« Er zögert einen Moment. Noch nie habe ich ihn so lange nach Worten ringen sehen. »Sind Sie sicher, dass Ihr ..., dass äh ... Gabriel bereit ist, alles aufzugeben, um Ihnen zu folgen?«
Ich lächele wieder.
»Ich habe noch nicht mit ihm darüber gesprochen, aber ich glaube, er würde mir überallhin folgen, vorausgesetzt es gibt einen Internetzugang.«
Ein flüchtiger Ausdruck von Schmerz huscht über Wayans schönes Gesicht. Über mein Privatleben zu sprechen, war schon immer

am schwierigsten gewesen. Ich weiß, dass er nicht ganz unempfänglich ist für mein blondes Haar, meine Energie oder meinen Tränen gegenüber, die ich in all den Jahren an seiner Seite vergossen habe. Aber vielleicht war es auch genau umgekehrt, und ich bin es, die sich nach all den Jahren unbewusst in ihn verliebt hat.

Und selbst wenn es so wäre, was würde das ändern? Ich habe eine Wahl getroffen, er auch, wir sind vernünftige Erwachsene, die in der Lage sind, mit unseren Frustrationen und Widersprüchen umzugehen. Ich antworte mit möglichst großer Unbeschwertheit.

»Und wenn Gabriel nicht einverstanden ist, dann eben nicht, das ändert nichts an meiner Entscheidung. Sie kennen mich, Wayan, ich bin eine entschlossene Frau ... und noch dazu frei!«

»Nein, Maddi, oh nein, so kann man Freiheit nicht definieren.«

Wayans Zigarette riecht ekelhaft nach Gewürznelken. Ich habe keine Lust, mit Wayan zu philosophieren. Nicht heute. Und auch nicht, mir eine Moralpredigt anhören zu müssen. Und noch weniger eine Diagnose meiner geistigen Gesundheit.

»Ich möchte Sie um einen letzten Gefallen bitten, Wayan. Könnte ich die Aufzeichnungen all unserer Sitzungen bekommen? Ich würde sie mir gerne noch einmal anhören.«

Er zieht lange an seiner Zigarette. Er wird seinen ganzen Vorrat an Räucherstäbchen aufbrauchen müssen, um den Geruch zu übertünchen.

»Sind Sie sicher, dass das eine gute Idee ist?«

»Nein, nicht wirklich. Ich bin mir nur weniger Dinge sicher. Und genau deshalb möchte ich sie mitnehmen.«

Wayan geht zögernd zu seinem Schreibtisch.

»Wenn Sie darauf bestehen. Ich kann es Ihnen nicht verwehren, schließlich gehören sie Ihnen. Sie hatten darauf bestanden, dass alle Sitzungen aufgenommen werden. Ich kopiere sie Ihnen auf einen USB-Stick. Wünschen Sie nur die, die in dieser Praxis stattfanden, oder auch die ... davor?«

»Alle Sitzungen, Wayan. Bitte.«

Ich höre ihn nervös auf den Tasten seines Computers klimpern.

»Wann ziehen Sie um?«

»In sechs Monaten. Ich verbringe ein letztes Weihnachten am Fuß der Felsen und gehe im Februar ins Land der Vulkane, wenn sie mit Schnee bedeckt sind.«

Er fixiert weiter den Bildschirm und sieht die Liste unserer vergangenen Sitzungen vorüberziehen. Seine feuchten Augen nehmen einen melancholischen Ausdruck an.

»Maddi, darf ich Sie meinerseits um einen Gefallen bitten?«

»O ... Sie machen mir Angst.«

Sein Blick verharrt weiter auf der Abfolge unserer Gespräche, zusammengefasst in dreiundachtzig Dateien.

»Wenn Sie durch diese Tür gegangen sind, dann sind Sie nicht mehr meine Patientin. Wir werden, sozusagen, wieder Kollegen sein. Hätten Sie Lust, bevor Sie abreisen, ein Glas mit mir zu trinken? Einen Abend ins Restaurant zu gehen und ...«

Er zieht ein letztes Mal an seiner Zigarette. Ich sehe ihn voller Zärtlichkeit an.

»Wie Sie gesagt haben, Wayan, ich lebe nicht allein. Da gibt es immer noch Gabriel.«

»Aber Sie sind eine freie Frau ...«

»Ja. Sie aber sind es nicht.«

»Was nicht?«

»Frei!«

»Frei? Niemand ist freier als ich, Maddi. Ich habe weder Frau noch Kind, noch ...«

Ich unterbreche ihn mit größtmöglicher Behutsamkeit.

»Nein, Wayan, das sind Sie nicht. Sie sind nicht so frei, dass Sie alles verlassen, alles opfern. Ich glaube, ich kann nur mit einem Mann leben, der dazu in der Lage ist. Ich bin egoistisch, nicht wahr? Sie haben alle positiven Eigenschaften dieser Welt, aber Sie sind nicht die Art von Mann, der alles hinter sich lassen, alles aufgeben kann, um der Frau zu folgen, die er liebt.«

DAS ZWEITE LEBEN

DIE KINDLICHE SEELE

Das zweite Leben der Seele, Maddi, ist die Phase, in der man begreift, dass man nicht nur für sich lebt. Die anderen zählen, gewinnen an Bedeutung. Die Seele muss lernen, ihren Impulsen nicht nachzugeben oder sie zumindest zu kontrollieren, zu tricksen, zu spielen, zu betrügen, zu verführen, zu lieben.

II
DER UMZUG

Willkommen in Murol

· 5 ·

Ich öffne die Fensterläden meiner Praxis. Beste Sicht auf die Chaîne des Puys, die Burg Murol, die auf dem nächstgelegenen Hügel thront und den Bergkamm des Sancy, der sich am Horizont abzeichnet. Durch die offenen Fenster drängt die Sonne in den Raum, als suche auch sie die Kühle der alten Granitsteine.
Einen solchen Empfang habe ich nicht erwartet!
Sechs Monate, bevor ich in die Auvergne zog, hatte ich mich innerlich auf Grau, tiefhängende Wolken, verschneite Straßen, nasse Rinnsteine, das kalte Gemäuer der Häuser und rauchende Schornsteine vorbereitet, auf menschenleere Straßen, auf Schals und Mützen, auf ein zurückgezogenes Leben … Seit ich in Murol bin, ist genau das Gegenteil der Fall.
Niemand hier kann sich daran erinnern, jemals einen so milden Winter erlebt zu haben. Fünfzehn Grad mitten im Februar. Über fünfundzwanzig Grad auf den sonnenbeschienenen Hängen der Vulkane. Und die Windschutzscheiben der Autos sind morgens kaum vereist.
Meine Praxis befindet sich im Zentrum von Murol, nur wenige Schritte vom Pont de Lave entfernt, der den Fluss Couze Chambon überspannt. In den Straßen des Dorfes herrscht zwar nicht das geschäftige Treiben der Rue Gambetta von Saint-Jean-de-Luz, aber es ist auch keine Geisterstadt mit all den Touristen, die dieses Jahr ums Skifahren gebracht wurden und sich hierher verirrt ha-

ben, den Wanderern, die dastehen wie die Orgelpfeifen, und den lärmenden Schülern, die aus der Schule stürmen und die kleinen alten Damen wecken, die von der Sonne genauso benommen sind wie die schläfrigen Katzen hinter den Spitzenvorhängen.

Ich lebe jetzt seit drei Wochen in Murol und bereue nichts. Drei lange Jahre haben sie hier auf ärztliche Versorgung gewartet! Ich wurde empfangen, als wäre ich aus Amerika heimgekehrt und hätte Goldbarren mitgebracht. Alle haben in meiner Praxis vorbeigeschaut, die Bürgermeisterin, die Lehrerin, der Klempner, der Metzger, der Wärter des kleinen Heimatmuseums. Alle haben mich beruhigt: Hier sind das ganze Jahr über viele Leute. Alle haben mich gelobt, als sie merkten, dass ich meine Arbeitsstunden nicht zähle. Alle haben mir ihre Hilfe angeboten, und ich zögere nicht, sie anzunehmen. Wenn man hier bereit ist, seine Tür zu öffnen oder bei anderen anzuklopfen, bleibt man nicht lange allein.

Danke, Freunde, aber ich bin nicht allein.

Ich schalte den Computer an und checke meine Termine für den heutigen Tag auf Planyo, dem Buchungsportal für Arzttermine. Heutzutage läuft alles übers Internet, sogar in der tiefsten Auvergne. Dafür braucht man keine Rezeptionskraft. Geistesabwesend überfliege ich die Patientenliste, die Augen leicht zusammengekniffen, weil mich die sich auf dem Bildschirm spiegelnde Sonne blendet.

Bevor ich sie weit aufreiße. Zwei riesige Murmeln.

Ich versuche, die Aufregung, die in mir hochsteigt, in den Griff zu bekommen und tief durchzuatmen.

Ich wusste, dass die Zeit für mich arbeiten würde! Ich bin die einzige Ärztin im Umkreis von zehn Kilometern. Ich musste nur geduldig darauf warten, dass er zu mir kommt. Alles, was ich in den letzten sechs Monaten unternommen habe – die Normandie zu verlassen, ans andere Ende Frankreichs zu ziehen, mich im Moulin de Chaudefour niederzulassen und diese Praxis zu eröffnen –, hatte nur ein Ziel: dass wir uns begegnen.

Dennoch zittere ich jetzt vor Überraschung.

Mélanie Pelat: 9 Uhr
Gérard Fraisse: 9:15 Uhr
Yvette Mory: 9:30 Uhr
Tom Fontaine: 9:45 Uhr

• • •

»Sie sind dran, Madame.«
 Es ist 9:55 Uhr. Eine zumutbare Verspätung, damit nicht der Eindruck entsteht, ich hätte meine vorherigen Patienten nur abgefertigt. Weitere zehn Minuten Wartezeit, die mir unerträglich lang erscheinen.
 »Bitte kommen Sie herein.«
 Amandine Fontaine legt die Sonderausgabe *In den Bergen* der Zeitschrift *Vivre Bio* auf den kleinen Tisch im Wartezimmer, steht auf und tritt mit Tom ein.
 Ich schließe die Tür hinter ihr. Da sind wir nun alle drei in der Verschwiegenheit meines Sprechzimmers. Als Tom an mir vorbeigeht, bin ich kurz versucht, sein blondes Haar zu zerzausen, meine Hand auf seine Schulter zu legen, ihm über die Wange zu streicheln. Ich habe ihn seit letztem Juni nicht mehr gesehen. Er trägt sichtbar abgetragene Jeans, einen ausgeleierten Pullover aus naturfarbener Wolle. Kleidung, die zu groß für ihn und nicht mit Estebans Markenkleidung zu vergleichen ist. Dennoch hat Tom ihm noch nie so ähnlich gesehen.
 Ich bin vorbereitet. Diese besondere Sprechstunde habe ich in meinem Kopf sicherlich schon hundert Mal durchgespielt. Ich darf mich nicht aus dem Konzept bringen lassen.
 Ein Schreibtisch steht zwischen uns. Tom schielt von der Seite auf das Bonbonglas. Die Belohnung für meine kleinen Patienten, wenn sie ganz tapfer waren. Ich wende mich direkt an ihn, als wäre Amandine gar nicht da. Das ist nicht einmal eine Strategie, bei Kindern mache ich das immer so. Ich ziehe es vor, wenn zunächst sie mir in ihren eigenen Worten ihre Symptome und Beschwerden schildern, ehe die Eltern sich einschalten.

»Also, was ist los, kleiner Mann?«
Tom sieht mich mit seinen großen ozeanblauen Augen an, überrascht darüber, dass ich mich an ihn wende.
Dieser Blick, mein Gott, dieser Blick ...
Amandine reagiert sofort.
»Nichts«, beteuert sie, »ist schon vorbei, er ist wieder gesund. Tom hat drei Tage in der Schule gefehlt, weil er einen Husten hatte. Sein Hals kratzte, die Nase lief, na ja, Sie wissen schon. Aber jetzt ist es wieder gut.«
Warum geht man zum Arzt, wenn die Krankheit vorbei ist? Sie lässt mir keine Zeit, sie danach zu fragen.
»Ich brauche einfach ein ärztliches Attest. Für die Schule. Sonst machen die einen Riesenaufstand wegen der Fehltage. Heute ist der letzte Tag vor den Februarferien.«
Amandine starrt mich durchdringend an. Ich setze ein professionelles Lächeln auf. Kann es sein, dass sie mich wiedererkannt hat? Vor meinem Umzug nach Murol habe ich mir meine Haare abgeschnitten. Während der Sprechstunde trage ich eine Brille. Sie hat mich noch nie mit Brille gesehen. Wie sollte sie einen Zusammenhang zwischen der neuen Ärztin und jener Frau am Strand von Saint-Jean-de-Luz herstellen, die sie vor sechs Monaten an drei Tagen flüchtig gesehen hat? Drei Tage, an denen sie kaum von ihren Zeitschriften aufgeblickt hat?
»Ich will offen sein«, fährt Amandine fort. »Ich halte nicht viel, wie soll ich sagen, von Medizin, von Medikamenten, Laboruntersuchungen, Impfstoffen und all diesen Dingen. Ich behandele Tom lieber selbst. Verstehen Sie, was ich meine? Vorbeugende Maßnahmen, gesunder Menschenverstand, natürliche Behandlungsmethoden.«
Erleichtert atme ich auf. Sie misstraut nicht mir, sondern dem medizinischen System im Allgemeinen. Ich bin daran gewöhnt, das kommt bei jungen Müttern immer häufiger vor. Selbstmedikation. Zwei oder drei Fachbücher, eine Website im Internet, ein paar Foren, und sie haben das Gefühl, sie hätten drei Jahre als Assistenzarzt hinter sich.

»Wenigstens sind Sie ehrlich!«
Amandine erwidert mein Lächeln. Sie will schon aufstehen. Sie wird es tun, sobald sie ihre Bescheinigung hat.
»Aber auch ich will ehrlich sein ...«
Amandine Fontaines Lächeln verschwindet sofort wieder. Tom starrt noch immer auf das Bonbonglas.
»Ich kann Ihnen kein ärztliches Attest ausstellen, ohne vorher ihren Sohn untersucht zu haben. Tut mir leid, das ist nicht verhandelbar.«
Ich versuche, die richtige Mischung aus Freundlichkeit und Unnachgiebigkeit zu finden. Amandine verzieht das Gesicht, zögert. Ist sie imstande, Tom bei der Hand zu nehmen und zu gehen? Ich entscheide mich dafür, mich weiterhin direkt an ihn zu wenden.
»Ich werde dir nicht wehtun, kleiner Mann, nur eine kleine Routineuntersuchung.«
Als wäre es beschlossene Sache, trete ich vor, um ihn abzuhorchen. Amandine zögert noch, mich näherkommen zu lassen. Ist es ihr mütterlicher Instinkt, der sie misstrauisch macht, oder hat sie etwas zu verbergen? Ich vermute, sie wird es nicht zulassen, dass ich Tom berühre. Sie wird aufstehen und sich zwischen uns stellen, aber sie verzieht plötzlich das Gesicht, wird von einem durchdringenden Schmerz im Bauchraum an den Stuhl gefesselt. Könnte es sein, dass nicht ihr Sohn, sondern sie einen Arzt braucht?
»Tom ist nie krank«, stößt sie hervor, wobei sie ihre Schmerzen nur schlecht verbergen kann. »Er war seit zwei Jahren nicht mehr beim Arzt.«
»Nun, dann werden wir das schleunigst nachholen. Los, mein Junge, klettere mal auf die Liege.«
Mein Enthusiasmus und meine Entschiedenheit überzeugen ihn. Ich fange zunächst damit an, Toms Hals, seine Ohren und seine Nase zu untersuchen. Ich kann bestätigen, dass er alle Symptome einer leichten Kehlkopfentzündung aufweist, die fast vollständig abgeklungen ist. Amandine hat zumindest in diesem Punkt recht, Tom braucht keine Medikamente.

»Gut, mein Großer, du kannst heute Nachmittag sogar in die Schule gehen, wenn du Lust hast.«

Ein breites Lächeln erstrahlt auf Toms Gesicht. Es ist das Lächeln von Esteban, das meines kleinen Prinzen. Ich merke, dass ich jedes Mal, wenn ich ihn anschaue, wenn meine Hände ihn berühren, wenn ich seinen Hals untersuche, seinen Brustkorb drücke, ich ein wenig tiefer in eine Hölle hinabsteige, aus der ich möglicherweise nie wieder herauskommen werde.

Ich habe das Gefühl, Estebans Haut zu berühren, den Geruch von Esteban wahrzunehmen ...

Doch ich habe keine Wahl. Wenn mein Sohn dort eingesperrt ist, muss ich ihn holen.

»Bleib auf der Liege sitzen, kleiner Mann, ich bin noch nicht ganz fertig. Kannst du deinen Pullover und dein T-Shirt ausziehen?«

Tom gehorcht. Amandine sagt nichts. Ist es der Schmerz in ihrem Bauch, der sie hat verstummen lassen? Ist es meine Autorität? Alles in allem hat sie keinen Grund, sich dieser banalen Untersuchung zu widersetzen, oder?

Ich taste Toms Schulterblätter ab, seine Rippen, seinen Bauch, seine Knie, seine Ellenbogen und seine Handgelenke. Ich habe das Gefühl, meine Finger würden gleich in Flammen aufgehen. In meinem Kopf tobt ein unlösbarer Konflikt, zwischen der vernünftigen Ärztin Maddi Libéri und der untröstlichen Mutter von Esteban. Als Ärztin versuche ich, wie eine routinierte Fachfrau zu denken: Ich habe Hunderte von Zehnjährigen untersucht und weiß, dass die meisten von ihnen ungefähr den gleichen Körperbau, die gleiche Größe haben, mit ein paar Zentimetern oder Kilo Unterschied, die gleiche spindeldürre Figur, die gleichen hageren und kräftigen Beinchen, den gleichen flachen Bizeps, den man mit zwei Fingern umspannen kann. Und dennoch, als Estebans Mutter gebe ich nicht auf: Das Gedächtnis meiner Hände lügt nicht, ich kann den Körper meines Kindes wiedererkennen.

»Wunderbar, mein Großer. Nun leg dich mal hin. Ich werde dir die Hose ein bisschen runterziehen, kein Grund zur Beunruhigung.«

Diesmal reagiert Amandine.

»Was machen Sie da?«

»Nichts Besonderes, ich taste nur den Bauch ab.«

Amandine wagt es nicht, mir direkt zu widersprechen.

Ich öffne drei weitere Knöpfe, lockere die Hose und ziehe sie ein wenig, nur ein oder zwei Zentimeter, herab. Blaue Boxershorts kommen zum Vorschein.

Meine Hand ist wie versteinert.

Das ist unmöglich! Strenggenommen, logisch, medizinisch gesehen unmöglich!

Und doch wusste ich bereits, bevor ich Tom untersuchte, dass es da sein würde.

Im Verborgenen. Gut versteckt.

Wie ein unauffällig getarnter Beweis, der unmöglich ausgelöscht werden kann.

Das Angiom ist deutlich sichtbar und hat die Form eines Wassertropfens, wie eine scharlachrote Träne, die über Toms rechter Leiste verläuft. Genau wie bei Esteban.

Sein Geburtsmal.

Ein Merkmal, das man unmöglich fälschen kann.

Tom liegt noch immer da, ich habe ihn bisher nicht aufgefordert, wieder aufzustehen und sich anzuziehen ...

All meine Gewissheiten geraten ins Wanken.

Zugegeben, eine äußere Ähnlichkeit ist da. Die physische Ähnlichkeit und im Zweifelsfall auch dieselbe Badehose und derselbe Strand, das konnte ich ja noch hinnehmen, aber dieses Geburtsmal? Wie sollte ich glauben, dass es sich da um einen Zufall der großen Lotterie der Gentechnik handelt?

Werde ich allmählich verrückt? Bin ich das Opfer einer Halluzination?

Meine Finger berühren immer wieder behutsam den braunen Fleck. Amandine steht neben mir und kann es kaum erwarten, dass die Untersuchung endlich vorbei ist. Ich muss an mich halten, um sie nicht mit Fragen zu bombardieren. Wer ist Toms Vater? Warum trug er diese indigoblauen Badeshorts? Warum hat sie mit ihm Urlaub in Saint-Jean-de-Luz gemacht? Es muss dafür doch eine Erklärung geben …

Sobald Amandine einen Schritt auf mich zumacht, wahrscheinlich, um zu signalisieren, dass sie genug hat, dass die Untersuchung für sie beendet ist, stammle ich die einzige Frage, die ich stellen kann, ohne mich zu verraten. Ich ziehe die Boxershorts etwas weiter herunter und versuche, meinen Fingern das Zittern zu verbieten.

»Dieses Angiom, dieses Geburtsmal, wenn Sie so wollen, seit wann hat er das?«

»Was glauben Sie? Es ist doch ein Geburtsmal, oder?«

Amandine beobachtet mich noch immer misstrauisch. Sie hat wieder die Oberhand gewonnen. Warum habe ich eine so lächerliche Frage gestellt? Ich muss Zeit schinden, um das Mal genau zu untersuchen. Ich muss mir eine andere Frage überlegen. Ich berühre erneut den dunklen Fleck und runzle die Stirn, als würde mich etwas beunruhigen. Wenn ich ihn genau betrachte, muss ich zugeben, dass das Geburtsmal etwas anders aussieht als das von Esteban. Es ist ein bisschen heller, ein bisschen weniger gewölbt, aber ich weiß auch, dass Angiome sich entwickeln, vor allem in der Kindheit, und sich in achtzig Prozent der Fälle schließlich zurückbilden.

Ich spüre Toms warme Haut unter meinen Fingerspitzen. Der Junge bewegt sich nicht. So gehorsam und besonnen wie Esteban es war. Ganz damit beschäftigt, alles zu beobachten, zu analysieren, ohne etwas preiszugeben.

Eventuell könnte dieser dunkle Fleck auch eine alte Brandwunde sein, die viele Jahre zurückliegt. Aber warum sollte sich der Junge ausgerechnet an dieser Stelle verletzt haben? Meine wilde Spekulation liefert mir aber die Idee für eine neue Frage.

»Dieser Fleck hier … Sind Sie sicher, dass Tom sich nie eine Verbrennung zugefügt hat?«

Amandines Ton wird schärfer.

»Daran würde ich mich doch wohl erinnern? Was wollen Sie damit andeuten? Dass mein Sohn einen Unfall hatte, und ich nichts davon weiß?«

Sie macht drei Schritte auf mich zu und schiebt mich unsanft zur Seite.

»Schon gut, Tom«, befiehlt sie, »du kannst dich wieder anziehen.«

Sie hat sich zu sehr angestrengt und hält sich wieder den Bauch, als hätte sie einen Hieb bekommen. Sie muss sich am Tisch festhalten und versucht, wieder zu Atem zu kommen.

»Alles in Ordnung, Madame Fontaine?«

Sie antwortet nicht. Eine Mischung aus Wut, Verlegenheit und Schmerz. Ich nutze die Gelegenheit, um mich an Tom zu wenden.

»Und du, was denkst du über diesen Fleck?«

Die Augen des Jungen schwanken zwischen meinen und denen der Mutter hin und her.

»Ich ... ich habe ihn schon immer gehabt.«

»Du erinnerst dich an keinen Unfall? Eine Verbrennung, irgendetwas, das dir sehr weh getan hat, vielleicht als du noch sehr klein warst?«

»Nein. Nein ...«

Amandine bekommt wieder Luft und bellt.

»Wonach suchen Sie, Frau Doktor? Und nehmen Sie sich in Acht, hier schnüffelt man nicht im Leben der Leute herum! Tom und ich haben gelernt, allein klarzukommen. Ich brauche keine Ratschläge, vor allem nicht in Bezug auf meine Gesundheit oder die meines Sohnes. Ich habe vielleicht sogar mehr medizinische Zeitschriften gelesen als Sie, verstehen Sie?«

Ich verstehe ...

• • •

Tom zieht sich wieder an und steht auf. Auch wenn es eine Herausforderung für sie sein mag, zerzause ich sein blondes Haar, als er an mir vorbeigeht. Ich kann nicht widerstehen. Ich spüre eine ungeheure Woge an Emotionen. Das Gefühl, diese natürliche Geste, diesen Glücksmoment wiederzufinden, jedes Mal, wenn Esteban sich mir auf der Suche nach ein paar Streicheleinheiten näherte.

»Bis bald, kleiner Mann.«

Amandine wirft mir einen vernichtenden Blick zu.

»Wie viel bin ich Ihnen schuldig, Frau Doktor?«

Sie wird erneut von Bauchschmerzen niedergestreckt, die auch ihr Stolz nicht zu verbergen vermag. Sie setzt sich, während sie ihr Portemonnaie hervorholt.

»Frau Doktor?«

Nun meldet sich Tom mit zarter, schüchterner Stimme zu Wort.

»Frau Doktor«, wiederholt er, »darf ich in den Ferien ins Schwimmbad gehen?«

Ich hatte den Strand von Saint-Jean-de-Luz fast vergessen, Tom ist ein ausgezeichneter Schwimmer, genau wie Esteban es war. Esteban verbrachte seine ganzen Winterferien im Schwimmbad und seine Sommerferien am Strand.

»Ja, natürlich. Du bist wieder gesund, keine Sorge.«

Ich drehe mich zu seiner Mutter genau in dem Moment um, als sie mir einen Geldschein entgegenstreckt.

»Aber Sie sind es nicht, Madame Fontaine. Ich möchte Sie kurz untersuchen. Das kostet nichts extra ...«

»Frau Doktor, bei allem Respekt, mischen Sie sich nicht in etwas ein, das Sie nichts angeht!«

In meiner Praxis herrscht bedrückende Stille, als ich ihr das Wechselgeld zurückgebe. Tom starrt noch immer auf das Bonbonglas auf meinem Schreibtisch. Seine Mutter wird mir doch sicher nicht verbieten, ihm eins zu schenken.

»Möchtest du ein Honigbonbon?«

Tom flieht in die Arme seiner Mutter, als hätte ich ihm Schlangengift angeboten. Seine angsterfüllten Augen weisen alle Merkmale einer unkontrollierbaren Phobie auf.

Wovor hat Tom Angst?

Vor einem einfachen Honigbonbon?

Quälende Erinnerungen kommen in mir hoch.

Sie schmecken süß wie eine Sommerfalle.

Ist es möglich, dass Tom und Esteban, dass beide, Bekanntschaft mit denselben Ungeheuern gemacht haben?

· 6 ·

Savine Laroche parkt ihren Renault Koleos vor dem Rathaus von Murol. Der Wagen der Sozialarbeiterin ist unverkennbar. Orange und mit Aufklebern übersät, um die rostigen Stellen zu überdecken. Das Auto, das schon einige Jahre auf dem Buckel hat, läuft noch immer tipptopp und erklimmt die Gebirgspässe der Auvergne mit der Energie eines jugendlichen Flitzers. Savine Laroche versteht zwar nichts von Motoren, aber Gilles Tazenat, der Kfz-Mechaniker von Murol, kümmert sich liebevoll um ihr altes Schätzchen. Der Typ ist echt sympathisch, auch wenn er ihr dreihundert Euro für die Winterreifen berechnet hat, die dieses Jahr vermutlich gar nicht zum Einsatz kommen werden.

Bevor sie das Rathaus betritt, nimmt Savine sich Zeit, die malerische Kulisse um sich herum zu bewundern. Das Dorf ist wie in sich zusammengekauert. Die Häuser, erhaben und zerbrechlich zugleich, stehen dicht an dicht, geschützt durch die für die Auvergne typischen Schieferdächer und gestützt von den Graniteinfassungen der Türen und Fenster. Der Fluss Couze Chambon fließt durch den Ort, und um Murol vor seinen Überschwemmungen zu bewahren, ähneln die Straßen und Brücken Schutzwällen. Das Rathaus steht sicher auf einer Anhöhe und ist aus solidem schwarzem Lavastein erbaut.

Savine kennt jeden Winkel in diesem Dorf, jeden sanften Hang dieser Landschaft in- und auswendig, und genießt den Anblick dennoch jeden Morgen aufs Neue. Im Flachland würde sie nicht leben wollen, aber ebenso wenig möchte sie von hohen Bergen umschlossen sein. Sie mag nur diese offenen Landschaften, wo die Hügel den Horizont berühren, wie ein unendlich oft gefaltetes Blatt Papier, ein von göttlicher Hand geschaffenes Origami. Sie kennt ihren Beruf, sie kennt die ländliche Not, die Geheimnisse auf den Bauernhöfen, die Stille in den Weilern, hinter geschlossenen Fensterläden und nie gestrichenen Fassaden. Sie hat viel, sehr viel Arbeit. Doch man wird sie nicht daran hindern zu glauben, dass trotz der Armut, der sie in jedem Dorf zu Füßen der Vulkane begegnet, das Elend an der frischen Luft weniger schwer zu ertragen ist.

• • •

»Guten Tag allerseits«, ruft sie, als sie die Tür schwungvoll öffnet.
»Habt ihr die Sonne gesehen? Man könnte meinen, es sei Frühling!«

Das *allerseits* bezieht sich auf einen einzigen Angestellten, der im Rathaus zur Mittagszeit noch Dienst tut.

»Haben sie dich alle im Stich gelassen, Nectaire? Um im Lac Chambon zu baden?«

Nectaire Paturin ist der Sekretär der hiesigen Gemeinde. Sein täglich Brot sind Stempel, Formulare und Fotokopien. Man erzählt sich, er sei früher Polizist in Clermont-Ferrand gewesen, bevor er schließlich hier landete. Savine mag ihn, auch wenn er das genaue Gegenteil von ihr ist: träge, langsam, pessimistisch. Er muss etwas älter sein als sie, Ende Vierzig, aber ansonsten ist die Bilanz der Lebensjahre dieselbe: Beide sind bewusst ledig, lassen die Haare weiß werden und warten auf die Rente, die noch in weiter Ferne ist.

»Mir wäre es lieber, sie wären Schlittschuhlaufen gegangen«, kommentiert Nectaire. »Solche Temperaturen im Winter sind doch nicht normal.«

»Ich weiß, es gibt keine Jahreszeiten mehr, aber das hat auch sein Gutes. Pass auf ... Abrakadabra.«

Savine zaubert hinter ihrem Rücken einen Strauß Narzissen hervor.

»Die ersten des Jahres. Wünsch dir was. Ich habe sie bei den Wasserfällen von Chiloza gepflückt.«

Bestürzt betrachtet der Gemeindesekretär die Februar-Narzissen. Er könnte nicht besorgter aussehen. Als hätte er erfahren, dass die Vulkane der Auvergne erneut aktiv werden.

»Warte, es kommt noch besser, es hängen schon Früchte an den Bäumen.«

Nectaire fällt fast von seinem Bürostuhl.

»Abrakadabrakadabra!«

Neuer Zaubertrick. Dieses Mal zieht Savine aus ihrem Rucksack ein Kilo Mandarinen, jede einzelne in Papier eingewickelt.

»Auch wieder von den Wasserfällen von Chiloza?«, erkundigt sich Nectaire.

»So ist es! Auf jeden Fall hat mir das die alte Chaumeil auf dem Markt in Besse geschworen!«

Savine packt die Mandarinen auf ihren Schreibtisch, zwischen ein Comicmännchen aus Plastik, eine Plüschfigur – beides orangefarben – und einem Becher der New York Knicks. Orange ist definitiv ihre Lieblingsfarbe!

Nectaire starrt auf die Früchte wie eine Wahrsagerin in ihre Kristallkugel.

»Siehst du«, verkündet der Gemeindesekretär, »die Welt teilt sich in zwei Lager.«

Aaaah ... Nectaire Paturins Lieblingssatz. Jede alltägliche Geste enthält, seiner Meinung nach, eine tiefgründige Weisheit, die die klaffenden Brüche in unserer Welt offenbart. Nectaire ist träge, langsam, pessimistisch, ... und ein Philosoph.

»Die einen wollen in Papier eingewickelte Mandarinen, und die anderen kaufen sie nur ohne.«

Savine reißt erstaunt die Augen auf und fixiert nun ihrerseits die Früchte.

»Ah ja, immerhin!«

Nectaire fährt sich mit der Hand durch sein schlecht gekämmtes lockiges Haar und lässt seinen Blick gedankenverloren durchs Fenster schweifen. Der Himmel über der Auvergne ist gleichmäßig blau, so als wären die Berggipfel abgerundet, um zu verhindern, dass die kleinste Wolke an ihnen hängen bleibt. Nectaire mag schwerfällig wirken, doch er hat die unwiderstehlichen Augen eines Kindes, das versucht, jedes Rätsel des Lebens zu ergründen.

»Die, die in Papier eingewickelte Mandarinen kaufen, sind von Natur aus vertrauensselig. Sie müssen nicht nachsehen, ob die Frucht darunter beschädigt ist. Sie stellen sich nicht einmal die Frage, warum manche Früchte verpackt sind und andere nicht. Allenfalls finden sie die eingewickelten Früchte hübscher. Sie mögen es, wenn die Welt unvorhersehbar ist und voller Fantasie steckt. Sie erkennen darin den Respekt vor ihrem eigenen Wunsch nach Freiheit. Kurz gesagt, sie sind optimistische Menschen. Wie du, Savine.«

Diese bedankt sich bei ihm mit einem charmanten Lächeln.

»Und die anderen?«

»Die sind pragmatisch. Sie vertrauen nur auf ihr Urteilsvermögen. Sie sehen die Welt ausschließlich durch den Filter ihres individuellen Wertesystems. Sie sind pessimistisch und misstrauisch. Wie ich, Savine! Sie sind, wie soll ich sagen, vorsichtig.«

Durch die zusammengepressten Lippen stößt Savine einen kleinen anerkennenden Pfiff aus, um dann ungeduldig eine der Mandarinen auszuwickeln.

»Du hast keine Ahnung, was dir da entgeht! Zu den schönsten Überraschungen, die das Leben für dich bereithält, gehört das Geschenkpapier.«

Sie steht auf, um dem Gemeindesekretär die Frucht zu geben.

»Du kannst dich selbst davon überzeugen, dass sie nicht verdorben ist! Oder möchtest du, dass ich sie für dich schäle?«

»Das passt schon so, danke.«

Savine und Nectaire wechseln einen verschwörerischen Blick, ohne dem etwas hinzuzufügen. Wie zwei Liebende, die unwiderstehlich vom entgegengesetzten Pol angezogen werden. Dann durchbricht Savine die Stille, ehe sie zu intensiv wird.

»Machst du mir im Gegenzug einen Tee? Du bestimmst die Mischung ... ich werde nicht überprüfen, ob du mich vielleicht vergiften willst!«

• • •

Nectaire hat aus der Schublade seines Schreibtischs ein gutes Dutzend Tütchen hervorgezogen. Jedes ist mit einem handgeschriebenen Etikett versehen, das den Tag und den Ort der Ernte angibt. *Melisse, Hagebutte, Wacholder, Weißdorn, Kiefernknospen, Schafgarbe.* Nectaire ist eine Institution in der Gemeinde, wenn es um Kräutertees geht. Er stellt die Mischungen selbst zusammen, nach undurchsichtigen Kriterien wie den Wetterbedingungen, seiner Stimmungslage, seinem Müdigkeitsgrad, seiner inneren Unruhe (selten sehr hoch), dem aktuellen Stand seiner Verdauung.

Konzentriert und ausgestattet mit einem Dosierlöffel, der die Mengen auf den Millimeter genau angibt, bereitet er sich auf die Herstellung eines perfekten Suds vor, als sich die Rathaustür abrupt öffnet. Ein heftiger Luftzug wirbelt das Pulver der getrockneten Pflanzen auf und verströmt eine köstliche Duftwolke.

Nectaire hustet und verschluckt sich, während ein kleiner hagerer Mann um die Sechzig, mit Muskeln, die so knorrig sind wie das Holz eines Olivenbaums, den Raum betritt.

»Hallo alle miteinander. Ich wollte nur mal kurz vorbeischauen.« Er setzt seinen Fahrradhelm ab und wendet sich direkt an Savine.

»Ich ... ich muss mit dir reden.«

»Was gibt's, Martin?«

»Unter vier Augen.«

Savine horcht auf. Martin Sainfoin ist der einzige Polizist der Gemeinde. Vor ein paar Jahren hätte man ihn noch als Feldhüter bezeichnet, als Polizist mit untergeordneten Tätigkeiten in der Land- und Forstwirtschaft. Seit vier Jahrzehnten überwacht er nun schon die Straßen, Wege und Pässe mit dem Rad. Die Straßen auf seinem Pinarello-Rennrad und die Wanderwege auf seinem Orbea-Mountainbike. Martin Sainfoin ist eine lokale Berühmtheit.

Er hat in der Gegend von Limoges bis Clermont-Ferrand mehrere Medaillen bei Rennen in der Veteranenklasse geholt. Und zur Vorbereitung auf die französische Meisterschaft radelt er seit sieben Wochen täglich hundert Kilometer.

»Unter vier Augen?«, wundert sich Savine.

Nectaire, der hinter seinem Schreibtisch sitzt, versucht, sich unsichtbar zu machen. Hingebungsvoll widmet er sich wieder dem Abmessen jeder einzelnen Zutat seines Tees.

»Genauer gesagt«, erklärt Martin und senkt die Stimme, »geht es um Amandine Fontaine. Und um Tom. Es ist etwas Seltsames passiert.«

»Was denn?«, erkundigt sich Savine besorgt.

Amandine und Tom sind Schützlinge der Sozialarbeiterin, genau wie einige andere sozialschwache Familien aus dem Dorf.

»Ich kann es dir noch nicht genau sagen. Dazu muss ich erst zwei oder drei Dinge überprüfen. Können wir uns heute Abend treffen? In der Poterne?«

Die Poterne ist eine Bar in Besse, dem Nachbarort, in der sich das halbe Dorf am Ende des Tages trifft, um die lokalen Neuigkeiten aus der Tageszeitung *La Montagne* ausgiebig zu diskutieren.

»Wenn du willst.«

»Hast du trotzdem noch Zeit, einen Becher Tee mit uns zu trinken?«, mischt sich Nectaire von hinten ein.

»Ein anderes Mal. Ich habe mir für heute Nachmittag vier Pässe vorgenommen. Zweitausend Höhenmeter und …«

Der Wasserkessel fängt an zu pfeifen.

»Komm schon«, beharrt Nectaire, »eine meiner Spezialmischungen. Oder hast du Angst vor Dopingkontrollen?«

Martin Sainfoin zögert. Zu lange. Wieder öffnet sich die Tür des Rathauses, und drei Angestellte der Gemeinde kommen herein. Alain Suchet, der Gärtner, Géraldine Jume, die Buchhalterin, und Oudard Benslimane, der Kulturbeauftragte.

»Du kommst gerade recht, Martin«, sagt Oudard, »die Jugendlichen aus Besse, die sich ohne den Schnee furchtbar langweilen, haben sich in den Kopf gesetzt, Rave-Partys auf dem Puy de Sancy zu organisieren. Wir werden uns wohl oder übel die ganzen Februarferien vor ihnen verstecken müssen.«

In der Zwischenzeit hat Savine schon fünf Becher organisiert und Géraldine eine *Flougnarde*, eine auvergnatische Apfel-Tarte mit Rum aus dem Kühlschrank gezaubert. Martin Sainfoin steckt in der Klemme und schaut auf die Uhr. Wenn er es noch auf den Croix-Saint-Robert schaffen und diese Geschichte mit Amandine überprüfen will, damit er um neunzehn Uhr in der Poterne ist, muss er ordentlich in die Pedale treten.

• 7 •

12:45 Uhr

Ich habe auf dem kleinen Parkplatz vor meiner Praxis geparkt. Vier leere Plätze. Die meisten Geschäfte im Ort sind um die Mittagszeit geschlossen. Ich genieße die Landschaft und den spektakulären Blick auf den Bergfried der Burg von Murol, die wie ein Korken über den wogenden Tannenwipfeln zu schweben scheint. Der Schlüssel meines Alfa Romeo MiTo steckt im Zündschloss. Ich muss ihn nur herumdrehen, das Flusstal durchqueren, sechs Kilometer in Serpentinen hinauffahren und schon bin ich zu Hause angekommen.

Ich schließe die Augen.

Sofort sehe ich wieder das Geburtsmal vor mir. Ein brauner Fleck auf heller Haut. Er hat sich in meine Retina eingebrannt, als hätte ich zulange in die Sonne gestarrt. Ist es das von Tom? Oder das von Esteban? Ich kann es unmöglich sagen. Die beiden verschwimmen in meiner Erinnerung.

Ich öffne die Augen. Jetzt sehe ich das Mal sogar schon am Himmel. Aber vielleicht liegt das ja auch an meinem Gehirn, das betroffen, befleckt ist.

Was habe ich mir von meinem Umzug hierher erhofft? Tagelang darauf zu warten, dass Tom und seine Mutter in meine Praxis kommen und ich ihn endlich bitten kann, sich freizumachen?

Auf jeden Fall einen Beweis! Das kann ich mir selbst offen eingestehen. Irgendeine Bestätigung. Ich bin lediglich meiner Intuition gefolgt.

Nein, diese Ähnlichkeit ist mehr als nur eine Ähnlichkeit.

Nein, diese Zufälle können nicht nur Zufälle sein.

Da ist noch etwas anderes … Auch wenn Esteban heute zwanzig wäre, selbst wenn Tom noch nicht geboren war, als Esteban verschwand, selbst wenn …

Ich beuge mich vor und ziehe mein Handy aus der Tasche. Drei Balken, 4G. Wer will da behaupten, dass es in Frankreich noch abgelegene Ortschaften gibt?

Hastig tippe ich auf der Tastatur.

Geburtsmal

Ich habe nur vage Kenntnisse, was Angiome angeht, ein paar undeutliche Erinnerungen an ein Dermatologie-Lehrbuch … Diesen Fehlbildungen gilt an der medizinischen Fakultät nicht gerade die größte Aufmerksamkeit.

Ich überfliege ein paar Websites. Geburtsmale haben unterschiedliche Namen, je nach Epoche, Region, ihrer Farbe und Form: Mongolenfleck, Café-au-Lait-Flecken, Feuermal … Die Experten scheinen sich in mehreren Punkten einig zu sein. Solche Male sind häufig, mehr als jedes zehnte Kind ist davon betroffen. Ihr Ursprung ist fast immer unbekannt. Lange Zeit wurde Vererbung als Erklärung angeführt, aber heute weiß man, dass dies nicht auf die Mehrheit der Fälle zutrifft. Meistens gibt es keine genetische Erklärung für die Flecken. Ihre Entwicklung wurde ebenfalls oft missinterpretiert. Zumeist verschwinden die Flecken mit zunehmendem Alter des Kindes einfach spurlos.

Wie eine Erinnerung, die verblasst.

Ich zögere noch. Ich werde zuhause erwartet. Ich habe Gabriel versprochen, zum Mittagessen zurück zu sein. Doch ich kann es nicht dabei bewenden lassen. Ich muss den Schritt wagen. Wie bei dieser Steinbrücke vor mir, muss ich nun auf die andere Seite hinüber, die Seite, auf der es auch andere Erklärungsmodelle gibt.

Mit zitternden Fingern gebe ich Folgendes auf der winzigen Tastatur ein:

Geburtsmal … Reinkarnation

Einen Moment lang – während meine Suchanfrage über die Vulkane davonfliegt – hoffe ich, dass keine Antwort, keine Übereinstimmungen angezeigt werden, außer vielleicht ein oder zwei Websites einiger Erleuchteter oder ein fragwürdiges Diskussionsforum.

Wie man sich täuschen kann …

Auf meinem Handy erscheinen Dutzende von Websites, über hundert Einträge, die meist mit langen Einführungen beginnen.

Ich weiß, dass ich soeben eine neue Welt betreten habe, eine Welt, von deren Existenz ich nichts wusste und von der kein Professor während meines Studiums je gesprochen hat.

Ich vertiefe mich in die Zusammenfassung eines Buches mit dem Titel *Reinkarnation und Biologie – Am Scheideweg*. Der Autor, ein gewisser Ian Stevenson, stellt fest, dass die Schulmedizin für dieses Phänomen der Angiome, die mit der Geburt auftauchen und am Ende der Kindheit wieder verschwinden, nur eine Erklärung parat hat: den Zufall!

Nur mögen die Menschen den Zufall nicht, sondern suchen nach einer anderen Erklärung für dieses Element, sie möchten stets allem eine Bedeutung beimessen. Stevenson belegt, dass diese Geburtsmale in vielen Kulturen (bei den Hindus, bei den Buddhisten, bei Naturvölkern) einen eindeutigen und anerkannten Sinn haben: Sie sind Zeichen eines früheren Lebens.

Ein Kloß schnürt mir die Kehle zu. Ich sehe kurz auf. Der Parkplatz vor meiner Praxis ist immer noch leer. Ich habe das Gefühl, allein inmitten eines Geisterdorfes zu sein.

Ich schaue wieder auf das Display meines Handys. Ich weiß, dass ich nicht weiterlesen sollte. Warum all diese Beiträge studieren, wenn ich ohnehin nicht daran glaube? Warum soll ich mir das antun?

Ich lese trotzdem weiter. In den Artikeln werden Dutzende von Beispielen von Kindern mit Geburtsmalen detailliert beschrieben. Es handelt sich nicht um bloße Schilderungen, die man leicht in

Zweifel ziehen könnte, sondern um echte biologische Analysen, die durch Fotos untermauert werden. Alle zeigen Flecke, Wunden, Missbildungen ..., und fast immer kamen die Ärzte, die sich mit diesen Fällen befasst hatten, zu demselben Ergebnis.

Ich beiße mir auf die Lippen, unfähig, den Blick abzuwenden, muss ich weiterlesen, mich der Wahrheit stellen.

Die Male stehen für eine alte Verletzung.

Sie sind das Zeichen dafür, dass derjenige, der wiedergeboren wurde ... eines gewaltsamen Todes starb.

• • •

Ich erreiche das ehemalige Hotel Moulin de Chaudefour. Auf der Fahrt von Murol hier hinauf bin ich niemandem begegnet. Ich bin dem Verlauf der serpentinenreichen Straße gefolgt, die Hände fest um das Lenkrad des MiTo gelegt, um die Kurven des Lebens zu meistern, erschüttert, gehetzt, aber entschlossen.

Ich werde nicht anfangen, diese Geschichten zu glauben!

Auch wenn ich das Offensichtliche nicht leugnen kann: Ich habe auf Toms Leiste dieses Geburtsmal gesehen, das dem von Esteban ähnelt.

Ich stelle den Wagen vor dem Moulin auf dem riesigen Parkplatz ab, den sich die Vegetation größtenteils zurückerobert hat.

Ich will nicht anfangen, an diese Geschichten zu glauben!

Daran zu glauben, hieße, sich das Entsetzliche einzugestehen, das ich all diese Jahre über bemüht war, zu verdrängen.

Ich gehe mit schwankenden Schritten auf das Gebäude zu, dann hebe ich den Blick. Ich muss reagieren, mich wieder in den Griff bekommen.

Das ehemalige Hotel erstreckt sich vor mir. In all seiner Pracht. Ein zweihundertfünfzig Meter langes Gebäude mit einem riesigen Speisesaal. Durch das große Panoramafenster hat man einen atemberaubenden Blick über die Hänge des Mont-Dore und das Tal von Chaudefour.

Das Moulin ist eines von fünf Hotels, die hier in den 1970er Jahren eröffnet wurden, als die Skistation Chambon-des-Neiges mit ihren zehn Liften und rund zwanzig Kilometern an Abfahrten noch eine der beliebtesten in der Auvergne war. Die globale Klimaerwärmung hat schließlich den Skitourismus hier zum Erliegen gebracht- trotz Schneekanonen oder der Schaffung von Pisten in Höhenlagen. So wurde die Station vor rund zwanzig Jahren geschlossen. Heute ist davon nur noch eine Geisterstadt geblieben, wie die Kulisse für einen Western, eines dieser verlassenen Dörfer nach dem Goldrausch, nachdem die Mine aufgegeben wurde: ein überdimensionierter Parkplatz, leere Ferienapartments, mitten im Wald aufgestellte Masten, breite abgeholzte Schneisen.

Ich konnte das Moulin de Chaudefour, das zu seinen besten Zeiten rund fünfzig Skifahrer beherbergte, für ein Drittel seines Preises kaufen. Zu weit weg von den Pisten, zu weit weg von den Geschäften, zu weit weg von allem. Und dennoch habe ich mich sofort unsterblich in diese alte Herberge verliebt, ihr dickes steinernes Gemäuer, das einer Atomexplosion standhalten würde, in ihre elegante Glashalle, den Speisesaal, der von einem riesigen Kamin beheizt wird, ihre mit Kiefernholz vertäfelten Flure im Obergeschoss und die sich aneinanderreihenden Zimmer.

Ein wahrer Palast.

Ein märchenhaftes Chalet in den Bergen.

Zu groß für mich.

• • •

»Gabriel? Gabriel, bist du da?«

Die Tür des Gebäudes ist nicht abgeschlossen. Gabriel wäre nicht einfach hinausgegangen, ohne abzusperren.

»Gabriel?«

Er muss da sein, in einem der Zimmer, Kopfhörer auf den Ohren, wahrscheinlich in der Suite namens Bois-Joli, die mit dem schönsten Ausblick auf das Tal von Chaudefour, den Wasserfall Cascade de la Biche und den Felsen Dent de la Rancune.

»Gaby, ich bin wieder da!«
Ich gehe in die Küche. Ein Glas steht in der Spüle. Ein Messer steckt im Abtropfbehälter. Auf dem Tisch liegen ein halbes Baguette, Krümel und die Tageszeitung *La Montagne*, aufgeschlagen beim Fernsehprogramm.

Seufzend falte ich die Zeitung zusammen, packe das Baguette in den Brotkasten und fege die Krümel in meine Handfläche. Ein Gefühl von Einsamkeit überkommt mich in dem Moment, in dem ich es am wenigsten erwarte. Ungewollt fallen mir plötzlich Wayans letzte Worte in seiner Praxis in Le Havre vor sechs Monaten ein.

»*Sind Sie sicher, dass Gabriel bereit ist, alles aufzugeben, um Ihnen zu folgen?*«

»*Und wenn Gabriel nicht einverstanden ist, dann eben nicht, das ändert nichts an meiner Entscheidung. Sie kennen mich, Wayan, ich bin eine entschlossene Frau ... und noch dazu frei!*«

Das ewige Dilemma. Wäre ich glücklicher, wenn ich allein wäre? Wahrscheinlich ist es besser, sich diese Frage nicht zu stellen.

Ich steige die Treppe aus hellem Kiefernholz nach oben. Es hängen noch Fotografien vom schneebedeckten Wintersportort an den Wänden.

»Gabriel? Bist du in deinem Zimmer?«

Gabriel war sofort damit einverstanden, in die Auvergne zu ziehen. Bereitwillig. Und dabei sogar zu Scherzen aufgelegt. *Mieseres Wetter als hier in der Normandie wird es dort wohl kaum geben.* Ich war überrascht, dass er nicht länger mit mir diskutierte, den Umzug einfach hinnahm. War es ihm egal? Saint-Jean-de-Luz, Etretat oder Murol, solange er tun und lassen kann, was er will. Heißt, jede freie Minute vor dem PC verbringen, um – wie man heute so schön sagt – seine Kompetenzen auszubauen, seine erworbenen Kenntnisse zu verfestigen, seine Bedürfnisse zu erkennen, seinen Weg und erfolgversprechende Tipps im Internet zu finden ... zumeist allerdings vergeblich. Geld ist auf jeden Fall kein Problem, ich verdiene ja gut und das hat er verstanden. Ich brauche eben nur ... Gesellschaft?

Ich öffne die Tür zur Suite. Gabriel liegt im Bett und schläft. Man streitet nicht mit einem Kater, der den lieben langen Tag vor sich hindöst. Man verlangt nicht, dass er etwas tut. Man freut sich einfach, dass er da ist, wenn man nach Hause kommt, gut gelaunt, fröhlich und zu Scherzen aufgelegt, weil er sich gelangweilt hat. Meine Schritte knarren auf dem Parkett, laut genug, um ihn zu wecken. Gabriel öffnet seine großen dunklen Augen, streckt sich, schiebt die Bettdecke mit der Fußspitze zurück. Er schläft halbnackt. Ich sehe seinen unbehaarten Oberkörper, seinen flachen Bauch. Den Rest versteckt er in seiner weiten und schlabbrigen Jogginghose.

»Legst du dich zu mir?«, fragt er im Halbschlaf.

»Bist du heute überhaupt noch nicht aufgestanden?«

»Ich ... ich fühle mich nicht gut. Ich glaube, ich bin krank.«

Schnelle Diagnose. Hand auf die Stirn. Gabriel hat ein bisschen Fieber und eine verstopfte Nase. Schleimiger Husten. Die Berge tun ihm nicht gut! Seit wir hier sind, hat er eine Erkältung und Bronchitis nach der anderen. Ich habe ihm einen Vorrat an Medikamenten mit genauen Anweisungen auf den Nachttisch gelegt. Wenn ich nach Hause komme, kontrolliere ich, was er genommen hat. Wie eine perfekte Mutter!

Als ich mich zu ihm hinabbeuge, nutzt er die Gelegenheit und versucht, mich an sich zu ziehen.

»Bitte, kannst du mich nicht einfach nur kurz in den Arm nehmen?«

»Weißt du, ich habe keine Zeit, meine Mittagspause dauert nur fünfundvierzig Minuten. Ich muss zurück.«

Gabriel macht ein enttäuschtes Gesicht und schmollt.

»Ich esse später etwas. Ich habe eben erst gefrühstückt.«

Zwischen all den Medikamenten auf dem Nachttisch bemerke ich, dass das Tablet angeschlossen ist. Gabriel hat also anscheinend den ganzen Morgen mit irgendeinem blödsinnigen Spiel verbracht, oder er war auf irgendwelchen Online-Marktplätzen unterwegs, wo man ihn glauben macht, er würde mit drei Klicks zum Trader werden.

Seufzend hauche ich ihm einen Kuss auf die Stirn und schicke mich an, das Zimmer zu verlassen. Ich habe keine Lust, mich mit ihm zu streiten. Nicht heute. Ich habe andere Sorgen. *Keine Versprechen geben, niemals. Keine verlangen, niemals.* Gabriel verhält sich wie ein echter Teenager. Vielleicht will ich einfach nicht, dass er erwachsen wird, ernsthaft, langweilig, vorhersehbar, selbstbewusst, unabhängig, traurig, angepasst, wie all diese Männer, die von der Last ihrer Verantwortung erdrückt werden. Ich ziehe es vor, meinen kleinen zerbrechlichen und zarten Vogel für mich zu behalten, auch wenn die Bewohner von Murol glauben werden, dass ich allein lebe, weil sie Gabriel so selten zu Gesicht bekommen, dass ich in ihren Augen nur eine alte verknöcherte und alleinstehende Frau bin, die in dieses Tal gekommen ist, um sich hier zu vergraben.

»Musst du jetzt wirklich schon gehen?«, brummt Gabriel.

»Tut mir leid, ich hab bis heute Abend Sprechstunde ... Du rufst mich an, wenn es Probleme gibt, ja?«

»Okay, arbeite schön.«

Gabriel ist bereits eingeschlafen, ohne sich die Bettdecke nach oben zu ziehen.

Ich gehe die Treppe wieder hinunter, ich habe gelogen.

Mein nächster Patient kommt erst um 13:45 Uhr. Und auch ich habe keinen Appetit.

• • •

Ich habe meinen MiTo auf einem der alten Parkplätze an der Skistation Chambon-des-Neiges abgestellt, am Fuße des Sessellifts zum Puy Jumel. Heute ist es nur noch ein Feld mit wild wucherndem Unkraut, auf dem Schneeglöckchen in Hülle und Fülle blühen. Hunderte weißer Blumen, als wenn die Natur sich einen Spaß daraus machte, Phantasie-Schneeflocken zu erschaffen. Der Weiler Froidefond liegt weiter unten, rund drei Kilometer Luftlinie entfernt, ohne dass ich den Serpentinen der D36 nachfahren müsste.

Ich schlage den Weg ein, der an der Couze Chambon entlangführt. Ich gehe durch schattiges Unterholz, meide Brennnesseln und Dornen und klammere mich an ufernahe Äste. Der Fluss führt nicht viel Wasser. Von Stein zu Stein hüpfend, könnte man ihn überqueren, ohne dabei nass zu werden. Eine Folge des fehlenden Schnees, der ihn normalerweise bis zum Winterende mit Schmelzwasser versorgt. So bleibt nur ein Rinnsal übrig, das man mit drei zum Staudamm aufgereihten Steinen blockieren könnte.

Am Eingang von Froidefond führt jedoch eine breite steinerne Brücke über den Fluss – in einem einzigen, geradezu majestätisch wirkenden Bogen, viel zu groß für ein Dorf, das aus zehn Häusern besteht. Ihre Fassaden sind aus schwarzem Granit, die Fensterläden geschlossen, es gibt ein Waschhaus, einen Brunnen und etwas außerhalb zwei Bauernhöfe, auf jeder Seite der Straße einen.

La Souille ist der zweite Bauernhof. Zumindest war es mal einer. Von den landwirtschaftlichen Gebäuden ist nur noch ein zweistöckiges Haus mit lehmverputzten, bröckelnden Mauern und eine Scheune mit kaputtem Dach übrig, in der schon längst kein Heu mehr gelagert wird. Zum Schutz ist sie mit einer Plastikplane abgedeckt, die aber nicht ordentlich befestigt wurde und halb zerrissen im Wind flattert. Ein paar verrostete Pflugscharen stehen herum, der Brunnen ist zugeschüttet, an einer Steinbank lehnt ein Fahrrad, und ein Mini-Gemüsegarten wird von zwischen vier Pfosten gespanntem Maschendraht geschützt. Überall laufen Hühner frei herum, belauert von den am Fenster hockenden, abgemagerten Katzen.

Ich bin zum ersten Mal hier, bisher bin ich immer nur mit meinem MiTo durch den Weiler gefahren, ohne anzuhalten, und habe mich damit begnügt, lediglich einen kurzen Blick auf den Bauernhof zu werfen. Ich wollte abwarten, bis Amandine Fontaine den ersten Schritt macht. Ich wollte diesen Vorwand nutzen, um zu ihr zu kommen. Um ihre Hausärztin zu werden! Die Person zu sein, die einfach vorbeikommen kann, ohne sich vorher anzumelden. Die Person, die, ohne anzuklopfen, eintritt. Die Fragen stellt, herumspioniert, weil sie sich sorgt.

Auch wenn Amandine misstrauisch ist, so ist sie doch als Erste zu mir gekommen. Sie sitzt in der Falle.

• • •

13:15 Uhr
Ich bin bis zum Brunnen am Ortsausgang von Froidefond gegangen. Niemand hat mich bemerkt, zumindest hoffe ich das. Jeder, der hinter den Brettern der schlecht gearbeiteten Türen oder einer der Dachluken in den Speichern steht, könnte mich gesehen haben. Schwer zu sagen, ob Froidefond ein verlassener Weiler ist oder, im Gegenteil, Stein für Stein von Zweitwohnungsbesitzern renoviert wurde, die hier nur im Sommer anzutreffen sind.

Wenn ich etwas gebückt stehe, ist der Brunnen hoch genug, um mich zu verbergen. Das Wasser, das aus dem Kupferrohr kommt, um das Becken zu füllen, ist rötlich verfärbt. Nicht ungewöhnlich für ein Vulkangebiet. Die Quelle muss eisenhaltig und leicht scharf im Geschmack sein – angeblich sehr gut für die Verdauung. Mit einem Anflug von Ekel betrachte ich die oxidierten Wände der Granitwanne, das faulige Wasser auf dem Boden. Tut mir leid für eure Traditionen, aber das wird mich nicht davon abhalten, meinen Patienten gegen ihre Bauchschmerzen Spasfon zu verschreiben!

Von meinem Posten aus habe ich den vollen Blick auf den Hof, die Hühner, die Katzen und die Eingangstür. Ich warte erst seit ein paar Minuten, als sich die Tür öffnet und Amandine herauskommt. Ich beobachte, wie sie ein paar Schritte geht und eine der Plastikplanen anhebt, die den Gemüsegarten schützen. Sie pflückt eine Handvoll Kräuter und richtet sich dann mühsam wieder auf. Sie hält sich, wie schon in meiner Praxis, den Bauch. Aber dieses Mal wird ihr Schmerz von einem trockenen Husten begleitet. Amandine eilt ins Haus, ohne die Tür hinter sich zu schließen.

Der Hof gehört nun wieder den Hühnern.
Ich warte immer noch. Jeder im Weiler könnte mich entdecken.

Ich könnte ja behaupten, ich wolle Tom und Amandine besuchen, dass ich mir Sorgen um meine Patientin mache, aber ...

Dann höre ich den Vierklang des Akkords. Es ist immer der gleiche.

E G D-A – E G D A

Schlecht gespielt, verzerrt, grauenhaft fürs Ohr.

Das monotone Geleier gewinnt an Intensität, kommt näher, ohne besser zu werden, eher im Gegenteil. Schließlich entdecke ich Tom. Er ist es, der da spielt! Er geht auf die steinerne Bank in der Mitte des Hofes zu. Als Erstes fällt mir seine Verlorenheit auf, diese seltsame Unruhe in seinem Blick, als wäre er mit dem Fallschirm vom Himmel oder von einer Rakete auf den Hof gefallen, wo ihn jedes noch so winzige Detail erschreckt. Esteban hatte denselben Blick, distanziert und abwesend zugleich, dieses offene Fenster zu einem Planeten, auf den sich nur wahre Künstler verirren können. Aber Esteban war ein geliebtes Kind, das beachtet und mit Empathie bedacht wurde. Keines seiner Talente, so klein es auch war, blieb mir verborgen. Tom dagegen wirkt ... verlassen. Ich beobachte, wie er das Fahrrad zur Seite schiebt und sich inmitten der gackernden Hühner auf die Steinbank setzt. Ich zwinge mich, nicht vorschnell zu urteilen. Nichts erlaubt mir die Annahme, dass Tom vernachlässigt wird oder Amandine ihn nicht liebt. Dass er auf einem heruntergekommenen Bauernhof lebt oder seine Mutter ihn selbst mit Medikamenten behandelt, heißt ja nicht, dass er in Gefahr ist.

E G D-A – E G D A

Nun erkenne ich die Tonfolge als die Akkorde der Einleitung zu *Wonderwall*.

Da hat Tom noch jede Menge Arbeit vor sich! Zumindest die musikalische Begabung teilen Esteban und er nicht ... Ich bin für eine Sekunde beruhigt, bevor ich mich gleich korrigiere: Tom hat wahrscheinlich nie eine Musikschule besucht, und sicher hat er nie Musikunterricht hier auf dem Bauernhof bekommen. Hat er je eine Gitarre oder ein anderes Saiteninstrument in Händen gehalten?

Ich kneife die Augen zusammen. Die gashaltigen Dämpfe des rötlich verfärbten Wassers aus den Brunnen reizen mein Gesicht.

Endlich kann ich das Instrument erkennen, auf dem Tom zu spielen versucht.

Er hat einfach einen biegsamen Holzzweig aufgehoben und eine Schnur zwischen die beiden Enden gespannt, wie bei einem Bogen, den man so lange in Form biegt, bis er ein U bildet. Dann hat er sechs Drähte zwischen die Schnur und das Holz gespannt.

Eine selbstgebastelte Gitarre. Eher eine Harfe. Oder, um genau zu sein, ...

Eine Lyra.

Ich muss husten und riskiere, entdeckt zu werden. Die Eisen-Dämpfe brennen in meiner Kehle.

Eine Lyra?

Ist es nur meine Einbildungskraft, die in diesem gebogenen Stück Holz und seinen sechs Saiten den Entwurf des antiken Instruments der Götter sieht?

Oder liegt es einfach nur daran, dass ... Esteban dieses Instrument so sehr liebte?

Meine sich überschlagenden Gedanken erinnern sich an jenes Geburtstagsgeschenk, die Lyra-Gitarre, die er niemals bekommen hat.

Werde ich jetzt endgültig verrückt? Wird alles, was Tom macht und sagt, mich an das erinnern, was Esteban machte und sagte?

Jeder beziehungsweise fast jeder Junge greift irgendwann einmal in die Saiten einer Gitarre.

Einer Gitarre, ja ...

Aber einer Lyra?

»Es ist Zeit«, ruft plötzlich eine Stimme durch die noch offen stehende Haustür.

Amandine erscheint mit einem Buch in der Hand auf der Schwelle.

Tom legt sein Instrument auf die Bank und schwingt sich auf sein Rad.

Seine Mutter verabschiedet sich nicht von ihm, ruft ihm nicht

»hab einen schönen Tag« oder »mach's gut« hinterher. Nicht mal einen Blick. Sie lächelt einfach nur, während Tom davonfährt, als sei sie froh, ihn los zu sein.

Ich weiß, dass ich nicht so denken darf. Dass es unmöglich ist, ein Lächeln, einen Blick oder eine Geste zu deuten, und schon gar nicht ihr Fehlen.

13:25 Uhr
Ich sehe Tom, der schon drei Serpentinen weiter unten ist. In weniger als fünf Minuten erreicht er die Schule in Murol. Schneller als ich, denn ich muss erst zum Auto zurück, losfahren und parken. Heute Nachmittag habe ich einen vollen Terminkalender. Doch ich kann das Tempo halten und bin pünktlich zum Schulschluss fertig. Das Gebäude ist weniger als hundert Meter von meiner Praxis entfernt.

Die Tür von La Souille hat sich gerade geschlossen. Amandine hat mich nicht bemerkt. Mein Blick verirrt sich ein letztes Mal Richtung Tal, hin zu Toms Fahrrad, das sich in den letzten Kurven vor dem Dorf verliert.

· 8 ·

Martin Sainfoin entschied sich, einen Zahn zuzulegen. 52/11. Die größtmögliche Übersetzung. Das hatte er sich seit Jahren nicht mehr zugetraut. Sein Tacho schwankt zwischen achtundvierzig und einundfünfzig Stundenkilometern. Das ist auf dem Anstieg schon eine ordentliche Leistung. Er kennt eine ganze Reihe von jungen Leuten aus dem Arverner Fahrradclub, die Schwierigkeiten damit hätten. Und er legt noch ein bisschen nach.

Dreiundfünfzig Stundenkilometer.

Er bleibt konzentriert, fährt mit gesenktem Kopf auf dem weißen Streifen des Asphaltbandes. Sein Körper ist stromlinienförmig, der von vorn kommende Wind gleitet an ihm vorbei, scheint ihn förmlich zu tragen.

Martin steht nun in den Pedalen, legt sich noch mal richtig ins Zeug. Er muss so viel Schwung wie möglich mitnehmen, bevor er die letzte Prüfung, den Croix-Saint-Robert-Pass, angeht. Der vierte und letzte Anstieg für heute.

Er hat gerade nacheinander insgesamt etwa zwanzig Kilometer bergauf und rund eintausendfünfhundert Höhenmeter, bewältigt. Aber das Beste hat er sich für den Schluss aufgehoben: den höchsten Pass der Auvergne mit 1451 Metern und sein windumtostes Finale, ohne einen einzigen Baum, der Schutz bietet. Okay, es ist nicht der Mont Ventoux und auch nicht der Col du Tourmalet, aber die wiederholten Steigungen haben es in sich. Er liebt diese steilen, raschen Anstiege, die langen Serpentinen, die den Abstieg in ein anderes Tal ermöglichen, um danach sofort den nächsten Pass in Angriff zu nehmen.

Vor allem heute. Seine Beine brennen wie Feuer! Liegt das an der Apfel-Tarte mit Rum oder an Nectaires Kräutertee, der seine Wirkung zeigt? Wenn er dieses Tempo bis zum Gipfel durchhält, wird er ihn bitten, ein ganzes Fass davon für die französische Meisterschaft der Veteranen zuzubereiten.

Auf geht's, zehn Kilometer und dreiundvierzig Kurven bergauf! Wie oft ist er diesen Berg schon hinaufgefahren? Er weiß, er darf nicht mit zu hohem Tempo starten, denn die ersten Kilometer sind die steilsten. Er erinnert sich an Bernard Hinault, der ihm 1978 beim Etappenstart eine handsignierte Kappe geschenkt hatte. Der wegen seiner taktischen Cleverness von den Franzosen Le Blaireau, der Dachs, genannte Radrennfahrer hatte sich an den Vulkanhängen ganz schön die Zähne ausgebissen und den Etappensieg diesem Versager Joop Zoetemelk überlassen. Wer hätte je gedacht, dass er, nachdem er an diesen Hügelchen gescheitert war, ein paar Tage später, in den Alpen, seine erste Tour de France gewinnen würde?

Ja, Bernard, man muss wissen, wie man die Pässe der Auvergne zu nehmen hat!

Wenigstens sechs Zähne. Martin geht auf 52/17. Jetzt bloß nicht sofort in den Pedalen stehen, der Anstieg zieht sich noch über einen Kilometer gleichmäßig steil hin. Man muss sich noch Energie für die Serpentinen aufbewahren.

Sein Herz schlägt kräftiger. Neunundzwanzig Stundenkilometer. Noch nie ist er auf diesem Abschnitt so schnell gefahren, und er hat das Gefühl, noch beschleunigen, jeden Champion schlagen zu können! Er nimmt sich lediglich die Zeit, kurz den Kopf anzuheben, um den Bergkamm zu bewundern, eine grüne Linie ohne Gletscher oder Felsen.

Er lässt seine Gedanken schweifen, er ist acht Jahre alt und hat nichts anderes im Kopf als Rennradfahren. Den ganzen Sommer über hört er sich die Wettkampfreportagen im Radio an, aber heute kommt die Tour de France bei ihm vorbei. Er ist dabei, an jenem 12. Juli 1964, an einer der Riesenkurven der Auvergne. Das wird er niemals vergessen! Wie Poulidor in die Pedale tritt und es, Meter für Meter, geschafft hat, den großen Anquetil von der Spitze zu verdrängen. Der Normanne, am Rand der Erschöpfung, kann sein gelbes Trikot nur vierzehn Sekunden lang retten. An jenem Tag wusste Martin, wer er sein wollte: Poulidor, oder wie ihn die Franzosen liebevoll nannten, Poupou und niemand sonst!

Die erste Serpentine, der erste Antritt, nur zwanzig Meter, um das Tempo zu halten.

Das Leben hat anders entschieden. Oder das Schicksal. Er wird weder Poupou noch ein anderer Radchampion. Nur ein Sonntagsradrennfahrer, der auf die Rente wartet, um dann ein Montags- bis Samstagsradrennfahrer zu sein.

Vor den kahlen Bergkuppen der Vulkane erhebt sich das Zentralmassiv der Monts Dore, das er umrunden muss. Zum ersten Mal erklimmt er den Croix-Saint-Robert-Pass im Winter. In seinem ganzen Leben hat er ihn noch nie mit so wenig Schnee erlebt. In den anderen Jahren hätte man Spikes auf die Fahrradschläuche ziehen müssen ...

Martin öffnet sein Trikot ein wenig. Man könnte fast meinen, es sei Sommer!

Poupou und niemand sonst ...

Er hätte vor zwei Jahren französischer Meister der Veteranen werden können, wenn er nicht dummerweise diese beiden Ausreißer aus Bordeaux an sich hätte vorbeiziehen lassen. Damals hatte er nicht genug trainiert. Aber heute ...

Jetzt, ab der sechzehnten Serpentine, ist es Zeit, alles zu geben! Die Steigung beträgt 5,7%. Wenn er gut in die Kurve kommt, kann er es schaffen, nicht unter fünfundzwanzig Stundenkilometer zu fallen. Vielleicht sogar achtundzwanzig. Seine Beine haben noch nie so gut funktioniert.

Was hat Nectaire bloß in den Kräutertee gemischt?

Martin muss fast lachen, wenn er sich selbst dabei beobachtet, wie er die Kilometer runterreißt. Er ist sich bewusst, dass er nie ein großer Radrennfahrer sein wird, nur ein Amateur, aber das hält ihn nicht davon ab, von seiner kleinen Stunde des Ruhms, wenigstens einem Sieg zu träumen, bei dem er auf dem Pass die Arme in die Höhe reißt und einen Blumenstrauß überreicht bekommt ...

Martin wirft einen kurzen Blick auf den Puy de Dôme, bevor er die letzten zehn Serpentinen in Angriff nimmt. Er wird nie ein Bernard Hinault oder Thibaut Pinot sein, aber zumindest ein Pierre Matignon, jener vergessene Radrennfahrer, die rote Laterne der Tour de France 1969, die der große Eddy Merckx in Person, am Gipfel des höchsten Vulkans nicht einzuholen vermochte.

Die schönste Geschichte der Tour de France!

Nur noch acht Serpentinen. Die schwierigsten.

Eisiger Gegenwind. Kein schützendes Haus mehr seit der letzten Almhütte, nicht einmal eine Kuh.

Martin schließt sein Trikot wieder.

Er spürt, dass er das Tempo noch steigern kann. Normalerweise sind seine Beine, so kurz vor dem Gipfel, von den Oberschenkeln bis zu den Waden von der Milchsäure wie gelähmt. Dieses Mal drehen sie sich noch immer wie der Sekundenzeiger einer Rolex, obwohl sein Herz immer schneller schlägt.

Der Gipfel ist nur noch dreihundert Meter entfernt. Er wird während der ganzen Abfahrt Gelegenheit haben, sich auszuruhen, seinen Puls herunterzufahren, Luft zu holen.

Ein erster Stich zerreißt ihm die Brust. Eine erste Warnung.

Martin sieht sich um. Niemand zu sehen. Jetzt abzusteigen, wäre echt dumm.

Er begnügt sich damit, das Tempo etwas zu drosseln, schaltet einen Zahn runter, verzieht bedauernd das Gesicht.

Er fällt auf unter zehn Stundenkilometer, stellt sich vor, dass er bei einem Rennen so kurz vor dem Gipfel die gesamte Spitzengruppe an sich vorbeiziehen sieht.

Nur noch hundert Meter.

Die zweite Klinge bohrt sich in sein Herz. Martin fällt vor Schmerz fast aus dem Sattel. Doch wie durch ein Wunder fängt er sich wieder und fährt im Zickzack weiter, ohne zu verstehen, was ihm da gerade passiert. Er steht nun fast schon, tritt kaum noch in die Pedale, nur so viel, dass er nicht umfällt. Er zwingt sich, ruhig zu atmen, durchzuschnaufen. Sobald er den Gipfel erreicht hat, muss er das Rad nur noch laufen lassen.

Ein Meter.

Die dritte Klinge durchbohrt ihn und unterbricht sofort sämtliche Versorgungskanäle. Seine Hände können den Lenker nicht mehr halten. Das Fahrrad kippt zur Seite. Martin hat nicht einmal mehr die Kraft, aus seinen Fußrasten zu kommen. Sein Helm und der Karbonrahmen schlagen mit lautem Knall auf den Asphalt – wie ein Hammer auf den Amboss.

Doch das hört Martin schon nicht mehr. Er ist außerstande zu sprechen, kann sich nicht aufrichten oder nach seinem Handy in der Satteltasche greifen. Er weiß, dass hier, oben auf dem Gipfel, niemand kommen wird, um ihn zu retten.

Er weiß, er wird sterben.

Sein Herz setzt schon aus, er ringt nach Luft, lange Sekunden der Atemnot folgen, in denen sein Körper nicht mehr durchblutet wird.

Was war in diesem verdammten Tee?
Hätte er wohl die Meisterschaft der Veteranen gewonnen?
Hätte er seinen Blumenstrauß bekommen?
Das ist sein letzter Gedanke.

Hätte er oben auf dem Gipfel seinen Blumenstrauß bekommen? Oder ein kleines blumenverziertes Kreuz. Mit ein paar eingravierten Worten.

Martin Sainfoin
Entweder Poupou oder keiner.

III
DIE ERSCHEINUNG

Bio-Lauch

• 9 •

Die Nachmittagssonne überflutet den Vorplatz des Rathauses. Das durch die Wärme aufgeladene Lavagestein macht die Terrasse zu einem riesigen Kamin. Fast wäre man versucht, die Liegestühle herauszuholen und die Sonnenschirme zu öffnen. Savine, die herausgetreten ist, um eine Zigarette zu rauchen, genießt den freien Blick auf den Kirchturm der Église Saint-Ferréol, die Ruinen der Burg von Murol und den Hof der nahegelegenen Schule. Sie berauscht sich am Duft der Tannen und des Geißblatts, genießt die vereinzelten Geräusche: die Schnabelhiebe des in einer Baumkrone versteckten Grünspechts, das Brummen einer Motorsäge im fernen Wald, die Musik eines Radios hinter einem Fenster ...

Bis plötzlich alles weggespült wird. Die Ruhe, die Gemächlichkeit, die langsam dahinrinnende Zeit. Zunächst ertönt ein Klingeln, eine Mischung aus Feuerwehrsirene und Kirchturmglocken, dann folgt die Kavallerie, fünfzig zweibeinige wilde Ponys im Galopp, die aus dem Schulhof stürmen, die Ranzen schief auf dem Rücken, Mäntel nur halb angezogen, fliegende Schals und Kreischen und Gelächter, das sich in die Luft erhebt.

Schulschluss!

Für das Dorf ist es die Stunde der täglichen Wachmachspritze, einige Minuten Adrenalin: die Kinder, die die Straßen hinunterrennen, Autos, die irgendwo halten, Fahrräder, die sich im Zickzack zwischen den geöffneten Wagentüren hindurchschlängeln.

»Schau dir das an, Nectaire.«

Savine hat die Rathaustür nicht geschlossen. Die Schule ist nur knapp fünfzig Meter entfernt. Alle Kinder, die die Rue de Jassaguet hinunterlaufen, ziehen in kleinen lärmenden Gruppen an ihnen vorbei.

»Was?«

»Lass deine Briefmarken liegen und beeil dich!«

Der Sekretär zögert. Mehr als alles andere fürchtet er einen möglichen Luftzug. Er ist auf die schwierigste Aufgabe des Tages konzentriert: mit einem feuchten Schwamm löst er die Briefmarken von den Umschlägen, die unlängst bei ihm eingegangen sind. Er zieht sie mit einer Pinzette vorsichtig ab und ordnet sie in einen Plastikordner ein. Noch dazu sind heute seltene Exemplare vom Pico do Fogo, vom Kverkjöll und vom Almolonga dabei. Seine einzigartige Sammlung, sein Stolz, dieser Schatz, den er bei seiner Pensionierung dem Rathaus von Murol überlassen will: zwölf Alben gefüllt mit Briefmarken, die die Vulkane der ganzen Welt abbilden! Nectaire Paturin kontaktiert Gemeinden, die überall auf der Welt, an den Hängen noch mehr oder weniger rauchender Vulkane liegen. Er schreibt ihnen und muss nur noch auf die … mit Briefmarken versehene … Antwort warten.

»Ich kann nicht. Alles fliegt sonst weg.«

»Beeil dich!«

Der Vulkan-Philatelist, eine seltene Spezies aus der großen Philatelisten-Familie, nimmt sich alle Zeit, um seinen Schatz mit einem dicken Löschpapier zu bedecken, auf das er einen Basaltblock legt, der ihm als Briefbeschwerer dient. Warum, knurrt Savine innerlich, ist dieser Typ immer so langsam?

Nectaire Paturin tritt schließlich auf die Terrasse vor dem Rathaus.

»Pst!«, murmelt die Sozialarbeiterin. »Rühr dich nicht und schau dir das an.«

Er beobachtet die Gruppen von Kindern, die in alle Richtungen davonströmen. Er kennt beinah jeden. Nathan, den Sohn des Metzgers; Jade, Ambre und Enzo, drei entfernte Cousins; Eliot und

Adam, zwei kleine Schlingel, auf die man besser ein Auge hat. Yanis, der letzten Sommer im Lac Chambon fast ertrunken wäre ...

»Und was, bitte schön, soll ich mir anschauen?«

»Auf dem Parkplatz der Arztpraxis gegenüber – sieh nur!«

Nectaire kneift die Augen zusammen. Er bemerkt nur ein geparktes Auto. Weinrot. Ein Renault Clio oder ein Peugeot 208? Er entziffert die Marke.

MiTo. Alfa Romeo.

»Ist das der Wagen von Doktor Libéri?«

»Du bist ein echtes Genie! Beug dich vor und schau ins Wageninnere.«

Nectaire streckt seinen hageren Körper so weit wie möglich vor. Kein Zweifel, die Frau Doktor sitzt am Steuer.

»Okay, sie ist in ihrem Wagen, ja und?«

»Hat sie nicht eigentlich gerade Sprechstunde?«

»Nicht unbedingt. Sie möchte vielleicht in Ruhe eine SMS an einen Liebhaber schreiben? Das einzig Merkwürdige ist meiner Meinung nach, dass sie sich in dieser Gegend vergraben hat. Für ihr Alter ist sie doch noch eine attraktive Frau!«

»Sehr taktvoll, Nectaire, vielen Dank.«

Der Gemeindesekretär wird feuerrot. Verstrickt sich in Entschuldigungen. Das wollte er nicht gesagt haben. Natürlich sind die Frauen aus Murol auch hübsch, keine Frage, was eigentlich ist die Frage? Diese Ärztin, die gegen Schulschluss ganz allein in ihrem Auto sitzt?

»Sie macht, was sie will, oder?«, meint der Sekretär, der es eilig hat, seine philippinischen Briefmarken weiter zu ordnen.

»Ich beobachte sie seit einer Weile«, erklärt die Sozialarbeiterin. »Sie lässt ihren Rückspiegel nicht aus den Augen. Ich habe mich gefragt, was sie da wohl überwacht ... oder wen. Jetzt weiß ich's!«

»Und wen überwacht sie? Den Vater von Yanis? Oder den von Eliot und Nolan? Fährt sie ab auf die Bademeister und Skilehrer? Wundert sie sich, dass es auch hier attraktive Männer gibt?«

»Nein, du Idiot. Sie spioniert diesem Jungen hinterher, seit er die Schule verlassen hat. Tom, dem Sohn von Amandine Fontaine.«

»Übrigens, pass auf, ich glaube, sie steigt gerade aus ihrem Lamborghini.«

Nectaire hat recht. Savine und er haben gerade noch Zeit, hinter die Ecke der Rathausmauer zurückzuweichen, sodass man nur noch eine leichte Rauchwolke sieht. Maddi Libéri hat die Wagentür geöffnet und scheint sich hinter ihrem Auto zu verstecken. Tom ist der einzige Schüler, der den Schulhof noch nicht verlassen hat. Er steht neben seinem Fahrrad, die Augen ständig in Bewegung, den Mund halb geöffnet, dazu ruckartige Gesten, als wäre er im Gespräch mit unsichtbaren Kindern.

»Was hältst du davon?«, fragt Savine, ohne den Jungen aus den Augen zu lassen.

»Dass der kleine Tom nie ganz klar im Kopf ist, so als würden mehrere darin wohnen. Aber irgendwie habe ich ihn gern und ...«

»Aber nein, alter Spinner! Nicht Tom! Die Ärztin!«

Nectaire beugt sich leicht nach vorn und schielt um die Mauerecke. Lockiges weißes Haar vor schwarzem Stein. Diskreter geht's wohl nicht!

»Naja ... Sie beobachtet Tom ... Sie hat ihn sicher ... auch gern!«

Savine zieht ihn verärgert zurück.

»Sie hat ihn gern? Soll das ein Witz sein? Hast du ihre Augen gesehen? Sie starrt diesen Jungen an ..., als wäre es ihrer!«

Der Sekretär bewegt sich im Tempo einer Schnecke, die jeden Riss im Mauerwerk erforscht, und wirft erneut einen Blick um die Ecke.

»Okay ... Sie ist wie hypnotisiert. Na und? Sie wird ihn schließlich nicht kidnappen! Sie ist Ärztin. Sie hat vielleicht etwas entdeckt, was nicht stimmt bei Tom. Ich weiß, dass seine Mutter, Amandine dein kleiner Schützling ist, aber sie ist nicht immer, wie soll ich sagen, besonders ...«

»Besonders was?«

»Besonders ... mütterlich.«

»Weil du weißt, was es bedeutet, besonders mütterlich zu sein?«

Genau in dem Moment als das Gespräch zwischen Nectaire und Savine zu eskalieren droht, fährt ein Wagen die Straße hinauf, der das vorgeschriebene Tempo von 30 Stundenkilometern und die Einbahnstraße ignoriert. Der blaue Renault Kangoo der Polizei. Er hält mitten auf der Straße vor dem Rathaus an, drei Polizisten steigen in Eile aus, ganz offensichtlich gestresst. Lieutenant Lespinasse von der Brigade in Besse, ist der Einzige, der das Wort ergreift.

»Savine, Nectaire, geht rein und trommelt alle anderen zusammen.«

Mit wenigen Schritten sind die drei Polizeibeamten im Rathaus. Neben Nectaire Paturin und Savine Laroche werden auch Alain Suchet, Géraldine Jume, Oudard Benslimane sowie die Gemeinderatsmitglieder Jacques Mercoeur und Sandrine Gouly gerufen.

Die Polizeibeamten nehmen sich nicht mal die Zeit, die Tür hinter sich zu schließen.

»Es geht um … Martin. Martin Sainfoin. Er wurde auf dem Gipfel des Croix-Saint-Robert gefunden. Neben seinem Rad. Von einem Herzinfarkt niedergestreckt.«

Lieutenant Lespinasse versetzt der Tür einen heftigen Fußtritt.

Einem Vulkanausbruch gleich wirbeln die Briefmarken wie Papierasche durch die Luft, flattern lange durch den Raum, bevor sie zu Boden segeln.

· 10 ·

G*abriel, unterbrich mich nicht. Ich bitte dich nur, mir zuzuhören.*
Ich bin gerade erst im Moulin de Chaudefour angekommen. Ich habe meinen MiTo vor der Tür, schräg auf dem Bürgersteig, abgestellt, obwohl der große Parkplatz vor meinem Haus leer ist. Tasche und Mantel habe ich auf den nächstbesten Stuhl geworfen, mir ein Glas Bénédictine – ein Souvenir aus der Normandie – eingeschenkt und mich aufs Sofa fallen lassen.

Es ist zwanzig Uhr, und das Abendessen muss warten.

Mir den Rücken zugewandt, sitzt Gabriel vor seinem Computer. Anscheinend hat er schon den ganzen Nachmittag daran gesessen. Er hat sein Englischniveau getestet. Eine ganze Reihe von Einstufungstests, um seine erreichten, teilweise erreichten oder übertroffenen Kenntnisse zu bestimmen. Englisch, so Gabriel, ist heutzutage unerlässlich. Wenn du gemütlich unter deiner Bettdecke bleiben willst, musst du eine Sprache sprechen, die auf der ganzen Welt verstanden wird. Homeoffice ist die Zukunft! So kann man die Umwelt und zugleich das Privatleben schützen. Sieh dir die Telemedizin an, das wird bald auch dich betreffen!

Wenn du meinst, Gabriel …

Die Englischkurse haben ihn sichtlich erschöpft, aber nicht vom Bildschirm weggeholt. Er kann sich nicht von seinem MTW-1 – My Tidy World One – lösen, einer ökologischen Website, bei der sich jeder Spieler in einer virtuellen Welt ohne Umweltverschmutzung entwickelt und sich teleportieren lassen kann, ohne dass dies die geringste Energie verbraucht. Er kann Hütten mit Bäumen drumherum errichten, die über Nacht nachwachsen, mit Glühwürmchen Licht erzeugen und blaue Karotten züchten, wenn er will.

Hör mir zu Gaby, hör mir bitte einmal zu – wenigstens heute Abend. Alles hat in Saint-Jean-de-Luz angefangen. Du warst doch auch da, Gabriel, alles hat mit dieser indigoblauen Badehose angefangen, die mit dem kleinen aufgedruckten weißen Wal – das Ursprungsmodell, wenn auch nicht gerade selten. Äußerstenfalls könnte ich glauben, dass man mir damit eine Falle stellen will, auch wenn ich nicht weiß, wer sie mir stellen sollte, und vor allem warum, aber es ist eine mögliche und kohärente Hypothese. Viele Leute wussten von diesen Badeshorts; vor zehn Jahren wurden sie in der Presse erwähnt, überall hingen Plakate mit einem Foto von Esteban, Suchaufrufe wurden veröffentlicht ...

Aber wie soll man das Folgende erklären? Und zunächst einmal diese erstaunliche Ähnlichkeit zwischen Esteban und Tom? Ein Doppelgänger? Man hätte also unter Hunderttausenden von Jungen denjenigen auswählen müssen, der Esteban am ähnlichsten ist, und ihn dann in eine identische Badehose stecken müssen. Das macht überhaupt keinen Sinn! Und der Rest? Dieses Geburtsmal? Jemand hätte eine Annonce mit diesem Text aufgeben müssen: *Ich suche irgendwo auf der Erde einen zehnjährigen Jungen, der einen braunen Fleck auf der Leiste hat und noch dazu genau dieses Gesicht. Siehe beigefügtes Foto.* Lächerlich! Unmöglich! Ohne dabei in der Annonce die Bemerkung zu vergessen, dass der Junge die Musik lieben muss, wenn möglich Lyra spielt und ... Honig hasst.

Träume ich das alles nur, Gabriel? Denke ich mir all das nur aus? Gabriel?

Gabriel!

Erst jetzt bemerke ich die hautfarbenen In-Ear-Kopfhörer – kabellos, elegant und diskret. Gaby kann mich nicht hören. Gaby hat nicht mal bemerkt, dass ich nach Hause gekommen bin. Lebe ich auch hier mit einem Phantom zusammen? Oder bin ich selbst zum

Gespenst geworden? Ich spreche nur noch mit Menschen, die verschwunden sind, die anderen hören mir nicht mehr zu.

Auf Zehenspitzen gehe ich hinaus. Ich stoße die Haustür auf. Es ist mild draußen. Der Mond erleuchtet die erodierten Bergspitzen, einen Kraterrand. Irgendwo in der Nacht zirpt eine Grille, die wohl vergessen hat, dass es noch Winter ist.

Ich weiß, was ich zu tun habe: Ich muss die einzige lebende Person anrufen, die in der Lage ist, mir zuzuhören. Selbst wenn diese ganz und gar nicht hören will, um was ich sie bitten werde.

Ich ziehe mein Handy aus der Tasche, zögere noch kurz, ein letzter Gewissensbiss, den ich wegwische, als ich an Gabriels Egoismus denke. Tut mir leid, Gaby, aber Doktor Wayan Balik Kuning ist alles, was du nicht bist. Ein Arbeitstier, aufmerksam, verständnisvoll. Das ändert nichts an meinen Gefühlen für dich, all die Liebe, aber sei's drum ... ich brauche ihn!

•••

»Hallo, Doktor.«

»Maddi? Was für eine Überraschung! Sie nennen mich nicht mehr Wayan?«

»Doch, doch ...«

»Also, erzählen Sie mir: die Auvergne, Ihr neues Leben?«

»Später, Wayan. Ich werde Ihnen schreiben, versprochen. Ich ... Ich muss Sie um eine detaillierte Auskunft bitten.«

Wayan kann sich eine kleine ironische Pointe nicht verkneifen.

»Nur zu. Ich bin mir so gut wie sicher, dass Sie nicht den Mann um Rat bitten, den Sie anrufen, sondern den Psychiater.«

Ist Wayan immer noch verliebt, oder schauspielert er nur? Er wird mich doch nicht durch andere attraktive Patientinnen ersetzt haben, seitdem ich weggezogen bin?

»Sie werden mich für verrückt halten, Wayan, aber ... ich möchte unbedingt, dass Sie mir erklären, was es mit ... mit Reinkarnation auf sich hat.«

»...«

»Nein, nicht dass ich daran glaube. Ganz und gar nicht, da können Sie sicher sein. Aber ich würde nur gern wissen, worum es grundsätzlich geht. Und ich habe mir gesagt, dass Sie das wissen müssten. Schließlich sind Sie ja ...«
»Balinesischen Ursprungs – ist es das?«
An seinem Tonfall erkenne ich, dass er verletzt ist.
»Ihnen zufolge«, so insistiert er, »bin ich also zwangsläufig hinduistischen Glaubens. Und wenn ich Hindu bin, glaube ich zwangsläufig an Karma, Dharma und Nirwana. Das ist eine etwas vereinfachte Schlussfolgerung, Maddi, finden Sie nicht?«
Bitte, Wayan, verschone mich mit deiner Leier vom Franko-Balinesen, der sich der Rationalität zugewandt hat.
»Ich will nur die groben Prinzipien wissen, das ist wichtig für mich.«
»Gut, wenn Sie darauf bestehen. Aber Ihnen muss klar sein, dass Ihnen der Privatmann antwortet, und nicht der Psychiater. Wenn ich Bali verlassen habe, um Doktor der Psychiatrie zu werden, dann weil ich diesen Glaubensrichtungen entfliehen wollte, oder, anders ausgedrückt, um einem anderen Weg zu folgen als dem, der mir angeblich vorbestimmt war.«
»Ich verstehe. Ich höre Ihnen zu, Wayan.«
»*Wayan*«, wiederholt der Psychiater. »Fangen wir damit an. Wissen Sie, was dieser Vorname bedeutet?«
Ich schwanke zwischen verschiedenen Möglichkeiten. Weise? Ernsthaft? Freundlich? Intelligent? Attraktiv? Verliebt?
»Alle Balinesen«, fährt der Psychiater fort, ohne mir Zeit zu einer Wahl zu lassen, »das heißt an die sechs Millionen Menschen auf dieser Erde, tragen dieselben fünf Vornamen: *Wayan*, oder *Putu*, ist dem ersten Kind einer Familie vorbehalten. Das zweite wird *Kadek* heißen. Das dritte *Nyoman* und das vierte *Ketut*.«
Ich gehe kein Risiko ein ...
»Dann waren Sie also der Erstgeborene?«
»Nein, nicht einmal! In den Familien mit mehr als vier Kindern fängt man wieder von vorne an, und das fünfte Kind heißt wieder *Wayan*, *Wayan Balik* genauer gesagt, was so viel bedeutet wie

Rückkehr zu Wayan, und so weiter ... Und weil ich schon mal bei den Vertraulichkeiten bin, kann ich Ihnen auch noch gestehen, dass mein großer Bruder, Wayan also, drei Jahre vor meiner Geburt gestorben ist, sodass ich in den Augen meiner Eltern zugleich ich bin ... und er. Ich gehe davon aus, dass eine solche verwaschene Betrachtung der Persönlichkeit aus westlicher Sicht nicht leicht zu verstehen ist.«

»Doch ... Ich glaube schon ...«

Wayan nimmt sich Zeit für eine kurze Pause und fährt dann fort.

»Um also auf Ihre Frage zurückzukommen, Maddi, ja, die Reinkarnation existiert im Alltag der Balinesen, ebenso wie bei den Hindus und, allgemein gesprochen, bei der großen Mehrheit aller Männer und Frauen, die in Asien leben. Jedes Kind, das geboren wird, trägt die Last seiner vorherigen Leben. Um Ihnen ein Beispiel zu geben, als ich zur Welt kam, haben meine Eltern ein Medium aufgesucht, um herauszufinden, welchem Vorfahren ich ähnele. Wir haben auch keine Familiennamen in Bali, die Eltern wählen ihn je nach unseren vorherigen Leben, von dem dann auch unser Geschmack, unsere Talente, unser zukünftiger Beruf abhängt. Abgesehen von der Tatsache, dass ich den Vornamen eines älteren verstorbenen Bruders trage, ist ein entfernter Onkel zwei Tage vor meiner Geburt an Gelbsucht gestorben. *Kuning* bedeutet gelb auf Balinesich!«

Ich kann mich nicht zurückhalten und pruste laut los. Ich habe die Einrichtung der Praxis von Wayan vor Augen: safrangelbe Wände, topasfarbener Boden, maislederne Sessel ...

»Tut mir leid.«

»Nicht nötig, ich höre Sie lieber lachen, als dass Sie diesem Aberglauben anhängen. Das soll nicht heißen, dass ich diese Glaubensrichtung kritisiere, sie hilft Milliarden Menschen auf Erden, den Tod zu akzeptieren. Und nichts, aber auch gar nichts, beweist, dass sie falsch ist. Ebenso wenig wie irgendetwas beweist, dass sie richtig ist.«

Ich muss an die Artikel über Geburtsmale denken. Noch vor zwei Tagen hätte ich die Reinkarnation für ein Hirngespinst gehalten, genauso wie die Existenz von Einhörnern oder Jungbrunnen.

»Was meinen Sie, Maddi?«, fährt der Psychiater fort. »Muss man beweisen, dass etwas existiert, bevor man daran glaubt? Oder soll man, im Gegenteil, davon ausgehen, dass alles möglich ist, solange man nicht bewiesen hat, dass es unmöglich ist?«

Danke, Wayan. Diese Art von balinesischer Maxime hilft mir sehr!

»Ich meine gar nichts dazu. Ich bin wie alle Europäer ... Die Reinkarnation ist etwas eher ... Entferntes.«

»Das denken Sie! Wussten Sie, dass laut Meinungsumfragen mehr als ein Viertel der Europäer an Reinkarnation glaubt? Und dass dieser Glaube in der Wiege Europas entstanden ist?«

Nein, Wayan, das wusste ich nicht. Bis gestern gehörte ich eher zur Mehrheit der Skeptiker.

»Die Theorie der Reinkarnation hat sich im alten Griechenland entwickelt, zur gleichen Zeit wie die Idee der Demokratie oder der Republik ... Platon, Pythagoras und viele andere glaubten daran. Die Griechen ließen sich mit Blattgoldtafeln beerdigen, eine Art Gebrauchsanweisung voller Hinweise, damit die Seelen sich nicht zwischen zwei Leben verirrten. Diese Religion wurde Orphismus genannt, in Anlehnung an den Mythos von Orpheus.«

»Orpheus? Spielte der nicht auf der ...«

»Auf der Lyra! Die Gitarre der Götter, wenn Sie so wollen. Mit der sie die Wächter der Hölle bezauberten, geliebte Menschen in ein neues Leben zu führen.«

Eine Lyra!

Tom spielte im Hof auf einer Art Lyra. Esteban hatte sich als Geburtstagsgeschenk eine Lyra-Gitarre gewünscht. Woher hätte er das wissen sollen? Warum hätte er ...

»Maddi? Sind Sie noch da, Maddi? Antworten Sie mir! Ich bin in Le Havre, sechshundert Kilometer von Ihnen entfernt, aber Sie wissen schon, niemand hält mich hier zurück. Ein einziges Wort von Ihnen, und ich komme!«

DREI TAGE SPÄTER

• 11 •

Zwischen dem frisch sprudelnden Gebirgsbach und den schattigen Tannen verbirgt sich der Friedhof von Murol. Die Felder ringsumher sind mit Primeln bedeckt. Die Kühe sind schon auf den Wiesen, bleiben aber während der Trauerfeier diskret auf Distanz. Das Dorf selbst scheint eher den Frühling, das Wiederaufblühen der Blumen, die Rückkehr der Insekten und der Schwalben zu feiern, als einer Beerdigung beiwohnen zu wollen.

Und doch sind alle Bewohner erschienen. Jeder in Murol kannte Martin Sainfoin. Die Bürgermeisterin, zugleich Landwirtin und Präsidentin der größten Milchgenossenschaft der Region, gab mir zu verstehen, es sei wichtig, dass ich als Gemeindeärztin bei der Beisetzung zugegen bin. Eine Hand wäscht die andere. Sie hatte mir mehrere Angestellte der Gemeinde zur Verfügung gestellt, um mir bei der Renovierung meiner Praxis zu helfen, und tatsächlich, alle sind damals gekommen: Alain zum Ausästen der Bäume vor meinem Fenster, Oudard Benslimane, um mich mit dem Kulturprogramm der Saison vertraut zu machen, Savine Laroche für eine kurze Zusammenfassung der schwierigsten Sozialfälle, Nectaire Paturin für den Fall, dass ich Papiere abstempeln lassen müsste oder eine Auswahl an Kräutertees benötigte, und natürlich Martin Sainfoin, der mich mit den nicht so lustigen Aspekten des Landlebens vertraut machte, als da wären Drogen, Alkohol, häusliche Gewalt ...

Der einhelligen Meinung zufolge ist Martin ein guter Mensch gewesen. Ist das der Grund, weshalb die Natur ihm huldigt und sich nicht in Weiß oder Grau hüllt? Auch was den Friedhof angeht, so ist die Zeremonie buntgemustert.

Alle Radrennfahrer des Arverne Vélo Club sind zugegen, offiziell gekleidet in Blau und Gold. Sie haben vor dem Grab zwei Kränze niedergelegt, ein Lenker aus Granit ist in eine Marmorplatte gesetzt worden. Fehlt nur noch, dass man den Sarg mit einem weißen Tuch mit roten Punkten bedeckt hätte, wie es bei ausgezeichneten Tour-de-France-Fahrern gemacht wird. Martin Sainfoin hätte das geschätzt, aber der Priester hat es abgelehnt. Martin hatte Humor und ein großes Herz …, auch wenn es ihn am Ende im Stich gelassen hat.

Begleitet von zwei Ministranten, spricht der Priester seine Gebete. Einer der Jungen trägt das Gefäß mit dem Weihwasser, der andere den Korb für die Kollekte. Yanis und Enzo, ich kenne die beiden. Der erste ist Asthmatiker, der zweite Diabetiker.

Auf dem Friedhof schließen sich die Reihen. Ich bleibe etwas abseits, ihre Blicke geben mir zu verstehen, dass ich die Fremde bin. Gabriel hat meine Hand ergriffen. Wir haben uns wieder versöhnt. Gabriel hat mir lange zugehört, hat mich beruhigt, was die Lyra, das Geburtsmal, die Ähnlichkeit und den Rest angeht. *Es gibt ganz sicher eine Erklärung*, hat er mir versichert, *man muss nur nachdenken und suchen.* Er hat versprochen mir zu helfen. Damit ich nicht allein auf dem Friedhof bin, hat er zugestimmt, sein Schlupfloch zu verlassen, hat sich dunkle Jeans und ein schwarzes Jackett angezogen und sich sogar eine Krawatte umgebunden. Danke, Gabriel, ich weiß, welche Mühe es dich kostet, diese Verkleidung zu tragen.

Vier Radrennfahrer – der Jüngste zwanzig Jahre alt, der Älteste an die hundert – sind aufgestanden, um den Sarg anzuheben. Ich erkenne Maximilien, den attraktiven Bademeister, Lucas, den arbeitslosen Skilehrer, Jules, den pensionierten Landwirt, Baptiste, den Bäckerlehrling.

Hinter ihnen stellen sich alle Gläubigen feierlich auf, eine Hand schon im Geldbeutel. Die Ministranten haben das Gefäß und den Korb vor dem Grab mit dem Sarg abgestellt – ein wenig geweihtes Wasser fürs Jenseits und ein paar Euros fürs Diesseits. Ich kenne inzwischen fast alle Dorfbewohner, ich habe sie alle in meiner Praxis gesehen und weiß vielleicht mehr vom einen oder anderen als die Murolaiser selbst, die hier geboren und aufgewachsen sind.

Ist das der Grund, warum sie mich so finster ansehen? Seit einigen Tagen habe ich das Gefühl, dass sie mich ausspionieren. Vor allem die beiden ergrauten Rathausangestellten, die Sozialarbeiterin und der Sekretär – die Hyperaktive und der Depressive.

Ich hätte schwören können, dass der Gemeindesekretär ein braver Junggeselle ist, aber nein. Er legt den Arm um die Taille einer Frau, die so exzentrisch ist wie er klassisch. Sie dürfte sein Alter haben, so um die Fünfzig, kleidet sich aber, als wäre sie zwanzig Jahre jünger. Eine Tunika über einer farbigen Strumpfhose, ein Strohhut, elegant geflochten, unter dem zwei Ohrringe in Form von buddhistischen Rädern hervorschauen. Dazu ein seltsamer kupferfarbener Anhänger an einer Spiralkette.

Ihnen gegenüber entdecke ich Amandine, die mit ihrer nüchternen, unauffälligen Kleidung das genaue Gegenteil verkörpert. Sie steht etwas abseits, aus Schüchternheit oder weil sie Mühe hat, sich aufrecht zu halten und sich an der Friedhofsmauer anlehnen muss? Bei ihrem müden, erschöpften Gesichtsausdruck tendiere ich zu der zweiten Variante. Sie ist ohne Tom gekommen. Sicher hat sie gedacht, dass ein zehnjähriges Kind nichts auf einer Beerdigung zu suchen hat. Das wäre früher auch meine Einschätzung gewesen. Ich erinnere mich, dass ich Esteban nicht zur Beerdigung meines Vaters in Hendaye mitnehmen wollte. Er war damals erst acht Jahre alt. Ich hatte versucht, ihm zu erklären, dass die Leute traurig sein und weinen würden und dass ihm das sicher Angst machen würde, dass er aber eine Zeichnung für den Opa machen und ihm einen kleinen Brief schreiben könnte.

Der Weihwasserwedel wechselt von Hand zu Hand, manche bekreuzigen sich, andere murmeln unhörbare Worte, die großen kräftigen Kerle in Blau und Gold lassen ihren Tränen freien Lauf wie Babys. Einen Kumpel zu verlieren, ist wie der Illusion der eigenen Unsterblichkeit verlustig zu werden.
Kann Opa diesen Brief lesen?
Schon merkwürdig, wie Erinnerungen bisweilen wieder auftauchen. Seit zwölf Jahren hatte ich nicht mehr an dieses Gespräch mit Esteban gedacht. Es bedurfte dieser Zeremonie, dieses Friedhofs ... dieses Mysteriums.
Ich hoffe ...
Ich saß am Fußende seines Bettes und wartete darauf, dass Esteban einschlief.
Also ist Opa gar nicht tot? Nur sein Körper war zu alt. Aber sein Kopf lebt immer noch. Er muss nur einen neuen Körper finden. Warum machst du kein Baby, Maman? Das wäre ein ganz neuer Körper für Opa.
Ich glaube, an dieser Stelle habe ich gelächelt. Oder ich habe ihm erklärt, dass ein Baby von mir absolut nicht geplant ist, oder dass das so nicht funktioniert mit dem Körper und dem Geist, dass ein Baby seine eigene Persönlichkeit hat, oder vielleicht habe ich auch gar nichts geantwortet, Esteban nur geküsst und das Licht ausgemacht. Um ehrlich zu sein, hatte ich seinen Gedanken keine Beachtung geschenkt. Ich hatte das Ganze für eine charmante Erfindung eines kleinen Jungen gehalten, angeregt durch irgendeinen Zeichentrickfilm im Fernsehen oder ein Pausengespräch. Warum ist mir diese Erinnerung nicht vorher gekommen? Weil sie da keine Bedeutung hatte, keine Resonanz. Aber heute ...
Amandine hat sich schließlich im letzten Moment genähert, um in der Schlange vor dem Sarg nicht so lange warten zu müssen. Sie bewegt sich vorsichtig voran wie eine Puppe, betrieben von schwächelnden Batterien, sodass sie das kleinste Hindernis zu Fall bringen könnte. Eine Gangart wie von Alkoholikern, doch Amandine zeigt nicht die geringsten Symptome dieser Art. Eher Schritte, die von Müdigkeit zeugen. Das konnte ich vom Brunnen oberhalb ihres Bauernhofes aus beobachten, von der Brücke vor Froidefond

oder von zwei oder drei anderen Beobachtungsposten, die ich in dem einsamen Weiler entdeckt habe.

Man könnte das für Spionage halten, das ist mir klar. Ich ziehe es vor, es Beobachtung zu nennen, oder sogar eine Form der Wachsamkeit. Fast eine berufliche Pflicht!

Auf jeden Fall zwanghaft.

Tom beobachten. Tom folgen. Tom beschützen.

Ich weiß, dass ich das nicht lange werde fortführen können. Ich muss einen anderen Plan finden. Amandine wird mein Spiel am Ende durchschauen. Sie oder die Sozialarbeiterin des Dorfes, Savine Laroche. Seitdem diese Frau den Friedhof betreten hat, sieht sie mich schief an.

Aber keine Sorge, ich will Tom nichts Schlechtes, ganz im Gegenteil!

Sie brauchen sich alle keine Sorgen zu machen, ich bin nicht verrückt, ich bin hier, um sie zu heilen, um meinem Beruf nachzugehen, so gut ich kann. Auch wenn ich auf mir die Last ihrer beunruhigten Blicke spüre. Ich fühle mich plötzlich zerbrechlich, verloren. Ich brauche Hilfe! Ich schaffe das nicht allein! Das erste Bild, das mir in den Sinn kommt, ist das von Doktor Wayan Balik Kuning, ohne wirklich zu verstehen, warum. Ich versuche, es zu verdrängen, und drücke Gabriels Hand noch fester.

· 12 ·

Der Friedhof von Murol leert sich nach und nach. Einige Dorfbewohner steigen in ihre am Straßenrand geparkten Autos, die meisten aber laufen zu Fuß nach Hause. In kleinen Gruppen. Der Weg hinab ist weniger beschwerlich als der Aufstieg, als fühlte man sich nach Abschluss der Zeremonie schon gleich leichter.

Savine beschleunigt den Schritt, und ihr Blick fällt auf den Kirchturm und zugleich auf die blau-weiß-roten Fahnen an den Rathausfenstern. Sie hat ein paar Sätze mit der Bürgermeisterin und mit Alain, dem Gärtner, gewechselt. Nectaire, bei der Frau mit dem Hut und der bunten Wollstrumpfhose eingehakt, hat das ausgenutzt, um hundert Meter Vorsprung zu gewinnen, doch bei dem Tempo der beiden hat sie sie nach wenigen Schritten eingeholt.

»Aster, darf ich dir kurz Nectaire entführen?«

Die beiden klammern sich aneinander wie ein greises Ehepaar, das zu seinem täglichen – immer gleichen – Spaziergang aufbricht, und dennoch Angst hat, sich zu verlieren.

»Wenn du willst.«

Sie lässt Nectaires Arm los.

»Ich vertraue dir Usain Bolt an. Ich muss sowieso den Laden öffnen!«

Savine schiebt ihren Arm unter den des Gemeindesekretärs, der den Partnertausch akzeptiert, ohne eine Miene zu verziehen.

»Bis heute Abend, Bruderherz«, sagt Aster und klappert dabei mit ihren Mary-Poppins-Stiefeln über den Asphalt.

Aster Paturin führt ein Geschäft mit lokalen Bio-Produkten in Besse. Sie verkauft darin Produkte, die Touristen exotisch erscheinen müssen. Ganze Regale voll mit Lavasteinen, die heilende Eigenschaften haben sollen, Cremes und Seifen, die die Haut verjüngen, Phiolen mit Quellwasser – gut gegen Rheumatismus, Salben gegen Schlangenbisse, Alkohol, der über glühenden Kratern destilliert wurde, und über den Köpfen der Kunden Dutzende aus Schafwolle gewobene Traumfänger, Hexen auf ihren Besen und Hampelmänner, die aus dem in Zauberwäldern gesammelten Holz geschnitzt wurden. Die Kunden sind begeistert, und das umso mehr, als Aster fest daran zu glauben scheint. Nectaire und sie leben in einer Wohnung, die sie über dem Laden eingerichtet haben. Bruder und Schwester – um neun Monate hin oder her gleich alt.

Aster erreicht schon das Dorf, so wie die meisten anderen Bewohner. Nectaire und Savine sind noch immer unterwegs auf den Wiesen – die absoluten Nachzügler. Für Nectaire scheint das Laufen eine Art fast mystische Yoga-Praktik zu sein, bei der jede Geste, jede kleinste Anstrengung voll ausgekostet werden muss.

»Wie wär's, wenn wir ein wenig an Tempo zulegen würden, Nicky? Um vor Einbruch der Nacht im Rathaus zu sein. Denn wenn du mit jedem Schritt langsamer wirst, um dich zu vergewissern, dass du keine Ameise zertrittst ...«

Nectaire ist nicht beleidigt. Das ist er nie. Mit philosophischer Gelassenheit lässt er die Welt sich schneller drehen als er. Er betrachtet Savine einen Augenblick, ihre braungraue Leinenjacke über ihrem Bauernkleid, ihre schlanken Beine in den groben Wanderschuhen. Ihr Look der eingefleischten Gebirglerin hat ihm schon immer sehr gefallen.

»Geh voraus, wenn du willst. Warte nicht auf mich.«

»Nein, ich brauche dich. Ich ... ich muss dich um einen Gefallen bitten.« Savine zögert, sie zwingt Nectaire fast stehen zu bleiben. »Würde ... würde es dir was ausmachen, den Dienst wieder aufzunehmen?«

»Welchen Dienst?«

»Naja ... Du bist doch schließlich ein ehemaliger Polizist, oder?« Nectaire ist stehen geblieben. Er fixiert eine braune Kuh mit sanftem, leerem Blick, die auf dem Feld nebenan steht. Sie reckt ihren Hals über den Stacheldrahtzaun, wie um besser zuhören zu können.

»Und was willst du von diesem ehemaligen Flic?«

»Dass er seinen Job macht und ermittelt.«

»Dafür sind Polizeibeamte da ... Aber es muss zunächst mal einen Raubüberfall oder einen Mord gegeben haben, damit sie überhaupt tätig werden.«

Savine lässt nicht locker.

»Und genau deshalb kreuzen sie nicht auf!«, insistiert sie. »Sodass ich auf den Sherlock Holmes der Auvergne zurückgreifen muss.«

»Wende dich lieber an Hercule Poireau, Porree ist mehr bio!«

Die Sozialarbeiterin klatscht wegen des Scherzes in die Hände.

»Ich bitte dich nur, dich zu erkundigen. Du müsstest doch noch alte Kumpel bei der Kripo von Clermont-Ferrand haben.«

»Möglich ... Und über wen soll ich Erkundigungen einholen?«

»Rate mal ...«

»Über Frau Doktor Libéri? Bist du immer noch überzeugt, dass sie die Entführung des kleinen Tom Fontaine plant? Wenn sie hofft, dass Amandine ein Lösegeld zahlen wird ... Genauso gut könnten wir auf den nächsten Vulkanausbruch des Puy de Sancy warten.«

Mit der Gleichgültigkeit einer Kuh, die in den Stall zurückkehrt, setzt sich Nectaire wieder in Bewegung. Savine klammert sich an den Arm des Sekretärs.

»In den letzten Tagen«, so erklärt sie, »habe ich sie mehrmals beobachtet – in Froidefond, unweit des Brunnens, auf der Brücke oder am Ufer der Couze Chambon. Sie schleicht um La Souille herum. So als wollte sie Amandine und Tom ausspionieren.«

»Sie wohnt im Moulin de Chaudefour«, murmelt Nectaire. »Froidefond liegt auf ihrem Weg.«

»Ja eben! Und ist es deshalb logisch, dass sie jedes Mal dort anhält! Weil es in dem Kaff ja einen McDrive, ein Einkaufszentrum und ein neues IKEA gibt!« Sie drückt den Arm des Gemeindesekretärs noch fester, würde ihn am liebsten kneifen. »Ich weiß, was ich sage! Irgendwas stimmt da nicht. Etwas ist merkwürdig ... in ihrem Blick. Sie scheint vernünftig, eine äußerst korrekte Ärztin, und dann wieder hat man den Eindruck eines unterschwelligen Wahnsinns. Ich bitte dich nicht um etwas Großartiges, Nectaire, nur darum, Informationen über ihre Vergangenheit einzuholen. Wir wissen im Grunde nichts über sie. Und, glaube mir, ich habe ein Gespür für solche Dinge.«

»Ach ja, Gespür ...«

Nectaire ist erneut stehen geblieben, um die Kräuter am Straßenrand in Augenschein zu nehmen. Sie sind fünfzig Meter vorangekommen. Das Ortsschild *Murol* ist noch zweihundert Meter entfernt.

»Misstrau deinem Gespür«, rät ihr der Gemeindesekretär, rupft einen Halm duftender Quecke aus und führt ihn an seine Lippen. »Soll ich dir etwas Vertrauliches sagen? Genau deswegen habe ich gekündigt ..., um nicht mehr ermitteln zu müssen.«

»Komm, das musst du mir erklären.«

»Als ich noch Flic war, habe ich große Stücke darauf gehalten, auf *mein Gespür*. Weißt du, wie Columbo, der Polizist, der seiner Intuition folgt, der seine spezielle Art hat, die Beweisstücke zusammenzufügen. Der Super-Flic, fest überzeugt davon, sich der Wahrheit zu nähern, indem er die richtige Spur wittert und so viel schneller ist als all diejenigen, die sich damit begnügen, zu warten, bis man ihnen die Beweise unter die Nase hält.«

Die Kühe auf der Weide nebenan haben sich entfernt, als hätten sie die Hoffnung aufgegeben, sie jemals vorbeilaufen zu sehen.

»So viel schneller«, kommentiert Savine. »Ja, das sehe ich.«

»Und ich war jedes Mal auf dem Holzweg! Einfache Zeugen sind meinetwegen in Untersuchungshaft gekommen. Bei jeder Ermittlung habe ich auf das falsche Pferd gesetzt. Schlimmer noch, ich habe nicht lockergelassen, ich fühlte mich wie in diesen Romanen, in denen der Schuldige nie derjenige ist, den man verdächtigt, ich misstraute den Tatsachen, stellte mir überall Fallen und raffinierte Machenschaften vor …, dabei ist die Wahrheit oft mehr als simpel. Der Schuldige ist derjenige, auf den die Beweise deuten, und der Bulle ist nur dazu da, ihm die Handschellen anzulegen und seinen Bericht in den Computer zu tippen. In Clermont-Ferrand haben sie mir am Ende den Spitznamen Bocolon gegeben. Ein Wortspiel mit Columbo. Sobald ich jemanden verdächtigt habe, haben sie ihn von der Liste der Suspekten gestrichen!«

»Na, siehst du, letztlich warst du von enormem Nutzen für sie!«, meint Savine spöttisch. »Sie werden dir nichts abschlagen können. Und was das Gespür betrifft, so überlass das lieber den Frauen. Ich bitte dich nur, in Sachen Maddi Libéri nachzuforschen. Ist sie bereits vorbestraft? Zu solchen Sachen müsstest du doch Zugang haben. Und auch … was den Tod von Martin Sainfoin betrifft.«

Sie haben schon fast das Ortsschild von *Murol* erreicht. Das Rathaus im Blick! Am Dorfeingang werfen sich die Kinder die Mütze von Yanis zu, dem einzigen Schüler, der zu warm angezogen ist.

»Martin?«, fragt Nectaire erstaunt. »Was hat er damit zu tun?«

»Erinnere dich daran, der Mittag, an dem du ihm einen Tee angeboten hast. An dem Abend wollte er mich privat treffen. Um mit mir über Amandine Fontaine zu sprechen.«

»Was willst du damit andeuten? Martin ist an einem Herzinfarkt gestorben.«

Savine zögert fortzufahren. Sie beobachtet, wie Yanis hinter der Mütze herläuft, die von Hand zu Hand fliegt.

»Ich weiß, aber … findest du das nicht komisch? Der Hauptzeuge, der stirbt, bevor er gesprochen hat.«

»Wovon gesprochen? Martin soll ermordet worden sein? Daran glaube ich nicht eine Sekunde!«

»Dann bin ich vielleicht auf der richtigen Fährte, was, Bocolon?«

»Ha, ha, ha!«

Sie überholen die Gruppe von Kindern, die lachend herumtoben. Yanis' Mütze ist in der Dachrinne des Maklerbüros gelandet. Wo liegt die Grenze zwischen Spiel und Grausamkeit?

»Laut Alain«, fährt Savine fort, »hat Lespinasse vor der Beerdigung eine Autopsie angeordnet. Soweit er weiß, haben die anderen diesen vermeintlichen Infarkt auch befremdlich gefunden. Wegen seines Alters und seiner sportlichen Aktivitäten wurde Martin ständig ärztlich betreut. Offensichtlich hatte er nicht das geringste Herzproblem, das belegt ein vor zwei Wochen ausgestelltes Attest.«

»Und wer hat dieses verdammte Attest unterschrieben?«

»Wenn du dich mehr für Menschen als für Briefmarken oder Teekräuter interessieren würdest, dann wüsstest du es! Alle außer dir sind auf dem Laufenden. Hast du nicht bemerkt, wie alle sie angestarrt haben? Kennst du mehrere Ärzte im Dorf? Natürlich war es Maddi Libéri, die bestätigt hat, dass Martin keine Herzprobleme hat!«

Diese Information muss Nectaire Paturin erst einmal verdauen. Das Rathaus befindet sich genau gegenüber. Savine und er müssten nur die Straße überqueren, doch Nectaire zieht sie noch ein Stückchen weiter hin zum einzigen Fußgängerübergang. Die Sozialarbeiterin lässt schließlich seinen Arm los und setzt einen Fuß auf die Fahrbahn.

»Jetzt sag mir bloß nicht, dass du obendrein Angst hast, die Straße außerhalb des Zebrastreifens zu überqueren.«

Der Gemeindesekretär tritt bis an die weißen Striche.

»Hier kommen täglich drei Autos vorbei!«, beharrt Savine.

Nectaire bleibt stehen, dreht sich um und lächelt.

»Siehst du, die Welt teilt sich in zwei Lager. Die einen wollen die Straßen auf Zebrastreifen überqueren, und die anderen gehen irgendwo rüber. Die ersten, die darauf warten, dass die Autos anhalten, und die anderen, die sich einfach über die Straße schlängeln, sobald die Wagen langsamer werden.«

Savine ist bereits auf der anderen Straßenseite.

»Okay, hab verstanden! Ich bin definitiv im Lager der Zweiten! Ist das schlimm, Doktor?«

»Schrecklich ... Tödlich sogar. Das bedeutet, dass du dein Leben wie einen Wettlauf gegen die Zeit planst, jede Minute zählt, jede verlorene Sekunde ist ein Krümel Leben, den du nie wiederbekommst. Und letzten Endes bedeutet es, dass du Angst hast, zu sterben!«

Savine sieht ihn die Rue de Jassaguet überqueren – vorsichtiger, als handele er sich um den verkehrsreichen Pariser Boulevard Haussmann.

»Du etwa nicht?«

»Doch, natürlich. Sagen wir besser, dass die Welt sich aufteilt zwischen denen, die glauben, sie hätten nur ein Leben, und denen, die wissen, vielleicht unbewusst, dass sie noch viele Leben vor sich haben oder schon viele gelebt haben.«

»Ist das bei dir der Fall? Hast du schon eine Menge Leben hinter dir und nimmst dir deshalb so viel Zeit?«

»Ich weiß nicht, das ist bloß eine Hypothese. Wie kannst du dir sonst erklären, dass manche reiselustig sind und am liebsten dreimal den Globus umrunden wollen, während andere, so wie ich, sich nur zuhause wohlfühlen? Der Grund ist vielleicht, dass ich in meinen vorherigen Leben schon Dutzende Male in Australien, in Lappland und auf der Osterinsel war. Deshalb bin ich jetzt weniger motiviert, mir den Rucksack umzuschnallen.«

Nachdenklich tritt Savine auf die Terrasse des Rathauses, als fünf Jugendliche mit Skateboards, Inline-Skates und Rollern dicht an Nectaire vorbeifahren, so als müssten sie einem Sperrpfosten ausweichen. Sie kann gerade noch Eliot, Nolan und Adam erkennen.

»Sind diese kleinen Idioten nicht in der Schule?«, wettert der Gemeindesekretär.

»Es sind doch Februarferien!« In der Ferne sieht sie die grünen, menschenleeren Hänge des Sancy-Massivs. »Und bei dem Wetter haben sie keine andere Wahl – die Straßen von Murol sind die einzigen geöffneten Pisten!«

»Hätten die sich nicht in einem anderen Leben das Schienbein brechen können?«, schimpft Nectaire weiter.

Und er macht sich erneut an die Überquerung einer Straße – diesmal noch vorsichtiger als ein Igel bei Regenwetter – und starrt nacheinander auf das Rathaus, das geschlossene Schultor und den leeren Parkplatz der Arztpraxis.

»Eines ist sicher«, meint der Sekretär nachdenklich, »deine Frau Doktor kann den kleinen Tom nicht mehr nach Schulschluss beobachten.«

Savine geht die drei Stufen der Rathausterrasse hinauf. Sie ist augenblicklich wieder ernst geworden.

»Ich scherze nicht, Nectaire! Dieses eine Mal nicht. Ich habe wirklich das Gefühl, dass der Junge in Gefahr ist. Und dass Amandine nicht die Kraft hat, ihn zu beschützen. Hast du gesehen, wie erschöpft sie auf dem Friedhof war! Das ist mein Job! Deiner ist es … ähm …, Briefmarken zu sortieren und Tee zuzubereiten. Der meine ist es, dafür zu sorgen, dass es allen Kleinen der Umgebung gutgeht!«

Nectaire hat endlich das andere Ufer erreicht.

»Na gut, dann hol mal deine Schwimmflügel heraus und den Schwimmring. Du weißt wie ich, dass der kleine Tom sich nicht auf Rutschen vergnügen, sondern richtig schwimmen gehen möchte! Möge er all seine Sommer am See und seine Winter im Schwimmbad von Super-Besse verbringen.«

· 13 ·

Tom hat die zweihundert Meter im großen Schwimmbecken des Erlebnisbades im Herzen des Wintersportzentrums Super-Besse hinter sich gebracht. Erst Lagenschwimmen, nacheinander Schmetterling, Rücken, Brust und schließlich Kraul. Er schaut auf die Wanduhr über dem Fußbecken, grüßt Maximilien den Bademeister, der auf dem Schiedsrichterstuhl sitzt, und geht unter die Dusche.

Tom ist erleichtert! Er hatte größeren Andrang befürchtet wegen der geschlossenen Skilifte, der Touristen, die sich in den Appartements von Super-Besse langweilen und vor allem, nein … Es scheint so, als hätten die Pariser vor der Abreise in die Auvergne keinen Wetterbericht gesehen und keine Schwimmsachen mitgenommen. Sie treiben sich bestimmt überall auf den Wanderpfaden herum.

Tom lässt das heiße Wasser auf seine Haut prasseln. Lange. Natürlich könnte er auch bei sich zu Hause in La Souille duschen. Es sind sieben Kilometer vom Schwimmbad nach Froidefond, nur bergauf, die Tom normalerweise in weniger als einer halben Stunde bewältigt und dann natürlich schweißgebadet ist. Trotzdem zieht er die Dusche im Schwimmbad vor. Bei ihm zu Hause kommt das lauwarme Wasser nur im dünnen Strahl aus dem verrosteten Hahn mit ähnlich viel Kraft wie die Couze Chambon, wenn es den ganzen Sommer nicht geregnet hat. Auch deshalb mag er das Erlebnisbad so sehr. Hier ist alles sauber, die Scheiben, die blauen Kacheln an den Wänden, die hellen Bodenfliesen. Selbst wenn es draußen regnet und schlammig ist, wenn die Couze Chambon über die Ufer tritt und braune Wirbel mit sich führt, wenn die Wege sich in offene Kloaken verwandeln. Das Schwimmbad ist sein Refugium! Sobald er die Drehtür passiert und seine Sportschuhe im Eingangsregal verstaut hat, kann ihm nichts mehr passieren.

Das denkt Tom, während er den Jungen beobachtet, der eben die Dusche betritt. Er hat dasselbe Alter wie er. Etwa zehn Jahre. Dieselbe Größe wie er, dieselbe magere Figur, dieselben langen Schwimmerarme, doch was ihm als Erstes auffällt, ist seine Badehose. Indigoblaue Badeshorts. Genau wie seine!

Der Junge läuft direkt unter die Dusche, wie Tom kurz zuvor. Er tritt in die Kabine gleich neben ihm. Beide sind nur durch eine Glaswand getrennt, die so transparent ist, dass man sie für einen Spiegel halten könnte.

»Hallo.«

»Hallo«, wiederholt der Spiegel.

Komisch, so ein Spiegel spricht doch eigentlich nicht! Tom möchte ihn am liebsten durchqueren. Der Junge auf der anderen Seite der Scheibe sieht ihm nicht wirklich ähnlich; sie haben nicht genau die gleiche Augenfarbe, die vom Spiegel sind heller, sein Gesicht ist schmaler, sein Haar dunkler, aber ihm scheint, dass die Gesten des Jungen seinen eigenen gleichen. Er reibt alle Körperteile auf die gleiche Weise mit Duschgel ein, und als er nach seinem Shampoo greift, tut es der andere auch.

»Schwimmst du schon lange hier?«, fragt Tom. »Ich habe dich noch nie gesehen.«

»Kein Wunder«, antwortet der komische Spiegel, »ich bin zum ersten Mal hier.«

Tom streckt die Hand aus und legt sie auf die Glasscheibe.

»Gibt ... gibt es dich wirklich?«

Der Spiegel tut es ihm gleich. Ihre beiden Hände berühren sich, ohne sich zu berühren.

»Allerdings!«, antwortet das Spiegelbild. »Du stellst vielleicht verrückte Fragen!«

»Wieso verrückt?«

»Nun, du siehst mich, oder? Ich spreche mit dir! Das beweist doch wohl, dass es mich gibt!«

»Nicht unbedingt«, erwidert Tom, ohne die Hand zurückzuziehen. Ein kleiner Film von Blasen bildet sich rund um seine Finger, wie ein übergroßer Schaumhandschuh. »Ich hätte dich erfinden können, dann würdest du nur in meinem Kopf existieren wie ein Phantom …«

Der komische Spiegel streicht sein nasses Haar nach hinten.

»Supernett, mich wie ein Phantom zu behandeln!«

»Sei nicht beleidigt!«, verteidigt sich Tom. »Ich denke nur laut, das ist alles. Ich bin es nicht gewohnt, mich mit jemandem zu unterhalten. Ich habe kaum Freunde hier. Und, wenn du's genau wissen willst, behandeln mich die anderen wie ein Phantom. Sie sagen sogar Phan-TOM. Denn mein Vorname ist Tom.«

Der Spiegel lächelt ihm zu.

»Ich habe auch nicht viele Freunde.«

»Kein Wunder!«

Das Lächeln des Spiegels erstarrt. Er tut so, als wäre er gekränkt, und bedeckt seinen Kopf mit weißem Shampooschaum.

»Weil du immer noch glaubst, dass ich nur ein Phantom bin?«

»Nein … Das heißt, ich weiß nicht. Das ist sehr viel komplizierter. Weißt du, was ich tatsächlich denke? Dass du eine Erinnerung aus meiner Vergangenheit bist! Du bist mein Phantom, aber du kommst aus einem meiner früheren Leben.«

Der weiße Schaum läuft über den Kopf des Spiegelbilds, nur zwei große Augen treten daraus hervor.

»Wow! Ich komme aus einem deiner früheren Leben. Ich muss also super alt sein.« Das Spiegelbild nähert sich der Glaswand, jetzt auch das Gesicht schaumbedeckt. »Aber ich sehe nicht so aus!«

Die beiden Jungen mustern sich durchdringend.

»Wenn ich es dir erkläre«, fährt Tom fort, »versprichst du mir dann, es niemandem zu erzählen? Es ist ein Geheimnis!«

»Wie soll ich es jemandem erzählen, wenn ich doch ein Phantom bin?«

Jetzt ist es an Tom zu lächeln.

»Das stimmt! Gut, ich will versuchen, dich nicht zu kränken, aber du musst schon die Wahrheit erfahren. Soweit ich weiß, bist du gestorben, als du zehn Jahre alt warst.«

Der Spiegel entfernt den Schaum, der in seinen Augen brennt.

»Ich werde bald zehn. Soll das heißen, ich werde sterben?«

»Aber nein, verstehst du denn nicht? Du bist schon tot! Seit zehn Jahren. Das heißt, du bist ungefähr tot seit dem Tag, an dem ich geboren bin, und, hopp, haben sich deine Seele, das heißt dein Geist, deine Gedanken, alles, was du willst, in meinem Säuglingskörper eingenistet. Und deshalb sehe ich dich, kann mit dir sprechen, du bist wie eine Erinnerung an meine Vergangenheit. Es ist so, als würde ich mich in einem Spiegel sehen, aber mit zehn Jahren Verspätung! Und mit einem anderen Körper und einem anderen Gesicht.«

»Wir sehen uns aber trotzdem ähnlich«, beharrt der Spiegel.

»Ein bisschen, das stimmt ... Und wir tragen dieselbe Badehose. Daran habe ich erkannt, dass du mein Phantom bist.«

Das Spiegelbild pustet die Schaumblasen weg, die aus seinen Haaren bis auf die Nasenspitze gleiten. Sie schweben in der Luft, bis sie an der beschlagenen Glasscheibe kleben bleiben. Es starrt Tom lange an.

»Du bist verrückt! Aber ich höre dir gern bei deinen Spinnereien zu.«

»Du glaubst mir nicht? Dann hier eine Testfrage. Sag mir, was du gerne machst.«

»Außer deinen Spinnereien zuzuhören?«

Er stößt einen Seufzer aus. Er scheint sich klar zu werden, dass die Zähmung seines Phantoms kein Kinderspiel sein wird.

»Ja, Idiot, was sonst!«

»Schwimmen, wie du dir denken kannst ... Und ich liebe Musik.«

»Genau wie ich! Siehst du!«

Das Spiegelbild hat fertig geduscht.

»Nein, sorry, sehe ich nicht. Alle Jungen in unserem Alter lieben Musik.« Er bückt sich, um die Shampooflasche aufzuheben. »Ich muss gehen. Tut mir leid, Tom. Bis nächstes Mal. Hat mir Spaß gemacht, mit dir zu plaudern und zu erfahren, dass ich tot bin und so!«

»Okay, geh nur, keine Sorge. Wir sehen uns auf alle Fälle. Ich muss nur die Augen schließen, und du erscheinst wieder, wo ich will und wann ich will ... Da du ja in meinem Kopf bist.«

Das Spiegelbild bleibt unbewegt stehen.

»Du hast wirklich nicht alle Tassen im Schrank! Ohne Scheiß, siehst du nicht, dass ich lebendig bin? Hier schau.«

Er drückt die Hand an die Scheibe und beginnt plötzlich, dagegen zu schlagen. Mehrere Male, so kräftig wie möglich. Die Glaswand erbebt, der Lärm hallt in der ganzen Umkleide wider. In Sekundenschnelle taucht auch schon Bademeister Maximilien auf. Er scheint keine große Lust zu haben, seine Sandalen in das Fußbad zu tauchen, und spricht aus gebührendem Abstand:

»Was ist hier los?«

»Nichts, gar nichts, Max«, stammelt Tom.

Der Bademeister ist schon wieder fort, um auf seinen Schiedsrichterstuhl zu klettern.

»Na, siehst du?«, triumphiert das Spiegelbild.

»Was soll ich sehen?«, erwidert Tom. »Merkst du nicht, dass ich das alles nur erfinde? Dass du wie eine Puppe bist, die überzeugt ist, ein echtes kleines Mädchen zu sein, oder ein Hampelmann aus Holz wie Pinocchio, der glaubt, er würde wirklich atmen, und nicht wahrhaben will, dass letztlich der Puppenspieler die Fäden zieht?«

Diesmal bricht das Spiegelbild in Lachen aus.

»Du bist wirklich nicht ganz dicht! Kann dich nichts davon überzeugen, dass ich ein ganz normaler Junge bin? Gut, also hier mein letzter Versuch.«

Er legt die Flasche mit dem Haarshampoo auf den Boden und versetzt ihr einen leichten Fußtritt, sodass sie unter der Glaswand auf die andere Seite gleitet.

»Greif nach dieser Flasche, und du wirst sehen, dass sie wirklich existiert!«

Tom senkt den Blick und liest auf dem noch halb von Schaum bedeckten Flakon:

»Mildes Shampoo. Hafermilch und Honig.«

Er schwankt plötzlich, hält sich an der Glasscheibe fest, um nicht das Gleichgewicht zu verlieren.

»Du ... du wäscht dich damit?«

»Ja ... Warum? Ist Hafermilch nicht gut für Phantome? So wie Knoblauch für Vampire?«

Tom geht nicht auf die scherzhafte Bemerkung ein. Er scheint schlecht Luft zu bekommen und starrt weiter auf die Flasche, als wäre sie vergiftet.

»Du erinnerst dich also nicht an alles?«, murmelt er schließlich. »Hast du Löcher im Gehirn? Du hast Aussetzer und erinnerst dich nicht ... an bestimmte Vorfälle?«

»Wow, Tommy, ich liebe deinen Stuss, aber am Ende jagst du mir doch noch Angst ein.«

Er nimmt seine Flasche wieder an sich, als wäre nichts gewesen.

»Jetzt muss ich aber wirklich gehen. Doch für den Fall, dass wir uns nicht mehr sehen sollten, und da ich ja ein Phantom bin und Aussetzer habe, sag mir doch bitte, wie ich gestorben bin?«

Toms Augen leuchten auf. Sollte sein Phantom sich doch noch zähmen lassen? Sein Blick wandert zum großen Schwimmbecken.

»Du bist ertrunken!«

»Aha ...«

Das Spiegelbild tut, was es kann, um seine Betroffenheit zu verbergen.

»Und weiter, für den Fall, dass es helfen könnte, Erinnerungen zu wecken. Wie hieß ich noch mal?«

Tom legt eine kleine Pause ein, um die Spannung zu erhöhen.

»Warum sprichst du in der Vergangenheit? Du hast den Vornamen nicht gewechselt, seitdem du tot bist! Dein Vorname war und wird in alle Ewigkeit der gleiche sein ... Esteban!«

Esteban? scheint das Spiegelbild stumm zu wiederholen.

Es beißt sich mit aller Kraft auf die Lippe, so als wollte es sich daran hindern loszubrüllen, so als ob plötzlich all seine Erinnerungen zurückgekommen wären und ihm klar werden würde, dass er wirklich tot ist.

Es spricht kein einziges Wort mehr, meidet vor allem jeden Blickkontakt mit Tom, und rennt in die Umkleide, ohne auf den rutschigen Boden unter seinen nackten Füßen zu achten.

Seine Sachen rausholen, sich anziehen, verschwinden. So schnell wie möglich.

In seiner geballten Faust hält Esteban eine Ein-Euro-Münze, die er für den Spind braucht.

DAS DRITTE ALTER

DIE JUNGE SEELE

Die jungen Seelen sind ungeduldig, Maddi, ehrgeizig und mutig. Aber auch egoistisch. Sie wollen um jeden Preis Spuren hinterlassen, denn sie wissen noch nicht, dass sie Zeit haben. Noch so viel Zeit und so viele Leben. Würde die Welt nur aus jungen Seelen bestehen, läge sie bald in Schutt und Asche. Aber ohne die jungen Seelen hätte die Welt weder Fleisch noch Blut.

IV
DIE INTUITION

Apiphobie

• 14 •

»Hast du meinen USB-Stick gesehen, Gaby?«
»Deinen was?«
Gabriel steckt den Kopf aus der Dusche. Ich sehe ihn durch die geöffnete Badezimmertür. Ich knie im Schlafzimmer vor dem Bett und durchwühle die Schubladen des Nachtkästchens, zum dritten Mal habe ich meine Schmuckschatulle geleert, die Bettdecke ausgeschüttelt und die Taschen aller Kleidungsstücke im Schrank umgedreht.
»Meinen USB-Stick, natürlich! Du weißt doch, der, auf dem Doktor Kuning die Protokolle unserer Sitzungen gespeichert hat.«
»Wo war er denn?«
Ohne eine Antwort abzuwarten, verschwindet er wieder hinter der Milchglasscheibe und unter der Brause. Gabys Gleichgültigkeit ist mir unerträglich. Früher hätte er mir sofort geholfen. Früher war er nicht so schamhaft.
Bevor ...
Vor was?
Vor dem Umzug in die Auvergne?
Vor unserem Aufenthalt in Saint-Jean-de-Luz?
Bevor ich verrückt geworden bin?
Ich schreie, um ihm klarzumachen, wie wichtig dieser Stick für mich ist.

»Verdammt noch mal, ist dir eigentlich überhaupt klar, dass auf diesem Stick ... mein ... ganzes Leben gespeichert war, Gaby?«
»Wo war er denn?«
»In meiner Handtasche. Wo denn sonst? Ich hatte ihn immer bei mir.«
Mir wird bewusst, wie albern es ist, sich derart aufzuführen, schließlich kann Gaby nichts dafür, ich brauche nur jemanden, an dem ich meinen Ärger auslassen kann.
»Ah ja ... Du hast deine Handtasche doch immer bei dir. Hast du im Auto nachgesehen? Und in deiner Praxis?«
Danke, Gaby! Was mir wirklich helfen würde, wäre, dass du herkommst und mit mir suchst.
»Natürlich! Ich habe überall nachgeschaut.«
»Dann brauchst du ja nur noch die fünfzehn Zimmer und drei Etagen des Moulin zu inspizieren. So schwer kann es doch nicht sein, dort einen drei Zentimeter langen Stick zu finden.«
Und jetzt versucht er auch noch witzig zu sein. Zum fünften Mal leere ich meine Handtasche auf dem Bett aus, kehre das Innere nach außen und überprüfe, dass keine Naht aufgeplatzt ist.
Ich sehe eine Hand, die nach einem Badetuch tastet.
»Du musst halt besser auf deine Sachen aufpassen.«
Diesmal muss ich mich zusammenreißen, um nicht zu explodieren. Wer im Glashaus sitzt, sollte nicht mit Steinen werfen! Mein Blick gleitet über Gabys Socken, den Slip und die Hose, die zusammengeknüllt auf dem Boden liegen.
Oder fallen die Steine auf das Glashaus? Ich spüre, dass ich bald reif für die Klapse bin.
Wo kann der verdammte Stick nur sein?
Ich versuche, tief durchzuatmen und mich zu beruhigen. Ich blicke auf das Bett und die zerknüllten Laken auf Gabys Seite – immer die rechte, das ist Gewohnheit. *Früher* hätte sich Gabriel auf irgendeine Seite gelegt, ich brauchte seinen Geruch, das war lebenswichtig für mich, *früher* war er nachts das Einzige, was mich am Leben hielt.
Wenn ich meine Gedanken zu Ende führe, meinem Unterbe-

wusstsein freien Lauf lassen würde, müsste ich es mir wahrscheinlich eingestehen: Jetzt widert mich dieser Geruch fast an. Man kann sich nicht gegen Gerüche wehren, wie man die Küsse eines Liebhabers zurückweisen, Hände, die einen streicheln wollen, abwehren kann. Aber Gerüche? Gegen Gerüche kann man nicht ankämpfen!

Ich gebe die Suche im Schlafzimmer auf und gehe auf den Flur. Wie kann ich hoffen, in einem solchen Durcheinander meinen USB-Stick wiederzufinden? Der Gang ist vollgestellt mit Kisten, die Gabriel unbedingt aus Etretat mitnehmen wollte und noch immer nicht ausgepackt hat. Alte Bücher, alte DVDs, alte Videospiele. Ein Haufen Elektroschrott. Zwischen zwei Kisten steht verlassen seine verstimmte Gibson herum wie ein alter Besen.

Schon seit Tagen hat er sie nicht mehr angerührt.

Unwillkürlich muss ich an Esteban denken, es verging kein Tag, an dem er nicht mindestens ein, oft gar mehrere Stunden Gitarre gespielt hätte.

Esteban war begeisterungsfähig, begabt, fleißig, willensstark.

Gabriel ist oberflächlich, mittelmäßig, faul und unentschlossen.

Wahrscheinlich sollten sie sich so wenig wie möglich ähneln ... Das hat mich all die Jahre nicht daran gehindert, Gaby zu lieben. Was wäre ohne ihn aus mir geworden? Ich darf nicht vergessen, dass er immer alles ohne Diskussionen und Gezeter mitgemacht hat. Warum? Weil ich ihm ein Dach biete? Essen. Eine Katze entfernt sich normalerweise nicht vom Futternapf. Ist es das? Ist Gabriel für mich etwa nur noch ein Kätzchen, das zu alt ist, um es im Stich zu lassen? Ist das Einzige, was ich noch für ihn empfinde ... Mitleid? Ich weiß, wie grausam meine Gedanken sind.

Ohne dass er wüsste, welcher Gewissenskampf in meinem Kopf tobt, dringt Gabriels spöttische Stimme aus dem Bad, hallt in den leeren, viel zu großen Räumen wider und verliert sich in den langen Gängen. Warum habe ich mich dazu entschieden, in diesem riesigen Haus zu wohnen?

»Ist ja auch nicht so schlimm, wenn du den USB-Stick nicht wiederfindest. Du kannst ja DEINEN Doktor Kuning bitten, dir die Aufzeichnungen noch einmal zu schicken.«

Seit einigen Tagen bemerke ich bei ihm Eifersucht, die ich vorher nicht kannte. Zu seiner Verteidigung muss ich zugeben, dass ich jeden Abend mindestens eine Stunde mit Wayan telefoniere. Ich laufe draußen vor den ehemaligen Skipisten auf und ab und rede mit ihm, während er mir zuhört, dann muss ich ihn davon abbringen, seinen Wagen zu nehmen und zu mir zu kommen. Das hat er mir erst gestern Abend wieder vorgeschlagen.

Es sind nur sechs Autostunden! Das ist gar nichts, Maddi, wirklich! Ich fahre frühmorgens los und bin mittags in Murol.

So als hätte er das, was ich ihm gesagt habe, ehe ich die Normandie verließ, nicht verkraftet: *Sie sind nicht die Art von Mann, der alles hinter sich lassen, alles aufgeben kann, um der Frau zu folgen, die er liebt.* Wayan ist die Art von Mann, der in der Lage ist, seine Sekretärin zu bitten, alle Termine abzusagen und sich einen Tag freizunehmen, um einer Frau ein wunderbares Märchen zu bescheren … für einen Abend, eine Nacht, vielleicht auch für ein verlängertes Wochenende. Aber er würde nie alles aufgeben! Esteban war auch so … unendlich lieb, aber niemand hätte ihn dazu bewegen können, einen anderen Weg einzuschlagen als den, den er gewählt hatte.

Gabriel hingegen scheint alles egal zu sein. Er fragt mich nichts, nicht einmal: *Wohin ziehen wir denn?*

Er gibt sich damit zufrieden, da zu sein.

Danke, Gaby, danke wenigstens dafür.

Und du hast keinen Grund, eifersüchtig auf Wayan Balik Kuning zu sein. Wenn ich meine wenige Zeit mit ihm verbringe, dann nur, weil ich ihn brauche. Ich glaube übrigens, dass ich ihm so viel erzähle, weil er so weit entfernt ist. Gestern Abend habe ich mich getraut, ihm meinen weiteren Plan zu enthüllen. Oder besser, die letzte Entscheidung, die ich in meiner Orientierungslosigkeit getroffen habe.

»Wayan, ich muss Ihnen etwas sagen, ich habe beschlossen, noch einmal zu Amandine Fontaine zu gehen. Und zu Tom natürlich. Das ist die einzige Lösung, denn in meine Praxis wird sie nicht mehr kommen.«

»Warum, Maddi? Was wollen Sie ihr denn sagen?«
»Ich habe einen guten Vorwand. Sie ist krank, das war auf dem Friedhof unübersehbar, das ganze Dorf hat es mitbekommen. Wenn ich sie aufsuche, tue ich nur meine Pflicht.«
»Sie haben mir nicht geantwortet, Maddi. Was wollen Sie ihr sagen?«
»Ich will ... ich will sie warnen.«
»Warnen vor was?«
»Vor ... vor der Gefahr.«
»Der Gefahr? Vor welcher Gefahr?«
»Tom ist am 28. Februar geboren, das habe ich in seiner Krankenakte gelesen. In zwei Tagen wird er zehn Jahre alt.«
»Na und?«
»Sie wissen doch ganz genau, was ich sagen will, Wayan. Esteban ist an seinem zehnten Geburtstag verschwunden, ich will nicht, dass diesem Kind dasselbe passiert.«
»Warum, Maddi? Warum sollte ihm dasselbe passieren? Tom ist nicht Esteban. Und selbst, wenn Sie sich an die Hoffnung klammern, dieser kleine Tom sei die Reinkarnation Ihres Esteban, warum sollte er in Gefahr sein? Maddi, was verheimlichen Sie mir?«
Dann habe ich aufgelegt.
Siehst du, Gaby, darum brauchst du nicht eifersüchtig auf Wayan Balik Kuning zu sein. Ich will einfach nur, dass man mich in Ruhe lässt.
»Bist du genervt?«
Gabriel kommt endlich aus dem Badezimmer. Mit nacktem Oberkörper, ein Handtuch um die Hüften gewickelt, tritt er zu mir. Er ist schön, das ist unbestritten.
»Jaaa.«
»Wegen des USB-Sticks?«
»Jaaa.«
»Glaubst du, jemand hätte ihn dir stehlen können?«
Auf diese Art gibt auch er mir zu verstehen, dass ich unverantwortlich bin, dass ich den Stick, wenn er mir so wichtig war, hätte wegräumen, verstecken müssen, statt ihn in meiner unordentlichen

Handtasche mit mir herumzutragen. Warum habe ich das eigentlich nicht getan? Weil ich ihn immer bei mir haben wollte? Weil niemand wissen konnte, dass ich ihn dort verstecke?
»Nein, warum hätte jemand das tun sollen?«
Gabriel nimmt mich in den Arm. Er ist noch ganz nass und duftet nach Holz und frisch geschnittenem Farn. Letztlich mag ich diesen Geruch doch sehr. Er blickt mich an, und mir wird klar, dass er in meinen Augen lesen kann wie in einem geöffneten Buch.
»Da ist noch etwas anderes. Etwas anderes, das dich beunruhigt. Sag mir was.«
Dieser egoistische Kater regt mich auf, weil er sofort spürt, wenn etwas nicht in Ordnung ist.
»Ja ... ich ... ich bin bei der Polizei vorgeladen.«
»Wow!«
Er sieht mich an, als hätte ich die Post von Murol überfallen.
»Sie wollen mit mir über Martin Sainfoin sprechen. Ich habe ihn vor zwei Wochen untersucht. Eine klassische Herzuntersuchung, alles war in Ordnung. Es gab keine Anzeichen. Ich habe ihm sogar seine medizinische Tauglichkeit für den Radsport bescheinigt.«
»Wenn er nichts, nicht das geringste Herzrauschen hatte, hast du dir auch nichts vorzuwerfen.«
»Ich hoffe. Am Telefon wirkten die Polizisten irgendwie seltsam.«
»Das kann dir egal sein, du kannst nichts dafür«, sagt er und gibt mir einen Kuss auf die Wange.
»Was gibt's heute zu essen?«

Ich antworte nicht. Bin in meine Gedanken vertieft.
Das kann dir egal sein. Du hast dir nichts vorzuwerfen.
Ich habe versucht, mich davon zu überzeugen.
Gestern bei Esteban.
Heute bei Martin.
Morgen bei Tom?

Ich zucke zusammen und schiebe ihn zärtlich zurück.
»Du musst warten, du kleiner verfressener Kater. Ich muss zuerst diesen verdammten USB-Stick finden.«

· 15 ·

Fasziniert betrachtet er den Stick eine Weile. Ist es vorstellbar, dass ein so kleiner Gegenstand – keine drei Zentimeter lang und kaum dicker als ein Streichholz – die Geheimnisse eines ganzen Lebens enthält? Man glaubt, dass ein Leben in einen Sarg passt oder vielleicht in eine Graburne, aber im Grunde genommen reicht schon ein Fingerhut aus, und noch dazu kann er alle Fotos eines Lebens, alle Filme, alle Gespräche und alle Worte aufnehmen.

Mit unendlicher Vorsicht schiebt er den Stick in seinen Laptop. Niemand hat gesehen, wie er ihn aus der Handtasche gestohlen hat. Niemand kann ihn verdächtigen. Jeder Bewohner des Dorfes hätte zu irgendeinem Zeitpunkt zugreifen können. Fast alle waren mindestens einmal in der Praxis.

Sobald er das Haupt-Icon antippt, unterdrückt er einen überraschten Aufschrei: zwei Unterordner werden angezeigt.

Sitzungen Maddi Libéri: 2010–2020
Sitzungen Esteban Libéri 2003–2010

Auf dem Stick sind nicht nur Maddis psychotherapeutische Sitzungen gespeichert, sondern auch die von Esteban. Warum beide auf ein und demselben Stick? Wer war Estebans Therapeut, als er klein war? Doktor Kuning kann es nicht gewesen sein, der praktiziert in der Normandie, Esteban hingegen wohnte im französischen Baskenland.

Er überlegt lange, entschließt sich, zuerst den zweiten Ordner zu öffnen.

Sitzungen Esteban Libéri 2003–2010

Dutzende von Audio-Dateien werden in drei Spalten auf dem Bildschirm angezeigt. Sieben Jahre lang wurde Esteban einmal wöchentlich von einem Psychiater behandelt. Er rechnet schnell nach, das müssen insgesamt über dreihundert Dateien sein. Mit welcher soll er anfangen?

Er schiebt den Cursor weiter, zögert und klickt schließlich auf den 15/03/2004. Esteban war damals ... vier Jahre alt. Ein Doppelklick, die Datei öffnet sich zu schnell, er hat gerade noch Zeit auf Pause zu klicken, damit der Ton nicht losbrüllt. UFF! Er war auf volle Lautstärke gestellt, und Estebans Stimme hätte durch das ganze Haus gedröhnt.

Er stößt einen lautlosen Seufzer der Erleichterung aus, sieht sich um, lauscht auf das geringste Geräusch, um ganz sicherzugehen, dass ihn niemand überraschen kann, dann stöpselt er den Kopfhörer ein.

Noch einmal überzeugt er sich, dass seine Zimmertür geschlossen ist. Denn wenn er erst einmal den Kopfhörer aufgesetzt hätte, würde er sich ganz in die Erzählung vertiefen und alles andere vergessen. Er wäre so verletzlich wie eine Eidechse, wenn sie sich häutet. Oder eine Schlange.

Ein Mausklick. Die beiden parallelen Striche bilden wieder einen Pfeil.

Die tiefe, gesetzte Stimme des Psychiaters ertönt, so als hätte er gerade im Zimmer Platz genommen oder direkt in seinem Gehirn.

»Guten Tag, Esteban.«

»Kaixo, Doktore.«

Er errät sofort, dass Esteban sich einen Scherz daraus macht, Baskisch zu sprechen. Das heißt wahrscheinlich so viel wie *guten Tag, Herr Doktor.*

»Erinnerst du dich, Esteban? Letzte Woche solltest du mir von einer Erinnerung erzählen, von einer Erinnerung, an die du oft denkst, und die dich manchmal am Schlafen hindert. Ich weiß, dass es eine Erinnerung ist, die dir Angst macht, die du vergessen möchtest, aber damit sie aus deinem Kopf verschwindet, musst du sie mir erzählen, verstehst du?«

»Ja, Doktore.«

Estebans Stimme klingt fast herausfordernd.

»Dann fang an, ich höre dir zu. Ich will versuchen, dich so wenig wie möglich zu unterbrechen.«

»Es ... es war im Sommer. Ich war noch klein, kleiner als jetzt. Wir sind mit der kleinen Bahn auf den Rhune gefahren. Weil die Schlange für die Runterfahrt lang war, hat Maman gesagt, *wir können auch über den Fußweg runtergehen*. So haben wir's gemacht, aber irgendwann hatte ich keine Lust mehr weiterzulaufen, also hat Maman mir ein Spiel vorgeschlagen, damit ich aufhöre zu quengeln, wie sie es nennt.«

Estebans Stimme wird immer unsicherer. Sein vorsichtiges Sich-Vortasten, seine Angst, alles klingt aus dem Kopfhörer.

Er schließt die Augen, er ist irgendwo auf dem Wanderweg vom Gipfel des Rhune zur baskischen Küste, inmitten von Touristen und wilden Pferden.

Mit Esteban.

• • •

»Eins, zwei, drei ...«

»Zähl nicht so schnell, Maman.«

Esteban schleicht sich so leise wie möglich davon.

»Nicht mogeln, nicht gucken!«

Esteban überwacht sie vorsichtshalber doch. Maman hat beide Hände vor die Augen gelegt, aber sie könnte auch die Finger spreizen. Er entfernt sich leise noch ein paar Schritte weiter, und sobald er die großen Steine erreicht hat, fängt er an zu laufen.

»Elf, zwölf, dreizehn.«

Maman hat gesagt, sie würde bis fünfzig zählen und dann rufen »Ich komme!« Und sie hat auch gesagt, er solle nicht zu weit weggehen. Auf der Suche nach einem Versteck sieht er sich um. Im

Gras? Unmöglich, das ist so kurz wie der grüne Flor des Teppichs in seinem Zimmer. Vermutlich haben die zotteligen Pferdeherden alles gefressen.

Hinter den Felsen?

Nein, zu einfach.

Er hebt den Blick zu dem großen Baum vor ihm. Mit etwas Mut könnte er sich an den Stamm klammern, die unteren Äste erreichen und von dort aus in die höheren klettern. Er zögert kurz. Nein, zu gefährlich.

»Dreißig, einunddreißig, zweiunddreißig.«

Mamans Stimme entfernt sich immer mehr, aber er muss sich beeilen. Auf der Suche nach einer Idee blickt er sich um. Er könnte ans andere Ufer des kleinen Bachs springen. In den Zeichentrickfilmen entkommt man so den Hunden oder Wölfen, die sonst Fährte aufnehmen. Maman könnte ihn auch mit Hilfe des Geruchs ausmachen, sie sagt immer, dass er nach dem Bad gut riecht, wie ein Baby. Obwohl ihm das gar nicht gefällt, das Bad schon, aber nicht, dass man ihm sagt, er würde wie ein Baby riechen.

Er erreicht ein Feld und traut seinen Augen nicht: Verstecken kann man sich da nirgendwo! Das Gras ist immer noch nicht hoch genug, diesmal haben es die Kühe gefressen, vor sich sieht er mindestens zehn. Eine Kuh ist nicht gefährlich, das weiß er ... Aber trotzdem, die Hörner, die Hufe ... Er muss ein etwas höher gelegenes Versteck finden, darum geht er an dem Stacheldrahtzaun entlang, vermeidet es aber, ihn zu berühren, man weiß ja nie, ob er unter Strom steht ...

»FÜNFZIG! ICH KOMME!«

In der Ferne hört er Mamans Stimme. Er muss sich entscheiden, sie hat zu Ende gezählt, und er hat noch immer kein Versteck!

Schnell! Er beginnt am Stacheldraht entlangzulaufen, passt aber auf, dass er sich nicht verletzt. Von Zeit zu Zeit sieht er sich um. Zu blöd, wenn Maman kommt und den Bach überquert, sieht sie ihn sofort, ebenso leicht, als würde er auf einem Fußballfeld herumspazieren. Er blickt sich nach allen Seiten um, am liebsten hätte er angefangen zu weinen. Er nimmt sich zusammen, um nicht Maman und **STOPP** zu rufen, das ist kein Spiel, wir fangen noch einmal von vorne an, und diesmal zählst du bis hundert ... Doch plötzlich sieht er sie vor sich.

Fünf kleine Häuschen, am Ende der Wiese, nebeneinander aufgereiht. Sieht fast aus wie Hundehütten, aber zu klein, als dass Hunde darin schlafen könnten. Dann vielleicht große Briefkästen ...

Auf jeden Fall ein ideales Versteck. Je näher er kommt, desto sicherer ist er sich. Unter dem Boden gibt es gerade genug Platz, um darunter zu kriechen. Wenn er weit genug robbt, kann Maman ihn nicht sehen.

Esteban dreht sich ein letztes Mal um. Weit und breit niemand zu sehen außer den Kühen, aber die petzen nicht. Er rennt los.

Als er sich den Hütten nähert, sieht er zwei, drei Bienen. Aber das ist ihm egal. Maman hat ihn gelehrt, dass Bienen und alles andere, was fliegt und brummt, einem nichts tun, wenn man sie in Ruhe lässt. Außerdem hat er keine Zeit nachzusehen, ob es sich um Bienen, Wespen oder Hornissen handelt, Maman wird gleich da sein. Er hechtet vor wie ein Rugbyspieler. Direkt unter die Hütten. Ein Purzelbaum wie auf dem Sofa und schon liegt er gut geschützt auf dem Rücken, der Blick ist auf das Feld gerichtet.

»Estebaaaan!«

Maman ruft ihn. Er hört sie, kann sie aber noch nicht sehen. Sein Herz klopft genauso laut wie beim Kriegspielen mit seinen Freunden. Er versucht die Luft anzuhalten, um es besser zu hören. Er glaubt zunächst noch immer, seinen Atem zu hören, auch wenn er die Luft in seinem Mund blockiert hat. So als würde seine Lunge pfeifen. Jetzt geht ihm die Puste aus, und er stößt den Atem aus. Pffuuu ...

Noch immer keine Spur von Maman, wahrscheinlich hat sie sich nicht über den Bach getraut. Ein Geruch steigt ihm in die Nase, ein Geruch, den er gerne mag, etwas süßlich wie Waffeln oder das Frühstück. Er kennt ihn, es ist Honig. Woher mag der kommen? Doch nicht von den zwei, drei Bienen? Zum ersten Mal hebt er den Blick zu den Brettern nur wenige Zentimeter über seinem Kopf.

Und diesmal setzt Estebans Herz tatsächlich aus!

Er sieht sie, so als würden sie ihn durch das an die Bretter genagelte Gitter berühren.

Hunderte, vielleicht Tausende von Bienen! Eingesperrt in die fünf kleinen Holzgefängnisse, die nach Honig riechen.

»Estebaaaaaan!«

Maman kommt auf die Wiese gelaufen, er sieht sie.

Esteban weiß, dass er nicht hierbleiben darf, dass er so vorsichtig wie möglich herauskriechen, sich entfernen muss, ohne die Insekten zu erschrecken, die über seinem Kopf summen, dass er dann erst, wenn er weit genug weg ist, zu rennen anfangen darf. Er weiß es, aber er kann sich nicht rühren, ist wie erstarrt. Wenn er auch nur einen Finger oder einen Fuß bewegt, werden sie ihn bemerken. Niemand überlebt den Angriff eines wütenden Bienenschwarms, nicht einmal ein Bär oder ein Wolf. Er hört das Summen nicht mehr, nimmt nur noch diesen widerwärtigen Honiggeruch wahr.

Er ist sich sicher, dass er hier sterben wird. Maman wird ihn nicht wiedererkennen, sein Gesicht wäre von Tausenden von Stichen geschwollen ...

»Estebaaaan?«

Maman ist nicht weit, aber sie wird ihn nie finden, wenn er nicht antwortet. Und wenn er antwortet ...

Es hilft nichts.

Esteban wird nie wissen, wer die Entscheidung getroffen hat. Seine Beine? Sein Mund? Sein Herz? Sein Gehirn? Oder alle zusammen?

Er schreit, er schreit so laut er kann.

»Mamaaan!«

Er kriecht zu schnell und zu eilig unter den Bienenstöcken hervor, stößt mit dem Kopf und mit den Armen an. Er krabbelt weiter, doch die aufgeschreckten Insekten schwärmen schon aus. Plötzlich ist der baskische Himmel grau. Esteban ist aufgestanden, und ein Regen ergießt sich über ihn – ein Regen von Flügeln und Stacheln, ein Angriff von Dolchen, durch den er schreiend direkt auf den Stacheldrahtzaun zurennt.

Er verfängt sich darin, das Hemd wird zerrissen, dann seine Hände, seine Beine, sein ganzer Körper. Und noch immer folgen ihm einige besonders nachtragende Bienen. Die letzten Stiche sind die schlimmsten.

»Mamaaan!«

»Esteban ...«

Er hetzt weiter, Mamans Arme sind da, nur noch wenige Meter entfernt, und dann kann ihm nichts mehr passieren. Selbst wenn er das Gefühl hat, sein Kopf würde explodieren, auch wenn sein ganzer Körper juckt, und er sich wünscht, man würde ihm die Arme abschneiden, damit er sich nicht kratzen kann, selbst wenn das Letzte, was er wahrnimmt, ehe er das Bewusstsein verliert, ein kleiner schwarzer Punkt am Himmel und ein grauenvoller Geruch nach Honig sind.

• • •

»Du warst sehr tapfer«, sagt der Psychiater, nachdem Esteban seine Erzählung beendet hat. »Deine Maman hat mir erzählt, was dann geschehen ist, denn daran kannst du dich natürlich nicht mehr erinnern. Der Notarzt ist sehr schnell gekommen, und man hat dich nach Bayonne ins Krankenhaus gebracht. Deine Maman hatte große Angst, bestimmt genauso viel wie du. Aber keine Sorge, die Stiche verschwinden. Bleiben wird nur eine schlechte Erinnerung an Bienen und Honig.

»*Erleak* heißt das!«, trompetet Esteban und imitiert das Summen der Bienen.

Die Vibrationen übertragen sich durch den Kopfhörer wie ein knarzendes Radio. Dem Cursor zufolge, der sich auf dem Bildschirm bewegt, ist die Sitzung fast beendet, es bleiben nur noch dreißig Sekunden. Er bedauert, nur eine Audioaufzeichnung zu haben, und stellt den Ton leiser. Gerne hätte er zumindest ein Bild gesehen, um herauszufinden, wie der Psychiater aussieht, der damals sicher in Saint-Jean-de-Luz niedergelassen war. Soviel er auch sucht, er findet in den Dateien keinen Hinweis.

Wie kann man eine Stimme identifizieren?

»Ich kann ebenso Baskisch sprechen wie du«, antwortet der Psychiater ruhig. »Weißt du, ab jetzt musst du sehr tapfer sein. In den letzten fünf Monaten war es zu kalt, und die Bienen waren nicht draußen. Aber jetzt wird das Wetter wieder schön, und es gibt Blumen, die bestäubt werden wollen. Sobald du nach draußen gehst, wirst du sie überall sehen, sogar in der Stadt und am Meer.«

»Macht nichts«, kräht Esteban. »Dann verstecke ich mich eben im Meer. Die Bienen können ja nicht schwimmen!«

»Du magst das Wasser, ja? Macht es dir keine Angst? Auch der Wind und die Wellen nicht?«

»Nein, nie! Denn die Wellen, selbst die höchsten, bringen dich immer wieder an den Strand zurück!«

· 16 ·

Nectaire hat Savine kommen hören, noch ehe sie die Tür des Rathauses aufstößt. Sie ist die Einzige, die so schnell die Rue de l'Hôtel-de-Ville hinauffährt, dann in einem Schwung einparkt, zwei Stufen auf einmal nehmend die Treppe zur Terrasse hinaufstürmt, wie ein Vulkanausbruch hereinplatzt und die gemütliche Stimmung in einen glühenden Strom verwandelt.

»Salut, Nicky! Was ist mit deinen Ermittlungen? Bist du vorangekommen?«

In der Hand hält sie ein Panini mit Blauschimmelkäse, das sie in der Dorfbäckerei gekauft hat. Sie hat sich keine Zeit zum Mittagessen genommen. Nectaire hingegen hat seinen Schreibtisch abgeräumt, eine kleine rotkarierte Decke ausgebreitet und Besteck, ein Glas, eine Flasche Rotwein und einen Teller mit Essen daraufgestellt, das er in der Mikrowelle aufgewärmt hat. *Tripou auvergnat*, bestehend aus in Pansen gegarten Kalbskutteln mit Karotten und getrüffelten Kartoffeln, die er die ganze Nacht lang hat köcheln lassen – für Aster und sich selbst.

»Ich komme, um deinen Bericht zu hören«, fährt die Sozialarbeiterin fort, greift nach einem Stuhl und nimmt ihm gegenüber Platz. »Also, schieß los. Martin Sainfoins Tod, Maddi Libéris Vergangenheit, was hast du herausgefunden?«

Der Gemeindesekretär zupft am Tischtuch und streicht die letzten Falten glatt.

»Willst du ein Glas Côtes-d'Auvergne? Ein kleiner Saint-Verny aus der Gegend hinter den Kratern, Alain hat ihn für mich aufgetrieben.«

»Später. Wir stoßen an, wenn du gute Arbeit geleistet hast. Also Sherlock Holmes, nein Hercule Poireau, auch nicht, wie haben sie dich noch genannt? Ach ja, Bocolon ... also Bocolon, hast du eine eingehende Untersuchung vorgenommen?«

Einem Protokoll folgend, das noch strikter ist als die Aufnahme in den Club der »Meilleurs Sommeliers de France«, entkorkt Nectaire die Flasche und schenkt sich ein halbes Glas ein. Dann verschließt er sie wieder, betrachtet die Farbe, saugt das Bouquet ein und genehmigt sich schließlich einen winzigen Schluck.

»Hmmm ... Was hast du gesagt?«

»Bist du bei deinen Ermittlungen vorangekommen?«

»Nicht wirklich.«

Savine beißt in ihr Panini und öffnet geräuschvoll ihre Volvic-Flasche.

»Und worauf wartest du?«

»Auf dich.«

»Auf mich?«

Nectaire breitet eine Serviette auf seinem Schoß aus und greift nach der Gabel.

»Ja, auf dich. Ich habe Hervé Lespinasse, den Lieutenant der Gendarmerie von Besse angerufen, doch er will mir nichts sagen. Er hat nur bestätigt, dass sie vor der Beerdigung bei Martin eine Autopsie vorgenommen haben. Aber ansonsten ist nichts durchgedrungen. Jetzt ist nur noch die Kripo von Clermont zuständig.«

»Du hast gut daran getan, in Rente zu gehen. Du bist am Ende, Bocolon! Also ...« Sie betrachtet angewidert den Rest ihres Panini, aus dem der geschmolzene Blauschimmelkäse tropft. »Nimm's mir nicht übel und guten Appetit auch.«

Nectaire lässt sich Zeit, seine Kalbskutteln in feinen Scheiben aufzuschneiden und eine getrüffelte Kartoffel zu kosten, ehe er den Kopf hebt.

»Warte noch ein bisschen ab, ehe du ihn verdammst. Das Fischen nach der Wahrheit ist ein Sport, der Geduld verlangt, du wirst schon sehen, wie Bocolon seine Köder auslegt.«

Er nimmt noch eine Gabel Kartoffeln und einen Schluck Saint-Verny, tupft sich die Lippen ab und greift nach seinem Telefon. Er räuspert sich und schaltet den Lautsprecher ein.

Am anderen Ende wird abgenommen.

»Kripo Clermont? Hier Lieutenant Lespinasse von der Kriminalpolizei in Besse. Ich wollte fragen, was es Neues im Fall Martin Sainfoin gibt«, fragt Nectaire.

Sein Gesprächspartner wird hellhörig, man überprüft, ohne misstrauisch nachzufragen. Nectaire beherrscht genau den unnachahmlich drängenden Tonfall, in dem ein Polizist mit dem anderen spricht. Nectaires Anruf wird von einem Kollegen zum anderen weitergeleitet, der Hörer bleibt liegen, und man hört sich nähernde Schritte.

»Lespinasse? Hier Moreno von der Kripo. Das trifft sich gut, denn wir haben gerade neue Ergebnisse bekommen!«

Nectaire begnügt sich mit einem vorsichtigen »Ah!«, selbst wenn es kaum Chancen gibt, dass Moreno die Stimme seines Kollegen aus Besse kennt.

»Wir wollten euch auch gerade anrufen«, fährt der Beamte aus Clermont fort. »Morgen steht alles in der Zeitung, und Richter Charmont wird eine Erklärung abgeben. Aber ich weiß natürlich nicht, ob ihr in eurem Kuhdorf die Nachrichten hört.«

»Also?«, drängt Nectaire nur.

»Wir haben heute Morgen die genauen Ergebnisse der Autopsie bekommen. Kurz gesagt, Lespinasse, man hat $CO1AA03$ in Sainfoins Blut gefunden. Das sagt dir sicher nichts, aber dieses $CO1$ Dingsbums, was man gemeinhin als herzstimulierendes Mittel bezeichnet, ist ein Wirkstoff, der den Herzschlag beschleunigt. Bei uns nennt man es auch einfach Digitalis oder Fingerhut.«

»Verdammte Scheiße!«

Nectaire ist so überrascht, dass er nicht daran denkt, seine Stimme zu verstellen, doch Moreno scheint es nicht zu bemerken. Für ihn sind wahrscheinlich alle Gendarmen der Brigade austauschbar.

»Ja, verdammte Scheiße, wie du sagst! Der Rechtsmediziner ist sich ganz sicher: Martin Sainfoin hat das Äquivalent eines halben Dutzends roter Fingerhutblätter zu sich genommen. Kurz gesagt, das entspricht vierzig Gramm, sicher hat diese Dosis dazu beigetragen, dass er den Croix-Saint-Robert-Pass erreicht hat, aber sein Herz hat es nicht verkraftet.«

»Verdammte Scheiße«, wiederholt Nectaire nur.

»Ich glaube, die Scheiße«, schließt Moreno, »ist eher für uns. Tut mir leid, Lespinasse, aber ich denke, der Fall wird bei der Kripo bleiben, und ihr werdet weiterhin in aller Ruhe eure Viehtransporteure verwarnen dürfen! Ärgert euch nicht zu sehr, dass ihr nicht mehr am Ball seid, aber es kommt immer der Augenblick, wo die Profis ranmüssen ... Oder wolltest du noch etwas sagen?«

»Allerdings, Moreno. Kurz gesagt ... scher dich zum Teufel!«

• • •

Nectaire legt sorgsam seine Kalbskutteln in eine Bambusdose – den Rest wird er heute Abend mit Aster essen –, verkorkt den Saint-Verny, wickelt das Baguette in eine Stoffserviette und faltet das Tischtuch zusammen. Vielleicht hat er ja später mehr Appetit.

Dann stellt er seine Schreibtischutensilien wieder genau an ihren Platz zurück: einen Büroklammer-Magneten, das Stempelkissen und den Becher mit den Stiften.

»Meine Güte«, stöhnt Nectaire. »Martin ist ermordet worden.«

»Mit Digitalis«, fügt Savine hinzu.

Fingerhut ist eine Pflanze, die in der Auvergne an jedem Wegesrand und an jedem Vulkanhang wächst, und schon die Kinder lernen bei den ersten Spaziergängen aus dem Mund ihrer Eltern, dass diese Blume mit den hübschen rosafarbenen oder dunkelroten Glockenblüten hochgiftig ist und dass man sie nie, wirklich nie, berühren darf. Das wusste Martin Sainfoin besser als jeder andere! Das Digitalis in seinem Blut kann kein Zufall sein, es handelt sich zwangsläufig ... um eine Vergiftung!

Nectaire Paturin ist endlich mit dem Aufräumen fertig. Er greift nach dem Wasserkocher, der hinter ihm pfeift.

»Willst du einen Tee?«

»Eigentlich nicht, danke.«

Der Gemeindesekretär beobachtet Savines beunruhigtes Gesicht und reagiert erst nach einer Weile.

»Glaubst du, dass i...«

»Dass du Martin vergiftet hast? Natürlich nicht! Weder du noch Alain, Géraldine, noch sonst jemand von denen, die mit ihm zusammen Kräutertee getrunken oder unsere rumgetränkte Flougnarde gegessen haben, ehe er losgeradelt ist. Wir kennen uns seit Jahren, Martin gehörte fast zur Familie. Er muss das Digitalis vorher getrunken haben. Oder hinterher. Wenn allerdings Martin ermordet worden ist, dann vielleicht, weil er ...«

Savine schluckt und bringt den Satz nicht zu Ende.

Nectaire verzichtet darauf, ihr noch einmal Kräutertee anzubieten. Er zögert sogar, seine Säckchen mit den getrockneten Kräutern herauszuholen.

»Weil er was?«

»Weil er etwas entdeckt hat«, stößt Savine hervor. »Etwas, das Amandine und Tom Fontaine betrifft. Erinnerst du dich? Er wollte mit mir darüber sprechen. Das hat er mir vor allen anderen gesagt, er wollte nur vorher noch etwas überprüfen... Was wollte er überprüfen, Bocolon?«

Nectaire öffnet schließlich seine Schublade. Er wirft einige schwarze Blätter in das kochende Wasser.

Ich habe vielleicht eine andere Idee«, erklärt der Gemeindesekretär. »Eine Spur zumindest. Hier, sieh dir das an.«

Aus einer anderen Schublade holt er eine Mappe und breitet etwa zehn Fotos auf dem Schreibtisch aus. Savine beugt sich neugierig darüber. Sie erkennt auf allen Bildern Tom Fontaine. Seinen blonden Schopf, die blauen Augen. Tom auf seinem Fahrrad, Tom, der Gitarre spielt, Tom in Badehose am Strand...

»Und?«, fragt Nectaire.

Savine hätte schwören können, dass er die Aufnahmen genauso

lange auf sein Gehirn einwirken lässt, wie die Teeblätter im heißen Wasser ziehen.

»Und was? Das sind Bilder von Tom.«

Nectaire führt das dunkle Gebräu an seine Lippen.

»Eben nicht ... daneben geraten!«

»Was heißt hier daneben geraten? Ich werde doch wohl Tom noch erkennen. Ich kümmere mich seit seiner Geburt um ihn und um Amandine!«

Nectaire Paturin ist wieder ganz zu Bocolon geworden. Der Bericht des Rathaussekretärs ist jetzt ein klein wenig schneller und präziser.

»Du magst es für verrückt halten, Savine, aber das Kind auf den Fotos heißt Esteban! Und es ist der Sohn von ... Frau Doktor Libéri!«

Savine lässt sich auf den nächstbesten Stuhl fallen.

»Herr im Himmel ... Bist du dir ganz sicher? Wo hast du die Fotos gefunden?«

Bocolon triumphiert bescheiden und trinkt in kleinen Schlucken seinen Tee.

»Nichts einfacher als das, ich brauchte mir nur Maddi Libéris Facebook-Seite anzusehen. Da erzählt sie ihr ganzes Leben.«

Savine runzelt die Stirn – ein Zeichen dafür, dass sie versucht, so schnell wie möglich zu überlegen.

»Wenn ich es also recht verstehe, sind dieser Junge und Tom Zwillinge oder zumindest Doppelgänger ... Das erklärt so einiges! Angefangen mit der Art, wie sie Tommy ansieht.«

»In einer Hinsicht hast du recht«, erwidert Nectaire, »Tom und Esteban sehen sich ähnlich, den Fotos nach zu urteilen eine völlig verrückte Ähnlichkeit ... Aber sie sind keine Zwillinge! Und zwar aus dem einfachen Grund, weil diese auf Facebook geposteten Fotos schon zehn Jahre alt sind, Savine, schau genau hin. Du kannst nachrechnen, Esteban Libéri müsste heute zwanzig Jahre alt sein.«

Savines Stirn ist ein einziges Wellenmeer. Sie sucht nach einer rationalen Erklärung.

»Die Fotos sind zehn Jahre alt? Was mag das bedeuten? Leidet unsere gute Ärztin am Empty-Nest-Syndrom? Ihr kleiner Esteban ist inzwischen groß und aus dem Haus, deshalb ist sie nostalgisch und verguckt sich in einen kleinen Jungen, der sie an ihren eigenen erinnert ... So ähnlich wie ein Mann, der sich immer in denselben Frauentyp verliebt, aber am liebsten jedes Mal zehn Jahre jünger.«

Empty-Nest-Syndrom?

Nectaire scheint nicht überzeugt.

»Siehst du, Savine, wenn Bocolon nach der Wahrheit sucht, folgt er stets einer Devise: Es gibt keinen Zufall, es gibt nur Verkettungen. Am Ende fügen sich alle Teile zusammen. Warum zum Beispiel sollte sich Frau Doktor Libéri genau in dem Dorf niedergelassen haben, in dem der Doppelgänger ihres Sohnes wohnt?«

Savine pfeift bewundernd.

»Weil ... weil sie vielleicht wusste, dass er hier wohnt? Sie ist nur wegen dieser Ähnlichkeit hierhergezogen? Das wäre doch total verrückt, oder?«

»Ja, total verrückt, aber nicht so sehr, wie an einen Zufall zu glauben. Es gibt immer rationale Erklärungen. Warum sollte sich die Ähnlichkeit zwischen den beiden Jungen nicht dadurch erklären, dass sie zwar verschiedene Mütter, aber denselben Vater haben? Das würde mir mein Instinkt einflüstern.«

»Und Bocolons Instinkt ...«

»Führt immer in die falsche Richtung! Also, ist doch ganz einfach, Savine, wenn du die richtige Erklärung haben willst, hörst du mir zu und ziehst die gegenteiligen Schlüsse daraus!«

Scheinbar enttäuscht trinkt er seinen Tee aus.

»So weit sind wir noch nicht, Bocolon«, antwortet Savine mitleidlos. »Im Moment halten wir uns nur an die Fakten. Hast du noch andere seltsame Zufälle ausfindig gemacht?«

»Ja! Zum Beispiel habe ich im Internet entdeckt, dass Maddi Libéri Mitglied einer belgischen Organisation namens Le Berceau de la Cigogne, Die Storchenwiege, ist. Die Liste aller Mitglieder steht online. In Frankreich ist diese Organisation offenbar verboten, und zwar wegen der Auseinandersetzungen um die Anti-Abtreibungsbewegung, die künstliche Befruchtung und den medizinisch indizierten Schwangerschaftsabbruch. Ich habe mich etwas kundig gemacht und den Eindruck gewonnen, dass dieser Organisation zufolge, die Welt sich in zwei Lager teilt ... wie soll ich es erklären? Nehmen wir zum Beispiel eine Ultraschalluntersuchung, die ergibt, dass ein Kind kleinwüchsig sein wird – die einen denken, man sollte es abtreiben, die Folge wäre, dass wir bald in einer Welt ohne Kleinwüchsige leben würden. Die anderen vertreten die Meinung, wenn man keine kleinwüchsigen Kinder mehr will, wären wir in der Zukunft bald alle gleich groß. Erstere sind ...«

Savine hebt die Hand, um Nectaire zu unterbrechen, ehe er seine Theorie vollständig ausgeführt hat.

»Das reicht, ich habe verstanden. Bei meiner Größe von einem Meter fünfzig bin ich ja gerade noch mal davongekommen. Und auf welcher Seite steht diese Organisation?«

»Eindeutig auf der der Mamans!«

Beide schweigen kurz. Letztlich ist es nicht wirklich verwunderlich, dass sich eine Ärztin gegen die Abtreibung ausspricht. Schließlich erhebt sich Nectaire und bringt seinen leeren Teebecher zur Spüle.

»Ich werde weitersuchen, Savine. Treffen wir uns am Spätnachmittag, um Bilanz zu ziehen? Wenn du magst in Besse auf der Terrasse der Bar?«

Logisch, denkt Savine. Nectaire wohnt im Zentrum von Besse, oberhalb der Galipote, so heißt das Geschäft seiner Schwester. Seine Wohnung ist nur fünfzig Meter von der Place de la Poterne mit der gleichnamigen Bar entfernt. Und an genau diesem Ort hatte sich auch Martin Sainfoin mit ihr verabredet ...

»Ver... Versprichst du mir vorsichtig zu sein?«, stammelt Savine.

»Na klar! Kein Fahrrad! Kein Sport! Ich spare mir meinen Atem und meine Spucke, um zwei oder drei Briefmarken aufzukleben ... und nach der Wahrheit zu fischen ...« Er bedenkt Savine mit einem letzten Lächeln. »Du wirst dich wundern! Du wirst schon sehen, wie Bocolon seine Köder auslegt ... Und wie weit er damit kommt!«

· 17 ·

Ich habe Mühe in der viel zu schmalen Ausfahrt des Parkplatzes vor dem Polizeirevier in Besse, ich will mir hier nicht meine Autotüren ruinieren! Eine liebenswürdige junge Polizistin von nicht mal zwanzig Jahren lotst mich, effizienter als jede Rückfahrkamera, hinaus. Und noch dazu mit einem strahlenden Lächeln.

»Geradeaus zurück, Madame, ja, das passt 1A!«

Ich winke dem Mädchen in Uniform zu und fahre in Richtung Murol. Ich fühle mich erleichtert, unsagbar erleichtert.

Die Polizeibeamten haben es mindestens drei Mal wiederholt: Ich brauche mir keine Vorwürfe zu machen!

Es ist nicht Ihre Schuld, Frau Doktor, Martin Sainfoin hatte keinerlei Herzprobleme, sie haben keinen Fehler gemacht. Wir können Ihnen leider momentan noch nicht mehr sagen, wir wollten Sie aber trotzdem beruhigen.

Danke!

Auch wenn ich nichts verstanden habe ...

Was ist denn geschehen, wenn Martin Sainfoin keine Herzprobleme hatte?

Die Beamten waren beruhigend und freundlich, aber in gewisser Weise merkwürdig ... Irgendwie erinnerten sie mich an Fliegen bei schwülem Wetter, so als ob ... als ob Martin Sainfoin ... ermordet worden wäre!

Ich zwinge mich, an etwas anderes zu denken. Die Geschichte geht mich jetzt nichts mehr an, ich bin entlastet. Ich blicke in die Ferne auf den Puy de Dôme mit seinem seltsamen Gipfel, der an einen Elefantenrücken erinnert, und die aus dem Vulkan ragende Antenne. Ich versuche, einen Radiosender einzustellen, irgendeinen Song, der mir hilft, den Kopf leer zu bekommen und mich zu konzentrieren. Ich habe noch immer nicht diesen verdammten USB-Stick wiedergefunden. Ich kann nicht glauben, dass ihn mir jemand gestohlen hat. Habe ich ihn vielleicht irgendwo hingelegt, und dann vergessen wohin?

RFM-Auvergne hört erst auf zu rauschen, als ich den Ortseingang von Murol erreiche. Die Stimme von Jean-Jacques Goldman ist herzzerreißend. Mein nächster Patient kommt erst in einer Stunde, ich habe alle Termine verschoben, weil ich nicht wusste, wie lange mein Besuch auf dem Polizeirevier dauern würde. Jetzt muss ich eine Stunde rumbringen. Ich zögere, ob ich bei der Praxis anhalten oder zur Mühle zurückfahren soll, ich hätte gerade genug Zeit, einen guten Kaffee zu trinken und Gaby zu umarmen, der sicher noch im Bett liegt … Ich zögere zu lange und habe die Ausfahrt Murol verpasst. Der MiTo prescht schon enthusiastisch durch die Kurven. Fünf Kilometer bergauf, vielleicht hat Gaby ja Kaffee gekocht …

Als ich das Ortsschild *Froidefond* sehe, gibt Goldmans Gitarre noch immer ergreifende Klänge von sich. Vor mir liegt die Brücke über den Wildbach, rechts von mir der Brunnen mit dem roten Wasser, weiter unten La Souille.

Nichts vermag dich auszulöschen, ich denk' an dich.

Ohne zu überlegen, ohne verstehen zu wollen, was in meinem Kopf vor sich geht …

Halte ich an!

• • •

Amandine Fontaine erwartet mich auf der Schwelle. Zwangsläufig hat sie meinen im Hof geparkten MiTo gesehen. Ich habe mich absichtlich nicht heimlich herangeschlichen, sondern eher wie die Ärztin, die zu einem Notfall gerufen wurde und mit auf dem Kies knirschenden Reifen anhält.

»Gibt es ein Problem, Frau Doktor?«, fragt Amandine.

Spielt sie mir etwas vor oder ist sie wirklich beunruhigt?

»Nein, ganz und gar nicht, keine Sorge. Ich wollte Ihnen nur einen kleinen Routine-Besuch abstatten. Unter Nachbarn sozusagen. Ich fahre ja jeden Tag an Ihrer Tür vorbei. Ich wollte bloß hören, wie es Ihnen geht.«

Amandine ist misstrauisch. Ich ahne, dass sie mich, wenn ich frage, nicht ins Haus lassen wird. Was soll's! Meine Arzttasche verleiht mir eine gewisse Autorität. Ich lasse ihr keine Wahl und gehe entschlossen weiter. Entgegen meiner Erwartung tritt sie zur Seite.

Ich frage wie beiläufig:

»Ist Tom nicht da?«

»Nein, er ist zum Schwimmbad geradelt.«

Ich improvisiere, während ich meinen Blick durch den großen Raum schweifen lasse.

»Das trifft sich gut.«

Mein Blick fällt auf einen Stapel Bügelwäsche und den nicht abgeräumten Tisch. Die Marmeladentöpfe sind nicht zugeschraubt, schmoren in der Sonne, die durch das geöffnete Fenster fällt. Die zusammengeknüllten Geschirrtücher sind voller Katzenhaare. In dem Kamin, der offenbar seit Ewigkeiten nicht mehr angezündet wurde, liegen Bücher, Zeitungen und Spielzeug herum. Schließlich frage ich:

»Eigentlich wollte ich Sie sehen, Amandine.«

»Mich? Warum?«

»Weil ich Ärztin bin. Ich habe Sie auf dem Friedhof beobachtet, Sie konnten sich kaum auf den Beinen halten.«

Amandine löst sich plötzlich von der Wand und strafft sich, wie eine Wache des Buckingham-Palastes, die man bei einem Nickerchen überrascht hat.

»Die Hitze, die Emotionen. Jetzt bin ich wieder okay.«

»Wenn Sie es sagen.«

Mein Blick wandert zu Toms Schulranzen, der in einer Zimmerecke liegt, dann weiter zu der halb abgerissenen Tapete, ganz so, als hätte Amandine irgendwann beschlossen, sie auszutauschen, dann aber aufgegeben, und schließlich zu den Kisten voller Erde mit schwer identifizierbaren Pflanzen.

»Ich behandele mich selbst, Frau Doktor. Ich dachte, das hätte ich klar zum Ausdruck gebracht.«

Und um es noch klarer zu machen, betrachtet sie nachdrücklich die Pflanzen in den Kisten. Wahrscheinlich verwechselt sie Pflanzenmedizin und Homöopathie. Ich nutze die Gelegenheit, um meine Inspektion fortzusetzen. Auf einem Stuhl liegen Blumen- und Pilzlexika. An den Wänden hängen Poster: ein Strand, auf dem geschrieben steht *save the planet*, ein Baum in Herzform, eine als Bombe dargestellte Erdkugel – tick tack tick tack – und überall sind auf weiße Blätter geschriebene Gedichtauszüge angeheftet. *Erhebung* von Baudelaire, *Die Stunde des Schäfers* von Verlaine, *Txoria txori* von …

Txoria txori?

Ich zucke überrascht zusammen.

Txoria txori ist das berühmteste baskische Gedicht! Wie alle anderen Schüler seiner Klasse, konnte auch Esteban es auswendig. Er konnte sogar die Melodie auf der Gitarre spielen und erfand neue Variationen. Was hat das hier in der Auvergne an der Wand eines Bauernhauses zu suchen? Haben Amandine und Tom es vielleicht aus Saint-Jean-de-Luz mitgebracht? Warum ausgerechnet dieses Gedicht? Wahrscheinlich verstehen weder Tom noch Amandine auch nur ein einziges Wort davon.

Amandines Stimme trifft mich hinterrücks.

»Was suchen Sie, Frau Doktor? Ich will ehrlich sein, aber irgendetwas stört mich bei Ihnen. Ich weiß nicht genau was. Vielleicht die Art, wie Sie meinen Jungen ansehen. Oder wie Sie sich in der Nähe meines Hauses herumtreiben. Was gibt es für ein Problem? Soll das ein unangekündigter Kontrollbesuch sein? Finden Sie, dass mein Haus nicht sauber genug ist? Dass ich mein Kind schlecht erziehe? Wollen Sie mich beim Sozialamt melden?«

Stotternd trete ich den Rückzug an:
»Aber nein, ganz und gar nicht ... Haben ... haben Sie eine Toilette?«

Amandine mustert mich. Sie glaubt mir mein dringendes Bedürfnis nicht, sie weiß, dass das eine Art ist, Zeit zu gewinnen, weiter herumzuschnüffeln ... Aber wie sollte sie es mir abschlagen?

»Hinten im Garten ist ein Loch.«

...

»Das war ein Scherz. Im Gang gegenüber, erste Tür links.«

Auf der Toilette riecht es nach Sandelholz. Das kommt von den Räucherstäbchen, die Amandine verbrennt. Überall sind Zeichnungen von Tom aufgehängt. So genau ich sie auch ansehe, es fällt mir nichts Besonderes auf, nur Banales: Sonnen, Himmel, Blumenwiesen, grüne Vulkane, und auf einigen zwei große Figuren und eine kleine – Tom hat also einen Papa. Von Anfang an hatte ich natürlich diese Hypothese im Kopf: Tom und Esteban könnten denselben Vater haben. Aber ich muss mich dem Offensichtlichen beugen – keine verwandtschaftliche Beziehung könnte eine solche Ähnlichkeit erklären.

Ich trete näher, aber aus der Zeichnung, die ein Strichmännchen mit großem Kopf zeigt, werde ich nichts über die Identität von Toms Vater erfahren. Das Bild ist mit einem Datum versehen: *19/05/13*. Tom war also drei Jahre alt. Die übrigen Zeichnungen wurden jeweils zum Muttertag angefertigt ... Jedes Jahr eine, fast seit seiner Geburt.

2013, 2014, 2015

Bei der von 2016 halte ich inne: Sie zeigt zwei Katzen, in der Mitte einen Blumenstrauß und drei Worte in einem Herzen.

maite zaitut ama.

Drei Worte, die mir einen Stich ins Herz versetzen.

Ich habe dich lieb, Maman.

Drei baskische Worte, die Esteban so oft gesagt hat.

Ich habe dich lieb, Maman.

Wie hypnotisiert beuge ich mich über die folgenden Jahre, *2017, 2018, 2019.*
Sie sind mit denselben baskischen Worten versehen.
maite zaitut ama.
Tom hat diese Worte also nicht vor sechs Monaten in Saint-Jean-de-Luz gelernt, sie tauchen in den Zeichnungen auf, seit Tom sechs Jahre alt ist, d. h. seit er schreiben kann. Dabei hat Tom stets in der Auvergne gelebt, hier in La Souille, er ist in der Klinik Les Sorbiers in Issoire geboren, so steht es in seiner Krankenakte.
Woher also sollte Tom Baskisch sprechen können? Euskara, die baskische Sprache, gehört zu den kompliziertesten der ganzen Welt und wird nur sehr lokal in Euskadi gelehrt, außerhalb des Baskenlandes spricht sie fast niemand.

• • •

Ich verlasse die Toilette, und diesmal habe *ich* Mühe, mich auf den Beinen zu halten.
»Alles in Ordnung, Frau Doktor?«
Amandines Stimme ist eisig. Sie lehnt am Kamin.
Nein, nichts ist in Ordnung … Ich weiß, dass ich keine erneute Gelegenheit haben werde, nach La Souille zu kommen. Wenn ich die Wahrheit erfahren will, dann hier und jetzt.
»Ja, alles in Ordnung … Was … was mich verwundert ist, dass Ihr Sohn Baskisch schreibt.«
»Na und?«
»Ich habe zehn Jahre dort gelebt. Spricht Tom Baskisch?«
»Ich glaube, Frau Doktor, das geht Sie nichts an!«
Ich bleibe hartnäckig. Ich habe nichts mehr zu verlieren.
»Sind Sie baskischen Ursprungs?«
Amandine lächelt mich an und legt die Hand auf den Kaminsims.
»Wir haben letzten Sommer eine Woche Urlaub in Saint-Jean-de-Luz gemacht.«
»Und in einer Woche hat Ihr Sohn Baskisch gelernt?«

Amandine sieht mich herausfordernd an. Ihr Blick kommt einer Kriegserklärung gleich.

»Vielleicht ist er überdurchschnittlich begabt. Was wollen Sie?«

Jetzt ist es auch schon egal, ich setze alles auf eine Karte.

»Ihn beschützen, ich will ihn nur beschützen. In zwei Tagen, dem 28. Februar, ist sein Geburtstag.«

»Danke, ich bin auf dem Laufenden. Er wird Geschenke bekommen und einen Kuchen, das können Sie in Ihrem Bericht für die Sozialarbeiterin erwähnen.«

Ich gehe aufs Ganze.

»Ich hatte einen Sohn namens Esteban, er sah Tom sehr ähnlich. Er wäre heute zwanzig Jahre alt.«

Amandine deutet mit einem rußverschmierten Finger auf mich.

»Warum sagen Sie *hatte*?«

Egal, ich muss weitermachen.

»Er ist verschwunden. An seinem zehnten Geburtstag. Ich ... ich möchte nicht, dass Tom dasselbe zustößt.«

Blanker, kalter Zorn verzerrt Amandines Züge.

»*Dass Tom dasselbe zustößt?* Das könnte ich als Drohung verstehen, Frau Doktor. Verschwinden Sie, verschwinden Sie aus meinem Haus, aus meinem Leben und aus dem meines Sohnes.«

Sie macht eine Kopfbewegung in Richtung Tür.

»Adieu, Frau Doktor, nicht auf Wiedersehen.«

Ihre ausgestreckte Hand ist jetzt ganz schwarz.

· 18 ·

17:30 Uhr.

Nectaire ist zu spät dran, das sieht ihm gar nicht ähnlich. Savine blickt beunruhigt auf ihre Uhr. Sie hat ganz am Rand der Terrasse des La Poterne Platz genommen, durch die Töpfe mit Erdbeerbäumen von den anderen Gästen abgeschirmt. An diesem Spätnachmittag geht es in Besse ebenso hoch her wie an einem langen Maiwochenende. Rund um den Brunnen der Place de la Poterne haben unter den Laternen Bauern und Kunsthandwerker ihre Stände aufgebaut, an denen sie Wurstwaren, Honig, Mützen und Schals zu Sonderpreisen verkaufen, während die Tarife für Strohhüte und Wanderstöcke in die Höhe geschnellt sind. In der kleinen mittelalterlichen Stadt herrscht zum Ausklang des Winters eine ausgelassene Stimmung. So als wären die Menschen stolz darauf, durch ihren unbeugsamen Willen triumphiert und Grad für Grad den Sommer durchgesetzt zu haben.

Savine jedoch teilt die festliche Stimmung nicht. Sie hebt den Blick zum Turm der Kirche Saint-André, um zu überprüfen, ob sich der Minutenzeiger ihrer Armbanduhr nicht vergaloppiert hat.

17:37 Uhr.

Was treibt Nectaire bloß? Er ist doch sonst immer so pünktlich. Immer vorsichtig. Immer zu früh dran, das ist eine Qualität, die langsame Menschen auszeichnet. Was hat er herausgefunden? Ist er nicht zu weit gegangen? Hat er seinen Köder vielleicht nach einem zu großen Fisch ausgeworfen? Hat er nicht ...

»Hast du noch nicht bestellt?«

Nectaire!

Savine seufzt erleichtert auf. Der Gemeindesekretär taucht hinter dem Topf mit dem Erdbeerbaum auf. Er trägt eine große Sonnenbrille, einen Hut des Europäischen Parks für Vulkanismus, eine zu kurze Hose und ein kariertes Hemd, sowie dazu passende Socken. Eine Mischung aus dem Abenteurer Frison-Roche und Inspektor Gadget.

Seltsamerweise gefällt ihr seine eigenartige Aufmachung gut.

»Ich habe auf dich gewartet.«

»Also, zwei Bier. Ich habe dir nämlich jede Menge zu erzählen!«

• • •

Die Aufregung verfliegt schnell. Nectaire bläst unendlich lange auf den Schaum seines Biers. Savine hat ihres schon halb ausgetrunken.

»Also fassen wir zusammen, Bocolon. Hast du Informationen über diese belgische Organisation gefunden, Le Berceau de la Cigogne?«

Er pustet noch einmal vorsichtig, eine kleine Schaumwolke erhebt sich.

»Nein. Keine einzige. Ich hatte keine Zeit. Ich war zu beschäftigt.«

»Keine Zeit?«, Savine hätte sich beinahe an ihrem Bier verschluckt. »Dann mach etwas schneller! Los, antreten zum Rapport, Bocolon, und zwar, ehe es dunkel wird!«

Nectaire taucht vorsichtig die Lippen in den Schaum, so wie man mit dem großen Zeh das eiskalte Wasser prüft, und beginnt endlich zu sprechen.

»Du wirst schon sehen, wenn Bocolon erst mal loslegt. Laut ihres Facebook-Eintrags hat Maddi Libéri zuerst zehn Jahre in Saint-Jean-de-Luz gewohnt, dann weitere zehn Jahre in Etretat. Ich habe beschlossen, zuerst mal in Saint-Jean-de-Luz nachzuforschen. Also habe ich direkt auf dem dortigen Revier angerufen. Ich fasse zusammen: Das Telefon klingelt, jemand hebt ab, und dann sage ich mit ebendieser Betonung: ›Hallo? Hier Lieutenant Lespinasse von der Gendarmerie Besse. Wir arbeiten an einem Mordfall, und ich brauche einige exakte Auskünfte‹.«

Nectaire hält inne und sucht in Savines Blick nach einer Bestätigung.

»Gut, du bist ein Genie, Bocolon! Erzähl weiter!«

»Ehrlich gesagt, wusste ich nicht genau, wonach ich suchte, aber sobald ich den Namen Maddi Libéri ausgesprochen habe, wurde man auf der anderen Seite hellhörig. Man hat mich mit einem gewissen Lieutenant Iban Lazarbal verbunden, der sie gut, sogar sehr gut kannte. Und jetzt halt dich fest, Maddi Libéris Sohn Esteban ist an einem Junimorgen vor zehn Jahren am Strand von Saint-Jean-de-Luz verschwunden.«

»Esteban? Tom Fontaines Doppelgänger? Verschwunden? Und man hat ihn nie gefunden?«

»Doch Savine ... Doch! Einen Monat später.«

· 19 ·

X*enoglossie*
Ist die Fähigkeit, eine fremde Sprache sprechen zu können, ohne sie je gelernt zu haben.

Ich habe nach der Brücke von Froidefond angehalten, gerade weit genug von La Souille entfernt und doch nicht zu nah an der Mühle. Ich muss Klarheit in meinem Kopf schaffen, bevor ich nach Hause fahre.

Es gibt weltweit zahlreiche Fälle von nachweislicher Xenoglossie, die oft in den Medien verbreitet werden, doch im Allgemeinen sind sie wissenschaftlich nicht zu erklären. Zumeist kommt sie bei Kindern vor.

Ich scrolle durch den Wikipedia-Eintrag.

Da man über keine rationalen Hypothesen verfügt, wird sie oft durch ein Wunder erklärt. Der bekannteste Fall von Xenoglossie sind die zwölf Apostel am Pfingstsonntag, als sich der Heilige Geist über sie ergoss. Sie sprachen plötzlich in allen Sprachen der Welt, um die Nachricht von der Auferstehung Christi überall verbreiten zu können. Glaubt man aber nicht an Wunder, muss man zugeben, dass die Kenntnis einer nicht erlernten Sprache in irgendwelchen Bereichen des Gehirns gespeichert ist, und wenn sie nicht erlernt wurde, dann muss sie angeboren sein. Mit anderen Worten, sie ist Teil unseres zerebralen Gedächtnisses und folglich ein Überbleibsel eines früheren Lebens.

Ich werfe den Kopf zurück. Die Vulkane schwanken, der ganze Himmel dreht sich und Tausende von Tannen durchbohren ihn.

Esteban sprach Baskisch, nicht fließend, aber er kam ganz gut klar. In Frankreich beherrschen weniger als fünfzigtausend Menschen diese Sprache ...

Meine Gedanken wandern ins Baskenland und springen zehn Jahre in die Vergangenheit zurück.

Ich habe den Polizisten von Saint-Jean-de-Luz an jenem Julimorgen des Jahres 2010 nicht glauben wollen, als sie mir die Leiche eines ertrunkenen Kindes präsentierten.

Ich habe mich geweigert, an die Theorie eines Unfalls zu glauben, ich habe mich geweigert, das Offensichtliche zu glauben.

Wie soll ich da heute an einen Zufall glauben?

Wie könnte ich glauben, dass Esteban tot ist?

Er lebt noch irgendwie in Toms Kopf weiter.

· 20 ·

Um sich Mut zu machen, nimmt Nectaire einen kräftigen Schluck Bier.

»Doch, Savine«, wiederholt er, »doch, man hat Esteban gefunden. Einen Monat später. Im Meer unterhalb der Küstenstraße von Urrugne, an der Steilküste wenige Kilometer von Saint-Jean-de-Luz entfernt. Ertrunken. Lazabals Stimme bebte noch zehn Jahre später. Einen Monat lang haben sie den Jungen überall gesucht, im ganzen Südwesten Frankreichs bis hin nach Spanien wurde seine Personenbeschreibung mit Foto veröffentlicht, ein Aufruf zu Zeugenaussagen und Suchaktionen in den umliegenden Wäldern gestartet. Alle Hypothesen wurden durchgespielt: Unfall, Flucht, Entführung. Einen Monat später wurde dann alles abgebrochen angesichts dieses offenkundigen Beweises, den alle befürchtet hatten, auch wenn sie das Gegenteil erhofften. Er war ganz einfach ertrunken. An jenem Morgen war der Atlantik gefährlich, die Strömungen stark, und so erklärten sich Experten, dass Estebans Leiche erst vier Wochen später, nur drei Kilometer von der Grande Plage von Saint-Jean-de-Luz entfernt, gefunden wurde.«

Savine scheint sehr berührt. Nectaire weiß, dass es von jeher ihre wichtigste Mission ist, Kinder zu retten. Das Bierglas bebt in ihrer zitternden Hand. Trotzdem gelingt es ihr, eine Frage zu formulieren.

»Die Leiche trieb ... einen Monat lang im Wasser. Wie hat man sie identifizieren können?«

»Es handelte sich um einen zehnjährigen Jungen. Er trug indigoblaue Badeshorts. Allein das reichte aus, um ihn zu identifizieren. Aber wie du dir vorstellen kannst, haben sie darüber hinaus alle möglichen DNA-Tests vorgenommen. Lazarbal hat mir bestätigt, dass es sich um die Leiche des kleinen Esteban Libéri gehandelt hat. Selbst wenn ...«

Bocolon trinkt mit der Trägheit eines satten Babys sein Bier aus.

»Selbst wenn was?«, drängt Savine.

Noch drei kleine Schlucke.

»Selbst wenn seine Mutter Maddi Libéri es nie akzeptiert hat. Sie sprach weiterhin von ihm, als wäre er nur verschwunden. Sie hat verschiedene DNA-Gegenanalysen in Auftrag gegeben, die haben aber alle bestätigt, dass es sich sehr wohl um ihren Sohn handelt. Und sie hat nie an einen Unfall geglaubt. Sie war nach wie vor von der Entführung ihres Sohnes überzeugt.«

»Und davon ..., dass er ermordet wurde?«

»Quod erat demonstrandum!«

Beide schweigen eine lange Weile nachdenklich. Frau Doktor Libéri trägt also ein dunkles Geheimnis mit sich herum.

Den Tod ihres Kindes.

Das erklärt natürlich alles. Nectaire stellt im Geist eine Hypothese auf, und er ahnt, dass Savine dasselbe tut: Maddi Libéri hat Tom Fontaine irgendwo getroffen, vielleicht hat sie auch nur im Internet sein Foto gesehen. Er sah ihrem Sohn unglaublich ähnlich. So sehr, dass sie umzog und den Job wechselte, um ihm näher zu sein. So sehr, dass sie mit ihm sprechen, ihn berühren wollte ...

»Glaubst du«, murmelt Savine tonlos, »Maddi Libéri könnte sich so sehr wünschen, dass ihr Sohn noch lebt ..., dass sie einen anderen Jungen sucht, um ihn zu ersetzen? Selbst ... nach zehn Jahren?«

Nectaire antwortet nicht. Er beobachtet eine Biene, die zwischen ihren leeren Gläsern und den roten Früchten des Erdbeerbaums umherschwirrt. Er wartet geduldig, bis sie sich auf dem Tisch niederlässt und ihren Rüssel in einen Tropfen süße Flüssigkeit taucht, um dann mit einer erstaunlich schnellen Geste nach seinem Glas zu greifen, es umzudrehen und das Insekt darunter einzusperren.

Savine traut ihren Augen nicht. Sitzt tatsächlich Nectaire ihr gegenüber oder eine Reinkarnation von Lucky Luke? Während sie noch nach einer ironischen Bemerkung sinnt, klingelt in ihrer Tasche das Handy. Sobald sie das Gespräch annimmt, brüllt eine panische Stimme in ihr Ohr:

»Savine? Hier ist Amandine!«

· 21 ·

Die Vulkankrater vor dem blutroten Himmel nehmen eine blaugrüne Farbe an und erinnern an eine Kette aus Perleninseln. Das Dekor eines irrealen Archipels. Die schwarzen Lavasteine des Weilers Froidefond, die den ganzen Tag von der kräftigen Sonne aufgeheizt wurden, scheinen endlich aufzuatmen. Auch Tom verschnauft, nachdem er die Steigung von Murol bis Froidefond in einem Zug hinaufgestrampelt ist. Und da er vorher fünfhundert Meter im Freibad geschwommen ist, fehlt jetzt nur noch ein Dauerlauf, und er könnte sich für den Triathlon am Lac Chambon anmelden!

Er lehnt sein Rad an das feuchte Granitbecken des Brunnens und unterdrückt seinen Wunsch, das rote Wasser zu trinken, das aus dem Messinghahn läuft. Maman hat es ihm verboten. Aber vom Bauernhof aus sieht er oft Spaziergänger, die hier ihre Trinkflasche füllen – vor allem ältere. Natürlich kennt er, wie alle Leute in der Gegend, die Legende ...

Der kleine schwarze Punkt saust einige Kurven von Froidefond entfernt, den Berg herunter. Zuerst so klein wie eine Fliege, die immer größer wird, je näher sie kommt, bis sie schließlich seine Größe hat.

Und dasselbe Fahrrad! Vielleicht etwas neuer, die Schaltung ist nicht verrostet, und die Speichen glänzen.

Tom ist das einzige Kind im Dorf, also ist das plötzliche Auftauchen eines Freundes, selbst wenn er nur in seinem Kopf existiert, eine gute Sache. Tom winkt dem Jungen zu, der seinen Gruß erwidert. Er hat stets den Eindruck, sich in einem Spiegel zu sehen, der spricht und Rad fährt.

»Hallo, Tom«, sagt der Spiegel.

»Hallo, Esteban!«, antwortet Tom, ohne zu zögern.

Jetzt lehnt auch der Spiegel sein Rad an das Brunnenbecken. Er runzelt verärgert die Stirn.

»Ich heiße nicht Esteban! Das habe ich dir neulich im Schwimmbad schon gesagt. Sehe ich aus wie ein ertrunkener Junge?«

»Wie heißt du dann?«

Der Spiegel zögert, als wäre seine Identität ein Staatsgeheimnis, dann gibt er nach:

»Na gut, wenn es dir Spaß macht, dann nenn mich Esteban.«

»Na, siehst du!« Tom jubiliert innerlich.

Er schaut begehrlich auf das nagelneue Fahrrad.

»Was machst du?«

Esteban öffnet die Hand, in der Innenfläche schimmert eine Ein-Euro-Münze.

»Ich fahre nach Murol, um Brot zu holen.«

Langsam schließt er die Faust.

»Kann ich mitkommen?«, fragt Tom.

»Ich dachte, ich wäre ein Phantom?«

»Phantom hin oder her, du brauchst auch ein Fahrrad, um runterzufahren und musst strampeln, um wieder raufzukommen!«

»Du bist wirklich total verrückt. Wenn ich vor zehn Jahren im Meer ertrunken bin, warum sollte ich dann jetzt hier sein und mit dir reden?«

Tom seufzt.

»Das habe ich dir doch schon erklärt! Du bist in dem Moment gestorben, als ich geboren wurde, also ist deine Seele in meinen Kopf gekommen ..., und da mein Geburtstag sich nähert, manifestierst du dich. Du stiftest Unruhe in meinem Kopf, wie ein Traum, verstehst du, oder besser gesagt ein Albtraum.«

Esteban stellt seinen Rucksack auf dem Brunnenrand ab.

»Sehr nett! Sehe ich aus wie ein Albtraum?«

Er öffnet den Rucksack und holt eine Packung Schokokekse und eine Cola heraus.

»Willst du? Wir können teilen ... Dein Albtraum ist doch eher nett, oder?«

Tom nimmt an und beißt in den Keks, der sehr real wirkt. Esteban isst auch einen, und Tom ist verwirrt, dass ein Phantom einen so guten Appetit hat. Für einen Moment herrscht Schweigen, da sie nicht mehr wissen, was sie sagen sollen. Während sie die Kekse mit großen Schlucken Cola herunterspülen, sieht Tom sich um: Die verbarrikadierten Häuser von Froidefond im oberen Teil, direkt unter ihm La Souille, und ringsherum grüne Weiden mit blühenden Butterblumen und halb geöffneten Gänseblümchen. Unwillkürlich zuckt er zurück, denn in der Ferne summen einige Bienen. Seine Hand beginnt zu zittern, sodass er die Cola über seinen Hals gießt.

»Mist!«

Esteban hat die Szene verfolgt.

»Hast du Angst vor Bienen?«

»Jaa«, gesteht Tom, »die Ärzte nennen das Apiphobie. Ab jetzt wird mein Leben wieder zur Hölle. Normalerweise kommen sie erst im Mai raus, aber durch die Klimaerwärmung sind sie jetzt schon im Februar da. Du kannst dir gar nicht vorstellen, wie schrecklich das ist.«

Er versucht, mit dem Ärmel die Cola abzuwischen, die über seinen Hals rinnt, spürt aber, wie die klebrige Flüssigkeit seine Kleidung durchnässt.

»Das heißt, du kannst es doch«, fährt Tom verärgert fort. »Du kannst es dir doch vorstellen, denn schließlich habe ich dieses Trauma ja von dir!«

»Danke, immer noch genauso freundlich!«

Tom denkt an das Hafermilch-und-Honig-Shampoo, mit dem sich Esteban in der Badeanstalt die Haare gewaschen hat.

»Nichts zu danken, du hast eben Glück, dass du ein Phantom bist, und dir die Stiche jetzt egal sein können. Vielleicht erinnerst du dich darum nicht.«

»An was?«

»An deine Angst vor Bienen.«

Esteban packt die Kekse und die Colaflasche in seinen Rucksack und fährt fort:

»Stell dir vor, ich habe darüber nachgedacht. Seit unserem letzten Treffen im Schwimmbad, meine ich. Ich glaube, nachdem ich mich wirklich konzentriert habe, sind mir einige Erinnerungen eingefallen. Ich ... ich sehe ein Versteckspiel ... rundherum die Berge, in der Ferne das Meer, ein Bach, Kühe ... Ich sehe auch fünf Bienenstöcke, aber ich weiß nicht, dass es sich um Bienenstöcke handelt, ich halte sie für Hundehütten. Also beschließe ich, mich dort zu verstecken und ...«

Tom klatscht in die Hände, zum einen um zu applaudieren, zum anderen, um Esteban zu unterbrechen.

»Das reicht, du hast die Bestnote erzielt, brauchst nicht weiterzureden, das ist keine gute Erinnerung, weder für dich noch für mich!«

Tom setzt seinen Rucksack auf. Esteban sieht ihn herausfordernd an.

»Und wie kannst du dich an all diese Einzelheiten erinnern? Wenn ich noch gelebt habe, warst du doch noch gar nicht geboren.«

Tom legt den Finger auf die Lippen.

»Das hat mir jemand anders erzählt. Aber pst, das ist ein Geheimnis.«

Esteban legt die Hände auf den Lenker und wirft einen Blick auf seine Uhr.

»Wie du willst. Ich muss jetzt wirklich los, sonst schließt die Bäckerei vor meiner Nase.« Er zwinkert Tom zu. »Ich bin noch ein Anfänger-Phantom und nicht in der Lage, geschlossene Türen zu durchschreiten. Und ehe du nach Hause fährst, solltest du dich lieber waschen.«

Die Cola hat dunkle Flecke auf Toms beigefarbenem Pullover hinterlassen, die sich immer weiter in die helle Wolle fressen.

»Warum wäschst du sie nicht am Brunnen aus?«

»Bloß nicht! Das Wasser darf man nicht trinken ... ja nicht mal anrühren!«

Esteban schwingt sich auf den Sattel.

»Du spinnst wirklich, das kann ich bestätigen!«

»So ein Quatsch«, antwortet Tom verärgert, »was das Wasser aus dem Brunnen angeht, so wissen alle, dass ...«

»Pass auf! Hinter dir!«, schreit Esteban.

Tom zuckt zusammen und fährt herum. Hinter ihm summen drei Bienen, angezogen durch den Zucker in seinem Pullover. Er rudert mit den Armen, ausholende Gesten wie ein Hampelmann, dessen Fäden sich verwickelt haben. Doch das macht die Insekten nur noch wilder. Esteban will ihm gerade gute Ratschläge geben – *bleib ruhig, beweg dich nicht* –, doch Tom rennt schon los, in der Hoffnung, sie abzuhängen.

Esteban sieht ihn über die Straße jagen, den Hügel hinauf und auf der anderen Seite hinunter, Richtung Wildbach. Zurück bleibt nur eine Spur von zertrampeltem Gras.

Um ihn herum nur ein oder zwei Bienen, die mutig genug sind, um dieser beigefarbenen süßen Blüte zu folgen, die ihnen zu entkommen versucht.

• • •

Noch nie ist Tom so schnell gerannt. Ohne zu überlegen, folgt er dem Abhang. Seine Schritte werden immer schneller, immer länger, wie ein verrückt gewordener Uhrzeiger, eine Kugel, die beim Rollen immer mehr Tempo aufnimmt. Unmöglich anzuhalten, seine galoppierenden Beine könnten es nicht, die Befehle, die er seinem Gehirn gibt, reichen nicht, die Bienen sind noch immer da. Tom spürt es.

Es war ein großer Fehler, sich vom Brunnen zu entfernen! Er hat die falsche Richtung eingeschlagen, ist geradezu über die nächstbeste Wiese gehetzt, über den steilsten Abhang. Er hat gehofft, den Insekten so zu entkommen, doch die Wiese rund um ihn herum liegt im prallen Sonnenlicht, überall Gelbköpfchen, Mohn und

Butterblumen. Die Stiele reichen ihm bis zum Knie und bei jedem Schritt hat er den Eindruck, Hunderte von Bienen aufzuschrecken, die dort Nektar sammeln und sich auf den Unvorsichtigen stürzen werden, der versucht, sie zu zertreten.

Wie viele folgen ihm schon? Er hat keine Zeit, es zu überprüfen, nur die absolute Gewissheit, dass er sich nicht umdrehen darf, sondern weiterlaufen muss.

Ganz in der Nähe, am Ende der Wiese ist der Bach. Wenn es ihm gelingt, dahin zu kommen, ist er gerettet. Tom rennt weiter. Ist es sein eigener Atem, der in seinen Ohren summt, oder sind es immer noch die Insekten?

Der Bach ist hinter dem Zaun, durch den er, fast ohne das Tempo zu verringern, schlüpft, indem er die Stacheldrahtreihen auseinanderzieht. Seine Hände sind aufgerissen, so als hätten sie Rosen gepflückt. Nicht schlimm, nur weiter. Kurz kommt ihm der furchtbare Gedanke, bei seinen Verfolgern könnte es sich nicht um Bienen, sondern um von dem Blut angezogene Wespen handeln, die er nicht abschütteln kann.

Er darf sich bloß nicht ablenken lassen! Letztlich sind es die Colaflecken auf seinem Pullover, die sie anziehen, aber er hat keine Zeit, ihn herunterzureißen. Sie sind da, schwirren um ihn herum, er stellt sie sich genau vor.

Flatsch! Seine Turnschuhe stapfen ins Wasser. Das ist seine einzige Chance. Maman wird böse sein, denn es ist das einzige Paar. Aber das ist ihm egal. Das Wasser reicht ihm bis zu den Knöcheln, es ist weniger hoch als das Gras, und vor allem schreckt er keine Insekten mehr auf, nur ein paar Kiesel rollen unter seinen Füßen. Er wäre schon mehrmals fast ausgerutscht.

Er hofft, sie abgehängt zu haben, die Bienen sind sicher am anderen Ufer geblieben, aber der Bach ist nur einen Meter breit, und ein einziger Schritt zu dem Wasserklee oder den Iris reicht aus, damit es wieder losgeht! Außer, er würde das Unterholz genau vor ihm erreichen? Im Schatten der Tannen und der Kastanienbäume blüht noch keine einzige Frühlingsblume. Ja, dort wird er endlich in Sicherheit sein!

Nur noch wenige Meter. Seine Schuhe quatschen im Wasser, als würde er durch ein Planschbecken laufen, ein endloses Planschbecken, in dem das Wasser immer kälter wird, je mehr er sich den Bäumen nähert. Jetzt ist er endgültig gerettet. Hier in dem Wald, durch den der Bach fließt, ist alles dunkel, es gibt kein Fitzelchen Farbe mehr, dass die Monster anlocken könnte ... Dennoch hört er noch immer ein Summen, ganz nah, so als hinge da ein Nest, als hätten ihn Treiber in eine Falle gedrängt, in der ihn ein ganzer Bienenschwarm erwartet.

Er muss weiter, den Wildbach noch länger hinunterlaufen, irgendwann werden sie ihn in Ruhe lassen.

Aber das Geräusch ist da, genau vor ihm ...

Das Wasser reicht ihm jetzt bis zu den Knien ...

Plötzlich erinnert er sich an den Namen des Wildbachs. Er hat ihn auf einer Karte gelesen. Der Höllenbach. Aber was ändert das schon? Er darf nicht aufgeben, nicht stehen bleiben, er muss von Stein zu Stein springen, aufmerksam darauf bedacht, die richtigen zu wählen, die größten und stabilsten, um nicht auszurutschen ...

Als er den Abgrund vor sich sieht, kann Tom das Gleichgewicht nicht halten. Er hat gerade noch Zeit zu begreifen, dass das Rauschen, das er gehört hat, von dem Wasserfall stammt. Und er kann gerade noch abschätzen, dass es fünfzehn Meter nach unten geht, sich gerade noch erinnern, dass er den Namen Saut du Loup, Wolfssprung trägt. Und mit Schrecken sieht er die Felsen, spitz wie Reißzähne, die ihn durchbohren werden.

Dann stürzt er.

V
DIE ADOPTION

Der Wolfssprung

• 22 •

Tooooom!«

»Tooooom!«

Es ist schon fast dunkel, und Savine bewegt sich im Schein ihrer Handytaschenlampe vorwärts. In der Eile hatte sie vergessen, eine richtige Taschenlampe mitzunehmen. Völlig aufgelöst hatte Amandine sie vor rund einer Viertelstunde angerufen.

Tom ist nicht nach Hause gekommen!

Savine hat nicht eine Sekunde gezögert. Sie hat Nectaire einfach auf der Terrasse der Bar Poterne sitzen lassen. Amandine gehört nicht zu der Sorte Frau, die sich unnötig Sorgen machen, sie ist eher eine Mutter, die sehr viel durchgehen lässt, bei der immer alles in Ordnung ist. Wenn sie also um Hilfe bittet …

Einige Schritte entfernt, erleuchtet der Schein von Amandines Taschenlampe ebenfalls das Halbdunkel. Sie laufen den Hang hinab und versuchen dabei, jeden Meter der Wiese abzusuchen.

»Tom ist nach dem Schwimmen nicht nach Hause gekommen«, hatte Amandine zwischen zwei Schluchzern erklärt. »*Ich habe sein Fahrrad am Brunnen von Froidefond gefunden, und der alte Chauvet hat ihn über das Feld in Richtung Bach laufen sehen.*«

Dort kommen sie beide gerade an.

»Tooooom!«

»Tooooom!«

Noch immer keine Spur von dem Kind.

Hat er den Gebirgsbach überquert? Und sich dann im Wald verirrt? In weniger als einer halben Stunde wird es völlig dunkel sein. Wie sollen sie ihn dann finden?

»Tooooom!«

Amandines letzter Schrei ist schriller als die vorherigen. Die Kleine steht kurz vor einem Nervenzusammenbruch, denkt Savine. Dabei ist sie sonst so entspannt, so zuversichtlich, dass sich alles zum Guten wenden wird. Savine geht auf sie zu, nimmt sie in den Arm, *alles wird gut, wir werden ihn finden.* Die Sozialarbeiterin versucht, mit gutem Beispiel voranzugehen, wie ein Schiffskapitän bei Sturm, aber die Angst droht auch sie zu übermannen. *Mein Gott, wenn Tom etwas passiert ist ...*

In Gedanken versucht sie, alles der Reihe nach durchzugehen und Amandine zu beruhigen.

»Tom muss den Wildbach überquert haben. Er befindet sich also irgendwo im Wald zwischen Froidefond und Murol. Wir brauchen Verstärkung. Am besten das ganze Dorf. Wir werden alles durchkämmen. Wir werden ...«

In dem Moment klingelt Savines Handy. Sie nimmt das Gespräch an, ohne die Handytaschenlampe auszuschalten. Der Lichtkreis scheint durch ihr Ohr zu dringen.

»Hier ist Nectaire. Habt ihr ihn gefunden?«

»Nein ... noch nicht ...«

»Wo seid ihr?«

»Am Höllenbach, auf der Weide vom alten Chauvet.«

Savine hört, wie Nectaire nachdenkt. *Beeil dich, Bocolon, ausnahmsweise ...*

»Seid ihr schon bis zum Wasserfall gekommen?«, fragt der Gemeindesekretär plötzlich.

»Zum Wolfssprung? Tom würde doch nicht ...«

Genau in dem Moment, als sie diese Worte ausspricht, weiß Savine, dass Nectaire recht hat. In den umliegenden Bergen gibt es viele Wasserfälle, aber der Wolfssprung ist der gefährlichste, vor allem, wenn man von oben kommt, denn das Wasser stürzt von dort fünfzehn Meter in die Tiefe. Der breite Vorhang teilt sich auf seinem Weg nach unten und füllt ein riesiges natürliches Schwimmbecken.

»Ich ruf dich wieder an, Nectaire.«

Im Schein der Handytaschenlampe blinzelt Amandine wie ein Waldkauz.

»Und?«

»Komm, mir nach.«

Savine geht im Stechschritt voran und stapft mit ihren schweren Schuhen über das Flussufer.

• • •

Toms kleiner Körper treibt unterhalb des Wasserfalls im See.

»Toooommy!«, schreit Amandine. »Nein, nein, nein, Toooommy!«

Zumindest seine Beine. Sein Kopf und der halbe Oberkörper liegen am Ufer wie ein gestrandetes Holzfloß.

Amandine hat Savine überholt und sie dabei fast zu Fall gebracht. Sie läuft, ohne nachzudenken, über die scharfkantigen, dunklen Steine hinab. Savine, die unter Schock steht, hat nicht mal mehr die Zeit, ihr zu sagen, dass sie vorsichtig sein soll. Die junge Mutter rutscht eher hinab, als dass sie klettert, gleitet auf dem Hinterteil von Fels zu Fels, schürft sich die Hände auf, eine wahre Rutschbahn in die Hölle. Wie durch ein Wunder landet sie schließlich unten am Wasserfall, unversehrt, auf ihren Füßen.

»Tommy!«

Sie stürzt sich in den Wildbach, das eiskalte Wasser reicht ihr bis zur Taille, sie durchquert es, hält sich dabei an den nassen Felsen fest, klettert auf der anderen Seite wieder heraus und stürzt sich auf den kleinen ausgestreckten Körper.

Er reagiert, er zittert, er hustet und spuckt.

»Ma ... Maman.«

Er lebt!

Savine ist schon bei ihnen. Sie hilft Amandine, Tom aus dem Wasser zu holen, ihm seinen nassen Pullover, seine Hose, seine Turnschuhe auszuziehen und nachzusehen, ob er sich eine schwerwiegende Verletzung zugezogen hat. Da Tom völlig unterkühlt ist, wickeln sie ihn in trockene Kleidungsstücke. Savine breitet ihre Jacke über ihn aus, ehe sie ihr Handy herausholt.

»Was machst du?«

Amandine kniet über ihren Sohn gebeugt und flüstert ihm tröstende Worte ins Ohr.

»Ich rufe einen Arzt!«

»N ... nein«, stammelt Amandine und presst ihren durchnässten Körper an den von Tom, der wie leblos wirkt. »Das ist nicht nötig. Wir werden ...«

Savine hat keine Zeit für Diskussionen.

»Wir haben keine andere Wahl! Dein Sohn ist unterkühlt. Er muss so schnell wie möglich versorgt werden!«

»Nicht ... nicht die Libéri!«, stammelt Amandine und schmiegt sich noch enger an Tom.

»Sei nicht dumm«, unterbricht sie Savine rigoros. »Kennst du einen anderen Arzt hier in der Nähe?«

· 23 ·

Tom liegt in seinem Bett. Das Laken hat er bis zur Nasenspitze hochgezogen, drei dicke Decken sind darüber gestapelt und Monstro, sein Kuschelwal, dient als Nackenrolle. Ich beuge mich über meinen Patienten.

»Es ist nichts, kleiner Mann. Rein gar nichts. Weißt du, du hattest großes Glück, dass du auf keinen Felsen gestürzt bist. Und dass deine Maman dich so schnell gefunden hat. Jetzt ruhst du dich erst mal aus, ich habe dir ein Medikament gegeben, damit du etwas schläfst. Und wenn du aufwachst, wird dir dein Knöchel wehtun, ein großer blauer Fleck, den du unter deiner Socke versteckst, aber keine Sorge, du kannst trotzdem laufen. Fahrradfahren ist dagegen morgen verboten!«

Ich habe Amandine gebeten, mich mit ihm alleinzulassen, aber damit ist sie nicht einverstanden. Also lasse ich mir Zeit, ziehe seine Bettdecke zurecht, drücke Tom einen Kuss auf die Wange, während mir kein Detail in seinem Zimmer entgeht: ein Pinocchio aus lackiertem Holz, der von der Decke hängt, die selbst gebastelte Lyra, die an der gegenüberliegenden Wand lehnt, mit Reißzwecken an der Wand befestigte Poster von bekannten Surfern und aus baskischen Zeitschriften ausgeschnittene Fotos der Orte Hendaye, Bidart und Hossegor. Immer wieder das Baskenland – Euskadi … Esteban war ebenfalls ein großer Fan dieser Champions, die über das Wasser gleiten, aber er wohnte direkt gegenüber den größten Wellen Europas. Auf dem Lac Chambon oder dem Lac Pavin hat Tom seine Surfer-Idole sicher noch nicht bewundern können.

Ich versuche, etwas Zeit zu schinden, indem ich das Bettlaken glattziehe. Ich möchte mir alles ansehen, die wenigen Bücher, die in einer Kiste gestapelt sind, die Kleidung, die in einem Schrank ohne Türen liegt, ein paar verstreute CDs, sehr wenig Spielzeug.

»Lassen Sie ihn jetzt in Ruhe, Frau Doktor.«

Diesen Satz sagte Amandine nur im Stillen, aber dennoch drückt ihre ganze Haltung diesen Befehl aus.

Was soll ich sonst tun? Ich gehe aus dem Zimmer.

Savine Laroche steht noch immer im Hauptraum. Sie versucht, in dem beeindruckenden Durcheinander ein bisschen Platz zu schaffen, um Toms durchnässte Kleidung auszubreiten. Darum hat sich Amandine nicht gekümmert. Sie hat sich stattdessen rasch umgezogen und trägt nun einen langen bestickten Sari.

Ich gönne mir eine kleine Verschnaufpause. Ich bin gleich nach Savines Anruf in großer Eile nach La Souille aufgebrochen und habe Gabriel allein mit der Lasagne zurückgelassen, die er ausnahmsweise für uns zubereitet hatte.

Als ich ankam, lag Tom auf seinem Bett und flüsterte, halb im Fieberwahn, dass es ihm leidtue, dass es nicht seine Schuld sei, dass er große Angst gehabt habe, weil er ganz allein unterwegs war, dass er vor den Bienen weggelaufen sei, die ihn stechen wollten.

Bienen? Hatte ich richtig gehört? Konnte es sein, dass Tom, genau wie Esteban, an einer Apiphobie leidet?

Savine Laroche hatte auch gestutzt, aber aus einem anderen Grund.

»Du warst ganz allein?«

Der alte Chauvet hatte nämlich erzählt, er glaube, dass Tom, bevor er die Weide hinunterlief, mit einem Jungen in seinem Alter am Brunnen gestanden habe, wo sich die beiden unterhielten. Warum sollte Tom nicht die Wahrheit gesagt haben?

»Das ist doch egal«, meinte Amandine. »Wir werden nie erfahren, was wahr ist und was nicht. Tom hat viel zu viel Fantasie.«

Der Vorfall schien schon fast vergessen. Ich glaubte, mich verhört zu haben.

Ihr Sohn stürzt einen Wasserfall hinab und entrinnt dabei nur knapp dem Tod, und das scheint für Amandine nicht schlimmer zu sein, als wenn er in der Dusche ausgerutscht wäre. Kaum war der Moment der hysterischen Panik vorüber, ist es, als wäre dieser Unfall wie aus ihrem Gedächtnis gelöscht. Am liebsten würde ich sie anschreien, sie schütteln, ihr gehörig die Meinung sagen. Wie oft bin ich in meinem Berufsleben unverantwortlichen Müttern begegnet, die nur intuitiv reagieren, die ...

»Wie viel bin ich Ihnen schuldig, Frau Doktor?«

Amandine schließt die Tür zu Toms Zimmer. Dieses Mal hat sie die Worte ausgesprochen, aber sie klingen immer noch wie ein Befehl.

Völlig überrascht von ihrer Reaktion, antworte ich nicht. Ich habe mich gerade um ihren Sohn, um einen Notfall gekümmert, ich habe Gabriel allein zurückgelassen, ich war keine fünf Minuten nach ihrem Anruf da, und jetzt will sie mich schon wieder vor die Tür setzen?

Amandine wiederholt ihre Frage, als wolle sie die Sache so schnell wie möglich hinter sich bringen, als sei nichts passiert, als könne sich Tom morgen schon wieder auf sein Rad schwingen, zum Schwimmen fahren und neue Bienen seinen Weg kreuzen.

»Wie viel bin ich Ihnen schuldig, Frau Doktor?«

Ich antworte genauso unterkühlt.

»Nichts.«

Dann, weil ich es mir nicht verkneifen kann, füge ich noch hinzu:

»Tom hatte großes Glück. Er hätte ... ertrinken können. Sie müssen besser auf ihn Acht geben.«

Amandine in ihrem goldbestickten Sari und noch immer sehr blass, öffnet die Haustür und streckt mir ihre Hand entgegen:

»Adieu, Frau Doktor.«

Als ich hinausgehe, greift auch Savine Laroche nach ihrer Wolljacke und lächelt mich an. Ich werte das als ein Dankeschön! Mit dem sanften Blick einer Nanny, die besser mit Babys umzugehen versteht als die eigenen Mütter, umarmt sie Amandine lange.

»Ich komme mit, Frau Doktor Libéri.«

· 24 ·

Kaum sind wir draußen, verschlingt uns die sternenlose Nacht. Mein Auto steht ein paar Meter entfernt am Eingang des Hofes von La Souille, Savine Laroche hat ihren Renault Koleos etwas weiter weg am Ortseingang geparkt. Ich greife nach meinem Schlüssel und lasse die großen verschlafenen Augen meines MiTo aufblinken, als Savine ihre Hand auf meine Schulter legt.

Ich erschaudere, als hätte ich in der Dunkelheit einen unsichtbaren Ast gestreift.

»Wir müssen reden, Maddi. Ich darf Sie doch Maddi nennen, oder?«

Ich protestiere nicht. Wahrscheinlich habe auch ich das Bedürfnis, mich jemandem anzuvertrauen.

»Wenn Sie wollen.«

Wir gehen an unseren Autos vorbei, in Froidefond gibt es keine Straßenlaternen, die nächtlichen Geräusche sind unsere einzige Orientierung: das Rauschen der Couze Chambon, die unter der Brücke hindurchfließt, das Quaken einer Kröte, die Bäume, die im Wind rascheln. Ich hake nach.

»Worüber möchten Sie mit mir sprechen?«

»Ich bin es gewohnt, offen zu sein, Maddi, also werde ich nichts vor Ihnen verbergen. Ich habe Nachforschungen angestellt. Und zwar über Sie.«

Savine erzählt mir dann in einem Rutsch, was sie alles herausgefunden hat: Saint-Jean-de-Luz, Etretat, meine auf Facebook geposteten Fotos, Esteban, die Ermittlungen von Lazarbal, die äußerliche Ähnlichkeit mit Tom ...

Ich bin wie vor den Kopf geschlagen!

Wie hat sie es nur angestellt, so viel herauszubekommen? Auf meiner Seite gibt es nur Fotos und ein paar Fakten zu meiner Person. Eine Fassade, um mich besser zu schützen.

»Sie sind hierhergezogen, um Tom nahe zu sein, nicht wahr, Maddi? Weil dieser Junge Ihrem Sohn so ähnlich sieht. Ihrem Sohn, der ertrunken ist.«

Wie ist sie nur an all diese Informationen gekommen? Durch Lazarbal? Haben diese Polizisten schon mal was vom Berufsgeheimnis gehört? Meine Gedanken fliegen. Ich habe natürlich damit gerechnet, dass mein Geheimnis, früher oder später, gelüftet wird. Das Verschwinden von Esteban ging damals durch die Medien. Mein Name stand in allen Zeitungen. Heutzutage kann niemand mehr seiner Vergangenheit entkommen. Welche Wahl habe ich, außer so offen wie möglich zu sein?

Wir gehen zwischen zwei Steinmauern hindurch. Ein Fensterladen klappert, das Haus vor uns steht wahrscheinlich leer. Drei winzige Lichtstreifen dringen aus dem daneben. Sehen da etwa zwei Geister fern?

»Hören Sie mir gut zu, Savine. Ich nehme an, ich darf Sie Savine nennen. Tom ist nicht nur der Doppelgänger von Esteban. Die Sache ist viel, viel komplizierter.«

Ich weiß nicht, wie oft wir durch die drei Gassen des Weilers, an den zehn Häusern, am Brunnen vorbei und über die Brücke gegangen sind ... Drei Mal? Sechs Mal? Zehn Mal? Oft genug auf jeden Fall, damit ich ihr alles erzählen kann, der Reihe nach und sachlich. Ich halte mich dabei nur an die Fakten und ihre Chronologie, angefangen bei den indigoblauen Badeshorts bis hin zur Xenoglossie, wobei ich – ohne jede Angst, mich lächerlich zu machen – die Vielzahl der unglaublichen Ähnlichkeiten zwischen den beiden Jungen benenne. Die Nacht schützt mich, und so kann ich auf Savines Gesicht nicht den mitfühlenden Ausdruck derer erkennen, die mit unendlicher Geduld dem überspannten Gerede eines Menschen lauschen, der zu viel Fantasie hat.

Ich kann ihn nicht erkennen, wohl aber in ihrem Tonfall hören, nachdem ich meinen Bericht beendet habe.

»Maddi ..., wäre es nicht logischer ..., dass Sie das alles nur erfunden haben?«

»Sie glauben mir nicht, stimmt's? Sie waren höflich genug, mich nicht zu unterbrechen, aber Sie glauben mir nicht?«

»Wer sollte Ihnen glauben?«

»Sie! Sie haben gesehen, wozu sich Tom durch seine Angst vor Honig und vor Bienen hinreißen lässt. Sie haben die baskischen Wörter gesehen, die an den Wänden seines Zimmers hängen, die selbst gebastelte Gitarre an seinem Bett, diesen braunen Fleck über seiner Leiste, als wir ihn ausgezogen haben ... Sie kennen Tom!«

»Aber ich kenne Esteban nicht.«

»Ich liefere Ihnen die Beweise, alle Beweise, Fotos, Videoaufnahmen, Polizeiberichte.«

Es folgt ein Moment des Schweigens. Habe ich sie überzeugt? Einen Augenblick lang klammere ich mich an diese Hoffnung, bevor Savines Stimme sich in der dunklen Nacht verliert.

»Was kommt als Nächstes, Frau Doktor? Und selbst wenn alles, was Sie mir erzählt haben, wahr wäre, was würde das ändern?«

»Esteban ist vor zehn Jahren gestorben.«

Ohnmächtig klammere ich mich an die Schatten. Meine Worte verlieren sich, ich versuche, sie wieder in einen Zusammenhang zu bringen, bevor sie erneut ihren Sinn verlieren.

»Ich ... ich habe es nie geglaubt.«

Ein erneuter Schlag, ohne jede Vorwarnung.

»Und selbst, Maddi ... Und selbst wenn alle Polizisten der Welt, alle Experten sich irrten, und selbst wenn es nicht Ihr Sohn gewesen wäre, den man ertrunken unterhalb der Küstenstraße von Urrugne gefunden hat. Esteban wäre heute zwanzig Jahre alt! Tom kann nicht er sein!«

Ihre Worte verhallen, entziehen sich meinem Verstand.

»Es sei denn ...«

»Es sei denn was, Maddi?«
»Es sei denn, Tom ist mein … wiedergeborener Sohn.«

Wir gehen schweigend zu unseren Autos. Wo sind nur all die Sterne hin? Hat ein Vulkan den Schutz der Nacht genutzt, um seinen Rauch auszustoßen wie ein gewöhnlicher Fabrikschlot? In der Ferne erkenne ich die runden Kuppen des Sancy. Ich vermute, dass in schneereichen Wintern die Scheinwerfer der Pistenraupen mit den Sternschnuppen verschmelzen.

Savine Laroche bricht als Erste das Schweigen.

»Nicht Sie, Maddi. Sie sind doch Ärztin. Sie sind eine rational denkende Frau. Sie glauben an die Wissenschaft, nicht an diesen … Aberglauben.«

Ich schenke der Nacht ein unsichtbares Lächeln.

»Noch vor ein paar Monaten, Savine, hätte ich so argumentiert wie Sie. Ich hätte demjenigen ins Gesicht gelacht, der mir etwas von Reinkarnation erzählt hätte. Aber nur zu, liefern Sie mir eine andere Erklärung! An den Fakten ist nicht zu rütteln, das sagen Wissenschaftler doch immer, oder? Und außerdem muss ich eine weitere Tatsache im Auge behalten …«

Ich halte den Atem an, bevor ich damit herausplatze:

»Tom ist in Gefahr!«

»In Gefahr?«

Über diese Gewissheit grübele ich nun schon seit mehreren Tagen. Ist es nicht die Arbeit von Savine Laroche, Kinder zu beschützen? Sie wird mir zuhören!

»Machen Sie die Augen auf! Dieses Kind wäre bei seinem Sturz in den Wasserfall fast gestorben, reicht Ihnen das nicht? Der Junge fährt jeden Tag ins Schwimmbad von Super-Besse, allein, mit dem Fahrrad, fünfzehn Kilometer auf einer vielbefahrenen Landstraße. Und was ist mit den Lebensbedingungen in La Souille? Soll ich Ihnen eine detaillierte Liste mit den Verstößen gegen die elementarsten Hygienevorschriften machen? Seine Mutter, die sich weigert, sich um ihn, und übrigens auch um sich selbst, ordentlich zu kümmern. Tom ist ein verträumter, liebenswerter, mutiger und begabter kleiner Junge. Bei sich zu Hause in La Souille ist er … ist er wie *ein kleiner Prinz*, dem man das Leben genommen hat.«

Savine hat nichts erwidert. Das werte ich als Zustimmung. Sie ist ein Profi, sie muss meiner Meinung sein! Übrigens sind wir wieder vor La Souille angekommen. Der Schatten des Bauernhofs erstreckt sich vor uns, ohne dass ein Lichtschein durch eines der Fenster dringt. Savine bleibt vor ihrem Renault Koleos stehen und schließt die Wagentür auf.

»Sie irren sich, Frau Doktor«, sagt sie verärgert. »Ich kenne Amandine seit vielen Jahren. Ich gebe zu, sie ist keine perfekte Mutter und auch keine gut organisierte Hausfrau, und sogar, dass sie ihre eigenen, sehr persönlichen Theorien über die Notwendigkeit hat, nur das zu essen, was man selbst angebaut oder gepflückt hat, kurz gesagt, sich vor allem zu hüten, was nach Fortschritt aussieht. Aber ich kann Ihnen versichern, dass sie ihr Kind liebt und dass es nicht in Gefahr ist!«

Sie schaltet die Scheinwerfer an. Ihre Art, die Monster zu verscheuchen, die in der Dunkelheit lauern? Ihre Stimme wird noch tiefer.

»Wissen Sie, Maddi, Amandine überlebt mit dem Sozialhilfesatz. Es ist schwierig, hier ohne Ausbildung und Führerschein einen Job zu finden. Die Renovierung von La Souille, neue Tapeten, die alten Landmaschinen, die im Hof vor sich hin rosten, all das ist nicht ihre oberste Priorität. Es ist leicht, Vorträge über Erziehung zu halten, wenn man sich nicht darum sorgen muss, was morgen zum Essen auf den Tisch kommt.«

Ich will sofort protestieren! Ich kann solche Unterstellungen einfach nicht ertragen! Ich habe seit meinem Medizinstudium Hunderte von Patienten behandelt und bin dabei genauso häufig in einkommensstarken wie in einkommensschwachen Schichten Eltern begegnet, die versagt haben.

Aber Savine kommt mir zuvor.

»Sie wissen ganz genau, Frau Doktor, dass Sie Amandine Fontaine nichts Konkretes vorwerfen können. Ihre Meinung über sie und über die Art und Weise, wie sie Tom erzieht, ist ... wie soll ich sagen ... voreingenommen.«

Offensichtlich. Wie könnte ich das bestreiten? Diese Savine ist klüger und schlauer, als ich gedacht hätte. Ich versuche, ihren Blick zu erhaschen, aber die Schweinwerfer blenden mich wie bei einem besonders unangenehmen Verhör. Meine Stimme klingt genauso entschieden wie ihre.

»Ich glaube, ich habe mich missverständlich ausgedrückt. Ich habe nie gesagt, dass Amandine Fontaine Tom in Gefahr gebracht hat, noch, dass sie für irgendetwas verantwortlich ist. Ich bin lediglich davon überzeugt ..., dass sie nicht in der Lage ist, ihn zu beschützen!«

»Und Sie schon? Ist es das, was Sie eigentlich sagen wollen?« In Savines Worten schwingt nun weder Mitgefühl noch Mitleid mit. »Maddi, man muss kein Psychologe sein, um in Ihnen wie in einem offenen Buch zu lesen. Also lassen Sie mich Ihnen sagen, dass Sie vor zehn Jahren einen schrecklichen und traumatisierenden Verlust erlitten haben. Wie jede andere Mutter auch weigern Sie sich, den Tod Ihres Kindes zu akzeptieren. Und vielleicht weigern Sie sich sogar, die Verantwortung dafür zu übernehmen, dass Sie nicht genügend auf Ihr Kind aufgepasst haben – selbst wenn das übertrieben sein mag. Also sucht Ihr Gehirn nach allen möglichen Strategien, um sich vor Schuldgefühlen zu schützen. Es ist fähig, sich all das auszudenken, sogar ein anderes Kind, das es zu retten gilt. Was erhoffen Sie sich davon, Maddi? Wiedergutmachung für Sie selbst?«

Am liebsten hätte ich sie geohrfeigt. Doch ich begnüge mich mit schneidenden Worten, um ihr eine Ohrfeige zu verpassen.

»Ich trage nicht die Last irgendeiner Verantwortung. Esteban ist entführt worden!«

»Ach wirklich? Jetzt seien Sie doch mal ehrlich zu sich selbst! Wie können Sie an Ihrer Theorie von den mysteriösen Kidnappern festhalten? Warum kann es nicht sein, dass Esteban Ihnen einfach nicht gehorcht hat? Haben Sie mir nicht selbst gesagt, dass er eine Bienenphobie hatte? Warum sollte er nicht in Panik vor einem Insekt weggerannt und ins Meer gelaufen sein?«

Savine Laroche schaltet die Scheinwerfer aus. Alles liegt wieder im Dunkeln. Unser Gespräch zieht sich in die Länge, und die Sozialarbeiterin will ihre Batterie nicht überstrapazieren. Eine Biene, eine Wespe ... Herrje, soll ich ihr gestehen, dass ich natürlich selbst schon so oft an diese Möglichkeit gedacht habe? Das würde auch erklären, warum man nie die Ein-Euro-Münze gefunden hat. Esteban ist nicht Baden gegangen, sondern wollte sich nur in Sicherheit bringen ... und eine Welle hatte ihn mitgerissen. Der Schuldige – ein Insekt? Es wäre so einfach, das zuzugeben! Aber nein, Savine, tut mir leid, nie, nie werde ich diese Stimme in meinem Kopf unterdrücken, die lauthals schreit, dass es unmöglich ein Unfall gewesen sein kann! Esteban wurde entführt. Mir weggenommen!

Ich mache einen Schritt nach vorn. Ich höre die Sozialarbeiterin atmen, rieche den kalten Tabak.

»Hören Sie mir zu! Hören Sie mir gut zu, Savine. Ich bin nicht verrückt, auch wenn jemand versucht, mich und alle anderen das glauben zu machen. Wenn Sie Tom helfen wollen, suchen Sie, anstatt Nachforschungen über mich anzustellen, lieber nach einer Antwort auf all diese Fragen: Warum hat Amandine ausgerechnet in Saint-Jean-de-Luz Urlaub gemacht? Gibt es keine anderen Strände in Frankreich? Warum trug Tom genau dieselben Badeshorts wie Esteban? Wollen Sie die Fotos sehen? Warum will sich Amandine, obwohl sie so krank ist, dass sie sich kaum auf den Beinen halten kann, nicht behandeln lassen? Was hat sie zu verbergen, wenn sie sich hartnäckig weigert, sich untersuchen zu lassen? Und ich könnte noch viele weitere Beispiele aufzählen ... Im Radio wurde heute Abend von Martin Sainfoins Tod gesprochen. Der Untersuchungsrichter verkündete, dass eine Vergiftung nicht ausgeschlossen werden könne! Ich bin nicht verrückt, wenn ich behaupte, dass das alles irgendwie miteinander zusammenhängt, alles!«

Savine Laroche scheint von meiner Tirade erschlagen zu sein. Ich höre, wie ihr Atem schneller geht. Diesen Vorteil nutze ich. Mit einem Fingerdruck lasse ich die Scheinwerfer meines dreißig Meter entfernt geparkten MiTos aufblinken.

Dieses Mal bin ich diejenige, die die in der Dunkelheit lauernden Monster verscheucht.

»Ich muss jetzt los«, sage ich. »Ich ... ich werde erwartet.«

Erwartet? Es wäre das erste Mal, dass Gabriel auf mich warten würde. Er hat sicher meine inzwischen kalt gewordene Lasagne einfach am Ende des Tisches für mich stehen lassen.

»Ich auch. Guten Appetit, Maddi. Aber bitte kommen Sie Tom nicht mehr zu nahe!«

»Wer sollte mich daran hindern? Sie? Esteban wurde genau an seinem zehnten Geburtstag entführt. Tom wird in zwei Tagen zehn. Ich werde nicht zulassen, dass derjenige, der mir meinen Sohn genommen hat, ihn mir ... ein zweites Mal nimmt!«

· 25 ·

Savine betrachtet ihr Spiegelbild im Schaufenster der La Galipote. Sie hat an der Place de la Poterne unter der Straßenlaterne geparkt. Das müde Gesicht der Sozialarbeiterin, ihr graumeliertes Haar, ihre graubraune Wolljacke verschmelzen in der Glasscheibe des Geschäfts mit den Hexenmasken, Plastikspinnen und Zauberstäben – mit dem ganzen folkloristischen Schnickschnack, den Aster Paturin in ihrem Laden verkauft.

Sie kann sich einfach nicht beruhigen!
Wer sollte mich daran hindern?
Maddis letzte Worte hallen in ihrem Kopf wider.
Ich, denkt Savine. *Ich.*
Nervös drückt sie auf die Türklingel.
»Ich bin's, Savine. Tut mir leid, dass ich so spät dran bin.«
»Nicht schlimm, komm hoch, ich mach dir auf.«

• • •

Aster und Nectaire sitzen in dem großen Dachgeschosszimmer, das direkt über dem Laden liegt, am Tisch.
»Setz dich.«
Ihr Gedeck steht schon auf dem Tisch. Savine kennt die unglaublich herzliche Gastfreundschaft der beiden. Aster und Nectaire sind ein echtes Paar! Sie laden ein, kochen und bewirten ihre Gäste, dis-

kutieren leidenschaftlich, streiten sich zärtlich, machen aus ihren gegensätzlichen Charakteren, die ein unerschöpfliches Thema für Neckereien sind, ein ausgewogenes Ganzes. Das Einzige, was ihnen fehlt, ist eine Familie. Kinder und Enkelkinder, die ihr Alter bevölkern, denn Liebe ist genug vorhanden, wenn auch ohne die Würze des Verlangens, aber immerhin Liebe.

»Wir haben dir was vom Tripou aufgehoben!«

Vom Tripou? Savine hat sich ja schon an vieles in der Auvergne gewöhnt, aber sicher nicht an dieses Schmorgericht, das aus im Pansen gegarten Kalbskutteln besteht, die in einem Karottensud gegart werden.

»Wie geht es Tom?«, erkundigt sich Aster besorgt.

Savine dankt ihr innerlich. Das liefert ihr einen Vorwand, sich nicht gleich auf das Gericht stürzen zu müssen. Sie berichtet ausführlich von der Flucht des Jungen über die Weide des alten Chauvet, wie er den Wasserfall hinabgestürzt ist, und beruhigt ihre Zuhörer dann mit der Nachricht, dass Tom außer Gefahr ist!

»Puh«, atmet Aster auf.

Savine weiß, dass sie sehr an Tom hängt. Bevor sie ihren Laden eröffnete, hat Aster alle möglichen Berufe ausgeübt: Schulbegleiterin, Animateurin bei Ferienfreizeiten, Tagesmutter und sogar Babysitterin. Alles Jobs, bei denen sie mit Kindern zu tun hatte und die es ihr ermöglichten, ihrer wahren Leidenschaft nachzugehen: Aster, die Geschichtenerzählerin! Bekannt bei allen Kindern von Orcival bis La Bourboule. Aster und ihr Marionettentheater. Aster und ihre außergewöhnlichen Abenteuer der Werwölfin: Galipote im Land der Vulkane. Doch das alles gibt es nun nicht mehr ... Besiegt, wie sämtliche Hexen, Kobolde und Wichtelmännchen, von den Bildschirmen.

»Greif zu«, lädt Nectaire sie ein, »das Essen wird sonst kalt.«

Savine verkneift sich eine Grimasse, aber Aster kann in ihrer Mimik lesen wie andere aus Handlinien.

»Lass sie in Ruhe, siehst du nicht, dass sie keinen Appetit hat? Bring ihr lieber ein Glas Wein! Was ist los?«

Savine zögert, doch dann beschließt sie, sich ihnen anzuvertrauen. Wenn nicht mit Aster und Nectaire, mit wem sollte sie dann sprechen? Sie nimmt sich Zeit, fast jedes Wort ihrer Unterhaltung mit Maddi Libéri zu wiederholen, ehe sie abschließend sagt:

»Maddi Libéri ist eine gute Ärztin, daran besteht kein Zweifel. Sie ist eine starke, unabhängige Frau, die ihren eigenen Kopf hat. Deshalb verstehe ich eine Sache einfach nicht. Dass sie nicht über den Tod ihres Sohnes vor zehn Jahren hinwegkommt, kann ich nachvollziehen. Aber dass sie um ein anderes Kind herumstreicht? Dass sie ernsthaft davon überzeugt ist, es sei ihres, vielleicht sogar so sehr, dass sie eine Dummheit begehen würde.«

Aster spielt mit den Holzperlenarmbändern, die sie ums Handgelenk trägt.

»Weißt du, Savine, man kann durch und durch vernünftig sein, rational, akademisch gebildet, klug ... und trotzdem nicht den Tod der Seele akzeptieren. Nicht hinnehmen wollen, dass alles stirbt, alles verrottet, alles damit endet, von den Würmern im Erdreich gefressen zu werden. Man kann, ganz ernsthaft und sogar wissenschaftlich belegt, glauben, dass etwas, sei es die Seele, das Bewusstsein, der Geist ... überlebt.«

Sie reibt sich den Nacken, als ob ihr ihre Kupferkette zu schwer wäre, und wendet sich mit energischer Stimme an ihren Bruder:

»Nicky, schaff diesen verdammten Teller mit den Innereien hier weg! Siehst du denn nicht, dass sie sich deswegen gleich übergeben wird? Und hol ihr etwas Fourme, Blauschimmelkäse und Wurst.«

Savine scheint von Asters seltsamem Anhänger fasziniert zu sein: ein einfacher Kupferdraht, der zu Spiralen gedreht ist und in einem dickeren goldenen Stab endet.

»Also, Aster«, fragt sie, »ich muss es verstehen. Erklär's mir.«

»Was?«

»Alles. Die Reinkarnation, das Karma, die Seelenwanderung.«

Hinter ihnen deckt Nectaire den Teller akribisch mit Zellophan ab. Anschließend schreibt er mit einem wasserfesten Filzstift Datum und Uhrzeit auf die Plastikfolie, ehe er das Ganze in den Kühlschrank stellt. Aster blickt sie mit ihrem hypnotischen Blick fest an.

»Ich lasse den Hinduismus und andere Religionen aus, denn ich nehme mal an, dass das nicht gerade deine bevorzugte Sorte Tee ist, wie Nectaire sagen würde. Du kannst aber auf Wiki gehen und dort den Namen von Professor Stevenson eingeben. Er hat Tausende Berichte von Kindern aus aller Welt ausgewertet, die behaupten, sich an ihre Reinkarnation zu erinnern.«

Aster beschreibt nun detailliert das »Stevenson-Modell«. Körperliche Anomalien der Kinder, Geburtsmale, Phobien oder unerklärliche Begabungen, Traumata aus einem vorherigen Leben, das meist gewaltsam und frühzeitig endete.

»Und ist dieser Professor Stevenson ein ernstzunehmender Forscher? Ich meine, ist er Wissenschaftler? Arbeitet er an einem Institut? Ist das alles Humbug oder kann man ihm Glauben schenken?«

»Was meinst du mit ›Kann man ihm Glauben schenken‹?«

»Naja, seinen Behauptungen. Entsprechen sie der Wahrheit oder nicht?«

»Wie soll man deiner Meinung nach bestimmen, ob etwas der Wahrheit entspricht oder nicht?«

»Ich ... ich weiß nicht ... Ich denke, wenn die Mehrheit der Menschen etwas für wahr hält, dann muss es doch wohl eher richtig als falsch sein.«

»Also, wenn man die Hindus, die Buddhisten, aber auch ein Viertel der Europäer und fast ein Drittel der Amerikaner zusammenzählt, so glaubt eine Mehrheit der Weltbevölkerung an die Reinkarnation, und somit daran, dass unser Körper nur ein Kleidungsstück ist ..., das unsere Seele überdauert.«

»Und dass die Seele es austauscht, wenn es zu abgenutzt ist, ja? Ist das Reinkarnation? Die Seele ist wie ein Floh, der von einem Menschen zum anderen hüpft oder von einem Menschen zu einem Hund, von einem Hund auf eine Katze und dann von einer Katze auf eine Ratte – so einfach ist das?«

»Nein, so einfach ist das nicht. Es ist – im Gegenteil – eine lange Reise. Eine Reise, an die wir im Allgemeinen keine Erinnerung haben. Es sei denn, sie schlägt fehl ...«

»Wie – sie schlägt fehl?«

Nectaire präsentiert ihnen einen reich belegten Wurst- und Schinkenteller sowie eine Auswahl an Käsesorten aus der Auvergne: Blauschimmelkäse, Fourme, Cantal und natürlich ein Stück Saint-Nectaire.

»Das, meine Schöne«, erwidert Aster und wirbelt ihren Kupferanhänger herum, »weiß niemand. Das ist das große Geheimnis! Warum kehren manche Seelen zurück und andere nicht? Warum machen sich manche Seelen besonders stark in einem Gehirn bemerkbar, damit man sich an sie erinnert, und warum sind andere diskreter, beziehungsweise beeinflussen uns unauffälliger? Du verstehst, was ich meine: Instinkt, Intuition, sechster Sinn ...«

Savine beißt in eine Scheibe rohen Schinken.

»Hat dein Stevenson dazu keine Theorie?«

»Doch. Seiner Meinung nach gibt es, wenn man die fragwürdigen Berichte ausklammert, drei unwiderlegbare Beweise für eine Reinkarnation: Geburtsmale am Körper, Phobien und Xenoglossie.«

Hinter ihr pfeift Nectaire durch die Zähne.

»Wow ... Wenn das, was Doktor Libéri erzählt, stimmt, dann hat Tom also den Jackpot geknackt!«

»Je stärker diese Beweise sind«, fährt Aster fort, ohne auf die ironische Bemerkung ihres Bruders einzugehen, »desto wahrscheinlicher ist es, dass der Reinkarnierte eines gewaltsamen Todes gestorben ist.«

Savine hat fast nichts gegessen. Nectaire packt also alles wieder ein, entrollt dafür sein Zellophan Millimeter um Millimeter. Es erstaunt Savine, dass er sein langsames Ritual nicht mit einer Abhandlung über diejenigen begleitet, die ihre Lebensmittel in Folie einwickeln oder nicht, beziehungsweise die ihre Reste in Plastikdosen aufbewahren oder unverpackt auf dem Teller lassen.

»Soll ich dir einen Kräutertee machen?

»Wenn du willst, Nicky.«

Er verschwindet in Richtung Küche. Noch bevor er sie erreicht hat, ist Aster aufgestanden, um den Geschirrschrank zu öffnen. Sie holt zwei kleine Gläser und eine Flasche Enzian daraus hervor.

»Damit wir nicht verdursten müssen, während wir darauf warten, bis Nicky fertig ist.«

Sie genießen den bitteren, mit Zitrone versetzten Wurzelbrand in kleinen Schlucken.

»Nehmen wir also mal an«, greift Savine das Thema wieder auf, »dass Esteban tatsächlich in Toms Körper wiedergeboren wurde. Was beweist uns, dass Esteban selbst nicht auch eine Reinkarnation ist? Oder dass Tom nicht in einem neuen Körper wiedergeboren wird, wenn ihm ein Unglück geschehen würde?«

»Das«, antwortet Aster, »bezeichnet man als Samsara, den Kreislauf der Wiedergeburten. Soll ich dir wirklich einen Vortrag über Buddhismus halten?«

»Wenn du es vereinfachst.«

»Okay. Um es kurz zusammenzufassen, Samsara ist der Lebenszyklus, in dem wir eingeschlossen sind, ein Gefängnis, dass nur Leid und Selbsttäuschungen hervorbringt! Doch unser Karma, das heißt die Summe unserer Taten, ermöglicht es uns, daraus auszubrechen und das Nirvana zu erreichen. Siehst du, genau das symbolisiert dieses Schmuckstück.« Sie wedelt mit der Kette vor Savines Nase herum. »Es ist ein Unalom, die Spiralen erinnern an unsere aufeinanderfolgenden Leben und den gewundenen Weg zur Erleuchtung, die durch diesen goldenen Stab dargestellt wird. Aber glaub mir, meine Liebe, bevor du diesen wunderbaren Zustand erreichst, gilt es verdammt viele Phasen zu durchlaufen … Und am Anfang steht der Übergang von der kindlichen zur reifen Seele.«

Savine leert ihr Glas, während sie fasziniert auf den Anhänger starrt.

»Was bedeutet das?«

»Die kindliche Seele ist der Beginn des Reinkarnationszyklus. Die reife Seele dagegen hat schon viel erlebt. Hier, um es dir zu erklären, schau dir Nectaire und mich an. Ich bin offensichtlich eine kindliche Seele und Nicky ein sehr hübsches Exemplar einer reifen Seele.«

»Das ist das Geheimnis langjähriger Partnerschaften!«, ruft Nectaire aus der Küche. »Erinnerst du dich, Savine? Das habe ich dir nach der Beerdigung erklärt. Die Welt teilt sich in zwei Lager, die kindlichen Seelen, die überall über die Straße gehen, und die reifen Seelen, die sich an die Zebrastreifen halten. Die kindlichen Seelen, die ihr Essen in fünf Minuten hinunterschlingen, und die reifen Seelen, die stundenlang am Tisch sitzen können. Die kindlichen Seelen, die um die Welt reisen, und die reifen Seelen, die sich damit begnügen, die Landschaft vor ihrem Fenster zu bewundern. Die kindlichen Seelen, die eine Million Schallplatten zu Hause haben, und die reifen Seelen, denen das Zwitschern der Vögel genügt …«

»Okay, Nicky«, unterbricht ihn Aster, »ich glaube, wir haben's verstanden.«

Savine genießt dieses ständige Pingpongspiel zwischen Bruder und Schwester. Sie liebt Asters Phantasie, aber mehr noch Nectaires schräge Philosophie. Da auch sie zu jenen gehört, die einfach drauflosrennen, begreift Savine, dass sie ebenfalls ein sehr hübsches Exemplar einer kindlichen Seele sein muss …, und dass Nectaire daher ihre perfekte Ergänzung wäre.

Nur, dass es bereits eine Frau in seinem Leben gibt! Wozu wäre Aster wohl fähig, wenn sie ihr den Bruder wegnehmen würde?

Aster, die ihnen beiden wieder nachschenkt.

»Aber wenn du an Mysterien interessiert bist«, fährt sie fort, »am Jenseits, am Übernatürlichen, dann musst du dich nicht an Buddha, Shiva oder den Dalai Lama wenden. Wir haben hier in der Region schon genügend Überlieferungen! Meiner Meinung nach liegt das an den Vulkanen. Das bedarf keiner weiteren Erklärung, die Eruptionen, das Feuer, der Schwefel, die Eingeweide der Erde, die Hölle … Steig die Treppe hinab in meinen Laden, dort findest du ganze Bücher über die Heldentaten der Werwölfin Galipote, über die Hexe der Mühlen, über das im Lac Pavin versunkene Dorf, die wundersamen Wasserfälle, die Giftmischerinnen oder sogar diese alte Legende über den Brunnen von Froidefond. Wusstest du, Savine, dass man ihn lange Zeit den Brunnen der Seelen nannte?«

Nectaire stellt lautstark die Becher auf den Tisch.

»Wow, Aster zieht heute alle Register. Spar dir deine Ammenmärchen für deine Kunden auf. Ebenso wie deine Talismane aus Schlangenhaut und deine sogenannten Stärkungsmittel mit Extrakten von Digitalis. Mir sagt mein Instinkt, dass es für den Fall Esteban Libéri eine ganz rationale Erklärung gibt.«

»Wirklich, Bocolon?«, lacht Savine. »Na, dann wird es nicht mehr lange dauern, bis kleine grüne Männchen aus allen Kratern gekrochen kommen.«

»Ha, ha, ha!«

Nectaire positioniert mit chirurgischer Präzision in jedem Becher ein Teesäckchen, bevor er den Kopf hebt, um Savine zu antworten.

»Nichtsdestotrotz werfe ich morgen in aller Herrgottsfrühe meine Angel aus! Ich muss Lazarbal, den baskischen Polizisten, der die Ermittlungen im Fall des verschwundenen Esteban Libéri leitete, noch einmal anrufen, dann Informationen zu besagter Organisation Le Berceau de la Cigogne auftreiben und mich schließlich noch um die Bäckerei kümmern.«

Aster drückt ihrem Bruder spöttisch einen zärtlichen Kuss auf die Wange.

»Bringst du mir ein paar Croissants mit, mein Schatz?«

Nectaire errötet.

»Nein, Astie, tut mir leid ... Ich muss nur mit der Bäckerei Fournil de Lamia aus Saint-Jean-de-Luz telefonieren. An dem Morgen, als Esteban verschwand, soll er dort vorbeigegangen sein, um Brot zu kaufen. Seine Mutter hatte ihm eine 1-Euro-Münze mitgegeben, die, laut Lazarbal, niemals gefunden wurde.«

Aster schüttet beiläufig einen ordentlichen Schuss Enzian in ihren Kräutertee, ohne Nectaire zu beachten, der angesichts dieses Sakrilegs das Gesicht verzieht.

»Na klar«, sagt sie, »die Münze brauchte er, um die Überfahrt über den Totenfluss bezahlen zu können!«

Nectaire und Savine, die gerade ihre Teesäckchen aus den Bechern entfernen, halten entgeistert in der Bewegung inne.

»Habt ihr noch nie davon gehört?«, wundert sich Aster. »Jahrhundertelang legte man den Verstorbenen ein Geldstück unter die Zunge, damit sie ihre Reise auf die andere Seite des Styx, das ist der Fluss der Unterwelt, begleichen konnten. Nur diejenigen, die bezahlen konnten, hatten die Chance, vom Wächter der Unterwelt in die Barke gelassen zu werden, und somit wieder zu den Lebenden zurückzukehren.«

Nectaire schlürft bereits seinen Kräutertee, während Savine noch immer ihr Teesäckchen in der Hand hält.

»Und nach welchen Kriterien«, fragt sie, »werden jene, die in die Barke steigen dürfen, ausgewählt?«

Aster wirbelt ein letztes Mal ihr Unalom um ihren Hals. Die Kupferkreise werfen kleine Blitze.

»Der Wächter der Unterwelt ist ein Richter, der Richter über die Toten. Es gibt nur noch zwei Möglichkeiten, um nach dem Tod die Berechtigung zu erhalten, in die Welt der Lebenden zurückzukehren. Entweder ist der Verstorbene unschuldig, dann wird ihm erlaubt, auf die Erde zurückzukehren, um sich zu rächen. Oder er ist schuldig, dann kehrt er zurück …, um bestraft zu werden!«

· 26 ·

Wie üblich habe ich die hundert leeren Plätze vor dem Moulin ignoriert und schräg auf dem Bürgersteig, so nah wie möglich am Haus, geparkt. Bevor ich die Tür öffne, betrachte ich kurz mein Spiegelbild in der Fensterfront. Meine angespannten Gesichtszüge überlagern sich mit den alten Plakaten der Skistation Chambon-des-Neiges, die noch immer im Eingangsbereich des ehemaligen Hotels hängen.

Hat nichts mehr einen Sinn? Bin ich ins Schleudern geraten? Bin ich diejenige, die sich in Behandlung begeben sollte? Oder soll ich auf die Stimme in meinem Kopf hören, die schreit: *Folge deinem Instinkt! Mach nicht die gleichen Fehler wie in der Vergangenheit! Esteban ist zurück. Hat er dir nicht genügend Zeichen geschickt? Wie viele brauchst du noch, um es zu begreifen? Du hast jetzt die Chance, alles wiedergutzumachen. Tom ist in Gefahr!*

Ich öffne die Tür. Ich steige die Treppe hinauf. Ich habe das Gefühl, mein Gehirn explodiert gleich.

• • •

Wie erwartet, hat Gabriel mir am Ende des Tisches die kalt gewordene Lasagne stehen lassen: ein Brei aus Hackfleisch, der in einer kompakten Lache aus Tomatensaft schwimmt.

Ich befördere alles direkt in den Mülleimer.

Kling!

»Und?«, fragt mich Gabriel mit überraschend besorgter Stimme. Das Geräusch des sich schließenden Mülleimerdeckels muss ihn geweckt haben.

Ich gehe hinüber. Gaby sitzt mit nacktem Oberkörper vor seinem Computer, er trägt nur Shorts, die den Blick auf den oberen Teil seiner Hinterbacken freigeben. Der Alu-Strahler über ihm wirft ein schönes Licht auf seinen kupferfarbenen Rücken.

»Nichts Schlimmes«, sage ich. »Er ist unterhalb eines Wasserfalls gefunden worden. Kurz gesagt, die Angst war größer als der Schaden. Ich habe ihm eine Topalgic verabreicht. Er wird schlafen wie ein Baby, und morgen kann er schon wieder toben.«

»Uff!«

Gaby scheint erleichtert zu sein. Tut er nur so, als würde er sich, ausnahmsweise, für meinen Beruf interessieren? Warum sollte er sich um die Gesundheit dieses Jungen, den er noch nie gesehen hat, sorgen?

»Tut mir leid«, sage ich, »dass ich dich einfach so mitten im Essen sitzen gelassen habe.«

Sein Interesse war nur von kurzer Dauer. Er wendet sich bereits wieder dem Bildschirm seines Computers zu.

»Macht nichts, das ist dein Job, und ich bin daran gewöhnt.«

Ich gehe zu ihm, ich muss ihn anfassen, spüren, dass er da ist. Ich beginne, ihn zu massieren. Er scheint es zu mögen, löst aber den Blick nicht vom Bildschirm.

»Und du? Was machst du so?«

»Ich erkunde eine neue Welt. Immer noch MTW-1. Glaubst du nicht, wir würden uns genauso wohlfühlen, wenn jeder von uns in seiner eigenen Welt leben würde, die wir selbst erschaffen haben?«

»Weiß ich nicht.«

»Doch, schau mal! In My Tidy World kann man alles riskieren. Wenn man etwas vermasselt, ist das nicht schlimm. Man kann alles löschen und neu anfangen. Man kann sogar sterben, da man so viele Leben hat, wie man will.«

Ich lächle, ohne dass Gaby mich sehen kann. Oder vielleicht doch, wenn mein Abbild sich in seinem Bildschirm spiegelt? Vielleicht ist das im Grunde genommen mein Leben: Ich bin in einem Videospiel gefangen!

Gabriel ist heute Abend nett, liebevoll, aufmerksam, anschmiegsam. Warum gelingt es mir nicht mehr, ihn zu lieben? *Game over?* Weil ich die neue Partie mit Esteban beginnen möchte?

»Übrigens«, fragt Gaby, ohne deswegen seinen Blick vom Bildschirm zu lösen, »hast du deinen USB-Stick wiedergefunden?«

Ich schüttele den Kopf, während ich ihn mechanisch weitermassiere.

»Nein, keine Spur.«

Danke, dass du dich wenigstens erkundigst, Gaby. Dass du immerhin so tust, als ob es dich interessiert. Ich weiß, dass ich mit dir reden, mich dir anvertrauen sollte, um nicht komplett durchzudrehen, mich an deine Schulter lehnen, mich mit deiner Umarmung zufriedengeben sollte.

Ich drücke noch fester auf deine Schlüsselbeine, du protestierst nicht.

Auch das tut mir leid, ich kann nicht mit dir reden, ich kann es einfach nicht mehr ... Wahrscheinlich würde ich es nicht ertragen, wenn du schwörst, mir zu glauben, ohne es ernst zu meinen. Ich will dein Mitleid nicht! Ich muss das selbst regeln, ohne dass jemand über mich richtet. Sei nicht eifersüchtig, Gaby, sei mir nicht böse, es gibt niemand anderen in meinem Leben – nur dich.

Selbst Wayan habe ich nicht zurückgerufen. Dabei überschüttet mich Doktor Wayan Balik Kuning mit Textnachrichten.

Ist alles in Ordnung, Maddi?
Ich mache mir Sorgen.
Ich bin hier, wenn Sie mich brauchen.
Sie können mich alles fragen. ALLES. Das wissen Sie doch.
Sie sind mir wichtiger, als Sie denken ...
Ihn sollte ich zurückrufen.
Ich sollte ihn beruhigen.
Ich sollte ...

»Du … du tust mir ein bisschen weh.«

Ich lockere sofort den Schraubstock meiner Finger. Der Nacken, Gabriels Hals und Schultern sind rot …, als hätte ich ihn erwürgen wollen.

»Entschuldige, Gaby, das wollte ich nicht.«

Ich sollte mich schlafen legen.

Ich muss morgen fit sein.

Es ist der letzte Tag vor seinem Geburtstag.

Ich werde auf die Stimme in meinem Kopf hören, die schreit: Ich weiß, was ich zu tun habe.

Tom braucht mich!

· 27 ·

Diesmal vergewissert er sich, bevor er die Datei anklickt, dass die Lautstärke des Computers auf ein Minimum eingestellt ist. Bevor er den Kopfhörer aufsetzt und anschließt, achtet er auf jedes Geräusch im Haus. Er hört nichts, keinen Ton, nicht einmal einen entfernten Atemzug. Es muss jetzt fast zwei Uhr morgens sein. Wer würde vermuten, dass er um die Zeit noch wach ist?

Ehe er sich in das Gespräch vertieft, nimmt er sich die Zeit, den unterstrichenen Dateinamen zu lesen.

Sitzung Nr. 78–29/09/2009
Esteban war damals neun Jahre alt.

• • •

»Guten Tag, Esteban.«
»Guten Tag, Herr Doktor.«
Er hört Schritte, das Geräusch eines Stuhls, der bewegt wird, das Reiben von Stoff, Esteban zieht sich wohl seine Jacke aus, dann hört man keine weiteren Störgeräusche mehr, nur noch das Gespräch.
»Wenn du willst, Esteban, machen wir da weiter, wo wir das letzte Mal aufgehört haben. Erinnerst du dich? Du hast mir gesagt, dass dich etwas bedrückt, es dir aber schwerfiele, darüber zu sprechen. Du wolltest nicht, dass deine Mutter davon erfährt. Bist du

heute bereit, darüber zu reden? Ich verspreche dir, dass das Gesagte unter uns bleibt.«

»...«

»Weißt du, je länger du wartest, desto schwieriger wird es. Mit Geheimnissen ist es wie mit Spinnen, sie sterben nicht, wenn man sie einsperrt, sie werden nur größer.«

»Mein Geheimnis ist ... ist schon eine sehr sehr große Spinne.«

»Ich habe keine Angst vor ihnen, weißt du.«

»...«

Zum ersten Mal hört man der Stimme des Psychiaters eine leichte Verärgerung an.

»Komm schon, Esteban ... das ist kein Spiel. Du musst mir alles sagen.«

»Ich muss ... ich muss sterben!«

Die darauffolgende Stille scheint eine Ewigkeit zu dauern, bevor der Psychiater wieder das Wort ergreift, mit einer Stimme, die viel zu entspannt ist, um wirklich natürlich zu sein.

»Sterben, Esteban? Das ist es also! Und warum willst du sterben?«

Esteban legt los und gibt alles in einem Zug preis.

»Um woanders wiedergeboren zu werden, Herr Doktor, in einem anderen Körper!«

Die Selbstsicherheit des Jungen steht im Gegensatz zu den rhetorischen Vorsichtsmaßnahmen des Psychiaters, der jedes seiner Worte genau abzuwägen scheint.

»Wer ... wer hat dich auf diese Idee gebracht?«

»Das kann ich nicht sagen.«

»Na gut, das klären wir später. Dann erzähl doch mal. Warum willst du deinen Körper nicht mehr? Warum möchtest du lieber einen anderen?«

»Und Sie sagen es auch wirklich niemandem?«

»Nein, das habe ich dir doch gesagt, ich verspreche es dir, alles, was du mir erzählst, bleibt unter uns.«

»Also gut. Maman kann mich in diesem Körper nicht lieben. Es ist ... es ist, als würde ich Sachen tragen, die zu schmutzig sind. Oder zu abgetragen. Dann muss ich sie eben wechseln.«

Erneutes, längeres Schweigen.

»Was du mir da sagst, Esteban, ist schlimm. Ist dir das klar? Ich für meinen Teil möchte dich bitten, mir etwas zu versprechen. Du darfst nichts tun, was ... was dich in Gefahr bringen könnte ... ohne vorher mit mir darüber gesprochen zu haben. Schwörst du mir das?«

»...«

»Schwörst du mir das, Esteban?«

»Ich ... ich kann nicht, Doktor. Es ist nicht meine Entscheidung.«

»Wer entscheidet denn?«

»Ich kann es Ihnen nicht sagen.«

Wieder Schweigen, das immer länger wird.

»In Ordnung, Esteban, in Ordnung. Wenn du mir nicht sagen kannst, wer, dann kannst du mir aber vielleicht sagen, wo und wie es passieren wird.«

»Wie? Das weiß ich nicht, Herr Doktor. Aber *wo*, ich glaube, es wird unter Wasser passieren. Im Meer. Dort unten ist es wie in einer verkehrten Welt. Anscheinend ist die Hälfte von Saint-Jean-de-Luz vor Jahren versunken, und wenn man tief genug hinabtaucht, kann man noch Häuser sehen.«

»Wer hat dir das erzählt, mein Junge?«

»Maman.«

»Aber ... hat sie dich gebeten, den ... den Körper zu wechseln?«

Esteban fängt laut zu lachen an, es ist ein fröhliches, spöttisches Lachen, als hätte der Psychiater wirklich überhaupt nichts verstanden.

»Nein, natürlich nicht. Sie weiß nichts davon.«

Ein letztes, endloses Schweigen. Sind dem Therapeuten die Argumente ausgegangen?

Esteban legt nach.

»Keine Sorge, Herr Doktor, es ist nicht wichtig, wo man seinen Körper zurücklässt. Es ist nur wichtig, den richtigen Zeitpunkt zu treffen. Verstehen Sie? Das muss alles stimmen. Damit das Leben danach besser ist als das davor.«

Der Psychiater packt die Gelegenheit beim Schopf.
»Gefällt dir dein früheres Leben nicht? Ich meine, dein jetziges Leben, verstehst du?«
»Klar! Natürlich, ja! Aber ich habe Ihnen doch gesagt, Herr Doktor, ich mache das alles nur, damit Maman mich mehr liebt!«
»Deine Maman liebt dich, Esteban. Das kannst du mir glauben. Sie wird niemals einen anderen Menschen mehr lieben als dich. Doch hör mir gut zu. Ich glaube, ich muss einen meiner Kollegen kontaktieren. Er ist auch Psychiater, aber spezialisierter als ich. Um ... Um dir zu helfen.«

Danach wird kein einziges Wort mehr gesprochen.
Er wartet jedoch bis zum Ende, achtet auf den kleinsten Atemzug, das leiseste Flüstern. Er muss an die letzten Worte des Psychiaters denken: *Deine Maman liebt dich, Esteban. Sie wird niemals einen anderen Menschen mehr lieben als dich.*
Am liebsten würde er weinen.
Wenn es Esteban wenigstens gelungen wäre, gut zu treffen!

· 28 ·

Ich sehe Tom an der Côte de Serrette, in der ersten Kurve oberhalb des Lac Chambon. Zu Fuß. Er ist von seinem Rad abgestiegen. Er hat bergauf nicht mehr als fünfzig Meter geschafft.

Um ehrlich zu sein, ich habe es geahnt ...

Ich hatte befürchtet, dass dieser Sturkopf Tom, der die gleiche Charakterstärke wie Esteban besitzt, auf sein Rad steigen würde, als wenn nichts gewesen wäre, um ins Schwimmbad zu fahren. Ich habe auch geahnt, dass die leichtfertige Amandine ihn, meiner Empfehlung zum Trotz, gewähren lassen würde. Und ich habe gewusst, dass sein Knöchel die Talfahrt nach Murol aushalten würde, solange er den Fuß nicht belastet, aber beim ersten Anstieg ...

Ich drossele mein Tempo etwas, um Tom überholen und meinen MiTo an der Böschung, ein paar Meter über ihm, parken zu können. Ich öffne die Beifahrertür, um ihm klarzumachen, dass er nicht weiterfahren darf. Tom hält auf der Höhe der Motorhaube an und schaut mich mit dem verlegenen Blick eines Schulschwänzers an, der von seinem Lehrer erwischt wird.

»Was zum Teufel machst du da, Tom? Hatte ich nicht gesagt, heute *kein Fahrrad*?«

»Ja, Frau Doktor, aber ...«

»Komm, steig ein. Ich bring dich nach Hause. Du kannst ruhig mal einen Tag lang das Radfahren und Schwimmen sein lassen.«

Tom zögert. So unverantwortlich Amandine auch sein mag, sie

hat ihm dennoch beigebracht, nicht bei Fremden ins Auto einzusteigen.

Bin ich für Tom eine Fremde? Ich bin seine Ärztin, und ein Arzt ist wie ein Polizist, ein Postbote oder ein Lehrer, also ein Erwachsener, dem man vertrauen kann. Im Übrigen lasse ich ihm keine Wahl, ich bin schon ausgestiegen, habe den Kofferraum aufgemacht und die Rückbank umgeklappt.

»Siehst du, wir müssen nicht mal das Vorderrad abmontieren. Los, los, das ist ein Befehl, tu bitte, was ich dir sage. Wenn du weiterhin deinen Knöchel so belastest, wirst du deine ganzen Ferien im Bett verbringen müssen.«

Tom inspiziert gründlich den Kofferraum meines MiTos, als suche er nach Seilen, Säcken, Sägen und allem anderen, was eine Psychopathin so braucht, die Kinder am Straßenrand einsammelt. Schließlich ringt er sich zu einem Lächeln durch.

Mein Gott, ich muss mich an der Autotür festhalten.

Dieses Lächeln ist das von Esteban!

Ich reiße mich zusammen, um mir nichts anmerken zu lassen. Mit vereinten Kräften hieven wir das Fahrrad in den MiTo. Ich tue alles in meiner Macht Stehende, um nicht in seine ozeanblauen Augen zu blicken, in die von Esteban, sonst ertrinke ich darin. Jeder weiß, dass die Augen der Spiegel der Seele sind. Und hinter diesem Blick lebt die Seele meines Sohnes. Wie könnte ich auch nur eine Sekunde daran zweifeln? Durch diese Iriden lächelt er mich an, lacht, denkt nach, sieht mich ... und wird mich schon bald wiedererkennen?

»Soll ich vorne einsteigen, Frau Doktor?«

Jäh aus meinen Gedanken gerissen, zucke ich zusammen. Geben jetzt die letzten Barrieren meines Verstandes nach?

Wir betrachten beide das Fahrrad, das den ganzen hinteren Platz im Wagen einnimmt.

»Ich glaube, du hast keine andere Wahl.«

Er steigt ein, wir schnallen uns an, ich fahre los. Während des gesamten Manövers ist kein Auto an uns vorbeigekommen. Wenn ich vorgehabt hätte, Tom zu entführen, wäre es der perfekte Ort dafür gewesen. Es ist unverantwortlich von seiner Mutter, ihn jeden Tag auf diesen verlassenen Straßen fahren zu lassen.

Blinker, wenden.

»Soll ich dich nach Froidefond bringen?«

Tom nickt. Er ist beruhigt, als er sieht, dass ich wieder in Richtung Murol fahre. Wir kommen durch das winzige Dorf Saint-Victoire-la-Rivière. Ein lächelnder Smiley am Straßenrand leuchtet auf. Achtunddreißig Stundenkilometer. Ich drossele das Tempo, schalte das Radio ein und sage, als sei es das Natürlichste von der Welt:

»Goazen! Etxera buruz, los geht's nach Hause.«

Tom wirkt nicht überrascht. Er antwortet mir, als würde er nicht mal merken, dass er nicht mehr Französisch mit mir spricht.

»Bai ... eskerrik asko, ja, danke.«

»Euskaraz hitz egiten duzu? Du sprichst Baskisch?«

»Pixka bat. Ein bisschen.«

»Non ikasi duzu? Wo hast du es gelernt?«

Tom versteift sich schlagartig. Der surreale Charakter unseres Gesprächs scheint ihm plötzlich bewusst zu werden.

»Inon! Nirgends.«

Nirgends? Toms Gesichtsausdruck hat sich verändert. Ich beiße mir auf die Lippen, ich war dumm, ich habe alles überstürzt. Von nun an wird er auf der Hut sein. Ich biege ab, ohne den Blinker zu setzen, in Richtung einer kaum asphaltierten Straße. Tom schaut auf den Turm der Kirche Saint-Ferréol, die sich immer weiter entfernt. Ich erkläre, als ob ich seine Gedanken lesen könnte.

»Das ist schneller als durch das Stadtzentrum.«

In Wirklichkeit möchte ich vor allem Murol umfahren, damit niemand diesen Jungen auf meinem Beifahrersitz bemerkt. Tom hält sich besorgt am Türgriff fest, während sich mein MiTo zwischen den Wiesen hindurch über die schmale und holprige Straße schlängelt. Einen Kilometer weiter sehen wir endlich, direkt vor uns, die Départementale 5.

»Ich habe es dir ja gesagt, das ist eine Abkürzung nach Froidefond.«

Tom schaut zu den zehn Häusern des Weilers hinauf, die sich ungeordnet an den Hang klammern, sich fast zu überlagern scheinen, so als wären sie direkt in das Vulkangestein gehauen.
»Frau Doktor, warum sprechen Sie Baskisch mit mir?«
Meine Hände umklammern das Lenkrad.
»Willst du mich nicht Maddi nennen?«
Wir kommen an eine Kreuzung, wo ich Vorfahrt gewähren muss, kein Auto weit und breit, ich warte trotzdem, der Blinker zuckt ungeduldig. Ich habe alle Zeit der Welt, La Bourboule, fünfundzwanzig Kilometer. Clermont-Ferrand, siebenunddreißig Kilometer. Bis nach Froidefond sind es nur drei. Endlich fahre ich los, langsam, die Straße bis zum Weiler ist nur noch ein einziges langes Band. Ich wiederhole und versuche dabei, so natürlich wie möglich zu klingen.
»Willst du wirklich nicht lieber Maddi zu mir sagen? Jetzt ..., wo wir Freunde sind ...?«
Tom schweigt. Genau wie Esteban ist er zu intelligent, um auf die alten Tricks der Erwachsenen hereinzufallen: Wenn er eine Frage stellt, will er eine Antwort und nicht noch eine Frage.
Frau Doktor, warum sprechen Sie Baskisch mit mir?
Er wird sich mir nur anvertrauen, wenn ich mich ihm anvertraue. Ich hole tief Luft und fange an.
»Hala izan, so sei es, Tom! Weißt du, ich habe lange Zeit im Baskenland gelebt. Genau gesagt in Saint-Jean-de-Luz. Ganz nah am Strand. Dort wohnte ich zusammen mit einem Jungen in deinem Alter. Er war dir sehr ähnlich. Wie du ging er gerne schwimmen ...«
Noch drei Kurven, ein Schild auf der rechten Seite, *Froidefond, 1,5 km*. Das Auto schaukelt sanft, Toms Blick folgt jeder Kurve genau. Ich muss ihn weiter zähmen, meinen kleinen ängstlichen Fuchs.
»Er mochte sehr gerne Musik ... Magst du Musik?«
Das Sonnenlicht fällt durch die Autofenster. Wir fahren durch ein Waldstück. Die Sonne spielt Radar und blitzt zwischen den Baumstämmen hindurch. Ich bilde mir ein, ein Funkeln in Toms Augen gesehen zu haben.

»Ein bisschen ... ich habe kein Instrument zu Hause. Aber ich höre mir gerne Lieder an und versuche später, die Noten zu finden, also die Töne, mit Flöten aus Schilfrohr oder mit meiner Gitarre, die ich selbst aus einer Schnur und etwas Holz gebastelt habe.«
Froidefond 0,5 km zeigt ein neues Schild an. Zu meiner Linken führt eine Sackgasse zu einer Berghütte. Ich werde langsamer. Noch nie habe ich mich so genau an Geschwindigkeitsbegrenzungen auf verlassenen Straßen gehalten. Toms letzte Enthüllung schwirrt mir durch den Kopf. *Ich höre mir gerne Lieder an und versuche später, die Noten zu finden.* Die Fähigkeit, eine Melodie aus dem Gedächtnis zu rekonstruieren, nachdem man sie einmal gehört hat, ist die genaue Definition des perfekten Gehörs. Esteban besaß auch diese Gabe. Eine Gabe, über die weniger als ein Prozent der Bevölkerung verfügt ...

Ich passiere das Ortsschild *Froidefond* mit weniger als dreißig Stundenkilometern. Ich habe keine Wahl, wir sind da. Ich parke in der Nähe des Brunnens, nah genug an seinem Zuhause, damit Tom sich nicht wundert, und weit genug entfernt, damit man meinen MiTo in La Souille nicht sehen kann.

Er wird unruhig und hat es eilig, auszusteigen.

»Danke ... Maddi.«

Er legt bereits seine Hand auf den Türgriff. Ich versuche, jede abrupte Bewegung zu vermeiden, ich lächle und halte ihn sanft am Ärmel seines Sweatshirts fest. Will ihn vor allem nicht erschrecken.

»Einen Augenblick, Tom. Nur noch eine letzte Frage. Gestern hat uns der alte Chauvet erzählt, dass hier ein Kind mit dir in der Nähe des Brunnens war, bevor du wegen der Bienen über seine Wiese geflüchtet bist. Er hat sogar behauptet, du hättest mit ihm gesprochen. Und du ... Du hast uns das Gegenteil erzählt.«

Toms verängstigter Blick rührt mich zutiefst. Die wenigen Male, die Esteban mich angelogen hat, habe ich es gehasst, die Stimme zu erheben, um ihn zu einem Geständnis zu bewegen. Ich hatte das Gefühl, dass unsere ganze Komplizenschaft daran zerbrechen könnte. Alle Mütter müssen das denken, wenn Türen zugeschlagen und die Worte unverhältnismäßig werden. Dennoch hat kein Kind jemals seine Mutter wegen eines Streits verlassen. Trotzdem werde ich ungewollt laut.

»Warum sollte der alte Chauvet lügen? Das ist wichtig, Tom. War ein anderer Junge bei dir?«

Ich glaube, Tom hat Angst. Ich glaube, ich mache ihm Angst. Er stottert mehr, als dass er antwortet:

»Ja.«

Ich lächle ihn wieder an. Ich lege meine Hand auf seine Wange, ich weiß, dass ich das nicht tun sollte, aber meine Finger erkennen jede Pore seiner Haut, jedes Grübchen wieder, und ich erinnere mich an die Tränen, die in seinen Wimpern hingen, und die tropfende Nase.

Tom ist wie versteinert. Ich flüstere in sein Ohr. Ein Geheimnis offenbart sich nur, wenn man es flüstert.

»Kennst du seinen Namen?«

»Ich ... ich kann ihn nicht sagen.«

»Warum?«

»Es ... es gibt Dinge, die unbegreiflich sind.«

Tom hat die letzten Worte wie ein auswendig gelerntes Gebet gesprochen. Er räuspert sich, seine Stimme ist so dünn wie ein Rinnsal in einem ausgetrockneten Gebirgsbach. Sein Mund ist mit Steinen gefüllt, an denen sich die Worte stoßen. Ich kann ihn nicht so leiden lassen, ich muss ihn in die Arme nehmen, ich beuge mich zu ihm hinüber ...

Sogleich weicht Tom zurück und umklammert den Griff, um die Autotür zu öffnen.

Sie widersteht, er gibt nicht auf. Er rüttelt immer heftiger am Griff wieder und wieder, ohne zu wissen, dass ich die Kindersicherung aktiviert habe. Dass er nur wegfliegen kann, wenn ich mich entschließe, ihn freizulassen.

Ich begnüge mich damit, eine Hand auf seine Schulter zu legen, um ihn zu beruhigen, um ihn zu mir zurückzuholen.

»Du brauchst keine Angst zu haben, Tom. Ich will es nur wissen. Dieser Junge, wie heißt er?«

Meine Hand liegt flach auf seiner Schulter. Ich spüre, wie er am ganzen Körper zittert. Ich weiß, dass ich ihn beruhigen kann. Ich weiß, dass er meine Wärme, meine Sanftheit wiedererkennen wird. Ich muss Tom beschützen. Ich weiß, dass er in Gefahr ist. Ich muss wissen, wer dieser Freund ist, dieses gleichaltrige Kind, das niemanden informiert hat, das möglicherweise Toms Tod verschuldet hätte, wenn man ihn nicht gefunden hätte.

»Ich will nur seinen Vornamen wissen.«

Eine Grimasse verunstaltet sein so schönes Gesicht. Seine Stirn legt sich in Falten. Die letzten Worte, die er spricht, scheint er seinem Gehirn entrissen zu haben.

»Er heißt ... Esteban!!!!«

»Esteban?«

Esteban?

Hat Tom wirklich gerade diesen Namen gesagt?

Tom kennt Esteban?

Hat Tom ihn gesehen? Hat er mit ihm gesprochen? Der alte Chauvet hat sich geirrt! Tom führte Selbstgespräche, er unterhielt sich in seiner Vorstellung mit Esteban. Oder Esteban unterhielt sich mit Tom. Im Grunde läuft es auf dasselbe hinaus. Das ist der ultimative Beweis dafür, dass ...

Ich bin abgelenkt. Tom trommelt gegen die Scheibe der Autotür. Er hofft auf Beistand, aber wer, außer mir, könnte ihm in diesem verlassenen Weiler zu Hilfe kommen?

Nur noch eine Sekunde, Tom, ich flehe dich an, nur noch einen Augenblick, Esteban, ich habe noch so viele Fragen an dich. Niemand wird dich hören, die Autotür wird sich nicht öffnen, aber ich will dir nichts Böses, ich will nur ...

Die Autotür explodiert.

Bevor ich reagieren kann, umschlingt ein riesiger Greifarm Toms Taille und zieht den Jungen aus dem Wagen. Mir bleibt keine Zeit für die kleinste Bewegung, der Tentakelarm kommt schon zurück, packt mich am Hals, würgt mich bis zum Ersticken und zieht mich aus dem Auto wie einen gewöhnlichen Sack. Meine Jacke bleibt am Schaltknüppel hängen und zerreißt, mein Gesicht schleift über den Ledersitz. Ich finde mich auf den schwarzen Steinen des Bürgersteigs mit aufgeschürften und blutigen Ellenbogen und Knien wieder.

Der Mann vor mir ist groß, bärtig, am Hals und an den Handgelenken tätowiert. Er zögert, mir ein paar Fußtritte zu verpassen, hält sich aber zurück und spuckt schließlich aus.

»Miststück! Was machen Sie da mit meinem Kind?«

VI
DIE FESTNAHME

Die Rückkehr des Surfers

• 29 •

Savine Laroche hustet sich die Lunge aus dem Leib und damit – so hofft sie wenigstens – auch die ganze Nikotinschicht drumherum. Die Burg von Murol liegt gute hundert Meter über ihr. Dies ist ihr Lieblingsspaziergang, vorzugsweise am Morgen, wenn noch keine Touristen unterwegs sind und sie allein den Aufstieg zwischen den Haselsträuchern und dann, oben angekommen, den Rundblick auf die bewaldeten Vulkane und die zauberhaften Seen genießen kann.

Ihr Handy klingelt, als sie gerade das steilste Wegstück, den Kiespfad, der zu den äußeren Befestigungsmauern führt, in Angriff nimmt. Als sie aufs Display schaut, bemerkt sie, dass Nectaire schon mehrmals angerufen hat, offensichtlich hatte sie kein Netz.

»Savine? Hier Nectaire! Wo bist du?«

»Ich bin gerade dabei, den Kilimanjaro auf der Nordseite zu erklimmen. Also werde ich dir lauschen und dabei langsam weitergehen, damit mir nicht die Puste ausgeht.«

»Okay. Was ich dir zu berichten habe, wird dich motivieren! Ich habe Iban Lazarbal kontaktiert, du weißt schon, der Flic aus Saint-Jean-de-Luz. Wir sind dabei, uns regelrecht anzufreunden, auch wenn er immer noch glaubt, dass ich Lespinasse heiße und die Gendarmerie von Besse leite. Gut, ich beginne mit besagter Organisation Le Berceau de la Cigogne, der Storchenwiege. Stell dir vor, sie kümmern sich um Babyklappen.«

Savine bleibt mitten im Aufstieg stehen.

»Um was?«

»Um Babyklappen! Oder Drehladen, so nannte man sie im Mittelalter. Bei den Engländern waren es baby hatches, kurz, jedes Land hatte seinen eigenen Namen dafür. In den meisten Ländern sind sie erlaubt, nicht aber in Frankreich.«

»Wovon sprichst du da, Bocolon?«

»Die sind so alt wie die Welt. Babyklappen sind wie Schubladen, wenn du so willst, meist sind sie ins Gemäuer eines Klinikums, einer Kirche oder eines sonstigen öffentlichen Gebäudes eingelassen. Sie enthalten Wärmebettchen und sind vor Wind und Regen geschützt. Richtig kuschelige kleine Nester für ...«

»Für ausgesetzte Neugeborene! Das willst du mir gerade erklären?«

»Genau! Gut beobachtet, Frau Sozialarbeiterin! In Frankreich sind anonyme Geburten erlaubt, nicht aber das Aussetzen von Neugeborenen. Das wurde 1940 verboten, aber man findet in alten französischen Hospizen noch diese Drehläden, die seit dem Mittelalter Tausende von Säuglingen aufgenommen haben. Unlängst wurde dieses System in mehreren Ländern wieder eingeführt, wie zum Beispiel in Deutschland und der Schweiz, und bestimmte Organisationen, wie die Berceau de la Cigogne, kämpfen für die Wiedereinführung in Frankreich!«

»So eine Sauerei!«

»Aus der Sicht des Babys lässt sich darüber streiten ... Animieren diese Klappen Eltern dazu, ihr Kind auszusetzen, wenn sie zum Beispiel finden, dass es zu laut schreit, oder retten sie ihm im Gegenteil das Leben, indem sie ihm ersparen, in einem Mülleimer zu enden? Große Frage, die die Welt in zwei Lager teilen könnte. Das erste ...«

»Danke für die Ausführungen!«, unterbricht ihn Savine keuchend.

Sie hat Nectaires lange Tirade genutzt, um weiter aufzusteigen, und ist jetzt bei der äußeren Schutzmauer aus schwarzem Gestein angelangt. Vom Rückenwind angeschoben, der durch die Schießscharten dringt, quert sie nun einen großen quadratischen Hof.

»Und sonst hast du nichts?«, fragt sie in der Hoffnung, dass er zum Wesentlichen kommt.

»Moment! Wie ich dir schon gesagt habe, erscheint Frau Doktor Libéri auf der Liste dieser Organisation. Ich fand, dass das eigentlich nicht so recht zum Berufsethos einer Ärztin passt. Und deshalb habe ich Lazarbal angerufen und ihn gefragt, ob ...«

»Ob?«

Nectaire ist verstummt. Savine kann in aller Ruhe auf die Plattform der Bergruine klettern. Die Sonne taucht die Berge in ihr Morgenlicht, doch es ist deutlich kälter als in den vergangenen Tagen, vor allem auf der Esplanade, wo sie jetzt mitten im Wind steht.

»Nectaire?«

Was treibt er bloß? Will er die Spannung steigern, oder ist er einfach nur dabei, sich einen Tee zu kochen?

»Ich habe Lazarbal gefragt«, meldet er sich schließlich erneut zu Wort, »ob Esteban wirklich ihr Kind ist! Und da ... Bingo! Bocolon-Instinkt! Halt dich fest: Esteban Libéri ist ein Adoptivkind! Ich habe herausgefunden, dass er mit drei Monaten in einer Babyklappe gefunden wurde, die heimlich vor dem Krankenhaus von Bayonne von einem Aktivisten dieser Organisation eingerichtet worden war.«

»Verdammt!«

»Lazarbal ist sich ganz sicher. Sie haben alles ganz genau untersucht. Maddi Libéri hat das Baby adoptiert. Allein! Das kommt eher selten vor. Meist sind zu adoptierende Kinder Paaren vorbehalten, doch ledige Frauen haben auch dieses Recht. Es war ein langer Kampf, aber Maddi Libéri hat ihn gewonnen. Lazarbal hat die ganze Adoptionsprozedur durchforstet, die Akte ist dicker als das chinesische Telefonbuch. Dutzende Besuche vom Jugendamt während der ersten zwei Jahre, Berichte der Psychologen ... Nichts, alles war sauber. Maddi Libéri war eine perfekte ledige Mutter!«

Schlotternd vor Kälte, nimmt Savine Nectaires Entdeckungen zur Kenntnis, was sie nicht davon abhält, sich auf ihrem bevorzugten Aussichtspunkt umzusehen, mit Blick auf die Autos auf der Départemantale 5 wie auch auf die Spaziergänger auf den Wanderwegen oder die Kinder, die auf den Wiesen unterhalb der Couze Chambon Räuber und Gendarm spielen. Sie erkennt Enzo und Nathan, versteckt in einer Baumkrone, und Yanis, etwas abseits, ohne Mütze und irgendwie verloren.

»Eine perfekte Mutter«, wiederholt Savine. »Jedenfalls die ersten zwei Jahre ...«

»Ich habe auch die Bäckerei kontaktiert«, verkündet Nectaire übergangslos.

»Le Fournil de Lamia, oder? Wo Esteban das Baguette hätte kaufen sollen?«

»Genau! Der Bäcker war gerade beim Teigkneten, er will mich zurückrufen.«

Savine fängt an, richtig zu frieren. Ihre Finger, die das Handy umklammern, werden steif wie gefrorene Stöcke.

»Was genau erhoffst du dir?«

»Keine Ahnung. Aber das ist die Bocolon-Methode: Keine Spur vernachlässigen, alles überprüfen!«

»Wenn du willst. Aber Esteban Libéri sollte doch einfach nur ein Baguette mitbringen.«

»Genau, es gibt Baguette und Baguette ...«

Savine kann nicht länger reglos auf ihrem Aussichtspunkt bleiben, wo sie nirgends windgeschützt ist. Trotzdem zögert sie, sich auf den Rückweg zu machen, aus Angst, das Gespräch könnte unterbrochen werden, weil sie plötzlich kein Netz mehr hat. Die Kinder auf der Wiese haben sich zerstreut oder einen besseren Ort gefunden, um sich zu verstecken.

»Ah nein! Sag mir jetzt nicht, du hast eine Theorie zur Welt, die sich wegen der Baguette-Arten in zwei Lager teilt?«

Sie hört Nectaire lachen, während er in seinem gemütlich warmen Büro im Rathaus sitzt – das vermutet sie zumindest.

»Die Sache ist sehr viel subtiler, meine Liebe! Wenn die Bäckerin dich fragt, welche Baguette-Art du willst, auf Backstein oder auf Backstahl zubereitet, dann teilt sich die Welt in zwei Lager. In diejenigen, die einen Unterschied herausschmecken und in die anderen. Diejenigen, die sich für den Backstein entscheiden, sind …«

Während er gerade seine Theorie ausbreiten will, klingelt das Telefon im Rathaus. Savine stößt einen Seufzer der Erleichterung aus. Automatisch schaltet Nectaire sofort den Lautsprecher ein. Die Sozialarbeiterin kann zuhören, als befände sie sich im selben Raum. Ein Raum, der dem Wind ausgesetzt ist.

»Hier ist die Bäckerei Fournil de Lamia. Sie haben uns angerufen?«

Nectaire fasst die Situation relativ schnell zusammen. Ufff! Savine hüpft von einem Fuß auf den anderen, um sich aufzuwärmen. Kommt gar nicht in Frage, dass sie sich auch nur einen Meter vom Fleck bewegt! Das Mädchen am anderen Ende der Leitung versteht allerdings nichts, erklärt, dass sie erst seit neun Monaten dort beschäftigt ist und gleich besser ihren Chef holt.

Geräusche von sich entfernenden Schritten des Mädchens. Savine bewegt sich im selben Rhythmus, gleichsam im schnellen Allabreve-Takt.

Schließlich erscheint der Chef, und Nectaire sieht sich gezwungen, alles noch einmal zu erzählen.

Ich flehe dich an, Bocolon, beeil dich! Savine glaubt, ahnen zu können, dass der Chef sich am Kopf kratzt, *wow, das ist alles schon lange her,* er überlegt und überlegt, und Savine hat alle Zeit, um vor Ort zur Eissäule zu erstarren, bis der Chef zu dem Schluss kommt, *ich war auf alle Fälle hinten in der Backstube, meine Frau war an diesem Morgen an der Kasse.*

Savine ist kurz davor, loszuschreien, zumindest in ihrem Kopf, doch wie durch ein Wunder muss Nectaire nicht ein drittes Mal die gleiche Leier anstimmen, weil die Chefin daneben steht und anscheinend alles mitgehört hat.

»Ob ich mich an den kleinen Esteban Libéri erinnere? Natürlich! So ein reizender Junge! Und hübsch obendrein! Wie traurig, diese ganze Geschichte. Er kam jeden Morgen mit seiner Münze. Ein Baguette, nicht zu dunkel … und mit den restlichen dreißig Centimes kaufte er einen Honigkeks.«

»Einen Honigkeks?«

Einen Honigkeks, wiederholt Savine im Geist. Sie hat sich, so gut sie kann, hinter ein Stück Mauer geflüchtet, von der nur noch ein paar Steinbrocken geblieben sind, und wäre vor Überraschung fast über die Brüstung gefallen.

»Ja«, präzisiert die Bäckerin. »Normalerweise verkaufen wir sie nicht einzeln, aber für den Kleinen habe ich immer eine Ausnahme gemacht. Er mochte sie so gern … Ich muss sagen, dass die Leute auch aus Hendaye und sogar aus Spanien kommen, um unsere Honigkekse zu kosten.«

· 30 ·

Komm sofort rein, Tom! Keine Widerrede, rein mit dir!«
Der Junge erreicht hinkend den Hof, und ich frage mich, vor wem er mehr Angst hat: vor der gewalttätigen Art dieses Mannes oder vor mir?
Ich liege noch auf dem Bürgersteig. Der tätowierte Bärtige baut sich mit seinen Motorradstiefeln nur wenige Zentimeter von meinem Gesicht entfernt auf.
»Und Sie, Sie folgen mir. Wir haben etwas zu klären – und zwar unter vier Augen.«
Keine Gefahr, dass er mir beim Aufstehen hilft. Er hat keinen Blick für meine roten Knie, meine zerkratzten schmutzigen Hände, doch er bleibt dicht an meiner Seite, misstrauisch wie ein Wachmann, der einen Kunden in flagranti erwischt hat. Und er scheint bereit, mich festzuhalten, wenn es sein muss bei den Haaren, für den Fall, dass ich Lust verspüren sollte, die Flucht zu ergreifen.
Ich nehme mir Zeit, mich aufzurappeln, und auch ihn zu betrachten. Ein Muskelpaket. Die Arme eines Holzfällers und die Schenkel eines Gewichthebers. Der Schädel, bis auf einen feinen Flaum, kahl rasiert.
Er schubst mich gnadenlos vor sich her bis zum Gebäude. Tom hat sich schon im Inneren des Hofs versteckt. Ich sehe Amandine am Fenster, unbewegt und leicht verschwommen zwischen den strohfarbenen Vorhängen.

Noch ein paar Schläge ins Rückgrat, um mich zu zwingen, mich von der Straße zu entfernen. Eine graue, im Sonnenlicht schlafende Katze ergreift die Flucht. Ich kann mich nur hinkend vorwärtsbewegen, die Hühner flattern aufgeregt davon und flüchten sich auf ein geborstenes Fass, in dem früher wohl Regenwasser gesammelt werden sollte. Wir kommen an einem Haufen nassem stinkendem Kompost vorbei.

»Dort, das müsste gehen!«, befiehlt mir der Holzfäller und gibt mir einen letzten Stoß.

Wir halten in einer Scheune mit halb eingefallenem Dach vor einer großen beigefarbenen Plane, die über einem Fahrzeug von der Größe eines Rasentraktors liegt. Der Tätowierte steht mit leicht gespreizten Beinen da, wie ein Catcher, der ungeduldig darauf wartet, dass ich den Ring betrete.

Ich fahre mir mit meinen staubigen, blutigen Handflächen über die Wangen und lege als Erste los:

»Wer sind Sie?«

Auf dem Gesicht des Muskelmanns zeichnet sich ein kleines zufriedenes Lächeln ab.

»Und Sie? Wer sind Sie?«

Ich habe nichts zu verbergen.

»Maddi Libéri, Allgemeinmedizinerin mit Praxis in Murol. Ich kümmere mich um Tom ...«

»Dass ich nicht lache! Sie schnüffeln bloß rum. Sie bedrängen ihn mit Fragen! Sie befummeln ihn. Sie umschleichen ihn, als wollten Sie ihn entführen. Wollen Sie wissen, was ich hier mache? Amandine hat mich hergebeten. Weil sie Schiss hat. Weil sie an eine Psychopatin geraten ist. Sie hat gesagt *Komm schnell her, Jo, eine Verrückte schleicht um unser Haus, um uns auszuspionieren, eine Kranke, die zu allem fähig ist.* Er fixiert mich mit seinen stahlblauen Augen – die Farbe, aus der man Schwertklingen macht. »Und sie hat sich nicht geirrt!«

Ich halte seinem Blick stand.

»Und Sie ... Sie sind?«

»Jo. Der Vater von Tom! Haben Sie das noch nicht kapiert?«

Verdammt! Bin ich so blöd? Er hat mich aus dem Auto geworfen und geschrien *Was machen Sie mit meinem Bengel?* Natürlich, Tom hat einen Vater ...

Ich überwinde den Schock und gehe zum Gegenangriff über.

»Freut mich zu hören, dass er einen hat. Man kann aber nicht sagen, dass Sie oft hier auftauchen!«

»Ich bin da, wenn ich gebraucht werde. Außerdem bin ich Ihnen keine Rechenschaft schuldig. Und wenn ich Ihnen sage, dass ich Snowboardlehrer bin, werden Sie vielleicht kapieren, dass ich im Winter eher in den Pyrenäen Arbeit habe.«

Ich mustere ihn erneut. Er muss so um die Dreißig sein. Wenn sein muskulöser Körper auch bestens in Form gehalten ist, so ist sein Gesicht doch schon von der frischen Luft, von Exzessen, vielleicht auch vom Alkohol gezeichnet. Er wirkt selbstsicher, willensstark, unabhängig, auf gewisse Weise intelligent und auf alle anderen idiotisch.

»Okay«, meint Jo, »was machen wir, jetzt da wir uns einander vorgestellt haben? Die Bullen rufen? Ich habe Sie im Wagen gesehen, er wollte fliehen, aber Sie haben ihn zurückgehalten.«

Er zieht sein Handy aus der Jeanstasche.

»Ich habe Sie sogar gefilmt.«

Ich versuche, diesen neuen Schlag einzustecken. Zumindest sind die Dinge klar: Ich bin an diese Art Typ geraten, mit dem man mit offenen Karten spielen muss. Ich hebe eine Hand zum Zeichen der Beschwichtigung, *ich werde es Ihnen erklären*, er misstraut mir, lässt mich aber reden, er möchte es zwangsläufig auch verstehen. Er unterbricht mich nicht ein einziges Mal, während ich in groben Zügen mein Leben vor ihm ausbreite: Das Verschwinden von Esteban, dann die vielen Gemeinsamkeiten zwischen Tom und ihm. Ich gehe schnell über die körperlichen Details hinweg, ihre Ähnlichkeit, die Geburtsmale, zu surrealistisch, um mit wenigen Worten erklärt zu werden, ich bestehe aber auf anderen Zufällen: die indigoblauen Badeshorts mit dem kleinen weißen Wal, die Ferien in Saint-Jean-de-Luz, die Musik, das Schwimmen, die Angst vor Honig und Bienen, die baskischen Wörter ...

Erschlagen von der Aufzählung an Fakten, lehnt sich Jo an den von der Plane überdeckten Rasentraktor. Im Bauernhof hinter den Vorhängen beobachtet uns Amandine immer noch. Keine Spur von Tom.

Jo wartet noch einen Moment, um sicher zu sein, dass ich fertig bin.

Habe ich ihn überzeugt? Habe ich wenigstens Zweifel gesät? Sein stechender Blick fixiert meine Stirn, als wolle er mein Gehirn durchbohren.

»Sie sind wirklich nicht ganz dicht!«

Hat er mir überhaupt zugehört? Ich explodiere.

»Alles, was ich Ihnen gesagt habe, ist wahr! Und das wissen Sie auch. Wenn Sie wollen, höre ich auf, mich auf irrationale Weise zu verhalten, aber dann liefern Sie mir eine rationale Erklärung!«

Ich seufze, wütend, habe den Eindruck, meine Zeit zu vergeuden, als müsste ich einem Sechsjährigen etwas ganz Offensichtliches erklären.

»Eine rationale Erklärung. Von welchem Planeten kommen Sie? Soll ich rekapitulieren? Zehnjährige Kinder, die gerne Musik hören oder schwimmen, die gibt es zuhauf. Ach ja, auch solche, die Angst vor Bienen haben? Verdammt, das ist verrückt ... Tom hat außerdem Angst vor Spinnen und vor Schlangen und, als er klein war, vor Monstern, die sich unter seinem Bett versteckten. Ich wette, das war genauso bei Esteban. Und wie Tom liebte er Big Macs und Pizza, schaute ständig die Avengers und träumte davon, einen *Millennium Falken* zu haben.«

Idiot! Esteban hat nie einen Fuß in einen McDonald's gesetzt! Er ist vor zehn Jahren verschwunden und wusste nicht, dass seine Avengers-Comics eines Tages auf der Kinoleinwand zu sehen sein würden. Wenn dieser Typ glaubt, mich mit seiner Ironie überzeugen zu können ...

»Ihr Sohn spricht Baskisch, ohne es gelernt zu haben. Die Wissenschaft nennt das Xenoglossie!«

»Ach wirklich? Xenodingsbums? Vielleicht wird mein Sohn morgen aufwachen und Mandarin sprechen? Oder Kantaten komponieren, direkt vom Phantom Mozarts inspiriert? Sind Sie wirklich derart debil? Ich bin auch Surflehrer. Haben Sie nicht die Poster von Kelly Slater und Jérémy Florès an den Wänden gesehen, als Sie in seinem Zimmer rumgeschnüffelt haben?« (Ich habe deinen Sohn behandelt, Idiot!) »Ich verbringe den Winter hier, wenn es Schnee gibt, und den Sommer in Guéthary, Hossegor, Biarritz, auf jeden Fall an der atlantischen Küste. Die *maite zaitut ama* habe ich ihm diktiert. Ich war es, der ihm Baskisch beigebracht hat.«

Ich fixiere Jo unverwandt.

»Dann sprechen Sie Baskisch. Ich höre.«

»Ich rufe jetzt wirklich die Bullen!«

»Sie haben mir nicht geantwortet. Sagen Sie etwas, egal was, auf Baskisch!«

»Und dann? Prüfen Sie, ob ich Espadrilles trage? Oder ob ich Piment d'Espelette gern mag?«

Er lacht etwas zu laut über seinen erbärmlichen Witz. Mir wird klar, dass ich nicht mehr aus ihm herausbekommen werde. Trotzdem lasse ich nicht locker.

»Und die indigoblauen Badeshorts, die Tom trug? Indigoblau mit einem weißen Wal auf dem linken Bein – haben Sie die ausgewählt? Waren Sie auch Harpunenwerfer in der Arktis?«

Jo scheint immer noch so selbstsicher.

»Nein ... Didine, Toms Mutter hat sie gekauft. Aber vielleicht hat sie bei dem Kauf an mich gedacht, weil ich nicht oft genug zu Hause bin. Alle nennen mich Jo, aber mein ganzer Vorname lautet Jonas. Jonas, verstehen Sie? Jonas der Prophet, der von einem Wal verschlungen wird! Und wenn Sie nicht überzeugt sind: Tom mag auch Pinocchio. Haben Sie den Hampelmann in seinem Zimmer gesehen? Er hat seinen Plüschwal Monstro genannt. Muss ich es Ihnen erklären, oder erinnern Sie sich an den Zeichentrickfilm?«

Dieser Mistkerl hat auf alles eine Antwort, so als hätte er all meine Fragen erahnt und seine Verteidigungsstrategie vorbereitet. Kann man derart vorausschauend sein, wenn man sich nichts vorzuwerfen hat? Ich mustere ihn von Kopf bis Fuß, auf der Suche nach der Schwachstelle in seinem tätowierten Panzer. Ich muss zugeben, dass mich seine Argumente aus dem Konzept gebracht haben. Gäbe es nicht dieses Geburtsmal an der Leiste ...

»Prüfen Sie, ob meine Nase wächst?«, fragt Jonas amüsiert. Er bricht in Lachen aus.

Nein, seine Nase wächst nicht. Er hat alles perfekt im Griff, zu perfekt. Für Zweifel lässt er keinen Platz. Und doch wäre jeder Vater durch das, was ich erzählt habe, verunsichert. Er blufft oder er versucht, Zeit zu gewinnen oder er will einfach nur vor mir auf der Hut bleiben. Aber wenn ich erst einmal weg bin ...

Er fuchtelt mit dem Handy vor meinen Augen.

»Wissen Sie, was wir tun werden, Frau Doktor? Wir werden es vorerst dabei bewenden lassen. Ich vergesse diesen Vorfall, und Sie verschwinden aus unserem Leben. Sind Sie einverstanden mit diesem Kompromiss?«

Er wartet nicht auf meine Antwort und zieht an der beigefarbenen Plane vor uns. Das geparkte Fahrzeug ist kein Rasentraktor, sondern ein nagelneues Quad. Es scheint Jonas plötzlich mehr zu interessieren als die Gesundheit seines Sohns. Er betrachtet es für lange Sekunden, bevor er sich zu mir umdreht.

»Aber bevor jeder zu sich nach Hause zurückkehrt und vergisst, was wir uns gesagt haben, möchte ich Sie um eine kleine Abfindung bitten, Frau Doktor.«

Komisch, es ist das zweite Mal, dass er mich Frau Doktor nennt, das hatte er vorher nie gemacht!

»Ich möchte, dass Sie einen professionellen Blick auf diesen Dickschädel Didine werfen.«

Ich verstehe. Wenn er erst nach einer Abwesenheit von mehreren Monaten nach La Souille zurückgekommen ist, muss Amandines Gesundheitszustand ihn schockiert haben. Wahrscheinlich hat sie ihm, ganz so wie mir, gesagt, dass sie es strikt ablehnt, sich von einem Arzt untersuchen zu lassen.

»Selbstverständlich, Jonas. Natürlich werde ich Ihre Frau behandeln.«

Jonas der Tätowierte scheint dieses Mal wirklich besorgt.
»Behandeln ist nicht das richtige Wort, Frau Doktor. Ich glaube, das ist ... das ist ein wenig komplizierter.«

· 31 ·

Savine klebt förmlich am Heizkörper. Das heiße Gusseisen dringt durch die Fasern ihrer Gore-Tex-Hose und brät ihr Hinterteil. Ein wahrer Genuss!

Nachdem sie oben auf der Burg von Murol fast erfroren wäre, könnte sie sich jetzt stundenlang so einheizen lassen. Es lebe die Auvergne, die Vulkanwelt und die Erdwärme!

»Kannst du vielleicht das Fenster schließen?«

Nectaire knurrt hinter seinem Schreibtisch, die Hände platt auf seine guatemaltekische Briefmarkensammlung gelegt. Savine heizt den Raum zwar auf Hochtouren, hat sich aber eine Zigarette angezündet, deren Rauch sie aus dem Fenster bläst.

»Ich rauche die Zigarette zu Ende, und wir verbarrikadieren uns.«

Nectaire zuckt mit den Achseln, beobachtet kurz, wie Savine kalte und warme Luft einatmet.

»Möchtest du einen Tee?«

»Du kannst mich mal mit deinem Tee!«

Kein Zweifel, denkt Nectaire, die Sozialarbeiterin ist schlecht gelaunt. Und das alles wegen der Honigkekse aus dem Fournil de Lamia? Er verstaut seine Briefmarken vorsichtig in einer Schublade.

»Geht es dir wie mir? Verstehst du auch nichts?«

»Da gibt es nichts zu verstehen«, explodiert Savine. »Als ich von der Burg zurückgekommen bin, habe ich sein Motorrad in Froidefond, vor dem Brunnen geparkt, gesehen. Er ist zurückgekommen, dieser Idiot! Jonas ist wieder aufgetaucht, um Amandine zu quälen! Ein Winter ohne Schnee, ich dachte, sie hätte ihre Ruhe, aber er muss Lust bekommen haben, Quad zu fahren oder zu klettern.«

Nectaire scheint nicht zu verstehen, weshalb Jonas' Rückkehr Savine so nervt.

»Okay, Jonas de Lassolas, der attraktivste tätowierte Surfer der Auvergne, ist wieder da. Aber es gibt derzeit Wichtigeres, oder? Hast du mitgekriegt, was die Bäckerin Fournil de Lamia gesagt hat? Esteban hat jeden Morgen einen Honigkeks gekauft und gegessen!«

Savine scheint ihm nicht zugehört zu haben, zieht an ihrer Zigarette und vergisst, den Rauch nach draußen zu pusten.

»Pass auf«, meint der Gemeindesekretär beunruhigt. »Wenn Alain, Géraldine oder Oudard Tabakgeruch bemerken ...«

»Das war nicht der rechte Moment für Jonas zurückzukommen! Wirklich nicht! Vor allem bei Amandines momentanem Zustand.«

Das ist nicht der rechte Moment ... Bei Amandines momentanem Zustand ... Was meint Savine damit? Er hebt die Augen zu dem rot blinkenden Punkt des Rauchmelders. Beruhigt. Der Rauch ihrer Zigarette bildet nur einen silbrigen Nimbus um Savines graues Haar. Amandine und ihr Surfer werden warten müssen – er bleibt bei seiner Idee.

»Ist dir klar, was diese Geschichte mit den Honigkeksen bedeutet? Das heißt, dass – anders als Maddi Libéri behauptet – ihr Sohn überhaupt keine Honigphobie hatte! Und ebenso wenig eine Bienenphobie! Und dass sie uns von Anfang an etwas vorgemacht hat. Wenn man diese Argumentation noch weiter vorantreibt, so bedeutet das ...«

»Amandine täte besser daran, Jonas ein für alle Male vor die Tür zu setzen! Ich hab die Leier schon x-mal gehört, er wird den Reumütigen geben: Diesmal wird alles anders, Chérie, ich bleibe für immer hier. Und Amandine wird wieder darauf reinfallen. Bis er aufbricht, und seine Blumen auf einer anderen Wiese pflückt, ein Haus pro Jahreszeit, eine Frau auf jeder Ski- und Surfstation. Das ist einfach nicht der richtige Augenblick, hier wieder aufzutauchen Jo. Und noch dazu Tom, der nicht richtig spurt ... und die Frau Doktor, die um ihn herumschleicht.«

Nectaire ergreift die Gelegenheit beim Schopfe.

»Genau, lass uns von Maddi Libéri sprechen. Wenn sie gelogen hat, was die Bienenphobie betrifft, so kann auch alles andere gelogen sein! Je mehr ich darüber nachdenke, umso mehr bin ich überzeugt, dass hier was nicht stimmt!«

Savine bläst eine letzte Rauchwolke aus dem Fenster und drückt dann ihre Zigarette auf dem Fensterbrett aus.

»Dieser Idiot wird ihr eine Messerklinge ins Herz bohren, und ich werde Amandine wieder aufpäppeln müssen.«

Nectaire denkt weiter laut nach, ohne zu wissen, ob Savine zuhört oder nicht.

»Ich muss Lazarbal noch mal kontaktieren. Da ist irgendetwas, das ich absolut nicht kapiere. Er hat mit Sicherheit auch die Bäckersleute befragt und ist mit Sicherheit auf dem Laufenden, was die Honigkekse betrifft. Aber wusste er auch von der Honigphobie? Verdammt noch mal, wann immer in dieser Geschichte alle Indizien perfekt zusammenzupassen scheinen, gibt es jedes Mal ein Detail, bei dem es hakt, wie das letzte Stück eines Puzzles, das sich nicht einfügt, sodass man wieder ganz von vorne anfangen muss ...«

Savine schließt das Fenster.

»Was hast du gesagt, Nicky? Ganz von vorne anfangen? Gerne, tut mir leid, ich hab nicht zugehört.«

Sie sucht das Büro mit den Augen ab, ganz offensichtlich enttäuscht.

»Hast du mir keinen Tee gekocht?«

· 32 ·

Ich stecke mein Stethoskop in die Arzttasche, während Amandine ihre Bluse wieder zuknöpft.
»Alles in Ordnung. Machen Sie sich keine Sorgen. Was Sie brauchen, ist einfach nur sehr viel Ruhe.«
Sie setzt sich aufs Sofa. Ohne Jonas an ihrer Seite hätte sie sich nie darauf hingelegt und noch weniger gestattet, dass ich sie untersuche, Herz und Lunge abhorche, ihren Bauch und ihre Brüste abtaste. Amandine wirft mir einen vernichtenden Blick zu, einen Blick voller Hass, als hätte ich sie soeben ihres Geheimnisses beraubt.
Gleich danach wandern ihre Augen zu ihrem tätowierten Helden. Ein Blick voller Liebe, gleichsam als Entschädigung. Jonas steht neben ihr, eine Hand gefangen in der von Amandine, in der anderen eine geöffnete Bierflasche.
Amandine ist eine unterwürfige Frau, eine dieser verliebten Frauen, die ihr ganzes Leben nicht wissen werden, ob sie ihr Schicksal selbst gewählt haben oder nur geduldig ertragen. Das aufopfernde Schicksal der Frauen von See- oder Fernfahrern, Forschern … oder Surfern. Eine Frau, die jene verachten, die nicht leidenschaftlich und geduldig sind und sich mit dem Erstbesten, mit einem Ersatz, begnügen und niemals den würzigen Rausch langer Wiedersehensumarmungen erleben. Frauen, die eines Tages, wenn ihr Mann endlich zurückgekehrt ist, der ganzen Welt lautstark verkünden: Ich hatte recht!

Frauen, zu denen ich nie gehören werde ... Amandine muss mich derart verachten!

Wie lange wird Jonas diesmal bleiben? Ich habe den Eindruck, er hat sein Motorrad nur für kurze Dauer in La Souille abgestellt. Letzten Endes spielt es auch keine Rolle ... Hauptsache, er hat seine Didine bewegen können, sich um ihre Gesundheit zu kümmern.

Ich versuche es mit einer friedlichen Geste. Ich nähere meine Hand ganz sanft, um sie auf Amandines Bauch zu legen, doch sie weicht, so weit es geht auf dem Sofa zurück. Wenn Jonas nicht ihre Hand halten würde, hätte sie längst die Flucht ergriffen.

Also versuche ich es mit guten Worten:

»Keine Sorge, ihrem Baby geht es gut.«

Amandine ist im fünften Monat schwanger. Ohne Untersuchung hätte ich es mir kaum vorstellen können. Stets weite Kleider, der Bauch noch flach. Ich stelle eine Überweisung für die Gynäkologin in Aubière aus (sie ist bisher bei keinem Facharzt gewesen) und ein Rezept über Spasfron und Metopimazine gegen krampfartige Schmerzen und morgendliche Übelkeit. Mit möglichst einfachen Worten versuche ich ihr zu erklären, dass man heutzutage nicht mehr auf dem Bauernhof entbindet und sich nicht allein mit Pflanzen heilt, dass es Ultraschall und sogar Fruchtwasseruntersuchungen gibt oder zumindest Spekula für Abstriche, und das alles im Interesse ... des Babys!

Ich weiß nicht, ob Amandine mir überhaupt zugehört hat. Die Rezepte aber liegen unübersehbar auf dem Wohnzimmertisch.

Ich weiß auch nicht, wo Tom geblieben ist. Sicher spielt er in seinem Zimmer, im ersten Stock. Ich würde mich so freuen, wenn er herunterkäme, oder wenn ich ihn auch nur oben am Treppenabsatz sehen könnte.

Ihn bitten könnte, mir zu verzeihen ...

Ihn fragen könnte ... Ich habe noch so viele Fragen an ihn.

Ein Schatten fällt auf mich. Es ist der von Jonas, der sich genähert hat. Er reicht mir die Hand und bedenkt mich mit seinem Raubtierlächeln.

»Nichts für ungut, Frau Doktor. Und lassen Sie meinen Sohn in Ruhe! Ich bin wieder da. Keine Sorge. Ich passe auf ihn auf!«

Mir bleibt keine andere Wahl, als zu gehen.

Mein Blick gleitet durch den Raum: das baskische Gedicht *Txoria txori*? Toms nasse Jacke, die im Eingang herumliegt, seine noch feuchten Sportschuhe, Amandine hat sie nicht zum Trocknen weggestellt – wohin auch? Bei einem derartigen Durcheinander könnte man den Kamin überhaupt nicht anzünden.

Ich trete ins Freie, und meine Augen versuchen, so viel wie möglich zu registrieren. Toms Fahrrad an der Hofmauer, das Jonas mit einer Hand aus dem MiTo gezerrt hat, so als handele es sich um ein Kinderdreirad. Das Quad unter dem Scheunendach. Die aufgeschreckten Hühner. Jonas überwacht mich von der Türschwelle aus. Ich bedenke ihn mit einem herausfordernden Blick und wende mich dann verwirrt ab. Seine hellen Augen sind zweifelsohne die gleichen wie die von Tom.

Ich muss losfahren, mich wieder auf den Weg machen.

Aber wohin?

Wo ist Tom?

Ich habe nicht die geringste Lust, zurück in meine Praxis zu fahren.

Ich habe nicht die geringste Lust, zu Hause bei Gaby zu sein.

Ich habe nicht die geringste Lust, mit meinem Unsinn aufzuhören!

· 33 ·

»Hallo, Esteban! Ich dachte schon, du kämst gar nicht mehr!«

Tom lehnt am Brunnen von Froidefond. Esteban ist mit dem Fahrrad die geteerte Straße heruntergeprescht. Auf Höhe des Jungen angelangt, bremst er ruckartig.

»Hast du dein Rad nicht dabei?«

»Nein. Striktes Fahrrad-Verbot. Striktes Verbot, schwimmen zu gehen.«

Tom schiebt sein Hosenbein hoch und rollt seine Socke bis zum Turnschuh herunter.

»Wie du siehst: kaputter Knöchel!«

»Autsch ... Und das alles wegen ein paar Bienen?«

»Genau. Verdammte Viecher! Übrigens hast du mich da ganz schön im Stich gelassen!«

Esteban lehnt sein Rad an den Brunnenrand. Es scheint ihm aufrichtig leidzutun.

»Was hätte ich tun können? Ich dachte, du wüsstest, wohin du gehst. Ich konnte nicht ahnen, dass du dich verläufst.«

»Hättest du nicht den Rettungsdienst rufen können, als du mich nicht hast zurückkommen sehen?«

»Vergiss nicht, dass ich ein Phantom bin!«

Tom kann sich ein Grinsen nicht verkneifen.

»Du bist ein Phantom, wenn es dir in den Kram passt! Gut, nicht schlimm, wir sind quitt. Ich musste dich ohnehin verraten!«

Diesmal bricht Esteban in Lachen aus.

»Nachdem ich nur in deinem Kopf existiere, wüsste ich nicht, wer mir etwas anhaben könnte!«

Sie stehen eine Weile schweigend da. Tom wirft einen prüfenden Blick nach La Souille hinüber. Niemand kann sie sehen, alle Vorhänge des Bauernhofs sind zugezogen.

»Mein Vater ist zurückgekehrt«, sagt er schließlich. »Ich werde dich noch mehr brauchen, Esteban. Um mit dir zu sprechen ... Weil ich ganz allein sein werde. Mein Vater kommt nicht oft, aber wenn er kommt, dann um sich mit Maman im Schlafzimmer einzuschließen. Du verstehst schon ... An solchen Tagen bin ich für sie wie Luft.«

»Und was machst du dann?«

»Wenn ich kann, fahre ich mit dem Rad zum Schwimmbad. Und wenn nicht, schließe ich mich ein und versuche, Gitarre zu spielen.«

»Hast du eine Gitarre?«

»Nein, nur so ein zusammengebasteltes Teil. Außerdem hatte ich nie Unterricht.«

»Ich schon. Ich finde eine für dich. Ich bring's dir bei!«

Tom sieht den Jungen verwundert an und fragt sich, wie ein Phantom, das seinem Kopf entsprungen ist, Musikunterricht genommen haben kann. Es sei denn, Esteban hätte auch ein Phantom in seinem Kopf, das eines Gitarristen, und so weiter und so fort ... Er hat sich hinabgebeugt, um seinen Rucksack zu öffnen, und Tom schenkt ihm ein trauriges Lächeln.

»Danke. Ach, weißt du, das ist nicht so schlimm. Mein Vater verschwindet wieder genauso schnell, wie er gekommen ist. Und dann weint Maman einen ganzen Monat lang.«

Tom schweigt eine Weile, bevor er fortfährt. Er schnieft, um einen Schluchzer zu unterdrücken.

»Aber ich darf nicht weinen ... Wenn du wirklich in meinem Kopf bist, wirst du noch ganz nass! Weißt du, was ich mir manchmal wünsche, wenn ich an meinen Vater denke?«

»Nein, schieß los.«

Esteban reißt die Kekspackung mit den Zähnen auf.

»Dass er stirbt!«

»Echt?«

Esteban hält mehrere Kekse in der Hand.

»Du willst keinen?«

Tom kreuzt seine beiden Zeigefinger.

»Bloß nicht. *Vade retro*, hinfort mit dir, Teufelsnektar!«

Sie brechen beide in Lachen aus. Esteban prustet mit vollem Mund los. Tom weicht zur Seite, um nicht von einem der Krümel getroffen zu werden.

»Du hast sogar Angst vor einem Keksbrösel. Dir wäre lieber, ich würde ersticken? Geh mal zur Seite, ich will was aus dem Brunnen trinken.«

Esteban hustet. Tom rührt sich nicht vom Fleck.

»Ich hab dir schon letztes Mal gesagt, dass das nicht erlaubt ist. Der Brunnen ist reserviert für … die Toten!«

Esteban bleibt augenblicklich stehen. Der Husten hat überraschend wieder aufgehört, wie ein Schluckauf. Er beobachtet das rötliche Wasser, das aus dem verrosteten Kupferhahn rinnt, über den Rand der Granitschale läuft und eine breite Feuerspur auf den Steinplatten hinterlässt.

»Die Toten? Das würde mich aber wundern! Ich hab quicklebendige Leute gesehen, die am Brunnen ihre Feldflaschen gefüllt und …«

»Hast du die Farbe des Wassers gesehen?«, fällt ihm Tom ins Wort. »Es kommt aus dem Zentrum der Erde! Direkt aus der Unterwelt. Die Alten hier sagen, es ist der Brunnen der Seelen.«

Tom betrachtet fasziniert das doppelte Spiegelbild im scharlachroten Wasser.

»Los, mach schon«, sagt Esteban ungeduldig. »Erzähl!«

»Man soll einem Sterbenden ein Glas mit Wasser aus dem Brunnen der Seelen zu trinken geben. Und dann muss ganz schnell eine schwangere Frau dasselbe Wasser aus demselben Glas trinken. Und so …«

»Und so?«

»Und so kann seine Seele wandern! Sie kann aus seinem Körper in den des ungeborenen Babys hinübergehen.«

»Wow!«, ruft Esteban beeindruckt aus. »Aber da müssen Tod und Geburt ja gleichzeitig, das heißt gut aufeinander abgestimmt sein!«

»Das ist schon vorgekommen, glaube ich. Das sind Geschichten, die liegen schon ewig zurück.«

Toms Augen sind jetzt auf La Souille gerichtet, sein Blick folgt der rissigen Mauer des Hofs, bis er an einem der Fenster im ersten Stock hängen bleibt.

»Ich muss gehen, Esteban. Sonst macht mir mein Vater die Hölle heiß. Schon unter normalen Umständen darf ich den Hof nicht verlassen.« Er starrt auf die zugezogenen Vorhänge. Der schmutzige strohfarbene Stoff verschmilzt mit der Lehmfarbe der Fassade. »Aber das soll dich nicht davon abhalten, Rad zu fahren und schwimmen zu gehen; solange du in meinem Kopf bist, ist es so, als würde ich auch ein wenig radeln und schwimmen und das sogar ohne Schmerzen im Fußgelenk!«

Esteban macht sich daran, die restlichen Kekse in seinem Rucksack zu verstauen.

»Also wirklich, du bist immer noch total verrückt!«

»Da bin ich mir nicht so sicher … Ich finde, du ähnelst immer weniger einem Phantom!«

Esteban entfernt sich schon. Tom sieht nur noch vage die Gestalt, die den Hang hinunterrast, bis sie an der ersten Biegung ganz aus seinem Blickfeld verschwunden ist. Tom hat gerade noch Zeit zu schreien:

»So langsam glaube ich, dass es dich wirklich gibt!«

· 34 ·

Obwohl Amandine spürt, dass Jonas' Glied in ihr kleiner wird, bleibt sie weiter auf ihm sitzen. Sie legt die Hände flach auf seine Brust – er kann ihr Federgewicht leicht aushalten – und wiegt sich hin und her, um ihn bis zum Ende zu spüren.

Noch nie hat sie einen Mann so sehr geliebt wie Jonas. Sie kann nichts dagegen tun, es ist physisch, chemisch, dieser Typ kann sie mit jeder Schlampe betrügen, für sechs Monate verschwinden, völlig durch den Wind wieder auftauchen, ihr die Klamotten, die noch den Geruch der letzten blöden Kuh haben, zum Waschen und Bügeln vor die Füße werfen, niemals würde sie ihn nicht hereinlassen. Mögen jene, die nie eine ganze Nacht lang solche Wonnen erlebt haben, den ersten Stein werfen.

Jonas liegt, wie im Schraubstock zwischen ihren Schenkeln, unter ihr ausgestreckt. Soll er doch versuchen, sich zu bewegen ... soll er doch versuchen, zu gehen. Amandine lässt ihm fünf Minuten Pause, bevor sie ihren Tanz wieder aufnimmt.

Dieser Mistkerl wird schon wieder hart.

Jonas' Hand knetet ihre Brüste, ohne Zärtlichkeit, ganz grob – mein Gott, wie sie das liebt – und gleitet dann auf ihren Bauch, legt seine Handfläche auf ihren Bauchnabel.

»Man könnte meinen ein Krater«, murmelt Jonas. »Ein süßer Krater in einem ganz neuen Vulkan.«

Mit seinen Fingern folgt er der Rundung ihres Bauches. Amandine packt sein Handgelenk und hält es hoch. Berühren verboten!

»Mir graut's vor diesem dicken Bauch!«, stöhnt sie.

Jonas hebt den Kopf. Seine hellen Augen betrachten die nackte, auf ihm kauernde Frau. Didine war immer schon so zierlich wie ein Teenager.

»Stehen dir gut, diese Formen ...«

Er richtet sich ausreichend auf, um mit den Lippen ihre Brustwarzen zu berühren.

»Noch nie hattest du so schöne Brüste.«

Er musste nur kurz an ihnen knabbern, um wieder ganz steif zu werden.

»Ich hasse sie! Ich komme mir vor wie eine Kuh!«

»Idiotin! Du bist schön, und du weißt es!«

Sie sitzen jetzt beide auf dem Bett – Brust an Brust – sie auf ihm, er in ihr. Nie hat Didine ihn so intensiv gespürt. Sind es die Hormone, das Progesteron, die Östrogene, all dieser Mist, der den Körper schwangerer Frauen durcheinanderbringt?

»Mir wär's lieber, du fändest mich hässlich.«

»...«

»Und dass du mich trotzdem liebst, denn es gibt ja viel hübschere Frauen als mich ...«

»Idiotin!«

Jonas küsst sie. Amandine gibt sich hin. Nur in den Armen eines starken Mannes kann sie sich hingeben. Eines starken Mannes, den sie gleichzeitig zu dominieren vermag. Sie stützt sich auf seine Schultern, die Hände halb um seinen Hals gelegt, und kommt und geht immer schneller. Sich der Virilität eines harten Mannes hingeben, den sie verrückt machen kann. Jonas nimmt sie so hart, dass sie das Gefühl hat, ihr Körper würde explodieren. Sich dem Fieber eines Mannes hinzugeben, der alle Frauen dieser Welt begehrt, der aber für die Zeit eines Orgasmus schwört, dass er sie liebt, sie und nur sie allein. Sie sind am Rand der Explosion, sie muss widerstehen, noch widerstehen.

Jonas kommt mit einem langen Stöhnen als Erster.

»Ich liebe dich so sehr, meine Amandine, dass ich am liebsten daran sterben würde!«

• • •

Jonas spaziert nackt durchs Wohnzimmer. Amandine liebt Männer, die sich nach dem Akt nicht anziehen. Die danach nicht einschlafen, die nicht duschen gehen, sondern die ihren Geruch auf der Haut behalten wollen, solche, die danach Lust auf etwas Starkes haben, damit das Feuer nicht zu schnell erlischt.

Jonas hat sich einen Whisky eingeschenkt.

Er ist vor den Zeilen des Gedichts *Txoria, txori* stehen geblieben, das mit Reißzwecken an die Wand geheftet ist.

»Hast du es da aufgehängt?«

»Natürlich.«

Amandine ist nähergetreten. Auch sie ist nackt. Sie legt ihre Arme um seine Taille, drückt einen Kuss auf seinen Nacken, zeichnet mit einer Brustwarze ein Herz auf seinen Rücken, stellt sich auf die Zehenspitzen, um ihren runden Bauch in sein Kreuz und ihren Schamberg an sein Hinterteil zu pressen. Sie hält ihn fest, sehr fest, die Zeit ist stehengeblieben, jeder Augenblick mit ihm ist eine Ewigkeit.

Sie liest über seine Schulter hinweg, die Zeilen des Gedichts, auch wenn sie es längst kennt.

> *Wenn ich seine Flügel gestutzt hätte,*
> *wäre er ganz mein gewesen*
> *wäre niemals davongeflogen.*
> *Ja, aber dann ...*
> *Wäre er kein Vogel gewesen,*
> *Und ich,*
> *Ich habe ihn doch geliebt, den Vogel.*

Amandine wiederholt ganz sanft, die Lippen so nah wie möglich an Jonas' Ohr.

»Und ich, ich habe ihn doch geliebt, den Vogel.«

Sie küsst ihn erneut, fest an ihn geschmiegt, solange es geht, solange er will.

»Du siehst«, vertraut sie seinem Ohr an. »Ich habe verstanden. Wenn man einen Vogel liebt ...«

Jonas dreht den Kopf, nur den Kopf. Ihre Lippen berühren sich fast.

»Es gibt nichts mehr zu verstehen, mein Baby. Diesmal bleibe ich, das schwöre ich dir.«

Amandine begnügt sich mit einem fast gleichgültigen Lächeln.

Ich bleibe. Wie oft hat sie dieses Versprechen schon gehört? Sie glaubt ihm noch weniger als dem Wahnsinn von Frau Doktor Libéri. Sie zwingt sich, ihrer Stimme einen möglichst gleichgültigen Klang zu geben.

»Nein, Jonas, du bleibst nicht ..., aber das ist nicht schlimm. Ich bin daran gewöhnt.«

Jonas löst sich langsam aus Amandines Umklammerung, entfernt sich um etwa einen halben Meter, dreht sich um und lässt seinen Zeigefinger über ihren zitternden Bauch gleiten.

»Seinet- oder ihretwegen werde ich bleiben ... und für Tom. Tom braucht mich.«

»Tom hat dich immer gebraucht.«

»Nein, davon rede ich nicht. Er braucht mich heute. Wegen all dieser Geschichten.«

»Was die Libéri erzählt? Du wirst doch diesen Blödsinn nicht glauben?«

»Ich habe nicht gesagt, dass ich es glaube. Aber du musst schon zugeben, dass es sonderbar ist. Vor ihr habe ich mir nichts anmerken lassen, da kannst du sicher sein. Aber wenn auch nur zehn Prozent von dem, was sie sagt, der Wahrheit entspricht ...«

Amandine sucht die hellen Augen ihres Silbersurfers. Die ihren lässt sie sagen *komm zu mir her*.

Sie legt beide Hände auf die Hüften ihres Geliebten.

»Diese Frau ist übergeschnappt. Sie hat ihren Jungen verloren, und da unserer dem ihren ähnelt, als er so alt war, macht sie das verrückt.«

Jonas' stahlblaue Augen gleiten durch den Raum, doch sie scheinen Amandine nicht mehr zu sehen.

»Du hast recht. Und trotzdem habe ich den Eindruck, dass es so einfach nicht ist. Ich wirke vielleicht wie ein Blödmann, der nichts anderes im Sinn hat als sein Board, doch das hindert mich nicht daran, die Dinge verstehen zu wollen … Und das hier verstehe ich einfach nicht! Ich werde mit Tom sprechen. Es wird Zeit, dass er merkt, dass er einen Vater hat.«

Amandine spielt halbherzig die Aufreizende, so als würde sie ihm gar nicht zuhören.

»Ich habe noch immer Lust auf dich.«

Ihre Hand liebkost ihn auf der Suche nach einem Zeichen des Begehrens.

»Diesmal, Didine, kann ich, glaube ich, wirklich nicht mehr.«

Er entfernt sich zum nächsten Fenster und zieht den Vorhang auf.

Amandine, die enttäuscht ist, findet ihn schön. Jeder Muskel seines Körpers entfaltet sich in dem winzigen Lichtstrahl. Wird es immer so mit ihm sein? Je mehr sie ihn begehrt, umso mehr entzieht er sich. Und sobald sie ihn vergisst, kommt er zu ihr zurück. Und dennoch? Wenn er die Wahrheit sagt? Wenn Jonas dieses Mal wirklich bliebe? Sie will es sich nicht einmal vorstellen, nicht einmal in ihren verrücktesten Träumen. Sie hat ihn niemals um etwas gebeten, nicht einmal, als sie ihr zweites Baby gezeugt haben, sie hat kein Wort gesagt, würde ihn nicht zurückhalten, niemals.

Und ich, ich habe ihn doch geliebt, den Vogel.

Aber wenn er Lust hat, sein Nest hier zu bauen?

Sie muss das Bild aus ihren Gedanken vertreiben, das weiß sie nur zu gut.

Übrigens ist Jonas schon fort. Er fixiert durch die Fensterscheibe einen unsichtbaren Punkt hinter dem Vorhang.

»Was beobachtest du da?«

»Wo ist Tom?«

»Er treibt sich oft in der Nähe des Brunnens herum.«

»Da ist er aber nicht.«

Amandine tritt ans Fenster. Sie kennt den Hof auswendig, sie kennt Jonas auswendig und weiß, dass er nicht zum Weiler schaut, sondern zur Scheune. Eine Scheune, die im Begriff scheint, davonzufliegen, weggerissen von dem Großsegel, das an den Holzpfosten befestigt ist. Eine einfache Plane wie die, die er zum Schutz über das Quad gelegt hatte.

»Komm, mach einen kleinen Ausflug. Ich sehe doch, du hast riesige Lust.«

»Nein«, erwidert Jonas, ohne das Geländefahrzeug aus den Augen zu lassen. »Ich hab dir gesagt, dass ich bleibe.«

»Fahr schon los, du Idiot. Und komm schnell zurück! Niemals werde ich an ein Morgen mit dir glauben. Aber versprich mir zumindest diese Nacht.«

»Ich verspreche dir den Rest meines Lebens!«

Amandine küsst ihn leidenschaftlich.

Den Rest seines Lebens?

Sie fröstelt, als wären alle Fenster des Hauses explodiert, um den Winter hereinzulassen. Ihr ganzer Körper ist von Gänsehaut überzogen. Eher Putenhaut. Schnepfenhaut.

Den Rest seines Lebens?

Ist sie etwa so blöd, das noch zu glauben?

Jonas schlüpft rasch in Boxershorts und Jeans.

»Ich will euch nie mehr allein lassen, weder dich noch Tom.«

Er zieht einen Pulli über seinen nackten Oberkörper.

»Und, verdammt, diese Ärztin kann nicht alles nur erfunden haben! Diese äußere Ähnlichkeit! Dieses Geburtsmal: Und ihr Sohn, dieser Esteban, wäre heute zwanzig Jahre alt!« Er lacht, während er an seinen Socken zieht. »Ich bin neunundzwanzig, ich kann nicht sein Vater sein!«

Amandine hat sich in das Tuch gewickelt, das auf dem Sofa lag. Plötzlich ist sie wieder fast schamhaft. Sie beobachtet ihren Surfer, der sich über seine zusammengerollten Socken hermacht. Würde sie es wirklich wollen, dass er sein Nest hier baut? Für den Rest seines Lebens? Was sie liebt, ist der Vogel ... aber einen Adler, keinen Kanarienvogel!

Jonas sucht seinen Stiefel und fährt in demselben lässigen Tonfall fort:

»Also, um die Ähnlichkeit dieser beiden Knaben zu verstehen, wäre die eigentlich einzige Erklärung, dass sie denselben Vater haben, und dann bin ich vielleicht auch gar nicht Toms Vater.«

Amandine, plötzlich ernst geworden, taucht ihren Blick in seine stahlblauen Augen.

»Hör mir gut zu, Jo. Ich habe nie einen anderen Mann gehabt als dich! Tom ist dein Sohn!« Sie legt die Handflächen auf ihren Bauch. »Und dieses hier auch, das schwöre ich dir! Also, nun geh schon!«

Langsam beugt sie sich über den Wohnzimmertisch, greift nach den beiden Rezepten von Doktor Libéri, nimmt sich Zeit, sie noch einmal zu überfliegen, und zerreißt sie dann einmal, zweimal, fünfmal, bis nur noch Konfetti davon übrig bleibt, das sie in den Mülleimer rieseln lässt.

»Nein, Didine!«, protestiert Jonas. »Jetzt spinnst du aber wirklich.«

Sie legt den Zeigefinger auf seinen Mund, fordert ihn auf zu schweigen, sich damit zu begnügen, seine Stiefel zu nehmen, in seine Lederjacke zu schlüpfen, während sie nach einem leeren Blatt Papier greift und zu schreiben beginnt.

Jonas ist bereit zu gehen. Amandine, die wie eine Geisha in ihr Tuch gewickelt ist, betrachtet ihn ein letztes Mal.

Ja, tausendmal ja, sie würde ihn jeden Tag mehr lieben, wenn er sein Nest hier bauen würde.

Sie gibt ihm einen letzten Kuss.

»Mach deine Quad-Tour, Monsieur Jo. Du hast den ganzen Berg für dich allein.« Sie reicht ihm den Zettel. »Und bei der Gelegenheit kannst du mir was mitbringen. Schau, ich hab dir eine Liste gemacht.«

Sie schenkt ihm einen letzten Kuss.

Ihr Mund hat gelogen, der vorherige Kuss konnte nicht der letzte gewesen sein, diesmal ist es der wirklich letzte, sie küsst ihn leidenschaftlich, ein endloser Atemstillstand, bevor die Tür von La

Souille sich öffnet und wieder schließt. Gerade noch genügend Zeit, um ihm zuzuflüstern:
»Komm schnell zurück.«

· 35 ·

Wayan Balik Kuning hört es klingeln, erst einmal, dann zwei Mal, bis nach dem zehnten Klingeln endlich jemand abnimmt. Der Psychiater stößt einen gedehnten Seufzer der Erleichterung aus.

»Hallo, Maddi?«

»...«

»Uff! Ich dachte schon, Sie würden niemals antworten! Ich hatte größte Mühe, Ihre Adresse und Ihre Festnetznummer herauszufinden. Beantworten Sie denn nie Ihre SMS? Ich musste beim Rathaus nachfragen und ...«

»Sind Sie das ... Doktor Kuning?«

Wayan hält kurz inne. Das ist nicht Maddis Stimme.

»Gabriel?«

»...«

»Kann ich mit Maddi sprechen?«

»Sie ist nicht da!«

Gabriels Stimme ist trocken und kalt. Wie ein Eisstock, bereit loszuschlagen. Wayan weiß, dass Gabriel immer einen Rivalen in ihm gesehen hat. Männlicher Instinkt? Und hat er nicht recht?

»Wo ist sie?«

»Keine Ahnung!«

Auch wenn Wayan acht Jahre Psychologie studiert, eine Doktorarbeit über unfallbedingte Traumata bei Jugendlichen geschrieben hat, dann sechs Monate als Postdoktorand im Rehabilitationszentrum von Cambridge für Mehrfachbehinderte tätig war, fühlt er sich hilflos angesichts der Aggressivität von Gabriels knappen Antworten.

»Geht es ihr wenigstens gut?«, wagt er zu fragen.

»Super! Sie schuftet von früh bis spät! Sie liebt ihren neuen Job, und alle hier lieben sie!«

Wayan flucht innerlich. Wenn Gabriel glaubt, sich mit so einem Schmus aus der Affäre zu ziehen!

»Ich verstehe das nicht. Ich habe seit einer Ewigkeit nichts mehr von ihr gehört.«

»Ganz einfach, weil sie Sie nicht mehr braucht, oder? Sie sollten zufrieden sein, dass es ihr besser geht.«

»Ich würde mich gerne selbst davon überzeugen!«

»Alles ist gut – Punkt.«

»Gabriel ... ich scherze nicht. Maddi ... braucht mich.«

»Scheint nicht so zu sein ..., wenn sie Ihnen nicht antwortet!«

Wayan kann nicht einfach so auflegen, ohne etwas in Erfahrung gebracht zu haben, aber mit welchem Argument?

»Ich ... ich muss mit ihr sprechen.«

Niemals war Gabriels Stimme so kalt. Wie eine eisige Klinge.

»Was für ein Spielchen spielen Sie, Doktor? Sie sind da, um sie zu heilen? Dass ich nicht lache! Sie sind nur wie Gips auf einem gebrochenen Bein. Wenn der Knochen wieder zusammengewachsen ist, kann man den Gips wegschmeißen!«

Wayan ist trotz allem beeindruckt. Der Vergleich ist nicht schlecht. Sollte Gaby ein Gespür für Psychologie haben? Trotzdem, er musste ihn eines Besseren belehren.

»Nein, Gabriel, ein Psychiater ist nicht nur eine Schiene, und man bricht eine zehnjährige Behandlung nicht einfach so ab, ohne dass es zu schweren Nachwirkungen kommt.«

»Sie findet schon einen anderen. Können Sie ihr keinen Kollegen empfehlen?«

Er ist obendrein auch noch schlagfertig! Wayan hat begriffen, dass er nichts aus ihm herausbekommen wird. Der Form halber aber insistiert er.

»Ich muss wirklich mit ihr sprechen. Es ist wichtig.«

»Tut mir leid, Doktor, aber ich weiß tatsächlich nicht, wo sie ist!«

Doch, er weiß es, da ist sich Wayan ganz sicher. Aber Gabriel wird nichts sagen. Gibt er Maddi wenigstens Bescheid, dass er angerufen hat? Was tun? Später noch mal auf dem Festnetz anrufen in der Hoffnung, dass sie als Erste abhebt? Sie weiter mit SMS belästigen? Von einer anderen Nummer aus auf ihr Handy anrufen, aber geht sie ans Handy, wenn die Nummer unbekannt ist? Maddi ist sehr viel mehr als eine Patientin, er hat ihr größtes Geheimnis erraten und akzeptiert. Er kennt ihr ganzes Leben, ihre Zweifel, ihre Schwächen. Wie oft hat er sie im allerletzten Augenblick gerettet, bevor sie in den Wahnsinn abzugleiten drohte?

Etretat-Murol. Laut Routenplaner sechs Stunden Autofahrt. Verdammt, worauf wartet er? Die Auvergne ist schließlich nicht Bali.

»Gabriel, es ist wichtig, sie muss mich zurückrufen. Ich bin … ich bin in großer Sorge.«

Gabriel verspricht nichts. Er verabschiedet sich in fast fröhlicher Grausamkeit:

»Sie haben keinen Grund es zu sein, Herr Doktor. Ich passe auf sie auf!«

Damit legt er auf.

Dann stöpselt er das Festnetztelefon aus, für den Fall, dass dieser Psychiater auf die Idee kommt, noch einmal anzurufen. Gabriels Blick verliert sich auf dem Gipfel des Mont-Dore, der von der Sonne mehr in rostfarbenes als goldenes Licht getaucht scheint. Während dieses kurzen Gesprächs hat Gabriel wenigstens einmal die Wahrheit gesagt.

Er hat keine Ahnung, wo Maddi steckt!

• 36 •

Ich stelle meinen MiTo auf dem einzigen Parkplatz am Lac Pavin ab. Auf dem Platz, zu dem es nur eine Zufahrt gibt, stehen an diesem Wintertag nur die wenigen Wagen der Spaziergänger, die gerade ihre Runde um den See drehen.

Der Ort ist atemberaubend schön. Der Lac Pavin ist mehr oder weniger kreisrund und hat einen Durchmesser von knapp einem Kilometer. Bei Sonnenschein gleicht er einem türkisfarbenen Juwel, eingefasst von einem Ring aus Tannen. In Regenzeiten einer dunklen Falle mit nachtblauem Schimmer. Die Launen des Sees sind wechselhaft.

Ich nähere mich dem vermeintlich ruhigen Gewässer. Baden ist verboten, nur Bootsfahrten sind gestattet, und das ausschließlich im Sommer. Es ist der tiefste See der Auvergne, knapp hundert Meter, der jüngste und auch der gefährlichste, wegen der Gaskonzentration in seiner Tiefe. Seit der heftigen vulkanischen Explosion, die diesen perfekten Krater geformt hat, ranken sich die wildesten Legenden um den See.

Auf meinem Rundweg wechselt seine Farbe von Saphir- zu Topasblau, dann von Topasblau zu Magenta, von Magenta zu Indigoblau. Die Leuchtkraft ändert sich mit jedem Meter, als würden die Bewohner der Tiefen des Sees dort Feuer entzünden, die Fenster öffnen, sich bewegen, sich lieben, und so das Wasser mit seltsamen Schatten und kurzen Lichteffekten durchbrechen.

Ich weiß, es heißt, der See sei ohne Boden, ein ganzes Dorf sei darin verschwunden; er sei diabolisch, grauenhaft und würde eines Tages erwachen und eine Katastrophe auslösen, einen tödlichen Ausbruch, der alle Bewohner der Umgebung in Salzsäulen und den Rest in Aschewolken verwandeln würde.

Und doch wirkt er so ruhig. Ich gehe langsamen Schrittes am Ufer entlang, die Wasseroberfläche ist glatt, vor dem geringsten Windhauch geschützt durch eine Armee von Tannen.

Ich bewege mich am Rand meines Wahnsinns.

Was passiert, wenn man sich ganz hineingleiten ließe?

Was ist unten am Grund? Was sieht man?

Wo bist du, Esteban?

Gib mir ein Zeichen, ich flehe dich an.

Ich bin allein, die letzten Spaziergänger sind verschwunden. Die Umrundung des Sees dauert etwas mehr als eine Stunde. Manchmal verliert sich der Pfad zwischen den Tannen, dann wieder verläuft er direkt am Ufer. Unterwegs lese ich Kieselsteine auf, ich werfe sie und versuche dabei nicht einmal, sie über die Oberfläche hüpfen zu lassen, um ihnen einen Moment der Unsterblichkeit zu verleihen.

Ich will, dass sie sofort untergehen, ein klares Loch, einen vergänglichen Krater und Tausende Ringe auf dem Wasser bilden.

Und Tausende Fragen in meinem Gehirn.

Als Jonas aufgetaucht ist, habe ich mich an eine vorübergehende Hoffnung geklammert. Ich hatte fast vergessen, dass Esteban auch Eltern gehabt hatte, von denen ich nichts weiß. Und wenn er oder Amandine Esteban an jenem Septembermorgen 2000 in der Babyklappe im Gemäuer der Krankenstation von Bayonne abgegeben hätten? Wer hat ihn dort, dick vermummt, hineingelegt, wer hat diese Lade geschlossen und sich, ohne sich umzudrehen, aus dem Staub gemacht? Nein, unmöglich, Jonas und Amandine sind viel zu jung. Sie sind knapp dreißig Jahre alt. Sie waren erst zehn, als Esteban geboren wurde. Und ich habe niemals geglaubt, dass die Genetik eine derart frappierende Ähnlichkeit wie zwischen Esteban und Tom erklären kann, und noch weniger dieses Geburtsmal. Alle wissenschaftlichen Artikel waren sich zu diesem Thema einig. Bliebe also nur eine Erklärung? Die Reinkarnation?

Ich werfe einen weiteren Kieselstein ins Wasser, das an dieser Stelle so schwarz ist, dass ich fast erwarte, der Kiesel müsse daran kleben bleiben wie ein ölverschmierter Vogel. Aber nein, er geht unter. Muss denn letztlich alles untergehen?

Jonas' Antwort hinsichtlich der weiteren Ähnlichkeiten zwischen den beiden war auch nicht überzeugend.

Spricht er wirklich Baskisch, oder kennt er nur ein paar Wörter, um die Kellnerinnen am Hafen anzubaggern? Edateko bat nahi zenuke? Hätten Sie Lust, ein Glas zu trinken? Oso polita zara! Sie sind sehr hübsch.

Und diese indigoblauen Badeshorts? Er hat mir bestätigt, dass Amandine sie gekauft hat. Aber warum genau diese? Alle Heranwachsenden haben mit Ängsten zu kämpfen, aber warum ausgerechnet mit der vor Bienen?

Ich werfe einen weiteren Stein ins Wasser, ich habe fast dreiviertel des Rundwegs hinter mir. Er ist angenehm zu gehen, führt am Ufer entlang, macht an Stellen mit dicken Wurzeln einen Schlenker, wird etwas schmaler, wenn er an einem Felsen vorbeiführt, bevor er wieder deutlich ausgeschildert ist. Ich habe keine Lust, zum Moulin de Chaudefour zurückzukehren, möchte lieber hundertmal diesen Weg gehen. Zu viele Fragen geistern in meinem Kopf herum, vollführen einen wilden Tanz, ich muss sie ordnen, das ist der einzige Weg, nicht die Kontrolle zu verlieren, eine Strategie aufzustellen, ich muss präzise und organisiert sein.

Ich bin fast an der Anlegestelle, ein einfacher Holzsteg über dem Wasser, und damit am Parkplatz angekommen.

Mein MiTo erwartet mich wie ein braves Tier, das am Ufer geblieben ist. Versunken in meine Gedanken, habe ich keinen Kieselstein mehr aufgelesen.

Es gibt drei wichtige Punkte, auf die ich mich konzentrieren muss.

Der erste besteht darin, den eindeutigen Beweis zu erbringen, dass Esteban in Tom lebt oder Tom in Esteban! Selbst wenn das jeder wissenschaftlichen Wahrheit widerspricht! Ich muss mich in den Geisteszustand eines Wissenschaftlers versetzen, der jenseits aller Evidenzen, jenseits seines eigenen Wissens forscht.

Der zweite besteht folglich darin, Tom zu beschützen, oder Esteban, egal – den einen zu retten, bedeutet, den anderen zu retten, und ich weiß, dass sie in Gefahr sind. Esteban war es, Tom ist es, das versuchen sie mir zu sagen, das ist der Sinn all dieser Zeichen, die allein ich zu lesen verstehe.

Ich betätige den Funkschlüssel meines MiTo. Das kurze Aufleuchten der Scheinwerfer schreckt die beiden Angler auf, die ganz in der Nähe vorbeigehen, ohne dass ich sie bemerkt hätte.

Ich setze meine Überlegungen fort. Die beiden ersten Punkte machen nur einen Sinn, wenn ich den Schlüssel zum dritten finde. Wer verbirgt sich im Schatten? Wer hat Esteban vor zehn Jahren entführt? Wer bereitet sich auf eine weitere Entführung vor – morgen vielleicht, wenn Tom zehn Jahre alt wird? Wer hat Martin Sainfoin ermordet? Schließlich ist alles zwangsläufig miteinander verbunden. Wer ist in der Lage, das Offensichtliche derart zu verfälschen, damit niemand mir glaubt? Dass ich zu der Überzeugung gelange, dass Leben und Tod eine ewige Abfolge sind, die sich so oft wiederholt, wie sich dieser See umrunden lässt.

Wer wird weiter morden und all jene beseitigen, die sich der Wahrheit nähern?

· 37 ·

Jonas parkt sein Quad in der Nähe des Wasserfalls Cascade de la Biche. Er lässt sich Zeit, um sich im Tal von Chaudefour umzusehen: ihm gegenüber der Felsen Dent de la Rancune, weiter hinten die Gipfel des Sancy (die einzigen Berggipfel, die es sich zu erklimmen lohnt), die Masten der ehemaligen Skiliftanlage von Chambon-des-Neiges ... und Spuren, die womöglich ein Waldarbeiter hinterlassen hat. Seitdem das Tal zum Naturschutzgebiet erklärt wurde, haben Kraftfahrzeuge hier nichts zu suchen. Was Jonas jedoch nicht von einer kleinen Spritztour abhält. Er kennt hier jeden Hang, jeden Pfad, auch wenn er sie meist auf dem Snowboard und nicht mit Wanderstiefeln bewältigt hat.

Die zwischen die Tannen gepflanzten Masten haben ihn, seitdem die Skistation geschlossen ist, in so manche Depression versetzt. Sie sind nur noch Schandflecken in der Landschaft, Stahlphantome, die es nicht einmal wert sind, sie mit einem Bulldozer niederzuwalzen. Hier, auf der grünen Piste des Puy Jumel hat er, in Toms Alter, das Skifahren gelernt. Damals war die Auvergne von November bis Februar mit einer zwei Meter hohen Schneeschicht bedeckt.

Verdammter Planet! Fluchend stellt er den Motor des Quad aus. Los, an die Arbeit!

Er zieht Amandines Liste aus der Tasche seiner Jeans.

Geißblatt
Himbeere
Mehlbeere
Brennnessel
Benediktenkraut
Blauer Enzian ...

Sie muss diese Rezepte in einem Handbuch für alte Hexen gefunden haben. Ein Hafertee zur Beruhigung des zukünftigen Babys, ein Absud von Löwenzahnwurzeln gegen Verdauungsstörungen, Herzgespann, um die Milch anzureichern, eine homöopathische Dosis weißer Germer, nur um ihn zu nerven. Dabei geht jedes normale Mädchen einfach in die Apotheke und basta! Trotzdem wird er ihr dieses verdammte Unkraut mitbringen! Und das nur, weil Didine nicht wie irgendein normales Mädchen ist. Er hat schon so seine Erfahrung mit exzentrischen und hysterischen Frauen gemacht und solchen, die sich für einzigartig halten. Am Ende hat er begriffen, dass dies nur eine Taktik ist, eine Falle, um wilde Männer einzufangen, doch wenn sie einen erst einmal an der Leine haben, werden diese Frauen wie all die anderen – brav, nervig und besitzergreifend.

Amandine ist anders, Amandine liebt vor allem den Vogel.

Ein Vogel, der sich damit abrackert, die verdammten Kräuter in seinem Schnabel herbeizuschaffen!

Jonas bückt sich.

Verdammt, was ist der Unterschied zwischen Geißblatt und Nieswurz? In Toms Alter kannte er alle Pflanzen im Tal. Mit ein bisschen Übung wird er sich erinnern. Und er wird sich die Zeit nehmen, es Tom beizubringen, so wie sein Vater es bei ihm gemacht hatte. Auch der war damals mit der Handelsmarine um die ganze Welt gereist, bevor er sich hier niedergelassen hatte.

Zehn Jahre durchs Leben surfen und allen möglichen Blödsinn machen, das reicht.

Amandine braucht ihn. Das zukünftige Baby braucht ihn.

Vor allem Tom braucht ihn!

Tom geht es nicht gut, und das ist sicher auch ein wenig seine Schuld.

Vor seinem kleinen Ausflug mit dem Quad hat Jonas lange mit ihm gesprochen ...

Verdammt, jetzt reicht's aber, wie sieht denn Blauer Enzian aus?

Jonas wagt sich ein wenig weiter auf dem Pfad vor. Die Dykes, diese plattenartigen Gesteinskörper aus Granit, die über die Wälder hinausragen mit Formen, die so seltsam sind wie ihre Namen: *Dent de la Rancune*, Zahn des Grolls, *Crête du Coq*, Hahnenkamm, *Aiguille du Moine*, Mönchsnadel helfen ihm, sich zu orientieren. Seiner Erinnerung nach wächst der Blaue Enzian am Fuß von Bäumen; er braucht Schatten, aber trotzdem auch ein wenig Sonne; noch eines von diesen Mistkräutern, die ...

»Hallo, Jonas.«

Er hebt den Kopf, nicht sonderlich erstaunt. Im Gegenlicht nimmt er nur eine dunkle Silhouette wahr, die er aber doch gleich erkennt.

»Sie haben meine Nachricht also bekommen?«, fragt sie. »Perfekt. Ich glaube, es gibt keinen verschwiegeneren Ort zum Plaudern.«

»Allerdings.«

Er wühlt zwischen den Farnen, mehr daran interessiert, einen weiteren Punkt auf Amandines Liste abhaken zu können, als sich auf ein Gespräch einzulassen.

»Wissen Sie, wie Blauer Enzian aussieht?«

»Keine Ahnung.«

»Schade ...«

Jonas schiebt die Pflanzen am Boden auseinander.

»Wenn Sie ein blaues oder vielleicht auch gelbes Ding mit langem, geradem Stiel und einer kleinen Blätterrosette sehen ...«

»Am Telefon haben Sie mir gesagt, es sei dringend. Ich bin so schnell wie möglich gekommen. Was haben Sie mir so Wichtiges ...«

»Tom hat mir alles erzählt«, verkündet Jonas plötzlich.

Er reißt drei Kräuterstängel aus und stopft sie in seinen Rucksack, ohne sich auch nur einmal umzudrehen. Er dringt noch ein Stück weiter in den Wald vor und zwingt die Gestalt, ihm durch Farne und Sträucher zu folgen.

»Tom hat mir alles erzählt«, wiederholt er. »Es war nicht leicht, ihn zum Sprechen zu bringen, ich musste ihn geradezu schütteln, aber er hat mir alles gestanden. Alles, was Sie ihm eingeredet haben! *Sie* haben ihm diesen Blödsinn in den Kopf gesetzt, wie all diese Gurus, diese Ungeheuer, die die Kinder in ihre Sekte zu locken versuchen.«

Jonas bückt sich. Er meint, ein Büschel Echtes Herzgespann entdeckt zu haben, die wertvollste aller Ingredienzien auf der Liste. Man könnte meinen, sein absoluter Glückstag! Tom von der Person, die ihn quält, zu befreien. Diese Blume finden.

»Sie werden sich vor der Polizei erklären müssen. Aber vorher wollte ich Ihnen eine Chance lassen, sich zu verteidigen. Warum? Warum machen Sie all das?«

Er bückt sich, Zeigefinger und Daumen vorgestreckt, um die Blütenblätter des Echten Herzgespanns beim Schneiden des Stiels nicht zu zerdrücken. Hinter ihm zertritt ein Fuß eine trockene Baumrinde. Die sich nähernde Gestalt nimmt ihm das wenige Licht, das ihm im Unterholz bleibt. Jonas bemerkt einen dunklen Streifen, der sich auf den Stämmen abzeichnet, ein gehobener Arm, ein Zweig am Ende des Arms …

Er schnellt herum.

Er hatte es erwartet. Mit der linken Hand schlägt Jonas gegen den schweren Zweig. Mit der rechten packt er die Gestalt beim Hals und drückt sie an den Stamm der nächsten Tanne.

»Ich hab's geahnt …, aber ich wollte ganz sicher sein. Sie sind krank! So krank, dass Sie sogar töten würden. Haben Sie Sainfoin beseitigt? Und sicher hätten Sie nicht gezögert, auch mich umzubringen.«

Sein Griff um den Hals der Gestalt wird noch fester, während er mit der anderen Hand auf der Suche nach seinem Handy in seiner Tasche wühlt. Sein Gegenüber ringt nach Atem, versucht um sich zu schlagen oder zu treten, doch Jonas lässt nicht locker, ist sich seiner Kraft zu sicher.

»Und was hätten Sie mit Tom gemacht, wenn ich nicht zurückgekommen wäre? Wenn Didine mich nicht gerufen hätte?«

Die Augen des Schattens treten hervor, er verliert nach und nach das Bewusstsein, beide Arme sacken herab, keine Vene scheint sie mehr mit Blut zu versorgen. Jonas nähert sich dem Gesicht, das noch blasser geworden ist als die Mehlbeeren in seinem Rucksack.

»All diese Tricks, diese Hexerei, finito! Ich bin zurückgekommen. Ich habe Didine versprochen, für den Rest meines Lebens bei ihr zu bleiben!«

»Und ...«, versucht die Gestalt mit einer letzten Anstrengung zu artikulieren.

Speichel rinnt aus dem Mundwinkel, das Schlucken ist unmöglich geworden.

»Und werden Sie ...«, ein Keuchen, panisches nach Luft-Ringen.

»... Ihr Versprechen halten?«

Plötzlich lockert Jonas seinen Griff.

Ein stechender Schmerz zerreißt seinen Bauch. Ein Schmerz, der einen in die Knie zwingen könnte. Aber er bleibt stehen, die blutige Hand auf die offene Wunde gepresst. Ihm wird klar, dass er zu selbstsicher gewesen ist, die Gestalt hatte ein Messer in der Tasche und darauf gewartet, bis er ganz nah kam, um es ihm ins Fleisch zu rammen. Doch das wird ihn nicht daran hindern, ihn zu erwürgen ... Seine Hände suchen erneut den Hals des Mörders – keine Gnade diesmal.

Die Klinge dringt ein zweites Mal in sein Fleisch, ohne dass er sich irgendwie hätte wehren können. Jonas stellt fest, dass all seine Reflexe nachlassen. Sein Blick trübt sich. Seine Beine können ihn fast nicht mehr tragen.

Unter seiner Motorradjacke spürt er eine seltsame Hitze in der Magengrube, so als würde eine brennende Flüssigkeit daraus austreten und nur die zweite Haut aus Leder seine Gedärme noch zurückhalten.

Die Klinge dringt ein drittes Mal ein. Jonas bricht zusammen. Sie hat sein Herz getroffen.

Sein Mund spuckt mehr Blut als Worte.

»Wa ... rum? Wa ... rum?«

Jonas spürt, wie das Leben ihn verlässt. Niemals hätte er sich vorstellen können, dass man so schnell sterben kann. Das also ist der Tod? Eine einfache Welle, die einen mitreißt? Zu unerwartet, zu plötzlich, um Zeit zu haben, ihr auszuweichen? Ein einfacher Augenblick der Unaufmerksamkeit, und alles ist vorbei? Es tut mir leid, Amandine, es tut mir so leid.

»Wa ... rum?«, stößt er ein letztes Mal hervor.

Sein geöffneter Rucksack rollt auf die Seite und entleert sich: Ringsherum der Zweig des Echten Herzblatts, die Blätter der Mehlbeere. Die Stimme umhüllt ihn mit einem letzten kalten Hauch.

»Weil Tom mich braucht.«

VII
DIE VORAHNUNG

Essen in der Suppenküche

· 38 ·

Savine trinkt ihren Kräutertee in kleinen Schlucken.

»Danke, Nicky!«

Wenn sie richtig verstanden hat, handelt es sich um eine Mischung aus Majoran, Feldthymian und Mädesüß. Die Prise Süßholz und Sternanis kann sie ehrlich gesagt kaum herausschmecken … ebenso wenig wie den Unterschied zu einem banalen Teebeutel. Aber wenn sie das gestehen würde, wäre er sicher nicht begeistert. Sie hat ohnehin in Nectaires Stimme schon einen Anflug von Bitterkeit und Gereiztheit, einen Unterton von Ärger ausgemacht. Und Savines lange Ausführungen über die komplizierte Liebesgeschichte zwischen dem Surfer Jonas und seiner Verlobten Amandine schienen ihn auch nicht besonders zu interessieren.

Nectaire geht noch einmal alles von Anfang an durch: Sein Anruf in Saint-Jean-de-Luz, die Chefin der Bäckerei Fournil de Lamia, das Honiggebäck, das Esteban Libéri jeden Tag kaufte.

»Je länger ich darüber nachdenke«, schließt Nectaire, »desto mehr komme ich zu dem Ergebnis, dass da etwas nicht stimmt. Esteban konnte nicht unter einer Apiphobie leiden und sich gleichzeitig mit Honigkeksen vollstopfen.«

»Ist der Verzehr von Honig nicht eine Art von Rache an den Bienen?«

Nectaire verdreht die Augen und tippt, ohne sich die Mühe einer Antwort zu machen, eine Nummer auf dem Telefon. Doch bevor er auf die letzte Taste drückt, verharrt sein Finger in der Luft.

»Du wolltest Bocolon auf die Sache ansetzen? Dann hör jetzt gut zu und lass dir nichts entgehen.«

Drei Klingeltöne.

»Hallo, Iban?«

Nectaire zwinkert Savine zu, um ihr zu verstehen zu geben, dass es sich bei der Verwendung von Lazarbals Vornamen um eine subtile Strategie handelt, darum, ein Vertrauensverhältnis unter Kollegen zu suggerieren.

»Hier ist Hervé. Kannst du mich einordnen? Lieutenant Hervé Lespinasse. Aus Besse.«

Nectaire trägt dick auf. Hätte nur noch gefehlt, dass er fragt, wie es den Kindern geht oder sich nach der Wassertemperatur an der Grande Plage, der Windgeschwindigkeit und der Höhe der Wellen erkundigt.

»Beeil dich, Bocolon«, seufzt Savine. »Komm endlich zur Sache, sonst legt er auf.«

»Um zur Sache zu kommen, wir haben hier einen Mord am Hals. Eine Vergiftung mit Digitalis. Maddi Libéri könnte es möglicherweise verabreicht haben, wir mussten also mehr über ihre Vergangenheit erfahren.«

Bocolon, musst du diesen plumpen auvergnatischen Akzent annehmen, um Lazarbal zu überzeugen?, lamentiert Savine innerlich.

Aber Nectaire stellt nicht nur seine schauspielerischen Fähigkeiten unter Beweis, sondern auch die des Drehbuchautors und ergeht sich in langwierigen Ausführungen über alles, was er über Doktor Libéri herausgefunden hat: die Adoption ihres Sohnes, seine Vorlieben und Phobien, was sie am Morgen seines Verschwindens getan haben, der Strand, das Handtuch, das Sweatshirt und die Espadrilles, die Ein-Euro-Münze, sein Anruf bei der Bäckerei Fournil de Lamia …

»Nur für alle Fälle, Iban«, versichert Nectaire eilig, »nicht, dass ich kontrollieren wollte, ob du gute Arbeit geleistet hast, aber doppelt genäht hält besser, nicht wahr? Also, wie gesagt, der Anruf, die

Verkäuferin, glücklicherweise habe ich nicht auch noch den Bäckerlehrling an der Strippe gehabt, dann die Chefin des Ladens, die mir von dem ... den Honigplätzchen erzählt hat!«

Auch wenn Lieutenant Iban Lazarbal die Tirade etwas übertrieben fand, ist er doch beeindruckt.

»Sehr gut, Lespinasse, all das zehn Jahre später noch einmal aufzurollen.«

»Wusstest du das nicht?«

Lazarbal lacht am anderen Ende der Leitung spöttisch.

»Nun übertreib mal nicht. Sagen wir einfach, dass du jetzt auf meiner Seite bist.«

»Auf deiner Seite? Welcher Seite?«

»Auf der derer, die immer an einem Unfall gezweifelt haben.«

»Und ... sind das viele?«

»Jetzt sind wir schon zu zweit.«

In der nächsten Viertelstunde hält Lazarbal einen Monolog, den Nectaire nur mit einigen wenigen und knappen Ausrufen aus seinem persönlichen auvergnatischen Fundus unterbricht.

»Ganz am Anfang, Hervé, als Maddi Libéri uns über das Verschwinden ihres Sohnes informierte, haben wir drei Hypothesen verfolgt: Ausreißen, Ertrinken, Entführung.«

Hüm hüm

»Natürlich haben wir alle in erster Linie an Ertrinken gedacht, das war die wahrscheinlichste Hypothese, der Junge hatte einfach seiner Mutter nicht gehorcht. Doch solange wir die Leiche nicht gefunden hatten, durften wir auch die beiden anderen Möglichkeiten nicht außer Acht lassen, die sich übrigens schnell auf eine einzige reduzierten, denn wenn ein Zehnjähriger ausreißt und man ihn nicht findet, dann kann es sich nur um einen bösen Sturz handeln – also zurück zur Theorie Ertrinken – oder um eine fatale Begegnung.«

Hüm, hüm, hüm.

»Drei Wochen lang haben wir alle Register gezogen: Plakate, Suchmeldungen im Radio auf Französisch, Baskisch und Spanisch,

Fotos in den Zeitungen. Der Entführungsalarm war noch nicht so medienträchtig wie heute, aber ich glaube, jeder im Land wusste, wer Esteban Libéri war und wie er aussah. Als wir neunundzwanzig Tage später seine Leiche unterhalb der Küstenstraße von Urrugne aus dem Wasser gefischt haben, war das eine Erleichterung für einen großen Teil des Teams, und das gilt auch für mich, selbst wenn *Erleichterung* vielleicht nicht das passende Wort ist.«

Jaaa

»Kein Rätselraten mehr, keine mysteriösen Kidnapper, die die Familien von Bordeaux bis Bilbao in Angst und Schrecken versetzten. Er war ertrunken, einfach nur ertrunken, und der Körper war abgetrieben … Das wollte die Mutter sich natürlich nicht eingestehen, denn ein Unfall hätte ja bedeutet, dass sie eine Mitschuld trug. Nachdem sie vier Wochen lang perfekt mit uns zusammengearbeitet hatte – wir waren ja ihre einzige Hoffnung –, begann sie plötzlich … uns total zu nerven.«

Oh, oh

»Ja, Hervé, das haben wir alle so empfunden, sie verwandelte sich in eine totale Nervensäge! Sie war Ärztin und hatte Geld, also engagierte sie Anwälte, um den ganzen Fall wieder aufzurollen, diese bezahlten dann Experten, die sonst was behaupteten, zum Beispiel, dass es angesichts der Strömung in jenem Monat unmöglich gewesen wäre, dass die Leiche vom Strand von Saint-Jean-de-Luz zur Küstenstraße von Urrugne getrieben wurde.«

Hmmm

»Hmmm, du sagst es. Aber Estebans Leiche wurde trotzdem im Wasser unterhalb der Küstenstraße von Urrugne gefunden. Das Wasser in seinem Magen wurde analysiert, ebenso wie die Spuren von Algen und Plankton in seiner Lunge. Vergeblich. Sie haben nach Kampfspuren auf seiner Haut gesucht, doch die Schlussfolgerungen waren durch die lange Liegezeit im Wasser sehr abenteuerlich. Aber die privaten Rechtsmediziner – ja, so etwas gibt es – waren dennoch der Meinung, unter der Haut Hämatome festgestellt zu haben, die angeblich das Ergebnis eines starken Drucks durch zwei Erwachsenenhände auf seinen Unterarm waren. Maddi

Libéri war sich ganz sicher, dass diese Blutergüsse zu seinen Lebzeiten nicht vorhanden waren.«

Ach?

»Die meisten Kollegen hatten den Fall bereits ad acta gelegt. Die Entscheidung musste ohnehin der Richter treffen, und für ihn war der Fall abgeschlossen. Du weißt ja, wie das geht, die Anwälte regen sich auf, aber die Justiz geht ihren Weg. Doch man sagt auch: ›Stur wie ein Baske‹! Fast so, wie ihr in der Auvergne, Hervé. Und an diesem Fall haben mich immer einige Details irritiert. Zum Beispiel die Espadrilles, die man nie gefunden hat. Wir haben Land und Meer abgesucht, und wir hätten sie gefunden, wenn Esteban sie am Strand gelassen hätte und auch, wenn er mit ihnen ins Wasser gegangen wäre. Wäre er aber mit jemandem mitgegangen, mit jemandem, der sie behalten hätte … Und wie du, bin auch ich auf die Sache mit dem Honiggebäck gestoßen.«

Heh!

»Die Schlussfolgerungen eines so medienwirksamen Falls wegen zwei Espadrilles und einem Keks zu dreißig Cent anzweifeln – kannst du dir das vorstellen? Dieses Detail haben alle vernachlässigt, zumal Esteban am Tag des Dramas gar nicht in der Bäckerei war. Keiner wollte einsehen, dass wir es mit zwei konträren Informationen zu tun hatten. Zum einen hatte der kleine Esteban panische Angst vor Bienen und allein schon vor dem Geruch von Honig. In diesem Punkt stimmen sämtliche Aussagen überein, ich habe alle befragt: die Lehrer in der Schule, den Musiklehrer, seinen Psychiater. Andererseits kaufte der Junge jeden Morgen einen Honigkeks – es sei denn, die Chefin der Bäckerei Fournil de Lamia hat die Unwahrheit gesagt.«

Heh?

»Und so war es im Grunde ganz simpel: Esteban kaufte dieses Gebäck nicht für sich selbst, sondern für jemand anderen.«

»Für seine Mutter?«

Es folgte ein kurzes Schweigen, denn Lazarbal schien erstaunt, dass sein Kollege endlich einen richtigen Satz von sich gab – auch wenn er nur aus drei Worten bestand.

»Nein«, erklärte der baskische Polizist schließlich. »Maddi Libéri hat uns immer versichert, dass sie nichts davon wusste. Sie glaubte, Esteban würde das Wechselgeld behalten und in seine Spardose stecken, sozusagen als Belohnung für seinen morgendlichen Abstecher zur Bäckerei.«

»Also«, schaltet sich Nectaire wieder ein, »deiner Theorie zufolge, Iban, hätte Esteban auf dem Weg von der Bäckerei zur Wohnung seiner Mutter jeden Morgen jemanden getroffen. Jemanden, der ... Hunger hatte?«

»Genau, in diesem Punkt sind wir einer Meinung, Hervé. Ich habe mit allen Obdachlosen in der Gegend gesprochen, vergeblich. Auch mit den morgendlichen Straßenfegern und Hundebesitzern. Aber ich habe keinen Zeugen aufgetrieben. Schließlich bin ich zu der Schlussfolgerung gekommen, dass der Junge zu schüchtern war, um das Geschenk der Bäckersfrau abzulehnen und die Spezialität in die erstbeste Mülltonne warf oder sie an die Vögel verfütterte.«

Hmmm ...

»Wie du sagst, Hervé, aber hast du eine bessere Idee? Dieses Rätsel hat Maddi Libéri völlig verrückt gemacht. Sie war besessen von der Idee, dass jemand hinter dem Verschwinden ihres Kindes steckt, und es machte sie regelrecht krank, dass wir keine Spur fanden. Noch dazu hatten wir überall an der Küste Plakate mit Estebans Foto aufgehängt, die konnten wir nicht alle wieder abnehmen. Also war sie, sobald sie das Haus verließ, ständig mit dem Bild ihres Sohnes konfrontiert ... Vielleicht hängen jetzt, zehn Jahre später, immer noch irgendwo welche. Nach einigen Monaten beschloss sie dann, in die Normandie umzuziehen, um ein neues Leben zu beginnen. Ich habe nur gehört, dass sie regelmäßig einen Psychiater aufsuchte. Esteban war auch bei einem Psychiater ... Im Gespräch mit ihm ist mein letzter Zweifel, die vierte und furchtbarste Hypothese entstanden.«

...???

Nectaire hat Mühe, einen passenden Ausruf zu finden.

»Selbstmord, Hervé!«

»Verdammt!«

Dieser Aufschrei kam von Savine. Sie konnte ihn nicht unterdrücken. Lazarbal wird misstrauisch.

»Ist jemand bei dir?«

»Nein, nein.«

»Du weißt ja, auch wenn es verjährt ist, sind diese Informationen vertraulich.«

»Ja, ja. Keine Sorge. Das war nur die Anwärterin Laroche ... Sie wollte mir, hm ... Tee bringen ... aber ich habe sie rausgeworfen, was soll ich mit dem verdammten Tee?«

»Du bist merkwürdig, Hervé.«

»Warum merkwürdig?«

»Es klingt, als würdest du mich nicht von einem Revier aus anrufen.«

In ebendiesem Moment, als er versucht, Lieutenant Lazarbal zu beruhigen, ertönt die Sirene eines Polizeiautos, das in der Rue de l'Hôtel-de-Ville genau vor dem Rathaus hält. Als sich die Türen des blauen Kastenwagens öffnen, verstärkt sich der Lärm. Nectaire hätte dem baskischen Lieutenant gerne weitere Fragen gestellt, vor allem, nach dem Namen des Psychiaters von Esteban und Maddi Libéri, aber die Polizisten klopfen schon an die Tür.

»Ich rufe dich zurück, Kollege, ein Notfall.«

Wenn Lazarbal bei diesem ganzen Sirenengeheul noch daran zweifelt, dass er Polizist ist ...?

Sofort eilen alle Rathausangestellten herbei, um zu erfahren, was los ist. Alain, Géraldine, Oudard ...

Drei Polizisten platzen herein, ohne dass man ihnen die Tür geöffnet hat. Allen voran Lieutenant Lespinasse mit struppigem Bart, die Uniformjacke nicht zugeknöpft. Er baut sich vor Nectaire auf.

Bocolon befürchtet das Schlimmste. Kommen sie seinetwegen? Ist er enttarnt worden? Aber sie würden doch nicht wegen einer widerrechtlichen Identitätsaneignung ein solches Aufgebot zusammentrommeln? Im Übrigen wirkt Lespinasse auch nicht wütend, sondern vielmehr bedrückt.

»Die Waldhüter aus dem Tal von Chaudefour haben in der Nähe des Dent de la Rancune ein Quad entdeckt. Als sie näherkamen, hörten sie einen Schrei.«

Nectaire beißt sich auf die Lippe. Aus einem Beschützerreflex heraus tritt Savine zu ihm.

»Einen Schrei?«

»Ja, und den hat deine Schwester ausgestoßen.«

»Aster?«

Nectaire ist so überrascht, dass er seinen Tee verschüttet. Das lauwarme Getränk breitet sich in einer Pfütze auf dem Boden aus, in der die Kräuter wie Hunderte von Ameisen vor seinen Füßen ertrinken.

»Ihr ist nichts passiert, keine Sorge«, fügt Lespinasse eilig hinzu. »Wir sind nicht ihretwegen hier, sondern wegen dem, was sie entdeckt hat.«

Savine, Nectaire und die anderen Rathausangestellten, inzwischen ein Dutzend, lauschen mit offenem Mund.

»Eine Leiche. Dreißig Meter von seinem Quad entfernt. Alles deutet darauf hin, dass es sich um Jonas Lemoine handelt. Und dass er ermordet wurde.«

· 39 ·

Ich steche vorsichtig die Kanüle in Amandines Arm, um ihr zwanzig Milligramm Valium zu spritzen, dann hebe ich den Blick zu Lieutenant Lespinasse.
»Damit schläft sie bis morgen durch.«
Die Brigadière, also Wachtmeisterin Louchadière, die einzige Frau der Gendarmerie, hat mir geholfen, Amandine auf das Bett im Schlafzimmer zu legen. Als die Polizisten ihr Jonas' Tod mitteilten, wurde sie total hysterisch. Sie mussten alle vier eingreifen, um sie zu bändigen, und haben mich wegen des Notfalls gerufen.
Tom hat offenbar keine Reaktion gezeigt. Er hat sich in seinem Zimmer verbarrikadiert. Niemand weiß genau, was er verstanden hat, selbst wenn er zwangsläufig gehört haben muss, dass sein Vater tot ist. Die Polizisten haben beschlossen, Amandine die Erklärung zu überlassen, wenn sie wieder wach ist. Solange soll Louchadière bei ihnen in La Souille bleiben. Offenbar hat sie eine psychologische Ausbildung. Sie versichert mir, dass es Tom gutgeht, dass er spielt und sich nichts anmerken lässt.
Ich beiße die Zähne zusammen. Louchadière ist noch keine dreißig, vermutlich hat sie sich in der psychologischen Fakultät eingeschrieben und zusammen mit dreihundert anderen Studenten drei Vorlesungen im Audimax gehört. Dann hat sie wahrscheinlich das Studium geschmissen und sich bei der Polizei beworben.

»Ich möchte zu Tom. Ich werde die richtigen Worte finden. Der Junge braucht mich.«

Lieutenant Lespinasse lässt mir keine Wahl.

»Danke, Frau Doktor. Wir rufen Sie an, falls es nötig ist, aber um den Rest wird sich der Rechtsmediziner kümmern.«

Eine höfliche Art, mir zu verstehen zu geben, dass ich verschwinden soll. Er reicht mir seine breite, behaarte Hand.

»Bei zwei Morden innerhalb von vier Tagen wird ohnehin die Kripo von Clermont in den nächsten zwei Stunden den Fall übernehmen.«

Dennoch durchsuchen die Polizisten aus Besse engagiert den Raum. Was hoffen sie in einem solchen Durcheinander zu finden? Bedauernd gehe ich zur Eingangstür. Noch länger hierzubleiben, würde verdächtig wirken, auch wenn ich vermute, dass ich sie bald alle wiedersehe, da sie mich mit Sicherheit verhören werden. Mein Streit mit Jonas vor einigen Stunden ist bestimmt nicht unbemerkt geblieben. Irgendjemand in dem Weiler hat uns garantiert gehört, der alte Chauvet oder sonst wer, der hinter seinen Fensterläden lauschte ..., und selbst wenn es keinen Zeugen gäbe, würde Amandine es ihnen erzählen, sobald sie aufwacht. Ich habe überlegt, ihr zuvorzukommen und es den Polizisten selbst zu erklären. Aber was genau hätte ich ihnen sagen sollen?

Dass Jonas über mich hergefallen ist, weil ich Tom in meinem MiTo mitgenommen habe? Dass ich ihn mitgenommen hatte, weil Tom meinem Sohn ähnlich sieht? – Nein, Lieutenant, es handelt sich nicht nur um eine auffallende Ähnlichkeit, ich spreche von Reinkarnation! Und das ist sicher der Grund, warum sein Vater und Martin Sainfoin ermordet wurden. Nein, ich habe kein Alibi für die Zeit, als Jonas erstochen wurde, ich war allein am Lac Pavin.

Kann die Polizei das wirklich verstehen?

Im Moment kümmern sie sich nicht um mich, sie packen vielmehr alles, was in dem Raum als potenzielle Waffe hätte dienen können, in Plastiktütchen: Küchenmesser, Scheren, Schraubenzieher, Schürhaken ...

Schließlich dreht sich Lieutenant Lespinasse um und wundert sich, dass ich noch da bin.

»Gibt es noch etwas, Frau Doktor?«

Ich lächle und schüttle den Kopf, um zu signalisieren, dass alles in Ordnung ist. Wie viel Zeit bleibt mir, bis ich im Mittelpunkt dieses Falls stehe? Eine Stunde? Eine Nacht? Ein ganzer Tag? Ich überquere den Hof von La Souille und lasse den MiTo an. Ich weiß, was ich zu tun habe.

• • •

Ich betrete das Rathaus. Ich habe damit gerechnet, die beiden Unzertrennlichen hier anzutreffen. Das gegensätzlichste Ermittlerduo des gesamten Zentralmassivs. Die energische und misstrauische Sozialarbeiterin und der pedantische und durchtriebene Gemeindesekretär sitzen Seite an Seite. Ein ungleiches Gespann, und doch von unglaublicher Effizienz.

Ich lehne höflich das Heißgetränk ab, das Nectaire Paturin mir anbietet, keine Zeit, ich lehne auch den Stuhl ab, den Savine Laroche in meine Richtung schiebt. Den brauche ich nicht, ich will sie nur bitten, mir zuzuhören – zunächst, ohne mich zu unterbrechen.

Als Erstes fasse ich zusammen, was geschehen ist, seit Aster Paturin im Tal von Chaudefour Jonas Lemoines Leiche gefunden hat. Lespinasse und seine Leute, die mich angerufen haben, um Amandine zu beruhigen, die La Souille durchsuchen, ehe die Kripo von Clermont anrückt, und die Tom unter der Aufsicht der Brigadière Louchadière zurückgelassen haben.

»Die kleine Jennifer aus Saint-Victor-la-Rivière? Na sowas!«

Offenbar kennt Savine Laroche sie! Ich habe ohnehin den Eindruck, dass sie alle hier in der Gegend kennt, und anscheinend hält sie Jennifer Louchadière nicht für besonders fähig.

Ich habe keine andere Wahl, als mit offenen Karten zu spielen. Ich brauche Savine und Nectaire, und ich habe begriffen, dass sie der Polizei eine gute Nasenlänge voraus sind. Mit wenigen Worten fasse ich meinen Tag zusammen: Wie ich Tom und sein Fahrrad in meinem MiTo mitgenommen habe, das drastische Eingreifen von Jonas, die Aussprache in La Souille, mein langer Spaziergang um den Lac Pavin …

»Kurz«, erkläre ich abschließend, »ich habe ein Motiv und kein Alibi, bin also die ideale Schuldige.«

»Und was erwarten Sie von uns?«, fragt Savine.

Die Sozialarbeiterin hat offensichtlich erraten, dass ich gekommen bin, weil ich um Hilfe bitten will! Ich sehe, wie Nectaire Paturin etwas auf ein Blatt kritzelt und es diskret zu seiner Kollegin schiebt, so als würde ich das nicht bemerken oder als könnte ich es nicht entziffern, da es auf dem Kopf steht.

Vertrau ihr nicht

Ich sehe Savine Laroche an und versuche, den Blick nicht auf das beschriebene Blatt zu senken. Sie ist das Gehirn des Duos. Nectaire ist nur das ausführende Element.

»Nach allem, was Sie über mich in Erfahrung gebracht haben, müssen Sie mich für verrückt halten. Aber keine Sorge, ich verlange nicht, dass Sie mir glauben, ich bitte Sie nur um Hilfe.«

Das ist eine Falle

Savine sieht auf das Gekritzel des Gemeindesekretärs.

»Wobei sollen wir Ihnen helfen?«

»Tom zu retten!«

»Sie glauben also, Ihr Sohn wäre in Tom wiedergeboren worden? Und dass alles wieder von vorne beginnen wird, das Ausreißen, das Ertrinken … Tut mir leid, aber was den Höllenfluss, Samsara, den unendlichen Zyklus der verfluchten Seelen und all den anderen Unsinn angeht, da sind Sie hier an der falschen Adresse. Wenden Sie sich diesbezüglich lieber an meine Schwester. Sie finden sie in ihrem Geschäft, La Galipote in Besse, 7 Place de la Poterne. Sie können es nicht verfehlen.«

»Sprechen Sie weiter«, fordert mich Savine auf, als hätte der Gemeindesekretär nichts gesagt. »Warum sollte Tom in Gefahr sein?«

Danke!

Ich versuche, den Rest, alles, was ich auf dem Herzen habe, in einem Zug darzulegen, ich weiß, dass ich nur eine Chance habe, sie zu überzeugen.

»Wir haben es mit einem Monster zu tun. Ein Monster, das im Dunkeln agiert. Das alles von Anfang an ausgetüftelt hat. Tom wird das nächste Opfer sein! Und es bleibt uns nur ein Tag, um ihn zu retten. Ich weiß, dass es schwer zu glauben ist, aber Esteban ist diesem Ungeheuer vor zehn Jahren erlegen. Esteban wusste, wer es war. Er versucht, uns zu warnen, darum ist er in Toms Kopf, das ist ein Hilferuf! Um ... um den Kreislauf des Mordens zu durchbrechen.«

Bei Bocolons Wort, das ist kompletter Blödsinn

Savine Laroche schenkt der Notiz keinerlei Beachtung. Sie hat eine Zigarette herausgeholt und zögert, sie anzuzünden – ganz so wie sie zögert, mir zu vertrauen. Herausfordernd sieht sie mir in die Augen.

»Zumindest in einem Punkt teile ich Ihre Meinung, Maddi: Hier in der Gegend treibt sich ein Mörder herum! Aber der Rest, Ihre buddhistischen oder hinduistischen Theorien kann ich als alte laizistische Agnostikerin nicht teilen. Ich brauche einen ... wissenschaftlichen Beweis!«

Einen wissenschaftlichen Beweis? Tut mir leid, Savine, das musst du mir schon so glauben, auch ich schwanke zwischen der Realität und ...

»Einen DNA-Test!«, ruft die Sozialarbeiterin plötzlich.

Nectaire verschreibt sich vor Schreck. Ich selbst stottere.

»Einen ... was?«

»Einen DNA-Test! Sie behaupten, Tom und Ihr Sohn würden sich gleichen wie Zwillinge und hätten dasselbe Geburtsmal? Dann sollten wir mit dem Einfachsten anfangen und sehen, was uns die Genetik sagt! Sie sind Ärztin, Maddi, da muss ich Ihnen ja wohl keine weiteren Erklärungen geben!«

Nectaire schreibt, und ausnahmsweise mal mit Tempo.

Das ist doch Wahnsinn!

Meine Gedanken nehmen ebenfalls Tempo auf und überschlagen sich förmlich. Savine Laroche hat mich überrumpelt.

»Sie haben doch sicher noch Kleidungsstücke von Esteban? Als Sozialarbeiterin habe ich problemlos Zugriff auf Toms Sachen ... Und du, Nectaire, als ehemaliger Flic, kannst bestimmt ein schnelles Ergebnis erwirken. Dann wissen wir Bescheid.«

Über was wissen wir dann Bescheid? Ob es eine verwandtschaftliche Beziehung zwischen Tom und Esteban gibt? Wie könnte ich das ablehnen?

Und wenn Savines Pragmatismus die Lösung wäre? Und wenn es einen Weg der Vernunft gäbe?

Savine weicht geschickt dem Fußtritt aus, den Nectaire ihr unter dem Tisch zu versetzen versucht, knüllt das Blatt Papier auf dem Schreibtisch zusammen und bedenkt mich sogar mit einem verschwörerischen Lächeln.

»Ehrlich, Maddi, was riskieren wir schon, wenn Sie nichts zu verbergen haben?«

· 40 ·

Ich komme Tom besuchen.«

Nur die Brigadière Jennifer Louchadière ist in La Souille zurückgeblieben. Sie soll dort bis zum Abend Wache halten, und sich, bevor sie aufbricht, überzeugen, dass es Amandine und Tom gutgeht. Die anderen Beamten aus Besse sind im Tal von Chaudefour, um den Tatort abzusuchen. Sie haben die Tour, die Jonas mit seinem Quad über die für motorisierte Fahrzeuge verbotenen Wanderwege gemacht hat, genau rekonstruieren können. Und auch den kurzen Weg, den er zu Fuß zurückgelegt hat, nachdem er sein Quad am Dent de la Rancune geparkt hat.

Von dem Mörder hingegen keine Spur. Ist er Jonas gefolgt oder hatte er sich mit ihm verabredet? Lespinasse neigt zu der zweiten Hypothese: Es handelt sich um einen abgelegenen Ort, und Jonas' Handy ist verschwunden. In diesem Fall hätte der Mörder ebenfalls in der Nähe parken müssen. Es ist wenig wahrscheinlich, dass er zu Fuß gekommen ist ... Also durchkämmen die Polzisten die Umgebung in der Hoffnung, ein Indiz auszumachen, ehe die Kripo von Clermont das Tal absperrt. Währenddessen spielt die junge Polizistin Kindermädchen.

Jennifer Louchadière tritt auf dem Flur hinter der Eingangstür verlegen von einem Fuß auf den anderen.

»Tut ... tut mir leid, Savine, das wird nicht gehen.«

Savine kennt Jennifer gut. Sie hat sich ein paar Monate um sie gekümmert, als sie noch Schülerin war. Ihre Eltern hatten den Sozialdienst zu Hilfe gerufen: Jennifer hatte im Gymnasium Apollinaire mit Shit gedealt, die Schule geschwänzt und Rave-Partys in den Kratern besucht. Wer hätte sich je träumen lassen, dass sie zehn Jahre später auf der anderen Seite stehen würde?

»Nur fünf Minuten, Jennifer, ich will mich lediglich überzeugen, dass es ihm wirklich gutgeht. Ich kenne den Jungen.«

»Ich darf dich nicht reinlassen. Lieutenant Lespinasse hat mir gesagt ...«

Savine unterbricht sie mit ihrer ganzen Autorität:

»Du kannst ja Hervé anrufen. Wovor hast du Angst? Dieser Junge hat gerade seinen Vater verloren! Wir sitzen alle in einem Boot, eure Aufgabe ist es, den Mörder zu finden, meine darüber zu wachen, dass der Junge nicht durchdreht. Hast du ihn allein in seinem Zimmer gelassen?«

Jennifer Louchadière nickt schüchtern.

»Und was macht er? Schläft er?«

Jennifer Louchadière schüttelt schüchtern den Kopf.

Savine schiebt sie bestimmt zur Seite. Sie weiß, dass sie gewonnen hat, dass Jennifer nicht in der Lage ist, ihr den Weg zu versperren, aber sie setzt trotzdem noch einmal nach. Für alle Fälle ...

»Ich will mich nur überzeugen, dass es Tom gutgeht, und dass er alles hat, was er braucht. Und hör gefälligst auf, Call of Duty auf deinem Handy zu spielen und bleib bei ihm!«

• • •

»Tom? Tom?«

Savine schließt leise die Tür hinter sich. Tom kniet am Boden und spielt mit seinen Playmobilfiguren. Savine hat den Eindruck, ihn überrascht zu haben, dass er etwas versteckt hat, als sie eintrat. Doch so genau sie sich auch umsieht, da ist nur das Segelschiff aus Plastik auf dem blassblauen Teppich und die kleinen Männchen rundherum.

»Alles in Ordnung, Tom?«

Der Junge antwortet mit einem traurigen Lächeln. Savine würde sich gerne Zeit nehmen, um mit ihm zu sprechen, aber sie darf nicht trödeln, sonst würde diese dumme Pute von Jennifer vielleicht tatsächlich Hervé Lespinasse anrufen. Und sowieso ist sie in einer Viertelstunde mit Nectaire und Maddi Libéri auf dem Parkplatz La Vieille Tour hinter dem Rathaus verabredet. Da braucht sie den versprochenen Gegenstand.

Ist das, was sie da macht, vielleicht totaler Unsinn?

Und hat Maddi Libéri tatsächlich Estebans Sachen aufgehoben?

Und kann Nectaire in weniger als einem Tag einen DNA-Test organisieren?

Egal, sie wirft einen schnellen Blick auf das Bett. Er liegt auf dem Kopfkissen.

»Tom … Tom, hör zu. Ich möchte dich um einen Gefallen bitten. Könntest du mir deinen Schmuse-Walfisch Monstro leihen? Nur für ein paar Stunden.«

· 41 ·

Der winzige Parkplatz La Vieille Tour liegt schon im Dämmerlicht. Eine verschwörerische Stimmung. Murol verschwindet in einem feinen Nebel, der die alten Steine mit einem mysteriösen Schein umhüllt. Eine Stimmung, die an Phantome, Fledermäuse und auf ihrem Besen fliegende Hexen erinnert. Im Mondlicht sieht Savines orangefarbener Koleos fast braun aus. Neben dem Allradwagen der Sozialarbeiterin stehen mein MiTo und Nectaires alter Renault.

»Hier«, erklärt Savine und reicht Nectaire den in eine Plastiktüte gewickelten Kuschel-Wal. »Auftrag erledigt.«

Wir beide waren uns einig, dass Monstro sicher Toms engster Vertrauter ist und an ihm von Geburt an Speichel und Haare des Jungen kleben. Sie hat mir versichert, es sei keine Schwierigkeit für sie, das Plüschtier einzupacken und unter ihrer Jacke zu verbergen. Jennifer Louchadière würde sie schließlich nicht durchsuchen.

»Und hier ist mein Päckchen.«

Ich öffne den Kofferraum meines Autos und reiche Nectaire eine Plastiktüte. Darin befinden sich ein gutes Dutzend Kleidungsstücke von Esteban. Er hat sie alle in der Woche vor seinem Verschwinden getragen, und ich habe es nicht übers Herz gebracht, sie wegzuwerfen. Sie hatten noch lange seinen Geruch. Doch auch der verfliegt irgendwann, ebenso wie alles andere – selbst die Hoffnung. Und dennoch ist Esteban noch immer mit diesen Kleidungsstücken verhaftet. Ich weiß, dass DNA-Spuren, der kleinste Tropfen von Speichel, Urin oder Schweiß, jahrzehnte-, ja jahrhundertelang erhalten bleiben.

Nectaire hebt die Tüte mit der Wäsche an und mustert mich streng.

»Das haben Sie alles aufgehoben?«

Seufzend legt er vorsichtig die Tasche und die Tüte in den Kofferraum seines Renault 5.

»Man könnte wirklich meinen, dass sich die Welt in zwei Lager teilt«, brummt er, als er sich wieder aufrichtet. »Die einen entledigen sich aller Dinge, um vorwärtszukommen, die anderen schleppen das Gewicht ihres ganzen Lebens mit sich rum.«

Der Nebel über dem Dorf hebt sich weiter und sammelt sich am Fuß der Umfriedungsmauer. Im Dunst versunken gleicht die Burg von Murol einer Rakete kurz vor dem Start.

»Okay, Nicky«, meldet sich Savine zu Wort, »Es gibt Hausschnecken und Nacktschnecken, die Strandschnecken, Leute, die unter freiem Himmel schlafen und solche, die in ihrem Wohnwagen den halben Hausstand mitnehmen, aber ...«

Ich beobachte interessiert das seltsame Duo. Man könnte wirklich meinen, sie seien ein altes Paar, das seine Beziehung geheimhält. Dieselben Regeln, dieselben Kabbeleien, dieselben Spielchen. Dabei sind beide unverheiratet. Sie haben das Leben noch vor sich.

»Aber«, meint Savine, »das Philosophieren heben wir uns für später auf, wenn wir drei bei einem Gläschen Enzian sitzen. Bist du sicher, dass dein ehemaliger Kollege bereit ist, den DNA-Test durchzuführen?«

»Boursoux? Na klar! Seit ich nicht mehr bei der Polizei bin, telefonieren wir jede Woche. Er wohnt in Royat, ganz in der Nähe der Grotte des Laveuses. Wir sind im selben Briefmarkenclub, aber er sammelt Marken mit Höhlenmotiven.«

Wir schweigen eine Weile. Was gibt es da noch zu sagen?

»Die unverbrüchliche Solidarität unter Briefmarkenfreaks!« Diese Bemerkung kann sich Savine nicht verkneifen.

Nectaire Paturin soll die Proben noch heute Abend zu seinem Ex-Kollegen nach Royat bringen. Von Murol nach Royat sind es nur dreißig Kilometer, aber er untersucht seinen Renault 5, als wolle er an der Rallye Dakar teilnehmen. Luftdruck der Reifen, Einstellung der Scheinwerfer ...

»Meinst du mich mit Freak?«, knurrt Nectaire, während er die Scheibenwischerblätter prüft. »Ihr verlangt von mir, dass ich die DNA von Zwillingen vergleichen lasse, aber von Zwillingen, die in einem Abstand von zehn Jahren geboren wurden, aber klar, der Freak bin ich!«

· 42 ·

Kurz vor dem Weiler Serre Haut, fünfzig Meter oberhalb von Serre Bas, macht die Straße plötzlich eine scharfe Linksbiegung. Von hier aus hat man tagsüber einen der schönsten Rundblicke auf dem Weg von Besse nach Royat, aber sie ist auch eine der gefährlichsten Straßen. Nectaires alter Renault 5 fährt geradeaus.

Verdammt!

Der Gemeindesekretär reißt das Steuer in letzter Sekunde mit einer Hand herum. Der R5 schleudert leicht und hält dann wieder Kurs.

Verdammt, verdammt, verdammt!

Beinahe hätte er einen Unfall gebaut, und Lazarbal geht noch immer nicht ans Telefon.

Er hält das Handy ans Ohr gepresst und wartet. Er lauscht den Klingeltönen und hinterlässt erneut eine Nachricht. *Iban? Hier ist Hervé Lespinasse aus Besse. Es ist dringend, ruf mich zurück.* Es ist mindestens der zehnte Anruf und die fünfte Nachricht, die er hinterlässt. Sobald die Polizisten sie über Jonas Lemoines Tod informiert und das Rathaus verlassen hatten, hatte er versucht, den Beamten aus Saint-Jean-de-Luz noch mal zu kontaktieren. Ehe Nectaire gezwungenermaßen auflegen musste, hatte Lazarbal ihm noch erzählt, dass Esteban und Maddi beide in psychiatrischer Behandlung gewesen waren, und dadurch war ihm eine vierte Hypothese eingefallen – nämlich ein möglicher Selbstmord des Kleinen.

Im Rathaus haben Nectaire und Savine ein wenig im Netz recherchiert. Selbstmord bei Kindern unter zehn Jahren ist selten, kommt aber dennoch vor. Mehr als ein Dutzend Fälle pro Jahr. Selbstmörderische Drohungen wie – *mir reicht's, ich bringe mich um* – sind dagegen relativ häufig. Sie kommen bei jedem siebten Kind vor, werden aber nicht oft in die Tat umgesetzt. Kinder haben im Übrigen eine komplexe Vorstellung vom Tod: unter sechs Jahren können sie Tod und Schlaf nicht unterscheiden, bis zum Alter von zehn Jahren ist der Tod für sie kein endgültiges Verschwinden. Und erst viel später wird die Vorstellung des Unbekannten mit dem Tod in Verbindung gebracht. Wann, das hängt vom familiären Umfeld, von Trauerfällen, Erziehung und Religion ab.

Daraus ist zu schließen, dass in Estebans Fall ein Selbstmord durchaus in Betracht käme. Nectaire hätte natürlich direkt mit Doktor Libéri darüber sprechen können, doch das hätte nicht seiner Methode entsprochen. Er ist zunächst bemüht, Beweise zusammenzutragen, er sucht und schnüffelt, um die Akte zu vervollständigen. Erst dann, wenn er über ausreichend Munition verfügt, startet er den Angriff. Er ist überzeugt davon, dass Maddi Libéri ihnen nicht alles gesagt hat, und sein Instinkt rät ihm zu Misstrauen.

Soll er auf ihn hören?

Die Straße windet sich weiter in Kurven Richtung Royat. Haarnadelkurven folgen auf Serpentinen. Dabei muss er dringend telefonieren. Aber er kann unmöglich mit einer Hand das Lenkrad halten und die Gangschaltung betätigen, daher begnügt sich Nectaire damit, im zweiten Gang zu fahren, was den Motor aufheulen lässt, sobald das Tempo vierzig Stundenkilometer übersteigt. Für modernen Firlefanz wie Freisprechanlagen hat er nichts übrig. Und das Navi macht er für das Aussterben der Landkarten verantwortlich, ebenso wie E-Mails und SMS die Briefe und schlimmer noch, die frankierten Umschläge ausgerottet haben.

Um erneut anzurufen, senkt er das Tempo unter dreißig Stundenkilometer. Der Motor des R5 stottert und ruckelt.

Verdammt, verdammt!

Auch Aster antwortet nicht.

Nach Aussage der Polizei von Besse hat sie die Leiche von Jonas Lemoine gefunden. Verhören die Flics sie noch immer? Warum? Der Tote wurde doch schon vor über vier Stunden gefunden.

Endlich erreicht er Royat.
Noch nie hat Nectaire so lange gebraucht, um die dreißig kurvenreichen Kilometer zurückzulegen, die Murol von dem kleinen Thermalbad trennen. Wie mit Boursoux vereinbart, parkt er in der Nähe des alten Waschhauses, nur wenige Schritte von der Grotte und dem Fluss Tiretaine entfernt. Sobald er aussteigt, hat ihn die Kälte fest im Griff. Seit Mittag ist die Temperatur um mehr als zehn Grad gesunken. Der scharfe Nordwind bläst jetzt kräftiger, scheint zwischen zwei eisigen Böen zu murmeln, *okay, ich bin da, der Winter kann losgehen.*

In eine Daunenjacke gehüllt, die ihm das Aussehen eines dicken Waschbären verleiht, eilt ihm Boursoux entgegen. Nectaire kennt ihn seit fast dreißig Jahren. Sie haben sich schon während ihrer gemeinsamen Zeit bei der Kripo von Clermont-Ferrand gut verstanden. Wenn die anderen Polizisten säbelrasselnd zum Angriff übergingen, bildeten sie die Nachhut, die zweite Garde. Die unverbrüchliche Freundschaft der Letzten der Seilschaft! Seither sind sie Freunde geblieben und tauschen jeden Samstag ihre Marken im Briefmarkenclub. Im Gegenzug für diesen kleinen, banalen und diskreten Gefallen hat Nectaire seinem Freund einige äußerst seltene Marken mit Motiven der Höhlen vom vietnamesischen Hang Son Doong versprochen.

»Mach schnell, Nectaire«, bittet Boursoux und bläst dabei in seine Hände. »Es ist eiskalt, und bei der Kripo ist der Teufel los.«

Nectaire beeilt sich, so gut er kann. Er holt die beiden Tüten aus seinem R5. Er hat seinem Ex-Kollegen bereits gesagt, worin seine Mission besteht: ein einfacher DNA-Test von zwei Proben.

Boursoux betrachtet verwundert den Kuschel-Walfisch in der durchsichtigen Plastiktüte, dann Estebans Kleidungsstücke, die Maddi Libéri ihm mitgegeben hat.

»Verdammt noch mal, Nicky, was soll denn das? Ist der Test für dich? Willst du wissen, ob du Vater bist?«

Nectaire hält sich zurück, um Boursoux nicht zu widersprechen. Wenn ihn die Vermutung, Nectaire habe in alle Winde verstreut Kinder hinterlassen, motiviert … Er würde ihm später, wenn der Fall gelöst wäre, alles erzählen.

»Ich kann dir jetzt keine Erklärungen geben. Ist es möglich, die Ergebnisse schnell zu bekommen?«

Boursoux mustert ihn neugierig, so als suche er hinter den Zügen des braven Briefmarkensammlers, den er seit Jahren kennt, nach dem unverbesserlichen Verführer.

»Reicht morgen früh? Ich kann heute Abend Proben entnehmen und alle Informationen noch vor Mitternacht per Mail nach Peking übermitteln. Wir haben ein Abkommen mit dem dortigen Labor. Wir ermitteln tagsüber, und sie analysieren die Proben in der Nacht. Bei wissenschaftlichen Gutachten ist es nicht anders als bei Impfstoff oder diesem ganzen Plastikmist – wenn du mit den Chinesen arbeitest, bekommst du doppelte Leistung für dein Geld.«

Nectaire mimt übertrieben den Kollegen, der die Entwicklung des Berufs, den er aufgegeben hat, bewundert.

»Wow! … Sag mal … Und haben deine Kollegen schon eine Spur in dem Mordfall von heute Nachmittag?«

»Die Kripo von Clermont hat übernommen. Sie sind da oben im Tal von Chaudefour.« Boursoux bläst erneut in seine Hände und reibt sie aneinander, als hoffe er, so Funken zu schlagen. »Mir ist das warme Labor lieber. Meiner Meinung nach wird der Einsatz mit Taschenlampen und einer ordentlichen Grippe enden.«

»Kannst du sonst nichts sagen?«

»Nichts, Nicky, tut mir leid. Ich gehe schon mit den beiden Plastiktüten deiner Gören ein Risiko ein. Ich glaube, momentan tappen sowieso alle im Dunkeln. Ich weiß nur, dass sie die Aktivitäten der Frau überprüfen, die die Leiche gefunden hat.«

Eine heftige Hitzewelle durchzuckt Nectaire und erreicht sein Herz. Ein atomarer Hitzeschock. Sein Ex-Kollege scheint nicht zu wissen, dass es sich um Aster handelt.

»Soweit ich mitbekommen habe«, fährt Boursoux fort, »haben sie festgestellt, dass etwas nicht stimmt. Es liegen zwanzig Minuten zwischen dem Zeitpunkt, als sie die Leiche entdeckt hat, und ihrem Anruf bei der Polizei.«

· 43 ·

Die Hände in den Taschen vergraben, den Schal bis zur Nase hochgezogen, stehe ich allein mit Savine Laroche auf dem Parkplatz. Ich sehe Nectaire Paturins Wagen nach, der an der Ecke der Rue de Jassaguet abbiegt und verschwindet. Auch Savine sieht dem R5 nach, während seine Scheinwerfer flüchtig die miteinander verwobenen Tannen erhellen, die an zwei vom Lichtschein überraschte Liebende erinnern.

Ich muss einen Satz finden, um ihr zu danken.

»Nectaire muss Sie wirklich lieben, wenn er sich zu einer solchen Aufgabe bereiterklärt.«

Savine wendet sich überrascht zu mir um.

»Was verstehen Sie unter ›wirklich lieben‹?«

Ich bewege mich auf dünnem Eis ... und trete den Rückzug an.

»Es ist wahnsinnig kalt, oder? Es ist also kein Ammenmärchen? In der Auvergne gibt es doch noch einen richtigen Winter.«

Die Sozialarbeiterin lächelt mir zu. Sie spielt die Stolze, aber ich errate, dass sie unter ihrer graubraunen Jacke und dem orangefarbenen Schal ebenso erfroren ist wie ich. Ich habe eine plötzliche Eingebung.

»Sollen wir irgendwo einkehren, um uns etwas aufzuwärmen? Ein Tee, eine Suppe, eine Käsecreme, egal was, um gegen die Kälte anzukämpfen.«

Sie zögert. Aber nicht lange.

»Gehen wir in die *Potagerie*, das ist eine Suppenküche! Das wird Ihnen gefallen! Sie ist keine dreißig Meter von hier entfernt.«

Savine zündet sich eine Zigarette an. Ich nutze die Zeit, um etwas abseits Gaby anzurufen. *Ich komme etwas später. Warte mit dem Essen nicht auf mich. Im Kühlschrank stehen Burritos, die kannst du dir warm machen.* Gabriel diskutiert und protestiert nicht. Wie viele Frauen würden mich um meine Freiheit beneiden? Ich versuche, mich zu erinnern, wann wir beide zum letzten Mal im Restaurant waren. Muss ich in Wochen oder in Monaten rechnen?

• • •

Hinter der schmucklosen Fassade der *Potagerie* verbirgt sich ein warmherziges Restaurant. Wie das in der Auvergne so ist!

Eine schwarze Basaltmauer, die Speisekarte fast versteckt, eine verborgene Tür, durch die man nur kommt, wenn man nicht größer als einen Meter siebzig ist, und dahinter ein gemütlicher Raum mit Deckengewölbe.

Einige wenige Touristen haben sich verlaufen und sind hier gelandet. Die Wirtin mit ihren rosigen Bäckchen weist uns einen Tisch ganz in der Nähe des Kamins zu, in dem ein Suppenkessel hängt – wie im Märchen.

»Hier gibt es nur Suppe«, verkündet Savine. »Die Bretagne hat ihre Creperien, Cuba seine Rumdestillerien, und wir haben unsere Potagerien!«

Sie reicht mir eine der Speisekarten, die auf dem Tisch liegen.

»Sie können egal welchen Cocktail nehmen.«

Ich schlage die Karte auf und lese belustigt das unglaubliche Angebot an Suppen: *Bloody Puy-Mary* (Tomaten, Käse, Sellerie), *Morilletôt* (Champignons, Crème Fraîche, Kastanien), *Bleu Lagoon* (blauer Spargel aus der Auvergne, wilde Brennesseln), *Dyke-qui-rit, Aubergine-Fizz, Margueritat, Bougnat Colada* ...

Ich bestelle eine *Bloody Puy-Mary* und Savine eine *Bleu Lagoon*. Die Wärme umhüllt uns angenehm. Ich ziehe Schal, Handschuhe und Jacke aus.

»Vielen Dank für den DNA-Test.«

Savine antwortet mit einem angedeuteten Achselzucken und einer abwinkenden Handbewegung, so als habe sie gar nichts getan.

»Sie können sich später bedanken. Dem Ergebnis entsprechend.« Ich insistiere und hoffe, sie nicht zu verärgern.

»Warum haben Sie sich bereiterklärt …«

»Ihnen zu helfen?«

Savines Gesicht ist jetzt so rot wie der Kupfertopf im Kamin. Wenn man ihr nur kurz begegnet, nur einige Stunden mit ihr verbringt oder lose mit ihr zusammenarbeitet, würde man in ihr ein tapferes, dynamisches Mädchen sehen, das bauernschlau ist, weit geöffnete Arme, unermüdliche Beine und ein großes Herz hat. Das weibliche Gegenstück des von Georges Brassens besungenen Auvergne-Bewohners. Natürlich trifft all das auch auf sie zu … aber da ist noch mehr. Ich erahne in ihr eine Subtilität, eine Heftigkeit, ja sogar eine Weiblichkeit. Etwas Unbeschreibliches, das sie außergewöhnlich macht. Eine Heldin im Schatten, die keine Statue, kein Roman und vielleicht auch kein Liebhaber je ausreichend würdigen wird.

»Erinnern Sie sich«, erklärt Savine mit verschwörerischem Lächeln, »gleich bei unserer ersten Begegnung haben Sie behauptet, Tom sei in Gefahr. Jetzt ist Toms Vater tot, nachdem er mit seinem Sohn gesprochen hat. Martin Sainfoin wurde ermordet, und auch er wollte mir etwas über Tom und Amandine Fontaine offenbaren. Es gibt keinen Zweifel mehr, diese Verbrechen stehen in Verbindung mit einem Geheimnis um La Souille, und Tommy ist mit Sicherheit in Gefahr. Die richtige Frage wäre eigentlich, warum ich bereit bin, Ihnen zu vertrauen, Maddi.«

Ihr Lächeln, das sich in dem Kupferkessel spiegelt, wird breiter.

»Sagen wir«, fährt sie fort, »dass ich mich auf meinen Instinkt verlasse und dass Sie nicht das Profil einer Mörderin haben. Und auch auf die Gefahr hin, für ebenso verrückt gehalten zu werden wie Sie, muss ich zugeben, dass die Ähnlichkeit zwischen Tom und Esteban wirklich erstaunlich ist.«

Die Wirtin bringt unsere dampfenden Cocktails. Statt eines Strohhalms zwei Holzlöffel, statt der kleinen Papierpalmen Pinienkerne, und an Stelle der Erdnüsse zwei Körbchen mit großen Landbrotscheiben.

»Aber das macht uns nicht zu Komplizen!«, fügt Savine sofort hinzu und nimmt einen Löffel Suppe. »Ich habe nicht vergessen, dass Sie dem Kind nachstellen, als wäre es das Ihre. Dabei ist Amandine eine gute Mutter, die ihn so erzieht, wie sie will. Und ganz nebenbei haben Sie mir auch nicht erzählt, dass Esteban nicht Ihr leiblicher Sohn war, sondern dass Sie ihn adoptiert haben. Und auch nicht, dass man ihn einige Wochen nach seinem Verschwinden ertrunken aufgefunden hat.«

· 44 ·

Nectaire deckt den Esszimmertisch mit zwei Tellern, zwei Gläsern und zwei Bestecken. Aber Aster ist noch immer nicht zu Hause. Er hat ein Dutzend Mal versucht, sie anzurufen. Dazwischen hat er es ebenso erfolglos bei Lazarbal probiert.

Nectaire macht sich Sorgen, diese Geschichte mit Asters Zeitplan lässt ihm keine Ruhe. Was hat seine Schwester bloß angestellt? Er weiß, wie umstritten sie ist. Einige Dorfbewohner bewundern sie für ihre Extravaganz, andere, scheinbar kaum dem Mittelalter entwachsen, halten sie für eine richtige Hexe und würden sie sicher ohne Skrupel auf den Scheiterhaufen schicken.

18:56 Uhr ...

Die Sonne ist schon untergegangen. Das Licht der Straßenlaternen verleiht den alten Gemäuern eine zeitlose Note, und wie jede Nacht scheint die Stadt in der Vergangenheit zu versinken, sobald die Touristen nach Hause gegangen sind. Im Schein des kupferfarbenen Lichts sieht Nectaire einige Schneeflocken tanzen.

Wo mag Aster nur sein? In welchem Schlamassel steckt sie bloß? In einem noch schlimmeren als er selbst?

Ob der Geruch nach Kohl sie heimholt? Nectaire zündet die Gasflamme unter dem Topf an. Wenn Aster das Essen zubereitet, stellt sie alles genau drei Minuten in die Mikrowelle, aber wenn die Reihe an Nectaire ist, wärmt er alles dreißig Minuten auf kleinster Flamme auf.

Die Welt teilt sich in zwei Lager … beginnt Nectaire zu grübeln, während er beobachtet, wie die Eisengitter vor den Geschäften auf der Place de la Poterne eines nach dem anderen heruntergelassen werden. Vor dem Friseursalon wartet ein Mann mit Anzug und Krawatte, der gerade noch Zeit hat, seinen Kragen hochzuschlagen, ehe sich zwei knapp Zehnjährige auf ihn stürzen und eine blonde Frau den Arm um seinen Hals schlingt.

Die Welt teilt sich in zwei Lager, auf der einen Seite die einsamen Idioten und Junggesellen wie er, auf der anderen die, die ihr Leben in den Griff bekommen haben.

Herrje noch mal, versucht Nectaire die Melancholie zu vertreiben, wo bleibt Aster? Und warum antwortet ihm Lazarbal nicht? Nectaire will ihn nur nach dem Namen des Psychiaters von Esteban und Maddi Libéri fragen. Wahrscheinlich gibt es in Saint-Jean-de-Luz ja nicht Dutzende. Vielleicht kann er selbst suchen?

Nectaire ist ungehalten. Ohne den Eintopf aus den Augen zu lassen, tippt er zwei Worte in sein Handy.

Psychiater Saint-Jean-de-Luz

Es werden drei angezeigt, und auf der Karte, so klein wie eine Briefmarke, lokalisiert. Aber mit dem Zoom kann er sie vergrößern.

Sofia Côme
Gaspard Montiroir
Jean-Patrick Chaumont
19:03 Uhr.

Sind ihre Praxen schon geschlossen? Da Nectaire nichts zu verlieren und nicht Besseres zu tun hat, versucht er, sie zu erreichen, während der Eintopf langsam warm wird. An die Arbeit, Bocolon! Ein einfacher Klick genügt, damit die Nummer angezeigt und gewählt wird.

Nach dem dritten Klingelton verkündet eine Automatenstimme, er könne eine Nachricht hinterlassen. Jetzt antwortet auch bei den Psychiatern schon eine Maschine!

Frau Doktor Sofia Côme? Hier spricht Lieutenant Hervé Lespinasse von der Gendarmerie in Besse im Puy-de-Dôme. Wir ermitteln momentan in einem doppelten Mordfall, und alles lässt vermuten, dass es einen Zusammenhang zwischen dem Verbrechen und Ihren ehemaligen Patienten Esteban und Maddi Libéri geben könnte. Danke für Ihren Rückruf unter dieser Nummer. Es eilt.

Nectaire lässt den Löffel los und ballt die Hand zu einer Faust.

Zum Ersten.

Er tippt die zweite Nummer an. Arbeitest du etwas länger, Gaspard?

· 45 ·

Ich löffle genussvoll meine *Bloody Puy-Mary*, köstlich!, und grübele über Savines letzte Worte nach.

Und ganz nebenbei haben Sie mir auch nicht erzählt, dass Esteban nicht Ihr leiblicher Sohn war, sondern dass Sie ihn adoptiert haben. Und auch nicht, dass man ihn einige Wochen nach seinem Verschwinden ertrunken aufgefunden hat.

Ich habe mich nicht geirrt, die beiden, Miss Marple und ihr Hercule Poirot, sind wirklich effizient. Sie wissen also über alles Bescheid? Die Babyklappe, die Adoption, das Verschwinden, die Leiche, die man unterhalb der Küstenstraße von Urrugne gefunden hat. So als hätte Lazarbal ihnen alles erzählt ...

Ich beobachte, wie Savine eine Scheibe Landbrot in ihre *Bleu Lagoon* tunkt.

Dann gestehe ich mit sanfter, friedlicher Stimme:

»Ich habe Ihnen nicht alles gesagt, aber ich habe nie gelogen.«

Savine fischt mit dem Holzlöffel die Brotstücke aus ihrer Suppenschüssel.

»Weil Sie im Grunde nie an Estebans Tod geglaubt haben?«

Ich picke die Selleriestückchen aus meiner *Bloody Puy-Mary* und bestätige ihre Vermutung mit einem traurigen Lächeln.

»Tot? Lebendig? Das ist alles ... etwas komplizierter. Und vor allem unklarer. In den ersten vier Wochen nach Estebans Verschwinden habe ich mich an die Hoffnung geklammert, dass er zwangsläufig irgendwo ist und lebt. Stellen Sie sich den Moment vor, Savine, als dann die Flics eines schönen Morgens bei mir aufgekreuzt sind, um mir zu sagen, dass sie die Leiche eines zehnjährigen Kindes gefunden haben. In diesem Augenblick versucht man, sich zu überzeugen, dass es nicht das eigene ist. Und wenn die Identifikation unwiderlegbar ist, ist es zu spät, man hat zu lange gehofft, man kann nicht mehr aufgeben, man klammert sich an alle Möglichkeiten – ein Irrtum der Rechtsmedizin, ein allgemeines Komplott –, an alle nur vorstellbaren rationalen Erklärungen, und wenn auch das zu nichts führt, hält man sich an das Irrationale, das Paradies, den Geist, der überlebt, der im Nichts umherirrt … ehe … ehe er sich reinkarniert.«

Savine wischt sich den Mund mit der beigefarbenen Serviette aus dicker Baumwolle ab. Sie betrachtet den bläulichen Schimmer auf ihrer Suppe und mustert mich dann lange. Liest man in der Auvergne die Zukunft aus der Suppe, so wie anderswo im Kaffeesatz?

»Und auch diesmal belügen Sie mich nicht. Aber Sie erzählen mir nicht alles.«

Bin ich überzeugend, wenn ich die Augen verwundert aufreiße?

»Sie erzählen mir nicht alles«, wiederholt Savine, die wenig überzeugt von meinem Augenaufschlag scheint, »von Anfang an stört mich etwas an der Sache. Wie kann eine Frau wie Sie, unabhängig und gebildet, an eine so übernatürliche Erklärung glauben – selbst, wenn es eine gewisse Häufung von Zufällen gibt.«

Ich gebe mein Spielchen mit dem Blick des verwunderten Rehs auf, versenke stattdessen meine Augen in ihre und beschließe, mich ihr anzuvertrauen. Ist es die Wärme? Oder die Tatsache, dass Tom in weniger als vier Stunden zehn Jahre alt wird? Ist es vielleicht, weil ich seit drei Wochen keinen anderen Gesprächspartner hatte als Gabriels Rücken? Oder brauche ich einfach nur eine Verbündete?

»Sie haben gewonnen, Savine. Ich will Ihnen einige Dinge anvertrauen. Schmerzliche Dinge. Dinge, die ich gerne vergessen würde.«

Die Sozialarbeiterin legt ihre Serviette beiseite.

»Esteban war von klein auf in psychiatrischer Behandlung. Wegen der Adoption natürlich. Aber auch wegen seiner Bienenphobie. Aber sechs Monate vor seinem Verschwinden begann er, dem Psychiater eigenartige Dinge zu erzählen. Er erklärte …, er wolle in einem anderen Körper weiterleben …, weil ich nicht seine wirkliche Mutter sei …, weil ich ihn, so wie er war, nicht wirklich lieben könnte. Er hatte auch gehört, dass ein ganzer Teil von Saint-Jean-de-Luz, nämlich das Küstenviertel, vor dreihundert Jahren von einer Flutwelle verschlungen worden war. Das faszinierte ihn. Er sprach von einer Unterwasserwelt, in der er seine körperliche Hülle ablegen würde. Das hat er natürlich mit seinen eigenen Worten gesagt.«

Savine schweigt. Immer nervöser fahre ich fort.

»Estebans Psychiater hieß Gaspard Montiroir. Ich hatte ihm erlaubt, die ärztliche Schweigepflicht zu brechen und der Polizei Zugang zu den Aufzeichnungen der Sitzungen zu gewähren. Sie sollten alles wissen, um ihre Suche anpassen zu können. Aber alle, auch Gaspard Montiroir, kamen letztlich zu dem Schluss …«

Meine Augen füllen sich mit Tränen, und ich kann meinen Satz nicht beenden. Savine reicht mir ihre Stoffserviette.

»Dass es Selbstmord war?«, murmelt sie. Lazarbals vierte Hypothese. Hatte Esteban sich vielleicht ertränkt?

Ich zerre an der Serviette. So dick sie auch sein mag, ich hätte die Kraft, sie zu zerreißen.

»NEIN!«

Ich habe geschrien. Die wenigen Gäste drehen sich nach mir um. Mit meinem Schrei habe ich fast den Kupferkessel ins Wanken gebracht. Ich wiederhole etwas leiser, aber noch immer mit wutentflammtem Blick:

»Nein! Und ich weiß warum! Sie haben es alle nicht begriffen. Esteban hätte diese Geschichte mit der Unterwasserwelt und der körperlichen Hülle niemals selbst erfunden. Das hat ihm jemand eingeredet. Jemand, zu dem er mit seinen Espadrilles an den Füßen und seiner Ein-Euro-Münze in der Hand gegangen ist. Jemand, der ihn entführt hat. Jemand, der morgen … an seinem zehnten Geburtstag mit Tom dasselbe tun wird! Sie müssen mir glauben, Savine. Sie sind … meine einzige Hoffnung.«

Als ich das letzte Wort ausspreche, streift ein eisiger Windhauch meinen Rücken. Ich brauche eine Weile, um zu begreifen, dass sich die Tür der *Potagerie* geöffnet hat. Ich wende mich um. Ein Paar tritt gebeugt ein und klopft die weißen Flocken von den Wintermänteln.

Draußen hat es angefangen, sachte zu schneien.

· 46 ·

Er beobachtet die Schneeflocken im Lichthof der Laternen. Sie bleiben kaum auf dem Asphalt liegen. Noch widersetzt sich die schwarze Teerschicht und verschlingt sie, lässt sie zu Matsch schmelzen, doch der Kampf ist ungleich. Es sind zu viele. Heute Nacht wird das Weiß gewinnen! Zumindest hier. Vielleicht ist es in Murol oder Besse nicht ganz so kalt, schon ein Grad weniger reicht aus, um den Schnee in eisigen Regen zu verwandeln. Und am nächsten Morgen in Glatteis.

Beruhigt schaltet er seinen Computer ein. Heute Abend wird ihn niemand stören. Er braucht nicht einmal Kopfhörer aufzusetzen, sondern kann direkt die Lautsprecherboxen einschalten.

Er scrollt durch die Dateien und verweilt bei der letzten.

Esteban Liberi, 12/04/2010.

Ein Doppelklick, und eine warme, tiefe Stimme erfüllt den Raum.

»Du bist also Esteban?«

»Ja.«

Noch nie war ihm Estebans Stimme so ängstlich erschienen.

»Doktor Montiroir hat mir viel von dir erzählt.«

»...«

»Er hat mir auch die Aufzeichnungen eurer Sitzungen vorgespielt, damit ich Bescheid weiß. Damit ich dich fast so gut kenne, wie er.«

»...«

»Es ist normal, dass du schüchtern bist. Du kennst Doktor Montiroir seit Jahren. Aber ... Aber manchmal muss man sich an einen Spezialisten wenden, verstehst du? Das ist wie bei den Ärzten. Wenn du Zahnschmerzen hast, musst du zum Zahnarzt gehen, und wenn du etwas mit dem Herzen hast, zu einem Kardiologen. Ein einziger Arzt kann nicht alles heilen.«

»Ich ... ich bin nicht krank.«

»Natürlich nicht, Esteban, das war nur ein Vergleich. Manche Psychiater können besser Träume erklären, andere Ängste und wieder andere ... alles, was mit dem Tod zu tun hat.«

Estebans Stimme wird plötzlich lauter:

»Ich will nicht sterben, Herr Doktor! Das habe ich Doktor Montiroir nie gesagt! Ich will nur meinen Körper ...«

»In Ordnung, in Ordnung, Esteban ... Wir wollen all das in Ruhe besprechen. Wir beide haben viel Arbeit vor uns. Wir müssen lernen, uns zu vertrauen.«

• • •

Aster öffnet die Wohnungstür im ersten Stock über dem Laden La Galipote. Nectaire wendet sich auf der Stelle vom Eintopf ab, den er mit dem rechten Auge im Blick gehabt hatte und von seinem Handy, das sein linkes ständig kontrollierte. Niemand hat ihn angerufen, weder Lazarbal noch einer der drei Psychiater.

»Wo warst du?«

Aster vollführt seltsame Gesten mit den Händen, die wohl bedeuten sollen, *eine Sekunde Nicky, ich komme ja eben erst herein, lass mich Jacke und Mütze ausziehen.*

Sie hängt beides an die Garderobe, unter der sich Pfützen geschmolzenen Schnees bilden. Nectaire tut so, als würde er nichts bemerken, er wird sie später aufwischen.

»Hast du Hunger?«

Er schaltet die Gasflamme unter dem Eintopf aus.

»Diese Idioten von Bullen haben mich den ganzen Nachmittag dabehalten«, tobt Aster los. »Sie haben mich mit meinem Zeitplan genervt, so als wäre ich ihnen Erklärungen schuldig. Lespinasse hat mir sogar gedroht: *Madame Paturin, es ist in Ihrem Interesse, wenn wir Ihnen diese Fragen stellen, Sie haben schließlich kein Alibi* ... Ich finde die Leiche für sie, und das soll der Dank sein! Was bilden die sich denn ein? Dass Hexen herumlaufen und diejenigen abstechen, die sich allein in den Wald wagen?«

Nectaire zögert nachzuhaken. So, als wäre nichts geschehen, serviert er den Eintopf, aber er muss doch an Boursoux' Worte denken: *Es liegen zwanzig Minuten zwischen dem Zeitpunkt, als sie die Leiche entdeckt hat, und ihrem Anruf bei der Polizei.*

»War Jo ... Jonas schon tot, als du ihn gefunden hast?«

Erneut seltsame Gesten mit den Händen, diesmal weniger bedeutungsschwanger. Jeder beliebige Polizist könnte sie verstehen.

»Ach stimmt, du bist ja auch ein Flic, Nicky.«

»Komm und setz dich zu mir, statt Blödsinn zu reden.«

Aster nimmt Platz, wärmt sich auf und beruhigt sich. Nectaire schenkt ihr ein Glas Saint-Pourçain ein und wartet, bis seine Schwester den Mund voll hat, um zu fragen:

»Was ist das für eine Geschichte mit dem Alibi?«

»Nichts. Mach dir keine Sorgen. Hexen haben ihre Geheimnisse. Wenn die Polizei glaubt, ich würde ihnen verraten, wo ich meine Kräuter pflücke! Die Sache mit dem Alibi ist ihnen sowieso nicht das Wichtigste.«

Nectaire hätte sich fast verschluckt.

»Und ... was ist dann das Wichtigste?«

»Das Messer mit dem Jonas erstochen wurde: ein Thiers-Gentleman. Ich bin in Besse die Einzige, die diese Marke verkauft. Lespinasse ist zwar nicht klüger als ein Frischling, aber er hat dennoch die Verbindung hergestellt.«

Nectaire leert sein Rotweinglas, um nicht loszuprusten.

»Man ... man hat in deinem Geschäft ein Thiers-Gentleman gestohlen?«

»Nein, nicht ein Thiers-Gentleman, sondern zwei!«

● ● ●

»Wie schon gesagt, Esteban, Doktor Montiroir hat mir viel von dir erzählt. Übrigens, wie hast du ihn genannt? Doktor Montiroir … oder Gaspard?«

»Herr Dok … Doktor.«

»Ja, das wundert mich nicht. Aber weißt du, manche Psychiater haben es lieber, wenn die Kinder sie bei ihrem Vornamen nennen. Das ist wie bei den Lehrerinnen. Wenn du willst, sprechen wir später darüber. Ich habe mich auch lange mit deiner Maman unterhalten. Aber nicht um dich zu verraten, alles, was du Doktor Montiroir gesagt hast oder mir sagen wirst, bleibt in diesen vier Wänden, es ist ein Geheimnis unter uns dreien. Aber manchmal, wenn … wenn es besonders wichtig ist …, müssen wir mit deiner Maman darüber reden, verstehst du das?«

»…«

Er hört das Rascheln von Stoff, vielleicht auch einen Stift, der auf den Tisch klopft. Das Ticken einer Uhr.

»Wenn du bereit bist, können wir anfangen, Esteban. Doktor Montiroir hat mir gesagt, du hättest von einer Unterwasserwelt gesprochen, von einer Welt, in der man das Leben andersherum sieht und seinen Körper tauschen kann. Kannst du mir das noch einmal … mit deinen eigenen Worten erklären?«

• • •

»Zwei Thiers-Gentleman? Gestohlen in La Galipote?«

Nectaire ist so überrascht, dass seine Hände mit dem Besteck in der Luft verweilen.

»Nun krieg dich wieder ein, Nicky. Das kann sonst wer gewesen sein. Es ist nicht meine Art, Überwachungskameras in meinem Geschäft zu installieren und erst recht keine Metalldetektoren am Ausgang. Und jetzt konzentrier dich, dein Handy vibriert auf dem Tisch!«

»Verdammt!«, ruft Nicky aus. »Das ist bestimmt Lazarbal oder einer der Psychiater.« Er hatte sie ganz vergessen. Und er hasst es, wenn alles auf einmal kommt, und die Dinge sich drängen wie eine wütende Menge, statt sich in Reih und Glied in die Warteschlange zu stellen.

Er zögert, ob er die Serviette oder die Gabel ablegen soll, und nimmt schließlich das Gespräch an.

»Doktor Gaspard Montiroir«, sagt eine energische Stimme. »Sie haben mich angerufen?«

»Ja ... ja, hier Nicky, ähm, nein, Bocolon ... Nein, auch nicht Bocolon, das ist ein Spitzname, ein Wortspiel der Kollegen mit Columbo. Kollegen, verstehen Sie, diese Idioten, nein, nein, hier spricht Lieutenant Hervé Lespinasse.«

Aster kämpft mit einem Lachanfall und hätte sich beinahe an ihrem Eintopf verschluckt. Gaspard Montiroir scheint nicht belustigt.

»Nach Ihrem Anruf zu urteilen, ist die Sache dringend.«

Bocolon hat sich wieder im Griff, er hat zu seinem normalen Rhythmus gefunden, einem langsamen Rhythmus. Mit dem Duktus eines professionellen und gewissenhaften Polizisten fasst er den Doppelmord in Besse zusammen und schließt – nachdem er die verblüffende Ähnlichkeit zwischen ihrem Sohn Esteban und Tom, dem Sohn des zweiten Opfers, erwähnt hat – damit, dass Maddi Libéri in die Sache verwickelt ist.

Nectaire hat seine Qualifikationsprüfung bestanden. Der Psychiater hat anscheinend keinen Zweifel an der Identität seines Gesprächspartners mehr.

»Ehrlich gesagt, kann ich Ihnen nicht viel Neues berichten, Lieutenant. Sie sollten Lieutenant Lazarbal kontaktieren, er hat die Akte sicherlich archiviert. Natürlich habe ich damals meine Aussage gemacht. Maddi Libéri hatte mich von meiner ärztlichen Schweigepflicht entbunden. Ich habe alles gesagt, was ich wusste, ich habe Esteban jahrelang behandelt, aber seltsamerweise ist mir das Wichtigste entgangen.«

»Wie meinen Sie das?«

»Nun«, Gaspard Montiroir scheint abzuwägen, bis zu welchem Punkt er sich dem Ermittler anvertrauen kann. »Ach, letztlich ist die Geschichte ja verjährt, und der arme Junge ist tot. Also, sechs Monate vor seinem Tod hat Esteban begonnen, mir seltsame

Geschichten zu erzählen, Selbstmordideen und morbide Hirngespinste. Ich muss gestehen, er hat mir Angst gemacht, das lag nicht mehr in meiner Kompetenz, verstehen Sie? Ich kenne mich eher mit depressiven sechzigjährigen Frauen aus, die mir von ihrer schwierigen Beziehung zu ihrem Mann erzählen – oder zu ihrem Pudel, sobald der Ehemann verstorben ist. Ich habe also Maddi Libéri vorgeschlagen, sich an einen Kollegen zu wenden, der mehr auf solche Dinge spezialisiert ist.«

»Wissen Sie noch seinen Namen?«

»Ja natürlich. Aber er hat Saint-Jean-de-Luz bereits vor längerer Zeit verlassen.«

• • •

»...«

Jetzt kann er deutlich das Ticken der Uhr hören. Vielleicht auch das tropfende Wasser eines Springbrunnens in einiger Entfernung. Einen Stuhl, der knarrt. Womöglich Esteban, der mit seinem Stuhl wippt.

»Ich höre, mein Junge«, sagt der Psychiater. »Die ersten Worte sind die schwierigsten, der Rest kommt dann von ganz allein. Ich weiß, dass es nicht einfach ist, aber du musst mir vertrauen. Ich ... ich habe schon vielen anderen Kindern geholfen. Ich habe viel Erfahrung. Sag, hast du Vertrauen zu mir?«

»J ... ja, Herr Doktor.«

»Nein, nicht Herr Doktor. Ich bin nicht wie Doktor Montiroir, es ist mir lieber, wenn du mich beim Vornamen nennst. Mein ganzer Name ist Wayan Balik Kuning. Aber nenn mich einfach Wayan.«

· 47 ·

Wie hypnotisiert betrachte ich die Schneeflocken, die vom Himmel fallen. Mein Schlafzimmerfenster ist beschlagen. Eine feine Schicht Pulverschnee bedeckt den Parkplatz vom Moulin de Chaudefour. Die Straße, die über den Hügel führt, ist nicht mehr zu erkennen, ebenso wenig wie die Hänge des Tals. Masten und Bäume sind gleichermaßen weiß verhüllt. Der Berg mir gegenüber ist bereits eine lange verschneite Piste, die vor dem ehemaligen Hotel ausläuft. Der Winter hat Einzug gehalten und von der Umgebung Besitz ergriffen wie eine gnadenlose Armee, deren kalte Entschlossenheit man nur bewundern kann.

Ich habe mein Zuhause erreicht, ehe der Schneefall zu stark wurde. Sobald Savine die Flocken sah, drängte sie mich, loszufahren. *Passen Sie auf, der Winter muss drei Monate Schneefall nachholen.* Also bezahlte ich die Rechnung und setzte sie zu Hause ab. Sie wohnt in der Rue de Groire, nur wenige Schritte vom Rathaus entfernt, in einem hübschen Stadthäuschen mit orangefarbenen Fensterläden.

Bis morgen, Maddi! Nectaire ruft mich an, sobald er die Ergebnisse hat! Ich will Ihnen nichts vormachen, ich glaube nicht im Geringsten daran ... Aber sollte die DNA von Esteban mit der von Tom identisch sein, oder zumindest eine verwandtschaftliche Beziehung nachweisen, lade ich Sie jeden Abend in die Potagerie ein, bis wir beide in Rente sind.

Die Flocken werden immer dicker und größer, so als würden sie genährt vom nächtlichen schwachen Lichtschein – eine entfernte Straßenlaterne, kurz aufleuchtende Scheinwerfer, dann wieder stockfinstere Nacht. Meine arme Savine, jeden Abend eine Einladung ins Restaurant? Dein Gehalt würde dafür draufgehen, und ich würde innerhalb von zehn Jahren zehn Kilo zunehmen. ... Ich weiß, dass das Ergebnis positiv sein wird. Ich weiß, dass Tom Esteban ist, und Esteban Tom. Ich will gar nicht mehr verstehen, wie das möglich ist, ich habe meine gesamten Unterrichtsmaterialien in medizinischer Genetik verbrannt, ich habe den Kampf aufgegeben und appelliere nicht mehr an meine Vernunft. Es gelingt mir noch, gegenüber anderen den Schein zu wahren, aber in meinem tiefsten Inneren weiß ich ..., dass mein Sohn zurückgekehrt ist.

Der Parkplatz, der Asphalt, die Schilder – alles verschwindet, als hätte es nie existiert. Die Schneedecke ist eine Einladung, alles auszulöschen.

Und wieder ergreift ein Gedanke Besitz von mir, den ich bislang habe verdrängen können. Und wenn Amandine etwas zustößt? Und wenn Tom – ich zwinge mich, ihn so zu nennen, auch wenn ich seinen wahren Vornamen kenne – nach dem Tod seines Vaters auch seine Mutter verlieren würde?

Könnte ... könnte ich mich um ihn kümmern?

Wie lange würde es dauern, bis er diesen falschen Vornamen *Tom* vergessen hätte und sich an seinen wirklichen Namen, *Esteban*, erinnern würde?

Wie lange würde es dauern, bis er wieder der werden würde, der er im Grunde die ganze Zeit über gewesen ist? Einige Monate? Weniger als ein Jahr? Was würde er brauchen? Ein anderes Haus, das urgemütlich ist und Liebe ausstrahlt. Und auch eine richtige Gitarre. Einen Musiklehrer. Intensivkurse. Es ist keine Zeit zu verlieren. Bei einem Kind, das älter als zehn Jahre ist, geht das Talent so schnell verloren. Was sonst noch? Einen großen Swimmingpool? Einen See? Warum nicht das Meer? Ein ruhiges Meer natürlich, ohne Brandungswellen ... Das Mittelmeer?

Ich gebe mich meinen verrückten Gedanken hin, eingehüllt von dieser Schneenacht, die alles irreal wirken lässt. Ein magisches Intermezzo, eine außergewöhnliche Nacht, Weihnachten ohne Girlanden und Kerzen, ohne jede Illusion.

Nebenan schläft Gabriel. Ich sehe seinen Körper, der in die Decke gewickelt ist, so als wolle er sie keinesfalls mit irgendjemandem teilen. Sogar im Schlaf ein Individualist und Egoist! Auch wenn ich diesmal übertreibe ... Als ich heute Abend ins Moulin zurückgekehrt bin, erwartete mich auf dem Tisch ein kleines Geschenk. Ich habe das Geschenkpapier aus der La Galipote erkannt, dazu Gabys Handschrift auf der kleinen Karte: *Für dich. Halt durch. Ich liebe dich.*

23:50 Uhr
Der Radiowecker zeigt die verstreichenden Minuten in fluoreszierendem Grün an.

In zehn Minuten wird Esteban zehn Jahre alt. Ich sollte ihn nie mehr Tom nennen! Selbst, wenn ich mich vor den anderen noch anstrengen, etwas vorspielen muss.

Ein letztes Mal betrachte ich, wie der Schnee alles weiß färbt, als würde er sein Leichentuch ausrollen.

Morgen ist der entscheidende Tag ... Ich muss ihn retten! Wer könnte mir das vorwerfen?

Wer würde eine zweite Chance ausschlagen, die einem das Leben bietet?

Wer würde verzichten, wenn man ihm das Tor zur Hölle öffnet, um das liebste Wesen zurückzuholen?

23:51 Uhr.
Eine Stimme wiederholt ohne Unterlass in meinem Kopf:
Esteban ist in Gefahr, ich muss ihn retten.
Ich weiß, dass ich in dieser Nacht keinen Schlaf finden werde.
Wer könnte mir helfen, nicht vollständig verrückt zu werden?
Soll ich Gabriel wecken?
Wayan anrufen?
Oder mich damit begnügen, in meinen Erinnerungen zu ver-

sinken? Sie eine nach der anderen auszupacken, wie man auf dem Dachboden gelagerte Kartons öffnet, wie man alten Nippes hervorholt, alte Bilder aufhängt, damit alles bereit ist, wenn er zurückkommt.

Morgen.

DAS VIERTE LEBEN

DIE REIFE SEELE

Wenn die Seelen gereift sind, schicken sie sich zu ihrer letzten Reise an. Sie gehen jetzt sparsamer mit ihrer Zeit um und verschwenden sie nicht. Sie sind nicht mehr auf der Suche, sondern eher zur Ruhe gekommen. Den jungen ausgehungerten und durstigen Seelen mögen sie wunschlos erscheinen. Seelen wie die Ihre, Maddi. Aber sie sind einfach nur gesättigt. Da sie in dieser Welt nichts mehr beweisen oder finden müssen, sind sie Hüterinnen ihres Friedens.

VIII
DAS ZIEL

Eine Barke auf dem See

• 48 •

Zuerst hört Tom das Trippeln von Mäusen. Er lauscht dem Geräusch ihrer kleinen Pfoten, kann sie aber nicht lokalisieren.
Wo haben sie sich versteckt? Hinter der Wand? Unter seinem Bett? Er zieht die Decke hoch, schützt sich mit dem Kopfkissen und versucht, sich besser zu konzentrieren. Das Einzige, was er tun kann, ist auf die Geräusche zu hören, sich vorzustellen, wo sich die Schatten in der Dunkelheit bewegen, zu versuchen, den geringsten Luftzug auszumachen. Er schläft nicht, er wird nicht schlafen. Ohne Monstro würde er kein Auge zumachen und sich nicht der Nacht anvertrauen. Ohne seinen Kuschel-Wal wäre es ihm unmöglich, die Albträume, die finsteren Monster und das Trippeln der Mäuse abzuwehren.
So, nun hat Tom sie geortet.
Die Mäuse haben sich hinter dem Fenster versteckt. Sie kratzen am Fensterladen, wollen herein. Und dem Geräusch nach zu urteilen, nicht nur mit ihren Krallen. Oder es sind Tausende. Vielleicht ist es ihnen draußen zu kalt? Vielleicht wollen sie sich nur aufwärmen? Oder nur mit ihm reden?
Tom schleicht sich aus dem Bett. Ganz vorsichtig, damit das Parkett nicht knarrt, auch wenn er weiß, dass Maman nicht aufwachen wird – sie hat ihm gesagt, sie würde etwas zum Schlafen einnehmen und morgen früh spät aufstehen, darum müsste er mit dem Essen und dem Rest allein klarkommen.

Sobald er das Fenster öffnet, hat ihn die Kälte fest im Griff. Er trägt nur seinen Schlafanzug. Der Wind pfeift unter den Fensterläden hindurch, sicher bläst er den Schnee heran, der sich auf der Fensterbank angehäuft hat.

Tock, tock, tock.

Die Mäuse sind ungeduldig. Übrigens sind es gar keine Mäuse. Jetzt hat Tom verstanden. Sie können unmöglich so weit hinaufgeklettert sein. Es sei denn, es wären Fledermäuse. Er konzentriert sich auf die nächtlichen Geräusche.

»Tooom...«

Er hat einen Schrei gehört, den der Wind ihm zugetragen hat, der aber durch die Schneeflocken gedämpft wurde, sodass er lediglich ein Flüstern vernimmt.

Seinen Namen!

»Tooom...«

Er hat keine andere Wahl. Und er hat keine Angst, er muss wissen, was los ist. Er öffnet die Fensterläden weit. Die Vorhänge flattern, und die Schneeflocken dringen ins Zimmer wie unvorsichtige Nachtfalter, die sofort schmelzen. Toms Schlafanzug ist durchnässt. Eine letzte Handvoll kleiner Kiesel prasselt gegen den geöffneten Fensterladen.

Tock, tock, tock.

»Tooom«, murmelt die Stimme in der Nacht erneut. »Schläfst du nicht?«

Toms Augen suchen die Dunkelheit ab. Die Stimme und die Kiesel kommen von rechts, von der Garage, deren eingefallenes Dach dem nächtlichen Besucher dennoch einen gewissen Schutz zu bieten scheint. Er starrt angestrengt ins Dunkel, seine Augen gewöhnen sich langsam an das erschreckende Weiß des Hofs. Jeder Gegenstand dort – der alte Traktor, der Misthaufen, die kaputte Tonne, die zerbrochenen Blumentöpfe – hat sich in ein mit einem strahlend weißen Tuch bedecktes Phantom verwandelt. Er entdeckt Fußstapfen im Schnee, folgt ihnen mit seinem Blick, bis er eine kleine Silhouette entdeckt, die an einem Pfeiler lehnt.

Tom erkennt ihn sofort.

Esteban!
Er ignoriert die Kälte und die Schneeflocken, die sich an seinen Schlafanzug und seine eiskalte Haut heften, und winkt seinem Freund fröhlich zu.
Der Wind treibt erneut ein gedämpftes Murmeln zu ihm herüber.
»Alles Gute zum Geburtstag, Tom! Komm, komm schnell herunter, ich habe eine Überraschung für dich.«

• • •

Tom streift nur einen Pullover über und die erstbeste Jeans, die er in dem Korb findet, den Maman nie leer bügeln wird, dann schleicht er auf Zehenspitzen die Treppe hinab, die Turnschuhe in der Hand, die er erst unten vor der Haustür anzieht.
Er hat weniger Lärm gemacht als eine Maus. Maman schläft, und die Polizistin, die über sie wachen sollte, ist schon lange nach Hause gegangen. Er greift nach seiner orangefarbenen Fleecejacke mit Kapuze, die noch ein wenig zu groß für ihn ist. Die Taschen sind von den Handschuhen und der Mütze ausgebeult, die er hineingestopft hat. Er hat es eilig und überzeugt sich nicht, ob er alles dabei hat. Er öffnet die Tür und stürzt sich, ohne Mütze und Handschuhe anzuziehen, in die dunkle Nacht.

Tom ist noch keine drei Meter über den Hof gelaufen, doch seine Turnschuhe sind bereits durchnässt. Normalerweise ist ihm das Loch in der Sohle egal, er umgeht einfach Pfützen und spitze Steine. Doch bei fünf Zentimeter hohem Schnee ist das unmöglich.
Noch immer an den Pfeiler der Scheune gelehnt, erwartet Esteban ihn. Er ist wesentlich besser ausgestattet: Moonboots, Wollhandschuhe, Ski-Anorak.
Verwundert schaut er auf Toms Haare, die schon schneebedeckt sind.
»Du bist ja verrückt, Tom, setz dir was auf den Kopf, sonst erfrierst du noch.«

Tom gehorcht, zieht die Mütze aus der Tasche und streift sie über den Kopf.

»Und? Meine Überraschung?«

»Los, komm mit.«

Esteban steuert auf die Ausfahrt des Hofs zu.

»Bist du bereit, ein Stück zu laufen?«

»Kein Problem«, antwortet Tom stolz, obwohl er bei jedem Schritt seine Socken spürt, die so kalt sind wie ein Eisklumpen.

Schon sind sie auf der Straße. Da die Häuser den Wind abhalten, ist der Schneefall im Weiler etwas weniger stark. Esteban will am Brunnen eine erste Pause einlegen.

»Ich konnte dein Geburtstagsgeschenk nicht mitbringen«, erklärt er. »Es ist zu groß. Es ist bei mir zu Hause. Du liebst ja Musik, also wird es dir gefallen.«

Tom zittert und tritt von einem Fuß auf den anderen, damit seine Turnschuhe nicht an dem gefrorenen Wasser rund um den Brunnen kleben bleiben.

»Es ist ein unglaubliches Instrument!«, fährt Esteban fort. »Aber vorher muss ich dich etwas fragen.«

»Okay, doch lass uns weitergehen, sonst erfriere ich wirklich.«

»Gut, dann laufen wir auf der Straße, da ist der Schnee nicht so hoch wie an den Seiten.«

Sie gehen in der Mitte der Fahrbahn, wo die Schneedecke tatsächlich dünner ist, allerdings wird sie rutschig, sobald sie den Schritt beschleunigen.

»Ist dir nicht kalt?«, fragt Tom zitternd.

»Vergiss nicht, dass ich ein Phantom bin!«

»Ja, aber ein bestens ausgestattetes Phantom! Was wolltest du mich fragen?«

»Es ist wichtig, Tom. Weißt du, mir sind wieder ein paar Erinnerungen eingefallen, wie die mit den Bienen. Komische Sachen. Und ich hoffe ..., dass du nicht dieselben hast.«

Die schmächtigsten Bäume entlang der Landstraße beugen sich gefährlich unter der Schneelast.

»Albträume, oder?«

»Schlimmer«, beharrt Esteban. »Viel schlimmer. Du schwimmst ja gerne in der Badeanstalt oder im Sommer in den Seen. Hast du schon mal daran gedacht, dass es auf dem Grund etwas geben könnte? Eine andere Welt, verstehst du? Unsichtbar. Unter der Wasseroberfläche. Wenn man sie erreicht und dann wieder auftaucht, ist man jemand anders.«

Tom ist stehen geblieben. Plötzlich spürt er die beißende Kälte nicht mehr. Er überlegt kurz, den Jungen neben sich zu schlagen, um zu sehen, ob seine Faust dessen Brust durchdringen würde, als würde er nur aus Rauch, Wasser oder Schnee bestehen.

Er unterdrückt die Geste, nicht aber seine Worte.

»Erinnerst ... du dich auch daran? Ich habe noch nie mit jemandem darüber gesprochen! Es ist MEIN Geheimnis. Wie kannst du davon wissen, wenn du kein Phantom bist? Wenn du nicht nur in meinem Kopf existierst? Dabei hätte ich dich in deinem Olympia-Outfit und mit deinen Kosmonautenstiefeln fast für real gehalten.«

Drei Serpentinen unter ihnen erhellt ein kurzer Lichtschein das Dunkel. Doch keiner der beiden hat ihn bemerkt.

»Hast du das Wetter gesehen?«, scherzt Esteban. »Du glaubst doch wohl nicht, dass ich da nur in ein Laken gehüllt und mit einer Eisenkugel am Fuß nach draußen gehen würde?«

Tom lächelt. Führt er wirklich Selbstgespräche? Ist er von ganz allein nachts nach draußen gegangen? Wird Esteban verschwinden, wenn er die Augen schließt? Sollte er jetzt nicht lieber zurück in sein Zimmer gehen, statt mit halb erfrorenen Füßen sonst wohin zu laufen? Träumt er? Wird er, wenn er sich kneift, in seinem warmen Bett aufwachen?

Esteban wirkt so lebendig. Er ist sein einziger Freund. Er will auf keinen Fall, dass er verschwindet. Esteban setzt seinen Weg fort, und Tom folgt hüpfend, damit sein rechter Fuß so wenig wie möglich den Schnee berührt.

In dem Moment, als sie Froidefond verlassen, genau vor der Brücke, kommt das Auto. Es fährt langsam und leise, die Scheinwerfer im Standlicht erinnern an die gelben Augen eines wilden, plötzlich vom Schnee eingeschlossenen Tiers, auf der Suche nach einer unvorsichtigen Beute, die es verschlingen kann.

Die Brücke ist völlig vereist. Sie rutschen mehr, als dass sie gehen und klammern sich auf beiden Fahrbahnseiten am Geländer fest.

»Gut, ich vertraue dir«, schreit Tom so laut wie möglich, um sich Mut zu machen. »Du bist ein komisches Phantom, aber eigentlich ganz cool. Ich glaube, es gibt nicht viele Phantome, die sich an Geburtstage erinnern und Geschenke machen!«

Ohne das kalte Geländer loszulassen, dreht sich Esteban zu seinem Freund um.

»Jetzt mal ernsthaft, Tom, wann hören wir mit dem Spielchen auf?«

»Welches ... welches Spielchen?«

»Ich bin kein Phantom. Und das weißt du genau! Und ich heiße auch nicht Esteban.«

Tom scheint das Gleichgewicht zu verlieren. Er klammert sich fest, um nicht zu stürzen. Ist die Couze Chambion zugefroren?

»Wie heißt du denn wirklich?«

In dem Moment, als Esteban antworten will, tauchen hinter ihnen die beiden gelben Raubtieraugen auf. Sie drehen sich um.

Der Lichtschein gleitet über die Brücke, erfasst seine Beute, ehe die Scheinwerfer hell aufleuchten und die Nacht zerreißen, um sie zu blenden.

»Vorsicht, Esteb ...«

Der Schrei bleibt Tom im Hals stecken. Auf der anderen Seite der Brücke ist niemand mehr. Kein Junge. Er ist allein in der Nacht, als sich das Raubtier auf ihn stürzt.

· 49 ·

Kurz vor Sonnenaufgang hat es aufgehört zu schneien. Ganz so, als wäre alles für die perfekte Kulisse beim Aufwachen geplant. Die leichten Rosé-Nuancen auf den sanften Hängen der Vulkane, die tanzenden Schatten der Tannen auf dem weißen Teppich, der nur von den leichten Spuren der Dohlen durchzogen ist. Eine zarte Harmonie, gestört nur von den Schneepflügen, die mit ihren Metallschaufeln den Asphalt freikratzen. Die Hauptstraßen sind im Schritttempo befahrbar, solange es keinen Gegenverkehr gibt.

Noch nie habe ich so lange gebraucht, um die drei Kilometer zwischen dem Moulin de Chaudefour und Froidefond zurückzulegen. Fast eine halbe Stunde! Beim Verlassen der ehemaligen Ski-Station hatte ich den Eindruck, die Sessellifte würden sich plötzlich in Bewegung setzen, die Autos mit ihren Dachboxen vor der Parkplatzeinfahrt Schlange stehen und bunte Ski-Anzüge über die zu neuem Leben erwachten Pisten gleiten.

Aber nein, ich bin keinem Skifahrer begegnet, ringsum Stille, durchbrochen nur vom Krächzen der Raben. Ein ruhiger Morgen – bis auf den hysterischen Journalisten, der im Radio vor einem weiteren Schneesturm im Laufe des Vormittags warnt, der heftiger sein soll als die paar Flocken letzte Nacht.

Bleiben Sie zu Hause!

Ich sehe den orangefarbenen Koleos, der vor der Zufahrt von La Souille parkt. Hingegen kein R5 in Sicht. Dabei soll Nectaire doch die Untersuchungsergebnisse bringen. Sieht ihm gar nicht ähnlich, dass er als Letzter kommt. Ich vertreibe meine böse Vorahnung. Wir sind um acht Uhr verabredet, und die Kirchturmuhr hat noch nicht geschlagen, also ist der Gemeindesekretär nicht einmal verspätet.

Als sie mich kommen sieht, steigt Savine, bekleidet mit einem weiten khakifarbenen Parka, aus ihrem Wagen. So ähnliche haben wahrscheinlich im letzten Jahrhundert die Bergjäger getragen. Ihre Einsatzkleidung unterscheidet sich eindeutig von meinem violetten Ski-Anorak, den man sicher aus mehreren Kilometern Entfernung sieht.

Ich habe diesen Treffpunkt festgelegt. Hier in La Souille! Denn sobald wir die Ergebnisse haben, müssen wir, wie auch immer sie ausfallen werden, schnell und koordiniert handeln.

Ich bin weiterhin davon überzeugt, dass Tom in Gefahr ist!

Savine, auf dem Kopf eine Schapka aus der Zeit vor der Oktoberrevolution, kommt mir entgegen. Ihr orangefarbener Schal flattert im Wind. Gestern Abend haben wir uns wie zwei alte Freundinnen verabschiedet, und heute Morgen kommt sie mit dem mürrischen Gesicht eines Bären, den man aus dem Winterschlaf gerissen hat, daher.

Was ist passiert, seit wir uns getrennt haben?

»Kennen Sie Wayan Balik Kuning?«

Kein *Guten Morgen* oder *Nectaire wird gleich mit den Ergebnissen da sein*.

Nur ein Schlag in die Leber.

Ich stecke ihn ein und antworte verwundert:

»Ja, er ist mein Psychiater.«

»Anscheinend nicht nur ihrer, sondern er war auch der von Esteban. Sie haben mir gestern Abend nichts von ihm erzählt!«

Ich habe das Gefühl, jemand hätte mir eine Handvoll Schnee in den Pullover geschoben, ein eiskalter Strom rinnt über meinen Rücken.

»Wie haben Sie seinen Namen herausgefunden?«

»Das müssen Sie Bocolon fragen! Oder Nectaire, wenn Ihnen das lieber ist. Sie können sich sicher vorstellen, dass wir gestern Abend telefoniert haben. Erstaunlich, wie scharfsinnig er manchmal sein kann. Er hat nur vorsichtig an dem Faden gezogen und alles hat sich gelöst ... Ihr Sohn hat einige Monate vor seinem Verschwinden den Therapeuten gewechselt. Warum haben Sie mir das nicht gesagt?«

Wayans Namen zu hören hat mich im ersten Moment überrascht, aber ich habe mich wieder gefangen. Ein oder zwei Psychiater, was macht das schon für einen Unterschied? Ich stammele eine Rechtfertigung.

»Ich habe die Dinge etwas vereinfacht. Als Esteban anfing, diese seltsamen Geschichten zu erzählen – dass er in einem anderen Körper weiterleben, in eine versunkene Welt eintauchen und in einem anderen Körper zurückkommen wollte –, geriet Gaspard Montiroir in Panik. Er hatte Angst, womöglich mit einem Selbstmord konfrontiert zu werden. Also hat er das Baby, ein großes, neunjähriges Baby, einem Kollegen in Saint-Jean-de-Luz anvertraut, der ausreichende Erfahrung mit kindlichen Traumata hatte. Sehen Sie, Savine, nichts Mysteriöses.«

»In diesem Zusammenhang bleibt zu erwähnen, dass Doktor Kuning nach dem Verschwinden Ihres Sohnes in die Normandie umgezogen ist und seine Praxis in Le Havre eröffnet hat. Wenige Monate später sind auch Sie umgezogen und haben sich in Etretat niedergelassen ... Weniger als dreißig Kilometer von ihm entfernt.«

Der Eisblock in meinem Rücken schmilzt langsam durch den Kontakt mit meiner Haut. Jetzt verstehe ich ihr Misstrauen: Savine glaubt nicht an einen solchen Zufall. Soll ich ihr gestehen, dass die Erklärung ganz einfach ist? Ja, ich bin Wayan gefolgt! Nach Estebans Verschwinden brauchte ich jemanden, der mich begleitet, und da lag es nahe, sich an Doktor Kuning zu wenden. Als er nach Le Havre umzog – für ihn hatte sich die einmalige Gelegenheit ergeben, mit einem der größten französischen Forschungslabore für klinische Psychiatrie zusammenzuarbeiten –, fühlte ich mich verloren. Dann haben sich die Dinge überschlagen. Die Polizisten zeigten mir eine Leiche, und versicherten, es handle sich um meinen Sohn, die gesamte Suchaktion wurde abgebrochen, der Fall galt als abgeschlossen. Nichts hielt mich mehr im Baskenland zurück. Ich habe einen Ort gesucht, an dem ich leben könnte, egal wo, aber am Meer, wenn auch nicht zu nah. Royan, Lorient, Dunkerque, ganz egal ... Ich stand noch immer in Kontakt mit Doktor Kuning. Also waren die Normandie und Etretat naheliegend. Ich brauchte ihn. Vielleicht war ich, ohne es mir eingestehen zu wollen, sogar in ihn verliebt ... Dann trat Gabriel in mein Leben.

Ich halte dem Blick der Sozialarbeiterin stand – dieser kleinen Frau, der nichts etwas anhaben zu können scheint, nicht einmal ein Schneesturm oder ein Vulkanausbruch.

»Tut mir leid, Savine, aber dieser Teil meines Lebens geht Sie nichts an. Er hat nichts mit ...«

Ich unterbreche mich, beinah hätte ich gesagt *Esteban*. Ich beiße mir heftig auf die Lippe. *Tom*, vor den anderen muss ich *Tom* sagen.

»Mit Tom zu tun.«

»Wie Sie meinen.«

Savine insistiert nicht. Doch ich kann nicht umhin, meiner Neugier nachzugeben.

»Was hat Doktor Kuning Ihnen erzählt?«

»Nichts. Nectaire hat den ganzen Abend über vergeblich versucht, ihn zu erreichen.«

Und ich die ganze Nacht. Und auch mir hat Wayan nicht geantwortet. Warum dieses Schweigen, nachdem er mich mit so vielen Nachrichten bedrängt hat?

Ich wische meine beschlagene Armbanduhr ab.

8:07 Uhr

Wo bleibt nur Nectaire Paturin?

Auch Savine scheint besorgt, sie verrenkt sich, um ihr Handy unter ihrem Parka hervorzuholen. Nectaire kommt nie zu spät!

»Nectaire?«, schreit sie, das Telefon ans Ohr gepresst.

Und er antwortet immer, wenn man ihn anruft!

»Nectaire?«

Ich sehe Savine an, dann wandern unsere Blicke zur Straße. Nach der Durchfahrt des Schneepflugs funkelt sie wie ein Diamant.

Und wenn Nectaire mit seinem alten R5 einen Unfall gehabt hätte?

· 50 ·

Nectaire wagt nicht zu bremsen. Er schaltet auch nicht zurück, denn dazu würde er eine dritte Hand brauchen, da er mit seinen beiden das Lenkrad umklammert. Und er wagt es schon gar nicht, Gas zu geben, auch wenn er weiß, dass das richtig wäre, ein wenig beschleunigen, ohne jeden brüsken Ruck, nur ganz leichte Signale an die Reifen, so wie ein Jockey mit geringem Schenkeldruck sein Pferd lenkt.

Leichter gesagt als getan ... Bis hierhin hat Nectaire es ganz gut geschafft. Er ist konzentriert und langsam, aber sicher von Besse nach Murol gelangt, unterwegs hat er sich einen imaginären Beifahrer erfunden und eine Rallye, bei der nicht der Schnellste, sondern der Präziseste gewinnt, *in drei Kilometern kommt eine Haarnadelkurve, verlangsame das Tempo und schlag das Lenkrad drei Millimeter ein.*

Er war eher stolz auf sich, bis das Handy in seiner Tasche vibrierte, ohne dass er es hätte herausholen können. Er kann nichts unternehmen, nur der Abfolge von Klingeltönen und dann seiner eigenen näselnden Stimme lauschen, die den Anrufer mit einem albernen Schweizer Akzent auffordert, eine Nachricht zu hinterlassen, und nach einer kurzen Pause vernimmt er dann Lazarbals wütende Stimme.

Hallo? Hallo? Haben Sie wenigstens den Mut zu antworten! Ich lasse mich nicht gerne zum Narren halten, und diesmal haben Sie mich ganz schön reingeritten!

Da er nicht reagieren kann, lässt Nectaire seinen R5 langsam auf dem Seitenstreifen ausrollen.

Ich habe gerade mit Lespinasse telefoniert! Mit dem echten! Im Revier von Besse. Von mir hat er nun erfahren, dass ein netter Typ an seiner Stelle die Arbeit macht.

Der R5 gleitet sanft in den schmutzigen Haufen aus Schnee, Blättern und Zweigen, die der Schneepflug zur Seite geschoben hat.

Ich weiß nicht, wer Sie sind, aber ich werde es herausfinden, darauf können Sie Gift nehmen. Sie sind mir noch eine Erklärung schuldig!

Bip bip bip

Die Räder des R5 drehen durch, finden keinen Halt, um aus der Schneesenke herauszukommen.

In seiner Jackentasche spürt Nectaire das Gewicht des Umschlags mit den ausgedruckten Ergebnissen der DNA-Analyse, die Boursoux ihm um sechs Uhr morgens gemailt hat und die er noch überbringen muss. Bocolon ist nur noch ein gescheiterter Ex-Flic, ein Pilot der Luftpostgesellschaft, der nicht über die Insel Ré hinauskommt, Kapitän eines transatlantischen Tretboots ..., der versagt hat.

· 51 ·

8:32 Uhr.

»Es ist nicht normal, dass Nectaire noch nicht da ist.« Savine gerät in Panik. »Es ist nicht normal, dass er nicht antwortet. Es ist nicht normal, dass ...«

Ich finde ihre Sorge rührend. Wäre sie fähig, Nectaire zu küssen, wenn er plötzlich auftauchen würde? Ihm zu gestehen, dass sie solche Angst hatte, dass sie ihn nicht verlieren will ..., dass sie ihn liebt?

»Ich fahre ihn suchen!«, beschließt Savine. »Ich habe einen Geländewagen mit Winterreifen. Laut Wetterbericht geht in einer knappen Stunde der Schneesturm richtig los.«

Ein Motorlärm wie von einem Traktor übertönt den letzten Satz, begleitet vom beißenden Geruch nach verbranntem Gummi. Verblüfft sehen wir den R5 vor La Souille auftauchen. Motor und Reifen qualmen, so als hätte Nectaire den ganzen Weg im ersten Gang zurückgelegt.

Die weiße Karosserie ist besprizt mit Schlamm, geschmolzenem Schnee, Blättern und unzähligen Handabdrücken, so als hätte ein ganzes Regiment den R5 bis hierher geschoben.

Nectaire steigt aus, die Beine leicht gekrümmt, wie ein Reiter der US Postal, der gerade einem Hinterhalt entkommen ist. In der Hand hält er einen Umschlag.

»Ich habe es geschafft! Die Feuerwehr von La Bourboule musste mich aus dem Graben ziehen, aber ich habe es geschafft.«

Ich trete näher, am liebsten würde ich ihm den Umschlag aus der Hand reißen.

»Savine hat mir von ihrer Wette erzählt«, erklärt Nectaire mit einem seltsamen Lächeln. »Bei identischer DNA ist bis zu ihrer Rente jeden Abend eine Einladung ins Restaurant fällig.«

Ich bin noch einen Meter von ihm entfernt, aber er hebt die Hand, statt mir das Kuvert zu übergeben.

»Ich war überzeugt, dass Sie lügen, Frau Doktor Libéri, dass Ihr wirrer Geist all diese Ähnlichkeiten erfunden hat. Mein Instinkt sagte mir ... Und wieder einmal hat sich Bocolon geirrt.«

Endlich reicht er mir den Umschlag und ringt sich eine ironische Bemerkung ab.

»Du wirst Überstunden machen müssen, Savine, oder einen Kochkurs absolvieren.«

Ich reiße das Kuvert auf, das in den Schnee fällt, beachte kaum die Logos und offiziellen Stempel, das blau-weiß-rote Emblem und das chinesische Ideogramm unten auf der Seite, ich will nur das Ergebnis lesen.

DNA-Test Nr. 17854 – Vergleich der Proben 2021–973 (Esteban Libéri) und 2021–974 (Tom Fontaine).
Die Genotypen der beiden eingereichten Proben sind völlig identisch.
Wahrscheinlichkeitsrate: 99,94513 %
Folglich stammen die eingelieferten Proben von ein und derselben Person oder von eineiigen Zwillingen.

Ich nehme mir kaum Zeit, die Bedeutung dieser Enthüllung zu analysieren. Nur Zwillinge können eine identische DNA haben! Tom und Esteban können keine Zwillinge sein ... Das bedeutet also, so unmöglich es auch scheinen mag, dass sie denselben Körper haben, dass sie ein und dieselbe Person sind!

Ich höre kaum, wie Nectaire hinter mir Savine zuruft:

»Es gibt Dinge, die uns unbegreiflich sind, ich rufe die Polizei ...«

Ich öffne die Tür von La Souille, ich weiß ja, dass sie nie abgeschlossen ist.

»Warten Sie«, sagt Savine, die mich eingeholt hat.

Ich höre nicht auf sie, sondern trete ein. Ich sage nur vier Worte – immer dieselben.

»Ich muss Tom schützen!«

»Darum wird sich die Polizei kümmern«, beruhigt mich Savine. »Die Brigadière Jennifer Louchadière sollte doch Wache halten.«

Nectaire, der uns gefolgt ist, widerspricht ihr:

»Nein, Savine, Louchadière ist gestern Abend nach Hause gegangen. Alles war ruhig, den Polizisten zufolge hatte sie keinen Grund, zu bleiben.«

Den Bruchteil einer Sekunde frage ich mich, wie Nectaire, der so langsam ist, stets so gut informiert sein kann.

»Die Polizei wird sowieso nicht an die Geschichte mit der Reinkarnation glauben«, rufe ich und laufe zur Treppe. »Sie werden sich mit Ermittlungen begnügen, die sich auf ihre Sicht der Realität beschränken. Das ist, als würde man bei dunkler Nacht einen Mörder suchen und hoffen, dass er in den Schein der einzigen Laterne vor Ort tritt. Amandiiiine!«

Selbst wenn diese störrische Kuh mit Valium vollgepumpt ist, ich werde sie wecken! Ich höre Savine, die hinter mir herläuft.

»Nein, Maddi ... warten Sie ... warten Sie, bis die Polizei da ist.«

Ich stehe vor der Schlafzimmertür. Amandine liegt auf der Seite. Auf dem Nachtkästchen steht eine Tasse mit einer klebrigen Flüssigkeit.

»Amandine, antworten Sie mir, es ist wichtig. Hat Tom Ihnen gegenüber erwähnt, dass er seinen Körper wechseln will? Hat er von einer versunkenen Welt gesprochen? Davon, dass er in der Seele eines anderen Kindes wiedergeboren werden will?«

Amandine reagiert nicht. Sie ist völlig zugedröhnt. Wie eine Furie rase ich über den Gang.

Savine versperrt mir in ihrer Aufmachung eines sibirischen KGB-Agenten den Weg.

»Langsam, Maddi. Der DNA-Test hat uns weitergebracht. Wir

wissen jetzt, dass da etwas nicht stimmt. Wir sind auf Ihrer Seite und wir werden aussagen, aber überlassen Sie den Rest der Polizei.«

Ich stoße sie beiseite, ich will vorbei und Tom sehen. Ich reiße die Tür zu seinem Zimmer auf.

Und erstarre auf der Schwelle.

Tom ist nicht da.

Ungläubig betrachte ich das ungemachte Bett, die zurückgeschlagene Decke – ganz so, als wäre Tom nur aufgestanden, um zur Toilette zu gehen. Aber auf einem Stuhl liegt sein durchnässter Schlafanzug, ein Beweis dafür, dass Tom sich in aller Eile angekleidet hat und mitten in der Nacht nach draußen gelaufen ist.

Alles wiederholt sich, alles wiederholt sich.

Ich drehe mich um, sehe zu Amandines Zimmer und schreie noch lauter:

»Wo ist Tom?«

Sie liegt da, ohne sich zu rühren. Ist das, was um sie herum geschieht ein Albtraum, dem sie sich nicht stellen will?

Savine fasst mich beim Arm.

»Beruhigen Sie sich, Maddi, bitte!«

»Aber verstehen Sie denn nicht? Esteban ist am Morgen seines zehnten Geburtstags verschwunden! Alles wiederholt sich, alles wiederholt sich.«

Nectaire ist unten an der Treppe stehen geblieben.

»Nein!«, befiehlt er. »Fassen Sie in diesem Zimmer nichts an. Wenn Tom entführt wurde, handelt es sich um den Schauplatz eines Verbrechens, da kann jedes Detail wichtig sein.«

Als er auf der dritten Stufe angekommen ist, habe ich bereits die Kommodenschubladen vor mir so heftig aufgerissen, dass sie fast herausfallen. Bücher, Hefte und einzelne Blätter verstreuen sich auf dem Fußboden. Hysterisch durchsuche ich weiter Toms Zimmer. Ich muss etwas finden, irgendetwas, einen Hinweis. Vor zehn Jahren habe ich es nicht geschafft, ich habe das alles nicht kommen sehen, war nicht misstrauisch. Ich darf kein zweites Mal scheitern. Ich muss herausfinden, wo er hingegangen ist. Wer ihn mitgenommen hat ...

Ich nehme alle Bügel aus dem Schrank. Hemden, Hosen, Pullover fliegen durch die Luft und landen neben mir am Boden. Mit aller Kraft trete ich gegen die Rückwand des Schranks. Unter dem Aufprall zerbirst sie. Kein doppelter Boden.

»Nein, Maddi«, versucht Savine mich zurückzuhalten.

Ich muss etwas finden! Durch die offene Tür sehe ich Nectaire mit seinem Handy am Ohr. Vermutlich ruft er Verstärkung. Hat er denn nichts begriffen? Ich zerre die Bettdecke weg, werfe die Kopfkissen in die Luft. Nichts!

Es gibt zwangsläufig etwas zu entdecken. Tom braucht mich. Tom ist in Gefahr. Die Polizei wird mir nicht glauben, genau wie vor zehn Jahren, die Polizei wird zu viel Zeit verlieren.

Savine steht hinter mir, zum ersten Mal ist sie überfordert. Sie gibt den Kampf auf.

Mit aller Kraft zerre ich an der Matratze, um sie wegzuziehen, aber es gelingt mir nicht, ich habe den Eindruck, dass meine Kräfte schwinden, schneller noch, als würde ich literweise Blut verlieren. Ich werfe Savine einen flehenden Blick zu.

Helfen Sie mir, helfen Sie mir.

Sie seufzt. Ich ahne, dass auch sie ins Irrationale abgeglitten ist. Es gibt kein Zurück mehr, das ist der Abstieg in die Hölle, wir werden später wieder auftauchen, um zu erklären, was erklärbar ist. Mit vier Händen zerren wir an der Matratze, bis sie in einer dicken Staubwolke auf den Fußboden fällt. Ich huste, meine Augen brennen, zunächst sehe ich nur einige zerbrochene Latten des Rosts, die nie repariert wurden.

Die Staubwolke verfliegt, zieht sich zurück wie das Meer.

Savine steht neben mir. Sie hat spontan meine Hand ergriffen. Wenn das Irrationale so eindeutig wird, wenn man sich an nichts mehr halten kann, dann muss man sich an jemandem festhalten.

Tom hat unter seinem Bett ein Modelldorf gebaut. Das hätte nie irgendjemand sehen sollen, und schon gar nicht seine Mutter. Tom wusste, dass kein Besen sein geheimes Werk zerstören würde.

Ich bin fasziniert von der Präzision der Details – der Kirchturm, die Bahnhofsuhr, der Schulhof, das vergoldete Croissant als Emblem an der Hauswand der Bäckerei, jede Straßenlaterne, jedes Dach, jeder Schornstein. Ein komplettes Dorf. Aber kein Bewohner, kein Tier. Und das Dorf ist ganz in Blau angestrichen. Die Farbe auf den Dielen und Fußleisten lässt keinen Zweifel zu: Tom hat ein versunkenes Dorf gebaut! Ohne einen Psychiater, mit dem er darüber hätte sprechen können, hat er es nicht nur in seinem Kopf erfunden, sondern wirklich gebaut.

Savines Hand drückt die meine.

In der Ferne höre ich Nectaire rufen.

»Amandine, wach auf, verdammt noch mal, wach auf.«

Noch weiter entfernt höre ich Stimmen, die von dieser Legende berichten, die man sich heute noch erzählt. Ein ganzes Dorf wurde vom Lac Pavin überflutet. Dieselbe Legende, dieselbe Geschichte wie in Saint-Jean-de-Luz und seinem versunkenen Küstenviertel.

Ich habe BEGRIFFEN.

Savine versucht, mich zurückzuhalten, aber das würde ihr nicht einmal gelingen, wenn man mir Handschellen anlegen würde.

Und wieder höre ich Schreie aus dem Schlafzimmer.

»Amandine, bitte!«

Ich höre Savine, die hinter mir insistiert.

»Nein, Maddi, bleiben Sie hier.«

Ich höre sie nicht mehr. Ich kann noch gewinnen. Ich kann ihn noch retten.

Ich renne aus dem Schlafzimmer, stürze, ohne mich umzusehen, die Treppe hinunter und reiße die Haustür auf. Draußen kommt Wind auf, und dichtes Schneegestöber fällt vom Himmel.

· 52 ·

»Amandine, wach auf, Amandine.«

Savine kniet vor dem Bett. Sie kneift die junge Mutter in den Arm, doch diese reagiert nicht. Ihr Blick fällt auf die Medikamente auf dem Nachtkästchen.

»Was hast du bloß für ein Zeug geschluckt? Wach auf, meine Schöne, wach auf.«

Sie legt die Hand auf ihren Bauch.

»Wenn nicht für dich, dann für dein Kind.«

Nectaire steht an der Tür. Noch nie hat sie ihn so aufgewühlt erlebt. Durch das Fenster beobachtet er den Hof von La Souille. Maddis MiTo ist verschwunden, und die Reifenspuren sind schon wieder zugeschneit.

»Wohin wollte sie?«

»Keine Ahnung. Hilf mir. Hol ein nasses Handtuch oder sonst was.«

Nectaire hat Mühe zu reagieren. Er ruft bei der Polizei von Besse an, aber bei dem Sturm wird es eine gute Weile dauern, bis sie da sind. Zu viele Informationen überschlagen sich in seinem Kopf: Die surreale Übereinstimmung der DNA, Toms Verschwinden, Maddi Libéris Flucht, er vermag all das nicht einzuordnen. Sein Instinkt sagt ihm ...

»Ein Handtuch, verdammt! Ihre Stirn glüht, und sie atmet schwer.«

Nectaire stammelt eine Entschuldigung, wagt nicht zu fragen, wo das Badezimmer ist, und öffnet kopflos den Schrank, ehe ihm einfällt, dass er dort vielleicht ein Handtuch finden könnte.
»Was macht Maddi?«
»Nichts ... Los, beeil dich, erste Tür rechts, das Waschbecken.«
Nectaire setzt langsam einen Fuß vor den anderen.
Krack!
Sein Schuh hat eine Glasscherbe zertreten. Der Gemeindesekretär bückt sich und hebt vorsichtig mit zwei Fingern *eine Kanüle* auf.
»Was ist ...«
Savine reagiert sofort und erfasst mit einem Blick die klebrigen braunen Rückstände an der Spritze. Sie zieht die Decke zurück, ergreift Amandines schlaffen Arm und mustert die Venen am Handgelenk. Sie entdeckt zwei kleine Einstiche, umgeben von einem getrockneten Blutstropfen. Und auch blaue Flecke am Arm und am Handgelenk.
»Die hat sie sich nicht selbst beigebracht!«, versichert Savine, in deren Stimme Panik mitschwingt. »Jemand hat sie betäubt. Heute Nacht – zwangsläufig war es der, der Tom entführt hat.«
»Oder die ...«
»Die was?«
Savine sucht nach anderen Einstichen auf der Haut der jungen Mutter, findet aber keine.
»Die, die Tom entführt hat.« Nectaire hält die zerbrochene Kanüle in der Handfläche. »Sieh doch, das ist medizinisches Material, das findet man nicht in jeder Apotheke. Der Einstich ist klar und sauber, professionelle Arbeit. Ausgeführt von einem Arzt oder einer Krankenschwester.«
»Willst du damit sagen ...«
»Kennst du andere Ärzte hier in der Gegend? Wen verdächtigen wir von Anfang an, Toms Entführung zu planen? Wer hat sich aus dem Staub gemacht, als wir um Hilfe gebeten haben? Wer hat uns die ganze Zeit in die Irre geführt? Wer hätte uns für den verdammten DNA-Test irgendwelche Klamotten geben und behaupten können, dass sie von ihrem Sohn stammen? Sie war mehrmals

in La Souille, sie hätte Kleidungsstücke von Tom mitnehmen können, die liegen ja überall rum, sie brauchte sich nur zu bücken, um sie aufzuheben. Wie blöd wir doch waren! Das ist die einzig schlüssige Erklärung!«

Savine legt einen Finger auf die violette Vene an Amandines Handgelenk. Ihr Puls ist schwach, aber regelmäßig. Nectaire deponiert vorsichtig die Reste der Kanüle auf dem Nachtkästchen, und führt dabei sein Selbstgespräch fort.

»Meine Güte, ich hätte auf meinen Instinkt hören sollen! Ich hatte von Anfang an Recht, sie will mit dem Kind verschwinden. Was hat sie dir gesagt, Savine? Wohin ist sie gefahren?«

Der Gemeindesekretär stellt sich noch einmal das unglaubliche Dorfmodell ganz in Blau vor, das Tom gebaut hat.

»Sie … sie schien besessen von dieser Geschichte, von dem versunkenen Dorf.«

»Wie ihr Sohn!«, explodiert Nectaire. »Das ist genau das, was mir der Psychiater erzählt hat. Und man hat ihn ertrunken aufgefunden. Der einzige Unterschied ist, dass in Saint-Jean-de-Luz ein ganzer Stadtteil vom Meer überflutet wurde.«

In genau diesem Moment kreuzen sich Savines und Nectaires Blicke.

Der Lac Pavin! Die Legende, die Aster ihnen so oft erzählt hat: Am Grunde des Sees liegt ein versunkenes Dorf, vom Teufel für all seine Sünden bestraft.

»Sie ist mit Sicherheit dort!«, ruft Savine. »Sie hat Tom zwangsläufig dorthin gebracht!«

In den Augen des Gemeindesekretärs leuchtet kurz Bewunderung, vielleicht auch Liebe auf.

»Ich fahre hin!«, sagt sie.

Die wahren Helden sind nie die, die man vermutet.

»Nein, du bleibst«, befiehlt Nectaire mit Nachdruck. »Amandine braucht dich! Ruf das Revier von Besse an und sag ihnen, sie sollen sich direkt am Lac Pavin mit mir treffen.«

· 53 ·

Vor mir liegt der Lac Pavin wie ein riesiger Spiegel, eingerahmt von schneebedeckten Tannen, deren Zweige sich zitternd im eisigen Wasser spiegeln. Die Schneeflocken fallen dicht, wenn sie Glück haben, gelingt es ihnen, sich an den Zweigen festzuklammern oder sich am Ufer aufzutürmen, während die anderen im See vergehen, schmelzen, sobald sie die Wasseroberfläche berühren, wie Kamikaze-Krieger, die sich opfern.

Ich verlangsame mein Tempo und fahre über den Holzsteg so dicht wie möglich an den See heran. Ich höre die Planken unter meinen Reifen knirschen. Schließlich halte ich an, aber selbst mit angezogener Handbremse rutscht mein MiTo auf dem glitschigen Schnee noch über einen Meter weiter, ohne dass ich etwas dagegen unternehmen könnte, und kommt erst am Ende des Anlegers zum Stehen.

Ich atme einmal tief durch. Geschafft! Der erste Teil des Weges von Froidefond zum Lac Pavin war zwar eher einfach, denn die Straße war geräumt, doch ab Besse war die Fahrt katastrophal, da plötzlich die angekündigte Schneesturm einsetzte. Und ein dicker Nebelteppich legte sich über den am Straßenrand und auf den Tannenzweigen aufgehäuften Schnee, der jetzt vom Sturm aufgewirbelt wurde. Vor mir ein weißer, von den Scheinwerfern fast nicht zu durchdringender Vorhang aus nassen, schweren Flocken, die schnell zusammenklumpten und eine immer dickere Schicht bildeten, deren Anwachsen man mit bloßem Auge beobachten konnte.

Je länger ich fuhr, desto mehr verstärkte sich der Eindruck, mich in einem Tunnel zu befinden, der sich, kaum dass er sich vor mir geöffnet hatte, hinter mir wieder schloss. Ein stiller Tunnel. Der Schnee rieselte lautlos auf die Karosserie, die Reifen rutschten wie bei Aquaplaning, nur das Radio brachte, selbst wenn es rauschte, etwas Leben. Der lokale Radioreporter gab immer wieder dieselben Ratschläge, forderte die Hörer auf, vor allem unbedingt zu Hause zu bleiben, der Schneesturm würde nur vier oder fünf Stunden andauern, wäre aber besonders heftig, die Meteorologen erwarteten im Laufe des Vormittags mehr als einen Meter Neuschnee. Die Gegend wäre bald abgeschnitten! *Also verlassen Sie das Haus nur, wenn es dringend erforderlich oder lebenswichtig ist.*

Ich öffne die Tür des MiTo und steige aus.

Ist es nicht lebenswichtig, mein Kind zu finden?

Ich rutsche auf dem Anleger aus und klammere mich an der Autotür fest. Verdammt! Unter der Schneeschicht ist der Boden völlig vereist. Eine Rutschbahn, die sich schnell in ein Sprungbrett verwandeln könnte. Der See liegt direkt vor mir. Ich greife nach meiner malvenfarbenen Mütze und setze sie auf, wickle den weißen Wollschal um den Hals, ziehe meinen violetten Ski-Anorak bis oben hin zu und kneife die Augen leicht zusammen, um sie vor den Schneeflocken zu schützen.

Nichts! Durch den dichten Schneevorhang kann ich nichts sehen. Kein anderes Auto, das hier parkt, keine Spuren von Reifen, Schuhen oder Schlitten. Nur der eisige See und die weißen Tannen, die ihn umgeben wie eine Armee grimassierender Skelette.

Aber ich muss ihn finden.

Esteban ist zwangsläufig hier, ich kann mich nicht täuschen.

Hat er letzte Nacht die Schneepause genutzt und ist freiwillig hergekommen? Hat man ihn entführt?

Ist er schon ...

Ich betrachte die glatte Wasseroberfläche, auf der Millionen von Flocken zerschmelzen.

Ist er schon ertrunken?

Nein, das ist unmöglich.

Um nicht auszurutschen, laufe ich vorsichtig über den Anleger und schreie so laut ich kann.

»Estebaaaan!«

Der See liegt still da, keine Welle kräuselt das Wasser. Der Weg, der zu meiner Linken am Ufer entlangführt, ist schwer zu erkennen, und die Spitzen der Schilder zeigen alle dieselbe Markierung: Weiß.

Weiß auf weißem Grund.

»Estebaaan!«

Ich biege in den Weg ein. Ich muss mich an den Zweigen festklammern, der hängige Pfad folgt dem Ufer, ein falscher Schritt, ein Ausrutscher, und ich lande im eisigen Wasser. Über dem See hängt eine feine Nebelschicht. Das Wasser dürfte kaum wärmer sein als die Lufttemperatur, doch der Dunst erweckt den Eindruck, es wäre kochendheiß, würde sieden, ein riesiger Topf, erhitzt vom Höllenfeuer.

Wie kann man sich auch nur vorstellen, dass Esteban hineingetaucht wäre? Dass er wirklich geglaubt hätte, am Grunde ein versunkenes Dorf zu finden? Jemand muss ihm das eingeredet haben.

»Estebaaan!«

Bei meinen Schreien dringen Schneeflocken in meinen Mund. Ich spucke sie aus, gehe weiter und rufe mit Bedauern den anderen Namen.

»Tooooom!«

Auch diesmal bekomme ich keine Antwort, nicht einmal ein Echo, das mich zum Narren hält und mir vorgaukelt, es wäre jemand hier.

»Toooom, Estebaaaan, Toooooom.«

Entschlossen folge ich weiter dem Rundweg. Meine Mütze ist tropfnass, mein Schal steif gefroren, wie eine kaltblütige Schlange, die in meinen Hals beißt. Immer wieder drohe ich auszurutschen, jeder Meter birgt eine neue Falle, ein Schneeloch, in dem ich bis zu den Schenkeln versinke, dann wieder eine freiere Strecke, auf der der Wind den Schnee weggeblasen hat, sodass nur eine Eisplatte bleibt.

Dennoch komme ich voran. Mein MiTo ist nur noch ein kleines Iglu am Rande des Packeises, ich bin fast am gegenüberliegenden Ufer angekommen, habe also den halben See umrundet.

Schon?

Wie lange bin ich hier? Eine Viertelstunde? Eine halbe Stunde? Eine Stunde? Mit den Zähnen ziehe ich meinen rechten Handschuh aus und taste in der Tasche nach meinem Handy.

Sieben Anrufe, drei Nachrichten. Das ist das Einzige, was ich sehe, ehe die Flocken das Display benetzen. Wütend wische ich sie weg und versuche erfolglos, mit der gewölbten Hand einen Schutzschirm zu bilden.

Natürlich Savine. Sie hat dauernd versucht, mich zu erreichen. Sie haben sicher inzwischen die Polizei alarmiert. Und sie sind clever, sie werden bestimmt an den Lac Pavin denken.

Meine Finger rutschen ab, aber schließlich gehorcht der Touchscreen.

Auch Wayan hat versucht, mich anzurufen. Hat aber weder Sprachnachricht noch SMS hinterlassen.

Meine Hand ist eiskalt, mein Gesicht erfroren, ich schiebe das Handy wieder in die Tasche und ziehe den Handschuh an, bevor meine Finger brechen wie Stäbe aus Eis.

»Estebaaan, Tooom, Estebaaan ...«

Ich setzte meinen chaotischen Marsch fort. Wenn der Pfad zu schmal ist, streife ich die Tannenzweige, und Tonnen von Schnee ergießen sich über mich.

Ich beachte den Schmerz und die Kälte nicht mehr. Ich habe jetzt nur noch Augen für die Oberfläche des Sees – das einzige Element in der Landschaft, das nicht mit einer weißen Decke überzogen ist, ein gleichgültiges schwarzes Loch, das die alles beherrschende Naturkatastrophe um sie her ignoriert, ein ruhiges Wasser mit einem perfekten, fast durchsichtigen Spiegelbild.

Mein getrübter Blick glaubt, die Formen von Dächern auszumachen, ich meine, eine Kirchenglocke und Kinderlachen zu vernehmen.

»Estebaaaan?«

Wiederholt sich alles?

Wird das Wasser noch einmal sein Geheimnis einschließen?

Ein stiller Mörder, der durch nichts zu einem Geständnis zu bewegen wäre?

Werde ich Esteban nie wiedersehen?

Wird der Schmerz mich wieder lähmen?

Wird man in vier Wochen den Körper eines ertrunkenen Kindes aus dem Wasser fischen?

Wird man …

Ich habe den See jetzt praktisch umrundet. Mein MiTo erwartet mich wenige hundert Meter entfernt. Der Anleger. Einige Bänke. Poller, an denen im Sommer die Boote und Tretboote vertäut werden.

Es schneit jetzt noch heftiger, die Flocken werden immer aggressiver. Dennoch öffne ich die Augen weit, ob sie mich stechen oder mich irritieren, es ist mir egal.

An einem der Poller hat ein kleines Boot festgemacht. Ein Boot, das ich bei meiner Ankunft nicht gesehen habe. Wieso habe ich es vorhin nicht bemerkt?

Ist es eine Sinnestäuschung?

»Esteban?«

Aus meiner Kehle, die von einer Boa umschlungen scheint, dringt nur ein leiser Laut.

Ich kann kaum glauben, was ich sehe.

Da ist er. In dem Boot.

Vor mir.

Ich erkenne die Jacke, die Mütze, das mit Raureif bedeckte blonde Haar.

»Estebaaaan!«

Diesmal ist mein Schrei so laut, dass er eine Lawine auslösen könnte.

Esteban wendet sich nicht um.

»Tooom!«

Tom hört mich nicht.

Egal, ich laufe zu ihm, auch wenn ich bei jedem Schritt auszurutschen drohe. Schnee und Glatteis können mir nichts anhaben.

Nein, es wiederholt sich nicht alles.

Diesmal habe ich ihn gefunden. Diesmal kann ich ihn retten.

· 54 ·

Nectaire sieht den MiTo direkt vor sich. Selbst unter der Schneehaube erkennt er die charakteristische Form. Hier in der Gegend besitzt niemand außer Maddi Libéri ein solches Auto. Er fährt oder, besser gesagt, rutscht weiter. Wie lange ist Maddi schon da? Wie groß ist ihr Vorsprung?

Als er sich dem See nähert, bremst er nicht – er fährt ohnehin schon so langsam –, sondern lässt den R5 einfach an der Stoßstange des anderen Wagens ausrollen.

Der MiTo verkraftet den Aufprall. Er auch.

Als er endlich zum Stehen gekommen ist, atmet er auf. Er müsste erleichtert sein, doch seine verkrampften Hände können sich nicht vom Lenkrad lösen. Vor seinen Augen flimmern weiter schwarze und weiße Punkte, so als hätte er Stunden vor einer Mattscheibe ohne Bild gesessen.

Unzählige Male wäre er beinah im Graben gelandet, hätte sich im Schneegestöber verloren, den Motor abgewürgt, die wenigen Steigungen vor lauter Glätte nicht geschafft, auf den endlosen abschüssigen Strecken die Kontrolle über das Auto verloren, unzählige Male war er kurz davor, aufzugeben. Aber er hat es geschafft!

Er atmet tief durch. Seine Finger, die das Lenkrad umklammern, sind so starr wie Eiszapfen.

Was ist bloß in ihn gefahren, derart den Helden zu spielen? Ist es wegen Savines schöner, müder Augen? Oder weil noch einige

Tropfen Polizistenblut in seinen Adern fließen? Oder einfach nur, weil er, ohne lange zu überlegen, blind seinem Instinkt gefolgt ist, weil er sich nicht gerne zum Narren halten lässt, weil er einfach … die Wahrheit erfahren wollte.

Eine teuer bezahlte Wahrheit.

Eine zweistündige Fahrt mit weniger als zehn Stundenkilometern! Sogar mit Fahrrad wäre man schneller gewesen. An jeder Kreuzung Panikattacken, er verflucht sein *ich fahre hin*, und fast fragt er sich, ob er, Nectaire Paturin, wirklich den Wagen lenkt, ob er leichtfertig genug ist, durch diesen Schneesturm zu fahren, ständig schwankend zwischen hochgradiger Konzentration und – weil der R5 so langsam fährt – abschweifenden Gedanken. Und er stellt sich vor, dass er stattdessen im Warmen sitzen, sich einen Tee zubereiten könnte und dabei durch das Fenster zuschauen würde, wie der Schnee fällt, die Briefmarken von gestern sortieren – heute ist kein Briefträger gekommen –, statt in seinem Metallkäfig hinter den hektischen Scheibenwischern Selbstgespräche zu führen.

Was ist bloß in ihn gefahren?

Er ist nicht einem Allrad- oder Baufahrzeug begegnet, keinem erprobten und perfekt ausgestatteten Bergfreak. Nur sein alter Renault 5 und er sind auf der Straße!

Aster könnte Generationen von Kindern erzählen, dass ihr Bruder ein Held ist! In einem Anfall von Wahnsinn ist er allein aufgebrochen …, und allein hat er dem schlimmsten Schneesturm der letzten zehn Jahre getrotzt! Die Welt teilt sich in zwei Lager, es gibt die verrückten und die normalen Menschen. Überschreitet jeder, zumindest einmal in seinem Leben, die rote Linie des Wahnsinns?

Endlich haben sich seine Finger vom Lenkrad gelöst.

Offenbar sitzt niemand in dem MiTo vor ihm, aber die dicke Schneedecke macht es auch unmöglich, im Inneren etwas zu erkennen. Er wischt mit dem Handrücken über die beschlagene Scheibe. Kurz hofft er, Lespinasse und seine Brigade wären schon vor Ort, aber nein, er kann keine anderen Reifenspuren ausmachen.

Er ist allein. Am Ufer des Sees.

Und irgendwo, ganz in der Nähe, versteckt sich Maddi Libéri.

• • •

Ehe Nectaire aussteigt und sich dem Schneesturm stellt, beugt er sich vor und holt aus dem Handschuhfach die nagelneue SIG Pro in ihrem Lederholster. In seinen fünfzehn Dienstjahren bei der Kripo hat er sie nicht einmal benutzt. Sie ist eines der wenigen Erinnerungsstücke, die er aus dieser Zeit bei der Polizei aufbewahrt hat – diese Pistole ohne Waffenschein, ein Fingerabdruck-Set und seinen Dienstausweis. Eine Vorahnung?

Er öffnet die Wagentür. Der Schnee, der sich auf dem R5 angehäuft hat, fällt herunter wie ein Schneebrett. Er wartet, bis sich die weiße Wolke aufgelöst hat, bevor er seine Bergschuhe in den Pulverschnee setzt. Die Steigeisen greifen sofort. Echte Rossignol, die ihm Aster vor vier Jahren zum Geburtstag geschenkt hat ... Bis heute hatte er sie ebenso wenig aus der Schachtel geholt, wie die SIG Pro, die er jetzt ohne Holster in seine Tasche schiebt.

Die Kapuze über den Kopf gezogen, läuft er über den vereisten Steg. Nach seiner Odyssee hierher haben sich seine Augen jetzt daran gewöhnt, das geringste Detail zwischen den Schneeflocken auszumachen. Ein Dekodiergerät, gesteuert von seinem Gehirn, so als versuche er, einen verschlüsselten Sender zu empfangen. Sein Kopf wendet sich von einem Ufer zum anderen. Aber er nimmt nichts wahr, kein Leben, nicht einmal einen Vogel, nur den leeren See, umgeben von Tausenden von Phantombäumen.

Und dennoch weiß er, dass sie da ist.

Er verspürt das Prickeln eines Trappers, der im Hohen Norden den letzten Eisbären jagt. Was ist mit dir los, Nectaire? Um sich Mut zu machen, berührt er den warmen Griff der SIG Pro und fixiert noch eingehender die Wasseroberfläche.

Sollte sich darunter tatsächlich ein versunkenes Dorf verbergen? Wie in der Legende, die Aster so gerne erzählt, oder bei dem Modelldorf, das Tom heimlich gebaut hat ...

Ein erstes Detail erregt seine Aufmerksamkeit: ein winziger Kreis, eine kaum wahrnehmbare Welle auf der Oberfläche, deren Regelmäßigkeit jedoch keinen Zweifel zulässt – das ist nicht dem Wind geschuldet, es handelt sich um ein perfektes Rund, das nach und nach größer wird, bis es am Ufer verebbt und ein anderes, ebenso perfektes, an seine Stelle tritt.

Kreise im Wasser.

Nicht verursacht durch einen vom Ufer aus ins Wasser geworfenen Stein, sondern Kreise, die sich durch einen einfachen Aufschlag auf die Wasseroberfläche bilden. Durch die Erschütterungen eines Boots.

Unmöglich!, versucht sich Nectaire einzureden. Wer würde bei so apokalyptischen Wetterverhältnissen über den See fahren?

Er stößt einen Fluch aus, der sich in der weißen Landschaft verliert, schlägt seine Steigeisen wieder in den Schnee und kehrt mit wenigen Schritten zu seinem R5 zurück. Öffnet erneut das Handschuhfach und nimmt ein Fernglas heraus. National Geographic, das Modell, das Aster den Touristen verkauft. Innerlich beglückwünscht er sich, so gut ausgestattet zu sein. Selbst wenn sein Renault im Laufe der Jahre ein paar Roststellen und Beulen bekommen hat, ist doch alles aufgeräumt, gesichert und an seinem Platz.

Mit seinen Falkenklauen an den Schuhen macht er sich wieder auf den Weg zum See. Er presst das Fernglas an die müden Augen. Schimpfend nimmt er eine Grobeinstellung vor und wischt dann immer wieder sorgfältig die Linsen ab. Er könnte nicht sagen, ob sein Blick verschwommen ist oder ob sich die Gläser durch den geschmolzenen Schnee trüben. Meter für Meter sucht er die glatte, dunkle Fläche ab. Er erwartet fast, plötzlich das Ungeheuer von Loch Ness auftauchen zu sehen, ist schon kurz vor dem Verzweifeln, als er plötzlich einen neuen, runden und gleichmäßigen Kreis entdeckt. Er richtet das Fernglas aus und folgt ihm bis zu seinem Ursprung.

Mein Gott!

Ein Boot gleitet über den See, und nur das stille Eintauchen der Ruder ins Wasser zeugt von seiner Präsenz.

Er aktiviert den Zoom, justiert das Fernglas und reißt die Augen weit auf, damit kein Wimpernschlag das Bild trüben kann.

Zum Teufel!

Kein Zweifel möglich. Er erkennt Toms orangefarbene Jacke. Und daneben Maddi Libéri mit ihrem violetten Ski-Anorak, der malvenfarbenen Mütze und dem weißen Schal.

Die metallenen Steigeisen an seinen Füßen scheinen für immer in den Boden des Anlegers geschlagen.

Verdammt, was hat diese Verrückte mit dem Jungen vor? Und Lespinasse und seine Leute sind noch immer nicht da! Was soll er tun? Er zögert, einen Warnschuss mit seiner SIG Pro abzufeuern. Aber was dann?

Er überwacht das Boot weiter mit seinem Fernglas. Es entfernt sich. Bald wird es nur noch ein farbiger Punkt sein, und dann ganz aus seinem Blickfeld verschwinden.

Er hat keine andere Wahl, als ihr zu folgen.

Er muss den See umrunden, entlang des Uferpfads.

• • •

Außer Atem bleibt Nectaire stehen. Noch nie in seinem Leben ist er so schnell gelaufen, auch wenn ihn jeder Schritt unglaubliche Energie kostet: die Steigeisen möglichst tief in den Schnee rammen, festen Halt suchen, den Fuß wieder heben – ein Kraftaufwand, als würde er einen Nagel aus der Wand reißen, und dann wieder von vorne anfangen.

Dennoch kommt er schneller voran, als gedacht. Das Fernglas schlägt an seine Brust, die SIG Pro hüpft in seiner Tasche auf und ab.

Was hat Maddi Libéri mit dem Jungen vor? Warum fährt sie mit ihm ans andere Ufer? Warum hat sie nicht den Uferpfad genommen?

Er lehnt sich kurz an den Stamm einer Tanne, die nun zusätzlich zu den schneebeladenen Zweigen auch noch sein Gewicht aushalten muss. Sein Herz schlägt heftig, er hat seine Kräfte überschätzt, wollte zu schnell den Teil des Weges zurücklegen, der sich auf hundert Metern vom See entfernt und durch die Tannen schlängelt, bevor er wieder ans Ufer zurückführt. Aber er hat keine Zeit zu warten, bis sich sein Herzschlag erneut beruhigt hat, er führt das Fernglas an die Augen und sucht nach dem Boot oder zumindest nach den Ringen im Wasser.

Aber er kann keine Spur mehr ausmachen! Nichts als die leere, glatte Oberfläche. So als wäre der See mit einer Eisschicht überzogen, die sich sofort wieder geschlossen hätte, nachdem er die beiden verschlungen hat.

Er flucht. Er ist ihnen in jedem Fall auf den Fersen, denn umgekehrt sind sie nicht.

Wo sind sie?

Hatten sie genügend Zeit, um irgendwo anzulegen?

Die einzige Möglichkeit, wenn sie nicht mehr auf dem See sind.

Ohne zu wissen, wo der Weg aufhört und das Wasser anfängt, nähert sich Nectaire vorsichtig dem Ufer. Seine Steigeisen schaben quietschend über einen Stein. Nicht weitergehen! Bloß nicht in Panik geraten, ruhig beobachten und analysieren.

Die Augen an das Fernglas gepresst, sucht er den schmalen Streifen zwischen dem makellos weißen Pfad und dem teilweise schneebedeckten Ufer ab. Er erkennt jedes Detail, wenn also das Boot ...

Plötzlich sieht er es!

Es liegt in einer winzigen Bucht, in der es vielleicht sogar Sand oder Steine unter dem dicken Pulverschnee gibt.

Das Boot ist leer!

Sein erster Reflex ist, das Schlimmste zu vermuten, sie sind gekentert oder ins Wasser gesprungen, um in das Phantom-Dorf am Grunde des Sees zu gelangen, und das Boot ist an Land getrieben.

Seine Augen suchen das Boot ab. Durch die vergrößernden Gläser erkennt er die Ruder, die über die Reling hängen, und das Seil in dem Eisenring am Bug. Mit einer langsamen Drehung folgt er ihm. Es ist an einem Zweig des nächstgelegenen Baumes festgemacht!

Wären seine Steigeisen nicht fest im Schnee verankert, würde Nectaire vor Freude tanzen.

Nein, sie sind nicht untergegangen, sie haben nur angelegt und sind nun zu Fuß unterwegs.

Auf dem Pfad kann er sie einholen. Selbst wenn seine Schuhe eine Tonne wiegen, seine Schenkel brennen und die Knie knacken!

Um sich Mut zu machen, klatscht er in die Hände, dann auf seine Schenkel. Während er sich in Bewegung setzt, versucht Nectaire, seine Gedanken zu ordnen.

Welche Strategie verfolgt Maddi Libéri? Der See ist eine Sackgasse, er liegt in einem tiefen Krater, man kann ihn nur zu Fuß umrunden oder mit dem Boot überqueren. Um den MiTo auf dem Anleger zu erreichen, müssen sie zwangsläufig an ihm vorbei oder eine komplette Runde um den See in die andere Richtung machen ... Warum? Welchen Zweck verfolgt diese verrückte Wanderung?

Nectaire beschleunigt den Schritt noch mehr, auf keinen Fall darf er hinter Maddi und Tom zurückbleiben. Kann er noch mehr Tempo zulegen?

Er hat fast die Bucht erreicht und bleibt erschöpft vor dem vertäuten Boot stehen. Seine Schenkel brennen vor Anstrengung. Kann er noch lange durchhalten? Ohne eine Pause zu machen? Ohne wieder zu Kräften zu kommen? Er hat weder etwas zu essen noch zu trinken mitgenommen. Der Schnee fliegt ihm ins Gesicht und einige Flocken dringen trotz der zugebundenen Kapuze in seinen Nacken. Nectaire will gerade einen wütenden Aufschrei ausstoßen, als er plötzlich auf dem Holzsteg, hinter dem MiTo und seinem Renault 5 einen Lichtschein entdeckt. Ein Auto! Ein Auto, das ein zuckendes, bläuliches Licht in den Nebel zeichnet. Ein Blaulicht!

Nein, zwei Blaulichter! Ein weiterer Wagen der Gendarmerie folgt. Savine hat es geschafft. Sie hat Lespinasse davon überzeugt, auch bei diesem Dreckswetter auszurücken. Alle Zufahrtswege sind nun blockiert!

Was auch immer Maddi Libéris Plan sein mag, sie sitzt in der Falle.

Seine Hand umklammert die SIG Pro in seiner Tasche.

Gute Arbeit, Bocolon, gute Arbeit.

•••

Endlich erreicht Nectaire die Bucht. Mit immer sichererem Schritt läuft er über den verschneiten Pfad. Das Eintreffen der Polizei hat in dem Gemeindesekretär ungeahnte Kräfte mobilisiert. Er stößt einen tiefen Seufzer der Erleichterung aus.

Uff, das Boot liegt noch immer vor ihm auf einem weißen Bett, das sich wie ein Brautschleier bis zum See erstreckt. Uff, das Seil, das es am Ufer hält, ist noch immer am nächsten Baum vertäut. Uff, er entdeckt im Schnee vor sich zwei Fußspuren, eine von einem Erwachsenen, die andere von einem Kind. Nectaire bekommt immer besser Luft. Ohne dass er gewagt hätte, es sich wirklich vorzustellen, hat sein Gehirn doch das Schlimmstmögliche in Betracht gezogen – nämlich, dass Maddi Libéri Tom ins Wasser gestoßen haben könnte, ehe sie anlegte und zu fliehen versuchte.

Aber nein, zwei Passagiere sind aus dem Boot gestiegen und haben frische Fußspuren auf dem kleinen weißen Strand hinterlassen, die bis zum Pfad und dann noch wenige Meter weiter führen.

Nur wenige Meter?

Nectaire beobachtet verblüfft die Abdrücke vor sich, die ganz plötzlich aufhören.

Das ist unmöglich!

Es gibt nur den See zu seiner Rechten, einen steilen Felsen zu seiner Linken und vor ihm den makellosen Weg, den, der Schneedecke nach zu urteilen, seit mindestens einer Stunde kein Mensch mehr betreten hat.

Das ist absurd, sie sind ja schließlich nicht davongeflogen!

Aber wie soll er das Offensichtliche leugnen? Sie haben nicht umkehren können, denn dann wären sie ihm begegnet, und sie haben auch nicht weitergehen können, denn dann würden ihre Fußspuren sie verraten. Es bleibt nur ein Ausweg …

Der See? Warum sollten sie hineingehen? Weil die Polizei gekommen ist? Welche unglaubliche Willensstärke müsste man aufbringen, um in dieses eisige Wasser einzutauchen?

Nectaire versteht gar nichts mehr. Wieder einmal geht alles zu schnell für ihn. Alles gerät ins Wanken, wirbelt umher wie diese unzähligen Schmetterlingsflocken. Nun reichen selbst seine Steigeisen nicht mehr aus, um sein Gleichgewicht zu sichern. Um nicht zu stürzen, stützt er sich mit der Hand am nächstgelegenen Felsen ab – eine Basalt-Orgelwand, die steil in den See abfällt. Der Wanderweg zwischen dem Felsen und dem Ufer ist nur einen knappen Meter breit.

Au!

Nectaires Hand berührt nicht die glatte Wand des vulkanischen Felsens, sondern eine seltsame Unebenheit, eine merkwürdig harte und leicht körnige Erhabenheit. Mit den Fingerspitzen schiebt er den Schnee beiseite und unterdrückt einen überraschten Aufschrei.

Der Fels ist rot! Leuchtendrot. Etwas höher ist er sonnengelb, und etwas tiefer, oberhalb seines rechten Fußes, türkisblau.

Er braucht eine Weile, bis er begreift, dass es sich um Klettergriffe handelt.

Als er den Blick hebt, entdeckt er ein weiteres gutes Dutzend. Während er sie sinnloserweise zählt, arbeitet sein Gehirn auf Hochtouren. Klar, er steht vor einer Kletterwand. Der Lac Pavin ist bekannt für seine Bootsausflüge, die einmalige Farbe seines Wassers, seine Tiefe, sein versunkenes Dorf ... und als Klettergebiet. Soweit er sich erinnert, ist diese Wand in der einmaligen Umgebung Anfängern vorbehalten und sehr beliebt bei den örtlichen Schulen.

Im Sommer total überfüllt ...

Aber im Winter? In dieser weißen Hölle? In Begleitung eines zehnjährigen Jungen?

Will Maddi Libéri ihnen so entkommen? Durch Klettern?

• • •

Nectaire hebt instinktiv den Blick. Der eisige Schnee peitscht sein Gesicht, doch er hält den harten Flocken stand und versucht, über sich eine Silhouette oder den geringsten Schatten auszumachen. Unmöglich, er hat nicht genügend Abstand, und sie haben bereits zu viel Vorsprung. Wie hat Maddi Libéri es angestellt, Tom davon zu überzeugen, ihr in diesen Wahnsinn zu folgen? Denn Tom klettert diese Wand zwangsläufig freiwillig hinauf, würde er sich wehren, könnte sie ihn nicht mitziehen.

Was soll er tun? Ihnen folgen? Selbst Hände und Füße auf die Klettergriffe setzen? Unmöglich! Er ist nicht ausgerüstet und ihm wird schwindlig, sobald er auf einen Hocker steigt, also, beim besten Willen … Wäre die einzige Lösung, schnell Lespinasse zu verständigen, damit er sie oben abfängt? Oben, aber wo genau? Er sieht ja nichts außer der Wand vor sich.

Wie von ganz allein kommt ihm plötzlich die Idee …, dass er Abstand braucht, um sie ausfindig zu machen. Und um Abstand zu bekommen, muss er …

Seine Steigeisen schlagen sich ins Eis. Jetzt rennt er fast und wirbelt den Pulverschnee am Strand auf. Mit einer heftigen Bewegung bricht er den Zweig ab, an dem das Boot vertäut ist. Er wirft beides hinein und geht nahe genug heran, um es anzuschieben – einen Fuß im Schnee, den anderen im eiskalten Wasser. Schneidende Kälte packt ihn bis zum Knie. Dennoch springt er, ohne zu zögern mit einem Satz ins Boot. Er greift nach den Rudern und taucht sie ins Wasser. Seine Beine sind eisig, die Arme brennen, die Augen sind auf den Felsen vor ihm gerichtet.

Je weiter er sich entfernt, desto besser ist seine Sicht. Langsam erkennt er die Plattform oberhalb des Felsens, auf der, im Gegensatz zum Rest des Geländes, sämtliche Bäume gefällt wurden.

Sind sie schon dort angekommen? Seine vom Reif verklebten Augen versuchen, an der Felswand zwei Körper ausfindig zu machen. Vom See aus gesehen, wirkt sie weniger eindrucksvoll, weniger steil, weniger senkrecht, zahlreiche Vertiefungen erleichtern das Klettern, doch keine Spur von den beiden Flüchtigen.

Wo sind die Phantome geblieben?

Er lässt die Ruder los und das Boot auf dem See treiben.

Schnell, er muss Lespinasse verständigen! Der blaue Lichtschein zuckt noch immer über dem Anleger, aber Nectaire ist zu weit entfernt, um die Polizisten zu erkennen.

Er zieht sein Handy aus der Tasche, vergewissert sich, dass er Empfang hat, blickt erneut suchend zur Felswand und entdeckt sie schließlich.

Sie sind oben angekommen. Er sieht Maddis Ski-Anorak, Toms Jacke.

Was soll er tun? Er muss sich schnell zwischen dem Handy und dem Fernglas entscheiden. Zwischen Sicherheit und Neugier ...

Keine Zeit zum Zögern.

Von seinem Beobachtungsposten aus glaubt er, durch den dichten Nebelschleier zu sehen, wie Maddi Libéri nach unten greift, um Tom über den letzten Kletterhaken hinwegzuhelfen und ihn nach oben zu ziehen. Er glaubt auch, Maddi Libéris Schrei zu hören. Dann herrscht Stille.

Diesmal ist er sich sicher, dass er Toms Körper fallen und in die Tiefe stürzen sieht – wie ein Felsbrocken, der sich von der Wand gelöst hat, um hundert Meter von ihm entfernt ins Wasser zu schlagen.

Sein Boot schaukelt bei jedem neuen Kreis, der sich auf der Oberfläche des Sees bildet.

Nectaire lässt alles fallen, das Fernglas, das Handy, und rudert, bis er völlig außer Atem ist, mit letzter Kraft und schmerzenden Schultern stößt er die Ruderblätter ins Wasser, um es zu warnen, um es zu bestrafen – *nimm uns dieses Kind nicht ...*

Doch als er wenige Augenblicke nach Toms Sturz im Epizentrum der Kreise ankommt, hat sich die Oberfläche des Sees schon wieder geglättet und ist erneut ruhig und blau, eine makellose Quecksilberplatte. Und darunter versinkt Tom dreißig, sechzig, hundert Meter tief in eine andere Welt, die das Gegenteil von der lebendigen hier oben ist.

IX
DIE FESTNAHME

Les Grottes de Jonas

· 55 ·

Ich öffne die Augen.

Das Erste, was ich sehe, sind Worte, baskische Worte, die ich übersetze.

Wenn ich seine Flügel gestutzt hätte,
wäre er ganz mein gewesen
wäre niemals davongeflogen.

Dieses Gedicht ist mir gegenüber an die Wand geheftet.

Ich habe ihn doch geliebt, den Vogel

Die Wörter tanzen in meinem Kopf wie ein kindlicher Abzählreim.

Ich habe ihn doch geliebt, den Vogel
Ich habe ihn doch geliebt, den Vogel

Ich glaube, das Kinderlachen zu hören, auch Schreie, das Tosen der Wellen, das Summen einer Biene.

»Sind Sie wach, Frau Doktor Libéri?«

Die Stimme scheint aus einer Traumwelt zu kommen. Ich versuche, den Kopf zu drehen, doch alles gerät ins Wanken, eine dreckige Zimmerdecke folgt auf eine schiefe Wand, die Türen neigen sich in die Horizontale, bis alles zu meinen Füßen in Nahaufnahme erstarrt. Ich habe das Gefühl, mich in einem Film zu befinden, gedreht mit der Kamera eines Handys, die man vergessen hat auszustellen.

»Frau Doktor Libéri?«

Die Stimme kommt von oben. Ich hebe den Kopf, und diesmal sehe ich sie.

Drei Bullen!

Ich erkenne Lieutenant Lespinasse, den bärtigen Chef mit dem Blick eines wohlwollenden Mönchs, die junge Louchadière, die im Gegensatz zu ihm nicht wagt, mir in die Augen zu schauen, und den dritten, Salomon, glaube ich, ein Riese, der aussieht wie ein Bergführer, aber eher die Himalaya-Version, wobei man sich fragt, was er inmitten der Vulkane der Auvergne zu suchen hat.

»Wo … Wo bin ich?«

Die Kamera in meinen Pupillen hat sich schließlich stabilisiert. Meine Frage ist albern, ich erkenne das Chaos im Kamin, die Stofffetzen, die als Vorhänge dienen, die Wäschestapel, die Fliegen, die um den Esstisch kreisen … Ich bin in La Souille.

»Sie haben lange geschlafen!«, erklärt mir Lespinasse. »Wir warten jetzt schon seit zwei Stunden.«

Warten auf was? Ich versuche, meine wirren Gedanken zu ordnen. Es schneit in meinem Gehirn – viel Schnee.

»Dass Sie uns erklären, Frau Doktor Libéri, was passiert ist.«

Was passiert ist? Ich verfluche die Langsamkeit meines Gehirns. Beschränken sich meine Gedanken darauf, die Worte dieses Polizisten zu wiederholen? Ich muss in die Realität zurückfinden! Ich bewege meine Hände, meine Füße. Mir wird klar, dass ich auf dem Sofa ausgestreckt liege, eingehüllt in eine Decke. Die drei Polizisten sitzen um mich herum. Ein Sofa, drei Bullen. Lespinasse erfindet eine Mischung aus Verhör und Psychoanalyse.

»Ich … ich erinnere mich an nichts.«

Lespinasse seufzt.

»Ich hatte gehofft, Sie würden sich kooperativer zeigen.«

Er scheint noch betrübter als ich. Er steht auf und tritt an eines der Fenster. Ich nutze den Augenblick, um mich noch genauer im Raum umzusehen. An der Garderobe im Eingang entdecke ich Savines khakifarbenen Parka und Nectaires graue Daunenjacke. Auch sie sind hier irgendwo. Warten sie im ersten Stock oder in der Küche auf das Ende des Verhörs?

Mit einem Ruck zieht Lespinasse den Vorhang auf, der in langen fransigen Bahnen herunterhängt. Es dringt kaum Licht in den Raum. Draußen ist es genauso dunkel wie drinnen und ... ich erkenne nichts mehr wieder! Der Bauernhof ist lediglich ein Chaos aus weißen Dünen. Der Schnee hat nicht nur den Hof von La Souille bedeckt, er hat auch seine Formen ausgelöscht. Unmöglich, zwischen dem Quad und dem alten Traktor, oder dem Misthaufen und dem Holzstoß zu unterscheiden.

»Der Schneesturm wird noch etwa zwei Stunden andauern«, erklärt Lespinasse, »zwei Stunden, in denen sich niemand auf die Straße wagen wird. Also Ihren Anwalt kommen zu lassen oder Ihren Polizeigewahrsam zu unterbrechen und Sie gehen zu lassen, wird sich etwas kompliziert gestalten.«

Was mache ich hier?

Bilder tauchen wieder vor mir auf, werden präziser, unmissverständlich, befreit von ihrer Schale der Halbwahrheit. Ich sehe meinen MiTo auf dem Parkplatz am Lac Pavin vor mir. Meinen Rundweg um den See bei Schneefall. Und der letzte Flash. Esteban in dem Boot, direkt vor mir. Ich sehe mich auf ihn zulaufen ... dann weiß ich nichts mehr, das schwarze Loch ..., bevor ich hier aufwache.

Lespinasse kommt auf mich zu, ich lasse ihn nicht auf dem Sofa Platz nehmen.

»Wo ist Esteban?«

Er war in dem Boot! Was ist danach passiert?

Die Lider der Brigadière Louchadière flattern schneller als die Flügel einer Wespe, Lespinasse sucht Salomons Blick, so als wüsste er nicht, was er antworten soll.

Ich wiederhole meine Frage und zwinge mich dabei, nicht zu schreien.

»Wo ist Esteban? Was mache ich hier?«

Lieutenant Lespinasse setzt sich ruhig auf seinen Stuhl. Er sucht erneut Unterstützung in den Augen seiner beiden Kollegen, holt, nachdem er sie nicht findet, tief Luft und beginnt:

»Man hat Sie oberhalb des Lac Pavin, mitten zwischen den Tannen, auf der Plattform des Klettersteigs gefunden. Bewusstlos. Wir nehmen an, dass Sie nach dem Unfall ohnmächtig geworden sind, das Gleichgewicht verloren haben und auf einen Stein gefallen sind. Durch den Aufschlag waren Sie zwei Stunden lang ohne Bewusstsein, und Sie haben eine üble Kopfwunde über Ihrem linken Auge.«

Ich berühre meine Stirn, meine Schläfe und spüre ein Pflaster, das über eine dicke Kompresse geklebt ist. Einen übergroßen, groben Verband. Ist mir egal. Ein Unfall? Was für ein Unfall?

»Was den Verband betrifft«, fährt Lespinasse fort, »können Sie sich bei Salomon bedanken. Er ist der Sanitäter! Angesichts der Wetterprognose wussten wir, dass wir allein, ohne die Kripo von Clermont, zurechtkommen mussten. Das Einfachste war meines Erachtens also, alle hierzubehalten – alle Zeugen, alle Indizien. Wir haben keine Wahl, wir werden improvisieren müssen und versuchen, einen geregelten Ablauf zu finden: Verhöre, Zeugenvernehmungen und Gegenüberstellungen.«

Habe ich ihm richtig zugehört?

Ein Unfall? Oberhalb des Lac Pavin? Das ist alles, was ich behalten habe. In meiner letzten Erinnerung bin ich über den Uferweg Richtung Anleger gelaufen. Auf ein Boot zu. Ein Boot, darin wartete ...

Ich versuche panisch meine schreckliche Vorahnung zu verdrängen:

»Wo ist Esteban?«

Die Wunde an meinem Kopf, die ich vorher gar nicht gespürt hatte, tut mir jetzt furchtbar weh. Lespinasse fixiert mich mit dieser Empathie, die Krankenpfleger dementen Patienten entgegenbringen.

»Ihr Sohn ist vor zehn Jahren gestorben, Frau Doktor Libéri. In Saint-Jean-de-Luz. Ertrunken.«

Idiot! Ich wusste, dass die Flics nichts kapieren würden! Dass ich gegen eine Mauer anreden würde. Dass sie sich weigern würden, mir zuzuhören, sich weigern würden, in Erwägung zu ziehen, was nicht ihrer Sicht der Realität entsprach. Ich hole einmal sehr tief Luft, versuche, wie Lespinasse, nicht die Stimme zu heben.

»Gut, wie Sie wollen. Dann werde ich meine Frage umformulieren. Wo ist Tom?«

Lespinasse sieht mir, ohne zu blinzeln, geradewegs in die Augen. »Tom ist ertrunken, Madame Libéri. Vor zwei Stunden. Sein Körper ruht in hundert Metern Tiefe am Grund des Sees. In Frieden. Das hoffe ich zumindest.« Fühlt er sich angesichts meines entsetzten Blicks, meiner starren Finger, meines verkrampften Körpers gezwungen, alles noch zu präzisieren? »Tom ist tot, Frau Doktor Libéri. Sie haben ihn entführt. Sie sind mit ihm geflüchtet. Und durch Ihre Unüberlegtheit haben Sie ihn getötet!«

· 56 ·

Omelett für alle?«

Niemand antwortet auf Nectaires Frage. Niemand hat Appetit. Niemand hat überhaupt an Essen gedacht, obwohl es ein Uhr mittags ist und sie noch lange Stunden in La Souille ausharren müssen.

»Ich fang schon mal an, die Eier aufzuschlagen«, fügt Nectaire rasch hinzu.

Er eilt vom Gasherd zum angezündeten Backofen, wohl in der Hoffnung, die Wärme würde seine durchnässte Kleidung trocknen. Im Eingang von La Souille hat er die stählernen Steigeisen abgelegt, die auf den Pflastersteinen knirschten.

»Gut«, meint Lespinasse, »wir ruhen uns fünf Minuten aus und ziehen dann Bilanz. Jennifer, du lässt Maddi Libéri nicht aus den Augen, auch wenn sie sicher nicht die Absicht hat, zu fliehen.«

Der Lieutenant fordert Savine Laroche und Fabrice Salomon auf, am Küchentisch Platz zu nehmen. Ihre Nervosität macht ihn schließlich ganz verrückt.

»Fab, hast du nach Amandine Fontaine gesehen?«

»Ja«, antwortet der Riese. »Ihr Zustand ist stabil. Sie ruht sich aus. Meiner Meinung nach hat man ihr Oxycodon injiziert. Schwer zu sagen, wieviel … Wäre es der Inhalt einer ganzen Spritze gewesen, dann wäre sie schon tot. Waren es nur wenige Milligramm, so wird sie sich davon erholen. Bei diesem Wetter sollten wir nicht das Risiko eingehen, den Notarzt zu rufen, hier im Warmen ist sie besser aufgehoben. Und jetzt«, Salomon zögert einen Augenblick und deutet dann ein Lächeln an, »haben wir einen Arzt unter uns!«

»Großartig, Fab«, meint Lespinasse. »Du hättest sogar noch hinzufügen können, dass sie sicher die genaue Dosierung kennt, nachdem sie es ihr, allem Anschein nach, selbst injiziert hat.«

Ein kurzes Schweigen stellt sich ein, nur gestört vom Geräusch der zerbrechenden Eierschalen. Lespinasse bedenkt Nectaire mit einem müden Blick.

»Ich schlage vor, wir hören mit den Alleingängen auf, und tragen stattdessen besser alles, was wir wissen, zusammen. Eine echte Kooperation, bis wir klarer sehen. Einverstanden, Nectaire?«

Den Blick gesenkt, die Pfanne hoch in der Luft, nickt der Gemeindesekretär, um sein Okay zu geben.

»Perfekt«, meint Lespinasse erfreut. »Diese Geschichte mit eurer Paralleluntersuchung regeln wir später. Ich lasse Lazarbal, diesen baskischen Flic, der dich erwürgen will, noch ein wenig warten, und du erklärst mir dann, wie es dazu kam, dass du mutterseelenallein mit einem Boot auf dem Lac Pavin warst. Aber vorerst möchte ich, dass wir versuchen, eine halbwegs schlüssige Vorstellung von den Ereignissen zu bekommen.«

Savine Laroche nickt zustimmend.

»Ich fange an, und ihr unterbrecht mich«, erklärt Lespinasse. »Alles beginnt vor zehn Jahren, als Maddi Libéri ihren Sohn verliert. Ertrunken im Atlantik. Es handelt sich vielleicht um einen Selbstmord, wahrscheinlicher aber um Ungehorsam, vielleicht hervorgerufen durch die Angst vor einer Biene. Maddi Libéri macht sich Vorwürfe, kommt nicht darüber hinweg und beginnt zu glauben, dass ihr Sohn Esteban sich in einem Jungen, der ihm ähnelt, reinkarniert hat. Tom Fontaine. Sie geht so weit, sich als Ärztin in Murol niederzulassen, um ihm näher zu sein. Der Rest ist eher ungewiss, aber wir können annehmen, dass ihre Obsession in Wahnsinn umgeschlagen ist und sie alle manipuliert, so auch den kleinen Tom, dem sie eine Reinkarnation einredet.«

Savine hebt die Hand.

»Einspruch!«

Lespinasse unterbricht seinen Vortrag, wie ein Richter, der dem Strafverteidiger das Wort überlässt.

»Sie manipuliert alle«, räumt Savine ein. »Warum auch nicht? Aber wie hätte sie überhaupt in Kontakt mit Tom Fontaine kommen sollen? Sie hat ihn nur zwei- oder dreimal gesehen, fast immer vor Zeugen. Okay, sie hat ihn ausspioniert, sie war besessen von ihm, ich glaube sogar, die Erste gewesen zu sein, die das bemerkt hat, doch über welche Mittel verfügte sie, um ihm, wie Sie sagen, etwas einzureden?«

In der Bratpfanne hinter ihnen brutzelt es. Der Geruch verrät, dass Nectaire Amandines Reste an Pilzen und Schnittlauch dazugegeben hat.

»An Mitteln fehlt es nicht, Savine. Wenn Sie wüssten, wie viele total Irre im Internet unterwegs sind, und welchen Blödsinn sie in die Köpfe von Kindern pflanzen können. Und Maddi Libéri ist ein Freak, sie postet ihr Leben in den sozialen Netzwerken, oder, genauer gesagt, den Teil ihres Lebens, den sie öffentlich machen will. Kurz, ich fahre fort. Man muss in Betracht ziehen, dass Maddi Libéri seit mehreren Monaten, vielleicht sogar Jahren, ihren Coup mit Tom Fontaine vorbereitet hat. Wie kann sich sonst das Modell des versunkenen Dorfes, gebastelt von Tom, unter seinem Bett befinden? Sie fabriziert selbst die Zufälle, damit Tom ihrem Sohn ähnelt! Gleicher Geschmack, gleiche Phobien. Sie geht so weit, diejenigen zu töten, die Tom in seine Geheimnisse eingeweiht hat. Martin Sainfoin, Jonas Lemoine. All jene, die ihre Pläne vereiteln könnten. Vergessen wir nicht, dass sie für keinen der beiden Morde ein Alibi hat. Und wer kann, leichter als ein Arzt, Digitalis verschreiben oder in ein harmloses Medikament mischen? Eine Stunde vor dem Mord an Jonas Lemoine haben Zeugen den MiTo von Maddi Libéri vor dem Anleger am Lac Pavin gesehen. Erkundete sie da bereits die Lage?«

Die Pfanne in der Hand, pfeift Nectaire vor Bewunderung angesichts dieser Information.

»Wir haben ihren Zeitplan geprüft«, präzisiert Lespinasse. »Sie hatte eine heftige Auseinandersetzung mit Jonas Lemoine kurz vor dessen Ermordung.«

Lespinasse ist taktvoll genug, nichts hinzuzufügen, damit Nectaire sich nicht wieder bemüßigt fühlt, in die Rolle des Amateur-Ermittlers zu schlüpfen.

»Alles spielt sich an Toms zehntem Geburtstag ab«, fährt der Lieutenant fort. »Heute also, dem neuralgischen Punkt ihrer Obsession. Sie schaltet Amandine aus, indem sie ihr ein Opioid injiziert, die Ärzte werden uns sagen, ob sie sie und das Kind, das sie erwartet, töten wollte oder nicht, dann entführt sie Tom, den sie mit ihrem verwirrten Kopf nur noch Esteban nennt.«

Diesmal hebt Fabrice Salomon die Hand.

»Genauer!«

»Wie, Fab?«

»Wohin genau wollte sie mit diesem Jungen gehen? Was war ihr Plan, sobald sie ihn entführt hätte? Und wozu diese ganze Inszenierung danach und davor?«

Lespinasse lässt sich auf seinen Stuhl zurücksinken. Der Geruch nach Kräutern und Pilzen steigt ihm in die Nase. Dieser idiotische alte Beamte ist zweifellos ein besserer Koch als ein Polizist. Er hat drei Morde am Hals, darunter einen an einem kleinen Jungen, und Nectaire bringt es fertig, ihm Appetit zu machen.

»Woher soll ich das wissen?«, erwidert der Lieutenant und legt zum ersten Mal eine Spur von Gereiztheit an den Tag. »Ein Psychologe wird sicher erklären können, ob sie damit bezweckt, die Geister der Vergangenheit auszutreiben, die Zeit zurückzudrehen, wenn man so will, auf den Zeitpunkt, bevor ihr Junge ertrunken ist, um ihn vor seinem zehnten Geburtstag zu retten. Und dafür müssen sich die Dinge für sie so gut wie wiederholen …«

»Einspruch!«, meldet sich Savine, diesmal ohne die Hand zu heben. »Nach Ihrer Theorie war Maddi Libéris Plan seit langem vorbereitet. Das heißt, sie hätte diese Entführung geduldig organisiert. Nur dass sie, ganz im Gegenteil, mich und Nectaire ständig gewarnt hat. Es war sogar ihre schlimmste Befürchtung, dass Tom heute gekidnappt wird.«

Lespinasse nimmt eine erneute Woge von Omelettduft wahr.

»Nun gut, entweder ist sie wirklich eine kleine Teufelin und hat sich Ihre Naivität zunutze gemacht.« Savine zuckt zusammen, *danke für die Naivität.* »Oder sie ist wirklich verrückt und erinnert sich nicht an das, was sie getan hat. Ich muss es euch nicht erläutern, die Art von Syndrom, von denen es in Kriminalromanen und Fernsehserien nur so wimmelt: Persönlichkeitsstörung, Schizophrenie, ein Teil des Gehirns weiß nichts von dem, was die andere Hälfte macht, so was in der Art, das bin nicht ich, es ist der andere.«

Nectaire hebt einen Moment den Blick.

»Und dieser ganze Wahnsinn heute Morgen?«, fragt der Gemeindesekretär. »Die Bootsfahrt über den See, die Klettertour auf den Felsen ...«

Lespinasse gewinnt wieder an Selbstsicherheit. Ganz offensichtlich hat er schon über diesen Punkt nachgedacht.

»Man kann sich vieles vorstellen, aber meiner Meinung nach wollte Maddi Libéri vortäuschen, dass Tom im Lac Pavin ertrunken ist. Sie ist bis zur Mitte des Sees gerudert, um dort etwas von Tom ins Wasser zu werfen – eine Mütze, einen Schal oder einen Handschuh von ihm. Sie wusste, dass es wegen der Geologie des Sees äußerst schwer sein würde, eine Leiche am Grund zu finden und dass jeder Zweifel erlaubt wäre. Man würde Tom also für ertrunken und somit für tot halten, und sie würde ihn wieder zu sich nehmen, um ihn unter einer anderen Identität großzuziehen.«

»Das macht Sinn«, meint Nectaire und pfeift voller Bewunderung, während er das Omelett mit einer Prise Salz würzt. »Sie glaubt, dass man vor zehn Jahren ihr Kind entführt hat. Also holt sie sich zurück, was man ihr gestohlen hat.«

»Aber«, fährt Lespinasse fort, »es läuft nicht alles wie geplant. Du kommst am See an, und du siehst sie. Dann kreuzen wir auf und schneiden ihr den Rückzug ab. Wir sind zu weit entfernt, um sie auszumachen, aber sie hat unser Blaulicht nicht übersehen können. Sie hat nicht mehr die Zeit, ihre Inszenierung umzusetzen. Ihr bleibt nur noch eine Lösung – mit Tom fliehen, und dafür ist die Kletterwand die einzige Möglichkeit. Glatter Wahnsinn, angesichts der Wetterverhältnisse! Was dann folgt, wisst ihr. Tom stürzt ab und ertrinkt. Wie vor zehn Jahren ihr Kind. Sie wollte ihn retten, sie hat ihn getötet!«

Lespinasse legt eine Pause ein. Er scheint fast auf einen Applaus für seine brillante Darlegung des Falls zu warten. Letztlich, so sagt er sich, hatte dieser Idiot von Bocolon nicht unrecht mit seinem Omelett. Der Polizeigewahrsam kann andauern, er muss vorsichtig vorgehen, um Geständnisse zu bekommen, vor allem von den beiden Maddi Libéris – der gegen jeden Verdacht erhabenen Ärztin und der verantwortungslosen Psychopathin. Ganz abgesehen davon, dass er völlig durchnässt und erschöpft von seiner Tour zum See zurückgekommen ist.

Als er sieht, wie Savine Laroche die Hand hebt, überkommt ihn zusätzliche Mattigkeit.

»Das ist doch wohl etwas überzogen, oder?«, schaltet sich die Sozialarbeiterin ein, ohne abzuwarten, dass man ihr das Wort erteilt. »Tom überzeugen, ihr zu folgen, dann mit ihr in das Boot zu steigen, während des schlimmsten Schneegestöbers der letzten drei Jahre, und zur Krönung des Ganzen mit nackten Händen eine Steilwand von zwanzig Metern Höhe erklimmen.«

Nectaire dreht die Gasflamme unter der Bratpfanne herunter und betrachtet kurz sein Kunstwerk.

»Nun, Savine«, entgegnet er, »hast du das versunkene Dorf gesehen, das Tom unter seinem Bett versteckt hat? Derselbe Wahnsinn wie der, den ihr Sohn seinem Psychiater erzählt hat. Allein dieses Modell beweist, dass sie ihm total den Kopf verdreht hat!«

Savine wirft Nectaire einen vernichtenden Blick zu. *Du und dein verdammter Instinkt, Bocolon ...*

»Wir werden alles überprüfen«, stellt Lespinasse beruhigend klar. »Die Computer, die Handys, die Post. Wir werden den Lehrer von Tom befragen, die ehemaligen Tagesmütter, die Freizeitzentren, den Bademeister aus dem Schwimmbad. Ich schwöre Ihnen, Savine, wir werden es herausfinden.«

»Tut mir leid«, beharrt die Sozialarbeiterin, »aber ich glaube es immer noch nicht. Ich habe mit ihr gesprochen, ich habe mit ihr zu Abend gegessen. Und ich kenne Tom gut, ein etwas verträumter Junge, ein wenig zerstreut, aber intelligent, verspielt. Der ist nicht so leicht zu manipulieren. Wie kann man sich da auch nur eine Sekunde vorstellen ...«

Diesmal ernsthaft verärgert, fällt ihr Lespinasse ins Wort.

»Glauben Sie etwa, dass sich zum Beispiel die Eltern von islamistisch radikalisierten Kindern und Jugendlichen eine solche Veränderung je hätten träumen lassen? In was für einer Welt leben Sie? Männer in Syrien oder Afghanistan sind in der Lage, zehnjährige Jungen davon zu überzeugen, sich mit einem Sprengstoffgürtel in die Luft zu jagen oder ihre Brüder und ihre Eltern zu töten. Ihnen muss ich ja wohl nicht erklären, Savine, dass das Gehirn eines Kindes wie Knetmasse formbar ist.«

»Und das von Maddi Libéri«, schaltet sich Nectaire jetzt ein, »ist ein verdammter Brei. Wenn Bocolon euch einen weiteren Rat geben kann, außer einen Saint-Pourçain zum Omelett zu trinken, so wäre das, direkt ihren Psychiater anzurufen.«

»Haben Sie etwa seine Nummer?«, fragt Lespinasse wütend.

Nectaire Paturin verzichtet auf eine Antwort. Stattdessen zieht er sein Handy aus der Tasche und drückt auf die Nummer, die er schon ein Dutzend Mal versucht hat anzurufen.

»Teamwork«, lautet sein Kommentar, während ein Klingelzeichen auf das nächste folgt. »Doktor Wayan Balik Kuning, Zentrum für Psychopathologie, von der Universitätsklinik Le Havre.«

Ein letzter Klingelton, dann nichts mehr. Nicht einmal eine Sprachbox oder ein Anrufbeantworter! Warum antwortet der Psychiater nie – trotz all der Nachrichten, die Nectaire ihm hinterlassen hat?

Vom Duft angelockt nähert sich die Brigadière der Küche.

»Du bist dran mit der Wache, Fab ...«

Salomon schickt sich an, sich zu seiner vollen Größe von zwei Metern aufzurichten, und Lespinasse ein paar Teller aus dem Schrank zu holen, als plötzlich Nectaires Telefon klingelt, das er noch nicht wieder in seine Tasche gesteckt hat. Ruft vielleicht

Doktor Wayan Balik Kuning zurück? Alle halten den Atem an, Nectaire schaltet sofort den Lautsprecher ein.

»Hallo Nicky? Nicky? Hier ist Aster, deine geliebte Schwester.«

»...«

»Bist du immer noch bei den Inquisitoren? Bei der Hexenverbrennung?«

»Häm ... Ja ... Sie ... sie hören zu.«

»Umso besser! Ihr seid also alle da, die drei Musketiere, Salomon, Lespinasse und Louchadière? Hört ihr mich? Ich habe noch mal über eure Geschichte mit dem in La Galipote geklauten Messer nachgedacht, das dann im Bauch des unglückseligen Surfers Jonas gefunden wurde. Ich habe den ganzen Tag Revue passieren lassen. Ich habe ja nicht Hunderte von Kunden ..., und es gibt nur einen, der mich hätte beklauen können. Der hat sich schon irgendwie merkwürdig verhalten, wenn ich es recht bedenke. Er bat mich, alle möglichen seltenen Steine aus dem Lagerraum zu holen, Gipskristalle und Amethysten, und hat am Ende nur eine Kleinigkeit gekauft.«

»Kennst ... kennst du seinen Namen?«

»Seinen Nachnamen, nein. Seinen Vornamen schon. Ich habe ihn nur einmal gesehen, auf dem Friedhof, am Arm von Maddi Libéri ... und du hast mir ein wenig von ihm erzählt. Es ist Gabriel!«

Als Lespinasse die Teller auf dem Tisch abstellt, klirrt der Stapel ein erstes Mal. Dann ein zweites Mal, als er mit der Faust auf die Platte schlägt.

»Wer ist denn dieser Gabriel?«

Savine und Nectaire sind sprachlos. Ist es möglich, dass Lespinasse und seine Männer überzeugt waren, dass Maddi allein lebt? Aber wer hätte es ihnen schließlich auch erzählen sollen? Sie hatten nicht den geringsten Grund, sich für das Privatleben von Frau Doktor Libéri zu interessieren – nicht vor heute Morgen auf jeden Fall.

In Ermangelung einer Antwort tritt Lespinasse zu Nectaire.

»Und wo befindet sich besagter Gabriel?«

»Bei sich zu Hause«, greift Savine ein. »Das heißt bei Maddi, im Moulin de Chaudefour.«

»Bei diesem Wetter«, fühlt sich Nectaire bemüßigt hinzuzufügen, »sind die Chancen gering, dass er unterwegs ist, um Pilze zu sammeln!«

Wie um seinen Satz zu unterstreichen, erfüllt ein Geruch von Ritterlingen, Kräutern und Eiern die Küche. Ein Geruch nach verbranntem Omelett, begleitet von einer plötzlichen dichten Rauchwolke. Nectaire stürzt sich auf die Pfanne, die er für nur eine kleine Minute – aber eine Minute zu viel – vergessen hat zu überwachen. Louchardière hustet, Salomon zieht eine Grimasse, Lespinasse ist es piepegal. Mit den Händen vertreibt er den schwarzen Nebel und starrt auf den weißen Dunst hinter der Fensterscheibe. Der Schneesturm hat seinen Höhepunkt erreicht!

»Salomon«, sagt er und wendet sich an seinen Stellvertreter. »Hast du nicht die Annapurna bezwungen, die Dent Blanche und den Aconcagua?«

Der Koloss in Uniform kann nur nicken.

»Es sind nur knapp drei Kilometer von Froidefond bis zum Moulin de Chaudefour. Und noch weniger, wenn du zu Fuß durch den Wald gehst. Du steigst hinauf zum Moulin de Chaudefour und stattest diesem Gabriel einen kleinen Besuch ab!«

· 57 ·

Gabriel hat etwas gehört. Er hält den Griff des Messers fest umklammert und tritt an den Eingang der Grotte.

Von seinem Aussichtsposten aus kann er das ganze Tal der Couze Chambon überblicken, auch wenn der Schneevorhang seine Sicht immer weiter trübt. Gabriel sagt sich, dass dies auch von Vorteil für ihn sein könnte. Fast nichts bewegt sich in dieser polaren Naturkulisse. Kein Spaziergänger, kein Auto, keine Art von Leben. Er würde sofort die geringste Spur, das leiseste Anzeichen ausmachen. Nur zwei Raben ziehen über ihm ihre Kreise.

Zwei Spione, ausgeschickt von wem?

Während er auf den weißen Horizont starrt, lauscht Gabriel auch auf jedes Geräusch. Ein Knacken, das ihn veranlasst, seinen Posten zu verlassen. Zu laut, als dass es nicht von einem Lebewesen hervorgerufen worden wäre. Er bewegt sich nicht mehr und lauscht auf die Stille. Ist es ein Nagetier, das aus dem Winterschlaf hochgeschreckt ist, verwirrt durch den plötzlichen Wintereinbruch? Ein Fuchs? Ein Eichhörnchen? Eine Wasserratte? Oder ein allzu neugieriger Mensch?

Gabriel bleibt noch auf der Hut, nimmt aber keinen weiteren Laut, keine Bewegung mehr wahr. Sei's drum. Er dreht sich um und dringt wieder ins Innere der Grotte vor, wo es trocken, warm und windgeschützt ist.

Wie jeder in der Gegend von Murol kennt auch Gabriel die Grottes de Jonas. *Jonas* ... noch so ein Zufall. Es sei denn, der Vorname von Toms Vater wäre gerade wegen dieser seltsamen vulkanischen Höhlen gewählt worden, die in die Felswand aus rotem Tuffstein, der das Tal beherrscht, geschlagen worden waren. Gabriel hat sich informiert, was diesen Höhlenort angeht, der vor über zweitausend Jahren in das Gestein gehauen wurde und eine echte prähistorische Wohnanlage darstellt: fünfhundert Meter lang, hundert Meter hoch, fünf Etagen, siebzig Wohnungen. Ein Labyrinth, in dem knapp tausend Menschen leben konnten.

Er hatte genügend Zeit und Gelegenheit, sich zuerst darin zu verlaufen und dann langsam zurechtzufinden, wobei ihm wohl ein paar Hinweisschilder geholfen haben. Der Ort ist im Winter geschlossen, sodass hier kaum mit einem verirrten Touristen zu rechnen ist.

Gebeugt bewegt er sich in dem engen, ins Gestein gegrabenen Schlauch vorwärts, bis er eine der abgelegensten Höhlen erreicht. *Le Four* – der Backofen. Die Höhle, in der er seine Sachen abgestellt hat.

Die sanfte Wärme des Raums empfängt ihn. Dazu ein angenehmer Geruch. Er hat ein paar Kastanien im Ofen geröstet. Der ins Tuffgestein geschlagene Kamin funktioniert noch so gut wie vor zweitausend Jahren. Er musste nur ein paar Zweige der dort zurückgelassenen Reisbündel anzünden, die schwere Holztür schließen, um seine Kleidungsstücke zu trocknen, sich aufzuwärmen und ... zu warten.

Keine Gefahr, so sagt er sich, dass der aufsteigende Rauch ihn verrät. Der Himmel ist viel zu bedeckt. Trotzdem hält er den Messergriff immer noch fest umklammert. Er muss weiter auf der Hut bleiben. Bis jetzt ist er bestens zurechtgekommen, niemand hat ihn gesehen, niemand kann ahnen, dass er sich hier aufhält. Genauso muss er weitermachen, ruhig und überlegt. Ein paar glühende Kastanien mit seinem Messer schälen, etwas Wasser trinken und einen Raum nach dem anderen durchforsten.

Die wichtigsten hat er bereits gefunden, die Kapelle, das Herrenhaus, den Dachboden, die Backstube, er hat ein Dutzend Zimmer inspiziert, hat sich geräuschlos fortbewegt auf der Suche nach dem einzigen Raum, der ihm noch fehlt ...

Ein erneutes Knacken!

Diesmal hat Gabriel es genau gehört. Soll er zum Ausgang der Grotte zurückkehren? Es ist sicher nur ein Vogel, der sich auf einem vereisten Zweig niedergelassen hat, vielleicht ein Nagetier, das seinen Geruch gewittert hat, oder, noch wahrscheinlicher, von der Wärme im Inneren angezogen wird. Das Vernünftigste wäre, die Glut im Kamin zu löschen, dann neue Gänge zu erkunden und neue Räume auszukundschaften.

Wie viel Zeit bleibt ihm? Haben die Polizisten schon sein Verschwinden bemerkt? Wen haben sie verhört? Was hat Maddi ihnen gesagt? Was hat ihnen Doktor Kuning gesagt? Was hat ihnen Aster gesagt? Hat sie ihn verraten?

Er weiß, er muss sich in Acht nehmen – und das mehr denn je.

Wenn jemand sich nähert, egal ob ein Hase, ein Hund oder ein Mensch, muss er bereit sein zuzuschlagen.

Er verzichtet auf die Kastanien, lässt die Glut im Kamin erlöschen, es ist einfach zu riskant.

Sein Messer vor sich ausgestreckt, bewegt er sich gebeugt zu einem der Gänge.

Er muss bereit sein zuzustechen, um zu töten.

Töten, wenn er den letzten Raum findet, den er noch nicht aufgesucht hat.

Den Raum mit den weiß gekalkten Wänden.

Das Sterbezimmer.

· 58 ·

Erinnern Sie sich, Madame Libéri, erinnern Sie sich.«
Lespinasse stellt mir zum fünfzehnten Mal dieselben Fragen! Ich liege noch immer auf dem Sofa ausgestreckt, er hat erneut mir gegenüber Platz genommen. Was erhofft er sich? Dass ich schwach werde? Dass ich die Löcher in meinem Gedächtnis mit der Geschichte fülle, die er hören möchte?
»Ich versuche nur, Ihnen zu helfen, Madame Libéri. Es gibt manchmal mehrere mögliche Wahrheiten.«
Wenn er glaubt, mich mit seinen groben Tricks reinlegen zu können.
Es gibt mehrere mögliche Wahrheiten ...
Weil ich über mehrere Persönlichkeiten verfüge – wollen Sie das damit andeuten, Lieutenant? Ich leide an Schizophrenie, weigere mich aber, es mir einzugestehen? Doktor Libéri und Miss Hystery.
Nein! Nein! Nein! Ich werde nicht an ihre Theorie glauben. Ich bin nicht verrückt, aber man versucht, es mir einzureden. Ich darf nicht von meiner Linie abweichen.
Ich bin nicht verrückt, aber man versucht, es mir einzureden.
»Gut, fangen wir noch einmal ganz von vorne an«, verkündet Lespinasse mit engelsgleicher Geduld.
Lautes Getrampel im ersten Stock von La Souille hindert den Lieutenant daran zu beginnen. Kurz darauf stürmt jemand die Treppe herunter.

»Hervé, Hervé.«

Ich erkenne die Stimme der Brigadière.

»Hervé, mit Amandine stimmt was nicht!«

Ich warte nicht auf die Erlaubnis des Lieutenants, sondern springe augenblicklich vom Sofa auf und stürze los. Lespinasse hält mich nicht zurück. Wir laufen alle die Treppe hinauf, Lespinasse vorneweg, dann ich und Louchadière nach mir, um mich zu überwachen. Alarmiert von dem Geschrei, eilen auch Nectaire und Savine herbei.

Amandines Zustand war seit heute Morgen unverändert. Nach dem, was ich verstanden habe, wirft man mir vor, ihr ein starkes Schmerzmittel injiziert zu haben, Oxycodon, ein Opioid, das durch Überdosierung mehr Tote verursacht hat als illegale Drogen. Ganz offensichtlich hat sich Amandines Zustand plötzlich verschlechtert. Zusammengekauert liegt sie auf ihrem Bett und reagiert nicht mehr – weder auf Geräusche noch auf Schmerz, wenn man sie kneift. Ihr stoßweiser Atem scheint sich unerbittlich zu verlangsamen. Alles Symptome einer Überdosis! Amandines Haut ist bereits extrem blass, leicht bläulich, und wenn man nicht schnell reagiert ...

Lespinasse hat sein Handy aus der Tasche gezogen. Er hat kaum den oberen Treppenabsatz erreicht, da höre ich ihn schon auf die Notärzte schimpfen.

»Ich pfeife auf den Wetterbericht. Ich spreche von einer schwangeren Frau in Froidefond, oberhalb von Murol.«

Amandines Herzschlag wird immer unregelmäßiger. Auf ihre kurzen Zuckungen folgen unendlich lange Sekunden, in denen sie gar nicht mehr atmet. Louchadière hält mich auf Abstand, Nectaire und Savine sind schon an ihr Bett geeilt.

»Natürlich können Sie nicht den Hubschrauber nehmen!«, brüllt Lespinasse in sein Handy. »Ich bitte Sie nur, so schnell wie möglich zu kommen!«

In einer Zimmerecke entdecke ich meinen Arztkoffer, den sich Adjudant Salomon ausgeliehen hat, um mich medizinisch zu versorgen.

»Sie kommen«, haucht der Lieutenant und legt auf. »In … in dreißig Minuten. Das ist eine allerdings eher optimistische Einschätzung, sie haben keine Ahnung, was sie auf den Straßen erwartet.«

Nectaire ist wie erstarrt. Savine hat Amandines Hand ergriffen, versucht sie daran zu hindern, sich zu bewegen – genau die falsche Reaktion. Amandine braucht eine Herzmassage und zwar sofort, aber das allein reicht nicht.

»Verdammter Mist!«, flucht Lespinasse. »Ich bin ein Idiot! Jetzt hab ich meinen einzigen Rettungsassistenten nach draußen geschickt, um Trapper zu spielen.«

Louchadière bezieht noch immer Stellung zwischen mir und dem Bett. Wagen sie nicht, mich zu fragen? Würden sie wagen, mich daran zu hindern? Mit einer heftigen Armbewegung stoße ich die Brigadière zur Seite und greife nach meinem Koffer.

»In weniger als einer Minute«, sage ich, »bekommt Amandine keine Luft mehr. In zwei Minuten sind die Folgen für das Baby irreparabel. In drei Minuten sind Mutter und Kind tot.«

Louchadière gerät in Panik, Lespinasse zögert, Nectaire schließt die Augen, und Savine betet.

Amandine ringt nach Atem. Nach jeder Zuckung wird der Atemstillstand länger. Der Herzschlag kam so spät, dass sie alle glaubten, er käme gar nicht mehr.

»Los, machen Sie«, schreit der Lieutenant.

Ich stürze ans Bett.

»Nectaire, Savine, haltet sie.«

Mit ihrem ganzen Gewicht legen sie sich auf ihre Arme, Louchadière und Lespinasse übernehmen ihre Beine. Zu spät für die Herzmassage.

»Eine Spritze mit Naloxon dürfte sie beruhigen«, sage ich energisch. »Danach wird sie langsam wieder normal atmen. In etwa einer Stunde müssen wir ihr, falls der Notarzt inzwischen nicht da ist, eine zweite Spritze verabreichen.«

Alles geht sehr schnell, jeder Handgriff zählt, er muss präzise sein.

Amandine, die nicht mehr als fünfzig Kilo wiegen dürfte, fährt hoch – trotz der Viertel Tonne, die auf ihr lastet.

»Haltet sie! Jetzt!«

Acht Hände legen sich wie Schraubstöcke um Amandine, zwei über jeden Arm, zwei über jedes Bein, für mehrere Sekunden kann sie sich nicht mehr bewegen, lang genug, damit ich ihr die Spritze in die Schulter geben kann.

Ich atme auf.

»Sie können sie loslassen, es geht.«

Noch immer misstrauisch schauen mich alle an.

Haben sie nicht begriffen, dass selbst für den Fall, dass ich Dinge getan haben könnte, an die ich mich nicht erinnere, sie es im Augenblick mit Doktor Libéri und nicht mit Miss Hystery zu tun haben? Ich ertrage ihre misstrauischen Blicke nicht. Ich lege die Spritze aufs Nachtkästchen, sie wird vielleicht noch einmal gebraucht. Ich werfe Lespinasse die leere Naloxon-Schachtel ins Gesicht.

»Wollen Sie den Beipackzettel lesen?«

Nicht nötig. Amandine ist ruhig geworden.

Ich lege meine Hand auf ihren Bauch. Ihr Atem ist wieder normal.

Sie wird es schaffen. Ihr Baby auch.

»Danke.«

Savine ist die Erste, die es sagt, und es auch wiederholt.

»Danke.«

Louchadière hat sich aufs Bett gesetzt, so als wolle sie sich darauf ausstrecken und mich bitten, ihr auch ein Neuroleptikum oder ein Antidepressivum zu spritzen. Nectaire hat nur Savines Hand ergriffen. Lespinasse hat den Blick abgewandt und schaut auf sein Handy.

»Und was treibt Salomon, dieser Idiot, verdammt noch mal?«

Niemand außer Savine wagt es, mir in die Augen zu sehen. Was bin ich für sie alle?

Eine Mörderin oder eine Heldin?

Beides?

Spielt mir das Leben den schlimmsten aller Streiche?

Ich habe soeben einer Mutter und ihrem Kind das Leben gerettet, einem Kind, von dem ich nichts weiß.

Und mein eigenes habe ich nicht retten können!
Esteban, Tom, nennt ihn, wie ihr wollt!
Ich bin Ärztin, ich habe studiert, ich habe Diplome abgelegt, ich habe Hunderte von Patienten geheilt, ich habe Krebserkrankungen, Herzinsuffizienzen, seltene Allergien diagnostiziert, was Dutzenden von Patienten das Leben gerettet hat, ich habe mein Leben geopfert, um das Leben anderer zu verlängern, dreißig Jahre lang habe ich täglich zehn Stunden damit zugebracht, ich habe mir, ohne mich zu beschweren, Krankengeschichten angehört, Depressionen und Müdigkeitszustände mit durchlebt, ohne je zur Ruhe zu kommen …

Und ich war nicht in der Lage, das Leben des einzigen Wesens zu retten, das für mich zählte!

Also vielleicht habt ihr recht, Lespinasse, Louchadière, Nectaire und vielleicht auch Savine, vielleicht existiert diese Miss Hystery irgendwo tief drinnen in mir, vielleicht ist Doktor Libéri verdammt!

Verdammt, das Übel der ganzen Welt zu heilen, aber nicht das des Menschen, der ihr das Wichtigste ist!

Schritte hallen auf der Treppe. Jemand kommt die Stufen hinauf!

Schritte einer Gazelle, eines Rehs, einer Heuschrecke. Man hört sie kaum.

Ist es Salomon, der angesichts des Unwetters über dem Puy de Sancy umgekehrt ist?

Nein, unmöglich, der Riese hat keinen derart grazilen Gang.

Wer dann?

Wer würde es wagen, bei einem so heftigen Schneesturm bis nach La Souille zu kommen?

Fünf neugierige Augenpaare fixieren die Tür des Zimmers. Wir rechnen fast damit, ein Phantom auftauchen zu sehen. Wer sonst könnte diesen Elementen trotzen, um uns zu besuchen.

Und wir täuschen uns nicht!

Vor uns taucht eine dunkle Gestalt auf, gesprenkelt mit Tausenden von Flocken. Als sie die weißen Tupfen abschüttelt, steht eine Hexe, ganz in Schwarz gekleidet, vor uns.

· 59 ·

Gabriel schleicht sich durch die Gänge, die einst von den Höhlenbewohnern in den Tuffstein geschlagen wurden. Sie müssen Zwerge gewesen sein! Er ist gezwungen, den Kopf einzuziehen, muss manchmal sogar tief gebeugt gehen. Einige der Tunnel sind eingestürzt, und er muss die Überreste mit der Hand beiseiteschieben. An anderen Stellen ist Schnee eingedrungen und blockiert den Durchgang. Dann bleibt ihm nichts anderes übrig, als umzukehren.

Nach längerer Betrachtung der Hinweisschilder am Eingang hat er sich so gut wie alles einprägen können. Das Labyrinth ist letzten Endes gar nicht so kompliziert. Fünf Etagen, mehr oder weniger quadratische, mehr oder weniger große Räume, in einer Reihe angelegt. Die am besten ausgestatteten sind mit Säulen versehen, mit Luken und Nischen, die in das Gestein gehauen wurden, andere dagegen sind ganz einfache Zellen ohne jedes Dekor, welche – den leeren Bierflaschen, Plastikverpackungen und Paletten, die als Tische und Stühle gedient haben – wohl von Jugendlichen aus der Umgebung belagert wurden.

Gabriel friert nicht. Sonderbarerweise dringt kaum Wind in diese Tunnel. Besaßen die Höhlenbewohner bereits ökologisches Wissen, wussten sie, wie sie ihre Behausungen je nach Ausrichtung am besten gegen Wind und Regen schützen konnten?

Er muss weiter und dabei stets auf der Hut sein.

Jetzt hat er die oberste Etage erreicht und alle Räume inspiziert, bis auf einen: der sich seinen Plänen zufolge abseits des Höhlendorfes befindet. Wenige Meter nur, die aber muss er ungeschützt bewältigen. Er versucht, sich auf seine Schritte zu konzentrieren, sich nicht die Hände aufzukratzen, nicht mit der Stirn gegen eine Wand zu stoßen. Seit Wochen dürfte sich niemand mehr in diesen Gängen aufgehalten haben. Jede dunkle Biegung birgt eine neue Falle. Das vulkanische Felsgestein ist schärfer als die Klinge des Messers, das er in seinen Gürtel geschoben hat, die Stalaktiten sind wie Schwerter, die über seinem Kopf hängen, bereit, bei jedem falschen Tritt auf ihn herabzufallen.

Gabriel versucht, seinen Zorn zu bändigen – seinen Zorn gegen Kuning, diesen zuckersüßen und aufreißerischen Dreckskerl von Psychiater, gegen Aster, diese alte neugierige Hexe, und natürlich auch gegen Maddi – wenn sie ihn nur mehr lieben würde –, gegen den Schnee, den Wind, die Vulkane, diese ganze Region, in der es nicht genug oder zu viel schneit, gegen die ganze Welt.

Er muss einen klaren Kopf bewahren.

Am Ende des Gangs sieht er Licht.

Dort hört die Galerie auf. Direkt vor ihm. Er bewegt sich bis an den Rand, vor ihm tut sich ein unglaublicher Ausblick auf – weit ergreifender als der von seinem vorherigen Aussichtsposten. Weiße Vulkane so weit das Auge reicht, und Schneeflocken, die den Eindruck erwecken, erst aufzuhören zu fallen, wenn alle Krater gefüllt sind. Im Schneedunst, direkt im Norden, erkennt er die Umrisse der Burg von Murol und den Kirchturm der Église Saint-Ferréol.

Er lässt sich Zeit, sich noch einmal genau zu orientieren. Wenn er sich recht erinnert, müsste sich zu seiner Rechten, etwa zwanzig Meter entfernt, die rote Tuffsteinwand öffnen … auf das Sterbezimmer hin, das dazu diente, die Leichen aufzubewahren. Das haben die Höhlenbewohner außerhalb des Dorfes angelegt. Neben ihrer ökologischen Ader verfügten sie wohl auch über gewisse hygienische Kenntnisse!

Gabriel hat beschlossen, am Rand des Tunnels und der Schneegrenze zu warten. Von seinem Beobachtungsposten aus hat er Blick auf das Sterbezimmer: unmöglich, dieses in den steilen Felsen gehauene Loch zu übersehen. Er erkennt genau die weiß gekalkten Mauern und die Stäbe, die den Eingang versperren. Er muss dem Drang widerstehen, mehr zu sehen, sich weiter vorzuwagen ..., doch die Neugier ist zu stark. Das Sterbezimmer ist nicht weit, er muss sich lediglich ein paar grob in den Fels geschlagene Stufen hinaufwagen – bis zu der steinernen Plattform vor dem Eisengitter. Er ist bereit, hat schon einen Fuß hinausgesetzt, als das Krachen eines Astes ganz in der Nähe ihn zurückhält.

Instinktiv greift Gabriel nach seinem Messer. Er hat überhaupt keine Angst, schließlich ist er vorbereitet, er weiß, dass jemand zurückkommen wird. Er muss sich nur bereithalten, bereit sein, im rechten Moment loszuspringen. Er lauscht wie ein Jagdhund, der seine Beute wittert. Er vernimmt keinen Laut mehr, doch Gabriel spürt, dass er da ist, irgendwo in der Höhle, auch er versteckt.

Er zieht sich ein Stück zurück und drückt sich fester an die Wand aus rotem Vulkangestein. Von seiner Position aus kann er, ohne von unten oder von außen gesehen zu werden, den ganzen Felsen überblicken und vor allem auf seiner Rechten das Gitter des Sterbezimmers. Gabriel hebt langsam den Blick.

Er glaubt wahrgenommen zu haben, dass sich hinter dem Eisengitter etwas bewegt. Und so konzentriert er sich umso mehr. Dank einem Felsvorsprung, der einen Teil der Wand gegen Schneefälle schützt, hat Gabriel völlig freie Sicht auf die Höhle mit den weißen Wänden.

Jetzt endlich erkennt er den Gefangenen des Sterbezimmers. Seine gebeugte Gestalt nähert sich dem Gitter mit dem Vorhängeschloss.

Gabriel beobachtet ihn, prüft jeden Ausdruck seines Gesichts, jede Geste. Er wirkt ängstlich, er hält die Stangen des Gitters fest umklammert, so als könnte er sie ausreißen. Seine Haare sind nass, seine Wangen schwarz, seine Augen rot vom vielen Weinen, er scheint sich kaum aufrecht halten zu können, schwankt, zieht sich wieder hoch.

Aber Tom lebt.

X
DIE GEFANGENSCHAFT

Der Brunnen der Seelen

• 60 •

Asters Stiefeletten hinterlassen kleine Pfützen aus geschmolzenem Schnee, die in den Rillen des Parketts versickern. Ich kann nicht glauben, was ich da sehe, und bin genauso fassungslos wie Lespinasse, Savine und Louchadière. Nur Nectaire scheint nicht überrascht zu sein.

Aster wirft ihre große schwarze Kapuze zurück und schüttelt dann die letzten Eiskristalle aus ihren langen grauen Haaren.

»Donnerkeil«, amüsiert sie sich. »kein Wetter für eine Hexe, um sich draußen herumzutreiben. Die Borsten an meinem Besen sind alle gefroren!«

Ich registriere haargenau die Reaktion eines jeden Einzelnen. Savine, die auf dem Bett sitzt, hört Aster nur mit halbem Ohr zu. Sie konzentriert sich auf Amandines Puls, der wieder regelmäßiger geht. Nectaire beobachtet fasziniert seine Schwester und staunt, dass sie ihn nach über vierzig Jahren des Zusammenlebens noch überraschen kann. Die Brigadière hingegen blickt nach draußen in den Himmel. Lespinasse ist der Erste, der auf Asters unerwartetes Erscheinen reagiert.

»Sind Sie etwa zu Fuß von Besse hierhergelaufen?«

Die Angesprochene öffnet ihren langen Umhang.

»Amandine braucht mich, und ohne prahlen zu wollen, Lieutenant, ein paar Schneeflocken werden mich da nicht aufhalten. Ich bin hier geboren und kenne jeden Weg. Der Schnee ist wie die

Menschen, er sammelt sich immer an den gleichen Stellen. Man muss nur die bevorzugten Ecken meiden.«

Lespinasse scheinen ihre Worte nicht zu überzeugen. Er schätzt die beeindruckende Schneemenge auf den Dächern der Häuser in Froidefond auf über dreißig Zentimeter, und überschlägt in Gedanken, mit wie viel man sie multiplizieren müsste, um die Dichte des Pulverschnees auf den Wegen zu berechnen: mit drei? Mit fünf?

Aster nutzt die Gelegenheit, um ihre schwarze Pelzjacke aufzuknöpfen, die sie unter dem Umhang trägt. Kaninchen, Wiesel oder Stinktier?

»Du warst noch nicht mal geboren, mein Lieber, aber ich kann dir sagen, der Winter 85 war weitaus härter als dieser kleine Februar-Schluckauf. Ich war erst dreizehn Jahre alt, doch das hinderte mich nicht daran, jeden Tag nach Mont-Dore hinaufzugehen, um für meine Mutter einzukaufen, damit sie kochen konnte. Das Ganze dauerte drei Monate, nicht drei Stunden, und dennoch fehlte an keinem Morgen eines der Kinder, wenn der Lehrer bei Schulbeginn die Namen aufrief.«

Aster wirkt aufrichtig. Ich will ihr gerne glauben, dass sie verrückt genug ist, sich zu Fuß auf den Weg nach Froidefond zu machen, wenn Nectaire ihr eine Textnachricht schickt, aber irgendwie traue ich ihr nicht. Als würde sie uns nicht die ganze Wahrheit sagen. Amandine gehe es gut, versichert ihr Lespinasse. Die Sanitäter seien auf dem Weg. Sie ruhe sich aus.

»Und Tom«, fragt sie, »geht es ihm auch gut?«

Unter ihrer zottligen Jacke, schön im Trockenen, trägt Aster ihr kupfernes Unalom und eine ganze Reihe kleiner Glasfläschchen in einem ledernen Patronengürtel, den sie an ihre Brust presst.

»Hör mir gut zu, Lieutenant Lespinasse«, sagt sie mit fester Stimme, »ich kenne Amandine und Tom beide seit ihrer Geburt. Ich habe dieses Mädchen auf meinen Knien gewiegt, genauso wie ich es rund zwanzig Jahre später mit ihrem Sohn gemacht habe, und überhaupt mit den meisten Kindern aus der Gegend. Amandine war vielleicht ein bisschen empfänglicher für meine Geschichten als die anderen, ein bisschen weniger durch das Fernsehen oder in Plastikbeutel verpacktes Gemüse und chemisch hergestellte Medikamente verdorben. Sie ist, im Gegensatz zu dem, was viele glauben, eine ausgeglichene junge Frau.«

Das ging gegen mich! Aster schaut mich bitterböse an und fixiert dann Amandines Bett.

»Nun, wenn ihr also nichts dagegen habt, werde auch ich auf sie aufpassen.«

Sie öffnet ihren Patronengürtel. Jennifer Louchadière beobachtet sie, ohne zu reagieren. Lespinasse kratzt sich den Bart und stößt einen Seufzer aus, während er sich fragt, wie er aus der Nummer wieder herauskommen soll: auf der einen Seite eine Ärztin, die von Reinkarnation spricht, und auf der anderen eine Zeugin, die vorschlägt, das Opfer mit verhexten Zaubertränken zu heilen.

Sobald Aster sich einen Schritt auf das Bett zubewegt, klatscht der Lieutenant in die Hände. Er hat sich offensichtlich dazu entschlossen, seine Autorität unter Beweis zu stellen.

»Gut, jetzt beruhigen wir uns alle erst mal! Ich habe vor zwanzig Minuten den Notruf alarmiert, der Krankenwagen müsste gleich hier sein. In der Zwischenzeit verlassen alle diesen Raum, die beiden Turteltäubchen eingeschlossen!«

Savine und Nectaire begreifen, dass der Lieutenant sie meint. Entschlossen wendet sich der Polizist an Aster.

»Und das gilt natürlich auch für Sie, meine liebe Galipote, hinaus und hinfort auf dem Besen! Und bevor Sie verschwinden, sammeln Sie gefälligst Ihre Reagenzröhrchen wieder ein. Jennifer, du bleibst und bewachst Amandine Fontaine. Du misst ihre Temperatur, fühlst ihren Puls und erstattest mir alle fünf Minuten Bericht. Doktor Libéri, Sie kommen mit mir wieder nach unten ins Wohnzimmer. Vielleicht können Sie sich inzwischen wieder erinnern? Sie nehmen sich einen Stuhl oder legen sich aufs Sofa, ganz wie Sie wollen, aber wir fangen noch einmal ganz von vorne an!«

Die Tirade scheint ihre Wirkung nicht verfehlt zu haben. Selbst Aster widerspricht nicht sofort. Lespinasse hat kaum Zeit, ein zufriedenes Lächeln aufzusetzen, als plötzlich ...

Nectaires Handy klingelt. Der Gemeindesekretär beherrscht inzwischen perfekt die Technik, an sein Handy zu gehen und gleichzeitig den Lautsprecher einzuschalten.

»Hallo?«, fragt eine Stimme, die ich im gleichen Augenblick erkenne. »Sie haben versucht, mich zu erreichen?«

»...«

»Doktor Wayan Balik Kuning vom Zentrum für Psychopathologie der Universitätsklinik Le Havre. Was kann ich für Sie tun?«

Lespinasse reißt Nectaire das Handy aus der Hand, entfernt sich ein paar Schritte, aber nicht so weit, dass wir ihn nicht hören könnten.

»Lieutenant Lespinasse von der Kriminalpolizei in Besse. Aktuell untersuchen wir den Doppelmord an Martin Sainfoin und Jonas Lemoine. Gut, dass Sie anrufen, Herr Doktor, ich habe eine Menge Fragen an Sie, aber zunächst müssen Sie mir zuhören.«

Ohne jede Rücksichtnahme, ohne die Tür hinter sich zu schließen oder sich in einen anderen Raum zurückzuziehen, schildert der Lieutenant die Situation mit lauter Stimme.

»Wie ... wie kann ich Ihnen helfen?«, gelingt es Wayan schließlich einzuwerfen.

Der Lieutenant geht nicht darauf ein, sondern setzt seinen Bericht fort, erwähnt meine Obsessionen und meine Theorien zur Reinkarnation. Ich bin mir sicher, dass er absichtlich so laut spricht, damit ich es hören, damit alle es hören können.

Am anderen Ende der Leitung hört Wayan ihm zu, begleitet jedes Satzende mit seinen üblichen *hm hm*.

Wie oft habe ich seine *hm*s gehört?

Wo ist Wayan? Gestern Abend habe ich mehrmals versucht, ihn zu erreichen, Nectaire offenbar auch. Wayan wiederum hat heute Morgen probiert, mich zurückzurufen. Ist er in seiner Praxis in Le Havre? Warum sollte ich daran zweifeln? Oder irgendwo am Meer, in Sainte-Adresse, Etretat oder Antifer? Er geht gerne am Strand spazieren. Nein, im Hintergrund ist ein Lied zu hören, als ob Wayan das Radio eingeschaltet hätte. Ist er mit dem Auto unterwegs? Oder bei einer seiner Geliebten?

»Um es kurz zu machen, Herr Doktor«, beendet Lespinasse schließlich seinen Vortrag, »glaube ich, dass Sie gleich den Sinn meiner Frage verstehen werden. Sie waren über zehn Jahre der Therapeut von Maddi Libéri. Daher möchte ich von Ihnen Folgendes wissen: Ist sie ... geistig gesund?«

Ich danke Wayan im Stillen, dass er nicht sofort antwortet. Plötzlich ertönt aus dem Handy eine Werbeeinspielung. Wayan räuspert sich kurz. Seine dunkle, ruhige Stimme klingt beinahe feierlich.

»Da Sie mich darum bitten, präzise zu sein, werde ich mich so klar wie möglich ausdrücken, Lieutenant. Maddi Libéri ist geistig vollkommen gesund!«

Zwischen den Streifen der Verbandspflaster, die meinen Kopf umschließen, explodieren Tausende von Blasen der Erleichterung.

Danke, Wayan!

»Sie hat einen schmerzlichen Verlust erlitten«, erklärt mein Lieblingspsychiater. »Ich habe sie jahrelang begleitet. Und ich kann Ihnen versichern, dass meine Patientin in keiner Weise an irgendeiner Form von Schizophrenie, Paranoia oder Bipolarität leidet.«

Danke, Wayan!

»Wenn Ihnen ihr Verhalten seltsam vorgekommen sein mag, ist das einzig und allein auf die Ereignisse zurückzuführen, und bei allem Respekt, Lieutenant, aber es ist Ihre Aufgabe, diese aufzuklären, so unglaublich und unerklärlich sie auch sein mögen. Aber Ihre Ermittlungen damit abzuschließen, dass Sie alle Unklarheiten und Ungereimtheiten der Wahnvorstellung meiner Patientin anlasten, wäre nicht nur eine schwere berufliche Verfehlung, sondern hätte auch zur Folge, dass der wahre Schuldige auf freiem Fuß bliebe.«

Danke, Wayan!

Lespinasse muss sichtlich schlucken. Das saß! Ich bedaure, dass Wayan so weit weg ist. Jetzt mache ich mir Vorwürfe, ihn nicht früher zurückgerufen zu haben, nicht auf seine großzügigen Angebote eingegangen zu sein, *Niemand hält mich hier zurück. Ein einziges Wort von Ihnen, und ich komme!*, dass ich ihn im Grunde immer herablassend behandelt habe, wie einen schüchternen Liebhaber, der etwas zu anhänglich ist.

Wayan ist ein guter Kerl, auf seinem Gebiet eine Koryphäe und sogar, einen Abend lang – einen einzigen Abend der verwirrten Gefühle lang – ein, wie sich herausstellte, exzellenter Liebhaber.

Es herrscht ein langer Moment des Schweigens, man hört nur noch Wayans Radio, das im Hintergrund rauscht. Ein lauter Jingle beendet die Werbepause.

Wir begleiten Sie auf Ihrer Fahrt!, verkündet eine Frauenstimme. *Fahren Sie bitte vorsichtig, die Verkehrsbedingungen in der gesamten Region sind katastrophal. France Bleu aus der Auvergne, bleiben Sie dran.*

· 61 ·

Tom hat sich in den hintersten Winkel der Grotte, am weitesten vom Eisengitter entfernt, verkrochen. Hier ist es noch dunkler, aber auch weniger kalt. Er kann nicht sagen, wie lange er schon hier ist. Ein paar Stunden bestimmt. Er hat seine Uhr in seinem Zimmer auf dem Nachttisch vergessen, als er sich in der Nacht mit Esteban getroffen hat.

Auch hier, in seinem weißen Gefängnis, hat er einen Nachttisch. Und ein Bett, auf dem drei dicke Decken liegen. Wenn er darunter schlüpft, ist ihm überhaupt nicht mehr kalt. Versucht er trotz seiner Müdigkeit aufzustehen, hüllt ihn die Wärme des Kamins ein, der sich über eine ganze Ecke des Raums erstreckt. Und es gibt genügend Holzscheite, um das Feuer bis zum Sommer am Laufen zu halten. Am Fußende des Bettes liegt sogar ein Stapel Bücher: *Zwanzigtausend Meilen unter dem Meer*, *Robinson Crusoe*, *Die Schatzinsel*. Er hat noch keins davon aufgeschlagen. Er ist viel zu erschöpft. Dafür hat er die Kekse, das Obst und die Tafel Schokolade, die daneben lagen, schon verdrückt.

Tom hebt den Kopf. Diesmal ist er sich sicher, ein Geräusch gehört zu haben! Das letzte Mal war es ein Fuchs. Um ihn zu erspähen, hat er eine Ewigkeit regungslos hinter dem Eisengitter zugebracht. Ein schöner Silberfuchs, wie aus einem Märchen. Ist er das wieder?

Tom geht erneut auf das Gitter zu, ganz leise, auch wenn es ihm schwerfällt, seine Füße zu heben. Er bleibt lange dort stehen und starrt auf die weiße Landschaft vor ihm. Er hat das Gefühl, dass der Schneesturm allmählich nachlässt und ein zaghafter Lichtschein den Bergfried von Murol erhellt. Oberhalb der abgelegenen Weiler entdeckt er weitere Lichthöfe. Auch wenn seine Augen brennen, reißt er sie so weit wie möglich auf, damit ihm ja kein Detail entgeht, selbst wenn er Mühe hat, sich auf den Beinen zu halten und noch immer am liebsten losheulen würde ...

»He, psst ... Tom.«

Tom richtet sich abrupt auf, seine Hände umklammern das eisige Gitter. Hat er das geträumt? Hat ihn gerade jemand gerufen? Das kann unmöglich der Fuchs gewesen sein! Ein Fuchs, auch wenn er silbern und direkt einem Märchen entsprungen scheint, spricht nicht ...

»Tom, ich bin hier, reich mir deine Hand.«

Tom sieht nach rechts. Sofort huscht ein breites Lächeln über sein Gesicht.

»Esteban!«

»Du sollst endlich meine Hand nehmen, hörst du, bevor ich noch abrutsche!«

Tom schiebt seine Hand zwischen dem schmalen Gitter hindurch und greift nach dem Handschuh, den Esteban ihm entgegenstreckt. Der Junge balanciert vorsichtig über den schmalen Felsvorsprung oben auf dem Steilhang und erreicht schließlich die kleine Plattform vor Toms Gefängnis.

Die beiden stehen sich gegenüber, sind nur durch das Gitter voneinander getrennt.

»Du bist also zurückgekommen? Diesmal hast du mich nicht im Stich gelassen?«

»Nein! Offensichtlich nicht. Was hast du denn gedacht?«

»Du ... du existierst wirklich?«

»Hast du nicht meine Hand gespürt, als du nach ihr gegriffen hast?«

»Doch ... Aber das kann ich mir ja auch eingebildet haben!«

Esteban tut so, als würde er beleidigt seufzen. »Ich bin drei Kilometer durch den Schnee gestapft! Ich bin völlig durchnässt, total platt und durchgefroren. Der Verrückte, der dich da eingesperrt hat, muss hier noch irgendwo rumlaufen. Und das ist deine Art, mich zu begrüßen?«

Tom zögert. Er wirkt verloren. Er schiebt seine Hand wieder durch die Lücke und fährt durch Estebans gefrorene Haare, über seine feuchte Nase, seine aufgesprungenen Lippen. Esteban sieht ihm so ähnlich, es ist, als würde er in den Spiegel schauen ..., aber man kann einen Spiegel nicht durchqueren, man kann sich nicht durch sein Spiegelbild hindurch berühren.

»Wenn ich nur deinem Gehirn entsprungen wäre«, beharrt Esteban, »hättest du dir nicht die Mühe machen müssen, mich mit Mütze und Handschuhen zu sehen. Du hättest mich direkt in Badehosen erscheinen lassen können.«

»Idiot!«

Tom stellt sich Esteban dennoch in derselben Aufmachung wie bei ihrer ersten Begegnung im Schwimmbad vor – mit indigoblauen Badeshorts. Er konzentriert sich, zieht die Augenbrauen zusammen, runzelt die Stirn. Wenn es ihm gelingt, den Jungen vor ihm nur durch die Kraft seiner Gedanken auszuziehen, dann existiert er bloß ausgedacht in seiner Phantasie!

»Das wirst du doch nicht tun?«, amüsiert sich Esteban. »Du versuchst wirklich, mich bei diesem Wetter komplett nackig zu machen!«

»Du nervst! Ich weiß einfach nicht, ob du echt bist oder nicht. Wenn du wirklich existierst, dann beweis es mir!«

Esteban wird plötzlich wieder ernst.

»Wie denn?«

»Das kannst du dir doch denken. Indem du mich hier rausholst!«

Tom beginnt mit dem letzten bisschen Energie, das er noch hat, an der Tür zu rütteln. Auf der anderen Seite folgt Esteban seinem Beispiel. Doch so sehr sie ihre Kräfte auch bündeln, sich festklammern, rütteln, den Griff ändern, wieder von vorne anfangen, das Gitter bewegt sich nicht einen Zentimeter.

»Ich bin eine Niete«, seufzt Tom. »Ich hätte mir ein kräftigeres Phantom vorstellen sollen, jemanden wie Hulk oder Ironman.«

Esteban kichert.

»Darf ich dich daran erinnern, dass ich dein Ebenbild bin! Wenn du statt Schwimmen oder Radfahren Boxen trainieren würdest, wäre ich vielleicht kräftiger.«

Tom steckt wieder beide Arme durch das Gitter.

»Ich könnte damit anfangen, dich zu boxen!«

Esteban weicht vorsichtig bis an den Rand der Plattform zurück, wobei er sich gefährlich dem Abgrund nähert, der vier Stockwerke hinabführt. Er nimmt den Rucksack vom Rücken. Während er ihn aufmacht, wirft er Tom ein breites Lächeln zu.

»Schau mal, ich habe eine Überraschung für dich.«

· 62 ·

Die Stimme aus dem Radio geht mir nicht mehr aus dem Kopf, wie der Jingle einer Werbung, die laufend wiederholt wird.

Wir begleiten Sie auf Ihrer Fahrt. France Bleu aus der Auvergne, bleiben Sie dran.

Wayan ist also nicht in der Normandie!

Wayan ist mir bis hierher gefolgt!

Hat er deshalb nicht auf meine Anrufe reagiert?

Ist er hierhergekommen, weil ich ihn nicht zurückgerufen habe? Wo ist er jetzt? Steckt er irgendwo auf der Autobahn A71 mit Tausenden von anderen Gestrandeten fest? Warum hat er Lieutenant Lespinasse nichts gesagt?

Ich bin nicht die Einzige, die sich diese Fragen stellt. Savine und Nectaire sehen einander nur vielsagend an, aber Lespinasse reagiert sofort. Er entfernt sich mit dem Handy, und mir wird klar, dass der Rest des Gesprächs zwischen Wayan und ihm privat sein wird. Er bedeckt mit der Hand das Mikrofon des Telefons und befiehlt Jennifer Louchadière, auf uns alle ein Auge zu haben. Ich sehe, wie er über den Gang läuft und dann die Tür zu Toms Zimmer hinter sich schließt.

• • •

Die Brigadière Jennifer Louchadière, stolz über die ihr vom Lieutenant übertragene Aufgabe, beobachtet uns alle mit misstrauischem Blick. Sie setzt sich nicht, sondern stapft durch Amandines Zimmer, als befürchte sie, Nectaire und Savine, die brav am Fußende des Bettes sitzen, könnten jeden Moment aufstehen, ich aus meiner Zimmerecke türmen oder Aster, die ihre Glasfläschchen auf dem kleinen Tisch im Schlafzimmer sortiert, sich mit einem Mal umdrehen…

Plötzlich erstarrt Louchadière wie ein Jagdhund mitten in der Bewegung: Aster hat sich tatsächlich gerade umgedreht!

Sie hat einen der Glasbehälter ausgewählt und geht damit auf Amandines Bett zu. Sofort baut sich die Brigadière wie ein Bollwerk vor ihr auf.

»Komm ihr bloß nicht zu nahe!«

Aster breitet die Arme aus, das Glasfläschchen fest in der Hand.

»Jennifer, du kennst mich von klein auf… Bitte lass mich durch!«

Jennifer zittert, gibt aber den Weg nicht frei.

»Tut mir leid, Aster, du gehörst zum Kreis der Verdächtigen, und du weißt sehr wohl, warum. Du hast uns erst zwanzig Minuten, nachdem du Jonas Lemoines Leiche gefunden hast, benachrichtigt. Das wissen wir, weil wir dein Handy haben orten lassen. Und du hast dich bisher geweigert, dich dazu zu äußern. Ganz zu schweigen von dem Messer, mit dem Jonas erstochen wurde, und das aus deinem Geschäft stammt.«

Das Fläschchen in der Faust macht Aster einen weiteren Schritt nach vorn. Ich beobachte das Geschehen, auch Savine und Nectaire rühren sich nicht vom Fleck.

»Man hat mir das Messer gestohlen, Jennifer, ich habe es euch gesagt. Man hat mir sogar zwei gestohlen, wenn du es genau wissen willst.«

»Das …«, stammelt die Brigadière, »das ändert nichts an deinem Alibi. Warum hast du uns nicht sofort verständigt, als du Jonas' Leiche gefunden hast?«

»Vielleicht hoffte ich, ihn wiederbeleben zu können? Du hältst mich immer noch für eine Hexe, Jennifer, nicht wahr? Weißt du noch, wie sehr du meine Geschichten geliebt hast, die ich euch in der Schule erzählt habe? Du warst diejenige, deren Augen am meisten funkelten. Vielleicht bist du sogar deswegen Polizistin geworden?«

Ich beobachte gebannt die Szene, wer wird gewinnen? Ich tippe auf Nectaires Schwester, obwohl ich nicht die geringste Ahnung habe, was Aster bezweckt.

»Vielleicht, Aster, vielleicht auch nicht, aber das ändert nichts ...«

»Doch, das ändert alles.«

Aster öffnet endlich ihre Faust. Das Fläschchen in ihrer Hand enthält eine hellrote Flüssigkeit. Ein paar Tropfen Blut, die mit Wasser verdünnt wurden? Louchadières Blick wirkt verunsichert.

»Erinnere dich, Jennifer. Manche behaupten, dass dieses Wasser direkt aus dem Zentrum der Erde stammt, andere nennen es *Tränen der Unterwelt*. Diese Geschichte habe ich euch oft erzählt. Die Quelle von Froidefond, vom sogenannten *Brunnen der Seelen*.«

Die Brigadière scheint überfordert. Panik blitzt in ihren Augen auf. Sie weicht einen Schritt zurück, legt die Hand auf das Holster ihrer SIG Pro, überlegt kurz, ob sie nach ihrem Vorgesetzten rufen soll.

»Bleib ... wo du bist.«

»Ich werde dir gestehen, Jennifer, was ich in diesen zwanzig Minuten gemacht habe, weil dich das so sehr beschäftigt. Ich bin losgegangen, um dieses Fläschchen am Brunnen der Seelen zu füllen. Jetzt sag mir nicht, dass du die machtvolle Kraft dieses Wassers vergessen hast?«

»N ... Nein.«

»Als ich zu Jonas zurückkam, war nur noch ein winziger Hauch Leben in ihm. Ich ließ ihn aus diesem Fläschchen trinken, ein paar Tropfen von diesem Wasser, von dem Wasser, das ich gerade in meiner Hand halte und das seine Seele enthält!«

Louchadière wirkt von Asters ruhiger Gelassenheit wie hypnotisiert. Ihr Blick wird magisch vom kupfernen Unalom angezogen. Sie weicht noch weiter zurück, während sie den Kolben ihrer Pistole fest umklammert hält und dabei Aster anstarrt.

»Verstehst du, Jennifer? Amandine muss ein paar Tropfen von demselben Wasser aus demselben Fläschchen trinken. Und dann wird die Seele des Vaters hinüber zu dem Kind wandern, das sie unter ihrem Herzen trägt. Ist dir klar, dass ich keine Wahl hatte? Es ist sehr selten, dass alle Bedingungen so erfüllt sind, dass der Vater stirbt, bevor das Kind geboren wird. Verstehst du, dass wir das tun müssen? Für Amandine? Für Jonas? Für ihr zukünftiges Kind? Damit Jonas' Seele in der Unterwelt nicht in die Irre geleitet wird, und die Seele dieses Kindes in Amandines Bauch nicht einem Fremden zufällt. Damit sie in einem einzigen Körper vereint werden. Das rechtfertigt doch einen kleinen Umweg, oder? Hin und zurück in zwanzig Minuten, damit Jonas, einige Monate nach seinem Tod, hier in La Souille, wieder zum Leben erweckt wird.«

Aster ist sich sicher, dass sie gewonnen hat! Diese Geschichte vom Brunnen der Seelen klingt nach einem Märchen, das man Kindern erzählt, aber ist es an mir, all das in Frage zu stellen?

»Geh beiseite, Jennifer«, befiehlt Aster. »Lass es mich tun.«

Aster gibt der Brigadière einen Stoß und führt entschlossen und präzise ein paar Bewegungen aus. Sie beugt sich zu Amandine hinunter, schiebt ihre Hand unter den Nacken der jungen Frau, um sie leicht aufzurichten, öffnet mit der anderen Hand das Fläschchen und führt es über ihren halb geöffneten Mund.

Ich sehe, wie Jennifer Louchadière sich blitzschnell fängt, ihre SIG Pro zückt und sie auf den Rücken der Hexe richtet.

»Hör sofort auf damit, Aster! Hör auf mit dem Quatsch. Oder ich schieße!«

· 63 ·

Tom reißt die Augen auf.
Eine Überraschung für mich?
In prekärem Gleichgewicht zwischen Plattform und Abgrund kramt Esteban, scheinbar ohne das geringste Schwindelgefühl zu verspüren, weiter in seinem Rucksack. Tom dagegen sieht, wie die Landschaft vor seinen Augen hin und herschwankt. Seine Sicht verschwimmt, sobald er versucht, einen Punkt in der Ferne zu fixieren, den Glockenturm, den Bergfried der Burg, einen verschneiten Gipfel. Wenn er sich nicht an den Gitterstäben festhalten würde, würde er zusammenbrechen. Seine Füße tragen ihn kaum noch.

Am liebsten würde er weinen. Er ist so dumm! Wann wird er sich endlich eingestehen, dass der Junge, der gebeugt vor ihm steht, nur ein Phantom ist? Hätte ein wahrhaft lebendiger Junge jemals solche Risiken auf sich genommen? Wäre er den Felsen emporgeklettert, um bis hierher zu kommen? Hätte er der Kälte und dem Schnee getrotzt? Nur ein wahrer Freund würde so etwas tun! Tom hat keine Freunde. Außer denen, die nur in seinem Kopf existieren.

Doch ... er hat Estebans Wärme gespürt, als er ihn beim Handschuh packte und nach oben zog. Wenn er sich das alles nur ausdenkt, dann wüsste er auch, wonach Esteban in seinem Rucksack sucht und was er hervorziehen wird. Ein imaginärer Freund kann einem nicht sagen: *Ich habe eine Überraschung für dich!* Ein imaginärer Freund kommt nicht vorbei, um dich an deinem Geburtstag aufzuwecken, er bringt dir auch kein Geschenk mit, er rettet dich nicht ... Ein imaginärer Freund hilft dir nur, deinen Kummer zu akzeptieren, wenn du ganz allein bist und weinst. Er hilft dir nur, deine Albträume hinzunehmen, wenn das Aufwachen nicht mehr ausreicht, sie zu vertreiben. Ein imaginärer Freund hilft dir nur, den Tod zu akzeptieren, wenn du dir nichts anderes mehr erhoffen kannst.

Tom spürt, wie ihn die Müdigkeit übermannt, aber er findet noch die Kraft für einen Scherz.

»Hast du einen Schlüssel, Steb? Sag mir einfach, dass du mich hier rausholst!«

Esteban durchwühlt noch immer den Rucksack, als ob das, wonach er darin sucht, ebenso zerbrechlich wie wertvoll wäre.

»Nein ..., tut mir leid. Übrigens, weißt du, wie der Raum heißt, in dem du gefangen bist?«

Tom betrachtet die gekalkten Wände um sich herum.

»Das weiße Zimmer?«, schlägt er halbherzig vor.

»Voll daneben! Es heißt das *Sterbezimmer*. Hier wurden die Leichen aufbewahrt, als die Menschen noch Höhlenbewohner waren.«

Tom traut seinen Ohren nicht. Wie kann er sich einen so sadistischen Freund ausgedacht haben?

»Bist du nicht hergekommen, um mir zu helfen?«

»Das werde ich auch ... Schau mal, was ich gefunden habe!«

Tom traut seinen Augen nicht, Esteban hält in seinen Händen ein Fläschchen mit rötlichem Wasser.

»Erinnerst du dich?«, fragt er. »Du hast mir davon erzählt, an dem Brunnen. Es stammt aus dem Brunnen der Seelen. Du musst nur ein oder zwei Schluck davon nehmen, und wenn etwas schiefgeht, verspreche ich dir, dass ich deiner Mutter den ganzen Rest zu trinken geben werde.«

Tom starrt erschrocken auf die hellrote Flüssigkeit in dem Glasbehälter.

Wenn etwas schiefgeht? Das hat sein Freund doch gerade gesagt, oder? Heißt das, dass auch er umgebracht werden soll? Wie gestern Papa, wie Martin vor ihm.

»Komm schon«, drängt Esteban, »das ist gar nicht so schlimm. Du wirst dich sofort in das Baby reinkarnieren, sobald deine Maman entbunden hat. Du wirst nur vier oder fünf Monate lang ruhig sein. Okay, du wirst wieder Windeln tragen, auf allen Vieren krabbeln, dich abrackern müssen, ehe du wieder auf ein Rad ohne Stützräder steigen kannst, kurz gesagt, du musst alles neu lernen, aber das hat auch viele Vorteile.«

Tom ist sich nicht sicher, ob sein Freund es ernst meint oder sich über ihn lustig macht.

»Denk nach, Tommy, du wirst vergessen haben, dass es den Weihnachtsmann gar nicht gibt, dass du Angst vor Bienen hast, möglicherweise wirst du sogar ... ein Mädchen!«

In einem Anfall von Hysterie rüttelt Tom mit allerletzter Kraft an den Gitterstäben. Er fühlt sich schon jetzt wie ein in seinem Laufstall eingesperrtes Kleinkind.

»Du bist nicht lustig, Esteban. Hol mich hier raus!«

»Okay, ich verspreche dir, dass ich es versuchen werde.«

Er bleibt stehen, als hätte er wieder einmal ein Geräusch, ganz in der Nähe, gehört ... Als ob jemand, der sich irgendwo hier versteckt hält, sie ausspioniert.

»Aber zuerst«, befiehlt Esteban, während er das Fläschchen durch die Stäbe schiebt, »trink schnell, man weiß ja nie!«

· 64 ·

Zurück, Aster! Zwing mich nicht zu schießen.«

Die Brigadière Jennifer Louchadière hält noch immer ihre Pistole auf die Hexe gerichtet, die Hände fest um den Kolben geklammert, den Zeigefinger verkrampft um den Abzug gekrümmt. Nectaire und Savine haben sich erhoben und stehen rechts und links von Aster, aber diese weigert sich stur, zurückzutreten.

»Bitte, Astie«, fleht ihr Bruder.

»Stell das Fläschchen weg«, sagt Savine bestimmt.

»Ich werde nicht zulassen, dass du ihr diesen Mist zu trinken gibst!«, droht die Brigadière.

Mir fällt auf, dass mich alle vergessen haben. Ich könnte einfach hinausspazieren, ohne dass es jemand bemerken würde. Aster hält noch immer das Fläschchen mit dem rötlichen Wasser in der Hand, nur wenige Zentimeter von Amandines bleichen Lippen entfernt. Sie dreht sich um und starrt die Polizistin an, ohne zu wagen, den Flaschenhals weiter zu neigen, aber sie weigert sich beharrlich, den Glasbehälter abzustellen.

»Jennifer«, fleht sie, »es gibt Dinge, die uns unbegreiflich sind.«

Ich habe plötzlich das Gefühl, dass sich gerade ein Fenster geöffnet hat. *Es gibt Dinge, die uns unbegreiflich sind.* Ist es das, was Aster gesagt hat?

Es ist, als würde ein Eisblock auf meine Brust hinabstürzen.

Ich habe diesen Satz schon einmal gehört! Gestern Morgen, von Tom!

Der Luftzug scheint den jahrealten Staub hinwegzufegen, um die Wahrheit ans Licht zu bringen: Tom und Esteban wurden manipuliert, jemand hat ihnen all diese Geschichten eingeredet, diese Geschichten von der Seelenwanderung, von einer im Meer versunkenen Welt, von dem Wasser aus der Unterwelt, von der Auferstehung und Reinkarnation.

Wenn ich darüber nachdenke, lag es eigentlich die ganze Zeit auf der Hand.

Das Gehirn eines Kindes ist formbar. *Wer, außer Aster, hätte solche Dinge erfinden können?*

Jennifer Louchadière hat noch immer ihre Waffe auf Nectaires Schwester gerichtet. Hat die Brigadière es auch begriffen?

Nicht ich, Maddi, bin hier die Verrückte, sondern Aster!

»Was zum Teufel ist denn hier los?«, ertönt eine donnernde Stimme hinter uns.

Das Handy am Ohr erscheint Lespinasse. Sofort senkt Jennifer ihre Waffe um ein paar Zentimeter, und Aster weicht zurück.

Der Lieutenant baut sich direkt vor mir auf. Spricht er am Handy noch immer mit Wayan? Was könnte er ihm erzählt haben? Ich vertraue Wayan voll und ganz. Zumindest hatte ich absolutes Vertrauen zu ihm, bis ich erfuhr, dass er sich irgendwo in der Auvergne versteckt.

»Ihr Seelenklempner hat einfach aufgelegt!«, erbost sich der Polizist. »Oder die Verbindung ist unterbrochen worden. Ich habe ihn zurückgerufen, aber er hebt nicht ab!«

Er lässt den Arm erschöpft sinken, als würde das Handy eine Tonne wiegen.

»Dafür«, fährt Lespinasse fort, »hat mich soeben Adjudant Salomon angerufen. Er ist bei Ihnen, im Moulin de Chaudefour. Tut mir leid, er musste eine Scheibe einschlagen, um hineinzukommen.«

Ich zucke zusammen. Warum musste dieser Grobian ein Fenster einschlagen? Er hätte nur an der Tür klingeln müssen, Gabriel hätte ihm aufgemacht.

»Er hat alle Zimmer durchsucht«, berichtet der Lieutenant weiter. »Das hat ihn viel Zeit gekostet, glauben Sie mir. Salomon ist gründlich. Aber keine Spur von Gabriel!«

Ich habe das Gefühl, als würde die Decke über mir anfangen sich zu drehen, Gabriel muss im Moulin de Chaudefour sein! Gabriel kann bei diesem Wetter nicht rausgegangen sein! Gabriel kann Stunden, ja Tage vor seinem Computer verbringen. Gabriel hätte mir Bescheid gesagt, wenn etwas Schlimmes passiert wäre, wenn er das Haus hätte verlassen müssen. Ich vertraue Gabriel ... voll und ganz.

»Doktor Libéri«, beharrt Lespinasse, »wo ist Gabriel?«

Im Zimmer ist jedes Geräusch verstummt, kaum noch Luft zum Atmen da. Meine Gedanken verlieren sich im dichten Bart von Lespinasse, in seinen buschigen Augenbrauen, seinem überschatteten Blick.

Muss ich es ihnen sagen? Soll ich mein Geheimnis preisgeben? Habe ich eine Wahl?

»Es ist wichtig, Madame Libéri. Haben Sie eine Ahnung, wohin Gabriel gegangen sein könnte?«

Wird dieser Wahnsinn jemals aufhören? Werden sich die Todesfälle weiter häufen? Wie viele Verbrechen wollen Sie mir noch zur Last legen?

»Madame Libéri, hören Sie mich? Haben Sie eine Spur, eine Idee, wo er stecken könnte?«

Ich flüstere vor mich hin. Vielleicht ist ein Leben noch zu retten?

»J ... Ja!«

· 65 ·

Trink nicht alles aus!«

Tom hat die Hälfte der Flasche geleert und übergibt sie dann an Esteban.

»Ich hab's kapiert, ich bin ja schließlich nicht blöd!«

Er reicht dem Jungen das halbvolle Fläschchen. Es bleibt für Maman noch genauso viel wie er getrunken hat! Das rötliche Wasser hat gar nicht so schlecht geschmeckt, ein wenig nach Eisen, und es hat leicht unter der Zunge geprickelt, so wie bei einer schlecht zugeschraubten Flasche Cola.

»Siehst du«, sagt Esteban, »so viel war es gar nicht, was du trinken musstest! Nun kann dir nichts mehr passieren.«

Tom wischt sich mit dem Ärmel seiner Jacke den Mund ab. Das rote Wasser hat ein wenig seine Müdigkeit vertrieben. Er schaut durch das Gitter in den weißen Himmel. Die Berge und Wälder erinnern noch immer an eine Märchenlandschaft mit hungrigen Menschenfressern und Wölfen.

»Danke, Steb! Aber ich würde mir die ganze Baby-Sache gerne schenken.«

Esteban bricht in Gelächter aus und zum ersten Mal, seit er in dem Sterbezimmer eingesperrt ist, lacht auch Tom.

»Wenn das passiert, bleiben wir trotzdem Freunde, das verspreche ich dir! Nur, dass wir dann zehn Jahre auseinander sind! Du wirst ein fünfjähriges Kind sein, wenn ich fünfzehn bin. Da brauchst du dich nicht zu wundern, wenn alle Mädchen nur hinter mir her sind!«

»Ha ha ha ...«

Plötzlich verstummen sie.

Da war wieder ein Geräusch, links, am Eingang zu den Gewölbegängen. Nähert sich etwa jemand? Tom spürt, wie ihn ein eisiger Hauch erfasst. Wenn er mit Esteban spricht, vergisst er alles andere, die Kälte, die Angst, aber sobald sie durch etwas gestört werden, zittert er wieder.

Rasch wendet er den Kopf zum Gitter. Er ist der festen Überzeugung, sein imaginärer Freund könnte sich genauso schnell in Luft auflösen, wie er gekommen ist, sobald er selbst sich ablenken lässt.

Aber nein, er hat sich umsonst Sorgen gemacht! Esteban ist da und damit beschäftigt, die Flasche mit dem rötlichen Wasser vorsichtig in seinem Rucksack zu verstauen. Vermutlich, denkt Tom, war es doch nur der Silberfuchs. Es sei denn, er hat sich auch dieses Fabelwesen nur eingebildet.

»Steb! Steb!«

Tom rüttelt wieder an den Gitterstäben. Halbherzig. Er hat x-mal versucht, das schwere Vorhängeschloss aufzubekommen.

»Steb, jetzt, wo ich unsterblich bin, beeil dich. Du hast versprochen, mich hier rauszuholen, vergiss das nicht.«

Esteban legt seinen Rucksack an.

»Ich habe versprochen, es zu versuchen ...«

»Also, worauf wartest du dann noch? Versuch es einfach ...«

Ein erneutes Knacken, diesmal deutlicher zu hören als zuvor, überrascht sie. Es ist unmöglich zu sagen, woher es kommt, denn es wiederholt sich unzählige Male als Echo in den Höhlen der Felswand. Nur eines ist sicher, der- oder diejenige, der dieses Geräusch verursacht hat, muss ganz in der Nähe sein.

Esteban ist sofort aufgesprungen.

»Ich muss gehen, Tom. Ich darf nicht erwischt werden, sonst war alles umsonst.«

Esteban beginnt bereits seinen vorsichtigen Abstieg zwischen rutschigen Steinen und den Schneestufen, die er sich auf dem Hinweg zurechtgehauen hat.

»Nein, lass mich nicht allein.«

Tom hat nicht laut gesprochen. Ein Gebet darf man nicht schreien. Esteban wirft ihm einen letzten Blick zu.

»Mach dir keine Sorgen. Ich werde mich verstecken, aber ganz in der Nähe bleiben. Das ist die einzige Lösung, um dich da rauszuholen. Wenn der, der dich dort eingesperrt hat, zurückkommt, werde ich mich auf ihn stürzen! Keine Sorge, ich bin bewaffnet!«

»Nein!«, fleht Tom ihn erneut an.

Tränen kullern aus seinen Augenwinkeln. Er will nicht, dass Esteban aus seinem Blickfeld verschwindet. Er weiß, wenn er ihn nicht mehr sieht, wird er sich in der nächsten Sekunde einreden, dass dieser Junge nur eine Halluzination war.

»Esteban, sieh mich an, schwöre mir, dass du kein Phantom bist!«

Der Junge hebt lächelnd die Hand.

»Ich schwöre es dir!«

»Warte, warte, in der Nacht, als du an der Brücke von Froidefond verschwunden bist, erinnere dich, da hast du mir gesagt, dass Esteban nicht dein echter Vorname ist.«

Der Junge beobachtet besorgt den Eingang zu den Gewölbegängen, sowie die anderen Öffnungen in der Felswand um ihn herum.

»Das ist jetzt nicht der richtige Zeitpunkt, Tom.«

Tom presst sein Gesicht gegen das Eisengitter. Tränen laufen die rostigen Stäbe hinab.

»Doch! Jetzt ist der richtige Zeitpunkt! Wenn du nicht zurückkommst. Wenn ich sterben muss, wenn ich wieder zum Baby werden muss, ist es zu spät. Bitte … Es dauert doch nicht lang. Wie heißt du?«

· 66 ·

Lieutenant Lespinasse unterbricht sofort sein Gespräch mit Salomon, steckt das Handy in seine Tasche und packt mich am Kragen.
»Schnell. Jede Sekunde zählt, Madame Libéri. Wo ist er? Wo ist Gabriel?«
Alle Blicke im Zimmer sind auf mich gerichtet.
Savine wirkt ratlos, als hätte ich das zerbrechliche Vertrauen, das sie zu mir aufgebaut hat, zerstört.
Aster hat mit Nectaires Unterstützung, der sie geduldig, aber unnachgiebig in seinen Armen hält, letztlich eingewilligt, sich vom Bett zu entfernen. Und Jennifer Louchadières Pistole zielt nur noch auf den Staub, der auf dem Holzboden liegt.
Lespinasses Griff wird fester. Er hat nichts mehr mit dem gutmütigen Mönch gemein, der er noch zu Beginn der Ermittlungen war. Ich antworte mit erstickter Stimme.
»Ich ... ich weiß nicht genau, wo er ist ..., aber ... Aber ich kann ihn lokalisieren.«
»Wie bitte?«
Er hebt mich jetzt fast hoch, drückt mir dabei die Luft zum Atmen ab. Ich ahne, dass er sich zurückhalten muss, mich nicht zu schlagen. *Lass mich reden, verdammt noch mal! Was glaubst du, Lespinasse? Ich habe genauso viel Angst wie du vor dem, was passieren könnte.* Nach jedem zweiten, keuchend hervorgestoßenen Wort ringe ich nach Luft:

»Eine Wanze ... einen Tracker ... GPS-Tracker ... eingenäht in ... seine Jacke.«

Der Lieutenant lässt mich augenblicklich los.

»Sie haben einen GPS-Tracker in das Futter von Gabriels Jacke eingenäht?«

Ich hole ganz tief Luft. Wieder schaue ich misstrauisch zu Aster hinüber. Muss ich das alles in ihrer Gegenwart sagen? Mein Handy ist tief unten in meiner Tasche verstaut. Wovor habe ich Angst?

»Ja, Lieutenant. Eine Wanze. Etwas, was man mit drei Klicks im Internet bestellen kann. Nicht größer als eine SIM-Karte. Und dauerhaft mit meinem Smartphone verbunden. Jedes Jahr werden Millionen davon verkauft, um ältere Menschen, die ihr Gedächtnis verlieren, damit auszustatten oder Wanderer ohne Kompass oder sogar Hunde ohne Leine.«

»Maddi, Gabriel ist kein betagter Mensch, der an Alzheimer leidet. Und erst recht kein Hund!«, sagt Savine.

Wenn sie glauben, dass ich mich wegen ihrer bescheuerten Moralvorstellungen schuldig fühle! Ich versuche, mich zu rechtfertigen.

»Ich ... ich arbeite viel. Den ganzen Tag lang. Gabriel ist fast die ganze Zeit allein. Ich vertraue ihm, aber man weiß ja nie. Er könnte mir gegenüber behaupten, den ganzen Tag über im Moulin geblieben zu sein und sich trotzdem sonst wo herumgetrieben haben ...«

»Das interessiert uns nicht!«, unterbricht sie Lespinasse. »Geben Sie mir sofort Ihr Handy, damit wir wissen, wo er steckt!«

· 67 ·

Bitte«, fleht Tom. »Sag mir, wie du heißt!«

Die Gitterstäbe seines Gefängnisses haben sich in sein Gesicht gedrückt. Er weint, er stampft mit den Füßen, er bettelt, er will nicht, dass sein Phantom ihn vergisst. Alles um ihn herum ist weiß wie der Tod. Esteban klettert weiter vorsichtig nach unten zu den Gewölbegängen hinab.

»Lass mich hier nicht allein!«

Esteban bleibt kurz stehen und balanciert auf der instabilen Treppe im Felshang. Er greift unter seinen Anorak und zieht stolz ein Messer hervor.

»Ich habe es dir versprochen, Tommy, ich bleibe hier. Und ich werde für uns beide kämpfen.«

Rost bleibt an Toms Lippen kleben, die Eisenstäbe quetschen ihm den Brustkorb zusammen, das Stahlschloss bohrt sich in seinen Bauch, er hat das Gefühl, er selbst könnte auch zum Phantom werden, durch dieses Gitter gehen, indem er sich einfach auflöst und auf der anderen Seite wieder zusammensetzt. Aber so etwas gibt es bloß im Film.

Toms Arme ziehen noch heftiger an dem Gitter, seine Schläfen dröhnen.

»Bitte«, fleht Tom. »Ich möchte nur deinen richtigen Vornamen wissen.«

Esteban geht noch drei Stufen weiter hinab. Als er fast am

Eingang der Gewölbegänge angekommen ist, schenkt er Tom ein strahlendes Lächeln und sagt drei Worte, ehe er verschwindet: »Ich heiße Gabriel.«

XI
DIE AUFLÖSUNG

KidControl

• 68 •

Geben Sie mir Ihr Handy«, wiederholt Lespinasse.

Diesmal strecke ich dem Lieutenant mein Telefon ohne Diskussionen entgegen.

»Na also sowas«, zischt Jennifer hinter ihm, »einen Tracker in die Klamotten seines Freundes nähen!«

Verblüfft ob dieses Missverständnisses, sehe ich die Polizistin an. Dann wird mir klar, dass sie, im Gegensatz zu Savine, Nectaire oder Aster, Gabriel noch nie gesehen hat. Seit unserer Ankunft hier hat er das Haus nur selten verlassen, außer die paar Male, die er zum Schwimmen im Wintersportzentrum Super-Besse war, und als er mich zu Martin Sainfoins Beerdigung begleitet hat.

Für jene, die es nicht wissen, stelle ich die Dinge klar.

»Gabriel ist nicht mein Freund. Er ist mein Sohn. Und er ist erst zehn!«

Alle sehen mich mitleidig an. Ich hasse diese unterschwellig vorwurfsvollen Blicke. Ich halte mein Handy noch kurz zurück.

»Verurteilen Sie mich nicht, Lieutenant. Und auch Sie nicht, Savine. Ich liebe Gabriel. Er ist mein Fleisch und Blut. Ohne ihn wäre ich schon lange wahnsinnig geworden. Aber Sie können sich nicht vorstellen, wie es ist, einen Zehnjährigen allein großzuziehen. Ein Kind, geboren knapp vier Monate, nachdem ich mein erstes Kind verloren hatte. Ein so anderes Kind.«

Ich wende das Gesicht ab, um ihren Blicken zu entgehen. Ich

schaue auf die nackte Glühbirne an der Decke, die abgeblätterte Farbe an den Wänden, die strohfarbenen Vorhänge an den Fenstern, und plötzlich weiten sich meine Augen.

Der Schnee hinter den Fensterscheiben schimmert blau!

Ich umklammere mein Handy. In Amandines Schlafzimmer haben alle innegehalten, um die blauen Blitze zu betrachten, die über den weißen Hof zucken, so als würde der Himmel tropfen.

Savine reagiert als Erste.

»Der Notarzt, endlich!«

Sie hat recht. Das Blaulicht, das über die weißen Hauswände von Froidefond gleitet, stammt zum einen vom Krankenwagen, aber auch von einem Feuerwehrauto, das jetzt auf den Hof von La Souille fährt. Sie haben sich also an die Grundregel gehalten: Bei Sturm, in der Wüste oder im Dschungel, darf man nie allein fahren.

»Warten Sie hier auf mich«, befiehlt Lespinasse.

Louchadière drückt die Nase ans Fenster. Savine ergreift Amandines schlaffe Hand und murmelt beruhigende Worte. *Alles wird gut, alles wird gut.* Nectaire überwacht Aster.

Mich beachtet niemand mehr!

Ich senke kurz den Blick auf mein Handy. Mit einem Klick öffnet sich die Karte des KidControl GPS-Trackers. Gabriel ist nur ein kleiner roter Punkt auf dem Bildschirm. Ich habe mir angewöhnt, die App in meinen kurzen Pausen in der Praxis zu kontrollieren, und nie bewegt sich dieser Punkt, er bleibt den ganzen Tag auf dem Gelände der Moulin de Chaudefour, das ich jetzt zu lokalisieren versuche.

Der rote Punkt hat sich nicht weit entfernt. Laut Plan nur drei Kilometer vom ehemaligen Hotel. Aber er bewegt sich. Und zwar in Richtung des Nachbardorfes. *Saint-Pierre-Colamine.*

Was will Gabriel dort? Ich verfluche meine Unvorsichtigkeit. Ehe ich heute Morgen aus dem Haus gegangen bin, habe ich Gabriel Frühstück gemacht – Orangensaft, Butter, Toast – und eine Nachricht auf dem Tisch hinterlassen *Ich wünsche Dir einen schönen Tag, mein Kleiner.* Dann bin ich gegangen, ohne seine Zimmertür zu öffnen, weil ich ihn nicht wecken wollte.

Wenn ich das geahnt hätte!
Und dann plötzlich hat sich alles überschlagen, ging alles viel zu schnell.

Ich höre, wie Lespinasse unten die Notärzte empfängt. Ich sehe, wie Louchadière am Fenster winkt. *Hier ist es, hier!*
Ich beobachte wieder den roten Punkt. Mein Sohn ist dort in Saint-Pierre-Colamine, keine drei Kilometer von Froidefond entfernt. Dann schätze ich durch die offene Schlafzimmertür die Länge des Ganges bis hin zu Toms Zimmer ab, dessen Tür ebenfalls offen steht.
Im Bruchteil einer Sekunde steht meine Entscheidung fest.
Die Polizei wusste Bescheid, sie haben Tom nicht schützen können, ebenso wenig, wie sie Esteban gefunden haben.
Ich muss handeln. Diesmal allein.
Ich stecke mein Handy in die Tasche. Ich höre, wie Lespinasse mit den Sanitätern die Treppe hinaufsteigt.
Jetzt!
Ich atme tief durch und starte zu einem langen Sprint über den schmalen Flur. Das letzte Bild, das ich mitnehme, ist Savines enttäuschter Blick, als sie mich fliehen sieht.
Egal, bloß nicht umdrehen!
Ich stürme in Toms Zimmer. Lespinasse ist erst auf halber Treppe. Ich kann nicht umhin, einen flüchtigen Blick auf das unter dem Bett versunkene Modelldorf zu werfen. Die Polizisten haben nichts angerührt. Das Zimmer ist in der Ewigkeit eines toten Kindes erstarrt, das nie wieder hier spielen wird. Ich habe so viele Tage und Nächte in einem solchen Mausoleum geweint ...
Diesmal darf ich den Schritt nicht verlangsamen, ich darf an nichts anderes als an Gabriel denken.
Die Matratze lehnt noch immer an der Wand. Mit der Schulter stoße ich das verrottete Fenster auf. Keine Zeit, den stechenden Schmerz zu spüren. Mit beiden Händen packe ich die Matratze, schleife sie zum Fenster, hieve sie auf den Rahmen und ...
Ich gehe kein Risiko ein!

Ich überzeuge mich im Bruchteil einer Sekunde. Die Scheune liegt wenige Meter unterhalb des Fensters. Die Matratze und die Schneedecke werden meinen Aufschlag auf das Dach abmildern.

Ein weiterer Bruchteil einer Sekunde und die Matratze saust zusammen mit mir Richtung Scheunendach, prallt auf und wird von zwei abgebrochenen Balken aufgehalten, während ich weiterrutsche. Ich drehe mich um die eigene Achse und lande im frischen Pulverschnee vor dem ehemaligen Hühnerstall. Mein Sturz hat sich völlig lautlos vollzogen. Das Füllmaterial quillt aus der zerrissenen Matratze und vermischt sich mit den Schneeflocken. Niemand hat mich bemerkt. Die Blaulichter der Rettungswagen werfen fluoridierende, bläuliche Schatten auf das Polardekor – eine irreale Stimmung, wie künstliches Nordlicht bei Tagesanbruch.

Ich krieche durch die Schneewehe und verstecke mich hinter einem der Pfeiler. Ich überzeuge mich kurz, dass mein Verbands-Turban intakt ist und laufe dann, stets auf Deckung bedacht, über den verlassenen Hof von La Souille.

Ich überquere die Straße oder das, was ich für die Straße halte. Ich habe den Eindruck, mich in einer gigantischen Raupenhülle fortzubewegen, denn der Himmel verbindet sich mit der weichen Schneeschicht, in die meine Füße eindringen. Ich sehe den ganz und gar mit Schnee bedeckten Brunnen. Nur das rote Wasser läuft noch und frisst einen Krater in den Schnee, der bis zum Erdinneren zu führen scheint.

Hinter mir höre ich Schreie, aber ich habe keine Zeit zu lauschen, ob sie von Louchadière, Lespinasse oder Nectaire stammen oder mir vorzustellen, dass sie ihre Waffen auf mich richten könnten, mich zu fragen, wie lange es dauern wird, bis sie meine Verfolgung aufnehmen werden. Ich laufe, so schnell ich kann, durch die Gassen von Froidefond. Etwas abseits entdecke ich ein Pultdach vor einem Haus, das leer zu stehen scheint. Dort verstecke ich mich und überzeuge mich, dass ich nicht mehr verfolgt werde. Und werfe dann einen Blick auf mein Handy, um den roten Punkt zu suchen.

Gabriel.
Die App lokalisiert mich sofort und berechnet die Entfernung, die mich von meinem Sohn trennt. *2800 Meter.*
Knapp eine halbe Stunde Fußweg. Immer geradeaus.
Ich marschiere los!
Die Augen auf meinen 4G-Kompass geheftet, erreiche ich die leicht abfallende Wiese. Außer mir kann niemand wissen, wo sich Gabriel befindet. Niemand kann wissen, wohin ich gehe. Weiß ich es selbst?
Ich komme schnell voran. Jetzt verstehe ich, warum Aster zu Fuß nach La Souille und Salomon bis zum Moulin gegangen ist: Die Straßen sind schwer befahrbar, doch der Schnee ist weich genug, um sich unter meinen Sohlen zu verfestigen. Er bildet eine Art magische Treppe, die unter meinen Schritten eine harte Konsistenz annimmt.
2100 Meter.
Ich habe bereits ein Viertel des Weges zurückgelegt. Der Schneesturm hat fast aufgehört, und nur noch vereinzelte Flocken schwirren durch die Luft. Ich friere nicht, obwohl ich nur einen Pullover anhabe. Mein Mantel hängt im Flur von La Souille. Daran habe ich bei meinem Sprung aus dem Fenster nicht gedacht.
Das macht nichts … Der Verband um meinen Kopf schützt mich ausreichend vor den letzten Windböen, selbst wenn Salomon ihn offenbar zu fest angelegt hat. Ich spüre das Blut in meinen Schläfen pulsieren, die Binden drücken auf mein Gehirn und lösen kurze Schwindelanfälle aus, die ich ignoriere. Sobald ich die Augen vom Display hebe, hören sie auf.
Dennoch muss ich hinsehen und geradeaus weiterlaufen. *Saint-Pierre-Colamine.* Während ich einen gefrorenen Zweig, der mir den Weg versperrt, zur Seite schiebe, verdränge ich mein Bedauern, Gabriel kein Handy geschenkt zu haben. Ich hätte nicht seinen elften Geburtstag, seinen Wechsel aufs Gymnasium oder sonst einen Vorwand abwarten sollen. Ich hätte meinem Kind vertrauen sollen – so wie es jede normale Mutter tut –, statt einen Tracker in seine Jacke zu nähen!

Wieder schiebe ich einen Zweig beiseite, die Wiese fällt jetzt steiler ab.
1900 Meter, immer geradeaus.
Aber ich bin keine normale Mutter! Vor zehn Jahren wurde mein Sohn entführt, das wollte niemand glauben, doch ich habe es immer gewusst. Gegen einen Entführer kann auch ein Handy nichts ausrichten, die einzige Sicherheit ist ein Tracker.
1800 Meter.
Mit einem Mal scheint mir der Schnee kompakter. Ich gehe vorsichtig weiter, als plötzlich der rote Punkt auf dem Display erlischt und ein blaues Dreieck an seine Stelle tritt.
Eine Nachricht!
Klar, Lespinasse, Nectaire und all die anderen suchen mich. Durch meine Flucht habe ich meine Lage noch verschlimmert. Während ich lese, gehe ich mit doppelter Aufmerksamkeit weiter, denn der Hang ist jetzt noch steiler und an einigen Stellen ragen spitze Felsbrocken durch die Schneedecke.
Tut mir leid, Maddi, ich wollte wirklich rechtzeitig da sein. Aber alle Straßen südlich von Clermont sind gesperrt. Sehen Sie, ich habe doch nicht alle Qualitäten. Ich wollte Ihnen so gerne beweisen, dass ich wirklich die Art Mann bin, der alles aufgeben kann, um der Frau zu folgen, die er liebt. Aber dazu fehlen mir noch fünfzig Kilometer.
Unwillkürlich lächle ich trotz der Kälte, trotz allem. Das ist wirklich nett, Wayan, aber es ist nicht der richtige Zeitpunkt. Eine Sache kann ich in meinem Kopf abschließen: Wenigstens ist das Mysterium France Bleu Auvergne geklärt! Wayan wollte mich einfach nur besuchen und hat nicht mit dem Unwetter gerechnet. Er ist umsonst durch halb Frankreich gefahren – welche Ironie.
Ich sehe, wie Wayans Nachricht verschwindet und der rote Punkt wieder aufleuchtet. Schade, Wayan ist einer der wenigen Menschen, denen ich hätte vertrauen können. Auch Gabriel würde ihn brauchen, selbst wenn sie sich noch nie begegnet sind. Ich konzentriere mich kurz auf den GPS-Tracker, meine Finger suchen das Menü, und ich achte zu wenig auf die Neigung des Hangs, den Schnee, die unsichtbaren Steine …

Und schon rutsche ich aus, stürze und rolle mehrere Meter den Hang hinab. Reflexartig lasse ich das Telefon los, schütze mit beiden Armen meinen Kopf und schlage mit voller Wucht auf einen Felsen. Der Wind hat den Schnee weggeblasen, sodass ich direkt auf den Stein pralle.

Glücklicherweise hat der Pulverschnee zuvor mein Tempo gebremst, und ich komme mit einigen Blutergüssen an den Handgelenken davon, nichts Schlimmes, ich muss weiter. Aber zuerst muss ich mein Handy wiederfinden. Aufstehen. Ich habe nur noch weniger als zwei Kilometer vor mir.

Wie vom Blitz getroffen, falle ich mit meinem ganzen Gewicht auf mein Hinterteil.

Wie blöd ich doch bin!

Der Weg vor mir ist abgeschnitten, die Wiese mündet in einen steilen, dreißig Meter tiefen Abgrund, den ich unmöglich überwinden kann, und schon gar nicht bei diesem Wetter und so schlecht ausgestattet. Ungläubig betrachte ich den Schlund mit seinen Felsen, den wenigen Sträuchern und unten den Wildbach, der unter dem Schnee verborgen ist, sodass man nur sein Rauschen hört.

Wie blöd ich doch bin!

Die Entfernung, die das GPS anzeigt, ist die Luftlinie, ich habe vergessen, die Suche nach einem Weg zu aktivieren, habe nicht bedacht, dass ich mich in den Bergen befinde, und dass sich zwischen dem roten Punkt, der Gabriel lokalisiert, und dem blauen, der meine Position angibt, Gipfel, Flüsse, Schluchten und Krater befinden können ...

Ich komme nicht weiter, mir bleibt nur, umzukehren und bis zur Straße von Froidefond zurückzugehen, wo mich sicher die Polizei erwartet.

Und wäre das nicht eigentlich die beste Lösung? Diesmal der Polizei zu vertrauen? Mein Pullover, das T-Shirt und die Unterwäsche sind durchnässt. In weniger als einer Viertelstunde bin ich erfroren. Ich verliere wertvolle Zeit. Hätte ich Lespinasse in La Souille mein Handy gegeben, wäre Gabriel vielleicht schon in Sicherheit. Ich muss sie anrufen, ich muss ...

Auf allen vieren beginne ich frenetisch im Schnee zu wühlen, ich bin nur noch eine hysterische Kreatur, die ihr eigenes Grab schaufelt, die hartnäckig weiter kratzt und buddelt, die Hände eiskalt, die Wolle gefroren, das Gesicht von Kratzern und eisigen Tränen bedeckt.

Ich habe fast den ganzen Schnee um meine Beine herum weggefegt, ohne es zu finden. Ich bin verzweifelt und mit den Nerven am Ende. Mir wird klar, dass jede Handvoll Schnee, die ich wegschaufele, das Handy noch tiefer vergraben haben könnte, statt es freizulegen.

Ich senke den Blick und glaube, unter dem Pulverschnee eine rechteckige, dunkle Form auszumachen.

Euphorisch schiebe ich den verbleibenden Schnee beiseite.

Danke, danke, danke.

Wie ein Herz, das unter dem Eis schlägt, blinkt der kleine rote Punkt vor mir.

· 69 ·

Für den Rückweg nach Froidefond brauche ich nicht lange. Die Kälte, die meine durchnässte Kleidung durchdringt, und die Gewissheit, mich in einen Eisblock zu verwandeln, sobald ich mein Tempo verringere, treiben mich an. Ich folge meinen eigenen Fußstapfen, so kann ich sicher sein, mich diesmal nicht zu verlaufen oder abzurutschen.

Ich habe mir geschworen, die Polizei anzurufen, sobald ich den Weiler erreicht habe. Direkt nach La Souille zu gehen. Mich zu stellen ...

2800 Meter.

Der rote Punkt hat sich nicht vom Fleck gerührt! Ich habe den Tracker in das Futter von Gabriels Jacke genäht, die er bei diesem Wetter zwangsläufig trägt. Nur seine Mutter ist so leichtsinnig, ohne Mantel nach draußen zu gehen.

Als ich mich den ersten Häusern von Froidefond nähere, erhellt sich der Brunnen der Seelen. So als hätte ein Bewegungsmelder mich erfasst!

Verwundert hebe ich den Blick. Wie durch ein Wunder leuchten die Steine mehrmals auf, um dann wieder zu erlöschen. Ich gehe noch einige Meter weiter über die Wiese und entdecke schließlich genau vor mir einen Geländewagen.

Savines Koleos!

Als ich auf ihrer Höhe ankomme, öffnet sie die Beifahrertür.

»Steigen Sie ein!«

Ich zögere. Ich blicke ins Innere des Wagens, stelle mir die Wärme und den Komfort vor.

»Steigen Sie ein!«, beharrt Savine. »Ich verstehe, dass Sie kein Vertrauen zur Polizei haben. Aber wo auch immer Gabriel sein mag, allein können Sie es nicht schaffen. Nicht zu Fuß. Nicht in Ihrem Zustand.«

Ihr Blick ist auf mich gerichtet. Das Licht der Scheinwerfer erhellt die schwarzen und weißen Fassaden und fängt einige letzte Schneeflocken ein. Ich mustere Savine.

»Und Sie? Warum vertrauen Sie mir?«

Die Sozialarbeiterin antwortet spontan.

»Instinkt, würde Bocolon sagen. Jeder verdient eine zweite Chance, oder? Vielleicht sogar eine dritte. Steigen Sie ein, wir werden Ihren Gabriel finden.«

Diesmal gehorche ich. Sobald das Auto anfährt, verfliegen meine Bedenken. Die Wärme hüllt mich ein und lähmt mich. Wie lange hätte ich draußen noch durchgehalten, bis ich, am Ende meiner Kräfte, zusammengebrochen wäre? Der schmutzige Innenraum des Wagens vertreibt meine letzten Skrupel. Angesichts der Ablagen, die überquellen vor Kippen, Sandwichresten, aufgerissenen Chipspackungen und fettigem Papier dürfte es Savine völlig egal sein, dass ich patschnass in ihren Geländewagen gestiegen bin.

»Wohin fahren wir?«, fragt sie, ohne den Blick von der Straße abzuwenden.

»Laut KidControl befindet sich Gabriel in der Nähe von Saint-Pierre-Colamine.«

Meine tropfende Kleidung durchnässt die Schicht aus Staub und Krümeln auf der Fußmatte. Savine überlegt kurz.

»Saint-Pierre-Colamine? Sind Sie sicher? Dort gibt es doch nichts!«

»Es gibt Gabriel ... Ist es ein großes Dorf?«

Savine wendet den Wagen energisch. Der kleine orangefarbene Tannenbaum am Rückspiegel schaukelt hin und her. Die Reifen des Koleos finden Halt im kompakten Schnee. Sie fährt entschlossen, ebenso konzentriert auf die Straße wie auf unser Ziel.

»Ein Kaff, im Vergleich dazu ist Murol eine Kreisstadt. Dort gibt es weder ein Geschäft noch ein Café. Wirklich, Saint-Pierre-Colamine hat nichts, außer ...«

Savines Hände umklammern das Lenkrad. Sie verzieht verwundert das Gesicht.

»Außer?«

»Außer den Grottes de Jonas.«

Die Grottes ... de Jonas?

Unmöglich, dass es sich bei dem Vornamen um einen Zufall handelt. Ich betrachte aufmerksam die weiße Straße vor uns. Sie weist keine Spuren auf. Hier ist schon lange kein anderes Fahrzeug vorbeigekommen. Ich kann meinen Schrei nicht unterdrücken.

»Er ist dort, Savine. Zwangsläufig. Bringen Sie mich so schnell wie möglich hin!«

Die Reifen des Geländewagens lassen zu beiden Seiten der Karosserie Schnee aufstieben. Ich halte das Handy auf meinen Knien. Der kleine rote Punkt blinkt jetzt fast freudig.

2700 Meter.

»Los geht's!« Savine gibt sich optimistisch. »Ich werde Ihnen noch einmal vertrauen. Aber Sie müssen mir erklären ...«

»Was muss ich Ihnen erklären?«

»Warum Sie Gabriel gegenüber so grausam sind!«

Savine ist eine gute Fahrerin, die an verschneite Straßen gewöhnt ist, und ihr alter Geländewagen scheint mit dieser Rutschbahn vertrauter als jeder Schlittenhund. Doch so geschickt sie auch sein mag, der Tacho übersteigt die fünfzehn Stundenkilometer nicht. Ich überschlage schnell, dass wir eine Viertelstunde brauchen werden, um die Grottes de Jonas zu erreichen. Vielleicht auch etwas weniger. Ich hebe den Blick und sehe, dass die Wolkendecke aufreißt und kleine hellblaue Flecke freigibt. All das, um das letzte Wort aus meinem Gehirn zu vertreiben ... *Grausam?*

»Ich will ehrlich sein«, fährt Savine fort, während sie in einer scharfen Kurve energisch gegensteuert. »Sie haben mir die vernünftige Mutter vorgespielt, Amandine beschuldigt, verantwortungslos zu sein, Sie haben alles Mögliche getan ... um Tom zu schützen. Und doch sind Sie Ihrem eigenen Sohn Gabriel gegenüber ebenso nachlässig und abwesend. Das verstehe ich nicht.«

Tom ... Esteban ... Gabriel ...

Tränen rinnen über meine Wangen. Der rote Punkt auf meinen Knien ist nur noch ein verschwommener Tropfen.

»Doch, Savine, natürlich verstehen Sie das. Sie kennen den Anfang der Geschichte ... Ich war dreißig und wollte ein Kind, allein, eine emanzipierte Frau, ich habe Esteban adoptiert, und zehn Jahre lang war er der einzige Mann in meinem Leben. Der einzige Mann in meinem Leben, aber nicht zwangsläufig in den Nächten. Ich bin sicher, auch das verstehen Sie, Savine. Selten, sehr selten, empfing ich nächtliche Besucher, die wieder verschwanden, ehe Esteban aufwachte ... so wie jede alleinstehende Mutter.«

Eine erneute Kurve, leichtes, aber kontrolliertes Schleudern, ich fühle mich wie ein überforderter Co-Pilot bei einer Rallye.

»Und dann sind Sie schwanger geworden?«, errät Savine.

»Genau. Und ich musste allein die Entscheidung treffen. Sollte ich das Kind behalten oder nicht. Esteban war neun Jahre alt. Er begann, sich Fragen zu stellen, er hatte, ich weiß nicht wie, erfahren, dass er ein Adoptivkind war, ich wollte es ihm erst sagen, wenn er zehn wäre. Er begann auch, merkwürdige Dinge zu erzählen. Das war die Zeit, als er den Psychiater gewechselt hat ... Als Doktor Wayan Kuning in sein Leben trat.«

Savine nutzt eine lange gerade Strecke, um in den dritten Gang zu schalten. Der Geländewagen erreicht jetzt fast dreißig Stundenkilometer.

»Und Sie haben beschlossen, das Kind zu behalten? Weil Sie spürten, dass Esteban Sie immer weniger brauchte, dass er größer und unabhängig wurde. Dieses zukünftige Baby gab Ihnen Gelegenheit, sich wieder als ... Maman zu fühlen.«

Ich wende mich zu Savine um und werfe ihr einen bewundernden Blick zu. Als Psychologin ist sie ebenso begabt wie als Rallye-Fahrerin.

»So könnte man es zusammenfassen.«

»Keine Sorge, Maddi, das ist ein klassischer Fall!«

Ich starre auf den Blutstropfen auf meinen Knien.

»Sobald Esteban erfuhr, dass ich schwanger war, setzte er sich in den Kopf, ich würde das neue Baby mehr lieben als ihn. Weil es im Gegensatz zu ihm mein leibliches Kind sein würde.«

»Auch hier kann ich Sie beruhigen, Maddi, das ist ebenfalls eine klassische Reaktion bei Adoptivkindern.«

Savines gesunder Menschenverstand geht mir allmählich auf die Nerven. Als würde sie aus einem Frauenhandbuch zitieren.

»Weniger klassisch ist, Savine, dass ein Adoptivkind anfängt zu erzählen, es wolle den Körper wechseln, damit es mehr geliebt wird! Sterben, um wiedergeboren zu werden. Den Rest kennen Sie, das Verschwinden, das Ertrinken, den leblosen Körper, den man mir im Leichenschauhaus präsentiert hat, meine Weigerung, ihn als den meines Kindes zu identifizieren. Gabriel kam vier Monate später in der Normandie zur Welt. Ich ... habe ihn so gut angenommen, wie ich konnte. Das schwöre ich Ihnen. So sehr geliebt, wie ich konnte.«

1600 Meter zeigt mein Handy an. Die Schneedecke auf der Straße scheint mir jetzt dünner, aber das macht sie sicher nur noch gefährlicher.

»Natürlich lieben Sie ihn«, antwortet Savine konzentriert. »Welche Mutter liebt ihr Kind nicht? Aber Sie können nicht umhin zu denken, dass Esteban ohne Gabriel vielleicht noch leben würde. Und ich vermute, dass Sie nicht umhinkonnten, die beiden Jungen zu vergleichen.«

Ich mustere Savine erneut. Alles, was sie sagt, ist so logisch. Alles, was ich gelebt habe, ist so logisch. Natürlich, als Gabriel größer wurde, flüsterte mir eine kleine Stimme zu: In seinem Alter konnte Esteban schon laufen, schon sprechen, auf einem Zweirad fahren, schwimmen, er interessierte sich für Musik und saß nicht einfach stundenlang auf dem Sofa herum.

Trotzdem versichere ich mit erhobener Stimme:

»Hören Sie gut zu, Savine, ich habe Gabriel niemals irgendetwas vorgeworfen! Niemals habe ich ihn erniedrigt, ganz im Gegenteil. Und ich war nie grausam. Wenn Sie wüssten, welche Anstrengungen ...«

Von Tränen erstickt und erschöpft kann ich meinen Satz nicht beenden.

1100 Meter.

Savine lächelt, ohne die Straße aus den Augen zu lassen.

»Maddi, ein Kind spürt so etwas zwangsläufig. Die Präsenz eines anderen Kindes, das aus denselben Gläsern getrunken, in denselben Laken geschlafen hat, das von denselben Armen umschlungen wurde ... Die Präsenz eines verschwundenen Kindes, das in allem besser war.«

900 Meter.

Gabriel ist noch immer ein starrer roter Punkt.

»Das weiß ich ja alles ... Ich habe mein Bestes getan, das schwöre ich Ihnen. Ich habe versucht, Gabriel Musik und Schwimmen nicht aufzuzwingen. Ich habe wirklich versucht, mich ganz auf seine Vorlieben, auf seine Persönlichkeit einzulassen. Im Grunde vielleicht zu sehr. Gabriel hat einen völlig anderen Charakter. Esteban war äußerst sensibel, intelligent, liebevoll ... Gabriel ist genau das Gegenteil – träge, gleichgültig und ohne Interessen.«

»Na und?«, antwortet Savine und hebt ebenfalls die Stimme. »Das kommt doch in jeder Familie vor. Unter Geschwistern sind nicht alle gleich schön und begabt, aber ihre Eltern lieben sie alle gleichermaßen, nicht wahr?«

Natürlich, was denkt sie denn!

Savine biegt plötzlich ab. Diesmal schwankt der orangefarbene Baum am Rückspiegel so sehr, dass er sich zu entwurzeln scheint. Vor einer Ewigkeit hat er vermutlich Pfirsichgeruch verströmt. Der Koleos verlässt die Hauptstraße und fährt auf einem schmalen Weg weiter. Hier darf einem niemand entgegenkommen. Unmöglich, sich vorzustellen, ob dieser Weg normalerweise breiter und asphaltiert ist. Der Geländewagen meistert die Steigung mühelos. Nach der ersten Kurve entdecke ich am Horizont ein seltsames Gebäude von etwa hundert Metern Höhe und fünfhundert Metern Breite. Ein Schloss, könnte man auf den ersten Blick meinen, ein vom Zahn der Zeit zernagtes Schloss, doch dann wird mir klar, dass es sich im Gegenteil um einen Felsen handelt, in den von Menschenhand Dutzende von Grotten geschlagen wurden.

Die Grottes de Jonas? Die, in denen sich Gabriel versteckt?

Ich wende mich zu Savine um, die das Tempo leicht beschleunigt hat.

»Ich kann Ihnen versichern, dass ich Gabriel genauso viel gegeben habe wie Esteban. Nie habe ich den einen dem anderen vorgezogen! Aber, wie soll ich sagen, Gabriel braucht mich weniger. Er ist ein zurückgezogener Junge. Er bleibt stundenlang allein zu Hause, macht Videospiele und gibt sich damit zufrieden, irgendetwas zum Essen aus dem Kühlschrank zu nehmen.«

»Einfach ein Kind seiner Zeit ...«

Madame Rallye-Fahrerin, die auf alles eine Antwort hat, geht mir so langsam auf die Nerven. Am liebsten hätte ich geschrien, dass Tom auch ein Kind seiner Zeit war und trotzdem nicht dauernd zu Hause hockte.

700 Meter.

Die roten Felsen verschwinden hinter jeder Kurve und tauchen danach wieder auf. Meine Fahrerin bekommt den Wagen in einer engeren Kurve gerade noch unter Kontrolle. Der Koleos lehnt sich auf, ebenso wie ich!

»Ich war um 21 Uhr zu Hause! Es war das erste Mal seit drei Jahren, dass ich ausgegangen bin. Ich tue, was ich kann, Savine! Ich arbeite wie eine Wahnsinnige, wissen Sie, wie das Leben eines Arztes abläuft? Ich habe Gabriel allein großgezogen. Ich habe ihn in der nächstgelegenen Privatschule in Saint-Saturnin eingeschrieben, damit er vor und nach den Stunden zu Hause sein kann. Er war krank. Er hat noch keinen Freund in Murol. Selbst in den Ferien muss er mit diesem verdammten pädagogischen Online-Material arbeiten, das die Education Nationale uns liefert. Ich rufe ihn mehrmals täglich an, wenn er nicht gerade Unterricht hat. Ich hinterlasse ihm Nachrichten und überprüfe mit dem Tracker, dass er auch wirklich zu Hause ist.«

Ich bebe vor Zorn. Ich bin keine schlechte Mutter! Sie soll mit ihren Moralpredigten aufhören und einfach fahren.

»Und da Sie den Finger in eine offene Wunde gelegt haben, will ich Ihnen noch etwas anderes sagen, Savine. Zwischen Gabriel und mir war alles in Ordnung, bis ich vor acht Monaten mit ihm nach Saint-Jean-de-Luz gefahren bin, bis ich nach Murol gezogen bin, bis ich ...«

Die Wut erstickt meine Worte.

500 Meter.

Savine nutzt die Gelegenheit, um mich mit ihrer Moralpredigt zu überschütten.

»Bis Sie anfingen, von diesem Phantom besessen zu sein. Von dem großen Bruder, der vor Gabriels Geburt gestorben ist und der aus der Unterwelt zurückkam, um ihm seinen Platz streitig zu machen! Und Sie waren so besessen, dass Sie von ihm verlangt haben, alles aufzugeben und mit Ihnen hierher zu kommen. Ist Ihnen klar, was Sie Ihrem Jungen angetan haben?«

Sie soll den Mund halten! Ich ertrage es nicht länger, dass sie mir all diese Wahrheiten an den Kopf schleudert! Darüber will ich nur mit Wayan reden, der zumindest widerspricht mir nicht. Dennoch bin ich nicht in der Lage zu schweigen, sondern verteidige mich weiter.

»Auch ich hatte keine Wahl, was glauben Sie denn, Savine! All diese Übereinstimmungen waren plötzlich da, ich habe sie mir nicht ausgedacht. Die verblüffende Ähnlichkeit, das Geburtsmal, bis hin zur identischen DNA. Sie haben das Ergebnis ebenso gesehen wie ich! Ich bin ungewollt in diesen Wahnsinn geraten! Und Gabriel mit mir!«

Als wir durch einen Weiler mit drei verschneiten Häusern fahren, schaltet Savine zurück und mäßigt zugleich ihren Ton, um die Stimmung zu entspannen. Sie hat mir gesagt, was sie zu sagen hatte und ihrem Unmut Luft gemacht. Das ist ihr Job als Sozialarbeiterin. Jetzt kann sie die Wunden versorgen, die sie mir zugefügt hat.

»Wie hat sich Gabriel seit Ihrer Ankunft in Murol verhalten?«
Danke, Savine.
»Anfangs habe ich ... versucht, mit ihm zu reden. So ehrlich wie möglich zu sein. Aber das ... das war schwierig. Ich weiß nicht, ob er mir zugehört hat. Er hat sich schnell in Schweigen zurückgezogen, in seine Videospiele, in eine Art Gleichgültigkeit.«
300 Meter.
Savine lächelt erneut. Diesmal ohne jeden Zynismus. In ihrer Stimme höre ich Mitleid. Mitleid für Gabriel.
»Gleichgültigkeit? Das ist nur eine Schutzreaktion Ihnen gegenüber. Können Sie sich vorstellen, wie viele Fragen er sich wohl gestellt hat? Ein großer Bruder, vor zehn Jahren verschwunden ... und wieder aufgetaucht. Seine Mutter, die ihn nicht mehr beachtet.«
Die Wunde blutet. Mein Gesicht ist tränenüberströmt. Savine hat recht, sie hat völlig recht. Glücklicherweise ist der rote Punkt da, direkt vor uns, mein blauer hat ihn auf dem Display fast erreicht.
»Ich war ... ich war so gemein ... so grausam ... er muss mich hassen!«
100 Meter.
Der rote und der blaue Punkt verschmelzen fast miteinander. Gabriel ist da, ganz in meiner Nähe, in irgendeiner der Höhlen des durchlöcherten Felsens genau vor uns.
Savine schaltet zurück und lässt dann das Lenkrad los, um meine Hand zu ergreifen.
»Seien Sie nicht dumm, Maddi! Genau das Gegenteil ist der Fall! Ein zehnjähriger Junge kann seiner Mutter nichts übelnehmen. Er kann sie nur lieben! Und je weniger Liebesbeweise Sie ihm geben, desto mehr wird er danach suchen. Gabriel wollte Ihnen sicher unbedingt helfen. Verstehen, was geschieht. Er wollte Ihnen beweisen, wozu er fähig ist. Damit Sie ihn ebenso sehr lieben ... wie Esteban.«
»...«
»Sagen Sie mir, Maddi, Sie lieben ihn doch ebenso sehr wie Esteban?«

Der Koleos ist fast zum Stehen gekommen. Savine sucht einen Platz, um ihn zwischen den Schneewehen und der roten Felswand zu parken, die uns überragt – zerklüftet, spitz und von riesigen, geöffneten Mäulern durchzogen, bereit, einen verirrten Touristen zu verschlingen.

Ich wische meine Tränen mit dem Ärmel ab. Mein Pullover hatte kaum Zeit zu trocknen. Die raue Wolle irritiert meine Augen. Ehe wir aussteigen und losrennen, um Gabriel zu suchen, mustere ich Savine eingehend. Damit sie weiß, dass ich diesmal die Wahrheit, die ganze Wahrheit sage.

»Vor drei Tagen, ja selbst vor drei Stunden hätte ich Ihnen noch mit nein geantwortet. Hätte ein Teufel mir das Angebot gemacht, hätte ich, ohne auch nur eine Sekunde zu zögern, Gabriel gegen Esteban oder Tom eingetauscht. Ich hätte mein eigenes Kind geopfert, um das zurückzubekommen, das man mir genommen hat. Ich will Sie nicht belügen, ich habe in Gabriel nur einen nervigen pubertären Jungen gesehen, einen Egoisten, einen Irrtum. Genau das habe ich gedacht, ein Irrtum. Aber … aber, geben Sie mir Ihre Hand, Savine.«

Ich greife nach ihrem Arm und lege ihre Hand auf meine Brust.

»Spüren Sie, wie schnell mein Herz schlägt? Genau wie vor zehn Jahren. Genau wie vorhin am Lac Pavin. Doch diesmal schlägt es nicht für ein Phantom, sondern für mein eigenes Kind.«

Mit einer schwungvollen Bewegung der freien Hand parkt Savine den Wagen. Ich habe schon die Tür geöffnet, doch ich nehme mir die Zeit hinzuzufügen:

»Ja, Savine, diesmal bin ich mir ganz sicher. Ich liebe ihn ebenso sehr!«

Bevor wir zu den wenigen, in den Fels gehauenen und von einer schneebedeckten Palisade gesäumten Stufen laufen, die zum Eingang führen, konsultiere ich ein letztes Mal die KidControl-App. Der rote und der blaue Punkt überlagern sich jetzt vollständig. Ich bemerke nicht, dass am äußeren Rand der Karte, die das ganze Display einnimmt, ein dritter, ein grüner Punkt aufleuchtet, so als wäre er gerade aus dem Boden geschossen.

· 70 ·

Wir versuchen, uns in den niedrigen Gewölbegängen zu orientieren. Wir haben nicht daran gedacht, die schneebedeckten Informationstafeln zu lesen, sondern sind einfach, viel zu sehr in Eile, zum Eingang der Grottes de Jonas losgestürmt und laufen nun die erste Treppe hinauf, während meine Schreie uns vorauseilen.

»Gabrieel!«

Die meisten Tunnel, die zwei Räume miteinander verbinden, sind nicht höher als einen Meter vierzig. Also müssen wir gebückt und ohne Sicht bis zu einem der nächsten Zimmer laufen, die hingegen hell und zumeist auch recht groß sind. Savine hat mich kurz über die Grotten aufgeklärt, von denen ich bisher nur wenig gehört hatte: siebzig Räume auf fünf Etagen – ein wahrer Schweizer Käse im Tuffstein –, die seit Jahrtausenden als Zufluchtsort oder Gefängnis gedient haben.

»Gabrieeel!«

Wir durchqueren die Kapelle, ohne einen Blick für die Wandfresken, oder die hohen Gewölbe des darauffolgenden Herrenhauses zu haben, und durchsuchen dann die Bäckerei, den Kornspeicher und den Taubenschlag – aber keine Spur von Leben. Dabei befindet sich Gabriel irgendwo hier, doch der KidControl-Tracker ist nicht präzise genug, um das Stockwerk, den Namen des Raums und den Weg durch dieses Labyrinth anzuzeigen.

»Gabrieeeel? Gabrieeeel?«

Was hat er bloß in diesem Irrgarten zu suchen? Warum und wie ist er hierhergekommen? Wollte er ausreißen? Das wäre schließlich auch eine Möglichkeit. Nach allem, was Savine mir gerade klargemacht hat ...

Ich muss das Bild von Esteban oder Tom, ertrunken im Lac Pavin, aus meinem Kopf vertreiben, diese ganze Geschichte mit der Reinkarnation. Ich muss mich von diesem schwarzen Schlund, der meine Erinnerungen überschwemmt, entfernen, muss aufmerksam weitergehen und nur noch an meinen Sohn denken.

Der nächste Raum. Ich spüre ein eigenartiges Gefühl von Wärme. Savine läuft zum Kamin und findet Asche, die noch warm ist. Da hat jemand vor weniger als einer Stunde Reisig verbrannt! Wir lassen unseren Blick über die in die rötliche Lava geschlagenen Wände und die geschwärzten Steine oberhalb der Feuerstelle gleiten.

»Wir sind sicher in der Backstube«, erklärt Savine. »Hier hat sich jemand versteckt.«

Der Raum wird von einer winzigen Luke erhellt. Um sie zu erreichen, muss ich mich auf die Zehenspitzen stellen.

»Gabrieeeel!«

Mein Schrei verliert sich in der eisigen, weißen Landschaft, von der ich nur den Himmel und die Kammlinie der Berge sehe. Als ich gerade auf der Suche nach einem besseren Aussichtspunkt meine Füße wieder auf den Boden setzen und rückwärts gehen will, höre ich eine Stimme!

Ein entferntes, dünnes Stimmchen, wie ein schwacher Luftzug, der aber dennoch an meine Ohren gedrungen ist und den mein auditives Gedächtnis sofort identifiziert.

Es kann sich unmöglich irren! Verfalle ich erneut dem Wahnsinn?

Das ist nicht Gabriels Stimme, das ist die von Tom!

Nein, Tom ist tot! Esteban ist tot! Ich darf nicht mehr an sie denken, ich muss die Phantome vertreiben und mich ganz auf Gabriel konzentrieren.

Gabriel lebt!

Savine ist zu mir getreten. Hat sie es auch gehört?
Meine Hände umklammern den Rand der Luke, ich ziehe mich so hoch wie möglich und schreie mit aller Kraft.
»Gabrieeeeel!«
Ich habe den Eindruck, dass sich meine Stimme in jeder Ritze des Gewölbes verfängt, ehe sie aufgibt und erstirbt.
»Hier.«
Die scharfen Ränder der Luke zerschneiden meine Finger, ohne dass ich es spüre. Mein Herz macht einen Satz, mein Gesicht strahlt, ich habe nicht mehr den geringsten Zweifel, das ist Toms Stimme!
Er lebt!
Lespinasse, Nectaire, Louchadière und alle anderen haben mich belogen! Warum? Welches grausame Spiel spielen sie? In welches enorme Komplott sind sie verwickelt?
Savine steht hinter mir. Sie hat die Stimme auch gehört und ist ebenso verblüfft wie ich.
Ohne nachzudenken, schreie ich erneut.
»Estebaan!«
Savine wirft mir einen vernichtenden Blick zu. *Esteban?* Habe ich denn nichts, von all dem, was sie mir erklärt hat, begriffen? Ich muss dieses Phantom vergessen! An Gabriel denken, vielleicht noch an Tom ...
Ich wende die Augen ab. Tut mir leid, Savine, aber du bist diejenige, die nichts verstanden hat. Wenn Tom lebt, lebt auch Esteban.
»Estebaaan?«
Keine Antwort. Natürlich nicht, wie dumm von mir. Tom weiß nichts von seiner alten Identität und kennt seinen früheren Vornamen nicht.
»Toooom?«
Diesmal antwortet er mir auf der Stelle.
»Hier ... Ich bin hier.«
Die tiefe Verzweiflung, die in seiner Stimme mitschwingt, verstört mich. Noch nie habe ich einen so herzzerreißenden Hilferuf gehört. *Keine Angst, Esteban, diesmal bin ich rechtzeitig gekommen.*

Ich bin sicher, dass der Schrei von rechts kam. Er sitzt bestimmt in einem der Zimmer etwas weiter entfernt fest. Ohne nachzudenken oder Savine zu beachten, renne ich in den Tunnel vor mir. Er ist noch niedriger als die vorherigen, mein Verband streift die Wände, und auf jedem Meter riskiere ich, meinen Kopf erneut zu verletzen. Mein Pullover ist an dem rauen Gestein hängengeblieben, und ich lasse dicke Wollbüschel hinter mir zurück.

»Halt durch, ich bin gleich da …«

Sackgasse!

Ich verfluche mein Pech. Ich habe den falschen Gang gewählt! Dieser führt zu einer Öffnung, die abrupt zur Felswand hin abfällt. Egal, dann muss ich eben umkehren und einen anderen Tunnel versuchen, ich werde schreien, um mich zu orientieren, ich werde lauschen und ihn zwangsläufig finden. Ehe ich in den nächsten Gang laufe, verharre ich kurz und versuche, mich an den Löchern in den Felsen zu orientieren. Ich zähle rund dreißig Öffnungen, die höchsten zehn Meter über mir, die niedrigsten, halb vom Schnee verdeckt, befinden sich in der Nähe des einsamen Parkplatzes, auf dem der Koleos steht. Er ist das einzige Zeichen von Leben in dieser verlassenen Landschaft, abgesehen von den Reifenspuren, die sich hinter dem Geländewagen dahinziehen, wie die Schienen eines Geisterzugs.

Mein Blick folgt ihnen zerstreut, ich verliere sie aus den Augen, finde sie wieder, so als …

So als wäre ich der falschen Spur gefolgt!

Unmöglich, ich weiß, dass es nur zwei Spuren geben kann. Ich konzentriere mich und betrachte angestrengt den riesigen weißen Parkplatz, und plötzlich nehme ich wahr, was ich zunächst nicht bemerkt hatte: Die Reifenspuren von Savines Koleos kreuzen andere.

Die offensichtliche Erkenntnis verschlägt mir den Atem. Vor einigen Stunden war ein anderes Fahrzeug hier, dessen Spuren noch nicht zugeschneit sind. *Ein Fahrzeug, dessen Reifenspuren so leicht zu identifizieren sind.*

In meinem Kopf überschlägt sich alles. Ich weiß jetzt, wer das Monster ist. Wer Esteban und Tom entführt und all die Jahre versucht hat, mich in den Wahnsinn zu treiben. Ich muss fliehen. Ich muss laufen. Doch vorher muss ich schreien, sie warnen, ich weiß nicht mehr, wen ich rufen, welchen Namen ich brüllen soll. *Tom? Esteban? Gabriel?* Ich muss mich entscheiden, schnell, wen zuerst, bevor ...

Dann höre ich ihn. Die Stimme dringt durch den Gang wie eine Pulverspur, ein glühendes Feuer, ein einziges, brennendes Wort.

»Maman!«

Ich drehe mich um und strecke ihm meine geöffneten Arme entgegen.

Der Stein trifft mich mit unglaublicher Wucht an der Schläfe und am rechten Auge.

· 71 ·

La Souille hat sich in einen wahren Bienenstock verwandelt. Vier Notärzte, fünf Feuerwehrleute, drei Polizisten, die herein und heraus, treppauf, treppab laufen, Schnee und Matsch mit ihren Stiefeln hereintragen, Türen zuschlagen, Unordnung in der Unordnung stiften, Lärm im Lärm verbreiten und sich an Schreien übertreffen.

»Wo ist Ihre Freundin?«, fragt Lieutenant Lespinasse ungehalten, während er vor dem Kamin von einem Fuß auf den anderen tritt.

Nectaire steht reglos vor dem an die Wand gehefteten Gedicht *Txoria txori,* so als wäre er in der Lage, die wenigen baskischen Worte zu verstehen. *Wenn ich seine Flügel gestutzt hätte ... Er wäre niemals fortgeflogen.*

»Ich warte auf Ihre Antwort, Paturin«, ruft Lespinasse ungeduldig, »wo ist Savine?«

Endlich wendet sich der Gemeindesekretär um, er scheint ebenso aus der Fassung gebracht wie der Polizist.

»Ich habe keine Ahnung!«

Der Lieutenant schlägt plötzlich heftig mit der Faust gegen den Kaminsims. Eine Wolke von Schnee und Ruß fällt auf die Bücher und Zeitschriften, die sich in der Feuerstelle stapeln.

»Verdammt noch mal, zwei Frauen und ein Kind sind irgendwo unterwegs, und ich habe keine Ahnung, wo sie sich befinden könnten, ich weiß nicht einmal, ob sie zusammen sind!«

»Lieutenant?«

Die vier Notärzte stehen vor ihm. Drei Männer und eine Frau, die das Wort ergriffen hat.

»Amandine Fontaine ist wieder bei Bewusstsein. Wir haben ihr noch einmal Naloxon gespritzt. Es geht ihr wieder gut.«

Die vier stehen da, wie Superhelden, die für ein Poster posieren. Professionelles Material, Einsatzuniformen, fluoreszierende Gürtel, Krägen und Manschetten.

»Kann ich sie befragen?«, will Lespinasse wissen.

»Wenn es wirklich nötig ist und nicht zu lange dauert«, antwortet die Einsatzleiterin.

Der Lieutenant läuft schon zur Treppe, ganz so, als würde er dadurch Zeit gewinnen.

• • •

»Lieutenant, ich möchte bei der Unterredung dabei sein.«

Nectaire ist selbst erstaunt über seine schnelle Reaktion. Er ist vor die Treppe getreten, um den Zugang zu versperren.

»Bitte«, beharrt der Gemeindesekretär. »Ich kenne den Beruf, die Vorgehensweisen, ich ermittle seit einer Woche in diesem Fall, ich weiß mehr als Sie über diese verrückte Geschichte.«

Lespinasse hat keine Zeit zu überlegen.

»Okay, dann machen wir es zusammen.«

Er setzt den Fuß auf die erste Stufe, doch diesmal hält Aster ihn zurück.

»Lieutenant?«

»Tut mir leid, aber es gibt keinen Platz für eine weitere Person.«

Er hebt den Blick zur Brigadière Louchadière, die oben auf der Treppe strammsteht.

»Jennifer, behalten Sie Aster im Auge, eine dritte Flüchtige können wir nicht gebrauchen!«

Nectaires Schwester legt die von Armbändern klimpernde Hand auf die des Ermittlers.

»Keine Sorge, Lieutenant, ich habe gar nichts vor. Ich begnüge mich mit einem Ratschlag. Sagen Sie bitte Amandine nicht, dass Tom tot ist.«

Auf eine solche Bitte war Lespinasse nicht gefasst.

»Warum?«

»Geben Sie ihr etwas Aufschub. Nur ein paar Stunden. Eine kleine Pause zwischen zwei Schockmeldungen ... Vertrauen Sie meiner Intuition.«

Der Lieutenant hebt die buschigen Augenbrauen, ohne sich der hypnotischen Wirkung des Unaloms aus Kupfer entziehen zu können.

Die Intuition der Paturins ...

»Mein Bruder hat keine, weil ich bei der Geburt alles abbekommen habe. Geben Sie Amandine eine Chance.«

»Eine Chance?«

»Eine Chance zu begreifen! Wer? Wie? Warum? Solange Sie diese Antworten nicht haben, ist es besser, sie nicht in Verzweiflung zu stürzen.«

Der Lieutenant verspricht nichts, nickt aber, um ihr zu bedeuten, dass er über ihren Vorschlag nachdenken, ihn bei seinen Fragen berücksichtigen wird. Aster lächelt, öffnet den Mund, um ein *Danke* zu hauchen und umarmt dann lange ihren Bruder.

• • •

Amandine gleicht einer in einem Puppenbett vergessenen Porzellanprinzessin. Eine Prinzessin, die zu lange geschlafen hat und dann, ohne Kuss, statt von einem charmanten Prinzen lautstark von den Feuerwehrleuten geweckt wurde.

Nectaire und Lespinasse holen sich Stühle und nehmen am Fußende des Bettes Platz. Lespinasse schlägt wieder den ruhigen Ton des empathischen Verhandlungsführers an.

»Amandine, Sie ... Sie sind letzte Nacht angegriffen worden. Man hat zweifellos versucht, Sie zu töten, indem man Ihnen Opioide gespritzt hat. Haben Sie ... irgendjemanden gesehen?«

Amandine sitzt halb aufrecht in ihrem Bett. Sie lehnt sich an drei Kopfkissen, deren gestickte Kräutermotive zu den gehäkelten weißen Blütenblättern auf ihrem Nachthemd passen.

»Nein ... ich habe geschlafen.«

Ihre langen Haare fallen über ihre Schultern wie feine Träger, die die Häkelspitze halten. Sie richtet sich etwas weiter auf den Federkissen in ihrem Rücken auf.

»Wo ist Tom?«

»...«

Soll er es sagen oder nicht?

Lespinasse spürt Nectaires Blick, der noch schwerer wiegt als Asters Worte.

»Wir müssen Ihnen noch ein paar weitere Fragen stellen, Madame Fontaine.«

»Wo ... wo ist Tom?«

»...«

Amandine wendet ihr Porzellangesicht zu Nectaire. Sie wirkt so zerbrechlich. Ein einfacher Wimpernschlag könnte sie zerspringen lassen. Dennoch findet sie die Kraft zu reden.

»Ich will mit Aster sprechen.«

Lespinasse nimmt einen ausgesprochen sanften Tonfall an.

»Das ist nicht möglich.«

»Dann mit Savine.«

»Sie ... sie ist nicht da. Warum wollen Sie mit den beiden sprechen?«

»Weil ich ihnen vertraue. Ich vertraue deiner Schwester, Nectaire, und Savine noch mehr. Aber euch vertraue ich nicht.«

Lespinasse wirkt gefasst. Wie jeder Polizist ist er daran gewöhnt, andere zu schützen, ohne Dank zu erwarten.

»Madame Fontaine, heute Morgen haben wir unter Toms Bett ein Dorfmodell entdeckt. Ein Modell, das ein seltsames, versunkenes Dorf darstellt. Wussten Sie davon?«

»Nein.«

»Erinnern Sie sich, wann Sie zum letzten Mal unter Toms Bett geschaut haben?«

»Nein. Das ist sicher Jahre her. Es ist sein Zimmer, seine Welt, das respektiere ich.«

Der Lieutenant zwingt sich, Ruhe zu bewahren.

»Verstehe. Hat Tom Ihnen gegenüber diese Geschichten von dem versunkenen Dorf, der Seelenwanderung und Reinkarnation erwähnt?«

»NEIN!«

Amandines Gesicht ist noch blasser geworden, es ist jetzt fast transparent. Wird auch sie verschwinden, einfach unsichtbar werden? Ihre Stimme hingegen gewinnt an Sicherheit.

»Was sollen all diese Fragen? Wo ist Tom?«

Lespinasse zögert. Die Waagschale ist im Begriff, sich zur anderen Seite zu neigen. Es wäre das einfachste, ihr alles zu sagen, aber würde sie den Schock verkraften?

Ehe der Lieutenant schwach werden kann, ergreift Nectaire das Wort.

»Amandine, hör mir zu. Wir sind wegen Maddi Libéri beunruhigt. Ich weiß, dass du auf dem Laufenden bist, dass du dich wiederholt mit ihr gestritten hast. Erinnerst du dich, sie sprach von Zufällen, von Ähnlichkeiten zwischen ihrem Sohn und Tom. Das möchten wir noch einmal durchgehen – von Anfang an.«

Eine Welle des Zorns schüttelt Amandine. Einige Haarsträhnen fallen über ihre Brust, als wären es Risse in ihrem Herzen.

»Seid ihr noch immer bei diesem Unsinn?«, stößt sie hervor. »Jonas hat ihr Punkt für Punkt geantwortet!«

»Dann wollen wir jetzt Punkt für Punkt seine Antworten durchgehen«, entgegnet Nectaire geduldig. »Jonas ist höchstwahrscheinlich getötet worden, weil er etwas herausgefunden hatte. Etwas, das auch wir herausfinden müssen.«

Das Argument zieht. Amandine scheint mehr Bereitschaft zu zeigen.

»Fang an«, murmelt sie.

Nectaire atmet tief durch, bevor er die erste Frage stellt.

»Ich beginne mit dem ersten Punkt. Die indigoblauen Badeshorts. Es mag dir seltsam scheinen, aber dieser Zufall beschäftigt mich am meisten. Sicher, weil er nichts Übernatürliches hat. Alles andere – die Ähnlichkeit, das Geburtsmal, die gemeinsamen Vorlieben und Phobien, die identische DNA – ist nur durch Magie oder Hexerei zu erklären ... Aber diese indigoblauen Badeshorts? Esteban Libéri trug die Gleichen, mit einem kleinen weißen Walfisch, das kannst du nicht abstreiten, es steht in dem Bericht von Lazarbal, dem Polizisten, der in diesem Fall ermittelt hat. Es tut mir leid, Amandine, aber hier kann ich nicht an reinen Zufall glauben, wenn Tom vor sechs Monaten am Strand genau dieselben trug – und zwar eben an dem Tag, als Maddi Libéri dort spazieren ging.«

»Der Walfisch war wegen Jonas. Anscheinend eine Geschichte, die in der Bibel vorkommt.«

Nectaire und Lespinasse wechseln einen Blick. Amandines Antwort erklärt nichts. Sie macht es sogar noch erstaunlicher, dass Esteban zehn Jahre zuvor – als Jonas noch keine zwanzig und Tom noch nicht geboren war – genau dieselben Shorts trug.

»Also hat Jonas Tom diese Badeshorts gekauft?«, fragt Nectaire sanft.

Amandine nimmt sich Zeit zum Nachdenken.

»Nein, ich glaube nicht ... Jonas hat seinem Sohn nie Kleidung gekauft.«

»Wer dann? Du?«

»Nein, daran würde ich mich erinnern.«

»Wer dann?«, fragen Lespinasse und Nectaire wie aus einem Mund.

Amandine drückt ihren Rücken so tief wie möglich in die Kissen und strengt ihr Gedächtnis an. Wenn sie abrutscht, wenn sie stürzt, zerbricht ihr Porzellankörper.

»Ich ... Ich glaube, das war Savine.«

XII
DIE EXEKUTION

Das Sterbezimmer

• 72 •

Meine Braue ist aufgeplatzt, und das Blut läuft in mein Auge, aber ich kann es nicht abwischen.
 Ich bin an Händen und Füßen gefesselt.
 Ich kann nicht einmal schreien und so dem Schmerz Luft machen, denn ich bin auch geknebelt.
 Ich sitze auf dem kalten, nackten Boden, den Rücken an die grob behauene Lavawand gelehnt. Ein Verlies aus spitzem Vulkangestein, das Gegenteil einer gepolsterten Zelle, ein Kerker der Geschundenen, in dem es ausreicht, sich gegen die Wand zu werfen, um dem Leben ein Ende zu setzen, die Haut zerrissen, die letzten Lebensfragmente in Fetzen.
 »Ich will Ihnen eine Geschichte erzählen, Maddi. Ich will Ihnen meine Geschichte erzählen. Ich glaube, das haben Sie verdient.«
 Savine Laroche lehnt mir gegenüber an dem einzigen Teil der Wand, der mit Ziegelsteinen vermauert ist.
 Ich will ihre Stimme nicht hören.
 Ich will auf den geringsten Laut lauschen, den leisesten Schrei wahrnehmen.
 Ich will Gabriels Stimme hören, wenn er wieder nach mir ruft.
 Maman!
 Wo ist Gabriel?
 Ich will Toms Stimme hören, wenn sie mich noch einmal leitet.
 Hier! Ich bin hier!

Ich brülle in meinem Kopf, in meinem Schädel herrscht ein ohrenbetäubender Lärm, der alle Zellen in meinem Gehirn in Zellen eines Irrenhauses verwandelt.
Wo seid ihr?

»Ich will Ihnen meine Geschichte erzählen, Maddi. Es ist die banale Geschichte eines gestrauchelten Mädchens. Keine Sorge, ich werde Ihnen meine Kindheit und Jugend ersparen, sie würden Ihnen zwar helfen zu verstehen, woher ich komme und wo ich gelandet bin, aber Sie sind intelligent, Maddi, Sie werden sich dieses abgelegene Waldgebiet, in dem ich aufgewachsen bin, vorstellen können. Les Aubiers, die schlimmste Armensiedlung von Bordeaux. Ich werde Ihnen ersparen, wie oft ich mein Leben aufs Spiel gesetzt und mich Unbekannten hingegeben habe – für etwas Alkohol, für Drogen oder ein wenig Liebe. Ich werde Ihnen die falschen Entscheidungen und Hoffnungen, die Abhängigkeit und die Demütigungen ersparen. Ebenso wie meinen langen Abstieg in die Hölle. Ich will meine Geschichte auf dem Höhepunkt meiner Verzweiflung beginnen. Damals war ich gerade mal zwanzig.

Ich war mit einem Jungen zusammen, der anders war, kurz gesagt, schöner, gesünder, ein Surfer, Musiker und Student am Campus Bastide, der in Bordeaux unglücklich war und sich nach Biarritz zurücksehnte. Zwischen seinen Klausuren suchte er ein- oder zweimal Trost in meinen Armen. Und sobald er den Hörsaal verließ, suchte er am Strand auch Trost in anderen Armen, die gebräunter und mit weniger Einstichen übersät waren als meine. Ich habe nie gewagt, ihm zu sagen, dass ich von ihm schwanger war. Ich glaube, heute erinnere ich mich nicht einmal mehr an seinen Vornamen. Und war das Kind überhaupt wirklich von ihm? Das war nur eine Möglichkeit. Aber da es keine Sicherheit gibt, Maddi, ist es besser, sich an diese zu halten. Die anderen potenziellen Erzeuger auf der Liste entsprachen wirklich nicht meinen Erwartungen.

Ich habe allein in der Klinik Belharra in Bayonne entbunden. Und ich schwöre Ihnen, dass ich wirklich besten Willens war. Ich versichere Ihnen, Maddi, ich habe versucht, mich um ihn zu kümmern, ihn großzuziehen. Ich habe ihm ein Kuscheltier gekauft – zu groß –, einen Schnuller – zu hart –, Windeln – zu breit –, mit jedem Tag wurde mir klarer, dass ich mein Kind in Gefahr brachte. Zu jener Zeit gab es in den Zeitungen einige Artikel über die Organisation Le Berceau de la Cigogne, die in ganz Frankreich rund zwanzig Babyklappen eingerichtet hatte, eine davon in der Rue Lasseguette in Bayonne. Ich wollte keine anonyme Geburt, ich wollte meine Chance nutzen. Und diese Babyklappe offenbarte mir eine zweite. Der Kleine war drei Monate alt, und er wäre glücklicher ohne mich und ich ohne ihn.

Das zumindest dachte ich …

Ich weiß nicht, ob Sie sich vorstellen können, was eine Mutter empfindet, wenn sie ihr Kind in eine solche Klappe legt, Maddi, diese dann schließt und geht. Ich weiß nicht, ob Sie sich vorstellen können, wozu das Gehirn fähig ist, um sich zu schützen, zu überleben, weiterzugehen, ohne sich umzudrehen.

Mein armes Gehirn hat nicht lange gesucht, es hat sich auf die einfachste Art beruhigt, bei jedem Schritt, der mich von der Rue Lasseguette und dem Klinikum der baskischen Küste entfernte, hämmerte es mir ein: Ich werde zurückkommen! Ich komme zurück, und hole dich, mein Kleiner. Wo auch immer du dann sein magst, ich werde dich finden.

Ich habe lange gebraucht, viele Jahre, aber ich habe es geschafft.

So paradox es auch klingen mag, aber mein Kind wegzugeben, hat mich gerettet. Nein, Entschuldigung, das ist falsch ausgedrückt. Was mich gerettet hat, ist das alles beherrschende, überlebenswichtige Versprechen, mein Kind wiederzufinden und zu mir zu nehmen, es wie jede normale Mutter großzuziehen. Das war am 29. Januar 2000. Seit jenem Tag habe ich nie wieder Drogen angerührt. Keiner verlorenen Seele mehr Unterschlupf unter meiner Decke gewährt. Ich habe meine Ausbildung wieder aufgenommen und festgestellt, dass ich recht begabt war, nicht besser als die anderen, aber so viel motivierter. Und so viel erfahrener! Alle anderen, die die Ausbildung zur Sozialarbeiterin absolvierten, waren kleine Mädchen aus guten Familien, die niemals einen Fuß in solche Viertel gesetzt hatten und weniger noch in die Häuser, für die sie später verantwortlich sein würden. Die Irrtümer und Fehltritte meiner Vergangenheit wurden zur treibenden Kraft für mein neues Projekt. Mein Kind zurückzuholen! Nachdem ich derart gelitten hatte, würde ich eine bessere Mutter sein. Ich hatte es Ihnen anvertraut, aber nicht für immer überlassen.

Ja, ich habe Zeit gebraucht, um Sie ausfindig zu machen.

Zunächst musste ich selbst bereit sein! Danach war es kein Problem herauszufinden, wo sich mein Kind befand. Durch meinen Beruf hatte ich Zugang zu allen Akten. So konnte ich ganz einfach Daten, Name und Adresse herausfinden. So viele Kinder gibt es nicht in den Babyklappen.

Es hat zehn Jahre gedauert, bis mein Projekt ausgereift und mein Plan ausgetüftelt war.

Im Gegensatz zu Ihrer eigenen Überzeugung sind Sie bei weitem keine perfekte Mutter, Maddi. Sie arbeiten viel, viel zu viel. Esteban war allein, viel zu oft allein. Es war ein Leichtes, ihn anzusprechen, ohne dass Sie es bemerkten, zunächst unterhielten wir uns von Zeit zu Zeit ein paar Minuten, dann immer regelmäßiger und schließlich jeden Morgen, immer dasselbe Ritual, wenn Esteban Brot holte. Er schenkte mir einen Honigkeks, wir plauderten etwas, und er war zu Hause, ehe Sie aus der Dusche kamen. Wir trafen uns auch auf seinem Weg zur Musikschule oder in der Nähe des Schwimmbads. Eine Frau wie ich fällt nicht weiter auf, aber sie weckt Vertrauen. Es war nicht schwer, eine Beziehung zu Esteban aufzubauen.

Schließlich habe ich ihm nur die Wahrheit erzählt!

Nämlich, dass Sie nicht seine leibliche Mutter sind, sondern ihn adoptiert haben. Sie waren schwanger mit einem Kind, das wirklich das Ihre wäre. Esteban liebte Geschichten und Sagen über alles und hatte eine blühende Phantasie. Tag für Tag säte ich ein neues Korn in seinem Kopf: in eine versunkene Welt gelangen, das Leben oder zumindest den Körper wechseln, damit Sie ihn mehr liebten. Aber das war unser Geheimnis!

Einige kamen der Wahrheit ziemlich nah, so wie sein Psychiater Gaspard Montiroir, aber der bekam es mit der Angst zu tun, oder dieser Flic Iban Lazarbal, aber der konnte nichts beweisen. Ich war unsichtbar.

Esteban und ich hatten die Veränderung seines Lebens für seinen zehnten Geburtstag geplant. Für mich war natürlich dieser Wechsel in einen anderen Körper nur eine Metapher und für Esteban war es ein Spiel. Es sollte kein Tropfen Blut vergossen, kein Körper ertränkt werden. Ich wollte nur meinen Sohn zurückhaben, und Sie hätten den Ihren, also wären wir quitt gewesen.

Ich muss Ihnen das Einzige gestehen, was ich bereue, Maddi. Ich war zu schnell, ich war zu ungeduldig, ich glaubte, Esteban hätte genügend Vertrauen zu mir, aber er war noch nicht bereit.

An jenem Morgen hat er mich aus freien Stücken mit seiner Ein-Euro-Münze in der Hand am Strand getroffen. Natürlich hat niemand irgendetwas bemerkt, es gab keine einzige Biene in der Nähe, und Esteban ist nicht schwimmen gegangen. Er hatte Vertrauen zu mir, aber als ich ihn in mein Auto setzte und wir losfuhren, statt ihn, wie jeden Morgen, sein Brot und seinen Honigkeks kaufen zu lassen, geriet er in Panik. Ein paar Kilometer weiter, etwas abseits der Küstenstraße von Urrugne, musste ich anhalten, um ihn zu beruhigen.

Ich versuchte, ihm erneut seine Lieblingsgeschichten zu erzählen, die von der umgekehrten Welt, dem versunkenen Dorf, aber er wollte nicht zuhören. Mit seinen zehn Jahren war er durchaus in der Lage, zwischen einer Geschichte und der Realität zu unterscheiden. Die Unterwasserwelt, die Reinkarnation, all das war nur ein Spiel, er wollte nie sterben. Und jetzt wollte er nach Hause.

Um ihn zu beruhigen, hielt ich seine Arme fest, mit denen er um sich schlug. Ich hatte keine andere Wahl, als ihm alles zu gestehen.

Dass ich seine wirkliche Mutter war, dass wir uns wiedergefunden hatten. Dass wir zusammen glücklich sein würden. Schließlich war er bereit, sich an mich zu schmiegen. Ich glaubte, gewonnen zu haben.

Ich tröstete ihn weiter: *Ich werde dir nicht wehtun, du kennst mich doch schon, du kennst mich ja jetzt. Wenn du willst, kannst du deinen Vornamen behalten. Und du kannst auch von Zeit zu Zeit Maddi schreiben.*
Er war jetzt ganz ruhig, ich wiegte ihn und spürte sein Herz an meiner Brust schlagen.
Wir beide gehen zusammen fort, ich habe alles vorbereitet, in ein Land, in dem du das ganze Jahr über im warmen Meer schwimmen kannst.
Das war der schönste Moment meines Lebens. Im Grunde der Einzige, der wirklich zählt. Ein Moment für ein ganzes Leben, war das der Preis, den ich zahlen musste?
Ich glaubte, dass er jetzt endlich mir gehörte. Ich beugte mich über ihn, um ihm einen Kuss zu geben, nur einen einzigen. Er nutzte die Gelegenheit, um sich freizumachen. Um mit beiden Füßen nach mir zu treten, die Tür zu öffnen und barfuß geradeaus geradewegs zu den Felsen zu laufen.
Esteban war ein guter Schwimmer, aber er hatte kein Gespür für Entfernungen, und er wusste nichts über die Gegenströmung. Er ist ins Meer gesprungen.
Ich habe so viel und so oft an ihn gedacht. Und ich habe begriffen. Sie hatten zehn Jahre Zeit, Maddi, zehn Jahre, um seinen Geist zu beeinflussen, um ihm einzureden, Sie wären seine richtige Mutter. Mir blieben nur wenige Augenblicke. Ich hätte nur etwas mehr Zeit gebraucht, um ihn zu überzeugen, ihn zu retten.
Neunundzwanzig Tage später hat man Estebans Leiche aus dem Wasser gefischt.
Ihnen war es egal, dass er nicht mehr da war, nicht wahr? Er war nicht Ihr Kind. Und Sie hatten ein anderes.
Aber was blieb mir?
Zwei Espadrilles und eine Ein-Euro-Münze, die unter den Vordersitz gerollt war.
Können Sie sich das vorstellen, Maddi? Ich hatte Ihnen mein Kind anvertraut, und Sie haben es all die Jahre belogen. Sie haben ihn derart durcheinandergebracht, dass er vor mir fliehen wollte. Sie haben ihn umgebracht. Ist Ihnen das klar? Sie haben ihn umgebracht!«

· 73 ·

Nectaire betrachtet den Schnee, der auf die schmutzige Fensterscheibe fällt. Der Weiler von Froidefond, der Brunnen der Seelen, der Hof von La Souille, die Autos, die den Schnee mit Dutzenden von Reifenspuren durchzogen haben: der Kastenwagen der Feuerwehr, der Krankenwagen, der Kleinbus der Polizei, sein alter Renault 5 ... und der leere Platz, auf dem der Koleos Geländewagen gestanden hat.
Ich glaube, das war Savine.

Sobald Amandine diese Worte ausgesprochen hat, ist Nectaire aufgesprungen. Wie vom Blitz getroffen. Lieutenant Lespinasse begreift sofort, dass er jetzt übernehmen muss und wiederholt mit sanfter Stimme:
»Amandine, das ist sehr wichtig. Hat Savine Laroche die indigoblauen Badeshorts gekauft?«
»Ja ... ich glaube.«
»Sie glauben?«
»Nein ... ich ... ich bin sicher.«
Einige Sekunden lang denkt Lespinasse über diese Information nach, oder vielleicht bereitet er auch nur seine nächste Frage vor oder legt eine Kunstpause ein, um ein neues Geständnis zu bekommen.
»Macht Savine Laroche Ihnen oft Geschenke?«

»Ja ... sie hilft mir, sie kümmert sich um Tom und mich. Sie übernimmt das, was zu kompliziert für mich ist. Die Konten, die Rechnungen, den ganzen Papierkram. Wenn es am Monatsende zu knapp wird, findet sie Lösungen. Als Sozialhelferin ist das schließlich ihr Job, oder?«

»Ja«, bestätigt Lespinasse. »Und ... und seit wann hilft Savine Laroche Ihnen?«

»Na ... schon immer.«

Der Lieutenant fährt sich zögerlich über den Bart und hebt kaum die Augenbrauen, aus Furcht, die geringste überstürzte Geste könnte das plötzliche Vertrauen zerstören.

»Was heißt das? Können Sie das etwas genauer sagen?«

»Na, seit sie in Murol ist. Tom muss damals vier oder fünf gewesen sein.«

Was? explodiert Lespinasse innerlich. *Savine Laroche stammt nicht aus der Auvergne?* Er hält sich zurück, um nicht laut zu schreien, aufzuspringen, Paturin zu schütteln. Stattdessen begnügt er sich damit, den Kopf leicht zu dem Gemeindesekretär zu wenden und zu murmeln:

»Nectaire, seit wann kennen Sie Savine?«

Dieser starrt noch immer auf den Hof von La Souille und den mit weniger Schnee bedeckten Fleck, auf dem der Koleos geparkt war. Dann antwortet er mechanisch.

»Seit sie vor fünf oder sechs Jahren nach Murol gekommen ist. Aber sie hat sich so gut eingelebt, sich so nützlich gemacht, dass man meinen könnte, sie hätte schon immer hier gelebt. Innerhalb weniger Jahre kannte sie mehr Leute als ich.«

Herrgott noch mal! Lespinasse hat den Eindruck, auf Reißzwecken zu sitzen. Sein Bart kratzt, seine Nase juckt. Doch er zwingt sich zur Ruhe. Amandines Porzellangesicht ist jetzt von Müdigkeit gezeichnet. Bald werden die Notärzte zurückkommen. Er muss sich beeilen, ohne sie zu hart anzugehen.

»Erzählen Sie mir bitte etwas mehr, Amandine. Wie würden Sie die Beziehung zwischen Savine Laroche und Tom beschreiben?«

»Wie? Was soll ich da beschreiben? Das verstehe ich nicht.«

Amandines Rücken sackt langsam in die Kissen, und sie hat nicht die Kraft, sich wieder aufzurichten.

Ihre Augen fallen zu, öffnen sich kurz wieder und schließen sich dann länger, wie bei einer Puppe, sobald man sie hinlegt.

»Nun, ist Savine Laroche vielleicht für Tom ...«, der Lieutenant sucht nach Worten, »... so etwas wie eine zweite Mutter?«

Lespinasse fürchtet Amandines Reaktion, aber seine Frage scheint ihr, im Gegenteil, neue Energie zu geben. Ihr müdes Lächeln wird breiter.

»Ah, ich verstehe. Jetzt verstehe ich ... Savine sagt oft, dass ich, von allen Familien, um die sie sich kümmert, ihr Liebling bin, weil ich ihr erster Schützling war. Ich war damals noch so jung. Jonas war nie da. Ich weiß nicht, was ohne sie aus mir geworden wäre. Ich sollte so etwas nicht sagen, vor allem jetzt, wo ich älter bin und mich selbst um Tom kümmern kann, aber ich glaube, sie hat ihn besser erzogen als ich ..., mehr auf alle Fälle.«

Amandines Lächeln erstirbt, nur ihre Augen sind noch geöffnet, auf die Bilder eines vergangenen Glücks gerichtet. Als Lespinasse sich gerade erheben will, findet die junge Mutter noch die Kraft zu murmeln:

»Damals war sie andauernd in La Souille. Wenn ich es recht bedenke, war mein Kind eigentlich fast ihres.«

· 74 ·

Geknebelt.

Gefesselt.

So eng gefesselt, dass ich eigentlich nur noch ein im Staub kriechender Wurm bin.

Doch meine Augen sind auf die Luke in der Grotte gerichtet und nähren sich von dem wenigen Licht.

Nur ein schwacher Schein, der alles erhellt.

Ich wusste es, ich habe es immer gewusst.

Ein im Schatten verborgenes Monster!

Esteban war nicht ungehorsam, Esteban wollte nicht sterben, Esteban ist nicht irgendeiner Phobie zum Opfer gefallen. Esteban wollte leben, aber das Monster strich die ganze Zeit um ihn herum.

Ein Monster, das ihn entführt hat.

Ein Monster, das ihn umgebracht hat.

Ich hebe den Blick und beobachte Savine. Ihr faltiges Gesicht, ihr pummeliger Körper, die unfrisierten grauen Haare. Wer könnte glauben, dass sich hinter einem so unauffälligen Äußeren ein so teuflisches Wesen verbirgt?

Ein Wesen, das durch die im Laufe der Jahre zunehmende Geisteskrankheit in den Wahnsinn abgeglitten ist, ganz so, wie aus einer kleinen Schneekugel eine Lawine wird.

»Sehen Sie, Maddi, entgegen allem Anschein gibt es in dieser Geschichte keinen Zufall. Keinen einzigen! Ich hatte meinen Sohn verloren und durfte ihn nur wenige Sekunden in meine Arme schließen. Nur wenige Sekunden! Glauben Sie, das reicht für ein ganzes Leben? Glauben Sie, eine Mutter könnte sich damit zufriedengeben?

Zunächst habe ich nach einer Ähnlichkeit mit meinem Sohn gesucht, auf einem Bild, einem Foto, irgendwo. In den sozialen Netzwerken gab es Hunderte, Tausende, Hunderttausende davon. All die strahlenden jungen Mütter, die ihre Babys zur Schau stellen – im Alter von einem Monat, zwei Monaten, drei Monaten, zwei Jahren, drei Jahren ... Ich hatte ja nichts anderes zu tun. Ich habe ganze Abende und Nächte mit diesen Recherchen verbracht. Es hat Jahre gedauert! Wusste ich überhaupt, wonach ich suchte? Ich habe es mir sicher erst eingestanden, als ich es gefunden hatte.

Einen Doppelgänger. Einen Jungen unter all den anderen, der ihm ähnlich sah.

Er hieß Tom Fontaine und war vier Jahre und drei Monate alt, er posierte vor seinem Papa auf einem Holzschlitten, und er wohnte in einem mir völlig unbekannten Dorf – Murol in der Auvergne, wo ich noch nie in meinem Leben gewesen war. Nichts hielt mich zurück, Sie verstehen mich, Maddi, ich weiß, dass Sie zumindest diesen Teil meiner Erzählung verstehen. Also zog ich um.

Eigentlich war es ganz einfach. Man hatte mir meinen Sohn gestohlen, deshalb wollte ich einen anderen, aber nicht irgendeinen – er sollte ihm ähnlich sehen! Und zwar so sehr, dass ich wirklich glauben könnte, er wäre es. So sehr, dass er ihn ersetzen könnte! Sie müssen mich für verrückt halten. Vielleicht bin ich es ja auch tatsächlich, aber ist das nicht letztlich, was jeder will: ein verlorenes geliebtes Wesen ersetzen? Man versucht, das wiederzufinden, was man verloren hat. Wenn möglich, genau dasselbe.

Später habe ich dieser Suche einen Namen gegeben: ein Casting! Ein Casting unter Tausenden von Kindern. Verstehen Sie, Maddi, diese verblüffende Ähnlichkeit ist gar nicht seltsam oder magisch, jeder von uns hat irgendwo auf der Welt jemanden, der ihm ähnlich sieht, man muss nur suchen. Vor allem, wenn es sich um ein kleines Kind handelt, das man noch formen kann.

Der Rest war viel einfacher. Toms Mutter war jung und fast immer allein, also beeinflussbar. Und sie hatte Vertrauen zu mir. Das Schwierigste und Schmerzhafteste war das Geburtsmal. Ich habe das einzige Wochenende genutzt, an dem Amandine nicht da war. Ein Ausflug mit Jonas zum Cap d'Agde, den ich unter größten Schwierigkeiten organisiert hatte. Ich passte auf Tom auf. Er war noch keine fünf Jahre alt. Ich habe nur einen siedend heißen Öltropfen auf seine Haut fallen lassen, während er schlief. Das muss Ihnen grausam erscheinen, was, Maddi? Keine Sorge, als er weinte, habe ich ihn getröstet, und er hat nicht sehr lange geweint. Er würde nur eine vage Erinnerung daran zurückbehalten, oder gar keine, einen brauen Fleck, denselben wie bei Esteban. Ich muss Ihnen ja wohl nicht erklären, dass Geburtsmale bei Kindern häufig sind, dass sie sich aber verändern. Nach einigen Jahren ist es schwer, sie von einer Verbrennung zu unterscheiden. Hatten Sie übrigens bei der Untersuchung Zweifel?

Verstehen Sie mich recht, dieser Tropfen, dieses Mal, das war eine Art Taufe. Ist es wirklich schmerzhafter, als ein Neugeborenes in Weihwasser zu tauchen? Jetzt waren unsere Schicksale miteinander verbunden. Er gehörte zu mir und ich zu ihm. Amandine zählte nicht mehr.

Kinder sind das, was wir aus ihnen machen. Man braucht nur etwas Geduld und viel Durchhaltevermögen. Mein Sohn liebte Musik und schwamm gerne, Tom würde ebenfalls Musik lieben und gerne schwimmen.

Amandine hörte auf mich und folgte meinen Ratschlägen, ohne je meine pädagogischen Entscheidungen in Zweifel zu ziehen. Unter dem Vorwand, seinem großspurigen Vater, der selbst kaum mehr als drei Worte konnte, eine Freude machen zu wollen, brachte ich Tom auch einige Grundlagen der baskischen Sprache bei.

Um ganz ehrlich zu sein, Maddi, ich bedaure nichts. Einmal, nur ein einziges Mal, habe ich mich geschämt. An jenem Morgen war eine Biene in sein Zimmer gelangt. Er war zu klein, um ans Fenster zu kommen oder die Tür zu öffnen, also rief er um Hilfe, und seine Schreie zerrissen mir das Herz. Ich hatte beschlossen, erst nach einer Stunde einzugreifen, aber nach dreißig Minuten hielt ich es nicht mehr aus und befreite ihn. War es richtig, diese Phobie bei ihm zu schüren? Ich weiß es nicht, ich dachte, die Apiphobie hätte zwangsläufig einen Sinn, so wie alles andere auch. Tom musste an diese Geschichte von der Wiedergeburt glauben. Ich habe ihm so oft von diesem Jungen erzählt, der ertrunken ist, ehe er selbst geboren wurde, und der ihm so ähnlich sah. Unser Geheimnis! Und er sollte nicht nur aussehen wie Esteban, er sollte werden wie Esteban! Doch als er dann vor zwei Tagen am Wasserfall Saut du Loup verschwunden war, dachte ich, ich hätte ihn wirklich verloren.

So kurz vor dem Ziel ...

Sie fragen sich sicher, welche Rolle Sie in der Geschichte spielen, Maddi? Keine Sorge, dazu komme ich gleich. Sie haben begriffen, dass Tom jetzt mein Sohn war, ich hatte ihn völlig gefügig gemacht. Sie müssen zugeben, mein Plan war recht harmlos.

Aber ich wollte nicht miterleben, wie Tom älter, oder vor allem Amandine erwachsener und unabhängiger wird, mehr ihre Mutterrolle ausfüllt und sich immer stärker für einen Jungen, dann für einen Heranwachsenden interessiert. Früher oder später würde sich Tom mir entziehen. Man würde ihn mir erneut nehmen.

Da begann mein Plan zu reifen, der perfekte Plan.

Ich würde zwei Fliegen mit einer Klappe schlagen.

Meinen Sohn ganz für mich haben und mich an Ihnen rächen!«

· 75 ·

Amandines Augen fallen langsam zu. Lespinasse zögert, ihr eine weitere Frage zu stellen. Er hat genug gehört, um nicht nur Maddi Libéri und ihren Sohn Gabriel, sondern auch Savine Laroche zur Fahndung auszuschreiben. Selbst wenn er noch immer nicht genau weiß, was sich in La Souille, im Moulin de Chaudefour und am Lac Pavin abgespielt hat. Sind Maddi Libéri und Savine Laroche womöglich Komplizinnen? Was den Fahndungsbefehl angeht, so sind bei diesem Wetter alle Wagen, die nicht über Allradantrieb verfügen, blockiert – das heißt die Mehrzahl aller Polizeifahrzeuge. Solange die Straßen nicht geräumt sind, kann er sich keine großen Hoffnungen machen.

Amandine seufzt, und ihr Kopf gleitet friedlich zur Seite.

»Nur noch eine letzte Frage, Madame Fontaine«, beharrt der Lieutenant, »dann lasse ich Sie in Ruhe.«

Lespinasse hört Schritte auf der Treppe. Stiefelstampfen. Mit Sicherheit die Notärzte. Sie hatten ihm fünfzehn Minuten zugestanden, es sind schon mehr als zwanzig vergangen.

»Amandine, wessen Idee waren Ihre Ferien vor acht Monaten in Saint-Jean-de-Luz?«

Die Stiefel nähern sich der Tür. Nectaire hat mit erstaunlich entschlossenem Schritt seinen Beobachtungsposten am Fenster verlassen und geht den Notärzten entgegen.

»War es ...«, flüstert der Lieutenant. »Es war doch Jonas, oder?«

Bei Jonas' Namen reagiert Amandine. Oder vielleicht auch, weil die Ärzte an die Tür klopfen. Sie schenkt dem Polizisten und Nectaire ein zutiefst melancholisches Lächeln.

»Jonas? Nein … Familienurlaub, das war nicht wirklich sein Ding. Er war nicht da, er war auf einem Motorradtrip durch die Pyrenäen. Savine hat uns dieses Ziel vorgeschlagen und alles organisiert, die Daten, das Hotel und selbst das Programm. Wissen Sie, das ist ihre Art, Savine möchte …«, ein letzter Seufzer dringt aus ihren leicht geöffneten Lippen, »… möchte alles planen.«

· 76 ·

Mein Plan war ganz einfach, Maddi. Einfach und präzise. Ich konnte nur unter zwei Bedingungen in Ruhe mit Tom leben: Die Polizei musste ihn für tot halten und eine andere Frau des Mordes bezichtigen. Kurz gesagt, ich brauchte eine ideale Schuldige, und es hat nicht lange gedauert, bis ich sie gefunden hatte: Natürlich Sie, Maddi! Sie sind schuld daran, dass ich vor zehn Jahren gescheitert bin. Damals kannte Esteban mich erst seit einigen Monaten, unsere Flucht war zu überstürzt.

Diesmal wollte ich nichts dem Zufall überlassen. Tom kannte mich, solange er denken konnte, ich brauchte ihn nicht zu überzeugen, er würde freiwillig mitkommen, Amandine würde ihm nicht fehlen, innerhalb weniger Wochen hätte er sie vergessen. Es wäre wie große Ferien, wir würden uns zunächst in Spanien verstecken, dann in Marokko oder, mit einer neuen Identität, sonst irgendwo auf der Welt. Wenn man in einem Rathaus arbeitet, ist es nicht schwer, sich falsche Papiere zu besorgen.

Ich war sehr vorsichtig, und zwar umso mehr, als Sie es nicht waren. Man brauchte nur auf Ihre Facebook-Seite zu schauen, um alles über Ihr Leben zu erfahren. Als ich dort sah, dass Sie sich in Saint-Jean-de-Luz aufhielten, war alles unglaublich einfach.

Ich schickte Amandine und Tom am selben Tag an denselben Strand – Tom mit denselben Badeshorts. Ich selbst brauchte nicht einmal vor Ort zu sein. Das Ergebnis überstieg meine kühnsten

Erwartungen: Sie haben sofort angebissen. Ich hätte nie gedacht, dass Sie so schnell alles aufgeben würden, um diesen Jungen wiederzufinden. Aber es war auch egal, ob Sie umziehen würden oder nicht, ich war mir sicher, dass Sie diesen Zehnjährigen, der Esteban so ähnlich sieht, nicht aus dem Kopf bekommen würden. Ich wusste, dass Sie Erkundigungen einholen, ihn auspionieren würden, und dass Sie, um sich vor sich selbst zu rechtfertigen, keine andere Wahl hätten, als an dieses Ammenmärchen von der Seelenwanderung zu glauben, an Reinkarnation, an das versunkene Dorf. Es war auch nicht schwer, Nectaire Paturin dazu zu bringen, Nachforschungen über Sie anzustellen. Und so sammelte er geduldig Beweise für Ihre Neurose und für Ihre Schuld. Konnte ich mir etwas Besseres erträumen, als einen ehemaligen Polizisten, dessen Instinkt ihn mit Sicherheit auf die falsche Fährte führt?

Ich selbst hielt mich im Hintergrund, niemand würde mich verdächtigen. Ich hatte mir nichts vorzuwerfen. Verstehen Sie mich recht, Maddi, mein Plan war nicht bösartig, es sollte keine Toten, keinen Tropfen vergossenes Blut geben. Ich wollte nur nach all den Jahren mein Kind zurückhaben, mit ihm fliehen und in Ruhe leben!

Ist das zu viel verlangt? Aber wieder ist alles an Ihnen gescheitert!

Sie haben Tom und Amandine Angst gemacht. Der Gemeindepolizist Martin Sainfoin war der Erste, der sich Sorgen machte. Er kannte Tom gut, sie begeisterten sich beide fürs Radfahren und fuhren oft zusammen von Besse nach Murol. Zunächst war Martin wegen Ihres merkwürdigen Verhaltens beunruhigt, und nachdem er Erkundigungen eingeholt hatte, noch mehr wegen der seltsamen Übereinstimmungen zwischen Ihrem verschwundenen Jungen und Tom. Ich habe nicht damit gerechnet, dass er so schnell vorankommen, dass er Tom befragen würde, der ihm alles anvertraut hat. Und dass er Rückschlüsse auf meine Person ziehen würde. Er hat sich noch am selben Abend mit mir im La Poterne in Besse zu einer Aussprache verabredet. Das haben alle im Rathaus mitbekommen, aber komischerweise hat mich niemand verdächtigt.

Ich saß in der Klemme. Wenn Martin Sainfoin meine Rolle in dieser Geschichte aufdecken würde, wäre mein Plan gescheitert! Ich hatte keine andere Wahl, ich musste schnell handeln, solange er in mir nur die Sozialarbeiterin sah, die einem Kind seltsame Geschichten von Reinkarnation und einem versunkenen Dorf erzählt. Und so mischte ich, als ich die Teebecher brachte, Fingerhut in seinen.

Nachdem Martin Sainfoin ausgeschaltet war, hoffte ich, meine Ruhe zu haben, denn er war der einzige Erwachsene, dem Tom sich anvertrauen würde. Aber dann ist dieser Idiot von Jonas wieder aufgetaucht! Wie zu erwarten, hat er Sie verdächtigt. Und er ist handgreiflich geworden, um Tom zum Sprechen zu bringen, mehr brauche ich Ihnen wohl nicht zu sagen. Wie hätte ich Tom einer solchen Familie überlassen können? Zumindest in diesem Punkt werden Sie mir doch zustimmen, Maddi? Glücklicherweise gehörte Jonas zu jenen Männern, die so sehr von ihrer Stärke überzeugt sind, dass sie alle Probleme allein regeln wollen. Er hat mich angerufen, als ich mit Nectaire im Rathaus war. Es ist mir gelungen, einen verschwiegenen Treffpunkt im Tal von Chaudefour auszumachen, Nectaire seiner Teezubereitung zu überlassen und innerhalb einer Stunde wieder im Rathaus zu sein. Ich hatte das Thiers-Gentleman-Messer in der Tasche, das ich mir in Asters Geschäft ausgeliehen hatte, was nicht besonders schwierig war, da ich ja dauernd bei Nectaire und Aster ein und aus ging. Ich hatte nicht damit gerechnet, dass sich Ihr Sohn dort ebenfalls bedienen würde. Aber zwei gestohlene Messer haben letztlich die Spuren besser verwischt.

Alles war vorbereitet.

Jetzt kam Ihr Auftritt, Maddi. Es war an Ihnen, vor allen – Nectaire, mir und der ganzen Welt – lautstark zu wiederholen, dass an Toms zehntem Geburtstag etwas geschehen würde. Erinnern Sie sich an unser Abendessen in der *Potagerie*? Ich glaube, alle anderen Gäste haben Ihre Geschichte von der Unterwasserwelt und der

Reinkarnation gehört. Sie haben laut geschrien: *Jemand hat Esteban entführt. Jemand wird … morgen … an seinem zehnten Geburtstag dasselbe mit Tom tun!*

Alle mussten glauben, Sie hätten den Verstand verloren. Sogar Sie selbst!

Ja, alles war bereit.«

· 77 ·

Sie muss sich jetzt ausruhen, Lieutenant.«

Lespinasse diskutiert nicht, es geht ihm gegen den Strich, wenn jemand seine Autorität in Frage stellt, also wird er das auch nicht gegenüber der Ärztin tun, die vor der Zimmertür steht. Er geht hinaus. Er hätte Amandine Fontaine noch viele Fragen stellen wollen, aber er hat jetzt Dringlicheres zu regeln: Zwei Frauen und ein zehnjähriger Junge sind verschwunden, und es gibt nicht die geringste Spur, wo sie sein könnten. Der See muss abgesucht werden, um die Leiche eines Kindes zu bergen, ein weiteres, das sich ertränkt hat. Er muss die Polizeistationen von Clermont und Saint-Jean-de-Luz zurückrufen und auch diesen Psychiater, Wayan Balik Kuning. Und warum sollte er nicht erneut Aster Paturin vom La Galipote in Besse befragen? Es gibt so viele mysteriöse Umstände in diesem Fall.

»Bitte verlassen Sie das Zimmer.«

Nectaire beugt sich noch immer über Amandines Bett, doch die Notärztin insistiert. Statt sich aufzurichten, nähert sich Nectaire Amandine noch mehr, so als wolle er sie lange umarmen, ehe er geht. Eine Geste, die natürlich und zärtlich wirken muss, die Ärztin kann warten.

Mit einem Arm wiegt er leicht die im Bett ausgestreckt liegende Frau, ganz sanft, um sie nicht zu wecken, gerade genug, um sie im

Halbschlaf zu halten. Die andere Hand, die nicht sichtbar ist, gleitet in seine Tasche und greift nach dem Glasfläschchen, das Aster ihm bei ihrer Umarmung auf der Treppe zugesteckt hat. *Jetzt bist du an der Reihe, Nicky,* hat sie ihm zugeflüstert, *selbst, wenn du nicht daran glaubst, tu es für mich.*

»Bitte gehen Sie jetzt.«

Die Notärztin steht noch immer an der Zimmertür. Nectaire richtet es so ein, dass er ihr den Rücken zuwendet, senkt sein Gesicht noch mehr zu Amandine, wie um ihr einen zärtlichen Kuss zu geben. Nachdem er mit dem Daumennagel den Stöpsel entfernt hat, führt er das Fläschchen an Amandines kaum geöffneten Mund. Das rote Wasser läuft über ihre blassen Lippen und das Kinn. *Bitte,* fleht Nectaire innerlich, *streng dich etwas an.*

»Hören Sie, ich werde jetzt Verstärkung holen!«

Nectaire drückt den Hals des Fläschchens fester an Amandines Lippen, und diesmal trinkt sie in kleinen Schlucken wie ein Kätzchen. Nur wenige Tropfen. Wenige Tropfen reichen aus.

Nectaire hat gerade noch Zeit, das Fläschchen in seine Tasche zu schieben, als die Notärztin sich dem Bett nähert.

»Schon gut, Frau Doktor, ich gehe.«

· 78 ·

Um Mitternacht waren alle bereit für ihren Auftritt. Ihrer war kurz und etwas abgeschnitten, das gebe ich zu. Ich hoffe, Sie nehmen es mir nicht übel? Wir hatten keine Zeit für Proben, es gab nur eine Aufführung, aber das Drehbuch war bis zum letzten Wort festgelegt. Und ich kümmerte mich hinter den Kulissen um die Inszenierung.

Nectaire war unbestritten der Schauspieler, der am schwierigsten zu leiten war. Sein Instinkt sagte ihm, dass Sie logen, aber er misstraute seiner eigenen Intuition derart, dass er geneigt war, Ihnen zu glauben. Unmöglich seine Reaktion vorherzusehen.

Also hatte ich die Idee, auf die ich wirklich sehr stolz bin: der DNA-Test! Es war natürlich unmöglich, dass das Testergebnis von Tom und Esteban übereinstimmte, denn nur Zwillinge besitzen identische Gene. Da er es doch tat, schloss Nectaires rationaler Verstand daraus, dass Sie den Test verfälscht hatten. Und dass Sie, Maddi, von Anfang an versucht hatten, alle zu manipulieren!

Nie wäre er auf die Idee gekommen, dass nicht Sie, sondern ich die Lügnerin war. Dabei war auch dies kein Kunststück. Ich habe ihm einfach den Kuschel-Wal meines Babys gegeben, neben einigen Schnullern und zu großen Windelpaketen, das einzige Erinnerungsstück, das ich nicht in die Babyklappe gelegt hatte. Ich habe ihn nie weggeworfen, wirft man etwa das erste Spielzeug seines Kindes weg? Natürlich hatte ich Tom ein ganz ähnliches Plüschtier, Monstro, geschenkt, es war mein allererstes Geschenk, als ich nach Murol kam. Monstro, ein Walfisch, wie der auf Estebans Badeshorts, schlief in Toms Bett.

Auch das war keine Zauberei, denn natürlich hatte *ich* Esteban eingeredet, diese indigoblaue Badehose in dem Geschäft in Saint-Jean-de-Luz zu wählen. Er hat sie sich gewünscht, und Sie haben sie ahnungslos gekauft.

Aber wären Sie aufmerksam gewesen, Maddi, hätten Sie bemerkt, dass es doch einen Zufall in dieser ganzen Geschichte gibt. Nur einen einzigen! Als ich schwanger war, habe ich diesen Wal zufällig ausgewählt, ich habe das erstbeste Plüschtier genommen, das größte, das ich mir mit den paar Francs, die ich in der Tasche hatte, leisten konnte. Damals konnte ich nicht wissen, dass Toms Vater Jonas heißen würde, ebenso wie die Grotten ... und der Walfisch in der Bibel. Aber ich glaube, auch wenn ich einen Bären oder einen Hasen gekauft hätte, hätten wir irgendeine Gemeinsamkeit gefunden, nicht wahr? Sind Sie nicht meiner Meinung, Maddi? Sie wollen vielleicht lieber wissen, wie es weitergeht? Stimmt, Sie haben einen ganzen Teil verpasst ..., aber der ist schnell zusammengefasst: *mit Tom aufbrechen und alle anderen glauben machen, dass Sie ihn entführt hätten.*

Ich wusste, dass Tom mir folgen würde, auch mitten in der Nacht. Ich wollte nicht zwei Mal denselben Fehler machen, diesmal hatte ich mir fünf Jahre Zeit genommen, um sein volles Vertrauen zu erlangen. Was dann folgte, erforderte eine etwas anspruchsvollere Inszenierung.

Zunächst musste ich Sie an den Lac Pavin locken – allein! Ich war überzeugt davon, dass die Entdeckung des versunkenen Dorfmodells unter Toms Bett ausreichen würde. Dafür gab es schon vorher genügend Hinweise. Anschließend musste ich Nectaire mit seinem alten Renault 5 auf ihre Fährte ansetzen, während ich vorgab, in la Souille zu bleiben, um Amandine zu überwachen und die Polizei zu rufen. Sobald Nectaire Froidefond verlassen hatte, machte ich mich schleunigst auf den Weg zum Lac Pavin, und zwar über das Naturgebiet Les Fraux, das ist zwar ein Umweg von knapp drei Kilometern, aber ich wusste, dass ich wegen des Sturms und Nectaires Vorsicht mit meinem Geländewagen mit ausreichendem Vorsprung dort ankommen würde. Und dann brauchte ich nur noch auf Sie zu warten, Maddi, Sie mit dem erstbesten Stein niederzuschlagen und mit meinem Koleos an den Gipfel des Klettersteigs zu bringen. Dort habe ich sie bewusstlos im Kofferraum liegenlassen und dann die Polizei gerufen.

Als Nectaire schließlich am See ankam, war alles bereit. Er hatte noch länger gebraucht, als ich ausgerechnet hatte: fast zwei Stunden, um die zehn Kilometer zurückzulegen. Dann zog ich Ihren Ski-Anorak, Ihren Schal und Ihre malvenfarbene Mütze an und ruderte in Begleitung einer simplen Schaufensterpuppe, die man mit drei Klicks im Internet findet, über den See – natürlich trug sie Toms orangefarbene Fleecejacke. Meine Lieblingsfarbe! Aber das ist glücklicherweise niemandem aufgefallen. Meistens habe ich Toms Kleidung gekauft, und es war kein Problem, gleich mehrere Exemplare zu bestellen.

Da ich weit genug entfernt war und es schneite, war die Illusion perfekt. Nectaire war die ideale Besetzung, denn er war außerstande, um den See zu rennen, um mich einzuholen. Ich hatte Zeit genug, anzulegen, die mit Steinen beschwerte Schaufensterpuppe ins Wasser zu werfen, meine Hände in die kleinen Turnschuhe zu stecken und – indem ich auf allen Vieren lief – die Fußspuren eines Kindes und eines Erwachsenen zu hinterlassen, und mich an den Klettersteig für Anfänger zu machen.

Sobald ich die Blaulichter und den atemlosen Nectaire auftauchen sah, begann der letzte Akt meiner Inszenierung. Ich hatte damit gerechnet, dass Nectaire am Ufer bleiben würde, es hat mich gewundert, dass er in das Boot stieg und auf den See ruderte, um mehr Abstand zu haben. Aber im Grunde änderte das nichts ... Er sah, wie ich oben an der Kletterwand die Hand der zweiten Schaufensterpuppe losließ und diese wie ein Stein ins Wasser fiel und nicht wieder auftauchte. Ich hatte nicht zufällig den Lac Pavin als Kulisse gewählt, er ist der tiefste See der Auvergne, seinen Grund kann man nicht absuchen, und somit hätte sich die Polizei nicht gewundert, wenn sie die Leiche des ertrunkenen Kindes nicht gefunden hätte. Als die Beamten die Kletterplattform erreichten, haben sie nur Ihren bewusstlosen Körper entdeckt. Ich war schon weg, und der Schnee hatte meine Fußspuren verwischt.

Sehen Sie, Maddi, es war gar nicht so schwer. Ich hatte jahrelang Zeit, alles vorzubereiten, ich brauchte nur drei Elemente, damit es klappen würde: das richtige Wetter abwarten, einen langsamen Ermittler und eine Verdächtige wählen, an deren Wahnsinn niemand zweifelte.

Dann blieb mir nur, den Vorhang herunterzulassen.

Ein perfekter Plan, das zumindest dachte ich.

Doch es gab ein Sandkorn im Getriebe, ein Sandkorn, mit dem ich nicht gerechnet hatte.

Ein Sandkorn, das Sie leider das Leben kosten wird, Maddi.

Ihr Sohn Gabriel.«

· 79 ·

Ich schlafe ein, Gabriel.«

Ist es die Müdigkeit, die Toms Augenlider schwer werden lässt? Ist es das Gefühlschaos? Oder nur die Wärme?

Das Feuer im Kamin, Holzscheit für Holzscheit in Gang gehalten, hat schließlich die eisige Luft verdrängt, die sich durch das Gitter des Sterbezimmers erahnen lässt. Die Kälte würde jedem zu schaffen machen, der sich hinauswagt, aber hier im hinteren Teil der Höhle ist es angenehm warm. Tom und Gabriel, dicht an den Kamin gekauert, könnten eigentlich ihre Pullover und Jacken ausziehen. Wenn sie nicht …

»Tut mir leid«, wiederholt Tom, »aber ich kann meine Augen nicht länger offen halten.«

»Ruh dich aus«, sagt Gabriel sanft und rutscht näher. »Lehn dich an mich. Ich bin bequemer als ein Phantom, siehst du?«

Tom findet noch die Kraft für einen Scherz.

»Bequemer als ein Phantom vielleicht, aber fast genauso klapperdürr!«

Trotzdem lässt er seinen allzu schweren Kopf auf die Schulter des Jungen sinken.

»Ich habe Angst einzuschlafen, Gaby. Vielleicht werde ich dann niemals wieder wach.«

»Red dir bloß nicht so einen Quatsch ein! Ich übernehme die erste Wache! Ich werde dich beschützen.«

»So wie du verschnürt bist«, meint Tom ironisch, »haben wir wohl eher Pech gehabt.«

Gabriel windet sich, so gut er eben kann, aber es gelingt ihm kaum, seine an den Knöcheln gefesselten Beine voneinander zu trennen, und noch weniger, seine an den Rumpf gefesselten Arme zu spreizen. Auch Tom hat schon versucht, die Knoten aufzumachen, jedoch leider ohne Erfolg.

»Lass mir noch ein bisschen Zeit«, versichert ihm Gabriel. »Ich habe eine Waffe ... ein Messer.«

Tom gähnt. Die lodernden Flammen im Kamin verbrennen ihm fast die Wange.

»Und dann? Selbst wenn wir es schaffen sollten, dich von den Fesseln zu befreien? Wir bekommen das Gitter nicht auf, ich habe es ja probiert!«

Gabriel versucht dennoch weiter, seine Knöchel und seine Handgelenke zu spreizen, aber die Fesseln sind zu fest. Unmöglich für ihn oder Tom, das Messer aus seiner Tasche zu angeln. Seine Bemühungen führen nur dazu, dass er noch weiter mit dem Rücken an der Wand herunterrutscht. Mit seinen weiß gekalkten Wänden ähnelt das Sterbezimmer einem in Stein gehauenen Krankensaal, einer seit fünftausend Jahren vergessenen Klinik für prähistorische Menschen ...

Dennoch, jemand weiß, dass sie hier sind.

»Und dann?«, reagiert Gabriel. »Meine Mutter wird kommen und uns retten! Du hast doch gehört, wie sie vorhin deinen Namen gerufen hat. Du hast ihr sogar geantwortet. Und ich ... ich habe sie gesehen.«

»Wenn sie es geschafft hätte, wäre sie schon längst hier!«

Tom sackt noch mehr in sich zusammen. Gabriel weiß, dass er recht hat. Maman ist sicher auch gefangen genommen worden.

»Okay, wenn du meinst ..., dann habe ich eine andere Idee.«

Tom gähnt wieder. Er hat nicht mehr die Kraft, gegen den Schlaf anzukämpfen.

»Das ist lieb von dir«, murmelt er, »aber du musst dich nicht anstrengen. Ich mache nur ein kleines Nickerchen. Du holst mir ein paar Mikados aus dem Supermarkt an der Ecke und weckst mich, wenn es Zeit ist für den Nachmittagssnack, okay?«

Toms gesamte Muskulatur erschlafft mit einem Mal.

»Nicht einschlafen!«, schreit Gabriel und schüttelt ihn. »Schlaf bitte hier nicht ein. Wir sind im Sterbezimmer. Einschlafen heißt sterben.«

Tom lässt sich am Fuß des Kamins auf die andere Seite fallen.

»Das ist nicht schlimm, Gabriel, du hast mir doch das rote Wasser aus dem Brunnen der Seelen zu trinken gegeben, ich werde als Baby wieder aufwachen.«

Gabriel starrt seinen Freund ebenso überrascht wie betrübt an.

»Das funktioniert nur, wenn ich deine Mutter dazu bringe, die andere Hälfte zu trinken! Und das wird wohl nicht möglich sein, solange ich hier gefangen bin.«

Als Tom in Gabriels enttäuschtes Gesicht sieht, mobilisiert er seine letzten Kräfte und setzt sich auf.

»Ich hab nur Spaß gemacht, Gaby. Ich glaube, du bist noch verrückter als ich. Hast du wirklich an diese Legende vom roten Wasser aus der Unterwelt geglaubt?«

»Ich … ich weiß nicht. Ich bin gerade erst hier in deine Gegend gezogen. Ich höre einfach nur zu. Genauso wie ich mir auf dem USB-Stick meiner Mutter die verrückten Sachen angehört habe, die Esteban seinem Psychiater erzählt hat.«

Tom legt eine Hand auf Gabriels verschnürte Beine.

»Weißt du, Gaby, ich habe an das alles nie geglaubt. Weder an das versunkene Dorf noch an Reinkarnation, Phantome oder an das Wasser aus der Unterwelt. Das sind alles nur Geschichten, wie *Harry Potter* oder *Star Wars*. Da glaubt ja auch niemand wirklich dran. Es gibt im wahren Leben keine Elfen, Kobolde oder Hexen.«

Gabriel lächelt traurig.

»Hexen schon.«

»Nein, Gaby, nicht mal die.«

Tom lässt seinen Kopf auf Gabriels Oberschenkel sinken, Gabriel wagt es nicht, seine Beine zu bewegen.

»Bevor ich einschlafe, Gaby, wollte ich dir noch etwas sagen.«

»Was denn?«

Tom macht einen letzten Versuch, seine Augenlider offen zu halten. Als er so daliegt, sieht er nur die weiße Decke, die Flammen … und das Gesicht des Jungen, der sich über ihn beugt.

»Dir Danke sagen.«

»Nicht der Re…«

»Danke, dass du heute Nacht meinen Geburtstag mit mir gefeiert hast. Danke, dass du mir bis hierher gefolgt bist. Danke, dass du versucht hast, mich zu retten. Danke …, dass du mein einziger wahrer Freund bist!«

· 80 ·

Das Blut rund um mein Auge ist getrocknet, oder zumindest fließt es nicht mehr, der Verband um meinen Kopf hingegen ist noch immer blutdurchtränkt. Jedes Mal, wenn ich meine gefesselten Hände hebe und mit den Fingerspitzen meinen Schädel berühre, drücken sie sich in eine schwammige, klebrige Masse und sind rot. Doch es tut mir nichts weh. Mein Gehirn funktioniert perfekt, ich sehe, ich spüre, ich höre, ich verstehe.

Ich versuche nicht mehr, durch die staubige Höhle zu robben oder mich an den scharfkantigen Wänden aufzurichten, ich versuche auch nicht mehr, meinen durchnässten Knebel auszuspucken oder einen Blick auf Savine zu werfen – das wäre ebenso wirkungslos, wie den Lauf einer ungeladenen Pistole auf sie zu richten.

Ich schone meine Kräfte.

Es wird eine Chance geben. Es wird zwangsläufig eine letzte Chance geben.

»Sie hätten sich mehr um Ihren Sohn kümmern sollen, Maddi. Sie hätten Gabriel beschützen sollen. Er hatte nichts mit der ganzen Sache zu tun. Sie hatten einen anderen Sohn, um Esteban zu ersetzen, was wollten Sie noch? War es so schwierig, ihn da rauszuhalten?

Ich weiß nicht, wie er Wind von dieser ganzen Geschichte bekommen hat, aber ich nehme an, er hatte Zugriff auf Akten, auf nicht gelöschte Dateien auf Ihrem Computer, vielleicht sogar auf Videos, Polizeiberichte oder Aufzeichnungen der psychotherapeutischen Sitzungen.

So hat Gabriel von alldem erfahren. Und natürlich wollte er Tom, den Doppelgänger seines verstorbenen großen Bruders, kennenlernen – den, der seine Mutter wahnsinnig machte.

Sie sind gleich alt, sie sind beide Einzelkinder, sensibel und einsam, und so war es normal, dass sie Freunde wurden. Tom war besessen von Esteban, von diesem Jungen, der in seinem Kopf wiedergeboren wurde und von dem ich ihm so viel erzählt hatte. Gabriel kannte ihn ebenfalls, er konnte sich in seine Gedanken hineinversetzen und sogar seine Kleidung anziehen, die Sie aufbewahrt hatten! Von diesen ganzen Geschichten um die Reinkarnation animiert, haben Tom und Gabriel sich auf das Spiel eingelassen. Normal in ihrem Alter, nicht wahr? In die Welt des Phantastischen eintauchen. An Magie glauben – oder zumindest so tun, als ob.

Letzte Nacht hätte alles ganz einfach sein sollen. Ich wollte mich in La Souille einschleichen, die Tür war ja nie abgeschlossen. Amandine hätte mich nicht gehört, sie trinkt vor dem Einschlafen immer drei Tassen Baldriantee. Vorsichtshalber wollte ich ihr eine Dosis Oxycodon spritzen, dann Tom aufwecken und mitnehmen.

Vielleicht habe ich Amandine eine zu hohe Dosis gespritzt, meine Hand zitterte, weil sie sich im Schlaf bewegte. Ich ließ die Spritze gut sichtbar zurück, denn wenn man sie fände, würde man zwangsläufig zunächst an einen Arzt denken, dann ging ich in Toms Zimmer.

Es war leer!

Auf dem Hof entdeckte ich seine Fußspuren. Trotz des Sturms führten sie zur Straße. Zuerst dachte ich, die Geschichte würde sich wiederholen, Tom würde vor mir fliehen, wie Esteban zehn Jahre zuvor, ich hätte auch diesmal nicht genug Geduld gehabt, ihm nicht genügend Liebesbeweise gegeben. Ich fürchtete, er hätte Angst – Angst vor mir.

Das habe ich geglaubt, Maddi, ich habe es wirklich einige Minuten der absoluten Panik lang geglaubt, während ich La Souille verließ, in meinen Wagen stieg, die Scheinwerfer die Nacht erhellten, den Brunnen, Froidefond, die Brücke ...

Und da war er, durchnässt und halb erfroren wie ein verängstigtes Häschen ohne Pelz, nicht einmal einen Mantel hatte er an.

Als er mich erkannte, lächelte er und lief auf mich zu. Ich öffnete ihm die Tür, und er zögerte nicht eine Sekunde einzusteigen. Wieder einmal hatte ich ihn gerettet, wie am Wasserfall Saut du Loup, wie so oft in all den Jahren.

In diesem Augenblick, Maddi, das will ich Ihnen eingestehen, erfüllte mich ein Gefühl von Stolz. In seinem Blick konnte ich lesen, dass ich seine wahre Mutter war.

Während ich ihm den Rücken rieb und seine Haare abtrocknete, erklärte er mir, Esteban sei gekommen, um ihm zum Geburtstag zu gratulieren. *Esteban?* Ja, Esteban, sein imaginärer Freund, der so real schien. Natürlich habe ich sofort begriffen, dass es sich um Gabriel handelte. Welches andere Kind hätte davon wissen können? Aber ich war nicht weiter misstrauisch, denn Tom versicherte mir, Esteban sei nach Hause oder zurück in seinen Kopf gegangen.

Zehn Kilometer fuhr ich im Schritttempo. Ich hatte Zeit, ich war allein mitten in der Nacht, und ich wollte vor allem nicht in den Graben abrutschen. Tom hustete weiter und wunderte sich, dass wir nicht in La Souille anhielten. Beim nächsten Hustenanfall sagte ich ihm, er solle eine Tablette nehmen. Eine halbe Stilnox. Nach einem Kilometer schlief er ein, in sich zusammengesunken und nur vom Sicherheitsgurt gehalten. Ich hielt an, um ihn in eine bequemere Position zu bringen. Ich nahm mir Zeit, jede meiner mütterlichen Gesten zu genießen, ich war die Mutter, die ihn endlich beschützen, die ihn endlich lieben darf.

Mein Plan ging auf. Doch ich war zu glücklich, um auf der Hut zu sein! Ich habe mich nicht ein einziges Mal umgedreht, auch nicht, als ich vor den Grottes de Jonas parkte. Nie wäre ich auf die Idee gekommen, dass Gabriel sich versteckt hatte, sobald er auf der Brücke von Froidefond die Scheinwerfer meines Koleos sah. Und erst recht hätte ich nicht geglaubt, dass er mir, geleitet nur vom

Licht meiner Scheinwerfer in der Nacht, in den noch nicht zugeschneiten Spuren über fast drei Kilometer folgen und sich nähern würde, sobald ich anhielt. Drei Kilometer bergab, weniger als eine halbe Stunde Fußmarsch. Auch wenn ich langsam fuhr, konnte Gabriel schließlich nicht mehr mithalten. Der Schnee fiel zu dicht, und die Sicht war zu eingeschränkt. Er muss lange gesucht haben, bevor er meinen Geländewagen fand.

Haben Sie mir zugehört, Maddi? Wissen Sie, was das bedeutet?

Gabriel hätte seinen Rivalen Tom hassen müssen, dieses Kind, das plötzlich aufgetaucht war und dessentwegen Sie ihn gezwungen hatten, umzuziehen. Dessentwegen Sie ihn vernachlässigten! Aber nein, ganz im Gegenteil, er wollte ihn treffen. Er hat ihm seine Freundschaft geschenkt. Und auch seine Hilfe angeboten, als er sie brauchte! Ist Ihnen klar, wie großzügig und mutig Ihr Sohn ist, Maddi? Wie sehr er Ihnen seine Liebe beweisen wollte, indem er sich um Tom kümmerte?

Sie haben es nicht verdient, Maddi. Ich habe es während unseres Gesprächs auf dem Weg hierher ernst gemeint. Sie sind seiner nicht würdig!

Erst als Adjudant Salomon vom Moulin de Chaudefour aus Lespinasse anrief, um ihm mitzuteilen, dass Ihr Sohn nicht zu Hause war, kamen mir erste Zweifel. Und die bestätigten sich, als Sie mir vor einer Stunde im Geländewagen den roten Punkt auf ihrem Handydisplay zeigten.

Ich hatte Glück, Maddi, ich hatte wirklich Glück, dass Sie eine so schlechte Mutter sind.

Ist Ihnen das eigentlich klar? Hätte Gabriel ein Handy bei sich gehabt, wäre ich verloren gewesen, und Sie hätten ihn retten können. Aber stattdessen haben Sie einen Tracker in seine Jacke genäht, ohne es ihm zu sagen – damit haben Sie ihn verurteilt!«

· 81 ·

Lespinasse setzt seine Füße in den Schnee. Mit gespreizten Beinen und aufrechtem Oberkörper steht er starr wie eine in Beton verankerte Statue mitten im Hof von La Souille, das Handy fest an sein Ohr gepresst.

»Haben Sie mich gehört, Moreno? Ich will Helikopter! Und Drohnen. Und Panzer, wenn es sein muss. Alles, was über den Schnee fliegen oder darüber rollen kann!«

Die Antwort geht in einem Rauschen unter. Jennifer Louchadière, die neben dem Lieutenant herumhüpft, um sich aufzuwärmen, versteht kein einziges Wort.

»Wie, die Wetterlage?«, fährt Lespinasse fort. »Der Sturm ist vorbei! Und um es kurz zu machen, Moreno, ich habe es hier mit einem Kind zu tun, das sich da draußen herumtreibt, und mit zwei Frauen, die ihm hinterherlaufen. Zumindest eine ist verrückt, und ich würde nicht beschwören, dass die andere es nicht auch ist.«

Der Lieutenant spricht noch eine Weile, ehe er auflegt, dann wendet er sich an Jennifer. Sein Zeigefinger deutet auf die Reifenspuren des allradbetriebenen Koleos, die klar im Schnee zu erkennen sind.

»Verdammt ... Wir müssen doch bloß der Spur folgen! Warum haben wir sie nicht längst gefunden?«

Salomon, über dessen Ohr die Antenne eines Walkie-Talkies schaukelt, kommt zu ihnen rüber.

»Chef, ich habe soeben die Bestätigung der schlechten Nachricht erhalten. Der Schneepflug war zwischen Murol und La Bourboule unterwegs, sie machen dort die Landstraßen frei, alle Spuren sind somit beseitigt worden.«

Der Lieutenant, die Brigadière und der Adjudant sehen sich niedergeschlagen an. Nach kurzem Schweigen hebt Lespinasse den Blick zu den weißen Gipfeln des Sancy-Massivs und den endlosen Tannenwäldern.

»Verdammt, sie könnten überall sein! Wir werden Stunden, ja Tage brauchen, um sie zu finden.«

Er blickt zum Fenster im ersten Stock von La Souille hinauf, zu Amandines Zimmer, wo der Vorhang geöffnet wird. Nectaires Gesicht ist zu sehen. Er drückt Asters Hand, die wiederum ihren Kupferanhänger zwischen den Fingern hält.

Zu welchen Engeln der Vulkane betet sie? Zu welchem Monster aus der Unterwelt? Hinter ihnen wachen die uniformierten Notärzte mit strenger Miene.

· 82 ·

Savine hat die Fesseln um meine Knöchel gelöst, damit ich laufen kann. Aus ihrer Tasche hat sie einen Revolver gezogen, den sie nun auf mich richtet.

»Ich werde Sie nicht anlügen, Maddi, ich habe ihn noch nie benutzt. Vielleicht kann ich nicht ordentlich zielen oder schießen. Aber das Risiko müssen Sie selbst abwägen … Vielleicht möchten Sie lieber Ihren Sohn wiedersehen?«

Da ich noch immer geknebelt und an den Handgelenken gefesselt bin, gehe ich schweigend vor ihr her und folge ihren Anweisungen, zuerst den rechten Gang entlang, dann den linken, wieder links, ein Raum, ein weiterer Raum, beide kalt, dunkel, mit blassrosafarbenen, scharfkantigen Lavawänden, durchzogen von blutroten Adern. Mein rechtes Augenlid bleibt verklebt, gefangen in getrocknetem Blut. Mein Kopf schmerzt. In dem Moment, als ich aufstand, wurde mir schwindelig, wobei ich nicht unterscheiden kann, ob der Grund dafür meine Umgebung ist oder ob es nur meine Gedanken sind. Ich muss mich konzentrieren, den Kopf frei bekommen, all die vergifteten Worte vergessen, die dieses Monster mir injiziert hat. *Ich hatte Glück, dass Sie eine so schlechte Mutter sind.*

»Rechts, bis zum Ende.«

Savine zwingt mich, einen Gang zu betreten, der eine Sackgasse zu sein scheint. Ich gehe auf das Ende zu, wo es immer heller wird.

Der schmale Tunnel öffnet sich zur Klippe hin. Wenn ich nicht jeden Orientierungssinn verloren habe, befinden wir uns nun in der Nähe der Stelle, an der ich Toms Stimme gehört habe, bevor Savine mich niedergeschlagen hat.

Sobald ich ins Licht trete, erkenne ich den Überhang, der den Felsen schützt, den weniger dichten Schnee, die Plattformen und die Treppe, über die man zu einer letzten Zelle gelangt, die abseits der anderen liegt und mit einem Gitter verschlossen ist.

»Hochklettern!«, befiehlt mir Savine.

Ich steige den Tuffsteinfelsen hinauf und halte mich dabei so dicht wie möglich an der Wand. Sie ist feucht und bröckelt bei jedem Schritt. Bloß nicht nach unten sehen, ich darf mich auf keinen Fall an der frischen Luft berauschen und komplett ausblenden, dass dieses Monster jeden Moment abdrücken kann.

Ich bin keine schlechte Mutter.

Ich werde die Chance haben, es zu beweisen, es muss doch noch eine letzte Chance geben.

Ich erreiche die Plattform und sinke, am Ende meiner Kräfte, vor dem Gitter auf die Knie.

Mein rechtes Auge öffnet sich zum ersten Mal, ein paar Millimeter zwischen Pupille und Augenlid – ein winziger Lichtspalt.

Savine, die weiterhin den Lauf des Revolvers auf mich richtet, zieht ein Schlüsselbund hervor. Sie öffnet das Vorhängeschloss, das die beiden Flügel des Eisengitters zusammenhält, und zieht es mit einem gespenstisch klingenden Quietschen auf.

»Nach Ihnen. Drinnen wird Ihnen wärmer werden.«

Ich trete ein. Savine hat nicht gelogen. Die Temperatur ist fast schon stickig in diesem seltsamen quadratischen Raum mit den komplett weißen Wänden. Ein Temperaturunterschied von mindestens zwanzig Grad, der noch größer wird, je tiefer ich in die Grotte vordringe.

Ich verliere fast das Gleichgewicht.

Da sind sie, mein Gott, da sind sie.

Alle beide, neben dem großen Kamin, an einen Holzstapel gelehnt.

Ich schlucke, mein Knebel ist durchnässt vom Fluss und Rückfluss meiner unausgesprochenen Worte.

Tom schläft, Gabriel zittert vor Angst.

Auf welchen der beiden soll ich meinen Blick zuerst richten?

Mein Gott ...

Tom ist so verletzlich, Gabriel schlägt die Augen nieder.

Tom atmet ruhig, Gabriel hält die Luft an, wagt nicht zu sprechen, wartet vielleicht darauf, dass ich es tue, er hat wohl noch nicht bemerkt, dass ich geknebelt bin.

»Sagst du deiner Mutter nicht guten Tag, Gaby?«

Gabriel ist an den Knöcheln, Armen und Handgelenken gefesselt. Savine richtet immer noch ihre Waffe auf mich.

»Sei nicht so schüchtern! Ich habe sie ständig zu ihrem Sohn beglückwünscht. Und ich habe gute Nachrichten für dich. Du wirst endlich deine Maman ganz für dich allein haben. Tom wird aus eurem Leben verschwinden, ich werde mit ihm weggehen. Dein Freund wird sich leider nicht von dir verabschieden können. Ich musste ihm ein Medikament geben, damit er schläft, damit er sich an nichts oder fast nichts erinnern kann. Du siehst, du wirst sein Lieblingsphantom bleiben.«

Ich möchte meinen Knebel mit meinen Zähnen zermalmen, damit ich schreien, spucken, beißen, sagen kann *ich hab dich lieb*, sagen kann *ich bin hier*, sagen kann *rette dich*, sagen kann *hab keine Angst*.

Hab keine Angst ...

Auch wenn Savine uns nicht lebend zurücklassen kann. Das würde ihren ganzen Plan über den Haufen werfen.

Sie tritt, den Kolben ihres Revolvers noch immer fest umklammert, vor und beugt sich zärtlich über den schlafenden Tom. Wird sie uns wirklich eine Kugel in den Kopf jagen? Kann sie so schnell von der Liebe zu Tom zum Hass für die Menschen, die ihr im Weg stehen, umschalten? Ist sie wirklich so ...

In ebendiesem Moment springt Gabriel auf!

In jenem Moment, als Savine ganz nah bei ihm steht und sie es am wenigsten erwartet. Gabriels Füße sind immer noch gefesselt, aber seine Hände haben sich auf wundersame Weise befreit. Er hält ein Messer in seiner Faust und stößt es, ohne zu zögern, in Savines Schulter.

Mit einem Aufschrei rollt sie sich zur Seite. Gabriel kniet sich neben sie, hebt wieder seine Waffe, sticht erneut zu. Ich laufe, so schnell ich kann, zu den beiden hinüber. Ich bin stolz auf meinen Sohn, so stolz, aber das reicht jetzt, Gaby, wir werden sie zu zweit überwältigen, töte sie nicht, du wirst es bereuen.

Die Klinge trifft noch einmal Savines Brust.

Nein, Gabriel!

Ich bin fast bei ihr, das Monster ringt mit dem Tod, aber ich misstraue den letzten Zuckungen.

Nicht genügend!

Plötzlich spannt sich Savines Körper an, ihre Beine gleiten über den Boden und treffen mit voller Wucht mein Schienbein. Ich falle um wie ein Kegel, während Savine bereits wieder aufsteht.

Es ist nicht ein Tropfen Blut auf ihrer Kleidung.

Keine Schnittwunde.

Ich habe den Eindruck, einer Inszenierung beigewohnt zu haben, einem gespielten Duell, einem Kampf mit Attrappen. Savine entreißt Gabriel gewaltsam das Messer und stößt ihn heftig gegen den Holzstapel. Sein Kopf schlägt an die weiße Wand, hinterlässt dort eine Blutspur, bevor sein verrenkter Körper auf die Holzscheite fällt. Er schließt für einen Moment die Augen.

Gaby!

Um sie sogleich wieder zu öffnen und die Hände auf seine Brust zu legen.

Erschrocken entdecke ich, dass auf Höhe seiner Lunge eine purpurrote Lache seine Jacke durchtränkt.

Nein, Gaby, nein.

Noch nie habe ich ein so schmerzverzerrtes, maskenhaftes Gesicht bei meinem Sohn gesehen, solches Leid, solche Angst. Er öffnet seine Jacke und zieht daraus – so verzweifelt, als würde er sich das Herz herausreißen – ein zerbrochenes Glasfläschchen hervor, aus dem noch immer eine rote Flüssigkeit läuft.

Danke, mein Gott, danke ...

Savine, die längst ihren Revolver wieder an sich genommen hat, sieht das zerbrochene Fläschchen und lächelt. Für einen kurzen Moment betrachtet sie das Messer, mit dem Gabriel sie attackiert hat, und dreht sich dann zu ihm um.

»Du bist wirklich sehr mutig, Gabriel. Es muss dich viel Energie gekostet haben, deine Fesseln mit einem so einfachen Messer zu durchtrennen ... Aster hat recht, wenn sie in ihrem Laden Kindern nicht den Zugang zu gefährlichen Waffen erlaubt. So können sie nur Spielzeug stehlen.«

Gabriels Augen sind tränenverschleiert. Ich liege mit aufgeschürften Knien und angeschlagenem Kopf am Boden.

»Jetzt«, stellt Savine fest, »muss ich wirklich gehen. Ich möchte nicht, dass Tom aufwacht und das alles mit ansieht. Soll ich euch das Feuer anlassen?«

Sie steckt das Messer in ihre Tasche und legt drei neue Holzscheite in den Kamin.

»Gabriel, du bist doch ein intelligenter Junge. Weißt du, wie man dieses Zimmer hier nennt?«

Mit dem Handrücken wischt sich Gabriel die Tränen weg. Er ist benommen von dem Sturz und am Ende seiner Kräfte, aber ich bin beeindruckt von dem Blick eines wilden Tieres, den er mutig auf sie richtet.

»Das Sterbezimmer«, sagt er, ohne die Augen zu senken.

»Richtig. Hier wurden die Leichen gelagert. Deshalb sind die Wände auch gekalkt, das verhinderte den Ausbruch von Epidemien. So zumindest heißt es ... Also, deshalb gibt es hier auch einen großen Kamin, um die Leichen verbrennen zu können, wenn es zu viele waren. Zum Glück wurde er nicht ständig benutzt.«

Überwältigt von den Nachwirkungen des Aufpralls sackt Gabriel nun auf dem Holzstapel zusammen. Er hat gekämpft, so gut er konnte. Ich will mich davon überzeugen, dass er nicht ernsthaft verletzt ist, ich muss ihn untersuchen, ich muss ihn behandeln, ich muss mir diese Gelegenheit verschaffen, die allerletzte, ich muss ihn retten ...

Savine bewegt sich zur rechten Seite des Kamins und hebt die

Hand zu einer im Schacht verborgenen Kette empor. Wenn man nicht weiß, dass sie da ist, ist es fast unmöglich, sie zu bemerken.

»Deshalb«, erklärt sie, »ist der Kamin des Sterbezimmers die meiste Zeit über geschlossen gewesen. Wenn man die Klappe schließt, verhindert das, dass Schnee, Vögel und aller möglicher anderer Schmutz ihn verstopfen.«

Ihre Hand schließt sich um die Kette.

»Natürlich darf man die Klappe auf keinen Fall schließen, wenn das Feuer brennt. Dann kann der Rauch nämlich nicht abziehen, und man würde sehr schnell ersticken!«

Sie senkt ihren Arm ruckartig.

Klack.

Sie hat die Kette abgerissen, und die Klappe schließt sich. Fast augenblicklich facht ein Luftsog das Feuer an, bevor der Rauch vergeblich nach einem Ausgang sucht und sich dann langsam im Sterbezimmer ausbreitet.

Sie richtet ihre Waffe auf Gabriels reglosen Körper, aber ihre Worte sind für mich bestimmt.

»Unternehmen Sie nichts, während ich Tom nach draußen trage. Ich möchte nicht gezwungen sein, auf einen so mutigen Jungen zu schießen.«

Mir ist es gelungen, aufzustehen. Gabriels versteinertes Gesicht verschwimmt bereits hinter einer schwarzen Wolke, die in dicken Schwaden zur Decke steigt. Ich baue mich mit gespreizten Beinen und gefesselten Handgelenken vor ihr auf. Sie hält mir den Lauf ihres Revolvers an die Stirn.

»Gehen Sie aus dem Weg, Maddi. Ich will nicht riskieren, dass mein Sohn erstickt.«

Ich rühre mich nicht von der Stelle. Ich starre sie entschlossen an, um ihr klarzumachen, dass ich reden will.

»Tut mir leid, Maddi, dafür ist keine Zeit.«

Ich hebe meine wie zum Gebet gefalteten Hände in die Höhe und bleibe stur stehen. Sie legt ihren Zeigefinger auf den Abzug, doch ich reagiere nicht. Entnervt reißt sie mir schließlich den Knebel aus dem Mund.

Ich nehme mir kaum die Zeit zu schlucken, sondern würge den Speichel mit einem Brechreiz rasch hinunter und röchele.

»Nur eine Frage, bitte.«

»Aus dem Weg! Ich werde jetzt schießen.«

Der Rauch steigt bis zur Decke des Sterbezimmers und sammelt sich dort. Darunter kann man zwar noch atmen, aber nur noch für kurze Zeit. Ich spreche, so schnell ich kann.

»Etwas hätte Sie überraschen müssen, Savine. Erinnern Sie sich: Es war Aster, die Jonas' Leiche entdeckt hat und sie war es auch, die die Mordwaffe mit dem Messer in Verbindung brachte, das aus ihrem Laden gestohlen worden war.«

Meine gefalteten Hände heben und senken sich, um meinen Redeschwall zu unterstreichen.

»Natürlich«, brüllt Savine, »ich habe es gestohlen, das habe ich Ihnen doch gesagt.«

Sie kommt noch ein Stückchen näher, und ich merke, dass sie zögert, abzudrücken. Am liebsten würde sie uns hier sterben lassen, ohne unseren Todeskampf mitzuerleben, doch der Rauch hüllt uns schon in seinen schwarzen Schleier ein. Sie wird es nicht riskieren, noch länger zu warten. Sie wird mich erschießen, sobald die Aschewolke ihr in die Augen, in die Nase sticht. Ich rede immer schneller.

»Aber erinnern Sie sich, als Aster vorhin in La Souille anrief, beschuldigte sie Gabriel.«

Savine schaut mir zum ersten Mal direkt in die Augen. Irritiert, so als hätte sie endlich erkannt, dass etwas nicht stimmte. Die rußige Nacht wird dunkler.

»Denken Sie nach, Savine. Aster hätte doch niemals wegen eines gestohlenen Spielzeugmessers die Polizei geholt.«

Der Rauch brennt in unseren Augen. Unsere Blicke trüben sich. Ich sehe, wie der Lauf der Waffe zittert, sich ein Finger verkrampft. Blitzartig taucht vor meinem inneren Auge etwas auf, *das verpackte Geschenk, das gestern Abend auf dem Küchentisch lag*. Ich spreche so schnell ich kann, bevor sie auf die Idee kommt, abzudrücken.

»Gabriel hat auch ein echtes Messer aus Asters Laden gestohlen, aber er hat es mir geschenkt!«

In Savines Augen blitzt Verwunderung auf, ein kurzer Moment der Verblüffung, der ausreicht, um ihre Reaktion zu verlangsamen. Genau in dem Moment, als uns der dunkle Nebel umhüllt, strecke ich meine gefesselten Hände blindlings nach vorn und steche mit dem zwischen meinen Handflächen verborgenen Springmesser Marke Thiers-Gentleman zu. Mitten ins Herz.

Sie bricht sofort zusammen, ohne zu verstehen, was passiert ist. Wie vom Blitz getroffen. Den ganzen Morgen über kam nie jemand auf die Idee, mich zu durchsuchen. Dieses Messer aus der Auvergne ist zusammengeklappt nicht größer als ein Kugelschreiber. Ich habe in der Grotte endlose Minuten und unendlich viel Mühe gebraucht, um es aus den Tiefen meiner Tasche zu angeln, ohne dass Savine meine verzweifelten Verrenkungen bemerkte.

Ich gehe in die Hocke und hoffe, mir so eine kurze Verschnaufpause vom Rauch zu verschaffen. Unter dem schwarzen Nebel betrachte ich die beiden wie leblos wirkenden Körper von Tom und Gabriel. Ich muss meine Fesseln durchschneiden, ich muss sie so schnell wie möglich hier rausschaffen. Das Gitter, das Tor zu unserer Rettung, steht weit offen und ist zwanzig Meter entfernt. Der Rauch verbreitet sich nur im hinteren Teil der Höhle.

Mit meinen beiden gefesselten Händen ziehe ich das Messer aus Savines Brust. Ihr Körper wird von einem letzten Krampf geschüttelt, den ich aber nicht beachte.

Schon bald werden wir alle ersticken.

Ich drehe die Klinge zu meinen Handgelenken, um die Fesseln zu durchtrennen, ohne auch nur einen Gedanken daran zu verschwenden, dass ich mir die Haut verletzen oder gar die Pulsadern aufschneiden könnte.

Der schwarze Schleier liegt bereits über uns. Er umhüllt Savines Leiche, als wolle er sie in die Hölle befördern.

Die Fesseln geben mit einem Mal nach und reißen einen langen Fetzen meines Fleisches mit. Ohne mich darum zu kümmern, krieche ich am Boden – die einzige Art vorwärtszukommen. Nur noch knapp dreißig Zentimeter über dem Boden bekommt man etwas Luft. Vor mir liegen die beiden kleinen Körper.

Tom zu meiner Rechten ist noch nicht wieder aufgewacht. Er schläft tief und bekommt nicht mit, dass sein Blut vergiftet, seine Muskeln steif und sein Gehirn gelähmt werden.

Gabriel zu meiner Linken ist ebenfalls nicht bei Bewusstsein, aber im Gegensatz zu Tom wird sein Körper von Schüttelfrost und Brechreiz geschwächt. Sein ganzes Wesen kämpft gegen das Böse, das an ihm nagt.

Der Rauch wird dichter und dichter, seine schwarzen Schwingen legen sich über den Boden, nichts und niemand kann ihm mehr entkommen.

Ich halte meinen Atem so lange wie möglich an.

Ich bin wie gelähmt.

Tom, Gabriel

Vielleicht habe ich noch Zeit zu gehen, aber ich werde nicht mehr die Zeit haben, zurückzukommen.

Einmal hin, aber kein Zurück mehr. Ich darf nicht zögern.

Ich muss mich entscheiden.

Entscheiden, welches Kind ich retten will.

· 83 ·

Die Zeit stand mit einem Mal still. Der Rauch hat alles verschlungen.

Er ist überall eingedrungen, in meine Kehle, meinen Bauch, meinen Kopf. Mein Herz schlägt nur noch, um das Gift zu verbreiten, meine Lunge zu lähmen, alles mit Schwarz zu überziehen.

Ich kann mich nicht entscheiden.

Wie könnte ich Gabriel zurücklassen, er ist mein Fleisch und Blut, ich habe so viel wiedergutzumachen, da ist noch so viel Liebe, die ich ihm geben kann. Musstest du erst dem Tode nahe sein, Gabriel, damit ich das endlich begreife?

Entsetzt betrachte ich inmitten dieses unwirklichen schwarzen Schleiers deinen kleinen, von Krämpfen geschüttelten Körper, doch ich bin unfähig zu reagieren.

Vergib mir. Versteh mich bitte. Wie könnte ich Tom aufgeben? Tom ist Esteban so ähnlich. Er ist es, den ich da friedlich schlafen sehe. Er, der zu mir zurückgekehrt ist. Auf ihn habe ich so sehr, so sehr gewartet. Wie sollte ich nicht die Hand nach ihm ausstrecken? Sieh doch nur, er ist wie ein Baby, vertrauensvoll, friedlich. Du verstehst mich bestimmt, Gaby, auch du hast ihn auf Anhieb in dein Herz geschlossen, hattest den Wunsch, ihn zu beschützen, ihn zu retten ...

Ich strecke meine Arme nach Esteban aus, als eine Stimme hinter mir, inmitten eines Hustenanfalls, klar und dumpf zugleich, als käme sie aus einem Brunnen, leise nach seiner *Maman* ruft.

Und wieder steht die Zeit still. Meine weit ausgebreiteten Arme umschließen dieses Mal Gabriel.

Oh, Esteban, ich muss dich ein zweites Mal verlassen. Du bist tot, Esteban, verstehst du? Ertrunken. Tom ... Tom gehört nicht zu mir. Muss ich ihn töten, damit der Fluch ein Ende hat? Muss ich ihn opfern? Muss ich ...?

Unmöglich! Ich weiß schon, dass ich keine Wahl treffen kann, ich weiß schon, dass es zu spät ist, ich weiß schon, dass wir alle drei sterben werden, dass keiner überleben wird.

Vergib mir, Gabriel,

vergib mir, Tom,

ich hatte keine Wahl.

Ich kämpfe nicht länger dagegen an, ich lasse den schwarzen Schleier auf mich herabsinken.

· 84 ·

Nimm das Kind!«

Ein Luftzug bringt Bewegung in den Rauch. Er wirbelt umher wie ein aufgerüttelter Schatten.

Eine Gestalt bewegt sich schnell und entschlossen durch den Nebel.

»Nimm, in Gottes Namen, das Kind, Maddi. Schnell! Ich kümmere mich um Gaby!«

Ich denke nicht nach, ich ziehe Toms schlafenden Körper zum Ausgang. Ich huste, ich spucke, aber je näher ich dem Tor des Sterbezimmers komme, wird die Luft weniger dick, sodass man fast atmen kann. Und sobald ich das Gitter passiert habe, öffnet sich die Finsternis auf ein helles Paradies. Der Rauch aus dem Kamin des Sterbezimmers ist nur noch ein dünnes Rinnsal, das von einem Meer aus Schnee bezwungen wurde.

Wir stehen beide auf der Plattform, vor dem weißen Horizont, jeder trägt ein Kind in seinen Armen.

Tom atmet sanft und regelmäßig an meinem Herzen. Ich befeuchte meinen Finger, um etwas schwarzen Ruß aus den Winkeln seiner Lippen fortzuwischen. Er ist gerettet.

Gabriel öffnet die Augen, als käme er von einer langen Reise zurück. Er wischt sich sein rußgeschwärztes Schornsteinfegergesicht ab, in dem die weißen Pupillen aufleuchten.

»Maman?«

»Es ist vorbei. Alles ist gut, Gaby.«

Beruhigt, schmiegt er sich an die Schultern des Mannes, der ihn soeben gerettet hat.

Ich denke an den kleinen grünen Punkt auf dem Bildschirm meines Handys zurück, als ich mich entschied, die App des GPS-Trackers KidControl mit Wayan zu teilen, kurz bevor wir die Grottes de Jonas betraten.

Er war der einzige Mann, den ich warnen musste, wenn du in Gefahr bist, Gabriel.

Ein Mann, der gut aussieht, stark und intelligent ist, so sehr, dass es nervtötend sein kann.

Der einzige Mann, dem ich mich – ein einziges Mal – hingegeben habe, Monate, bevor du geboren wurdest.

Ein Mann, der zu klug war, um es nicht zu erraten, und zu respektvoll, um es zu erwähnen.

Der einzige Mann, der, um mir zu folgen, bereit war, alles aufzugeben.

Der Wind bedeckt uns mit weißem Pulverschnee. Die Wolken öffnen sich wie von Zauberhand und geben den Blick auf eine blaue, immer größer werdende Raute frei.

Wayan Balik Kuning mit seinem graumelierten Bart und seinen Haaren, eine Mischung aus Asche und Schnee, schaut mich an und lächelt mir zu.

Schmieg dich an ihn, Gabriel, schmieg dich an ihn mit aller Kraft.

Du kannst dich in den Armen dieses Mannes ausruhen, der dich gerade gerettet hat.

Du kannst dich in den Armen deines Papas ausruhen.

XIII
DIE REINKARNATION

Engelsstaub

· 85 ·

Sobald Nectaire das Schild *Col de la Croix-Saint-Robert* sieht, parkt er seinen Wagen. Der Schnee ist schon seit langem geschmolzen, nur wenige Flocken haben in schattigen Winkeln überdauert, winzige gefrorene Pfützen, deren dünne Eisschicht noch im Schein der Junisonne zittert, einige weiße Spuren am Grund der Täler, die den wenigen Besuchern eine magere Reserve für Schneeballschlachten bieten.

In diesem Jahr ist der Winter ebenso schnell verschwunden, wie er gekommen ist.

Auf dem Beifahrersitz liegen drei Blumensträuße. Nectaire greift nach dem ersten – Herbstzeitlose, wilde Zichorie, wilde Malven und Ginster, die er im Unterholz gepflückt hat. Die Tafel, die den Gipfel des Passes anzeigt, ist nur zehn Meter entfernt: ein kleiner Granitblock am Straßenrand auf genau 1451 Metern Höhe. Nectaire geht daran vorbei und einen Meter weiter bis zu einem kleinen Holzkreuz. Ein ganz schlichtes Kreuz aus zwei zusammengenagelten Kastanienholzbrettern mit einer Inschrift.

Martin Sainfoin
Entweder Poupou oder keiner

Nectaire bückt sich und legt den Strauß nieder. Er hätte Martin gefallen. Einige Kurven tiefer sieht er die bunten Trikots einer Radfahrergruppe, die sich an den letzten Abschnitt der Steigung macht. Wie viele werden heute den Pass bezwingen? Wie viele werden aufgeben? Wie viele werden an die alte Garde denken?

Nectaire hat gehört, dass Martins Enkel Julien letzte Woche Jugendmeister der Auvergne geworden ist. Den Sieg brachte ein unschlagbarer Sprint am Col de la Croix-Morand! Seinen Trainern zufolge ist er ein angehender Champion! Nectaire stellt sich vor, dass vielleicht der Geist seines Großvaters gemeinsam mit ihm in die Pedale tritt. Unsichtbar! Vielleicht würde aus dem kleinen Julien Sainfoin mal ein ganz großer Radrennfahrer werden, vielleicht würden die beiden in zehn Jahren bei der Tour de France am Col de la Croix-Saint-Robert vorpreschen und alle anderen abhängen!

•••

Als Nectaire die Passstraße herunterfährt, hat er eine alte Kassette in sein Autoradio geschoben – Ravels *Boléro*. Oboen, Klarinetten und andere Blasinstrumente begleiten mit geduldiger Hartnäckigkeit seine vorsichtige Fahrt. Er nimmt sich Zeit, die bewaldeten Terrassen des Tals von Chaudefour, die vulkanischen Dykes des Dent de la Rancune und des Crête du Coq zu betrachten, die sich wie erstarrte Waldhüter über den Bäumen erheben. Als er an dem verlassenen Parkplatz vom Moulin de Chaudefour vorbeikommt, gleitet sein Blick über die alten Betonmasten der ehemaligen Skistation, ganz so, als könnten weitere Phantome – ganze Familien mit geschulterten Skiern oder Snowboards – auftauchen und plötzlich die Straße überqueren.

Die Landstraße zieht sich dahin, scheint Verstecken mit dem Flüsschen Couze Chambon zu spielen, und dann erblickt er schon die Brücke von Froidefond, die grauen Häuser, den Brunnen der Seelen.

Sobald er auf dem Hof von La Souille parkt und die Tür öffnet, erstarren Ravels Oboe und die Querflöte mitten in ihrem C-Dur-Part.

Tom und Gabriel haben vor dem Haus aus einigen aufgestapelten Paletten eine Bühne gebaut. Nectaire überrascht sie mitten im Konzert, das sie vor drei schlafenden Katzen und zehn aufgescheuchten Hühnern geben.

Sie spielen eine Mischung aus Rap und Rock, so zumindest würde es Nectaire beschreiben. Was allerdings seine Kenntnisse auf diesem Gebiet angeht, naja ...

»Ihr seid ja verrückt«, schreit der Gemeindesekretär, »ihr werdet noch den Sancy aufwecken!«

»Das hoffen wir doch sehr«, brüllt Gabriel in sein Mikro.

Sie haben einen Verstärker eingeschaltet. Tom begleitet seinen Freund auf einer elektrischen Rockgitarre, die perfekt einen Vulkanausbruch imitiert.

»Ich probiere mein Geburtstagsgeschenk aus! Hörst du das, Nicky? Den unglaublichen Sound dieser Lyra-Gitarre?«

Nectaire lächelt. Noch nie war Tom so glücklich. Als Maddi ihm diese Gitarre überreicht hat, dankte er ihr so sehr, dass er sie fast erstickt hätte. Dieses Instrument zu seinem zehnten Geburtstag ist das schönste Geschenk, das er je bekommen hat. Selbst wenn er damit so einen Quatsch spielt.

»Was ist denn das für eine verrückte Musik?«, erkundigt sich Nectaire.

»*Hegoak*«, erklärt Gabriel stolz. »Die baskische Hymne. Aber wir haben sie dank Estebans Partituren in unserem Stil interpretiert.«

»Er war ein echter Pionier«, bekräftigt Tom. »Er hatte alles begriffen, denn die Lyra-Gitarre ist die Zukunft.«

Dann legt das Duo gemeinsam los, Tom auf den Saiten und Gabriel mit seiner Stimme, vor den aufgeschreckten Hühnern:

»*Hegoak ebaki banizkio*. Wenn ich seine Flügel gestutzt hätte.«

· 86 ·

Ich sehe, wie Nectaire die Eingangstür von La Souille hinter sich schließt. Ich stehe vor der Treppe, bemerke die beiden Blumensträuße in seinen Händen und bediene mich meiner eher autoritär klingenden Arztstimme.

»Ganz lieb von dir, Nicky, aber dies ist nicht der rechte Moment. Amandine ist oben in ihrem Zimmer, sie hat die ersten Wehen. Und du kennst sie ja – es kommt überhaupt nicht in Frage, anderswo als hier zu entbinden!«

»Das kann ich nur bestätigen«, erklärt Wayan, der drei Stufen über mir steht. Über seinem tadellosen weißen Hemd trägt er einen Küchenkittel. »Das ist wirklich nicht der passende Moment!«

Ich wende mich an meinen Lieblingstherapeuten.

»Wayan übernimmt den ersten Wachdienst, ich bin zum Konzert eingeladen.«

Er knurrt bejahend und klagt Nectaire sein Leid.

»Ich habe die Anzeige wohl nicht bis zum Ende gelesen. *Hebamme* stand offenbar im Kleingedruckten.«

»Sei nicht so bescheiden, du hast immerhin zehn Jahre Medizin studiert!«

Wir tauschen einen verschwörerischen Blick – wie zwei unbekümmerte Spaßvögel. Ich steige hinauf, um ihn zu küssen, nur eine Stufe, nur ein Kuss, ich will unbedingt Gabriel singen hören.

Nectaire hat einen der beiden Blumensträuße in die Vase auf dem Buffet gestellt, den zweiten hält er in der Hand und beobachtet uns.

»Hast du nichts anderes zu tun, Nicky?«

»Doch ... Doch ...«

Trotzdem rührt er sich nicht vom Fleck. Ich komme die Treppe herunter und gehe auf ihn zu.

»Für wen ist der zweite Strauß?«

»Nun ... für ... Aster ...«

Ich öffne die Küchentür.

»Also, was willst du tun? Etwa so lange warten, bis du ihn ihr geben kannst?«

Kurz bevor ich ihm die Tür vor der Nase zuschlage, hat Nectaire noch Zeit uns zu fragen:

»Ähm ... wie wär's mit einem Tee?«

Peng!

Ich schicke mich an, durch den Raum auf den Hof zu gehen, wo mich Gabriel erwartet. Ich habe ihm versprochen, mir seine Darbietung anzuhören.

»Maddi?«

Wayan ist noch immer nicht zu Amandine hinaufgegangen.

»Maddi«, wiederholt mein Gynäkologenlehrling. »Hast du noch einen DNA-Test übrig?«

Einen DNA-Test? Mein Herz überschlägt sich fast. Ich gerate in Panik. Fängt jetzt etwa alles wieder von vorne an?

Wayan starrt hinter mir auf die geschlossene Tür und flüstert:

»Wir könnten Aster und Nectaire jeweils eine Haarsträhne abschneiden. Ich frage mich, ob die beiden tatsächlich Bruder und Schwester sind!«

Ich stehe auf dem Hof. Gabriel wendet mir den Rücken zu und bemerkt mich nicht. Ich betrachte ihn lange, wie er mit Tom auf seiner improvisierten Bühne steht.

Gaby ...

Ich bin so stolz!

Stolz, dass er da ist, stolz, dass er er ist, stolz auf das, was er gewagt hat, kein anderes Kind hätte so sein Leben riskiert, stolz, dass er so dickköpfig ist wie ich, stolz, ihn singen, lachen, spielen zu hören, stolz darauf, dass er einen Freund, Tom, gefunden hat, stolz, ihm einen Vater gefunden zu haben, stolz wie alle Mütter sind, stolz, dass ...

Gaby hat aufgehört zu singen, so als hätte er meinen Blick im Rücken gespürt. Er dreht sich um und lächelt mich an. Du siehst Esteban nicht ähnlich, Gaby, du ähnelst ihm noch weniger als Tom, seinem Doppelgänger, seinem verwirrenden Doppelgänger, und dennoch ...

Ich liebe euch, Esteban und dich, ich bin mir jetzt sicher, ich liebe euch beide gleich.

Esteban wird in meiner Erinnerung lebendig bleiben, aber du, Gaby, bist meine Gegenwart und meine Zukunft.

Du reichst mir dein kleines silbernes Mikro und hüpfst dabei aufgeregt, ungeduldig.

»Komm, Maman, komm und sing mit uns!«

· 87 ·

»Hier, Astie. Für dich! Der einzigen Frau meines Lebens!«
»Danke, Nicky.«
Aster betrachtet ihren Bruder voller Zärtlichkeit, nimmt den Strauß und taucht ihr Gesicht hinein, bevor sie in der Küche einen Krug sucht, um das Leben der geschnittenen Blumen so gut es geht, zu verlängern. Sie scheint zu jedem Blütenblatt, jedem Stiel zu sprechen, während Nectaire Schubladen und Glasbehälter öffnet, auf der Suche nach den richtigen Zutaten, mit denen er sich einen Tee zubereiten könnte.
Die subtile Kunst, die Zeit auszudehnen. Wie in den guten alten Zeiten.
Aus dem oberen Stockwerk sind immer dichter aufeinanderfolgende Schreie zu hören. Die Wände sind nicht dick genug, und Amandine ist zu erschöpft, um nicht jeden Stolz aufzugeben und ihren Schmerz herauszuschreien.
Nectaire hat in einem Glas Zimtstangen und getrocknete Maulbeerblätter gefunden.
»Glaubst du, das wird klappen?«
Aster unterbricht ihr Gespräch mit einer Bibernell-Rose.
»Was wird klappen? Das Baby?«
»Nein, mein kleiner Dummkopf! Das rote Wasser aus der Unterwelt. Die Seelenwanderung. Glaubst du, die wenigen Tropfen, die Amandine getrunken hat, werden ausreichen?«

»Und du – glaubst du es?«

Ganz langsam zerbröselt Nectaire die Zimtstange und schnuppert dann daran.

»Ich glaube … ich glaube vor allem, dass sich die Welt in zwei Lager teilt. In die, die sich, wie ich, mit dem begnügen, was sie sehen, spüren, schmecken, hören, berühren und diejenigen, wie du, die glauben, dass es noch etwas anderes, Unsichtbares, nicht Greifbares vor dem Leben oder nach dem Tod gibt. Darin ähneln sich alle Religionen – aller Aberglaube, die Hölle, das Paradies, die Reinkarnation …«

Ein Schrei zerreißt die Stille, lauter als alle anderen, und bringt die Bretter an den Wänden der Küche zum Beben.

»Das Kind kommt«, sagt Aster sanft.

Nectaire nähert sich ihr. Mit den Augen folgt er dem Kupferanhänger am Hals seiner Schwester. Die Spiralen des Unalom drehen sich unendlich, wie von einer fortwährenden Bewegung angetrieben.

»Du hast nicht geantwortet, Astie. Glaubst du, dass deine Seelenwanderung funktioniert hat? Glaubst du, das Baby wird die stahlblauen Augen von Jonas haben?«

»Selbstverständlich«, bestätigt Aster und küsst die Blütenblätter einer purpurfarbenen Akelei. »Und sobald er geboren ist, wird er Baskisch sprechen!«

Nectaire bläst auf den zerstoßenen Zimt und fährt, begleitet von den Schreien, die jetzt gar nicht mehr aufhören, fort:

»Wird er ein begeisterter Surfer sein? Wird er attraktiv, aber nicht gerade eine Intelligenzbestie sein?«

»Er wird die Frauen leiden lassen«, meint Aster mit einem Hauch von Melancholie in der Stimme. »Er wird davonfliegen wie ein Vogel.«

Nectaire wiegt den Kopf hin und her und verzieht dann das Gesicht.

»Glaubst du wirklich, es war eine gute Idee, sie von deinem Wasser trinken zu lassen?«

Sie verweilen lange, ohne ein Wort zu sagen, eingehüllt in das

Schweigen der Gewürze und der Blumen, bis Amandine einen letzten Schrei ausstößt, einen Glücksschrei!

Und ihr Baby stößt seinen ersten Schrei aus!

»Das war Baskisch!«, schwört Nectaire.

Aster beugt sich vor, um einem Baldrianzweig ein Geheimnis anzuvertrauen.

»Mach dich nicht lustig, Nicky. Ich werde dir antworten. Ja, ich glaube, dass die Seelenwanderung funktioniert. Und auch wenn du nicht zugeben kannst, dass ich in meinem Fläschchen einen kleinen unsichtbaren Geist eingefangen habe, der Jonas' Mund entschlüpft ist, um ihn in Amandines Mund wieder freizulassen, so kannst du dich zumindest mit einer Wahrheit begnügen, die auch dir zugänglich ist: Wenn Amandine den Mann, den sie geliebt hat, in dem gerade geborenen Kind wiedererkennt, dann ja, dann hat die Seelenwanderung funktioniert.«

»Durch Autosuggestion? Das ist genau das, was ich gesagt habe, also, die Welt teilt sich in zw …«

Aster legt einen Finger auf den Mund ihres Bruders. Das Zeichen des Engels.

Durch das Fenster können sie beobachten, wie die Sonne die Krater in ein Primelgelb taucht, wie sie die schwarzen Fassaden der Häuser von Froidefond in Brand setzt, das rote Wasser, das für alle Zeiten im Brunnen der Seelen fließen wird, zum Glitzern bringt und die Gesichter von Tom und Gabriel erstrahlen lässt, die auf ihrer improvisierten Bühne aus vollem Hals ein Lied anstimmen. Maddi ist sofort nach oben in Amandines Zimmer gelaufen, als Wayan nach ihr rief.

Aster rückt so dicht wie möglich an das Ohr ihres Bruders.

»Hör mir gut zu, Nicky. Wir fallen nicht vom Himmel, wenn wir auf die Erde kommen, und wir werden auch nicht vom Storch gebracht. Wir werden erwartet, wir werden willkommen geheißen, und sobald wir die Augen öffnen, brauchen wir Tausende von Bezugspunkten, die uns leiten. Eine Stimme, einen Geruch, eine warme Decke, ein handwarmes Fläschchen, das uns eine Krankenschwester bringt, das erste Babyjäckchen, das Maman uns geschenkt hat, das ihr jemand verkauft hat, das jemand genäht und entworfen hat, und so ist es mit jedem vertrauten Gegenstand, den Kuscheltieren und Rasseln, mit denen wir uns beschäftigen, der Musik, die wir hören, jedem Detail des Zimmers, in dem wir schlafen, den Geschichten, denen wir lauschen, dem Fremden, der uns auf der Straße begegnet und zulächelt. Wir sind stets das Ergebnis Tausender von Spuren, die unseren Weg kreuzen, das Ergebnis Tausender kleiner weißer Kieselsteine, die andere auf unserem Weg hinterlassen haben, und die wir aufgehoben haben oder nicht. Jeder hinterlässt kleine weiße Kieselsteine, wenn er auf der Erde ist. Jeder. Man kann es Reinkarnation nennen, oder auch nicht.

Siehst du, Nectaire, wir werden als Staub geboren und wir kehren als Staub zurück, aber als Staub, von dem sich jedes neue Samenkorn auf dieser Welt nährt.«

QUELLENNACHWEIS:

Das auf Seite 141 zitierte Lied ist *Pas toi*, von: Jean-Jacques Goldman *Pas toi*, paroles et musique: Jean-Jacques Goldman © 1985 JRG Editions Musicales